文化掂量

王蒙最新演讲录

WANGMENG ZUIXIN YANJIANGLU

王蒙／著

SPM

南方出版传媒

花城出版社

图书在版编目（CIP）数据

文化掂量：王蒙最新演讲录 / 王蒙著. —— 广州：
花城出版社，2015.6
ISBN 978-7-5360-7462-0

Ⅰ．①文… Ⅱ．①王… Ⅲ．①中国文学－文学评论－
文集 Ⅳ．①I206-53

中国版本图书馆CIP数据核字(2015)第053362号

出 版 人：詹秀敏
责任编辑：文　珍
特约策划：刘景琳　唐建福
特约监制：顾行军
特约编辑：彭世团　胡瑞婷
摄 影 师：彭世团
装帧设计：清水设计工作室

书　　名　文化掂量：王蒙最新演讲录
　　　　　WENHUA DIANLIANG：WANGMENG ZUIXIN YANJIANGLU
出版发行　花城出版社
　　　　　（广州市环市东路水荫路11号）
经　　销　全国新华书店
印　　刷　北京慧美印刷有限公司
　　　　　（昌平区沙河镇七里渠南村530号）
开　　本　710毫米×1000毫米　16开
印　　张　29.75
字　　数　367,000字
版　　次　2015年6月第1版　2015年6月第1次印刷
定　　价　58.00元

如发现印装质量问题，请直接与印刷厂联系调换。
购书热线：020－37604658　37602954
花城出版社网站：http://www.fcph.com.cn

文化自信与文化定力

2014 年 5 月 23 日在山东大众报业集团的演讲

● 一

　　我们中国是一个在文化上充满了优越感的国家，是个既吸收各个方面的外来影响，又从来没有怀疑过自己的文化优势的这样一个国家。我们中国过去就不知道，也不相信世界上有和中国一样的很多国家。我们知道中国是最伟大的。然后呢，东边和南边是大海。我们对海并不关心，并不重视，海是神仙的世界了。西边、北边、西南边还有一些小番邦，这些小番邦从来没有对中国文化构成过威胁。所以当英国想打开满清政府的大门，想和中国通商的时候，中国的回答是：我们不需要和你通商，我们这里什么都有，我们一应俱全，用不着和你们通商。

可是近200年来，中华民族经历了空前的危局。中国文化面临"千年未有之大变局"。

当我们一遇到西方的船坚炮利——这种强大的，机械化的军事力量、物质力量、商业力量、商业竞争，和我们中国一直得益于自己所讲的"仁义礼智信"——我称它为古道热肠，就是我们相信的中国最好的时期是越古越好，两者碰撞上了，就出现了大变局。全傻了。

孔子向往的是西周，庄子向往的更早，是神农氏以前，是炎帝以前。庄子认为，从黄帝开始事情就坏了，因为那是靠战争取得的权力。他对唐尧虞舜都是猛烈地批判，庄子认为他们经营了自己的名声。一旦权力系统懂得了经营自己的名声，就会出现纷争。所以这是一种以不争、以仁爱、以礼法、以秩序来治国的理念，几千年来，虽然没有完全做到，但一直是这样提倡的。

这里我要说一句话，就是大家不要认为文化是都已经兑现了的东西。文化包含着人的追求、理想，这种追求和理想未必能够百分之百地兑现，尤其是在你的有生之年兑现。比如西方的基督教文化非常好。西方的基督教文化他们都做得到吗？打你的左脸，把右脸伸过去？没有哪个西方人你打他的左脸，他会把右脸伸过来。这是不可能的嘛！是不是？见到别人不信基督教，就说是迷途的羔羊，等等。这些东西都是实现不了的。爱敌人，实现得了吗？美国人实现了爱敌人吗？当年的希特勒——法西斯德国，更没有实现。

所以文化里头它包含着许多你所向往，但不是完全能够实现的东西。

中国的文化，时间太长了，几千年，越来越多地暴露了向往和现实之间的距离，你的言说、你的理论、你的语录和你的行为之间的距离。譬如说我们看《红楼梦》，它没有受西方思潮影响，既没有受民主、自由、人权这一套的影响，也没有受阶级斗争、革命、暴力、生产力与生产关系的矛盾理论的影响，可《红楼梦》里的主人公并没有把仁义道德搞得很好啊，反而很差、很恶心。尤其是《红楼梦》里的男人，只有贾政——贾宝玉他爹相信这个。贾琏相信吗？贾珍相信吗？贾敬也不相信，贾敬他炼丹去了，炼完丹，吃到肚子里面都是结石，吃了一肚子结石，最后死了肚皮都是硬的。

所以这是一方面的矛盾。尤其到了清朝，除了刚才说的追求与现实，言论与行动之间的矛盾以外呢，更可怕的矛盾出现了，就是在中国文化之外，还有一个非常强势的文化——西方的文化，产业革命带来的文化，科学技术带来的文化，商业文明，商业竞争。所谓"物竞天择，适者生存"，这样一套争出来的文化，不是让出来的文化。我们的固有文化提倡的就是让，谦谦君子。

● 二

香港回归的时候，谢晋先生执导了一部电影叫《鸦片战争》。这部电影没有受到特别的重视，其实，影片中，谢晋有很深刻的思考。里面有一些令人非常痛心的画面。一个是英国的议会，是在伦敦拍的，请的都是英国的演员。英国议会进行辩论，要不要对中国出兵，一票之差通过了。在这些议员发言的时候，有一个议员拿着一个挺大的瓷器，说你们看见了吗，这就是中国，然后往地上"啪"地一摔——不堪一击。

还有一个场面，鸦片战争失败以后，皇帝撤了林则徐的职务，然后派了琦善到这里主持求和。琦善请英国军舰的舰长司令上来参观，好吃好喝好待承，然后还请人家参观他们的炮台。这英国司令看了以后说，这就是你们的炮台吗？说是。这就是你们的海防吗？回答说是。然后这英国人说，对不起，告诉你们，你们这全是垃圾。这样一种心情呀，太可怕了呀。

《鸦片战争》那个电影结尾的场景，是道光皇帝带着他的儿子、女儿、孙子、曾孙，一大堆，其中还有那一岁的，在地上爬的，在大清的祖宗牌位前哭成一团——说对不起祖宗。

这个整个的，我称之为一种文化焦虑，就是我们由文化的优越感一下子坠入到文化焦虑的深渊。

挫折、焦虑、失败、救亡变成了这一时期文化的主题，在这个时候呢，当然也仍然有一些老爷子，说我们的文化很好啊，很精致啊，我们的汉字很美丽啊，我们的瓷器烧得好啊，我们是讲孝悌、忠信、礼义、廉耻的啊。西方那些国家连什么叫孝都不知道，他们是一群禽兽啊，他们是畜类啊，是畜生啊。但在大的时代背景下，这样的调子，被认为是昏聩、腐朽。那个阶段，这种观念被延续到后来很长的一段时间，如果一个人热衷于古书，还在那里摇头摆尾于文言文，简直是人人得而诛之。

晚清以来，中国的有识之士，一方面是忧虑自己的传统文化突然暴露出千疮百孔，难以应对陌生的异己的世界，是否气数将尽；一方面是怕挟着军舰大炮的强势的西洋文化会把自己的文化传统战胜、吃掉。各种对于文化问题的讨论，充满悲情、激动人心、争执不休。这样的紧张性，使人进退都不好掌握。学西方（包括苏俄）学多了，怕是丢了祖宗；学少了，怕是不能自立于世界民族之林。继承传统，多了，怕是复古封建；少了，怕是丢了民族特色。

你们看曹禺根据巴金先生的《家》改编的话剧，那里面最坏的人就是冯乐山，冯乐山是一个糟老头子，糟到什么程度呢？他五十六七岁，怎么个坏法呢？他看上了伺候觉慧，并与觉慧产生爱情的鸣凤，要娶鸣凤当妾，逼得鸣凤自杀了。这个冯乐山是怎么表现的呢？他在自己的客厅里放了一副对联：上联是"人之乐者山林也"，下联是"客亦知夫水月乎"。上联是从欧阳修《醉翁亭记》那里来的，下联是从苏东坡《前赤壁赋》那里来的。话剧中，冯乐山一上来就摇头摆尾，"人之乐者山林也，客亦知夫水月乎"，一副面目可憎的样子。真是死有余辜，老朽不堪。观众在底下就一片哗然，一片笑声，觉得这世界上有此妖孽出现，这能对国家有什么好处？除了残害未婚女青年以外，还能对社会起什么作用？

可以和这个有一比的是，解放后优秀的革命话剧《霓虹灯下的哨兵》。我记得这个话剧里有一个林小姐，是一个小资产阶级知识分子，她对解放军的到来非常欢迎，她还邀请几位战士到她家去做客。那时她正在家里听舒曼的《梦幻曲》，有一个战士问道："你听的是什么？"她用很嗲的声音说"梦——幻——曲"。当时你就觉得这"梦幻曲"三个字所代表的那种可笑、那种幼稚、那种格格不入、那种距离革命十万八千里、那种毫无用处，让你听着感觉非常可笑。而《梦幻曲》它本身是不是这么可笑？肯定不是。但是在剧场里，观众一听到林小姐说《梦幻曲》，就笑成一团，觉得荒谬、空虚、无聊、愚蠢、神经质，达到了极致。就是文化焦虑会形成人们一种什么样的想法，一种什么样的反应。

● 三

在这种文化焦虑当中呢，我又引出第三个范畴来，叫文化激进主义——一种高强度的文化焦虑必然会推进选择一种文化激进主义，把已有的文化成果视为毒药，视为垃圾。五四新文化运动就已经够激烈的了，在猛烈批判中国的传统文化上一个赛一个，不管是"左派""右派"，都是批判传统文化的。当然后来都有变化。胡适等一些人提出了"打倒孔家店"。要跟欧美特别是美国一比较，便知道我们的中国事事不如人，只能误国误民。吴稚晖，国民党的元老，提出来把线装书扔到茅厕里去。鲁迅答记者问，给青年推荐什么书，他说："我以为要少或者就不看中国书，多看外国书。"他有一个解释："我看中国书时，总觉得就沉静下去，与现实人生离开；读外国书——但除了印度——时，往往就与人生接触，想做点事。"中国人是提倡静的。"知止而后有定，定而后能静，静而后能安，安而后能虑，虑而后能得。"你一定要心静下来。庄子的口号是"虚静"；孔子的说法是"仁者静，知者动。知者乐水，仁者乐山"。

更激烈的还有钱玄同，说什么"人过四十，一律枪毙"呀，"废除中文"呀。"废除中文"的说法，一直坚持到解放以后。那不是开玩笑的人，那不是"愤青"，那是吕叔湘先生。吕叔湘先生的名言就是，我们中国一定要让汉字加封建专制主义被民主加拉丁化拼音文字所取代。毛泽东同志以中央主席的身份提出过一句名言，叫"汉字的出路在于拉丁化"。到现在没有人提这个事。国务院有没有正式的文件，我估计有，我找不着了。

这些方面都有一些非常激烈的意见，那就是不但要否定中国的这一套传统文化中的这些东西，而且还要否定西方已有的基督教文明的一大部分。马克思和恩格斯说阶级社会是人类文明的史前社会，只有消灭了阶级以后，人类的文明社会才刚刚开始。那就是说到19世纪、20世纪为止，人类文明尚未开始，因为它有阶级，它有私有财产，这也是很激烈的。在"文革"中，我们常常来回朗诵、背诵、引用马恩的语录，就是要和人类迄今为止的一切所有制的形式决裂，要和迄今为止的人类的一切文明观念形态决裂，那时候常讲的就是"两个决裂"——这也是激进。

文化激进主义还有一个很表面、很通俗的象征，就是全盘西化。胡适就是全盘美化的代表。他不遗余力地、非常真诚地介绍美国怎么好，我们应该学习美国。他甚至于一直在幻想要说服蒋介石，让蒋介石接受美国的这一套政治观念。

我认为中国的全盘西化还有一个代表，不太西，但是比中国靠西，就是全盘苏化，完全俄化，代表人物就是王明。王明就是要按苏联的那一套模式来解决中国的问题。苏联很久以来不承认中国的模式。在第二次世界大战中，美国有一个副国务卿，专门负责苏联事务的，当时他和苏联的关系十分密切，因为他们是盟友。当然，苏联人民、苏联红军在打败法西斯德国和日本军国主义方面都做出了重大的牺牲和贡献，同时美国给苏联在"二战"中提供了大量军火的援助。所以这个副国务卿常到莫斯科去。有一次斯大林接见他，估计正题已经谈完了，副国务卿就想摸摸底，问斯大林部长会议主席，对中国的事情有什么看法。斯大林说，这样吧，我告诉你苏联共产党是黄油，牛奶提炼出来的黄油，中国共产党是人造黄油。那意思是，中国共产党是一个山寨版的共产党。只有苏联共产党，以产业工人为主那才是真正的共产党。这不是我发明的，这是给政治局常委和中央书记处书记上过课的金一南教授，在北京电视台公开讲课的时候讲到的一些事情。

激进主义有时候并不是政治上的统一派别，但是在文化上采取特别激烈的态度，而且这些人很容易被喝彩。鲁迅先生有一个观点，说中国人历史太久了，惰性太深了，讲什么都没有用了。"中国人性情是总喜欢调和、折中的。譬如你说，这屋子太暗，须在这里开一个窗，大家一定不允许的。但如果你主张拆掉屋顶，他们就会来调和，愿意开窗了。没有更激烈的主张，他们总连平和的改革也不肯行。"毛主席的说法就是"矫枉必须过正"。本来孔子的学说是矫枉不要过正，中庸之道。毛主席说在中国矫枉必须过正，不过正就没法矫枉。他提倡这种文化激进主义。这不是偶然的，也不是前贤有什么毛病，而是确实是中国这个文化太优越了。年深日久、积重难返，想改变它太困难了。这都是真的，这不是假话。

鲁迅用过这个词，但后来柏杨用得最多的，说中国文明是酱缸文明，就沤了那么一缸黄酱，这个黄酱从它最早的发酵开始已经三四千年了。然后，您不管是什么豆子、什么面粉，只要一沾这个酱缸的边，不往酱缸里放，你也开始发酵。中国社会上的各种矛盾积累得非常地多，像烈火狂飙一样的五四新文化运动，我们可以说这个新文化运动给中国的传统文化以严重的打击。

但是我们也可以说，我更愿意说，正是五四新文化运动拯救了中国的文化，拯救了中华文明。因为如果你不接受这些新的东西的洗礼，不接受这些新的观念的冲击，那么中国呢，就至今仍然处在晚清的窝窝囊囊的那样一种状态。那种状况下，你谈得到什么弘扬中国传统文化？那种状况下，你谈中国传统文化岂不被认为是冯乐山之流？冯乐山之流再政治化一点，就是黄世仁之流了，穆仁智之流了，是流氓文痞。

正是因为五四时期吸收了这么多新名词、新观念。我们考证一下，我们现在讲的社会主义核心价值，我们也经过了一个很长的过程，到十八大所提出的那些词，有很多是中国传统文化里所没有的。"民主"，中国传统文化中有吗？"自由"，中国传统文化中有吗？"平等"，中国传统文化中有吗？"法治"，中国传统文化中有吗？还有许许多多的。所以，正是五四运动，引进了许多新的文化。虽然它激烈一点，虽然有些具体的说法和做法现在不可能按它那个办。但是，它赋予了中国文化以新的生命，激活了中国文化那些最积极的部分，它推动了中国文化的重生。

　　谈到中国文化，我有一个小学同学，他后来也是到台湾去了，那是我的小学同学，好像班级还要比我低一点，他和我同岁，但是因为我上学早，我后来又跳了班。这个小学同学叫林毓生，他长期在美国威斯康星大学执教。他提出来对中国的传统文化要进行"创造性的转化"。他这个说法和习近平总书记去年底在曲阜的说法是衔接的，是可以对接的。就是中国的文化具有一种进行创造性转化的可能。（整理者注：2014 年 2 月，习近平在省部级主要领导干部学习贯彻十八届三中全会精神全面深化改革专题研讨班上指出，民族文化是一个民族区别于其他民族的独特标识。要加强对中华优秀传统文化的挖掘和阐发，努力实现中华传统美德的创造性转化、创新性发展，把跨越时空、超越国度、富有永恒魅力、具有当代价值的文化精神弘扬起来，把继承优秀传统文化又弘扬时代精神、立足本国又面向世界的当代中国文化创新成果传播出去。）

● 四

　　那么，这里我就谈到第四个观念，就是中国传统文化和世界先进文化的对接。这是可能的，不是不可能的。不要认为中国文化是一个封闭的文化、僵死的文化，是一个生硬的、呆板的文化，不是。中国文化从来不拒绝吸收外来的影响。山东我不够熟悉，起码在北京，北京的语言吸收了满语、蒙古语、阿拉伯语、波斯语，很多人现在都不知道。北京有很多说法，管"犄角"叫"旮旯儿"，这是满语。到现在，我估计山东也一样，因为全中国都是这样。赶着牲口，赶马车，往左拐是"咿咿咿"，往右拐是"哦哦哦"，这是满语，"咿"是左，"哦"是右。北京人喜欢吃的一种点心，叫萨其马，我不知道山东有没有？"萨其马"是蒙古语"狗奶"的意思，至于现在它是不是用狗奶来做是另外一个问题。就跟我们说英镑指的是一磅黄金，现在它哪里有一磅黄金啊。北京话还吸收了大量的阿拉伯语。回民认为人死了变成罗汉，罗汉就是阿拉伯语"roh"，与佛教的"罗汉"无干。就是精神、灵魂。每周五，伊斯兰教徒要去祈祷，回民要去祈祷，那个周五叫"主麻日"，"主麻"是阿拉伯语。芜荑，是一个怪词，这两个字没有别的讲法，是专门造的字。一个"草"字头一个"元"字，一个"草"字头一个"妥"字，这两个字必须连在一块儿用。"芜荑"是阿拉伯语，是从西域来的。我们抽的烟叫"淡巴菰"，就是 tobaco，是来自印第安语的发音。前年在银川举行书博会，银川的朋友跟我讲，他们那儿有一个清真寺重新翻修，是由穆斯林捐款修起来的，他们不叫"捐款"，叫"nietai"（乜贴），就是"动机""心意"，这个词来自阿拉伯语"尼亚提"。这个多了。至于吸收西方的各种语言更多了，有的在八国联军以后才流行起来。比如"看看"说"瞜瞜"，就是"look"，沙发就是音译"sofa"。还有一大批是从日语转过来的，是日本用日文当中的汉字翻译外文的词，包括"共产主义"，这是日文的翻译，"社会主义"，这是日文的翻译，"动员"，这是日文的翻译。我说不了那么多，我们本身从来不是不开放的。

另外呢，中国文化确实是非常大，非常广，里面有很多本身就互相不完全一致的东西，各种悖论都存在。"非礼勿视，非礼勿听，非礼勿言，非礼勿动。"这是中国文化，但是"马无夜草不肥，人无外财不富"，这也是中国文化呀，流氓文化呀，贫民文化呀，游民文化呀，也不能说它没有啊，这不算中国的，算外国的？《水浒传》里面的文化就和《论语》里面的文化不一致啊，它上哪里一致去啊？所以，中国文化有很多的丰富性。"君君臣臣父父子子""君要臣死，臣不敢不死，父要子亡，子不敢不亡"，这是中国文化。但是《三国演义》里没完没了地抓着降将就说"良禽择木而栖，良将择主而事"，就是可以双向选择，你一样可以选择你的老板。有的就变成了一种叛徒哲学，你"择主而事、择木而栖"。但有的也转变了，以后对人民做了好事，如果你原来是共产党员你投降了国民党了，就是叛徒；但你原来是国民党你投降了共产党了，这起义将领啊，爱国人士啊，对伟大祖国做出了杰出的贡献呀。所以这个东西，我们这个文化它包容性非常强，互相都接着。

最主要的是，中国文化有一种积极向上的进取精神，最古老的《易经》上，它就给你来一个"天行健，君子以自强不息"。这个不得了的呀，这就是中国文化能够和现代性衔接的阳光大道。《尚书》上讲"苟日新，又日新，日日新"，中国还讲"穷则变，变则通，通则久"——这是鼓吹改革的呀，中国人的脑筋不死。

中国人的辩证法，辩证得全世界都跟着头发晕。中国人一分析起来，怎么干怎么对，你绝对是对的。这个就和另外一批东方文化不太一样。东方文化里有一种保守的、静止的、停滞的，甚至于是懒惰的这样一些东西。我也碰到世界上一些很有趣味的文化现象，就是我在三个国家，三个地区听到了同一个故事，基本版本一样，具体细节可能有不一样。第一次我看到联邦德国诺贝尔文学奖得主海因里希·伯尔的一篇小说，小说的题目莫名其妙——《一个关于降低劳动生产率的故事》，这题目都像咱们写的汇报或论文。然后我在印度听到了这个故事。第三次，我在中非的喀麦隆又听到这个故事。三次三个故事一样，什么意思呢？一个渔夫在那里捉鱼，捉鱼那天鱼汛，大量的鱼。渔夫都快累死在那里了。他一看旁边的树下有一个很棒的小伙子在那里睡觉。他就把他叫醒："帮我捉鱼，帮我捉鱼！"小伙子说："我帮你捉鱼干什么呀？""你帮我捉鱼，劳动能创造财富，我给你大量的钱。""我钱多了干吗呀？""你钱多了以后可以去旅游，享受幸福生活。"小伙子说："如果说幸福的生活，我现在风和日丽，树下安眠，我正在享受幸福的生活。是你打搅了我，使我不能享受幸福的生活。我要你那个挣完钱才去享受幸福生活？不挣钱我享受得更好！"然后接着睡。三个国家都有这个故事。你遇见这个难办，可中国不太会。中国要求勤俭，反对懒惰。中国关于勤和懒的故事不计其数。讲学习也是这样："书山有路勤为径，学海无涯苦作舟。"

所以中国的文化是可以往现代性上走的，虽然现代性本身又带来很多新的问题，这我另说。中国经历了这么一个复杂的过程，我们看到中华文化的古老，看到中华文化的不够用，但是我们也看到了中华文化的适应性，它的自我调整和自我更新的能力，它的汲取和消化外来影响的能力。因为什么东西到了中国都要变样，被称之为本土化。比如毛泽东思想，就是马克思主义的中国化，或者叫中国化的马克思主义。

1998 年，我被美国康涅狄格州的一个大学请过去一个学期。那个时候我就谈过这么一个观点，我说所有的外来影响到了中国，它就要发生变化。譬如可口可乐，以大陆为例，改革开放以后，可口可乐来了，一开始不成功。何以见得不成功呢？在北京，可口可乐刚来的头一年，出现了喝一杯可口可乐赠送一个杯子或给一个盘子的这种优惠措施，可见它卖不出去，滞销。现在呢，喝的人越来越多了，但是到了中国它会变样。当时我说这话并不知道情况，我在那里说完，回到北京，立刻就发现，北京人已经把可口可乐当成了解表的中药。小感冒，可口可乐煮姜丝，餐馆都可以提供。因为它有一点咖啡因，喝了你的精神会好一点。原来鼻涕邋遢的，喝完这个也觉得舒服一点。然后更伟大的发明，台湾的三杯鸡。三杯鸡是什么呢？一杯可口可乐、一杯干红（把法国也消化进去了），再来一杯酱油，就这三样煮鸡，煮出来味道不错。它到了中国是变的。只有无可救药的教条主义者才没完没了地抠那些字眼儿。

马克思说过："理论一经掌握群众，也会变成物质力量。理论只要说服人，就能掌握群众；而理论只要彻底，就能说服人。"没错，马克思主义到了中国，物质的力量忒大了。但也有另一面，当群众掌握了理论，群众不太在乎理论，群众在乎的是自己的利益、自己的追求。哪里有群众掌握了理论之后还查本原的呀。群众掌握了理论后就群众化了，就本土化了，绝不可能是原来的样子，原来的样子成功不了。

● 五

前边都是谈历史，对历史的回顾。现在我们有了一种前所未有的对传统文化的热情，这原因很简单，因为我们国家有了巨大的发展。因为我们国家和过去相比，已经抬得起头来了，挺得起胸来了。因为我们国家已经对自己的前途有了自信，所以才有了文化自信，你如果连对你自己的前途都没有自信你还谈什么文化呀？对旧中国、旧文化的否定，孙中山比毛泽东还要厉害，因为孙中山说的话特别地刺激。孙中山一再讲，在旧中国，中国人民已经面临亡国灭种的危险，这话太厉害了。国家都亡了，你这种都没了，全都消灭，或者让别人给打一针，全部换成别的DNA。孙中山还爱说中国是"次殖民地"社会，次殖民地是什么呢？印度是殖民地，伊朗是殖民地，阿尔及利亚是殖民地。中国还不如它们，因为中国混乱，乱成一团。那些老老实实的殖民地反倒是被英国或者法国掌握着，起码社会秩序比你好。毛主席说中国是半殖民地，孙中山说是次殖民地。孙中山还爱说什么？在国际上，是"人为刀俎，我为鱼肉"。

他说的都比毛泽东刺激，但是现在大家都没有这种感觉了。

前所未有的，我们所说的文化自信就包括了对传统文化中积极的、优秀方面的自信，就包含了我们对自己发展模式的自信，也包含了我们对自己文化的这种汲取能力、选择能力、消化能力、调整能力、本土化能力，以及识别能力、分析能力的自信。

我们的文化不是一个脆弱的文化，不是手指头一捅就破一个窟窿的，捉襟见肘、岌岌可危的文化。我们的文化是一个能够和世界对话，能够和世界打交道，是能够既保持自己的种种特色，又不拒绝任何外来的有益影响的这样一种文化。

如果有这样一种观念，简直是不得了的事情。这个太了不起了，太伟大了，我们太应该有这种观念了。很多东西一开始是不可思议的，想一想我们现在所接触的文化现象、文化产品、文化观念，和二十年以前、三十年以前、四十年以前相比，我们已经有了多么大的开拓和进展。

有些很小的事情，我觉得不是什么大事，可是当初这都不得了啊。20 世纪 80 年代我刚从新疆回来的时候，李谷一唱了一首《乡恋》，用的气声，《人民日报》上都有权威写文章批判她。邓丽君就更不用说了。现在我都觉得有些电视台纪念邓丽君都纪念得过了，好像全世界伟大歌唱家中国就只知道一个邓丽君似的。

我们精神生活的空间确实是在不断地扩展，包括一些名词，我们放进社会主义核心价值里边的，那比过去不知道宽广多少。"以人为本"，过去也是不能讲的啊。五十年前你讲"以人为本"试试？弄不好，你后果是不堪设想的。所以我们接受了许许多多的东西，但是接受完了以后呢，我们仍然是中国的文化，我们该选择的，我们照样选择；我们该拒绝的，我们照样拒绝；我们不能按你的意思做的，照样不能按你的意思做。

我是一个写小说的人，所以我谈文化，带有文人谈文化的特点。

我还告诉各位，我有一个独特的体会，因为有一阵西方世界谈要对中国进行和平演变，中国对这个也很紧张，老怕被别人和平演变了。我最近怎么体会到我们中国也有能力给洋人和平演变了呢？现在很多洋人到中国，你去他家的时候，他弄一大盘生菜，两片面包就算是请你吃了午饭了。可是他要是到你家里，你要是给他这个，他甚至很公开地说，你们家吃饭怎么这么简单呢？搞关系、送礼、变相行贿、许愿，太多了，我不愿意跟大家说太多具体的情况，包括文化人，都已经走中国这个路子了，正式的路子已经行不通了，你根本想不到他还有别的路子，他就办成了。

影响是互相的，所以我谈的文化定力是什么呢？面对外来的影响，我们要有自己的选择，有自己的冷静，不要害怕，没有什么了不起的，也不要紧张，也不要简单地肯定或者否定。绝不照搬，也绝不简单地就把你否定掉。

钱钟书先生学贯中西，文通古今。他有一句名言："东学西学，道术未裂，南海北海，心理攸同。"中学和西学，道就是原理，术就是方法。不管是中学还是西学，它的原理和方法并不是可以完全断裂的。那么南海和北海，东西南北各个地方，全世界的心理也是有它的一致性、共同性的。

所以，第一就是要能够选择、调整和理性地对待。第二呢，就是要追求在今天的文化生活中一定的平衡，这个非常重要。现在的文化生活，我们的精神空间都空前地扩大了，可是这个扩大当中需要有一定的平衡。有些休闲型、娱乐性、搞笑性的节目是可以有的。赵本山的节目我也看，小沈阳的节目我也看。潘长江，虽然形象上我有时候感觉遗憾一点，但是他演得好我也可以看。当然很庄严、很郑重、很主流的我觉得也很好，也可以看。

问题是我们要保持一种平衡，我们不能全部都是搞笑的节目。我们不能全是通俗的，只追求收视率或者是发行数，不能全是这种东西。我们要有大众的、通俗的节目。什么达人秀，这样的节目也很好，我也很喜欢看。但是你这里要永远有一些高端的节目，一些高端的产品，你要有一些高端的文化的从业人士，要有文艺的大家，否则，就会出问题。有一个玩笑话，文化部现任的几个领导在一块儿谈话，说中国自古就有楚辞、汉赋、唐诗、宋词、元曲、明清小说，那么到了 20 世纪、21 世纪这一段，咱们什么最发达呢？后来有人就说"手机段子"。如果真这样，你对后世就不好交代啊。现在，很多来自微博上的各种警句，一下子会点击量超过三百万，比你的书发行量大多了！但这是文化的高端精品吗？我现在常常感到糊涂，因为我的心目中，什么人是作家？李白是作家，屈原是作家，曹雪芹是作家，你一辈子写一百万条微博，又该怎么看呢？其实，能够代表人类智慧的高端精神产品毕竟还是太少了。苏联作家爱伦堡说，在文学上，"数量"的意义非常小，一个托尔斯泰，比一千个平庸的小说家还重要。所以我们要通过引导专业化的、有公信力的评论，通过我们的奖励、奖评制度，让文化生活能够达到平衡。

我在《人民日报》上已经多次写过文章，有的地方好像还被当格言一样录下来，我就是说，通俗无罪，通俗不可怕，但是如果只剩下了通俗，这是不能容忍的。我们需要有高端，需要有引领。同样，我们大量吸收外国的东西也无罪，但是我们不能忽视弘扬我们自己本民族的东西，关键就在这里。

大家现在很关心这个问题，我也很关心这个问题。我在许多报纸上都写过文章。我说咱们现在汉语的水平在降低，已经没法办了。把简体字还原成繁体字以后，笑话百出。"王后"，就是现在这个"王后"，他干脆还原成繁体字双立人那个"後"，就是后边的"后"了，王后成了国王后边的。用错了的字是一塌糊涂。国家语委规定的字，"出妖蛾子"，北京话，我不知道山东有没有。出幺鹅子这是从推牌九上来的。牌九里头有一张牌，就像后来麻将牌里面的幺鸡，它是幺鹅，所以叫出幺鹅子，因此这个幺是一二三的一。可是国家语文委的《现代汉语词典》变成了什么呢？妖蛾子是一个妖怪的蛾子，这完全是西方观念。把一个妖怪变成一个蛾子来叮你来了，这不是开玩笑吗？

我还碰到一个难题，我只好在这里说，因为我已经悲观失望，以至于绝望了。毛泽东主席当年有一个《忆秦娥·娄山关》，很有名的词，"雄关漫道真如铁，而今迈步从头越"，"漫道"就是"莫道"的意思，不要说雄关如铁，我现在要拉着队伍从这头走到那头去，就这么一句话。当时就有分歧，赵朴初先生专门写的一篇文章，就是说"漫道"就是"莫道"，不要说。这"漫"有三种意思可讲，一种当"随便"讲，漫画，漫步，漫步于济南大明湖边。还有一种当"莫"讲，《红楼梦》里头"漫言不肖皆荣出，造衅开端实在宁"。你不要认为这种不像话的事是从荣国府出的，真正造衅的开端，出事闹事起头的，起了坏头的实际上是宁国府。这是漫，不要。当然还有一种当漫长讲。但是现在怎么很多人都把"雄关漫道"当成漫长的道路讲。几年以前，是纪念红军长征多少周年，CCTV-1每天在那里播的是《雄关漫道》，这话不通啊，意思是别说雄关啊，就跟别说王蒙一样，王蒙别说，这是什么话呀？他认为是什么呢？雄关，雄伟的关卡，漫长的道路，雄关漫道。我在《光明日报》上就写了一篇文章，我说"雄关漫道"这个话是不通的，结果央视这个作者就找人说情。有人就给出主意，要不你们去看望看望王老，沟通一下，变成一个公关活动。你跟我沟通没用啊，你得跟毛泽东沟通，你得跟赵朴初沟通，你还得跟仓颉沟通，当初造这字的时候他是怎么想的。

这话说远了，我说这话的意思是我非常赞成加强汉语学习。但是现在有人一提加强汉语学习就认为是学英语造成的，这个观点我非常反对。

英语学得好，汉语就不行啦？谁规定的？我们提一提英语好的人吧，哪一个汉语差？胡适、林语堂、钱钟书、季羡林、冰心、金克木、辜鸿铭，哪一个汉语差？连中文都不好，在家里和老婆孩子说话都说不好，怎么学英语呢？不可能的！它根本就不是互相对立的。

现在的作家里头有几个是英语好的？过去哪个作家英语不好？或者别的外语，鲁迅不是搞英语的，他是日语好啊，巴金，法语、英语、世界语。所以我们在遇到这些文化问题的时候，我们所谓的定力就是我们要看得很全面，不要轻易地制造什么问题，制造什么零和的模式。

第三呢，就是要加强我们的文化整合能力。在中国今天最需要的就是文化整合，因为几千年来我们吸收的东西太多了。孔孟之道，对我们当然是有意义的啊。孔孟，孔子讲做人，讲修身，讲待人接物，有的时候讲得太漂亮了，现在谁也没他讲得好，我们需要。马克思主义我们也需要，如果把马克思主义也丢了，我们还怎么往下混呢？毛泽东思想、邓小平理论、"三个代表"重要思想、科学发展观、中国梦，你得往底下越讲越多。

我是河北省沧州市南皮县人，南皮县最有名的名人是张之洞，张之洞临上任之前呢，他请他的老师，姓鹿。老师送他十六个字，这十六个字学问深了："启沃君心，恪守臣节，力行新政，不悖旧章。""启沃君心"就是你要对上，"启"就是"启发"，要启发皇上，他这话也够厉害的。"沃"就是"丰富"，丰富皇上，皇上不可能什么事都知道。"恪守臣节"，你启发完了，你按你的规矩办事，你是臣子，不要替皇上办事，替皇上办事你要倒霉，只能把国家弄乱，要"恪守臣节"。"力行新政"，你要推行改革开放。然后"不悖旧章"，太了不起了这个人，但是能够不违反原来的老规矩吗？都要违反，否则你给自己的阻力太大。这就是一种中国文化的整合性，他把新和旧整合到一块儿。

如果我们今天没有这种整合能力，我们随时就会发生文化冲突。民族主义的、爱国主义的、共产主义的、延安作风的、井冈山传统的、什么先进的西方管理方式的、民主自由人权的，因为现在这些东西我们都不能够简单地否定。所以如果我们有足够的汲取、选择的能力，消化、本土化的能力，平衡、引领的能力和充分地加以整合的能力，我们在文化上就能够充满自信，就能有更大的定力。

　　我今天要讲的就是这么点意思。谢谢大家！

逄春阶、杨嘉昕 / 录音整理

爱的书

2014 年 2 月 23 日在广州出席《这边风景》研讨会时的讲话

我为什么在 1963 年的时候选择去新疆，就是因为在北京待着，我就感觉已经没法再写任何的东西。我觉得新疆还可以有一些不受影响的话题去写，比如热爱祖国、热爱家乡、热爱边疆、民族团结，还有宗教信徒的生活状况，现在证明这些话题不但没有过时，而且更突出了，更需要有这一类的作品出现。比如我在《这边风景》中写到 1962 年的边民外逃事件，在之前是大面积的饥饿问题，这个话题又有它极大的敏感性，非常麻烦、非常复杂。另外还有一个比较复杂的政治问题，比如"人民公社"，人民公社对发展生产力没有一点好处，这一点历史已经总结了。人民公社一解散，一搞包产到户，农民就吃饱肚子了，这是很简单的道理。

但是人民公社的产生，出现人民公社这个念头并非偶然，类似的想法从古就有，在中国有过井田制，国外有过公社的想法。我在爱荷华的时候，那个地方旁边有个什么公社，是一批德裔人士希望过一种相对比较强调公平的，共同富裕、共同贫穷的生活。中国的留学生都喜欢到那里晚一点吃早饭，拼命地吃，因为收的钱有限，可以吃得非常饱，吃完这一顿晚上再喝点粥就打发了，因为中国人没钱。

人民公社和人类的某些理想有关系，和空想社会主义有关系，和农业社会主义有关系，人民公社的集体生活是有它的魅力和可爱之处的，例如一群姑娘唱着歌上工，现在已经没有这样的场面了，但这丝毫不意味着我要为人民公社招魂。我这里并没有回避人民公社和生活，但是相对来说，伊犁不是特别困难。伊犁曾经在1965年有几个月实现了不要粮票的制度，买馕不要粮票，这是当时中国我知道的唯一的一个城市。兰州有一个孤儿院，在1960年的饥饿当中，孤儿院的孩子快要饿死了，就干脆整个全部迁到伊宁市。

那时候在人民公社里，大家一块儿唱着歌，整个劳动的积极性并不高，但是有时候劳动起来又在一块儿，互相比一比，而且还有面子的问题，都是最壮的劳动力，你要是比别人低就会受到嘲笑。(有首歌叫)《社员都是向阳花》，我还记得在伊犁照过一张照片，王山的妈妈抱着王山，阳光都照在脸上，我一看这照片，我就认为王山和他妈都是社员，都是向阳花。别人也许会说你那时候怎么会有那样的思想，你应该写社员都吃不饱，社员都是大傻瓜，对不起，我不是这种想法，唱《社员都是向阳花》，忆旧它不一定是政治性的，忆旧首先是对生命的温习。

另外，人民公社有一批干部，这批干部当时是被愚公移山、白求恩等等国家话语笼罩了，他们非常可爱，只有选择了敌视态度的人才认为全体农村干部都是坏蛋。有时候真是让你哭笑不得："文革"开始以后，伊犁一个大队抓到一个偷麦子的，他不是本地人，民兵就把他送到大队来了，我也在，就审讯这个人，你受谁的思想影响，跑到这里来偷麦子？他说是"刘少奇"，他受刘少奇的影响来偷麦子，这是国家话语的泛滥。

有时我想，我们对"文革"进行否定，进行批判，这点我和大家的看法没有区别，但是其间生活仍然没有停止，仍然有吃喝拉撒睡，有爱情，西瓜仍然是甜的，有唱歌的。到现在为止，五十多年了，我还没弄清楚是怎么回事。"文革"刚开始，我到伊犁市委党校一个教授家里作客，他叫一个朋友来陪我，这个朋友是苏联反修医院的内科主任，他进门的时候鬼鬼祟祟，我觉得很奇怪。坐下来以后，他从口袋里掏出一个瓶子，原来是药用酒精。我说药用酒精不能喝，他说我喝了两年了，没有问题，他兑了水。我被他劝说一起喝兑水的酒精，喝了一会儿酒精之后，他忽然一拍桌子，说你知道王蒙是什么人吗？教授说我知道，他是一个写作的人。医生说他不是等闲人物，他是斯大林文学奖金的获得者。我一下子就蒙了，我在那种处境下，"文革"当中，我靠边站了，处境不好，我说我没有获得斯大林奖金。他说不要怕，怕什么，获了就获了！我说获得过斯大林奖金的是丁玲。他说丁玲是谁？我说还有周立波，他说周立波是什么，我们不知道，我们只知道王蒙！反正不是斯大林奖金，也就是列宁奖金。我觉得他傻了、疯了，我不能再跟他辩论了。他然后又说，王蒙不但获得了斯大林奖金，而且在克里姆林宫受到了斯大林的接见。我就不明白这是怎么回事，后来我和新疆的老朋友说了，他们说，这就是想象力，这就是激情，这就是维吾尔族人。这个很有生活，生活你堵不住，你堵不死的。就算在"文革"中，仍然充满着稀奇古怪，仍然充满着各种感情。我就觉得，所谓政治是一个非常复杂的事情。也有人很简单地否定它，说你这个跟人民公社没有那么大的关系。还有人用米兰·昆德拉，至少是帕斯捷尔纳克做一个标准，觉得你怎么写的作品是这样的，怎么不是充满了痛苦、郁闷、自杀、忧郁、无奈、悲哀、控诉……

我去日本，日本记者就问我，他说你没有写到人民之间的矛盾。其实《这边风景》里面还写到了矛盾，甚至我写到了汉族和维吾尔族之间为养猪而闹的事。实际上我在政治上的选择，我没有要求中国像俄国一样回到东正教，至少是回到孔教，我没有这个想法。相反，我是从小自觉自愿的，我不是被解放的，而是自己自觉加入共产党，要推翻旧社会。这事也怪，中国就没有出索尔仁尼琴这种人物，中国历史也非常怪，苏联的时候最革命的人也都跑了，因为你再革命也没有高尔基的革命，高尔基都吓跑了，他看到布尔什维克拿着枪砸，暴徒。可是中国不是这样子的，我写的在政治上确实是处于高压的情况之下，是完全应该加以否定的"文化大革命"的情况，但是我抱着的希望是仍然会有积极的力量，能够使我们渡过难关的。

我记忆力再好也开始忘记了，包括《这边风景》里面有些维吾尔族的词我已经完全忘掉了，我就找了一些笔记来校正。维吾尔族语"大儿子"我记得，可是"小儿子"我忘了，我还专门打电话给艾克拜尔米吉提问，他说是。还有一些里面很深的东西，比如说对维吾尔族人来说酒本来不应该喝，但是他们管这个酒叫"泽姆泽姆水"，几乎新疆喝酒的人都知道。那时我写得非常老实，后来写的东西就天马行空多了，它就是某方面的限制变成了某方面的成就，某方面的成就又变成了某方面的限制。

很奇怪，中国在这么多年当中，没有出现帕斯捷尔纳克，没有出现米兰·昆德拉，没有出现索尔仁尼琴，和欧洲的背景有非常大的不同。所以胡乔木先生当年讲，作为中国革命的文化准备和文化基础，比俄国更成熟。所以中国党内的斗争是什么性质？到底有什么特点？例如陕北根据地，头一天还说活埋，第二天说没事就没事了，不是我一句话能够说得清楚的。这牵扯到中国的许多政治观念，中国最深的一个政治观念就是把齐家和治国联系起来。我的家在河北，家里的人就有这种特点，如果吵起来的话，简直像仇敌一样，比仇敌还要仇敌，你和家外的人相反没有成那种仇敌。但是如果发生什么情况，这一家人又相互抱在一起痛哭。这就是中国人的感情色彩。1957 年反右的时候，据说京剧界反右批判会非常好，筱翠花发言的时候就说："你就是不忠不孝，不仁不义……"作为文学家究竟怎样描写这种现象？

到 2016 年就是"文革"半个世纪了。在这里，对 20 世纪 60 年代，我留下的不是一部控诉的书，而是一部爱的书。甚至我还可以说，我不管有些人对《在延安文艺座谈会上的讲话》和文艺理论有些什么样的评价，但是我确实践行延安文艺座谈会的讲话，而且还真的和自己完全不熟悉的、完全不同地域的农民打成一片，像模像样地在那儿参加了农业劳动，当了副大队长，完全混在一起，所以我说我是一个"讲话"的践行者，哪怕是被动的践行者。如果说让我完全自由挑选，也许我不会挑选到新疆伊犁去。但这是一个生活，这是一个命运，命运把我扔到那儿也可以。但是它又没有改变我，重看《这边风景》的时候，我到处看到"王蒙"的痕迹。比如说我写乌尔汗，在《青春万岁》里就有，被认为不够健康，连最初帮助我的周扬也认为我不够健康。我写到女孩年轻时那么美好，那么青春，那么理想，那么活泼，整天跳的是《我们歌唱在五星红旗下》，歌唱的是《美丽的春天》，但是她后来嫁人了，只能在家里带孩子，那么迅速地就把一个女孩的青春消灭掉了……"你还跳舞吗？"听到这话，乌尔汗突然就像受到刺激一样，因为她早就不跳舞了，跳舞对她来说早就是上辈子的事了……我还要说，这种感情实际上和《红楼梦》描写贾宝玉的感情是一样的。贾宝玉说为什么女孩年轻的时候那么可爱，结婚以后那么讨人厌，那么龌龊，那么会害人。这是贾宝玉的感觉。

王山不知为什么对伊犁带果园的邮局印象深刻，他甚至匪夷所思地建议把题目改成"带果园的邮局"。这是很有意思的,伊犁很多果园。伊犁机场是带果园的,那一带有一大片果园。飞机场带果园的只有伊犁,你说是不是有些奇怪?

这就是文学,不仅有社会生活、人物纠葛、悲欢离合,还有奇特的我们认为不该有果园的地方的意想不到的美丽的果园。就看你怎么去欣赏啦。

当前文艺生活的繁荣和困惑

2013 年 12 月 20 日在上海戏剧学院青音班结业式上的演讲

　　我要谈的话题是文化艺术的繁荣和困惑。繁荣我简单说一下，主要说困惑，这个困惑不是别人有困惑，首先是我们自己有困惑，我把这个困惑跟大家说一说。

　　从十一届三中全会改革开放以来，我们国家的政治生活、社会生活，也包括文化生活、文艺生活，有了太大的变化了。这个变化有时候我们注意到，有时候甚至于注意不到。我就想起早在《庄子》里头就提出来了，万物都是与时俱化，就是随着时间的变化万物都发生变化了。事情不断在变，有些变化是有迹可循的，有的变化它自己就变化了，你也不知道怎么变的。

我说一件小事，1986 年 4 月，我开始在文化部上班，刚上班不久，就接到几个著名的妇女革命家的批示，说深圳在搞礼仪小姐竞选，这是变相的选美，而选美活动是资本主义社会拿妇女当玩物的事，是心怀叵测的，这样一项活动应该禁止。本人那时候对选美也没见过，也不知道怎么回事，但是本人组织力是一直比较强的，于是就赶紧贯彻，全力扼杀，不准它搞这个选美。而现在呢，中国还变成选美基地了，光一个三亚就连续搞了多少次选美，别处还有。它怎么变过来的不知道，你查中央文件，没有，国务院文件，没有，国办文件、中办文件、民委文件、中国妇联的文件、中国青联的文件、旅游局的文件更没有这一条——说同意在中国举行选美的决定，没有。这就对了。它就搞了，搞了也没有发生什么灾难。

后来我体会了一点，不知道对不对，凡是越有可能发生低级趣味的，它手续上、礼仪上要求就越严格——有一年我访问法国，参加戛纳电影艺术节的开幕式，那个就要求一身黑西服，打领结，领带都不行，深紫色或黑色领结、白衬衫，衬衫带条带纹也不行。为什么？因为美女如云，如果你流里流气，歪着脖子斜着眼，会影响整个氛围，所以进那里面的男性全部都是最纯粹的绅士，脸上的微笑都有度，傻笑都不行。虽然我没有参加过选美大会，但我去过世界最著名的赌博旅游点——摩纳哥王国，它的地势特别像山东威海，三面是水，一面是大陆。进这个赌场差不多也是这个要求，除了领结可以改成领带以外，别的都是这个要求。为什么？这个赌场可能有耍赖的，可能有黑社会的，但是起码在服装上要求严格一点，一进赌场一看也都是绅士，不是绅士也没钱。所以他有一套约束的方法。

还比如说 1979 年的时候，电视台里面放风景片，结束的歌曲是李谷一唱的《乡恋》，但当时非常著名的权威音乐评论家就说气声是一种靡靡之音，气声最大的魅力就是它的性感，像枕头边上的声一样，给予严厉的批评，有一阵不让唱了。现在岂止是《乡恋》，邓丽君也早就登堂入室了。

邓丽君去世多少周年的时候，赵忠祥主持的 CCTV 音乐台，做了连续三天的专题节目，显然邓丽君也没有那么大的危险性、颠覆性和敌对性。这个事各方面也都能接受，中央电视台也逐渐扩大了包容性。文学里也有这种情形，比如说贾平凹写《废都》，当时弄成一个事了，但是后来慢慢也不算什么事了，所以我们看到，我们的包容正在增加，包容的数量正在增加。

"文革"当中就不说了，"文革"之前，1949 年到 1966 年，文艺上通常称为十七年，十七年中国出版长篇小说 200 种，200 种书分十七年出，平均每年出 11.8 种，所以那个时候出部书影响都非常大，《铁道游击队》《保卫延安》《红日》《红岩》《创业史》等等这是名著，这些名著的发行大部分都在数百万册。还有一些名气不如上面的大，比如《逐鹿中原》《苦菜花》，有些其他的书也都是几十万册。而现在，全国只说长篇小说就每年 2000 到 3000 种，加上网络上的长篇小说，这个没有具体的数字，据说 3000 多种以上。就是说，现在每年你能够看到的长篇小说有 6000 种左右。没有一个人，包括新闻出版总署方面、中国作协方面、出版集团方面、宣传部门方面，没有谁说得清楚这一年来到底出了几千本长篇小说，最多大概说得清楚，要说清楚非常困难，这还不包括其他的途径。真是海量啊。

刚才我谈的第一个话题是包容化，第二个话题是海量化，第三个话题说说便捷化。你想接受文化信息，接受文艺作品，没有比现在更便捷的了。现在先进的传播手段使我们享用种种文化产品、文艺产品，非常多。剧场没有，你可以在电视上看，电视上没有，可以在网上调出来，网上调出来对它的质量还不够满意，你可以去买盘。什么 CD、VCD、DVD、MP3、MP4，现在到 MP 几了，有 MP8 吗？总之它非常方便，传播和市场在文艺生活中起着越来越大的作用。它为什么起的作用大？因为很简单，它接受的人群广，点击率高，票房高。正因为在群众中的影响大，所以大家非常重视这个东西，所以我们要看到我们的文化生活正在走向大众化和民主化，人人都可以参与。过去我们可能认为上艺术院校，首先他得有天才，考上艺术院校很不容易，然后还有多少年的苦读苦练，单独的辅导，尤其是学音乐，一对一进行辅导，才能培养出艺术人才来。现在不一定，这个情况非常复杂。

全世界影响最大的舞蹈家，过去我们知道是邓肯，现在是鸟叔，鸟叔长的那个模样也不敢恭维，而且世界各国还有一些政要也学着鸟叔的样子跳了两下舞，各种无厘头的，但是全能接受，影响非常大。"翠花上酸菜"我也很喜欢，这酸菜东北人家里都有，谁都知道怎么回事。《志忐》就更好玩了，《志忐》那个作者，他是洋人，他是受到中国戏曲音乐的启发。所以这里就揭示了一个问题：大众化、民主化、消费化。

北京市前半年做过一个什么活动，有一个口号就是扩大文化消费，过去谁敢这么公开、明目张胆提出来？文化怎么是消费呢？文化生活消费化，文化消费多了，出现了许多消费性的群众。其实文化消费一直是存在的，我早在文化部上班的时候，开始由旅游部门来组织京剧演出，就是让外国人看一个新鲜，看看中国的与众不同。中国的戏曲当然与歌剧不同，和美国的音乐剧不同。旅游文化，就有一种消费性，它显示的是世界各种不同的风格、不同的质地、不同的追求，而且是不同的价值观的文艺作品，它们可以在中国相遇。最突出的是电影，有多少美国大片在中国取得了不俗的票房成绩，看看《少年派》《阿凡达》《007》……还有音乐剧，北京有个演出公司买下了在亚洲演出《妈妈咪呀！》的版权，取得了很大的成功，包括在上海的演出也取得很大的成功。还有在中国上演的《猫》等等。我们的文艺生活出现了前所未有的扩容，这个容量越来越大，参与者越来越多，和日常生活越来越贴近，而人们对文化生活的要求也越来越高。在这种情况之下又出现了很多说法，从一开始，从改革开放初期，这方面的讨论、困惑、争论、批评、质疑，就非常地尖锐。

在 20 世纪 80 年代中期，那时候文化部组织了一些年事渐高退出第一线，但是仍然学有专长、有很大影响的专家，成立了一个叫作艺术委员会的咨询机构。那时候艺术委员会一开会都是一些非常尖锐批评的声音，最集中的批评就是歌星：歌星挣钱太多，歌星挣钱太快，歌星的嗓子没有得到专业的训练，歌星的上半身、下半身扭动的幅度太大——有的歌星学了一些港台的语言和做派。比如在天津，从深圳过来的一个歌星，上台的时候穿着一件貂皮的皮草，在闪光灯照射之下上台了，讲上几句话之后，这个貂皮皮草往下一脱、一扔，身上较少了，其实绝没有不雅的表现，就是衣服不厚罢了，无非就是这个由大厚衣服到小薄衣服的戏剧性效果。但是天津人损，说你这身材这么好，户口转天津来吧。很多老同志谈起来都非常气愤：我们怎么堕落到这地步了？这算什么呀？那个时候演员唱歌给五千块钱就不得了了。争论当中就出现过一些非常极端的意见，例如有一家刊物说，现在的文艺比什么时候都坏，不但比 1949 年以来的任何一年都坏，而且比国民党统治的白区还坏，因为在国民党统治的白区，中国文艺有一个特点，就是它的革命化。这种极端的观点就是说，改革开放之后文艺比国民党时期还不成样子，甚至还坏。

但是现在历史已经证明，这种极端的批评声音，是阻挡不住大众化、民主化、海量化、包容化、多样化的文艺生活的，这个势头你挡不住。但是在"挡不住"当中，确实有一种令人忧心忡忡的东西，这个"忧心忡忡"并不是简单的扣帽子，说它不如哪个时期；而是值得讨论的问题——今天我们应追求什么样的文艺生态，什么样的文艺生活，什么样的文艺成果。这里面有很多问题值得我们考虑。

第一，我们的数量和质量是不是平衡？过去时代的好书印象非常清楚，现在几千种书出来以后，谁能说得上来你最近喜欢哪种书？那种争相传阅、爱不释手、感动至深、拍案叫绝的书，你能说得上来吗？相对说得上来的多半是什么微博、恶搞、手机段子，顶多加上电视小品。过去说起艺术家、剧作家，我们会想到曹禺的《北京人》，戏曲我们会想到四大名旦、四大须生。现在当然戏曲的专家也很多、也很好，但是在群众心目中，如果要想到目前中国最伟大的艺术家是谁？当然是赵本山，谁都没有他那么大的影响。中国最优秀的男星是谁？赵本山、范伟、潘长江，大概是这么几个人。所以有时候会产生困惑，就是在海量的作品当中，我们是不是应该追求其中能够出现大家、出现经典、出现巨著、出现纪念碑、出现高峰……我们当然不可能排除，也不需要排除快餐式的文化段子。快餐式的文化段子，它有它的方便之处，说不好听的，就是上厕所都能看了哈哈大笑。小段子不怕，但是仍旧应该期待大的东西、期待高深的东西。我们需要考虑一个问题：大众化和高端化。需不需要大众化的东西？需要，大众化的东西，是以初中以下的文化水平为主要的对象。但是高端的呢，也不能没有。

就说戏曲，大牌名家可能在大城市演，你不可能全国所有的乡镇都去演，所以各地都需要有不同层次的艺术家。大家集中的是高端的艺术。今天我们面临一个什么危险呢？就是说高端的东西有可能被淹没在平庸的东西里面。平庸无罪，但是只剩下平庸的东西就很危险了，尤其是中国这样一个古老的国家，一个有伟大文化的国家。如果说我们现在只剩下平庸的东西了，我们这儿只有二流，只有三流。

小品可以做得很好，但是代表戏曲和戏剧的水平不可能只有小品，对舞台的艺术，我们要求有更高的东西出现。比如说外事一个文艺晚会，你很难上咱们的小品，上一个手机段子，再上一段翠花酸菜，上一个《志�》，那岂不是把外国的元首吓坏了：中国闹什么事，老鼠成精了？当然这个话略有尖刻，不是我说的，是我引用的。我们有高端的东西，拿文学来说，我们就有楚辞、汉赋、唐诗、宋词、元曲、明清小说。就连元朝那么短的一个朝代，他们的文学也有很大的发展，元曲影响太大了，还有明清小说。

将来我们这一代人留下什么样的文化遗产？我们现在能留下的只是一个电视小品、一个手机段子？这对历史不好交代。这是一个问题。还有一个问题，就是咱们有的理论，和实践往往有一些脱节。我们对现在的文化现象缺少一套能够分析得清清楚楚的理论。我们生活在一个开放的社会，不断受着从国外来的通俗文化、大众文化、市场文化、消费文化的挑战、冲击、感染。我最不赞成把文化和艺术看成互相对立、不相容的，我觉得好的东西都是你也能存在我也能存在。该向人家学习的，不妨学习。比如歌星演出，这个形式完全是我们从境外学到的，它确实冲掉了一些民族唱法、美声唱法，但这些从外国引进来的方式很受欢迎啊。音乐剧是美国人发明的，但是在英国也非常发达，它不拘泥于意大利歌剧的那种经典性、古典性，音乐剧比较个性化，更容易被接受。我知道我们国内有些致力于做音乐剧的，而且已经有新的剧目上演，但是你目前怎么演也演不过人家，你演不过人家这个《猫》，你演不过人家这个《妈妈咪呀！》，演不过人家的《悲惨世界》，你演不过！境外的影响是无孔不入的，面对这种影响，你赛不过它。电影尤其明显。有一阵我们中国的电影很受欢迎，在国际的电影圈子内得到了很高评价，不断获奖，但说中国已经是电影强国，那绝对谈不上。我现在忧虑的是什么呢？即使在好莱坞这样极其消费、极其美国化的地方，它生产的也并不仅仅是消费作品，总还有一些高端的、高雅的东西。过去就不说了，什么《居里夫人》《魂断蓝桥》就不说了，近十年二十年，就有不少好电影，虽然并不是特别烧钱的大片，比如《国王的演讲》，还有《金色池塘》，非常地雅，还比如关于苏格兰长跑运动员的《特别快车》。它总还有这么一部分有思想、有亲情、有励志、有头脑的作品。但是我们呢？许多优秀的导演开始走无头脑的道路，追求视觉刺激，甚至有的知名导演公开撰文说，思想就是电影的垃圾。那么电影都是没有思想的吗？

我们有些通俗的作品，我称之为空心化的作品，它没有达到我们文化水平的平均数，更不用说高于平均数了。你追求市场当然是对的，谁不追求市场？革命的东西也要追求市场，你没有市场说明你不能被接受，票房在这个意义上它如同选票。但是为什么我们一个比较好的东西，就不能够在市场占有一席之地？是不是我们中国的受众已经都低级庸俗到凡好东西都一律排斥的地步了呢？我看并不是这样。帕瓦罗蒂在中国掀起热潮了，帕瓦罗蒂不是用歌星的那种方法，人家唱的是经典的歌剧，又高雅又有票房。为什么我们的文学家、艺术家不能够拿出既有比较高的文化含量又能够为群众喜闻乐见的好东西呢？我们需要从两个角度看，一种是，我们这些文艺家的水准不足以征服观众、征服读者。你的那个水准、那点货色拿出来，不能够受到大家的热爱，缺少吸引力、凝聚力、说服力，也不感人，你不能让人们得到真正的感动。还有一种可能，你有优秀的作品，也有优秀的人才，但是我们的观众读者有眼无珠，我们的市场有眼无珠，我们的媒体有眼无珠，我们的文艺单位视野不够宽阔。有没有这种情况，这个我不清楚。但如果有，是不是需要造就一种大众的、方便的、普及的、便捷的、优秀的、高端的人才，这是一种平衡。

还有一种平衡，就是在社会急剧变化当中，如何面对某些艺术品类面临的窘境。这个很明显，戏曲尤其明显。到现在为止，方言在逐渐消退，比如上海这个地方已经有越来越多的人不会说上海话，你要都不说上海话，沪剧跟很多以上海话为基础的文艺东西就要受限。广东如果你不用粤语演唱粤剧，那你怎么可能还有今天的红线女呢？苏州如果你不用苏州话，那个评弹怎么能继续下去呢？以至于使有用的一部分文艺形式，面临抢救的任务。这样一种态势，我们国家对这个也有相当的认识。首先是昆曲，昆曲已经被联合国定为非物质文化遗产，连海外的一些同胞对此也十分热心。最近十来年，白先勇先生致力于打造《牡丹亭》的青春版，最近又有新的昆曲在全世界演出，这些努力已经取得了很好的效果。但是这些难以消除某些民族文艺样式所面临的危险，因为没办法，现在年轻人喜欢听快的节奏，他要热闹劲，要大闹大哄的劲。我听我的孙子辈的青年说过，他们去听台湾的周杰伦唱歌、弹钢琴，他们兴奋极了，演出之前，谁都还没有看见周杰伦呢，全场上万人已经都站起来，每个人都拿着牌子，什么周杰伦我爱你！周杰伦别走！然后周杰伦说一句话，底下就喊，嗓子全喊哑了，除了周杰伦没哑，全场嗓子都哑了。它可能对维稳、对和谐也有好处，乱喊乱叫，跟着周杰伦一起乱喊乱叫，对社会没有任何危险，然后他回家已经累得不行了，还没到家两眼已经睁不开了。

所以我们现代化的方针是完全正确的，不可能是别的方针，如果我们不搞改革开放，我们不搞现代化，我们就死路一条，我们就一定是贫穷、落后、愚昧无知。但是现代化的过程中，怎么保护我们民族这些古老的艺术形式，怎么保护我们的东西不受破坏不受损失，如何保护中国特色的文化遗产，这个问题也非常严重。

前不久我在北京看了一场民族音乐演出，我非常理解民族音乐渴望在今天这个时代能够焕发新的光彩，所以它想了许多办法，包括带着悲情大声呼喊："我们需要的不仅是观众，而且还有尊重！"其实尊重这个东西不是喊出来的，帕瓦罗蒂上台以前绝对不会讲一段"中国的听众们，我要唱歌，请注意对我的歌表示尊重"。唱戏的也不会这么说，希望我们的戏曲回到徽班进京那个时代，回到杨小楼那个时代，回到当年那种辉煌的盛举。

我们生活在一个传媒时代，有人说这是触屏时代，我们生活在这样一种"看不见的手起着巨大作用"的时代。文化体制的改革正在把一大批的文学和艺术推向市场。这种情况之下，怎么样能够取得一种更好的质量的平衡，外来的艺术形式与民族的瑰宝的平衡，群众化大众化的文艺活动和精英的高端的文艺创作的平衡。我们除去销量、点击率、票房以外，还需要建设一个强有力的、有威信的、有学术和艺术水准的、有专业水平的这样一个强有力的文艺的评估的力量、评估的体系、评估的系统。我们社会应该有人懂得，什么是感人的艺术，什么是有道德有思想的艺术，什么是"润物细无声"的艺术，什么是有智慧的艺术、有良心的艺术、有头脑的艺术。我们社会不可能没有人知道。我们有那么多的艺术学院，有那么多文学的院校和科系，有那么多社科、人文科学类的研究机构，我们还有专业的文艺团体，还有文艺的群众组织，有经费基本有保障的文联和作协，还有文化行政部门，有文化部、新闻出版广电总局……所以我们不可能没有专家、没有学者，没有人告诉大家什么样的作品是好的，什么样的作品是空心的，什么样的作品是糊弄人的，什么样的作品是克隆外国的，什么样的作品是一种拿不出来的阴暗丑陋的思想精神在流露。我们需要有人告诉大家，哪怕这个艺术家名气很大，但是他的作品是失败的，这个作品是文艺的垃圾。需要有人告诉。现在没有了，起码是少了。现在有些写评论的都是拿了红包的，连学术都跟红包有关系。

我到过一个地方，这个地方市委书记请我吃饭，告诉我，我们现在搞文化建设，搞旅游，我们的方针就是"先造谣，后造庙"。什么叫"先造谣"？它有争论——说一个文化名人，他是出生在哪儿的，我们干脆先不追究，就出生在我这儿，就是在张家村李家店的，然后在张家村李家店批地，批出 500 亩地来，盖出一个纪念堂，盖一个庙。盖个庙有半亩地就够了，多余的其他土地就搞按摩、足疗，搞各种各样的活动，然后就号召大家来。有些学者立马就指出，说某某文化名人历史上根本就不是在这块地方出生的，是邻省的某地出生的。怎么办？好办。你把学者全家请来，住上当地最好的宾馆，参观考察有关的资料，顿顿都有大闸蟹，临走还有厚度不等的红包，半个月就"拿下来"了。所以我们缺少真正有道德、有立场、有正气的专家，缺少对艺术负责、对学术负责、对文学负责、对专业负责，而不是对私利负责的专家。其实真正做文化市场的知道，光靠忽悠，光靠造谣、造庙，它是维持不长久的，很容易就暴露出来，很容易就完蛋了。你还得让人听到有学术的东西，有专业素养的东西，听到对历史负责的声音，对民族文化建设负责的声音，你不能只有信口开河，这些是不行的。

一个成功的媒体、一个成功的学者、一个成功的专家，他一定要在这个社会上发出自己响亮的声音，这个声音有足够的诚恳、严肃，与红包毫无关系，他面对的是学术，面对的是艺术，面对的是历史，他敢于发出经得起历史考验的声音。要这样才行。

有了这样一个评估的声音，也就会有另外一个分不开的东西，就是有公信力的、强有力的奖励系统。我们推动艺术世界，要敢于肯定我们应该肯定的东西，你别该肯定的时候你又不敢肯定，而这个奖励的系统它并不让市场牵着鼻子走。奥斯卡并不让市场牵着鼻子走，有些东西得了奥斯卡奖，大家才看起来的。奥斯卡不是一个最严肃的奖，诺贝尔文学奖它也不跟着销售走，而且它专门喜欢奖励一点冷门的东西，你死活想不到的东西，比如他奖励意大利的左翼剧作家达里奥·福，被奖励者本人都不相信。更早的时候，1986年他奖励法国的作家西蒙，西蒙他是很怪异的一种文体，接受的人很少。但是作为一种品牌，奖励也有着对艺术、对学术、对历史的一种责任感。

不管庸俗的东西、平庸的东西乃至于低俗的东西，它势力多么强大，无厘头的东西、空虚的东西、碎片化的东西、快餐式的东西力量多么强大，我们社会都要有一种引领的力量，要有一种学术的责任心，要有一种艺术的使命感，要坚持不懈地告诉大家，我们现在哪些作品虽然名气很大，实际上还有很远的距离；同时也要告诉大家，有哪些虽然没有受到人民群众的注意，没有市场的注意，但是它有很宝贵的东西，有值得珍惜的东西。而且要告诉大家，我们是有所期待的，我们是有所等待的，我们的中国梦也包括文化之梦。文化之梦是我们有上等的杰出的文学艺术家，我们有上等的顶端的感人至深的文艺作品。我们为这个，我们有耐心，我们要随时地注意，随时地寻找，要寻找瑰宝，要帮助瑰宝，要积累瑰宝。我想在这种困惑当中，起码我们还有这种愿望，我们还有这种期待。

智慧的光芒——谈数学与人文

2013 年 12 月 13 日王蒙、冯士笮、方奇志、徐妍在中国海洋大学的对谈

编者按：冯士笮是中国科学院院士，方奇志是中国海洋大学数学系教授，徐妍是海洋大学中文系教授。

王蒙：福建有一个文学评论家叫林兴宅，以前他提出过一个观点，说"最好的诗是数学"。这个话一说，全国哗然。我当时并没有很多道理可说，但是我非常喜欢这句话。古今中外不止一个有名的文学方面的人才自嘲说：我为什么写小说写诗，因为我从小数学不及格。例如，汪曾祺先生有过这样的名言。但是我跟这种类型的写作人有相当大的区别，我从小就着迷于数学和语文，我为什么着迷这两样呢？因为我始终感到

只有在数学和诗学里面，人的精神才能够进入一个比较纯粹的境界，才能把对世界的认知符号化、纯粹化，提升之、激扬之。比如，你就是用数学的一些概念，如数字、数量关系，或者形体、形状、相似、相等、不等、互证或者其他，用这些东西来认识数学，来认识世界。而且在你的这个很特殊的精神世界里头，你能感觉到这种智慧的光芒，你能感觉到人类的智慧中有多少奇妙的激情与创造发现！不管你有多少不顺心的事情，多少琐碎的事情，多少鸡毛蒜皮的事情，多少小鼻子小眼、抠抠搜搜的事情，可是你进入这个境界以后，那些猥琐的东西没有"入门证"，根本进不来，你只剩下了妙悟、飞升、热泪盈眶；同时你只剩下了智慧，只剩下了推理，只剩下了激情，同时还有想象，最纯粹的想象。

我想作诗的感觉和解一道数学题的感觉是非常相似的。这种感觉就是黑暗中的寻索与光明照耀的狂喜。我上初中的时候，就迷于这个。后来长大一点，就觉得各种数字和形状都是充满了感情的，譬如说，当我们说"一"的时候——中国人最喜欢这"一"：一以贯之，"吾道一以贯之"，见出这个人的坚决，多么鲜明，又多么忠诚；又如"天下定于一"，所以叫"定一"的人特别多，如陆定一、符定一等。有了"一"就有了一切，"道生一，一生二，二生三，三生万物"。后来就觉得许许多多的数学现象，其实都是人生现象，它反映的是人生最根本的道理。

譬如说，我最喜欢举的例子就是我在北戴河看到一个捉弄人的、带赌博性质的游戏，就是他用四种不同颜色的球，比如说红、黄、蓝、白，每样 5 个，放在一块儿 20 个，然后让你从里面任意抓出 10 个来，如果每种颜色的组合是 5500，就送你一个莱卡照相机；如果是 5410，送你一条中华烟；然后，有两个组合是你反过来要给他钱的：一个是 3322，一个是 4321。3322 加在一块儿是 10，4321 加在一块儿也是 10。结果人到那儿一抓呢，经常是抓出来 3322 和 4321。这个是非常容易计算的问题。

很多老师，包括西安电子科技大学梁昌洪校长，他是数学家，他把整个的算草都给了我，而且他特别重视这个。他在全校的同学里头组织了几百个学生在那儿抓，抓了一个小时，然后又在电脑里头算，结果都完全一样，就是3322和4321所占的比率最高，都能占到接近百分之三十，而5500呢，它只是十几万分之一。为这事我还出了硬伤，因为我有这悟性，没这知识，我说这5500的概率和民航飞机出事故的概率是一样多的。结果民航局的朋友向我提出了严重的抗议，说民航局从来没出过这么多事故，他们不是十万分之一，可能是千万或者更多万分之一。所以这也让我长了很多的知识。

这几个数字，一个是3322，一个是4321，迷住了我，我觉着这就是命运。什么是命运？3322或者是4321就是命运。为什么5500的机会非常少，就是命运绝对拉开了的事并不常见，一面是绝对的富有，因为5是全部，某一种颜色的球全部拿出来才是5，另一个是0，这个机会非常少，十几万个人中就一个，它赶上了5500，我们也是爱莫能助，或者妒也白妒了。

所以说命运的特点在于：第一，它不是绝对地不公平；第二，它又绝对不是平均的。例如4321，哪一个和哪一个数都不一样，却又相互紧靠，它的概率非常之大，我觉得这个命运太伟大了，这就是上帝，这至少是上帝运算的一部分，或者让你3322，这非常接近，但是不完全一样，或者是让你4321，谁跟谁都差一点，但是也不可能完全一样。还有，如果你不是往外拿10个球，而是往外拿12个球，你想拿出3333绝对平均的概率也是非常之低。恰恰由于10不可能用4除尽，4种拿10个，才出现了这样美妙的结果。这就是概率和命运、上帝的关系。一次，我和一个美国人——美国的一个研究生谈起我的作品，我忽然用我的小学五年级的英语讲初中二年级的数学，我就给他讲maths，我说这就是God。

他就说："eh. I don't like this."他很不赞成，很不喜欢我这样的分析，把伟大的上帝说成是数学，但是我不是说伟大的上帝是数学，而是说数学的规律是"上帝"所掌握的，和世界的宇宙奥秘是一样。

徐妍：数学的趣味的确无限，原因就是它和人文是密切相关的，更重要的是，它的里面含有非常多的我们人类难以穷尽的哲学，当然是与生命哲学，东方哲学，以及灵感、想象力都有很多的关系。但是如果说我们能感受到的话，一定是有好奇心、想象力，同时也还有智慧的头脑，在这点上我想也不是每个人都可以达到这种境界的。

冯士筰：我既不是数学家，也不是文学家，正好是在这两个范围以外的这么一个人，我后来再一想，我来有一个好处，有什么好处呢？我给大家算一笔账，你就会发现，我来也有我的用途：第一，在座的文学家，当然了，以王蒙老师为首，是一个文学的组合，再加上数学组合，因为两家碰撞嘛。数学组合，方院长，再加上老师和同学们，加在一块儿这又是一个组合。你们两个加在一起就是这个会议的主题，我们假设你们加在一块儿是 +1，放在数轴正的方向，算 +1 的话，刚才王蒙老师说的九九归一，1 是很好的数字，我假设为 +1，那么我参加有一个好处，我既不是数学家，也不是文学家，如果我是真的一点也不懂的话，你可以把我算作在这数轴上的一个负数，我们假设是 -1。要是真这样的话倒挺好，我们把二者作和，即 +1 加 -1 等于 0，0 这个数字是非常精彩的，我猜啊，方老师可以给大家一个解释，0 这个数字太美妙了，但在数学上，跟 1 比，甚至要超过这个数字。但从中国的人文理解，九九归一很好，但从数学上来讲，0 是很奇妙的。因此，有我在确有一个好处，把我加在数轴上，就变成 0 了，太完美了这个数字！当然我也不是完全不懂，我也学过小学算术了，初中代数了，大学微积分了。文学的话，虽然没有系统学过，但至少是高中语文以下的水平，我看过一些书，因此，我不是完全听不懂，我就不是一个完全的-1。是一个负的零点几，这样一看，跟各位加在一起，就变成了一个不到1的小的正数，这就不圆满。另外呢，我不是一个绝对不懂的一个-1，加在一块儿更不能是0了，就更不圆满了。但是，我想不圆满，这正反映啊，我们人类的发展和社会的发展它没有圆满，从哲学上看这"不圆满"要比"圆满"更圆满！我这么一想啊，好吧，我就来参加吧。

方奇志：数学本质上和王先生刚才说的是一体的，因为从其源来讲，数学是研究世界的本原的，就是说它是形而上的东西。比如我们说五个手指头、五个苹果、五头猪，这都是应用、现实层面的，但是你把那些单位都去掉，就只有一个"5"，那就变成了数学。从很久以前开始，人类相信数字是上帝安排给这个世界的某种模式，也就是说这个世界是按某种数学模式运行的，这个模式可以用到很多的方面。从起源上讲，数学的所有研究包括欧洲的数学发展，都是率先属于教会的，它是宗教的一部分。所以我们可以用一种哲学的换位来看数学。数学和文学，包括哲学，在对人生最本质的和对世界最本质的探索方面是相通的，只是角度不同，应该都是一种我们所说的形而上的东西。

● 一、数字与人文

徐妍：听三位老师讲了之后，我有一所得，也就是一个初步的认识，数学其实是哲学，而且如果套用海德格尔的"诗与哲学是近邻"的话，我现在认识到数学和人文是近邻。

王蒙先生说，从1到9，我们都会从1到9想到一些，但是王蒙先生提供的是这样一个内容，比如说天得一以清，天下定于一；一分为二，二心，二臣；道生一、一生二、二生三；三足鼎立，三星高照，一分为三；四时生焉，四方、四顾茫然；五行，五色；六六大顺；七巧；八面玲珑；九九归一；等等。从1到9，0暂时悬隔到那里，因为0实在太妙了，我们把它放在后面。

王蒙：我忽悠一下，中国人喜欢"一"，因为这整个的世界是"一"，世界是统一的，郭沫若的诗有一句非常有意思的话"一的一切，一切的一"，现在我也没完全明白什么意思，但是中文的此种构词是太棒了。一就是一切，一切就是一，万法归一，一生万物。天下定于"一"。中国文化最讨厌的是"二"，如二心，如果皇上说你有二心，你的脑袋就保不住了。毛泽东最喜欢的是二：这是毛泽东和柳亚子说的话，老蒋说天无二日，我偏偏再给他出一个太阳。毛泽东也喜欢"一"，也喜欢"二"，当革命没有胜利的时候，他喜欢"二"，革命胜利了，他喜欢"一"，但是他讨厌"三"，没有第三条路线，没有中间路线，第三条路线都是假的。改革开放以后，"三"的地位有点提高，哲学家庞朴就提出来一分为三，一分为三是什么意思呢？他说，譬如说，一抓就死，一放就乱，一抓就死这是"一"，一放就乱这是"二"，但是我们追求的应该是"三"，就是抓而不死，放而不乱，就是在"一"和"二"的斗争中要产生出一点新的模式来，新的思维，新的生产力，新的生产关系。"一分为三"这是庞朴教授提出来的，有一定的影响，但是也没有得到普遍的响应。我个人很喜欢他这个话。你只要承认了"三"，就承认了不断出现新生事物，所以老子说，道生一，抽象的道变成了一个统一的宇宙，一生二，这个宇宙就变成了矛盾的两个方面,矛盾的两个方面斗争的结果会出现新的东西,既不完全是"一",也不完全是"二",那么不断地出现新的东西就生了万物,所以我个人也有点喜欢这"三"。

但是在男女关系上我不喜欢"三",我不希望第三者插足,我这一辈子也没有"三"的记录,我永远只"守一"。

徐妍:刚才王蒙先生讲,他提供1到9,他最喜欢哪个呢?他在书中已经说了,特别不喜欢小葱拌豆腐的那种一清二白的思维方式,我也猜想可能"三"是他比较青睐的数字之一,这是在哲学上,不是在生活上,而且在这里面我的感受是:虽然有着对于传统文化的追溯,但也有他个人的,或者一代人的那种伤痛的历史记忆。中国要是能够允许"三"的存在,那大概是一件非常不容易的事。

冯士笮:王蒙老师刚才谈得非常清楚,从1到9,谈得确实不错,我想方老师应该更有她的体会,就这九个数字,咱不谈0,0是个比较奇妙的数字,这是个基本数字。刚才王蒙老师谈到了一、二、三之间的关系,不容易啊,"一分为三",在今天我们能讨论它,这已经是不容易了,这是一个巨大的、本质性的进步,从社会上来看,也不是从文学上,也不是从哲学上来看。在我们国家,现在能讨论一分为三了,上帝呀!这真是保佑!

在我谈之前,我先斗胆"批驳"一下王先生。您和您夫人"守一"呀,OK!但是,"三"是重要的:小孩儿!没有小孩儿,就不是一个家,就不是一个三维结构,就不是一个完满的家庭。事实上,就王蒙老师的恋爱观有一个非常重要的、最稳定的因素,子子孙孙,无穷匮也,就是后代。我们老说 n 维空间,其实我们是生存在一个三维空间(n=3)中,三维空间是除了时间以外最稳定的空间。抱歉，这是补充，不能叫反驳。

一分为三看来可能是非常重要，至少非常有趣，大概"三"的位置是最稳定、最和谐的，也普遍存在，不管你承认不承认。我们过去看小说也好，看电影也好，都是红脸就红脸，白脸就白脸，非黑即白，没有灰色地带。我说话可能是有点僭越了，反对写中间人物，其实说白了，冒昧地说一句在座的各位，可能咱们大多数都是中间人物，大家都知道写武侠小说最著名的作家金庸，我对金庸最佩服的一点，他书里面的主角几乎都是中间人物，这点是完全超出武侠小说的主旨和传统上的特色的。其实"三"是最稳定的。还有一个特色，这个"三"，往往是一个最难处理的事情，社会之所以这么复杂，就是因为"三"。我们在不断地处理这个"三"，处理得好，我们就皆大欢喜，处理坏了，就得好好处理处理，"水能载舟，亦能覆舟"大概就是这个意思。这个"三"是最普遍存在的，毛病是最多的，我们要不断处理它，这才是真正的现实社会，而不是非黑即白，灰色地带其实是挺多的。所以，一分为三是非常值得研讨的事情。

我不是哲学家，我也不懂，但是我体会这个"三"确实重要。其实这个概念王蒙老师已经提到了，咱们自古就有"一分为三"这个概念，三足鼎立，如果咱把"三足鼎立"分析分析也很有意思。他们造出这个三足鼎立的"鼎"来，你还要维持这个鼎不倒，老保持这个稳定三足。再有就是平衡，平衡可以是稳定的，可以是不稳定的，这两种情况都有，这是两个极端，永远的绝对平衡在社会上是不存在的，在自然界也不存在，它早晚要变。绝对不稳定也不会，你可以想办法调整它使它平衡。最好的平衡，就是随遇平衡，就是这球它总是平衡的，这就是那个"三"。所以，我理解这"三"，从数学科学到自然科学，到咱这社会，能够来讨论这一分为三，这本身就是一个巨大的进步。我们现在最推崇的唯物辩证法，辩证唯物主义，它有三个基本规律，一个是对立统一，一个是量变质变，一个是否定之否定，也是一分为三。但是，数学家可能更希望把基本规律归为更简单的，我不反对，在数学上，我们假设越少越好，才能有一个统一的、更扎实的理论基础。我们搞海洋的，我是搞物理海洋的，搞海洋就要搞海水运动，我们也是要尽量把假设减少到越少越好，不要这么一假设那么一假设，随心所欲。你要提出最基本的假设一个、两个、三个来导出你的动力学模型。这方面方老师就更有体会了，咱们中学学的那个几何上的勾股定理，那是非常精彩的。我举个例子，就像这个勾股定理，勾三股四弦五，我们老祖宗早就发现这个事儿，这是中国人发明的，没错，这一点是绝对正确的，但是，我们为什么没有系统地发展起这个几何学来，而让希腊人发展了，从现代科学来看是很值得深思的。方老师知道，他们也有这个定理叫毕达哥拉斯定理，他们这定理是推论出来的，证明出来的。他们首先提出几个最基本的公式，就是几何公理，然后系统地推出和证明了一系列定理，建立了"欧几里得几何大厦"。前者是"1"，后者就是"2"；什么是"3"？1和2都不是绝对唯一的真理；因为有意思的是，把这些公设改一个之后，就可以变成"非欧几何"，这或许就是"3"，伟大的广义相对论就基于非欧几何。我这话什么意思呢，就是一分为三这个"三"，的确是值得研究的。我说真的，王蒙老师，要有兴趣研究这个哲学观点，这有利于自然科学哲学和社会科学哲学的发展。我最赞成的是前国家主席胡锦涛倡导的"科学发展观"，"以人为本"为核心。谢谢！

徐妍：刚才，王蒙先生和冯老师都对"三"情有独钟，我认为，数学、数字和文化都有着深厚的各种各样形式的联系。接着我们还是请方教授以数学家的目光，或者是个人的记忆来挑选她比较喜欢的数字。

方奇志：下面我就聊一下数的发源。人类从什么时候、怎样开始识数的？现在的探险家到原始部落去，会发现几乎所有的原始部落里面用到的最大的数就是"3"。为什么呢？在数的产生过程中，先是有了"1"，大家认为这是我，然后慢慢地出现了"2"，因为我对面有一个人，在出现了"1""2"以后，数字停顿了很长时间，之后又出现了"3"。"3"的发现，相当于人们发现在我、你之外，还有一个客观的第三者站在那儿。我们会看到许多与"3"有关的现象：原始部落里人们会把三个东西堆在一堆去数它们，而不会堆成四个一堆；希腊大写数字的写法，一个大 I、两个大 I、三个大 I，而 4 写出来的时候就变成 V 左边加个 I（相当于五减一），6 就是 V 右边加个 I（相当于五加一），7 就是 V 右边加个 II（相当于五加二），8 就是 V 右边加个 III（相当于五加三）……因而 3 是一个特别基本的数字。

刚才冯院士谈到毕达哥拉斯学派，这个学派是数学里最早、也是在西方哲学和西方美学里最重要的、一个具有宗教色彩的重要学派。毕达哥拉斯学派的宗旨就是万物皆数，他们认为数是万物的本质，上帝创造了数字，世界就是按照数字的各种运算、各种模式规律构成的，然后剩下的都需要人来做、来解释。人的工作就是发现自然的奥秘。因而这个学派主要研究的就是数。勾股定理在西方称为毕达哥拉斯定理，是因为毕达哥拉斯首先给出了这个定理的严格证明。毕达哥拉斯为了庆祝这个定理的证明杀了一百头牛，所以这个定理还有一个特别通俗的名字叫"百牛定理"，就为了庆祝。毕达哥拉斯学派对于数字有他们自己的认识，他们认为："1"是原则、是世界万物之母，这和我们道家的讲法是一样的；"2"是对立和否定，和毛主席所讲的也基本一致；"3"则是万物的最终形式、代表完美的形式，我们数学中有种讲法，"3"就是一个系统。我用家里日常的一种规律性来讲数字"3"：一个孩子是要管的；两个孩子你要"拉"，因为他们会经常打架；如果这家有三个孩子，父母是很好当的，只需"宏观调控"就行了。因为三个孩子，往往是两个一伙、一个落单，这个落单的孩子就会想办法妥协，去沟通，三个人就会在不断的运动变化之中维持着一种平衡，家长只需要看着他们玩就行。从这个层面上讲，"3"真的是个很完美的数字。在西方哲学里面，数学的起源是与宗教在一起的。西方宗教认为上帝是三位一体的，世界也是三位一体的，地面、海洋和天空三位一体的。人呢，也是肉体、心灵和精神三位一体的。三位一体是西方哲学非常重要的模式，从这个角度看，"3"这个数字是很重要的，"3"即可成为一个系统，或者说一个系统一旦达到"3"就有了稳定。

多说一句，就是刚才冯院士所说的，为什么我们的勾股定理比西方的毕达哥拉斯定理提出早好几百年，但大多数人仍然称之为毕达哥拉斯定理？我觉得一个很重要的原因就是我们没有证明，毕达哥拉斯证明了。从本质上讲，西方的数学更多地强调认识数的本质，要通过认识数来探究世界运行的模式。在这种探究中，通过毕达哥拉斯定理发现了无理数，导致了数学史上的第一次危机。而中国的数学是从丈量田亩开始的，勾股定理是从实用出发，强调有用。所以我们并没有从勾股定理中发现无理数，因为现实生活中的度量用不到无理数。西方的数学更讲究逻辑的严密和本原性的发展，因而发展得更为持久。这有点像哲学，如果哲学都以实用为主的话，那么就无法存在和发展了。从这个层面上来讲，数学在西方的发展要比在中国好。

徐妍：刚才方院长是从另一角度，不光是从数学的王国，而且她是从西方对数字，以数字"3"为例提供给我们另一种，我个人的理解也许有误读的地方，就是另一种"3"的存在样式，或许"3"本身作为一个数字，作为数学王国中的一分子，它可能在不同的文化环境中，不同的文化链条下，会有一个不同的存在样式。但是，在西方呢，我想它稳靠、谐和，因此它能发展壮大，这个可能是两种不同的文化。但是，我们因方院长的阐释，知道"3"在不同的文化、不同的国度，它有不同的样式，这是我的一个理解了，非常感谢方院长。

● 二、数学与命运

王蒙：我这个摸球的例子，大家都可以去试试，你用四种扑克牌，或者用四种麻将牌你都可以摸摸，你会发现摸出来不是 3322 就是 4321，这个机会多，这是一个形而上的东西，中国人也有这种头脑。比如说中国有一个词，说他赶上点儿了，这个"点儿"。点，当然是一个几何学名词，有人倒霉，大家也说他赶上点儿了；有人突然发起来了，发达起来了，噌噌直上，芝麻开花节节高，你摁都摁不住了，你嫉妒也没用，你告状也没用，他赶上点儿了。包括薄熙来在受审时，他最后说了句，也就是他最后的申诉吧，他是这么说的：我知道我在劫难逃。"在劫难逃"有数学的意味，因为这"劫"呀，在梵语中说的是一段时间，指某个时间段，而对于时间的认知很难离开数字或者线段。尤其还有一个更严重的话叫"气数"，就是这个朝代气数已尽，所以这是"数"啊，气数，气呀很抽象，你摸不清楚，"气"你可以说是他的运气，一个人，或者是执政集团，或者是这个朝代，或者是这个皇帝的这个主观的自信，或者是我们所说的那种气场等有这个因素。但还有一条就是"数"，就是这个数字经过若干发展运动以后就变成了这个"气数已尽"。这国民党啊，我这一辈子感受最深的就是国民党那时候气数已尽，你没法办，你救不了它。当然那个时候我是非常反对它的，从个人来看，现在看国民党那些人也不都是最坏的。比如说胡适现在行市也很好，现在已经是被很多人所尊敬。但是根本就帮不了它，怎么弄怎么倒霉，你们看三大战役，那个淮海战役的时候，国民党是坐着装甲车、汽车来运输，人民解放军靠的就是腿，每次到一个地方都是前十五分钟、前二十分钟，或者前半天，共产党已经占领了，国民党拼了半天命，它就是差这么十几分钟、二十分钟，气数已尽。说明这里面是有一个数字的法则的，这个数字又和时间的运行，是联系到一块儿的。

古代有算命的，算命进行的是什么呢？基本上是类似数学活动，所以叫"算"命。生辰八字这一系列的演算，抽签也是一个数学活动，这也是概率，就是你抽着上上签的可能性有多大，你抽着下下签的可能性有多大。甚至于这个"相面"，相面这里面是不是也有着几何性的观察，那儿跟那儿的距离怎么样，那儿跟那儿的对比怎么样，这人中长的人活的寿命就大，他要分长短，要分大小，其实这都是数学的概念，所以这个人认识世界，数学是他认识世界的一个最基本的方式。

爱情里面也充满了数学的那种表达，说"执子之手，与子偕老"，这是一个很长的数字，偕老，起码是几十年的一个数字。"不需要天长地久，只需要曾经拥有"，这是另一种爱情观，这种爱情观要求的是瞬间，是刹那间，甚至于就是偶然，是不稳定。

所以，我就觉得数学是一个基本的认识世界的方式，顺便我也呼应一下，比如说咱们也研究这个商高定理，但是没有发展成为一个完备的数学。我觉得原因有两点：一点，咱们喜欢这个整体性的思维，我既是为了实用丈量土地，又是为了趣味，通过商高定理，我觉得很有趣味，3、4、5这几个数字，太迷人了，他没把它抽象化，分割得很清楚，说我这要研究的就是这个数量关系。再一点，咱们不重视这个计算，丈量计算我们不够重视，从古代就不够重视。毛主席讲实践论，这是他的哲学名著之一，他说感性认识多了，就变成了理性认识，但是这个话不完全，因为你感性认识再多，你本身不可能变成理性认识。毛主席本人已经认识到这一点，所以，他最初在延安提世界上的知识，一个是阶级斗争知识，一个是生产斗争知识，但是在1958年、1959年，尤其是在大跃进失败以后，毛主席提出来的是生产斗争、阶级斗争、科学实验。到现在为止没有一个人研究，为什么毛泽东加上了"科学实验"，我认为从背景上来说是由于大跃进的失败，从学理上来说，毛泽东体会到感性认识是不可能由于数量的积累就变成理性认识，而是通过科学实验。那么，如果我斗胆来讨论这个问题，科学实验是重要的，还有一条同样重要的就是逻辑推理与数学运算，感性认识是通过科学实验，因为科学实验也已经非常靠近了逻辑推理与这个数学计算，这个加上以后，毛主席的实践论、认识论就比较完整了。所以，如果我们有这样一个比较完整的认识，如果我们能够更加深入地探讨中国人这个大脑需要更多地强调逻辑与数学的问题，我们中国人在科学上、在数学上，会有非常好的前途。

徐妍：刚才这个话题，就是"数学与命运"的话题，也是概率和组合这样一个非常复杂与玄妙的话题。然后，经王蒙先生的解释和他的体验，我的体会也可以说是从三生发出来的。比如说，命运是非常混沌的、未知的、无限的，没有人能说得清楚，说得明白，说清楚的就不是命运。但是，数学呢，我们固然说也是说不清楚的世界，但是精确，和明确这种混沌的世界，为什么用精确的世界来解释一个混沌的世界？这个是我特别好奇的，而且我们中国人呢，缺乏一种精确的思维，像王蒙先生所讲的，我们缺乏一种科学的、谨严的、数学的思维方式。但是，这两个方式我们如何对接，我想这也可能是它奇妙的地方，也是它哲学的地方。

冯士筰：刚才王蒙老师已经谈得非常精彩了，很多话非常中肯。既然谈到概率了，这里面有一套数学理论，待会儿请方老师来解决。我看到过有关概率的一首诗，王蒙老师也可能看过，方老师也可能看到过。现在有一个数学家叫安鸿志，他用概率统计研究《红楼梦》，得到一个重要的结论，就是这部《红楼梦》是骂雍正的。我很感兴趣，王蒙老师可能更感兴趣，很有意思，对错咱不说。他本身是数学家，尤其是红学家，他的院士同学写了首诗，这个同学诗写得不错。我试着背背看看，他说的实际上是"规律"，他说："随机非随意，概率破玄机。"就是你研究概率论，就把问题给解决了：为什么随机非随意。第三句呢，就是这个"无序隐有序"，你看它乱七八糟，其实也有序。最后一句"统计来解谜"，也就是说统计学就把谜给解开了。这首诗不愧是数学家写的，写得非常好，没有一句废话。我想举个例子，实际上在20世纪，现代物理学两大支柱，一个大家知道是爱因斯坦的相对论，另外一个是量子力学。量子论本身用的数学工具就是概率统计，所以说，在这个概率统计，也就是王蒙老师刚才提出的概率，这个问题里面它有非常大的使用价值，而且是20世纪的上述两大支柱之一。不过话讲回来了，爱因斯坦是反对量子力学的，据说他说过这么句话："我就不信上帝会掷骰子！"我们不去管他的观点，现在认为两者都对，爱因斯坦也对，量子力学也对。这句话出现另外一个问题，上帝会不会掷骰子？掷骰子，这说明什么呢？人生的际遇就是掷骰子，你别看它很乱，我看是冥冥之中有一个规律在里面起作用。当然了，这里面有很大的不同，比如时代的不同，历史发展的不同，农业、工业何止是水平的不同，还有这个人际关系的不同，诸如此类等等，还有也许出了个天才，又出来一个魔王，这都可能进行一些干扰，但总体来看，我觉得真有一番规律，按照辩证唯物主义的观点，就是从马克思社会学来看；幸好历史是人民写的。这是从政治观点来看。实际从根本上说我们尚不清楚，因为我们人类有史以来过得太短了，中国算早的吧，也不过就是三千来年文明史，两三千年，太短了。从整个地球上的社会，不要说宇宙发展了，我们还摸不清楚这个规律。看来，命运是掷骰子。实际上呢，这里面有一个，西方人叫上帝，我们东方人叫老天爷，造物主可能给分配好了，按老子的讲法就是"道"。我说句可能完全错误的话，我看宗教和哲学是一个东西，两种表现，你把这个拟人化了，就变成宗教了；可能你要是把它看作老子说的"道"呀什么的，这就是哲学。对不起啊，我既非宗教学家，又非哲学家，我这可能完全是胡说八道，冒犯了！谢谢。

徐妍：刚才我想起两个词，我不知道是不是俗话的理解，特别有穿越的能力，上天入地这是一种穿越，然后，超越时空，超越国别，但是无论如何穿越，他的理解是极其有逻辑性的。尤其有一个"一"的存在，这个可能就是我们说的人文修养无限好的科学家。

方奇志：数学里"概率论"是研究什么的呢？就是研究随机性的，明知道它不可知，仍然要努力地了解它。就像王先生所说，概率再大，就算你的概率是百分之九十九点九九，可能到时候啥结果也没有，俗话说就是赶不上点儿；而即便概率再小，就是十的负一百次方，事情到时候也说不定就发生了，你就赶上这个点儿了。所以，概率只是描述一种不确定性概念，而不能确定事件的结果。但是，随着不确定事件的慢慢积累、不断地重复，我们就会发现某种规律性渐渐展现出来。这些规律性，在座学过"概率论"的同学都知道可以用一个叫"大数定律"的数学定理来描述。

大数学家雅各布·贝努利从1685年起发表关于赌博游戏中输赢次数问题的论文，后来写成巨著《猜度术》，这本书在他死后8年，即1713年才得以出版。大数定理就是以他的工作为基础的定理，所描述的规律是：当一个随机的事情被无限次地做下去的时候，那么其结果的规律就有了。像扔硬币，扔一次、两次、三次，结果都正面朝上，我们是无法确定其规律性的；但是当我们不断地、无限次地扔下去，就会发现出现正面朝上的次数大概占二分之一，不会差很多，这就是规律性。贝努利在《猜度术》的结束语中说："如果我们能把一切事物永恒地观察下去，那么我们终将发现世界上的一切事物都受到因果规律的支配，而我们注定会在种种极其纷杂的事物当中认识到某种必然。"这正对应着王先生所谈的概率和命运之间的关系。

有一本描述随机性的非常有意思的书，叫《醉汉的脚步》。作者用一些例子告诉我们，生活中的许多事情大致就如同刚在酒吧待了一夜的醉汉那蹒跚的脚步一般难以预测，同时也提示我们如何在一个更深层次和更正确的基础上进行决策。算命本质上就是依赖概率，但是算命的人很聪明，他们会巧妙利用概率。像王先生说的那个摸扑克牌游戏，我们可以想象把命运的各种可能性结果组合在一起，就是扑克牌抽出的所有可能的情况。算命的人会特别清楚出现各种情况的概率大小，例如出现1234的可能性就特别大，出现2233的概率也很大，但出现5500的概率就特别小。因此，算命的人绝对不会说概率特别小，也就是特极端的那种情况，而总会挑着出现的概率特别大的情况来讲。用这个摸扑克牌的例子，如果我是算命的人，我就会对每个人说"你摸到 2233 或 1234"。大家都觉得算命算得很准呀，所以，算命的其实是懂概率的！

徐妍：命运，在一些重大的事情上我是信过的，但是一到不好的事情，我体现了传统中国人的思维，不好的时候我就不信了。我对命运是半信半疑的，东方对偶然、对必然、对恒和变可能有我们的幸福哲学，我们不信天不信地，其实我们信的是命运，我们有我们自己的哲学，所以当悲剧来临的时候，或者说人生平淡的时候，我们都会活得很满足，那么当有所灾变的时候，包括像死亡、疾病来临的时候，我们会有我们的应对，也许是天意如此，这也是我们这个民族更温顺的一个原因吧。它可能这两方面同时存在。这是我的一个体会。

● 三、零和无穷大，和终极关怀的关系

王蒙：刚才听数学教授方老师说《醉汉的脚步》，这题目简直太好了，太迷人了。这是一个数学的命题，但这也是一个文学的命题，这可以是一个长诗的题目，也可以是一个小说的题目。

"0"，也是我最感兴趣的数字，我觉得这个"0"从哲学上说，就是中国人所说的无，因为 0 是 zero，0 也就是 nothing，所以，"0"就是无，无就是万物生于有、有生于无，所以无是本原。无当然是本原，因为我们在座的每一个人都生于无，在我们被我们的母亲怀胎之前，我们就是无。中国人在这个"无"字上是很下功夫的，所以老子说无为、无欲，认为一个人能做到"无"的境界，为学日益，为道日损，以至于无为，就是要做到"无"的境界。但是，无为无不为，为什么呢？因为有生于无，无又不是都有，所以，中国古人又说，这最早出处我记不清了。中国人说的更伟大，说的什么呢？无非有，无是没有，无非无，无也不是永远无，无因为能够变成有，无非非无，但是你无也不是把无给否定了，无本身他是不否定无的，无不否定无，但是无又可以变成有。为什么能够变成有呢？有了无穷大的帮忙，无和无穷大结合起来，就有可能产生出有来，就从"0"变成了"1"了，有了"1"就有了一切。电脑的数字呢它就有了 0、1，它没有其他数字，就是 0 和 1 已经代表了全部数字。那么发展到最后它可以变成无穷大，当然关于无穷大，它是一个延伸的，一个正在进行的概念，还是一个已经完成的概念，在数学界也有极大的争论。无穷大是什么呢？0 和无穷大放到一块儿就是道。刚才冯院士也讲到这个是把上帝人格化，把上帝人格化非常麻烦，因为米兰·昆德拉的小说里就描写欧洲的神学家曾经长期争论的一个问题，就是耶稣进不进卫生间？人格化了就有这个问题。而伊斯兰教并不人格化，因为它认为这是一个观念。我在新疆的时候和一个五六岁的小女孩，农民的小女孩，我就说这个真主，用手指着天，她告诉我，老王，真主并不在天上，真主在我们每个人的心里。道也有这样的特点，它是一个概念，同时它高于一切。道是没有形象的，它既是规律，本体，取之不竭，用之不尽，"天地之间，其犹橐龠乎"，就像皮口袋的风箱一样，现在新疆也有皮口袋这个东西，动之不穷，取之不竭，就是你这么拉来拉去，你永远没个完，这是特别具有无穷大的特色。所以，数学里面，一个是 0，一个是 1，一个是无穷大，这都是哲学，这都是人生的符号，这甚至是神学的符号。神学并不是说我们一定要相信教会，因为真正的对于神学的经典的定义，就是对终极关怀，终极眷顾，就是不可能用现世、用经验说明的一切，我们从无怎么变成了有。你如果这么说的话，这个无穷大就真的可以解释一个，我不知道我说的对不对，请方老师指导，就是说它已经超出了经验，我甚至认为这是人类语言的产物。因为我们人的经验都是有限的，没有无穷大，有0，这个经验是有的，有限是有的，不管多么大，但是呢，根据人们构造反义词的功能，除了有限以外，我们感悟到除了有限以外还有无限。所以我觉得这几个词特别好，可以和最后那个终极关怀的问题，今天没有时间专门谈了，可以联系起来，而恰恰是0和无穷大之间，有和无之间形成了各种的悖论。数学悖论呢，实际上说到底它也是一个0和无穷大之间的悖论，因为，既然是0，你永远是0，可是无穷大了以后它又不完全是0。数学的悖论里最基本的问题是说你如果承认有，那有没有0，有没有0啊？那0也是一种有的方式，如果0变成了有的方式，就太受鼓舞了，我一想到这个，我晚年对于岁数越活越大，到了最后乘鹤西去，上西天我都不害怕了，因为0也是一种存在的方式，0也是一个数字，0也是有。当一个人去世以后，我们说某某人千古，什么意思呢？他变成0了。所以进入了千古即永恒即无穷（大）了。0既是无，又同时是有，而且是通向无穷，通向永恒，通向终极的。把无与有连通起来，这是什么呢？这是数学、神学、文学、哲学、诗学，也是艺术，是人类生命的最大痛苦也是最大满足！生命是什么？与0相比，它是无穷。与无穷相比，它是0。生命的特色，用佛教的语言来说，色（有、N）即是空（无、0），空（无、0）即是色（有、N），0怎么变成N的，累积上即乘上∞，N怎么变成0的，分散为、耗散为即除以∞。本来的无，没有无穷大就没有"有"，本来的"有"，没有与无的比照就没有永恒与无穷，而没有无穷大就没有无。无穷大与零，这是多么激动人心的终极观，无穷大与零，这就是激情，这就是膜拜，这就是终极，这就是折磨、纠结，一切悖论的母亲与爆炸，这就是上帝啊。

传染病的0报告同样是疫情报告啊！0疫情也是疫情啊。那么我说无，那么无本身会不会也无一家伙呢？无无了，那不就变成有了吗？这不就是人生最大的悖论吗？我如果说相信有，那么无不也是应该相信的有吗？无是可能无的，有也是可能无的。有当然是可能有的，但是，无的同时又变成可能有的了。这一下子整个的世界都活了。这就是上帝，我说的这个上帝是完全不进卫生间的终极。当有了终极以后，无、有、生、死、存在、规律、本体、抽象都激活了，真是让人感到无限的幸福。

徐妍：王蒙先生刚才的那种阐释，对无穷大、0还有悖论之间的关系是非常精彩的。为什么呢？我的感觉是我们生活在这个世界上，它一定有很多，和每天的阳光一样伴随着的孤独呀，恐惧呀，它也会和很多悲剧性的问题连在一起的。但是，如果我们有这种理解，这种旷达的理解，那我们可能都会得到拯救，也就是说，我们每一天都会有明天，衰老、死亡都会有美好的明天。因此，我们说，我们懂得了零，懂得了无穷大，懂得了它们之间悖论的关系，我们也懂得了中国人的幸福哲学和我们的生命理解。

冯士笮：王蒙老师谈得非常精彩，非常高级，也非常抽象，我几乎是无话可谈了。我既然坐在这儿，不谈我感觉过不了关，那我就跟大家说得更通俗一点，就说这个"0"或者这个"无"。0这个概念留给方老师讲。在0和无之间，0既是无又是有，"0"者，既无又有也。但是，这无是很重要的，刚才王蒙老师已经阐释了很多哲学原理了。我给大家举个例子，阐明0和无穷大，大家知道现在这些武侠小说里面，我最推崇的是金庸的。改革开放以后，我才慢慢看到像金庸写的武侠小说。这里面我想说一点，结合这个"无"，凡是看过的就会发现这个人很有本领，那个很有本事，有少林派，有武当派，本领都很大。比如说那个降龙十八掌，那个独孤九剑，那都是很厉害的一些招式，最高的招式是什么呢？就是没有招式。谁？张三丰。这就对了。这就是王蒙老师讲的这个"无"，这个"0"。有招式你可以得五分，你可以得十分，他可以得九十，他可以得一百。要是没有招式呢，恐怕就是超一百了，就是"无穷大"！所以，最大的本领就是无招无式，"此时无招胜有招"。我想，这就是"无"（招式）或"0"（招式）才是具有"无穷大"（本领）！二者对立统一了！

无穷大，这个无穷大也很玄。这个无穷大与0一样，是既"有"又"无"。因为无穷大你不知道它有多大，要多大有多大，看来有点"虚无"，"海外有仙山，山在虚无缥缈间"，这就是无穷大的"无"吧，那么"有"呢？为此我们先回到"0"的有无讨论，再谈无穷，因为后者涉及一个"动态过程"。正如王蒙先生所言，0或无是既"无"且"有"，有无兼得，这是哲学所云。我们举一个数学上的简单例子作为佐证或注解。任何一个有限数加上0或减去0还是该数本身，也就是说此时0不起任何作用，表明0的"无"。但当你用0去乘该数时，结果却变成了0了，表明了"0"的"有"（作用）。特别任何一个有限数的0次方都是1，此时0的"有"作用有多大呀，"九九归一"了。现在老人们碰到一块儿常说，健康才是1，其他都是0，没了健康其他都谈不上了！这表明了0既"有"且"无"的属性呵！如果没有这个1，其后的0都是"无"；只有有了1，其后添一个0就是10，再添加一个0，就是100，再加一个0就是1000了，如此无限地添加0岂非就是无穷大了，这不仅表明了此时0的"有"，同时不就也表明了无穷大的"有"吗？更有趣的是，1的存在是必须的！为了让我们更直观、更生动地体会到无穷大的存在，多说两句。若把上述例子看作年龄，人一生几十年，最长百十来年吧，千年的高寿已是《庄子》中彭祖的年纪了，后者比前者就可以看作实际上的无穷大了，我们搞物理的常把它称为"物理上的无穷大";"上古有大椿者,以八千岁为春,八千岁为秋",这个与彭祖比又是实际上的无穷大了。反过来,无论人的一生,"人生天地之间,若白驹过隙,忽然而已",还是彭祖的高寿,与这株上古大椿树比也不就是实际上的无穷小吗?两千多年前啊,庄子真是伟大的智者,他早已引入了无穷的概念:"至大无外,谓之'大一'(无穷大);至小无内,谓之'小一'(无穷小)。"他又以直观之比较,生动地引入了实际上对无穷的感受:"天与地卑,山与泽平。"意思是,从整个宇宙的尺度观察"天与地都是低的,山峰和湖泽都是平的",因为天空、地势、高山和湖泽的尺度与前者比较都是实际上的无穷小,当然就难以分辨其高低了。无穷小这个概念的引入是自然的,也是非常有用的,0不能做分母;可是无穷小行,因为无穷小和无穷大可以互为倒数,这当然是马马虎虎地讲。其实,正如王蒙先生说的,无穷首先是一个过程的经历,我们中学数学课上老师就讲过"一尺之棰,日取其半,万世不竭",这又是庄子的至理名言,思想太超前了,它描述了一个无限逼近的过程,这根棍子无穷次地被截取(无穷大)而越变越小(无穷小)的过程,太生动了,两千多年前呀,真是"朝闻道,夕死可矣"!这里,正如王蒙老师所言,有3个关键符号或元素,即0、1(代表有限数)和一个无穷过程;那么,为什么无穷大是"终极关怀"呢?

我们先建立一个简单的数轴上的"人生成长轨迹模型",可谓之"直线模型"。原点(0点)代表出生,向右循着正轴在成长,直到正无穷,这意味着一个人长生不老了,这不符合实际,这个"模型"必须抛弃。其实,为了建立一个依据王蒙老师所信仰的"人生成长轨迹模型",只需扬弃上述由负无穷到正无穷这个无穷长的"直线模型",而建立一个在无穷远处正、负无穷相互逼近为一个无穷远点即可了,两极相合,"物极必反",这个"人生成长轨迹模型",可称之为"圆周模型"或"王蒙模型"。

我们可以把上述无限长的数轴想象为一个半径为无穷大的圆周，故可称为"圆周模型"；我们将会看到这个"圆周模型"可以注释王蒙老师的哲学理念和主要观点，特别包括我们这一部分讨论的无穷大和终极关怀，故可称之为"王蒙模型"。请看，首先能够扬弃不合理的"直线模型"，而相对合理地建立"圆周模型"的关键在于无穷远点的理念和对无穷大的处理，这不就生动表明了无穷大的"终极关怀"吗？！其次，一旦过渡到建立了"圆周模型"，无穷大已完成了它的"终极关怀"的使命，将不再显现于"人生成长轨迹的圆周"上，羽化成仙了。其实，在这个模型中，原点（0点）的位置并不重要，每个人有自己的出生原点（0点），其后循着逆时针在圆周上成长；显然，原先的负轴也多余了，可视为无穷点又与零点重合了，正如王蒙先生所言无穷就是零，"量变质变"，一个无穷长的"直线模型"羽化成了一个有限长的"圆周模型"。此时，注意：（1）该模型合理地反映了人生是有限的，因为圆周的长度是有限的，乃直径与 π 的积；（2）人生一世，绕圆一周，到驾鹤西归时，又回到了出生的原点（0点），"尘归尘，土归土"，生死相依，有无同在。当然这不是一个简单的回归或归零，是"否定的否定"；因为不论你这一生是"可怜无定河边骨"，抑或有幸"采菊东篱下，悠然见南山"，都会留下你人生的痕迹和对周围、社会甚至历史的点滴影响。请闭上眼想一想，将来弥留之际，你能不感到这是人生不幸中之大幸吗？！可是若没有无穷大的"羽化"，哪来的这种"终极关怀"呀！

由温奉桥教授、王婷婷根据录音整理并略有删改

说给青年同行

2013 年 9 月 24 日在中国作家协会青年创作者会议上的讲话

回想 1956 年，我出席了全国第一次青年文学创作者会议，至今已经过去五十七年半了。

昔日的青年作者已经进入耄耋之年，如果还没有作古的话。一切都发生了巨大的变化。我当然羡慕今天的青年人。你们的物质生活与精神生活拥有更多的选择，更宽阔的可能，更好的条件。

但也有些东西并没有改变。文学经典的特点之一是它的耐久性。《诗经》离现在两三千年，李白离现在一千三百多年，莎士比亚离现在五百多年，托尔斯泰离现在一百八十多年……他们的作品仍然鲜活。而有些畅销书，不过几个月，然后被读者也被历史遗忘。

我想说说文学上一些不会变的东西。

● 一、文学本身碰到危机了吗？

不止一个人在那里大言忽悠地宣告纸质书籍的式微、文学的终结、小说的衰亡。语言符号在更加直观的多媒体与信息量极大的网络面前陷入窘境了吗？

获取信息的便捷化与舒适化，究竟是在发展我们的精神能力还是相反呢？听听"好声音"、看看肥皂剧，果真能代替反复默诵与咀嚼、温习消化那些花朵般、金子般、火焰般、匕首与针刺般的言语、章节与名篇巨著吗？我们所说的信息，究竟只是一个数量的概念呢，还是具有深度与品质的追求？视听信息能取代学问、智慧、理念、心胸、情操与文学的全部内涵吗？

不，那是不可能的。心理学家、教育学家、语言学家与生理学家都已经判定，没有发达的语言系统，是不可能有深刻缜密的思想的。恰恰是语言符号，激活思维与想象能力，取得融会贯通，最大限度地调动精神资源，能够发展、延伸、突破已有的知识见解。

只要语言文字没有消失，只要语言与思维的密切关联没有改变，只要语言文字与生活的密切关联还存在，文学的重要性就不会发生变化。

英谚云：宁可失去英伦三岛，不能失去莎士比亚。因为莎士比亚代表的是文化，文化是存在的根基与理由，有这种文化，就有这种凝聚力，就有追求与生活方式，就有这个民族的自尊心与自爱心。

黄鹤楼现在已不在原址，建筑材料也不理想，但是黄鹤楼仍然吸引了那么多游客，原因在于崔颢与李白的诗。

以为 3D、4D 视听节目与网络音频、视频能代替文学，那就是以白痴的聪明来取代文化与智慧。

● 二、还得读书

在人们日益以触屏浏览取代苦读攻读的今天，我们还有没有深度的与认真的阅读呢？仅仅浏览，是视觉与听觉的瞬间刺激，容易停留在相对浅薄破碎的层面上。在急于求成的社会氛围中，已经出现了一批万事通、万事晓、不查核、不分辨、不概括、不回溯、无推敲斟酌、绝无任何解析能力更无创意的平面信息性能人了。这样的能人有的还一身戾气，出口成脏。他们的出现，对于中华民族"腹有诗书气自华，读书深处意气平"的传统，是一个灾难。

更多的人以为只要有手机，就能知道哪个官员出了丑，哪个名人的家庭成员犯了事，还有哪样食品吃死了人。当然也知道了哪个鸟叔成了世界第一的舞蹈明星，还有哪个五岁的孩子出版了他或她的第一本诗集。

甚至越来越多的人没有认真读过、只不过是看了一眼视听节目，觉得一般乃至乏味，便大大败坏了对于经典作品的观感与胃口。

而我自己呢，不能忘记九岁时候到"民众教育馆"借阅雨果《悲惨世界》的情景：我沉浸在以德报怨的主教对冉阿让的灵魂冲击里，我相信着，人们本来应该有多么好，而我们硬是把自己做坏了。

不能忘记十来岁时我对于《大学》《孝经》《唐诗三百首》《苏辛词》等的狂热阅读与高声朗读背诵，那也是一种体验：人可以变得更雅训，道理可以变成人格，规范可以变成尊严与骄傲。

不能忘记十一二岁时从地下党员那里借来的华岗著《社会发展史纲》、艾思奇著《大众哲学》，新知书店的社会科学丛书如杜民著《论社会主义革命》、黄炎培的《延安归来》和赵树理的《李有才板话》，那是盗来的火种，那是真理之树上的禁果，那是吹开雾霾的强风，读了这些书，像是吃饱添了力气，像是冲浪登上了波峰。

不能忘记十八九岁时对于中外文学经典的沉潜：鲁迅使我严峻，巴金使我燃烧，托尔斯泰使我赞美，巴尔扎克使我警悚，歌德使我敬佩，契诃夫使我温柔忧郁，法捷耶夫使我敬仰感叹……

而在艰难的时刻，是狄更斯陪伴了我，使我知道人必须经受风雨雷电、惊涛骇浪。

读书使我充实，阅读使我开阔，阅读使我成长，阅读使我聪明而且坚强，阅读使我绝处逢生，阅读使我在困惑中保持快乐地前进。

干脆说，离开了阅读，只有浏览与便捷舒适的扫描，以微博代替书籍，以段子代替文章，以传播技巧代替真才实学，以吹嘘表演代替讲解探讨，将会逐渐造成精神懒惰。使人们惯于平面地、肤浅地接受数量巨大、品质低下、包含了大量垃圾赝品毒素的所谓信息，丧失研读能力、切磋能力、求真求深的使命与勇气，以致连掂量追究的习惯也不见了，苦思冥想的能力与乐趣也没有了，连智力游戏的空间也龟缩到屏幕前的一角了。

所以我想借这个机会强调：坚持阅读，受益无穷。在触屏时代，不要做网络的奴隶。

另外，文学的成败标准是什么，不是什么。是什么，不必细说，我能理解各个不同的写作人有不同的追求：诗仙诗圣诗鬼、韩潮苏海、妇孺能解、一把酸辛泪、高屋建瓴还是自我拷问，我都按下不表。我这里要说的是，不能把发行量、版税收入看作唯一标准。

对于一个国家一个时代的文学成就的评价，文学史的特点是看高不看低。当然我们个人常常需要经历一个由低向高的过程。文学史盯住的是每个时期的大家名家经典作品，却不会对各个时代都有的二流三流作家多加注意。不要过于重视印数，不要过于相信炒作。传播是手段不是目的更不是价值。当然会有许多人以当下市场效益为最看得见的成就，我们不可能排除这样的写作人，他们对于发展文化产业与文化消费有其贡献。但是从长远看，从更重要的意义上看，文学是一个民族的精神花朵，是一个民族的品位与素质，是一个族群的精神史，是一个民族的乃至影响世界的智慧与胸襟。我们写作人要敢于看不起那些空心化、浅薄化、恶俗化、碎片化、单纯搞笑、单纯恶搞、咋咋呼呼迎合起哄的所谓作品。取法乎上，仅得其中。我们写诗的人心目中应该有屈原、李白、杜甫、普希金，我们写小说的人心目中应该有曹雪芹、蒲松龄、巴尔扎克与托尔斯泰，我们写戏剧的人心目中应该有关汉卿与莎士比亚。

还有就是不要跟风。不要跟着那些似是而非的观点跑。要尽量维护文学这一行当的纯正风气。

过去有人动辄嘲骂当代文学，认为当代文学中没有活的鲁迅，也没有人获得诺贝尔文学奖，这成了中国作家的原罪。现在好了，莫言贤弟获了诺奖，我要祝贺他。其实所有的伟大作家都是独一无二、不可克隆的，鲁迅也是这样。一切都要与时俱进。经典作家经典作品不是当世注定的，不是被任命的，也不是销售排行榜哪怕是获奖名单所能全部反映出来的。要沉得住气，静得下心，什么事都有一个过程。鲁迅说，幼稚并不可怕，不腐败就好。

写得不好，不要怨天尤人。我很欣赏网上的一句话：凡是把自己没有写出好作品归咎于环境的人，即使把他迁移到日内瓦湖边的别墅里，他照样——我说的是他更加——嘛东西也写不出来。

我们的生活中有许多人云亦云的胡说八道，我希望我们的青年同行珍重自己的头脑，不跟着起哄。

一句话，除了潜心写作，干咱们这一行的人没有别的法门。

写吧，各位青年同行，王蒙老矣，我还要与你们在文学的劳作上，在作品的质与量上，展开友好比赛！

《红楼梦》的文学案例

2013 年 9 月 17 日在河北省作家协会的演讲

我今天想谈谈《红楼梦》里面的几个文学案例。里面有些理论性或概括性的东西，以《红楼梦》做例子，有许多有趣的话题，我讲的过程中欢迎大家随时提出疑问，讲完后我们也可以进行互动，交换意见。

我先从《红楼梦》的书名说起。我们每个人写作的时候也会遇到这个问题，半天想不出好的名字来。书里自己也说，有一个比较老的名称叫《石头记》，脂砚斋评点的也叫《石头记》，苏联的列宁格勒——现在的圣彼得堡——俄罗斯科学院的远东研究所彼得堡分所，它那儿有一个手抄本是毛笔抄写的，也叫《石头记》。我去那儿时也见过，很宝贵，我们国家也出版了它的影印本。现在最普遍用的是《红楼梦》，还有一个名称叫

《金陵十二钗》，不是严歌苓原著、张艺谋导演的那个《金陵十三钗》。《金陵十二钗》这个名字用现在的话来讲就是比较有卖点，可是没见哪个书店用这个名字来出书。我在澳门住宾馆的时候，它那儿有一种圆的茶托，上面画着林黛玉，附几个字或者一首诗，薛宝钗、晴雯、探春、秦可卿等十二个人都有。但这名称里面有很大的遗憾，它变成女性小说了。《金陵十二钗》指的是女性，而《红楼梦》的主人公是贾宝玉。贾宝玉虽然喜欢和女孩子在一起，但对他的性别并没有产生怀疑，他还是一个男性。另外还有一个以男性名字叫的《情僧录》，这个名字的版本，我曾经在文章里提到有点带"洒狗血"的味道。中国过去的文人，对于一篇文章，有时候为了吸引眼球，用一些相对稀奇古怪的、荒诞不经的东西来涂染它的颜色，被称之为"洒狗血"。叫《情僧录》也非常片面，情僧讲的是贾宝玉后来出家了，出家了是不是僧，没有那么明确，他亦僧亦道，不一定算僧。这样的话，他的爱情故事都是在没出家之前，情僧带有"花和尚"的意思，得是出家以后连连出现一些绯闻、一些事迹，这样的话可以叫"情僧"。一叫"情僧"的话，就把《红楼梦》里一片姹紫嫣红的女性放在了一个从属的地位，和小说的原意不合。在我上小学的时候，我看过一个版本，已经是铅印的了。那时用的是很薄的纸，是一种对折叠过来的，只能印一面，纸很薄，那一面的铅字就能透过来，所以是叠起来的，看起来也是很厚的一本。名字就叫《金玉缘》，它突出了"玉"是贾宝玉，"金"是薛宝钗——她那个钗是金的。这个更和原义不符合了。这里面恰恰描写的、最感动的本来是贾宝玉和林黛玉的故事，而林黛玉是没有金也没有玉的，她什么都没有，所以《金玉缘》离书的原旨就更远了点。

不知道大家知道不知道，香港比较喜欢摆一些文艺的作品包括影视作品和一些书——它的名字翻译成中文如果显得呆板的话——它希望加一些佐料。比如说当年有一部表现美国左派的怀旧电影《The Way We

Were》，我们这儿一般翻译成《往日情怀》，要是硬扣字来翻译呢，是《我们从前这样生活过》。但是这部影片在香港上映时就改成了《俏郎君》。这毫不相干的，因为那个男演员长得特别帅，而女演员长得不好看，歌唱得好。在这个片子里面讲的是左翼知识分子的情谊，写得很感动人。香港的娱乐节目，引导观众研究丑女与俊男的爱情故事，丑女弄好了也能嫁给俊男，俊男也会爱上丑女。更早我知道我觉得很离奇的，苏联一个非常老的作家叫卡达耶夫，他写过一本书《我是劳动人民的儿子》，这个书很难卖的，它作为党员教材还差不多，作为小说非常难卖。后来拍成了电影，很有名的一部电影，在香港上映时起名叫《孤村情劫》，它讲一个很偏僻的村落里爱情劫难的故事。

所以说，我们在《红楼梦》的题名上看到有时候书名也很好玩儿，我个人认为《石头记》的名称最好，下面我还要讲到"石头"的故事。但最好的名字并不是最成功的，到现在为止最成功的仍然还是《红楼梦》，但是我觉得遗憾的是没有认真地出几部就叫《石头记》的《红楼梦》。

第二我就开始谈"石头"。

《红楼梦》是本书的起止点，一上来先讲石头。从石头我们研究一下，它是《红楼梦》对于中国知识分子入世、出世的慨叹。它编了一个荒诞不经的故事，说女娲补天的时候，用三万六千五百零一块石头来补天上的大窟窿，结果用三万六千五百块石头就把天补好了，就留下一块石头，这块石头不得入选。没有被选中，这块石头没有它的地位、没有它的作用、没有它的工作、没有它的职业，属于失业的一块石头、长期待业的一块石头、不为世所用的一块石头，所以这块石头就日夜啼哭、悲泣不已，非常痛苦。这块石头后来就变成了贾宝玉，所以贾宝玉出生时带着一块石头。这上头的逻辑有点矛盾，因为石头变成了贾宝玉，贾宝玉为什么脖子上又出现一块石头？那不等于大石头上套一块小石头吗？但是中国人不太讲这个逻辑问题，所以也没人讨论这个问题。

　　这里面我有一个发现，到目前为止我在别的红学家文章里没有看到过。别的红学家说贾宝玉最痛恨的是儒家这一套，就是读书、要求学、要修身齐家、要治国平天下、要在朝廷里——用现在的语言是要在体制内——找一个位置，然后你就会对社会有贡献，你还能光宗耀祖。里面处处描写贾宝玉的这种痛恨。贾宝玉管这种人叫禄蠹，禄是指国家给的俸禄、国家给公务员的钱；蠹是蠹虫，是咬书吃书或者是在米里长的虫子。贾宝玉在这方面态度特别坚决，特别激烈，以至于连史湘云劝他该认真地读点书，贾宝玉立刻翻脸。贾宝玉本来对貌美的女孩是从心里爱得很的，可是一说要好好读书好好上进的话，贾宝玉就气，气得要死要活的。他就说：我不是这种人，想不到妹妹你也学得这种禄蠹的声调来这样跟我讲话，如果是这样的话你离我远点，我全身的味道都不是读书求上进、体制内谋差事这样的，你挨我近了别受到我的精神污染！贾宝玉说到这些就特别尖锐。

　　这里面发生一个矛盾：他的前世、他的根基、他的背景是一块不被世所用的石头，他的痛苦、他的反感并不是对体制有反感。贾宝玉谈不上对体制有反感，说到他反封建很有限，他淘气谈不上反封建，不能把他算上是反封建。贾宝玉见了北静王很高兴，不知怎么拍马屁好了，把北静王送的东西转送给林黛玉，但林黛玉"啪"地就扔了说"不要这种臭男人的东西"——林黛玉也不是因为反感体制，她为贾宝玉的姐姐贾元春回来省亲的时候作诗，诗里这样写道：盛世无饥馁，何必耕织忙。意为这样的太平盛世，农民何必忙着去耕地和织布，太平盛世皇恩浩荡啊。所以说林黛玉也没有反过封建，但是林黛玉为什么见到臭男人的东西就愤怒啊？一是因为她有清高、贞洁的观念，非常严重，摆出一个除了自己知己之外，视其他的男人为病毒的一种态度；另一原因是，她那时已经自觉不自觉沉浸在对贾宝玉的爱情里。一个小女孩见到自己爱的人不知怎么闹好，她要撒娇、她要发火、她要哭，就像个孩子一样。因为我有三个孩子，小孩子在幼儿园时高高兴兴的，一到周末爹妈接的时候就会闹，不折磨死你他决不罢休的感觉。所以说林黛玉见了贾宝玉就要折磨他，这是另外一个问题。

现在反过来说，贾宝玉不反封建，他到底是个什么样的原因呢？只能有一个解释，贾宝玉的前身太希望自己在"补天"的伟大事业中、在体制内有一个位置有所作为，所以"昼夜啼哭、哀泣不已"。用"哀泣"不太合适，北京话叫"坐下病根儿"了。他坐下病了，他生下来后一听要上进、要找工作、要找位置、要去赶考、要有个名次、要混个一官半职、要混个身份，他就浑身发抖完全失望，他都要气死了。各位都是搞写作的，这个人如果不是特别计较某一件事，他不会在某个事儿上不断声明自己的。比如说，如果一个女生不断声明"我就是恨男人、我就是讨厌男人、我见了男人就烦、我见了男人就闭眼睛"，大家想一想她在爱情上，她的内心受到了多么大的伤害，她多渴望有一个好男生陪伴她。各位，我找不到一个好的词来形容了，如果她属于"性冷淡"性质的，她看见男人什么感觉都没有，她既不感觉是男人也不感觉不是男人，她既不感觉可爱也不感觉讨厌。她如果屡屡发狠，见到男生就发狠，她肯定是特别稀罕男性。所以说，贾宝玉也是一样的，一听到要好好念书，什么子曰诗云，一见这个他就浑身哆嗦，他坐下病了，他当石头时就坐下病了。

中国自古封建体制下，它的资源特别集中，你如果不在体制里就没法儿办。春秋战国的时候，苏秦第一次周游列国彻底失败了。他是跟着他的哥嫂一起生活的，他回到家里时，他嫂子不给他饭吃。他佩了六国相印又一次出访，威风凛凛地回到家里来了，回来后嫂子属于跪式服务。我每次看就认为，苏秦他不厚道，因为苏秦你现在什么地位啊？你什么级别啊？他的嫂子一个农村妇女、一个文盲，苏秦就问她：你为何前倨而后恭？原来你对我那么倨傲，现在对我这么尊敬。他嫂子很老实，她说：

兄弟你现在贵而多金——贵是你级别上去了，金是你财富上去了。我一个小民、在农村顶多一个小中农，我见到这个我可不就爬着过来了。所以说，恰恰在《红楼梦》里表现的与其说是对修齐治平、兼善天下、光宗耀祖这一套有多么反感，不如说反感后面流露一种不被世所用的痛苦。

石头问题的第二方面：这石头到底是怎么回事？石头在作品里起的作用太大了，它是一个缘起。恰恰是"女娲补天剩下一块石头"这么一个荒诞不经的故事，使《红楼梦》能够进入现实、进入生活、进入现场。早上来时的路上，郭宝亮老师一直谈这种"现场感"。它既有现场感，又有终极感，又完全脱离现场。1986 年第一版电视剧《红楼梦》里面的石头，剧组选的是黄山的一块石头，就是从外面进入黄山，还没进入黄山核心景区时，有一大块石头在那儿摆着，每次电视剧开篇，放主题歌时出现的就是那块石头。我在看电视剧时还没去过黄山，到了 20 世纪 90 年代去时还没进门一下子看到了这块石头，我觉得非常震撼。石头是无生命的，它代表的是永恒。现在从地球史上看，石头也不是永恒的，也许过几千年、几万年、几十万年也风化了，但是相对来说，它代表的是永恒、代表的是大自然。它是人在自然中给自己找到的一个对应物。生命非常宝贵，但生命非常软弱又非常短暂，所以生命有自觉不自觉地要在大自然找一个对应物这样一种倾向。最普遍的是星星，康德讲过"瞭望星空"，温总理也写过诗叫《瞭望星空》，日本有一首民歌叫《星》。除了这个以外，人会把自己的命运和星星连在一起，在死的时候有一颗小星星落在地上，这是非常有意思的想法。还有把自己和植物、和树联系起来，这棵树如果枯萎了，他觉得这是自己生命的象征。所以这个无生命的东西又寄托着那么多的生命，那么多的不知他的起因不知他的结束，不知道他到底是有情还是无情，但是他感觉他是那块石头变成的，到了锦衣玉食的贾家，到了结束的时候变成石头又回到荒漠之乡，无所有之乡。这种写法在《庄子》里也有，"无所有之乡，乌有之乡"，这个写法是非常奇怪的、非常奇特的。

现在胡适舆情非常好，很多知识分子喜欢读他的作品。但是我很多次看到胡适给台湾地区一个学者高阳写的信，他说曹雪芹没有受过很好的教育，要真写成自然主义的小说就好了。他的信中讲：这人一出生嘴里衔着石头，这是什么玩意儿啊？这显然是曹雪芹没有受过很好的教育。我每次看到这儿时就会对胡适感到非常可惜，因为他是用生理卫生学来讨论贾宝玉出生时嘴里能不能衔石头。我在香港有一次与金庸先生讨论一个孩子出生时嘴里能不能衔石头的问题，我俩都认为可能性非常小。如果有结石的话应该在胆里、肾里、膀胱里，个别也有在肠里的，但没听过出生时带结石出来的，从生理卫生学上说这是不可能的，但是这就是文学。贾宝玉和石头成了命运的对应物。赵姨娘使法术害凤姐和贾宝玉，使两人都得了精神方面的疾患，书里描写的症状类似我们常说的癔症。他在发病时那块玉石就是乌黑的，是不发光的，而他病好了后玉就发亮了。后边描写他家快出事时玉就找不到了，后来他得重病了，就拿这个玉在他额头一摩擦病就好，这就变成了和他生命相对应的东西，让你对它非常感兴趣，变得很有趣味、变成对文学的幻想。

当然里面又加了一些佐料，贾宝玉有石头，薛宝钗有金锁——是后天和尚道士送的，史湘云有一个金麒麟。贾家请的老友张道士——在清朝有人考证说张道士和贾母说话和任何人都不一样，所以考证说张道士曾经是贾母的男友、相好的——又送给贾宝玉一个大的麒麟和一个金锁。这里面的道具很全，解决不了、分析不清，它牵挂你的心。北京有句俗话，而且不是最好的话，叫"闹心"。你想到玉会闹心，旁边有一金钗你闹心，又出来一个麒麟你更闹心，又出来一个金锁你还是闹心，人活一辈子是相当闹心的事情。生命寻找它对应的自然、对应的物质是非常闹心的事情，这也是贾宝玉的故事吸引人的一个东西。你的小说写得好吗？有能解释的部分必然还有死活解释不清楚的部分，只要这个书存在，这个话题就永远存在、永远解决不清楚，这就是贾宝玉、石头、金锁的魅力，表现在这些方面。

第三，这是我今天要讲的一个核心的问题。我过了七十九周岁了，我大概是从十二岁开始读《红楼梦》的，我也不知道读了多少次了。我最有兴趣的话题，是我非常希望在座的朋友对这个也有兴趣，我希望有可能的话，咱们每人就这个问题写一篇文章，一块儿合着出一本书。就是贾宝玉见到林黛玉时为什么要摔玉？

书的开始先写大荒山、女娲补天，从远及近写到贾府、写到林黛玉被贾雨村从苏州带来贾府，因为黛玉的妈妈也是姓贾的，是贾政的妹妹，得病死了，她爸爸林如海一个人在苏州做官，看护也有一定的困难，就委托贾雨村把她带来。当时林家阶级地位要低得多，林黛玉到贾府看到的气象远大过林家，她很小心，丝毫没有娇气、没闹脾气的情况，她非常注意入乡随俗，不管见到谁都非常客气。比如写到吃饭，他们像在广东吃饭，吃完后茶就上来了，大家就在那儿喝茶。林黛玉想在苏州时林如海教导是刚吃完饭不要马上喝茶，要过一会儿再喝。这个方面比较符合现在医学养生讲的，吃完饭就喝茶会稀释胃液，影响消化。但林黛玉看这边吃完饭就上茶，大家都在那儿喝茶，她也就跟着喝。林黛玉并不是个任性的人，她很注意。写到王熙凤的出现，风风火火、生动活泼，见了林黛玉又抹眼泪又夸奖的——她在待人接物上值得我们很好地学习，又热情又收得住。接着贾宝玉就出来，他一出来整个一公子哥儿，那太神气了。贾宝玉完全是一个想怎样就怎样的人，过来后就盯着林黛玉，说"这个妹妹我见过"。现在这个说法不新鲜了，比如说一男生见一女生，对她很有兴趣。但在当时这个说法不普遍，而且是一个比较高级、比较高层次的欢迎表妹的晚饭，贾母是老祖宗，她在那儿一坐是不能开玩笑的。然后贾宝玉接着问黛玉："你叫什么名字？"黛玉说："我叫黛玉。"问她有没有其他名字——表字，黛玉说"没有"。马上贾宝玉就给林黛玉起名字。给人起名字，这是皇上的习惯。如果是皇上给起名字那个恩典就大了，再普通的名字也是独一无二的。一般自我感觉良好的人爱给人改名字。到这时候，贾宝玉就问："妹妹可有玉？"黛玉问他："你有玉？"他就拿出自己的玉。林黛玉那时候很客气，她就说我哪儿有玉啊？你这个玉我早就听说了，你这个是稀罕玩意儿，是凡人没有的，你是衔玉而生的，你这么高级的人才有，我们怎么可能有玉呢？贾宝玉听了像是疯了一样拿玉就往地上摔、拿脚踩，嘴里还说："早就说我这个是坏东西，如今这样一个如花似玉的妹妹就没有，我要这个玉干什么！"他痛苦得不得了，像是疯了一样。他闹得很厉害，解决的时候就非常容易了。贾母亲自来扯谎、来虚构。她马上编了一段小说，说你这个林妹妹本来有玉，她妈妈给她的，她珍爱异常，这块玉代表黛玉的亲妈，她妈妈不在了，她就把这块玉陪葬、殡葬，陪着她的妈妈了，她不愿再提这个事儿，这是一份无限哀思。贾宝玉一听这样也合乎情理，就不再提了。这段描写我极有兴趣，我已经为这段描写思考了六十年了，我希望各位给我一个答复，你愿意怎么解释这个问题？

我对这个有这样的解释：从象征意义上好解释，恰恰是在玉的问题上，是林黛玉和贾宝玉地位、身份、级别不同的一个表现。贾宝玉的有玉成了他身份高于常人的一个证明。北静王见到贾宝玉问这个事儿时，"那位衔玉而生的公子来了没有，王爷要看玉"，贾宝玉很恭敬地把玉呈送给北静王，王爷看了以后称赞不已，真不是凡人啊，真是高级人物啊，真美丽、真好看、真晶莹！这样，一个有玉一个没玉就变成林黛玉和贾宝玉最大的心病。从这个有没有玉的问题上，两个人的心病就开始了，两个人的差异就开始了，两个人不幸福的爱情就开始了。所以说，这个有玉无玉兹事体大。这证明两个人不在一条起跑线上，证明两人不管怎么相爱也白爱，活活地痛苦，有情人难成眷属。因为一个有玉一个没玉，这就是阶级地位的象征，这就是各人背景不同的象征，这就是两人不能在一个起跑线上走路、不可能"执子之手，与子偕老"的原因。这样一条线，这样的解释我觉得能解释得过去。但是作为小说行为的解释不够，怎么会又哭又闹的？而且吃着饭时又很快解决了？那时候不能说是两人一见钟情，那时林黛玉大概十一岁，贾宝玉十二岁，这个情况那时候不能完全解释。

贾宝玉任性，贾任性对林有一种高度的求同的心理，他希望林黛玉很多地方都和他一样才好。我长得好看你也好看，我有玉你也有玉。长相这点他做到了，林黛玉长得很好，眉清目秀，绝对是一个非常美丽的人。贾宝玉很重视人的相貌，他一见秦钟，觉得秦钟长得那么帅，自己就像泥猪癞狗一般，他多谦虚。他对秦钟还具有某种同性恋的色彩。见到一个相同性别的人非常帅、非常俊、非常 smart、非常 handsome，见到这样一个人的时候——我年轻的时候担任过团的工作，处理过同性恋的问题——他有这种心理，我太了解了，他马上把自己谴责得不得了，注重相貌，注重举止。他一见到林黛玉，虽然大的电没来，但有一种认同和求同的愿望，这个有可能，没有道理可讲，就是希望两人一样。我现在回想，这跟小孩子在一起互相问的问题，尤其是这两孩子关系好，相当像——我有一个妹妹，你有妹妹吗？那我也有妹妹。有的时候，甚至两边以自己有什么感到骄傲。说我们家有银筷子，你们家有吗？他说我们家也有银筷子，他就很高兴。说我们家吃饭的碗特别大，你们家有吗？说我们家没这么大的。带有同质色彩，高度求同的心态，这个我也能理解。我甚至想到，走到歪道上，想到也可能弗洛伊德的心理学在里面。贾宝玉觉得自己多了一件东西，所以要把它摔掉，要把它踩碎，要把它破坏。

就是这样我仍然非常不满意，非常不理解。于是我继续深入钻研，我找到了一个思路，逆向思维。怎么逆向思维呢？让我们设想一下：贾宝玉拿出自己的玉来了，林妹妹你看我这个玉好玩不好玩？林黛玉说真好看呀，真不错。贾宝玉就会问，那你那块玉呢？黛玉说我那块玉在这儿呢，在这里摸半天，在里面摸出一个包来，把包打开，说这是我那块玉。贾宝玉说你的玉和我的一样呀，真好呀，玉石万岁，兄妹感情万岁，宝玉万岁，黛玉万岁，皇恩浩荡万岁，有玉者皆成朋友万岁，亲情万岁！他就变成狂欢节了。他们的见面就不是一个有玉一个没玉、拿玉往地上摔了，你也有玉我也有玉，你也快乐我也快乐，你高级我也高级，你富有我也富有，你多情我也多情——上哪儿找这么好的事儿去呀！我都想跟着狂欢，"玉石狂欢节"。但是人和人之间永远有某种遗憾，合不合逻辑没关系，但它永远存在。我就为这事遗憾，我有一个最喜爱的异性朋友，她左眼大右眼小，我右眼大左眼小，这就是遗憾，我就希望我也变成左眼大右眼小，这可能吗？这哪有什么道理。它就是一种感情，越有一种很深的感情，就越会丢失这一切、会碰到坎儿、会碰到阻碍、会碰到差异、会碰到壕沟、会无法交流、会无法沟通、会有无法结合的恐惧，一种真正的美好的感情绝对带着恐惧，感觉这种感情不可能一辈子而经常苦恼、痛苦。如果你活五十岁，那年头的人活得短，那在五十年里可以碰到一次；那你要活到一百零二岁，那一百零二年可能碰到两次；你要是活到三十八岁，那你一次也碰不上，一辈子没有这种激动，一辈子和哪个异性没有激动过，你就没有激情，你就没这个福气，你就一边儿待着去吧。

这是我到今天的一个解释，我希望我们大家，特别是在座写小说的人都来想想这个问题。我在别的地方讲课说到这些，有人说那可不行。他从理论上分析，贾宝玉摔玉是因为对封建主义有反感，对贾家的财产也不感兴趣，不喜爱财产。他把贾宝玉说成农民领袖了。贾宝玉怎么不喜欢这财产呀，他曾经和林黛玉说过这个话，林黛玉说听到家里的人议论，贾家的财务有那些困难，贾宝玉说，别管它，再困难也缺不了咱们俩的。他没有说把这个财产全部拿出来做慈善事业，他没有想把封建阶级推倒，他没有这种思想。我觉得这是一个很有兴趣的话题，我非常希望在座的各位和我一起研究这个话题。

玉后边又有很多故事，后面有些故事有点狗血化。尤其是到后四十回，玉突然丢了，贾宝玉又要砸玉，家人护玉。林黛玉已死了，贾宝玉和薛宝钗结婚了，在怀念林黛玉的时候，看到自己的玉，觉得自己的一切不幸一切痛苦和玉有关，拿了一个榔头要砸这个玉。薛宝钗和花袭人保卫玉不被砸而斗争，没让砸这个玉就丢了。丢了以后就悬赏，找玉，来了多少人听说这个玉，都来假冒伪劣、山寨版这个玉想要钱。这个让人看到读到这儿后，觉得兴味索然。一个玉的故事，是不是高鹗闹的，我也闹不清，但是至少让你感觉到玉一下子变成了这样一个俗物，一个玉上洒这么多的狗血。出来山寨版、出来砸、又丢玉、又找回来等等各种各样的。但是我们从另一个意义上说，这至少不完全是写作上的后力不济，也不完全是高鹗续作、并非曹雪芹原作所造成的。这说明一个问题，很多美好的事物和很多美好的幻想，经过时间的消磨，经过你传我我传你，经过传播后会庸俗化、流俗化、低俗化，它会虎头蛇尾，文学上这样的事太多了，例子也太多了。

刚才李延青同志介绍我写过庄子的书，现在成语里好多都是从庄子那儿开始的。我们现在解释庄子的成语和庄子原义比较，我们已经低俗了很多。比如螳臂当车，庄子用的。更早，还不是庄子，是《列子》里已经有用的了。可能是在庄子之前，螳臂当车这个故事是齐庄公打猎，进入了螳螂的领地，看见个小螳螂非常愤怒，举着两个大腿来阻止齐庄公的车队和马队。齐庄公的车队规格也低不了，还有马队，齐庄公一看非常敬畏，说你看虽然螳螂小，但它不怕我，不怕咱们的车子，它不惜用生命做阻挡，这样，这是英雄。这加上我的解释，躲开点，绕道，把这个地方留给螳螂。这是原来的故事，这是英雄形象。现在是完全贬义的词，比方革命者要革命，你反对革命的，说你那是螳臂当车，把它变成一个滑稽、可笑、自不量力，变成这样的意思。又比如朝三暮四：养猴的人，早上给三个橡子，晚上四个橡子，这个猴不干，闹。后来养猴的人想，反正一个猴供应量就是七个，那就改成早上四个，晚上三个，猴就不闹了。庄子的目的就是说什么事并不用争，是齐物。因为闹来闹去，弄来弄去，不过是横着竖着、用我听到的俗话，是"背着抱着一样沉"，这么说那么说，到最后谁也比谁好不了多少。现在说成一个人靠不住，男人朝三暮四女人不敢嫁他，早上和三在一起，晚上和四在一起，根本靠不住，一天七个小时他就换了一个；女人朝三暮四男人也不敢招，完全是这个解释，完全变了。尤其"呆若木鸡"，它是庄子所向往的一种境界，说是人对外界的事物无反应。那个地方斗公鸡，中国几千年到现在还斗公鸡——河南有，养一只鸡，买来的时候，非常勇武好斗，用赵本山的话，就是一见别的鸡就嘚瑟，养一段就不同了。又养了一段时间，进入高级班，这个鸡一过来，呆若木鸡，它的眼皮往下，头垂着，跟谁也不看，一声也不吭，说行了，这个功夫可以了，这是庄子的理论。别的鸡走过来，它呆若木鸡，看都不看，别的鸡耀武扬威，等别的鸡走近了它，它微微一歪头，就这一下，那只鸡就浑身是血趴地上不能动了。可是现在是形容一个人傻的、笨的。什么东西在传播过程中就俗化了。很多时候是降低的，也有提高的，不光出自《庄子》。像焦头烂额、争先恐后，现在故事和原来的完全两码事儿。中国成语故事，什么叫焦头烂额？说的是《汉书》讲的，"曲突徙薪亡恩泽，焦头烂额为上客"，就是说一个人家里很多火灾的因素、不安全因素，他的好朋友就说，"曲突"就是烟囱不能直着往上，这样火苗一下就出来了，你要多几个弯，才能不引起火灾；"徙薪"就是说柴火离火源远一点，不能太近，要不危险，一个院子你挪那头去。这他不听，发生火灾了，那就是说有的人帮着救火，把头发也烧了，脑袋也烧了，所以焦头烂额了，主人感谢这些救火的人。而对他最早提出警告的人，向他指出有火灾因素的人全都忘了，它指的是这个。

所以玉在这个故事里，逐渐地通俗化、低俗化、狗血化，对于文学来说，可能是另外有一种意味。传播当中原来低级的，或比较低级，而变高级的故事也有。我听台湾地区的梁文道讲，我们读莎士比亚，最高级的故事就是《哈姆雷特》，就是存在还是虚无，存在还是灭亡，这是一个问题。我们认为这太深刻，梁文道说，看英国人写戏剧历史，"Being or not being, that's a question"，这是一个微黄的说法，相当于汉语意思的"今天咱们干还是不干"，每次演到这儿时，老百姓就举着手说："干，今天就干！"想的绝对不是存在和虚无，和存在主义没有关系，和灭亡也没有关系，和生死大义也没有关系。玉在流传过程中会面目全非，以至于学问高深到胡适那儿，根本就不开窍，认为玉是曹雪芹没有受到良好教育的表现，曹雪芹怎么受到良好的教育？送到美国留学，需要有一个博士学位。很奇怪，如果曹雪芹到美国留学了，获得博士学位了，那《红楼梦》也就没了。

我再谈两个话题。一个是写得很怪。薛宝钗和林黛玉总合到一起写，"玉在林中挂，金簪雪里埋，可叹停机德，堪怜咏絮才"。"停机德"是薛宝钗的行为，各个方面又非常符合道德修养。薛宝钗是一个文化化和道德化的人，而且这种文化化和道德化，已经成于中而形于外，她很自然，她不是假装，如果我们把薛宝钗理解成假装，那就是因为我们本身和这种文化的索求距离得太远。一个人做一个好人、一个善人、一个讲道德讲文化的人不能说是假的，有假的，有伪善者，也有真善人，有真的和道德融为一体的这种人。"咏絮才"说的是林黛玉。他总是往一块儿写，以至于产生了 1952 年关于《红楼梦》的批判和讨论。俞平伯就说这两个人实际上写的是一个人，当时我们认为他非常反动。薛林二人，一个是维护封建，一个是反对封建——因为我们无法想象曹雪芹接受过任何关于现实主义的理论，无法想象曹心目中典型人物的理论，典型人物、典型性格、典型环境，他没有这些概念。但是呢，作家所描写的人物，除了反映论的这一面，社会上存在性情、性灵型的人物。所谓性灵型的人，比较自说自话，比较敢于向社会挑战。性灵型的人以外，还会有另外一人，文化化、道德化、礼仪化，举止文明，无懈可击的这种人，他的表现在很舒畅地表达自己个性的方面，不太足不太够，但也并不是伪装。

除了这一面还有另外一面，从创作主体，有时候写的各种人物，都代表着自己的性情不同的侧面和不同方面，因为这样类似的故事，在全世界都有，不只是一种，不只在曹雪芹的书里。而一般的读者都喜欢性情化的人，比如《安娜·卡列尼娜》里的安娜和她丈夫之间。安娜本身由于渥伦斯基的追求，使她陷入一个感情矛盾之中。她是一个非常富有强烈的感情——用现在的话，是一个情商太高、过高的女人。而她的丈夫非常注意做事行为合乎礼法、维护尊严、维护面子，尽可能地减少一切的伤害、一切的损失。和《红楼梦》不同，《安娜·卡列尼娜》看完以后都同情安娜，没有人同情她丈夫。而《红楼梦》就变成了尖锐的争论，喜欢林黛玉的一派和喜欢薛宝钗的一派就不一样，就有这种问题，人类有了社会就有这种问题。尊重社会的规范，尊重人和人之间的文明和礼仪，非礼勿视，非礼勿言，非礼勿闻、勿问，有时人们觉得要假模假式，作状才是一个文明的人。

解放以后，有一种把《红楼梦》里的人物按阶级划分的，当然最坏的是王熙凤、贾政、薛宝钗、探春、袭人等，都是坏的；非常有学问的王昆仑英明地指袭人是贾母安排在贾宝玉身边的特务，监视贾宝玉的行为。这也是一家之言，也言之成理，为我们提供一个非常不同的思路。

在曹雪芹写的人物里，面临一个悖论——性灵、性情与文化的悖论。他喜欢性情中人。但你光是性情中人也不行，薛蟠也是性情中人，恶搞的始祖，对他没有任何的文化约束，说话粗鄙不堪，脏话连篇，想打人就打人，人命出了多少条。这也不行。你无法设想人类生存下而没有任何文化的调解、梳理、引领、约束、监督、控制。在中国，就是皇帝做事也必须符合一定的礼法。到现在为止，你可以说林黛玉是性情人，薛宝钗是文化型、道德型。从这个角度解释，曹雪芹对理想女性的想法，他觉得非常难，偏于性情就疏于文理，偏于礼法而性情无法表现出来；对自己的控制太完满了，让自己也觉得很遗憾，真实思想你都不知道，他没有不高兴的时候，该微笑一律微笑，这也很要命。这是《红楼梦》与众不同的地方。

最后我再讲点，关于高鹗的后四十回。

有人对高鹗的后四十回彻底否定，这事我也想不通。从理论上说，续写不可能。除非纯故事性的可以，写一个案子，你比如音乐剧里《悲惨世界》是有续写的。但是音乐剧续写，没听说长篇小说可以续写，不但别人写不可能，自己给自己续写也是完全不可能的。我从1953年11月十九岁时开始写作，到现在六十年整。到现在就是给我十亿创作基金，我也不可能为《青春万岁》写出任何一章一节。第二，实践也不可能。第三，美国有一批专家，用电脑统计后四十回和前八十回的常用语气词、助词、语言的构造，像测验人的笔迹一样，测试文迹，测验文章写的路子，发现没有太大的区别，基本相同，这也是不可思议。还有一条说，从接受学上，从发现到认定而被公众所接受，最后才论证不是曹雪芹的原著，是胡适他们考证的结果。但是，此前此后，除出版业，发行上大家接受的都是完整的一百二十回本，这是一个奇迹，如果曹雪芹写前八十回是奇迹，高鹗写后四十回也是奇迹。如果说曹是天才，高鹗也是天才，见仁见智。

后四十回写得怎么样？我的体会是，越是好的长篇小说你越没法结束。世界好多事都没法结束。《圣经》说，怎么创世？这好写，一共七天。上帝曰，应有光，太阳出来了，月亮出来了；上帝说，应有水，海出来了，河出来了；上帝说应有草，应有动物，应有人，有了人，就热闹了，什么事就都有了——希腊神话出来，中国神话出来，黄帝大战蚩尤出来了，三皇五帝、唐尧虞舜出来了，夏桀商纣出来了，罗马帝国出来了，等等。

你要热闹到今天还怎么接着往下写？替上帝写一个结尾？最后这个世界怎么结尾的？我看《红楼梦》，写到八十回，这个小说已经成了精了，曹也成了精，已经管不了，谁也管不了。谁替他写回去？高鹗算勉强把它收住了，否则你就没法收了，根本写不下去了。我对《红楼梦》有特殊的感情。长篇小说写到成了精的这种程度，像《红楼梦》看多了说话口气都不一样，和现代不一样，《红楼梦》把儿化音都说成子：你说，我喜欢这口儿，可是贾母说，我得闲了，我吃口子，说等会儿等会儿，在《红楼梦》里说成等会子。河北是喜欢说子的，我小的时候家乡南皮说过会子，现在儿化厉害的是普通话、北京话。可巧你就来了，《红楼梦》就这么说。这个词我原来不太会写，我家爱说，我的父母说羊肉挺好，说这味儿真曩，天津这么说，河北也这么说，《红楼梦》也这么说。

《红楼梦》是一部成了精的书，一百二十回做得还是不错的。不要听专家的分析，我感觉最恐怖的是拍电视剧请红学家参加，另外设计四十回，就算你考证出来是正确的，谁给你提供细节？后来的我没看，前边大家反映比较好的是看到第一版的《红楼梦》电视剧，看到贾被抄家，刘姥姥来救王熙凤的女儿巧姐。刘姥姥一出来我就想到小兵张嘎他奶奶，老贫农的形象就出来了。

我们从《红楼梦》这么一个文学作品联想到，如果把一个作品写好了，能有多么好，多么吸引人，多么让人牵肠挂肚，多么深，你挖不完，你琢磨不完，体会不完的。它给你人生的体会、哲学的体会、感情的体会、沧桑的体会，没完没了。

用闲聊的方式和大家分享一点读《红楼梦》的时候对我们国家的、传统的、小说的、文学的，这样一种感动之情。

中国梦与文化梦

2013 年 8 月 20 日受《光明日报》邀请做的讲话

● **文化的凝聚力与影响力：中国梦是个人的，也是民族和国家的**

最近有不少朋友问我：你怎样理解"中国梦"？

我告诉他们：中国人要有自己的追求与理念，要有自己的前瞻与预见——这是我最初听到"中国梦"这个提法时的第一反应。

改革开放以来，中国取得了举世瞩目的成就与变化，我们的政治化、理想化、战斗化的思想方法与生活方式，渐渐走向务实，走向富有建设性的脚踏实地的思路。建设小康社会的提法，与过去的许多浪漫激越的说法相比较，已经实际得多了。小平同志强调马克思主义中国化理论成果的精髓是实事求是。与此同时，我们仍然要"欲穷千里目，更上一层楼"。"中国梦"的提出当然不是偶然的。

"中国梦"可以是个人的，也可以是民族的、国家的，可以是近期的，也可以是较长期的。"中国梦"应该是更加公平的，不是"拼爹"的。人人都可以有自己的"中国梦"，人人都可以实现自己的"中国梦"。

那为什么会在今天提出"中国梦"的目标呢？我想，经过三十多年的改革开放，集聚精力的和平建设，我们在物质上已经大为丰富、大为强劲了，同时，思想活跃，利益与见解的多元性日益明显，而我们在精神上，包括理论建设、精神文明建设、文化建设上，有滞后的困扰。与井冈山时期、延安时期、新中国早些时期的革命理想主义相比，有人说中国人没有理想信念了，只相信金钱了。此时提出"中国梦"，会起到一个令全社会重视理想教育、前瞻教育的作用。就是说在经济迅速发展、务实精神占据优势的同时，人们看到了精神层面的涣散、鄙俗、恶化的危险。在这个时候提出要树立一种追求与梦想，是有它的针对性的。

琢磨"中国梦"三个字，你会发现，这个说法非常朴实明快、易于普及。向全社会提出一个口号，既要鲜明，又要易于接受、推广与记忆。我们曾有许多好的说法，因表达得过于繁复，记起来费劲，从接受学的原理来说，有一些令人惋惜。"中国梦"的提法，具有开放性、世界性、前瞻性，可以说，这是一个更加积极、更加现代的说法。"中国梦"的提法让人们看到前景，有助于激发动员正能量。这个梦，不能空想，需要我们既要有改革开放发展的胆略，还要脚踏实地、求真务实地工作。

实际上，今天的"中国梦"和中国人过去的梦想是紧密相连的。任何民族的文化中，都包含着人们的追求、理念、向往、愿景，直到信仰。而正是这些东西，构成了这个民族的精神支柱、精神能量和精神生活的范式。拿我们中华民族来说，早在先秦时期就形成了对于大同世界的向往，《礼记·礼运·大同篇》中所讲："大道之行也，天下为公。选贤与能，讲信修睦。故人不独亲其亲，不独子其子……"这奠定了我们的"中国梦"的渊源与基础。20世纪的中国有识之士选择了社会主义理想，是与我们的大同梦有密切关系的。孟子对于"仁政"的鼓吹，对于"老吾老以及人之老，幼吾幼以及人之幼"的推崇，老子的"无为而治"……这些都对于中华民族成员的文化心理与价值观念产生了巨大的影响。至今，我们中国（包括港澳台），仍然延伸着过往的传统，对于以德治国，对于古道热肠的行事方式与价值追求，有相当的认同，而对于纵欲贪腐、强梁霸权与绝对化的恶性竞争，普遍会深恶痛绝。当我们谈论"中国梦"的时候，当然不能忽略我们的已经深入人心的文化传统，同时也不可将这些理念停留在旧时原始命题的阶段。

现在，很多人都在思考，在网络时代，如何让更多的人聚集在"中国梦"的旗帜下？我认为，这是一门艺术，也是当务之急。

早在党的十七大上，中央已经提出了加强社会主义意识形态的吸引力的问题，这个问题提得非常重要、非常及时，一些年过去了，我们这方面的工作应该说还有大大改善的空间。一是要敢于善于解疑释惑。面对各种挑战，面对各种不同的说法，面对情况复杂的现实纷争歧义，面对曲折丰富的历史经验教训，要回应挑战，正视难点，探讨争论，而不是忌讳捂严，避之唯恐不及。回避的办法，绕开的办法，只能奏效于一时，却会贻害长久。二是要集思广益，开诚布公，百家争鸣，鼓励创见，营造人文科学、社会科学的繁荣昌盛局面。要提高人文社科方面的自信与理论创新的自觉，反对照抄照转、空泛号召、呆板僵化、空头理论、畏首畏尾。三是要生动活泼，联系实际，提倡想象力与立体思维，即从多方面多角度探讨我们面临的所谓敏感理论课题。要知道，理论问题的特点是越回避越敏感，越敏感就越复杂难办。四是要充分认识文化的人民性与长期性。文化如水，润物无声，让一种文化为广大人民群众所接受，或者要消除一种年头久远的文化陋习，都不是轻而易举之事，更不是靠行政力量能够办到之事。我们过去文化上提出的一些口号，有时偏高偏急偏大，工作得不到所期盼的效果。我们在这方面要更加重视人民群众的创造与心意，汲取人民的智慧与表达方式，让各种声音都在"中国梦"的领唱下聚集起来。五是要把中国梦所代表的主流意识形态，与中国的传统文化及世界的一切先进文化资源结合起来，要扩展与深化我们的文化精神的传播力。

在某种意义上，文化决定生活的质量与族群的命运。一个有实事求是的科学之心、无哗众取宠虚矫之意的民族，一个面对现实、诚信刚正而不自欺欺人藏头露尾的民族，一个善意理性、重在建设，而不是动辄搞文化爆破、夸张吹牛、谩骂诅咒的族群，是有希望的，是前途光明的，是远不会被开除"球籍"的。

文化工作，是一件人心工程，人心的向背决定社会是否稳定和谐，人心的稳定才是一切和谐稳定的基础。这方面毛泽东同志早就说过，只有代表群众才能教育群众，只有做群众的学生才能做群众的先生。如果在我们的文化生活当中看不到群众利益、群众需要也包括群众的艰难困苦的一切真实反映，就难以取得群众的认同与我们希望得到的效果。无关群众痛痒的文化活动与文化产品，只想着搞笑搞乐，只想着恶搞解构，只想着利润的最大化，这样的文化，弄不好是文化的萎靡甚至堕落。虽然某些搞笑的、平庸的文化艺术作品也可以有它存在的位置，但是不能听任它们爆炸膨胀，充斥我们的生活。任何民族都更需要有承载教化深意、富有文化含量的较高层次的艺术作品。请比较一下我国的电影与伊朗的影片《小鞋子》《一次别离》吧，观众自会得出结论。

● 文化环境与国民心态：我们的国民不仅要能买得起高级奢侈品，更要有足以与中国文化相匹配的气质

说文化的"中国梦"，就绕不开文化"软实力"。软实力不软，它蕴含着巨大力量。

文化道德是一种品质，它是无形的、轻柔的，然而是有效的，这就是一种力量。它的品质与有效性是指：一种文化，必须能够为接受这种文化的族群与个人带来更高的生活质量，它应该是通向真理，通向科学、艺术、道德、智慧、健康、和谐与幸福的桥梁而不是相反，即不能是通向迷信、愚蠢、偏执、仇恨、霸权、排他、剥削与压迫的。它是以人为本的，给人以希望与幸福的。毛泽东同志说，我们中华民族有自立于世界民族之林的能力。确实，我们现在国力强了，经济科技发达了，我们还会更加强大。但是我还希望，我们的国民不仅仅能买得起 LV 箱包等高级奢侈品，更要有诚信的品质、良好的举止、文明的修养，有足以与中国文化相匹配的气质，我们的青年应该热爱、珍重至少是知道中国的与世界的文化珍品，而不是说什么"经典让他们死活读不下去"。如果能有这样的文明程度，中国人就更受人尊敬了。

因此，在追求"中国梦"的过程中，中国人在文化修养、道德品位

等诸方面也应该同时有更大的提高。

文化环境与人的精神状态有极其重要的关系。在一个愚昧陋习充斥的国家是实现不了"中国梦"的。中华民族的传统文化中，对于读书学习的提倡不遗余力。我们提倡的读书学习带有一种对于知识与知识的拥有者——圣贤的崇敬，所谓焚香沐浴，明窗净几，腹有诗书气自华，读书深处意气平。这样虔敬与刻苦的读书学习，自然会消除许多令当代国人深为忧虑的浮躁、乖戾、鄙俗、凶恶之气。当然，我们所期待的这种阅读与学习，与触屏时代的网上浏览也就拉开距离了。

说到这里，我还想谈谈文化的认同与对民族国家的认同的关系。文化的认同是基础。中华文化的基本理念是对于道德的追求，对于礼（行为举止规范）义（义理，人际道理原则）的追求，对于道或仁的追求，这些是一通百通的根本概念，这种追求就是我们说的理想，也可以说是整体的文化走向。它所主张的自强不息与厚德载物，它所敬重的古道热肠、敬天积善、崇文尚礼、忠厚仁义、中庸和谐、勤俭重农、乐生进取等等，正是古代的"中国梦"。它更看重美善，而不是分辨真伪，它更看重和谐，而不是竞争。（顺便说一下，现在有人将"礼义之邦"，写成"礼仪之邦"，这是完全错误的。礼义指的是规范与道理，而礼仪偏于形式。）这样的文化环境有利于族群的凝聚、社会的秩序、生活的合理、文化的传承，但也有不利于生产力与科技发展的问题。对于人际关系的偏于理想的说法，也常常因说与做的脱节而显出颓势。不必多说，只读读《红楼梦》，就知道中华旧文化已经面临的危机，而五四运动的发生绝非偶然，绝对有其历史的必然性。

问题在于发展、创新、平衡与整合：与时俱进一定要与继承与发展中华传统文化结合起来；自强不息，投身于全球化的发展与竞争，要与在人民中积淀久远的仁义忠厚之梦结合起来；在当今时代，一个确定的目标的追求，要与多样性的认知、对于多元世界的理解与开拓进取、多谋善断、胜任愉快结合起来；要让每个人的"中国梦"与全体中国人共同的"中国梦"结合起来。要让"中国梦"面向世界、面向未来、面向现代化。

● 中国梦与文化梦：我们应该有高端文化成果，而不是一大堆破碎的段子

我们的"中国梦"里包含着文化梦，那就是我们中华民族应该在文化上有更多更高更出彩的文化人才与文化成果。在中国特色社会主义建设迅猛发展的过程中，我们应该有与时俱进的哲学、社会学、历史学、政治学、经济学新论点新贡献，我们应该有更多的科学家、工程家、企业家、文学家、艺术家，我们应该有更高端、更富有文化含量和学术含量的出版物，而不是一大堆鄙陋的八卦与破碎的段子。

人民是文化的主体，而文化的高端部分，则是从广大人民创造的文化沃土中生长出来的参天大树与奇花异草。人民中的精英、人民中的文化巨人与人才所体现所贡献的精彩果实，代表了文化的追求与走向，文化的思想、理论、创造力、想象力，精神活动的广度深度与精微程度，以至于整个社会生活的质量与品位，抗逆性、适应性、开放性与自我更新的能力。衡量一个国家的文化，是"看高不看低"，例如，谈到中国的诗歌，李白与杜甫二人的重要性胜过了一千个二三流诗人。而一部《红

楼梦》，其重要性胜过了我国数千年来二三流小说的总和。当然这些精英文化不是凭空产生的，它深植于大众文化的土壤中。

所以英谚云：宁可失去英伦三岛，不可失去莎士比亚。原因在于，莎士比亚代表的英国文化，是英国的人心，英国的品性与风格，英国人的骄傲与向心力，这正是理由与根基。反过来说，一个国家、民族、地域的文化完了，有之不多，无之不少，这个国家就陷入万劫不复的境地了。

最近有记者采访问道："作为一个文化人，你对实现'中国梦'过程中文化事业有什么期待？"

对于这个问题，我想先举个例子：您到巴黎的先贤祠看看，伏尔泰、卢梭、雨果、左拉、贝托洛、饶勒斯、柏辽兹、马尔罗、居里夫妇、大仲马等。先贤祠展示的72位法兰西人物中，除了11人是政治家，其他都是作家、哲学家、科学家、经济学家等，这样的阵容当然让人肃然起敬。我们的伟大祖国，文明古国，当然也有自己光耀千古的先贤，同时，中华人民共和国建立快要65周年了，应该拿出怎样的阵容展示给世界呢？我们能不深思吗？我们喜欢讲科技兴国、人才兴国。现在，从人口数量上来说，中国是世界第一，从人才质地与阵容上来说，我们不敢夸口。

我希望，我国不但要有科学与工程学方面的院士，而且要有，更要有人文科学、社会科学以及文学艺术方面的院士。有一种说法，后者的政治性时效性太强，无法评选，这就等于承认我们这里的人文科学、社会科学、文学艺术方面没有专业性学术性，没有学理的与艺术创造的水准与尊严。我们一定要敢于面对这个问题，否则等于自己失去了信心，你又怎么去凝聚人心，实现"中国梦"呢？

我还希望，在文化生成与发展上，摒弃一切急功近利的说法做法。我们能做的是文化政策、文化投入、文化硬件建设、文化事业规划与文化口号的提出，我们也可以做到发展文化产业与文化市场，兴办与提供文化服务，但政策、口号、事业、产业都不过是文化的平台，并不就等于文化的全部。文化是骨子里的东西。一切文化倡导与建设，都要经过人民群众与历史的筛选，一切文化口号与目标，都要经受人类学、文化学与文化史本身的客观规律的检验。一些东西存留下来了，发扬光大了，传之千古了，另一些虽然一时搞得动静很大，气势很盛，却可能被历史的河流冲刷得无影无迹。

真正的文化繁荣发展前进，深植于人民心中，深植于人民的日常活动中，深植于人心所向中。但它们更是表现在高端，看你有没有代表民族文化的制高点，有没有大创作、大发明，有没有不光票房高而且质地好的文化思想与文学艺术成品，有没有真正高端的教育科研成果，有没有不光能挣码洋而且可引以为自豪的出版物。要达到这个境界，我们还有很长的路要走，这正像实现我们的"中国梦"一样，还需要不懈努力。

三联书店座谈会发言

2013 年 7 月 1 日

收到参加这个会的通知以后，我回忆起少年时代受到生活、新知、读书出版社等给我的教育和指导。从 1945 年到 1949 年，在我的少年时代，我如饥似渴地追求真理，追求救国救民的思想、知识、书籍。那个时候在旧的北京，这些进步书籍的来源有苏联对外文化协会所出版和发放的苏联外文出版局的中文书，例如《联共（布）党史简明教程》，有上海以苏侨的名义办的《时代》书店与《时代三日刊》，我在《时代三日刊》上读过延安广播的有关消息，但是更重要的是生活书店等这一批进步的出版社，比如华岗的《社会发展史纲》、艾思奇的《大众哲学》、沈志远的《新人生观讲话》、杜民的《论社会主义革命》、胡绳的《思想方法和读书方法》等等，还有大量的进步文学书籍，包括我在咱们的参考资料里看到的《我是劳动人民的儿子》，那是卡达耶夫著的，我还记得这本书出的时候用了一个副题，叫《孤村情劫》。我还想到了当年在旧北平的和平门新华街，就是后来厂甸那一带，有一个很不起眼的二层楼，挂了一个牌子叫朝华书店，我在那儿翻阅过进步的书籍，因为买不起。那个心情就像见到了火焰一样，对于这些进步出版社的崇拜、感激真是难以言表，在短短的半年之后，朝华书店就被国民党政府铲除了，我又有几次走到那个门口，门、窗户都是紧闭的，再也进不去了，也看不到任何一本书了。后来，国民党政权垮台了。

恢复生活书店的品牌对我来说，也是一个激动人心的事，我希望我们能够弘扬生活书店邹韬奋先贤追求真理、献身真理的精神；能够恢复、继承和弘扬为读者服务、为人民服务、为社会服务的精神；我希望能够继承、恢复、弘扬这种追求国家进步的胸怀和气魄。当然今天我们在完全不同的情况下，和国民党反动派统治下的中国已经大大不同了，但是我们今天也面临着新的挑战。恰恰就是在恢复生活书店的时候，我举一个噱头的小例子，网上现在盛传死活读不下去的书，第一本是《红楼梦》，反正所有的好书比如《钢铁是怎样炼成的》等等，都在读不下去的书榜上有名。尽管这是一个噱头，不用太重视它，但这也反映了在现在的形势下，用浏览代替阅读，用传播来代替服务，用碎片来代替经典，以致正在造成我们的文化，尤其是进步文化、革命文化断裂的危险。昨天晚上和几个老同志一块儿吃饭，他们开玩笑说，我们已经被称为是革命文化留守处的人了。我相信通过生活书店的恢复，人类的进步文化、革命文化，真正为人民服务、为进步服务，追求真理的文化，是不会仅仅进入留守处的，是会越来越发扬光大、繁荣发展的。

我祝福恢复设立的生活书店！

祖先崇拜与文化爱国主义

2013 年 6 月 5 日在湖北随州举行的海峡两岸炎帝神农文化高端论坛上的演讲

　　我第一次到随州来，第一次参加这样一个活动，我本人也受到很多的启发。我想就两方面说一下我自己的看法，一是咱们中国人对祖先的崇拜和敬意，我们从这个非常隆重地、非常热情地吸引了两岸，除中国台湾以外，还有香港、澳门，还有海外朋友对炎帝神农的敬拜当中，我们好像可以知道，了解一点中华文化的深层意义、中国传统的 DNA。这是一个很有趣的话题，明天有机会我可能还要谈到。都说中华文化好，非常传奇、非常了不起、博大精深，那这种博大精深和中华文化的特点究竟在哪里？并没有一个特别明确的固定的定论，可是我们从对祖先的那种敬意、对祖先的那种重视、对祖先的那种崇拜当中，好像多多少少能够尝出一点中华文化的滋味。它是一个古道热肠的文化，它是一个尊敬已有的文化成果的文化，它是一个寻根溯源、慎终追远、凝聚这样一个非常庞大的民族的文化。这一点，欧洲的一些学者，以法国的伏尔泰为代表，早就看出了中华文化这方面的特点，而且这里面有一种我们称之为"敬"的精神。

为什么说它是"古道热肠"呢？我们并不是简单地认为人类是一个直线进化的过程，我们有信而好古的这一面，我们相信有些非常伟大的发现，是值得珍视的，但有些学派有的观点，他们对中国古代文化的肯定几乎是到神农氏为止，他们对黄帝有很多批评，但是认为神农很好，认为炎帝非常好。当然，那个时候炎帝是不是神农是另外一回事。因为庄子他说什么呢？他说在神农时代，耕而食，织而衣，人与人之间没有互相加害之心。什么叫没有加害之心？就是它还没有产生一种竞争，但是到了黄帝的时候就不同了。黄帝是靠胜利，是靠战争的胜利。当然这些在这里就不想多谈了。中国文化是很有弹性的，中国文化是不是保守的、永远向后看的文化呢？当然也不是，因为《易经》上也讲"自强不息"，在《庄子》里头也讲"与时俱化"，在《尚书》里头讲"苟日新，又日新，日日新"，所以它是进取的、往前走的，但在往前走的、进取的过程中，它时常回头一望，望了以后产生很大的敬意。从这种敬意里头呢，它还包含着一种对前人对祖先的尊重，深刻地认识前人是在更艰难的情况下来创造着中华文明的，使这样一个民族、这样一些人、人类的这一部分能够得到生活的可能、能够得到生存的可能。

神农氏给人的印象如此之深，并不是偶然的，表达了我们对农耕文化的尊重和珍视。炎帝神农开始了使这块土地上的人民从采集时代、狩猎时代进入到农耕时代。这当然对中国人来讲非常重要，所以我们的文化其中有一个基因就是重视农耕文明，甚至说是重农主义。至今重农主义的问题、重农主义的思想仍然在我们脑海里。我们都知道要爱惜粮食，我们都讲"一粥一饭，当思来之不易"。中共中央每年的一号文件都是关于农业的，说明这样一种重视农耕的思想仍然存在。这当然也是由于我们的人口众多，农业问题、粮食问题永远不可掉以轻心。

这种敬祖、拜祖给后人一种责任，就是不要做不肖子孙，要对得起我们的祖先，我们应该想到创业维艰，祖先当初是多么不容易。那个时候没有这么多耕作的经验、技术、工具，土地也没有像后来那么用着方便、肥沃，所以它给后人一种责任。

有一个场面是我始终难忘的，就是1997年香港回归以前，上海著名导演谢晋先生拍摄的一部电影《鸦片战争》，这部电影的结尾是由于香港那个时候让英国代管，道光皇帝带着他全部的子孙，其中有不会说话、不会走路在地上爬的子孙，在一个大风大雨之夜，给清朝的祖宗牌位磕头、行礼、痛哭，说对不起列祖列宗，丢失了中国的土地，败给了西方列强。那个场面是非常令人激动的，如果没有中国的这种敬祖文化，也不可能有那样一种场面。这种东西产生极大的凝聚力，这种凝聚力也是其他不同的民族、不同的文化所难以想象的。

这又牵扯到一个问题，就是这样一种敬念还有没有意义？因为我们在鸦片战争以后，积贫积弱，我们有一些爱国者对中国这样一种局面非常着急，而且觉得我们中华民族出了很大的问题，恨不得从头再造，这种爱国的心情是完全能够理解的，但是我们又看到事情的另一方面，就是没有任何限制的自由竞争、没有任何限制的技术使用，在带来了生产力空前发展、科技空前发展的同时，也使我们失去了一些农耕文化中最珍贵的东西，在农耕文明中本来有的这些东西。所以在我们向远古的祖先进行祭奠时，提醒我们要争取我们所没有的一切，像先进的科学技术、空前发展的生产力、更高的民生水平、在世界上举足轻重的地位，等等。

除了要争取我们所没有的这些东西以外，我们也还要保护我们已经有的一些东西、曾经有过的一些东西、值得我们永远珍视的一些东西。

当然炎帝的事迹还不仅仅是中医药。神农尝百草的故事，而且一天遇到多种毒药多种有毒的植物，然后加以分析、加以区别，该去除的加以去除，该控制的加以控制，这样的故事也是可爱极了。这一点也很有意思，就是中国人认为，权力不仅仅是管理，而是还包含着极大的教化、发明和学问道德上的优势。就是权力必须具备学问的优势，权力必须具备教化的功能，权力必须具备道德上的优势、榜样的力量。概括地说，中国人认为权力必须文化化。这个在别的国家里头，我们很少听到有哪个欧洲的皇帝或者大政治家，他本身会教给大家种地、怎么收粮食，教给大家哪些草可以治病，哪些草不能治病，吃了以后会毒死你，这样的故事非常少。这里头说明中国对权力既有一种崇拜，又有一种理想化的要求，实际上是对权力提出了几乎难以达到的要求。所以在中国要做一个合格的掌权者何其难也，非常不容易。

炎帝还有一个成就，更出乎我们的意料。在炎帝时期，制造了音乐和乐器，是中国的音乐之父。而且中国对音乐讲究天地之和，乐即是天地之和，《礼记》上是这么记载的，关于炎帝神农的故事也是这么记载的。一个哲学化的音乐理论模式，就在音乐当中寻找和谐，在音乐当中寻找平和，在音乐当中寻找快乐，在音乐当中消除乖戾、残忍这些不应有的恶劣的东西。这个并没有很详细的分析，比如古代哪种音乐怎么样变成了天地之和，可是这样一个很大的论断，奏一个曲子、唱一首歌，更不要说它是一个很大的大型音乐了，它有一种魅力，它有一种吸引力，它有一种让人心向往之的魅力，就是它不仅仅是艺术，而这种艺术是帝王的文化化、是权力的文化化。当然，像伏尔泰早就指出，中华文明中的祖先崇拜含有很强的宗教性，他讲到当时有些欧洲人轻视、或者带着不友好的感觉来描写，说中国人是不信神的人。而伏尔泰说尊重祖先这本身已经包含着关于精神的信念，先人死后的灵可以保佑子孙。这是中国式的宗教、中国式的对形而上的力量的敬畏。

我再讲一句话，我觉得有意思的是，因为毕竟我们知道在三皇五帝的记载里头，你很难称之为完全是信史，它里面有太多的传说因素、故事因素、文学因素，而且这些因素都非常美丽。就是关于神农是怎么样神起农来的，这说法都很有意思。有的说是"天雨粟"即天上下粟米，神农把这个粟种到土里面，然后长成粮食。还有的说有一种什么神鸟叼来了谷种。这样一些故事都是非常动人的，当然这样一些故事是传说故事，而传说故事属于文学的范畴。我个人也非常喜欢从事文学方面的工作，所以在信史、在文物不能够完全独立拿出证据的时候，还好我们还有文学，我们还有传说，有夹杂着想象、夹杂着梦幻，但是也夹杂着古远的一代又一代口头传下来的记忆文学。这些文学也构成了非常重要的历史记忆。我们中国很多人认识历史靠的是文学，而不是靠历史。当然历史最重要，我这不是贬低历史。现在我们知道三国的故事都是由于《三国演义》，没有几个人是靠认真地去读《三国志》才明白的。以至于当我们知道事实并非完全如此的时候，我们会感觉到遗憾，我们会认为事实不符合文学是一种遗憾。比如说我们读《三国演义》，尤其是看三国戏，看到周瑜很年轻，诸葛亮年纪非常大，但正史告诉我们周瑜比诸葛亮年岁还要大，遇到这个时候我们不愿意接受正史，而更愿意接受文学记忆，愿意接受演义。我们知道东周列国那个时候是读演义，并不是认真地读《春秋》、读《战国策》。所以有了文学也好，文学比较模糊地、带有几分夸张地，但又是非常美丽地把我们的民族、我们祖先的记忆传下来。所以尤其是对于像炎帝神农，我们拿他当故事看。即使是当故事看，我们仍然充满了尊敬，充满了怀念，充满了当今的作为子孙的责任。

我还听到一个说法，但是到现在没找到任何书面的证据。什么说法呢？就是我们经常谈"炎黄子孙"，这个"炎"还有一个特殊意义，就是"炎"包含了中华民族里边的大量的各种少数民族。"黄"好像更概括一点，"炎"包含着各种少数民族。这个我还没找到学理的证据，也没找到正式的资料，我在这里提出来是为了请教大家，请教各位。

关于新疆文化建设的一些思考

2013 年 5 月 25 日在乌鲁木齐的演讲

大家好！

我有机会跟大家交流一下我对新疆文化事业、文化传统、文化建设的一些看法，对我来说非常愉快，但是也有一些恐慌，因为毕竟我更多的时间生活在内地，新疆虽然近几年每隔一两年都会来一趟，但是也缺少深入的接触、了解和分析。另外，由于我五年多以前告老离休，唯一的身份是中央文史研究馆的馆员。所以，我谈的只是个人的一些想法，一个文人的感想，一切以自治区党委的正式文件、决议为准，但是我会说到一些我自己特别有兴趣、爱钻研的话题。都不是定论，仅供参考。

我谈第一个问题，是我对新疆文化事业的期待：

我知道自治区党委去年开了文化工作会议，提出了"一体多元"的文化格局，提出了"现代文化的引领"这样一些重要的提法，这些提法对我来说是非常重要的。为什么呢？我认为，新疆文化问题是一个触及灵魂的问题，是一个人心的问题，是民心的问题。有的物质的东西，容易接受，比如吃的东西，说这个东西好吃，你就吃。另外一个东西不太熟悉，但是吃两次之后觉得也很好，接受了，没有什么关系。恰恰是在文化的问题上，文化源远流长，影响到每个人的生活方式，影响到每个人的生活习惯与思维方式，不那么好判断。

我在北京也参加过一些展现、展演新疆的传统文化和当代文化果实的活动。比如说，去年在美术馆举行的哈孜先生画展，我看了以后，作为一个在新疆待过很长时间的人，就很震动，我觉得新疆生活有这么多动人心魄的画面，有这么多难以磨灭的记忆，有这么多文化的内涵。这次出发到新疆前没几天，又一次举行了《十二木卡姆的春天》大型演出，是由自治区木卡姆团上演的。这次是在北京国家大剧院，还有一次是在中央军委的那个中国剧院，是和田剧团演出的木卡姆。去年则是大剧院演的木卡姆的交响乐，以西洋乐器为主来演奏木卡姆改编的交响乐作品。这还是赛福鼎同志当年多次跟我讲过他的愿望。为这次演出，我也向现任文化部的领导、党组、艺术司做了呼吁、写了报告。最近这次演出的声势非常大、振聋发聩，有许多在京工作的新疆同志，看演出的时候热泪盈眶、热泪横流，有一种新疆文化在北京的舞台上显灵的感觉，真是不得了。

我还要说，新疆的文化需要高度的专业化和学术化的处理。就是这个东西是来不得含糊的，音乐就是音乐，美术就是美术，乐器就是乐器，文物就是文物，历史就是历史，典籍就是典籍，都需要有丰富的专业知识，才能把它研究清楚、说清楚。

但同时，它又是一个民间化、人民化的问题，文化已经成为一种习惯，起居、生活、柴米油盐酱醋茶、吃喝拉撒睡、衣食住行，无不浸透着中华文化传统、新疆文化特色。

所以，我常想，我们的文化工作，一定要考虑到人民化和民间化的特点，就是咱能让老百姓接受，它不是人心工程吗？能不能做到人心里头，能不能被人民选择、认可，这是非常重要的事情！所以，和每一个老百姓都有关系，有时候一种观点，不一定很正确，但是它已经被老百姓接受了，你想改变非常困难。我记得我还在巴彦岱公社当农民、担任副大队长的时候，你要知道老百姓能不能接受什么东西。那时候，整天演的是样板戏、芭蕾舞的《红色娘子军》《白毛女》。可是巴彦岱农民怎么反映的？说跳舞是手的动作，说芭蕾舞动不动把腿踢这么高，这笑死人了，丑死了。当然他的这个观点不对，芭蕾舞手可以动，腿也可以动，腰也可以动，脖子也可以动，屁股也可以动，是不是？舞蹈是全身的姿势，用身体的语言、舞蹈的语言，可是我知道，你别着急，你想很快说服他，这做不到。

还有 1969 年《参考消息》上登了，说美国登月成功，我就告诉房东阿不都热合曼，我说美国人上了月亮，他说那是胡说八道，你千万不要信那个，是骗人的！"书上写过，如果要上月亮，骑马要 64 年，还是 128 年我记不清楚了，意思要很长时间。"我心想："骑马骑一万年你也上不去。"房东跟我关系那么好，什么事都跟我讨论，他不接受我的说法。但是过几天，我们村里头还有一个在县里当过科长的阿卜杜日素尔，跟他说了这事，他就相信了，引起了他信仰上很大的一个问题。他连续好几天，说："哎呀，老王，这是怎么回事？人真上了月亮，跟过去阿訇对我讲的不一样！"

任何对事情的认识，都有一个很艰难甚至是痛苦的过程，所以说，我们的文化一定要做到贴近人民、贴近实际，贴近生活，就是"三贴近"。同时，人民的、民间的文化又是非常精英、非常高端的，是不是？

我们需要各族的文化大师。大师弄成汉语，有点吓唬人，其实英语就是"master"——师傅、硕士，维吾尔族语就是"乌斯大"——能工巧匠，你没有这样的人物，没有专家，你怎么可能发展文化？

所以，我期待着我们的文化事业，我们的人心工程、民心工程能做得很专业、能做得很学术、能做得跟老百姓心贴心、能够做得"三贴近"，同时又能培养出一代又一代的文化大师、文化精英、文化人才。

光一个"乌斯大"不够，我又想起一个词来，我也跟农民常常谈论，就是"阿里木"——就是真正有知识的大学者。我们要有我们的"乌斯大"，要有我们的"阿里木"，又有我们"夏衣尔"（诗人）那就好了。

第二个问题，我想讨论一下，为什么说新疆的文化是一体多元的，为什么一体多元是一个比较恰当、比较合适的说法？

前两天跟张春贤书记见面，他说能不能说几条中华文化最大的特点到底是什么？

我先说一个笑话，我想起赵启正先生，他曾任国务院新闻办主任，有一次带一个团在国外，有一个外国人就说，你们老说中国文化博大精深，到底为什么博大精深，你能不能给我讲一讲。他们团里头有一个教授，有一个专业级的学者，这个教授就回答："因为它博大精深，没法讲！"这么谈问题比较困难，你变成了不可言述、不可传播、不可讲述的。所以我今天想先谈一个问题，就是我们中华文化的基本追求是什么，就是古代我们的"中国梦"是什么，这是一个很大胆的说法，目前并没有定论，所以我说的是仅供参考。另外，我用的这个词是"追求"，我没有用"价值"这个词，因为价值这个词是近年从西方引进过来的，叫"value"。

第一点，我认为我们文化的追求、文化的原则，是敬天积善、古道热肠。敬是尊敬的敬，尊敬天，积是积累的积，善是善良的善；古道热肠，这是对东方文化的一个说法，我们认为"天不变，道亦不变"，我们认为很久以来，祖祖辈辈都是相信最基本的道德，而且我们都有一副热心肠。这是中华文化的特点。

"敬天"不需要解释，因为中国目前还存在着的最古老的书是《易经》。《易经》认为天和地具有一切的美德，人类的道德是从天地那里学来的。"天行健，君子以自强不息；地势坤，君子以厚德载物"。一个自强不息，一个厚德载物，这都是天和地所具有的品质，天和地有了，才有了万物，所以对生命爱惜、对生命尊重，这也是和对天敬畏有关系的，是有所敬畏。积善，我们的文化特点是泛道德主义，就是我们不管衡量什么事，先从道德上开始。这个和现代文化有距离，所以我说的命题不是一成不变的。现在泛道德论并不足够让我们做好当今的、社会主义的、现代化的事业。但是它仍然在人民当中根深蒂固，如果一个人不重视自己的道德追求、道德形象，就很难做成几件成功的事情。古道热肠，重情尚义，重视人际关系，这是中国人的尺度。所以，按美国亨廷顿的说法，中国文化是一种情感的文化，重视情感，重视人际关系。

第二，尊老宗贤，崇文尚礼。尊老，我们对老人是尊敬的，尊老宗贤，就是把圣贤作为我们的目标，崇文就是我们崇拜知识、崇拜读书、崇拜文化。尚礼就是按照礼节来做各种事情。

先说这两条，跟少数民族文化追求、文化观念，可以说是相当一致的。比如说关于积善，积善是什么呢？就是文史馆开会的时候，哈孜先生所说的"萨瓦布"，我们警惕的是"古纳"（罪孽），我们要的是积德、积善，不要罪孽，就是这个意思。

"尊老"，我知道，新疆少数民族，尤其是维吾尔族，在敬老这一点上比汉族，只有过之而无不及，当然是尊重老人，尊重贤人，是注意礼貌的。

在推崇文化一这点上，我也觉得很惊人。我和维吾尔族农民在一起，时间长了，我一连在他家住很多年，有一次聊起天来，我就把我的事和他说得相当详细，我说我原来生活在北京，很早就成为一个干部，我还写作，但是后来的政治运动当中，出了一些麻烦，找了一些麻烦，来到新疆，又来到伊犁农村，现在荣任副大队长。你猜这个农民他是怎么说的？他是文盲，他跟我说："老王，我告诉你，任何一个国家有三种人是不可缺少的，第一个是'国王'，现在没有国王了，总而言之一个国家要有一个领导人。第二个要有大臣。"但是我想不到的，我觉得惊人的是，他说第三要有诗人，一个没有诗人的国度，怎么能成为一个国家呢？

这种对文化的尊崇，这种对知识的尊崇，我看一个乌孜别克族作家写的《纳瓦依》，你可以看出来他对诗人的尊崇，对知识的骄傲，对知识的敬意，太尊敬了！我想起在"文革"当中，能读的书有限，但是我在自治区文联，那时候，有一个评论家叫帕塔尔江，那个时候也是铁哥们儿，我在他的一个手抄本里，第一次知道了奥玛·海亚姆（Omar Khayyam），波斯诗人，郭沫若翻译的叫莪默·伽亚谟。讲这个知识分子，知识人，那种对知识的热爱和尊崇，这首诗，我一下子背下来了，我现在给大家念一下：

"我们是世界的希望和果实，我们是智慧眼睛的黑眸子，假如把世界看成一个指环，无疑，我们就是镶在指环上的那块宝石！"

他多牛呀！他比李白还牛！是不是？李白就够牛的了：

"君不见黄河之水天上来，奔流到海不复回。君不见高堂明镜悲白发，朝如青丝暮成雪！"

但是他更牛，他说："我们是世界的希望和果实，我们是智慧眼睛的黑眸子！"

这种自信，这种信心，表达对知识、对文化的尊崇！有知识、有文化的人，是被尊敬的！很多年前，哈孜同志给我写书法，就是《可兰经》上的那句话：为了寻找知识，你可以不怕远到中国！

我们汉族里重视知识的话就更多了，有些话现在看不完全恰当，但是它也是这个意思，读书最要紧，"万般皆下品，唯有读书高""书中自有黄金屋"，就是挣钱也得会读书才行，否则挣不上大钱，只能挣小钱。"书中自有颜如玉"，是不是？你想婚姻成功，也需要读书；"书中自有千钟粟"，你想有社会地位，也得要读书，这些地方是完全一致的。

第三，忠厚仁义、和谐太平。这个不管是西域，还是中原的文化，我们渴望的是这一条，有时我们没做到，由于各种原因，比如说宋朝开头非常繁华，开封当时是全世界人口最多、生活最快乐的一个城市，但是它又被各种战争破坏了，但是我们追求的是忠厚仁义、和谐太平！

依我个人的看法，在中原文化、汉族文化最早代表古代中国梦的就是《礼记·礼运·大同篇》："大道之行也，天下为公。选贤与能，讲信修睦。故人不独亲其亲，不独子其子……"

渴望世界大同的日子，当然那个时候并不了解世界，那时候是以中原为中心的观念，还不是现在的国家观念。

我小时候练习写字，红模子里面，最多的就是四个字，"天下太平"，横也有了，撇也有了，捺也有了，点也有了，我们世世代代是希望天下太平的，这是容易解释的。

维吾尔族人就更是这样了，一见面就问，"平安吗"，不停地重复"帖期"就是太平、平安这一词。如果都不平安了，你的人身都得不到保证、生命得不到保证、家庭生活得不到保证、衣食住行得不到保证，相互关系得不到保证，你还有什么其他呢？

我们可以说这也是一致的、一体的。

第四个问题，这个问题也是非常重要的，就是中原文化也好，西域文化也好，勤俭重农，乐生进取。

重农，我们最看重的是农业，一丝一缕，一粥一饭，当思来之不易，吃一粒粮食，你都要知道它来之不易。我在巴彦岱最感动的事情之一，就是咱们民族的农民种粮食，他们告诉我，世界上最伟大的东西就是馕，馕高于一切。一个农民，哪怕一个小孩子，走在街上吃着吃着有一块馕掉下来了，掉在泥里面了不能再吃了，要能再吃他把它拿起来擦干净再吃下去，不能再吃了，怎么办？挖一个坑，把馕埋起来，跟埋一个人一样，就是馕是不能抛弃的，发生了不幸可以把它掩埋。这个大家都知道，伊犁养奶牛的很多，所以，经常农户之间互相要牛奶、借牛奶。拿碗就去隔壁要，所以经常在村里看见小孩拿一个碗，甚至于拿着的是奶皮子，路上绊了一下，啪，牛奶掉在地上了怎么办？他要掩埋，他把那一碗"奶皮子"放在旁边，很小的孩子，他要过来把土盖在上面，不能让牛奶暴露在外面，因为不幸逝世，需要掩埋！

中原，对于吃东西剩下非常反感，这叫暴殄天物，这点和美国人太不一样了，美国人有他的道理，你如果吃一个东西不想吃了，你把它放下，他们认为，你的感觉高于一切，个人高于一切。

中原本来是抑商的，但是后面经过许多年，慢慢地对商业也重视起来了，所以有晋商的发展，山西商人。我们到平遥，给你介绍晋商故事，讲童叟无欺，商业信誉，诚信第一，讲物资的流通！还有徽商、鄂商等等。

新疆的一些少数民族，尤其是维吾尔族人有重商传统，他们很喜欢经商，我的房东是很古板的人，但是他也不排除如果有机会的话，弄一点莫合烟倒手卖一卖，弄点沙枣也可以卖一卖。

20 世纪 60 年代，从乌鲁木齐坐长途汽车到伊犁，到皮革厂下车，一下车点着电石灯，卖葵花子、卖沙枣。那时候商品受到很大限制，但是有卖沙枣的，还有卖刘晓庆照片的，这个在北京是买不到的，她住没住北京我不知道，但她没有来过新疆，也没有来过巴彦岱，也没来过伊犁。后来，凡是女明星的照片，只要能找得着的伊犁这儿都卖。这是一个重视商业的地方。所以，哈萨克人开玩笑，有时候带一点不是特别的好意，但也没有大问题，他们认为维吾尔族人是商人，"萨尔特"，还有哈萨克人给我开玩笑，说你看维吾尔族人在一块儿，他们好做买卖，他们一天没有生意，就把左边口袋里的东西卖给右边的口袋。多么可爱的商人！他们没违背不折腾的教导，自己卖给自己，什么麻烦都没有，要多少价给多少价！

乐生进取，就是他对人生是抱乐观态度的，不是抱悲观态度的，也不是抱愤怒态度的，不是抱你死我活的态度。汉族也是一样，中原文化讲的就是这样的，孔子的教导是什么？"仁者乐山"，"乐"据专家说，应该念"yào"，但是，我在这里为了免得来回绕费劲，我就按本字念"乐"（lè）好了。仁者爱人，爱别人的仁，见到山以后，他会感到非常地喜爱，喜悦，很喜欢，很快乐。"乐"有喜欢的意思，也有快乐的意思。"智者乐水"，智者脑袋来得快，跟水一样，仁者像山一样，他是有原则的，你是撼动不了他的。

孔子又说，他最喜欢的弟子是颜回，子曰："贤哉回也！一箪食，一瓢饮……"每次能吃东西就吃一点，拿一个瓢子舀一点水喝就行了，居住在一个陋巷。"人不堪其忧，回亦不改其乐"。别人觉得贫穷，可是颜回高尚，高尚的人是快乐的，是充满信心的，是乐观的！

维吾尔族更提倡乐观，很多时间提倡乐观，少数民族都提倡乐观。我印象最深的就是人出生以后除了死，全是找乐，全是快乐！

他们给我讲的，维吾尔族人，如果有两个馕，他只吃一个，什么原因？

留下的那个馕当手鼓用，吧啦吧啦敲，多么乐观的民族！多么乐观的文化！这些地方我们有共同的追求、共同的语言！

另外，维吾尔族文化、西域的文化、新疆各少数民族的文化与以汉族为主体的中原文化之间有太多交流和相互影响、相互融合。

我先说汉族吸收西域文化的东西。我问一下，在座的有没有阿克苏，或者库车来的人？

咱们艾尔肯副主席就是。为什么呢？我多次看到这方面的材料，从唐朝就有一个词牌，"词"就是不整齐的诗，其实就是歌词的意思，词是宋朝最发达，但唐朝已经有了，而且这个词牌是唐明皇首先制定的，它的节拍、它的音韵，叫作《苏幕遮》。

这个词牌，范仲淹、周邦彦都写过特别有名的诗，范仲淹的"碧云天，黄叶地"就是这个。而且这个词牌唐明皇、唐玄宗，就是杨贵妃的丈夫或者情人，首先唱的！这个词牌是哪来的？阿克苏来的。

说阿克苏，某地至今保留着这种风俗，我给中央党校新疆班前后讲过六次课，我问过，没有一个阿克苏朋友能告诉我。它说什么呢？叫"乞寒节"，就是，冬天下第一次雪前后有这么一个"节日"，什么意思呢？就是希望今年冬天好好冷一下，冬天不冷的话，第二年很多的疾病、很多的不幸、很多的瘟疫发生。在乞寒活动过程唱歌叫作《苏幕遮》，现在已经查不出原来的发音了，这是汉族从西域吸收的文化。别的就更多了，唢呐，我们现在还叫"sunay"，唢呐是专门造出来的一个词，它是外来的乐器，不是中原本地的。但是这一点，我也不了解，笛子，"笛"本身发音就是指的少数民族，"东夷西戎，南蛮北狄"，这是中原的说法，称作"狄"，所以叫作"笛子"，可是笛子没有笛发音，就是"nay"，提到近代、现代的作曲，我印象最深的，有一个什么《敬祝毛主席万寿无疆》，有两首都带有新疆风味。

拿维吾尔族语来说，它受中原文化汉语的影响那更多了，盖房子的部件用的都是汉语言，更多了，"檩"是檩条，还有椽子，"大煤"，是大块的煤，"碎煤"是小煤，全都是一样的。

吃的菜多了，那就是互相影响，我就不说了。芫荽是中原受西域的影响，西域白菜就是白菜啊。洋芋很奇怪，因为洋芋是从欧洲过来的，但是新疆用的不是欧洲的语言，不是罗马的语言，用的是口里汉族的语言"洋芋"！

而且我们最喜欢的凉面、拉面。这些还有点奇怪，因为我在新疆的时候，我看很多阿拉木图、塔什干出的小说，包括用斯拉夫字母的维吾尔族文小说。塔什干的维吾尔族语小说，到塔什干维吾尔族语里面，凉面，它的发音是"来个面"。

我顺便说一下，有一次，我跟一位维吾尔族老友聊起饭了，我跟他说，"拉面"是从汉语中来的，这个"煮娃娃"、这个"蛐蛐来"，都是从汉语来的，而抓饭是波斯语。老友就问了，说照你这么说，我们维吾尔族还有饭没饭？不是汉族饭，就是波斯饭，我们维吾尔族就没饭了？

不是！

我们懂得一个道理，文化吸收进来以后，必然和本民族、本地区结合起来，吸收的过程就是消化的过程，就是本土化过程，它不一样的，就属于你了，当然属于你了，新疆人做"拉面"的方法和兰州拉面并不一样，咱们在座肯定也有兰州来的人。兰州是怎么做？和北京的旗人，就是满族人做拉面方法也不一样，岂止是和口里汉族的同志做面、吃面的方法不一样，喀什噶尔和伊犁也不一样。伊犁做面都是小小的，一根一根平摆的，喀什噶尔跟做盘香一样，盘一个大盘，一圈一圈螺旋形的，做得非常大、非常长，艺术品！

做菜方法也不一样，你到乌兹别克又不一样，我到塔什干去过，也没有少吃拉面，到乌兹别克斯坦，维吾尔族语最吃得开了，基本上都懂的，问题是他们很多人不会说乌兹别克语，只会说俄语，我也帮不上忙！还有，我最近才知道的，因为过去在巴彦岱住，我有一个乌兹别克朋友，他喜欢吃一种叫作"阿勒噶"，就是用蜂蜜、白糖、面、清油在一块儿做的甜食，形状有点像山东同和居饭馆做的"三不沾"，也是甜食，因为据说是乌兹别克的，所以，我以为是北疆食品，最近我才知道，南疆也有！

我们探讨文化来源，丝毫不存在归属问题，来源是别处就不属于你的，不对。

因为文化不像物质的东西。物质的东西，比如说，你从内地买来 1 万双鞋，卖一双就剩 9999 双，文化是什么？学习了你做鞋的方法，然后与你的脚的大小、人们的爱好相结合，做完了这个鞋楦，做出来的鞋就是你的了，当然。

所以这种互相的影响非常之多。

维吾尔族语言的一大特点，就是他们勇于接受各地区的各种民族语言。维吾尔族语有四个方面的借词，一个比一个多。一个是阿拉伯语，其次是波斯语，波斯语比阿拉伯语还多，那有什么关系，我们接受就接受了，为我们所用，我们还是中国人！

然后就是俄语，近代很多新名词都是俄语来的。

汉语就更多了，不但有具体的，还有抽象的，我最喜欢维吾尔族语词，"daolilixixi"——讲道理，道理本来在汉语是一个名词，前边加"讲"，到维吾尔族语省事了，加上一个动词词尾，daolilixi，daolilixixi，就完成了。

所以，互相影响、互相交流是各个方面的，这也是一个整体性。

还有就是整体性、一体性，我们必须看到，从 1949 年以来，中国的政治形势、经济形势、发展形势，有了巨大的变化，中央政府是一个有效率管理着、掌控着除中国台湾以外的各个地区、各个省市的政府，所以从 1949 年以来，我们有共同的经历、共同的困难、共同失误、共同的命运、共同的痛苦、共同的希望、共同的快乐，是不是？

所以，我们要很好地总结 1949 年以来新疆的文化建设，以及内地交流支援、交流学习文化建设这方面的成功经验，有哪些成功的，有哪些失败的经验。

但是，不管是成功的还是失败的，我们必须看到这样一个事实，已经 60 多年了，中国基本实现了统一，除中国台湾以外，当然还有一些个别领土的问题，钓鱼岛、黄岩岛（我估计那里也没有居民，那里的文化怎么研究我不知道），没有人口的文化咱们不谈。

这个期间，我们有许许多多共同文化烙印、许许多多共同的文化趋向、许许多多文化记忆，是不是？

我们有同样的记忆，口里成立人民公社，这里也一样，公社亚克西！

口里学习什么，我们这里也学习，然后林彪出的事情，这里也给农民传达，农民还问，说林彪上了飞机匆匆忙忙走，他带馕了没有？老百姓心太好，怕把林彪饿着！这也说明我们是一体化的！

"多元"不细说了，当然是多元的，语言文字就不一样，维吾尔族语是阿尔泰语系，突厥语族。阿尔泰语系的语言也很多，日语、韩语、蒙语、满语，满族还当过中国最高领导呢，入主中原，而且为中华民族的兴旺发展也做出了很大贡献。蒙古阿尔泰语系的民族，生活习惯很多地方不一样，不一样的地方太多了。我在伊犁研究，有很多新疆的朋友不注意，汉族人洗衣服，如果不是左撇子，是这样拧，右手往前拧；维吾尔族人洗衣服，如果不是左撇子，是这样拧，右手往后拧，左手往前拧；维吾尔族洗衣服是往上浇水，用葫芦舀一点水往上浇，搓完以后，用水浇，拧完了再浇水！汉族人在盆子里洗。

汉族人做针线活儿，是右拇指在下，食指和中指在上，捏着针扎过去，把针伸出来；维吾尔族人做针线活儿是右拇指在上，线在这儿（动作），这个维吾尔族人也有他的可爱之处，害怕扎别人，多危险。这样扎别人可能性就比较小，除非你站后边；汉族人推刨子是往前推，但是很多少数民族是往后拉，俄罗斯人也是这样，往后拉，这样（动作）。还有许多许多，我不用细说。

多元并不等于会发生冲突，恰恰因为多元，新疆文化的资源，才这样丰富、这样可爱。所以，我非常赞成张春贤同志提出的，不同民族文化要互相欣赏这样一个观念，起码好玩、有趣，所以，各式各样的，如果就一种人多没劲；饭也有不同的做法、不同的吃法。

这是我讲的第二个问题。

还有一个问题，我想试讲一个相对比较敏感的问题，但是我愿意非常坦率地讲我的看法，就是关于伊斯兰教在新疆文化中的地位。

伊斯兰教在新疆文化中的地位是非常重要的，这是不可回避，也是无法否认的，因为新疆有相当一部分民族，维吾尔族、回族、哈萨克族、柯尔克孜族、塔吉克族、乌孜别克族都是信仰伊斯兰教的。但是，这里头，伊斯兰教就更像任何的文化、任何的学说和理论一样，它到了任何地方，都有一个本土化的过程，所以伊斯兰教到了新疆，它有新疆化的过程，它有中国化的过程。比如说，回族生活在内地，回族（人口）数量比新疆（信仰）伊斯兰教的民族（人口加在一起）还要多，宁夏是回族自治区、青海有大量回族，而且有一些很有名的回族人。青海的马仲英，带领军队打到了新疆，打到了伊犁，所以，西北地区有大量的回族，有陕西回民。我的祖籍是河北省南皮县，有大量的回民，而且我们家原来是生活在孟村回族自治县，它叫孟村，但是它是一个县的名字。后来，因为家里面迷信，家里死人太多，迁到南皮县，依然是离孟村最近一个县，所以我想我的遗传基因里有这个数代人与穆斯林同处一村，同饮一河水，同吃一锅饭的优良传统，我觉得我和全世界穆斯林接触的时候，都特别亲热、特别自然。

从伊斯兰教本身来说，很好说，有很多东西是我最欣赏的，第一它注意清洁，"halaml"，这个太好了，我在伊犁农村，我是城市人，我祖籍虽然在农村，但我出生在北京，是城市人，应该卫生习惯好一点，但是我的房东大姐赫里倩姆经常提醒我："老王洗手了没有？"

我感觉真好，有一个农民大姐、有一个农民妈妈催促我注意卫生，这是多好的事情。还有一个伊斯兰教不崇拜偶像，这个我也很喜欢，一种宗教信仰、一种神职，出现偶像非常麻烦，你怎么办？

西方基督教，捷克有一个作家叫米兰·昆德拉，在中国有相当的影响，他写过西方的神学界，就耶稣是否大便、进洗手间这个问题，进行过旷日持久的争论，而且解答不了，我就不细说了，细说好像这个话题也不算高雅。伊斯兰教没有这个问题，没有形象的。

这样，这个宗教意识变成一种思想，变成一种意识，真主是没有形象的，它是人的一种灵魂、一种概念！

有一次我很感动，我在农村里劳动的时候，我跟一个十一二岁的农民小女孩，她上没上学我不知道，说到什么事我也记不清楚了，反正我手指着上边，说，你的意思是真主会知道这一切的，然后这小女孩就告诉我："老王，真主不在天上，真主在我们每个人的心里。"我就想这女孩水平太高了，给了我很大的教育，它不是一个具体的东西，不是上面，而是在心里，一个认识上、心灵的一个取向也好，一个慰藉也好！

还有，我认为伊斯兰教还有一个好处，同情穷人。它帮助穷人，它把施舍看成穆斯林的一个重要义务。讲卫生、同情穷人，而不搞偶像，而注意的是人的内心，这都是我非常佩服的。但是在外国的极少数人当中，有一种排他性。这个我们可以比较一下世界三大宗教，这方面，佛教是不管你信不信佛教，拜佛不拜佛，毫无关系，我要拯救众生！不管你信不信佛，甚至一个老虎、一个蚊子、一个苍蝇我也要拯救……我都要拯救，我面对的是众生，众生一律平等，这是佛教。

基督教的意思是你要是不信我，你就是迷途的羔羊。现代西方还有他们传教士的热忱，就是走到哪儿他都要宣传他的教义，他认为你不信他，你就是迷途羔羊，他要拯救，这个有点麻烦，没事他要想拯救你，我活得好好的，拯救我干吗？

至于把不信本教的人定性为异教徒，甚至不惜与异教徒产生暴力冲突，这绝对不好！而且许多穆斯林里面的大学者、大诗人，他们在几百年前就反复呼吁，不应该有狭隘的排他的心理。

波斯诗人哈菲兹有一首诗，这首诗给我们教育太大了，他说什么呢？

"我一个手拿着《可兰经》，一个手拿着酒杯，有时候我们做得很清真，非常穆斯林，非常伟大，有时候我也不太清洁。"

不洁，本来就是最难听的话了，在阿拉伯语中，酒一词来自不洁一词。谁喝酒谁就是不洁的，就是违背圣训！

但是新疆有几个人不喝酒？

他另外一个诗里头也是这样的，他说："无事需寻欢，有生莫断肠，遣怀书共酒，何问寿与殇？"（空闲的时候要多读快乐的书，不要让忧郁的青草在心头生长，干一杯再干一杯吧，哪怕死亡的阴影已经与我们靠近。）

可以打打折扣的，给自己开点方便，那么较劲干什么？跟谁过不去？

然后第三句话是：菲罗兹，是波斯语，蓝宝石，就像蓝宝石一样的苍穹之下，既然都在像蓝宝石一样的苍穹之下，为什么要分成穆斯林和异教徒呢？多先进，这老哥们儿多棒啊！他是14世纪的，离现在已经600年了。我去伊朗访问过，我很喜欢伊朗，伊朗人占主要地位的诗人是哈菲兹，他对哈菲兹尊敬极了。但是哈菲兹诗里面，很多嘲笑阿訇，嘲笑经文学校，思想非常开放，主要写的是爱情，爱情诗写得太好了，我觉得简直可以编成歌唱，而且那么简单、那么朴素，他说什么呢？

"我好比海水里面的一条鱼，等待着美人把我钓上来！"

写得太漂亮了，哪怕钓上来嘴流血了，被钩子钩住了，但是也希望美人快把自己钓上来吧！在水里我更难受、更窝囊，我活不了！

我还看过很多这一类的，比如原来苏联艾尼写的《布哈拉纪事》，布哈拉是原来的宗教名城，有专门学经文的学校，书里写经文学校，写的全是小孩子跟老师淘气的故事，这样的话伊斯兰教和维吾尔文化的相结合，起了什么作用呢？就是伊斯兰教神性必须和世俗性、人间性相结合。宗教的力量光有神性是不行的，它必须和人间性相结合！所以，台湾地区星云大师就没完没了强调，佛教要办人间的佛教，就是对老百姓生活有帮助的佛教。星云大师，也是一个大老板，不知道有多少财产，在全岛开公司，在全世界开公司，星云大师搞大量慈善事业，办教育，台湾佛光大学就是他办的。

我们看新疆伊斯兰教，它也做大量世俗的事情，婚姻过去来说要管，治病也要管。我在农村里我知道，农村里男子性无能都是找阿訇——起码过去，现在有男科医院了！

比如说，虽然伊斯兰文化到来，我们有了"尔代"，就是宗教节日观念，但是，我们还有另外世俗的节日，就是"巴衣拉姆"，而在维吾尔族语中还有汉族内地的节日叫作"恰甘"。后二者都是世俗的节日。例如努儒兹节，内容非常丰富热烈。

我顺便说一下，西方把伊朗妖魔化，伊朗并不那么极端，离现在有六七年了，那一年十二月份我去访问的伊朗，伊朗的各个宾馆里都有圣诞树。伊朗地毯非常有名，大部分是几何图案的地毯，但是也有画作的地毯，诗歌插图的地毯也有。也有耶稣降生的地毯，这是我亲眼看到的。而且，每年12月25日，包括被西方骂成大妖怪的内贾德总统，都向全世界基督徒问好，他不是那么排斥的。所以，有一个很基本的问题，我们要给新疆伊斯兰教定性，伊斯兰教在新疆所构成的是一个世俗社会，不是一个神权社会，不是一个让大家不要生命、不要财产，只要圣战的社会，没有！新疆没有这样的历史，没有这样的记忆。

"文革"当中，当时武斗非常厉害，那时候我在城里也有个家，我妻子在第二中学教书，我就住在伊犁。有很多知识分子跟我说，老王，汉族小孩怎么这么坚决，两派互相放枪，他说，我们手是很软的。

维吾尔族人有一句话，我很喜欢"maili"，全世界找不到这个词，把它翻译成"也行"，这是很别扭的，"maili"是什么意思呢？是可以妥协的，虽然我并不希望是这样，但是就这样了，随便去！类似这么一个意思，一个人卖东西，一个人买东西，买东西希望越便宜越好，卖东西希望越贵越好，最后，买东西的说我就是不出这个钱，回头就走了，等走出十步，卖东西的人就说"mailimaili"，汉族认为是"卖了卖了"，不是说卖了卖了，是说也行。它是一个非常务实的，一个通情达理的，它论的是现世——佛教的说法就是"此岸"。

最近，我出的小说里面写到，一个虔诚的穆斯林认为，如果你种瓜的时候，不断浇水催熟，或者你卖牛奶的时候，奶子里面掺水，这样的话你死后骨头会变黑，坟墓会倒塌。

对世俗社会并不排斥，对现代人生并不排斥，不是浑身绑满炸弹、一拉就响的那种！

2001 年底，还是江泽民主持工作，全国开过一次宗教工作会议，江泽民提出一些观点，这些观点是国际共产主义运动中从来没有人提过的。

第一，宗教会长期存在，即使是共产主义开始实现了，国家和政党都消灭了，宗教都消灭不了；第二，现阶段，宗教在抚慰人的心灵和社会推进慈善事业上有积极的作用。

这是中央提出来的，宗教积极作用共产党过去没有讲过，这次江泽民讲了。然后，在胡锦涛主持工作时，在一次中央全会上做了《关于建设和谐社会的决议》，这个决议里又有一条要发挥宗教在建设和谐社会中积极的作用，以前共产党的口号里面是没有的。所以，我觉得这个是，我们完全可以做到非穆斯林和新疆穆斯林和谐相处、愉快相处，像兄弟一样，像姐妹一样，像最好的朋友一样，互相尊重、互相帮助、互相提携，有好东西大家分享，有难同当，我们完全可以做到！

以色列和阿拉伯国家产生那么巨大冲突，但是美国人最喜欢吃的以色列"beigou"，就是咱们的窝窝馕，有时候文化是很有意思的，有时候敌人跟你有同样的文化，有时候和你有同样文化的人，有可能成为你的敌人，破坏你和平的、幸福的、太平的生活。

自从两个阵营（冷战）结束以后，意识形态问题降低了，几乎有些最原始的问题反而都出来了。我确实从我内心里，完全不相信新疆会发生民族冲突、宗教冲突，如果有冲突，是国外敌对势力的挑拨与破坏！

现在，我想谈一下现代化与民族的文化传统：

从中国内地，尤其是汉族经验来说，现代化过程，尤其在文化上有时候是一个困难过程，在这方面，我国有极其痛苦的经验，因为中国在古代，他就不知道世界还有很多的重要国家，他认为中国就是天下，周围有很小的一些比较荒凉、比较边缘的地方，有一些小的番邦（国家），你去日本、韩国，看他的古代文化，弄不好你以为是中国古代文化的拷贝、一个翻版。再往东边都是海。

而在 1840 年，鸦片战争以后，中国人突然发现这么异常的事，中国人太痛苦了。在谢晋先生导演的《鸦片战争》里，最典型的，最后的一个场面是道光皇帝带着儿子、孙子，在一个风雨交加、雷电轰鸣之夜，向大清国祖宗牌位磕头，哭成一团，道光皇帝对不起大清帝国的祖宗。

辛亥革命后，1927 年是北伐战争，在北伐军进入北京前，当时最大的学者王国维就自杀了，而且王国维是懂西学、懂外文的，他多次向中国人介绍康德的理论（德国哲学家）、叔本华的哲学思想，他引进许多欧洲哲学思想，但是他为什么自杀？没有人理解，因为他并不是保皇党，他也不是清朝重臣，清朝西太后也好，宣统、光绪皇帝也好，对他没有任何恩泽、恩惠。原因就在于他最早感觉到，在现代文明面前，中华文明要完蛋了，他太痛苦了。类似的痛苦的故事不知道有多少！

最早一批被清朝政府培养起来，懂西学的，有一个最著名的叫严复，是在英国留过学的，他在英国留学时梳长辫子，他翻译了赫胥黎写的《天演论》，实际上介绍达尔文的思想，进化论的思想，他是用文言文，很多地方是骈体文形式翻译的，翻译极其漂亮，但是这个人回到中国以后，最后是怎么死的？最后是吸鸦片死的！他看不到中国的前途，他以为，要富强中国，就必须牺牲中华文化；而要坚守中华文化，中国就永远不能进步。所以，五四时期，提出非常激烈的口号，"打倒孔家店"，其中还有是国民党元老吴稚晖提出来的："把线装书扔到茅厕里去！"鲁迅提出来不要读中国书。就是它经过很长的时间，付出很大代价，包括心理上付出很大代价，人们才开始认识到，实现现代文化、现代文明，并不是传统文化的丧钟，并不是要把传统文化消灭，而是要对传统文化进行一个创造性的转变。

提出对中华文化进行创造性转变，学者里头最早是林毓生，是我小学的同学，后来他一直在美国威斯康星大学。中国文化曾经有很多的不安，而且发生过极其激烈的恐怖行为。

在几次国内革命战争当中，恰恰是国民党，给共产党扣上了不要文化、不要祖宗，拿了俄国卢布，还说，中国共产党只认马祖列宗，而不认黄帝、孔子。经过了快94年（从五四运动到现在），正是由于我们国家各个方面，改革开放取得成绩，使我们增加了对中华文化的信心，使我们认识到，发扬传统文化和吸收先进文明并不矛盾，正是现代化进程使中国目前，包括各个边疆地方、少数民族地区，包括新疆、西藏，文物保护，传统文化的继承与弘扬，达到了空前的力度和水平！

不错，解放初期，我们是有过不懂爱惜文物的事情，比如北京就有一个很大遗憾事情，把城墙全拆了！

当年，北京大学有一批教授，梁思成、侯仁之，他们每年自费印宣传单，他们主张，当然建筑的事情不必多说了，就是保留北京古城，在北京西部，在石景山、周口店这些地方，建新城，千万不要动北京古城，北京的古城太宝贵了，全世界简直无与伦比，但是在大跃进当中，把城墙全拆了。反过来我们看看，我们在现代化口号提得最响的，是20世纪80年代、90年代和21世纪前10年，是我们保护文物最好的时候，国家花了多少钱，多少文物专家的建议得到采纳。我个人体会，现代文化引领，并不是对传统文化的破坏，并不是对传统文化的抹杀，恰恰是现代观念下，来尊重历史，保护文化、保护特色、保护文化遗产。我们文化遗产什么时候像现在弄这么欢呢？如果没有改革开放、没有现代化目标，我们的十二木卡姆能被联合国教科文组织所了解、所知道、所肯定吗？还有许许多多，还有昆曲也被联合国教科文组织所肯定，我们追求的应该是在现代引领下现代文化和传统文化的整合。我大胆地说一句话，文化这个东西，不是零和模式，不是这个存在，那个就不能有了。比如说，我用美声唱法，不等于你不可以有民族唱法、民间唱法、原生唱法、通俗的唱法、流行歌曲唱法，三个、四个、八个、九个都存在，谁妨碍谁呢？

又比如有武侠小说，有《阿凡提故事》，照样可以有这样类型的小说，民间故事、童谣……什么都可以有。所以，我常常讲，在文化上我们不能破字当头，我们要立字当头，我们建新的建筑不等于必须拆毁旧的建筑，旧的建筑更宝贵，因为它是文物，至少我们应该保护一部分，要让我们知道我们的过去是怎么样的。

你到欧洲许多地方旅行，现代化城市当中，都有一块地方保持最老式样，在斯德哥尔摩有这样的，在马德里也有这样的，所以，我们追求的不是在文化上的你死我活，而是现代文化引领下实现创造性转变，造成一体多元大发展、大繁荣的形势！我想这是我们追求的目标。

这里面有学习，有借鉴，也有保护，不管怎么样，先保护下来！这方面我自己认识上也有一个相当的过程，有一年，我访问法国，法国文化部长雅克朗就问我："现在中国戏曲里面，男人演女人角色多不多？"

按照我过去的思维定式，我就回答说，过去男人演女人或者女人演男人，因为越剧里面很少有男角，越剧里面很少有男的，男的都是女的演；京剧里面女的都是男的演，因为，过去男女授受不亲，男女都在一个剧团怕出丑闻。

我没有想到，法国文化部长雅克朗说，不一定，有不同效果，女的有女的效果、男的有男的效果！他的效果女演员代替不了，梅兰芳有他的效果！

中国有一位李先生叫什么呢？（观众：李玉刚！）

过去我们认为，男人演女人是落后的，实际上他不是落后的。过去我们认为，也都是我们非常敬爱的党的领导人说拳击太野蛮了，很野蛮、很残酷，所以中国是不能发展拳击的！现在看，只要按规则、按制度办事，大家觉得拳击是很有魅力的运动，中国尚武呢，怕什么呢？真正当场打死人太少见了。

反过来说，我们新疆本地人我太了解了，我说，老乡们、同胞们，我太了解您。所以，有时我们非常反感的东西，就像我说芭蕾舞腿的动作，其实看着挺漂亮的啊，又健康、又有感情，你看，英国芭蕾舞女演员的腿漂亮，长那么漂亮的腿，对我们下一代形象有好处的，为什么要往特别肮脏的地方想呢？这是健康、这是青春、这是艺术、这是活力！

我知道，民族同志最反感的就是二转子音乐，二转子音乐有利于我们推广。王洛宾的音乐，我在时民族同志都不喜欢，但是，现在台湾地区都把王洛宾当成乐圣看，通过他都知道了新疆旋律，知道的是真的、假的，我也弄不清楚，但是说是新疆的就是新疆的吧！

许多民族同志最反感的就是刀郎。你怎么能叫"刀郎"呢？叶尔羌流域才叫刀郎！可是他叫刀郎，汉族人没有一个人会想到（口里的汉族人）他和叶尔羌河有什么关系？刀郎是什么呢？一个带刀的男子罢了，然后他唱了《2002 年的第一场雪》，我没有听过他的歌，但是我不反对他，反对他干吗？全中国那么大，既然有人听，既然出唱片，就让他做，所以，对文化的事情，不要动不动就反感！有时候，反感是狭隘的表现！

昨天上午，我跟伊犁一大批学生、教师、干部座谈的时候，我说，如果一个人只懂一种文化的话，就会对其他文化产生反感、生疏、硌硬，接受不了。比如说，我们应该叫水，英国叫"water"，法国人叫"aqua"，维吾尔人叫"su"，哈萨克人好像也叫"su"，蒙古人叫"ousu"等等，我们觉得，这不是莫名其妙，什么"aqua"、什么"water"、什么"su"，明明就是水，但你接触长了你就明白，这当然是"su"啊，这不是"su"是什么？所以，对和我们不同的东西，要有开放的心！

汉语中有一些成语，一个叫作"党同伐异"，和自己相同的东西，我们就看成是一党的，视为一体。"伐异"，不同的东西就要讨伐。我们为什么不能党同喜异、党同乐异呢？和你相同的东西认为是知己，看到不同东西，你觉得很好玩，你要有一种好奇心嘛！

知道世界的丰富和多样，维吾尔族语也有一句谚语，谚语说："如果他跟你说的话不一样，他的心对你来说就是异己的。"太狭隘了！我们可以改成正面的词，同语则同心，异语亦同德。我是坚决主张来新疆工作的干部，你是干三五年也好、半年也好、干两年也好，你要学维吾尔族语，减少与当地各民族之间的距离，缩小了距离，说一句算一句，说一个词是一个词，别的不会说，你就说"亚克西"嘛！

王震同志在新疆的时候规定，学会维吾尔族语，而且考试通过的，每人提升一级，多么精明英明的王震同志！

有一年我去德国，我住了六个星期，六星期我报名参加德语学习班，当然学不会，六个月哪能学会啊？六年都不一定学得好。起码到现在我会怎么叫一辆出租车（讲德语）。所以，我们这些方面一定要有开放心态，汉族同志一定要好好学习维吾尔族语，民族同志一定要好好学汉语。不学汉语你吃亏太大了，不学汉语你升学有困难，你能上最好的学校吗？不学汉语你就业不了，你找不到合适的工作，不学汉语你提级困难你升不上去，所以，我们这些方面，要用积极的态度促进一体多元的发展，促进各个民族的相互了解、相互尊敬、相互欣赏，促进我们新疆民族团结！

我在新疆待过16年，在农村劳动了那么多年，那时候，很多政策"左"得要死，但是那个时候民族之间非常亲切、不分你我。不用说别的，就是过肉孜节和库尔班节的时候，多少汉族同志跑到民族同志家里面吃馓子，喝白酒；过春节的时候，多少民族同志跑到汉族同志家里面又唱又跳，我们一定要使新疆成为一个民族团结友爱的乐园，我不相信新疆会老是发生恶性案件，因为，那些恐怖分子、暴力分子，他们不能代表新疆人民，更不能代表我视为最亲最亲的维吾尔族人！

我开句玩笑，他们问我："老王同志，你从哪里知道那么多事情？"

我说，我也算是半个缠头，他们听见后怎么说，他们说你整个一个维吾尔，所以我怀着这样的心，和新疆各个方面的朋友，谈谈文化，谝谝闲传，说错了，请大家指出，具体的工作按自治区党委指示来办，明天我上喀什，再过两三天我又回北京了。我就是在北京，我虽然不会念经，我要念我的心经：祝福新疆！

青年与文学

2013 年 5 月 10 日在中国海洋大学的演讲

　　昨天，我们和青年作家文珍、甫跃辉一起畅谈了 80 后作家的写作和文学选择，今天和大家一起聊聊天，谈谈"青年与文学"。

　　首先，我想说的是青年需要文学。从全国来看，现在文学氛围并不好，文学书籍的销售量不如过去，一些文学期刊的变化就更大。像在 20 世纪 80 年代，有些大型文学期刊的销售量能达到 150 多万册，而现在能达到 10 万册就算是非常好的。国内外都有人说文学正在消亡，甚至预言小说要灭亡，原因之一是当下视听技术、多媒体技术和网络的发展似乎对文学造成了威胁。文学是语言——符号的艺术，是抽象的艺术，它并不直观。比如读者在想象林黛玉和贾宝玉的爱情时，需要沉浸在文本中反复体会，认真阅读，钻研书页上的词字比喻还有语言背后的语言。而看《红楼梦》电视剧，看到一个漂亮、忧郁、瘦弱的女孩和一个长得无懈可击的公子在一起谈恋爱就会感到很直观，他们搂在一块儿就更直观，他们生气、哭泣就更更直观，要死要活啦这都特别直观。视听技术冲击了文字符号化的魅力，这个问题由来已久。1980年，我去美国时购买了一本"会唱歌"的儿童文学书。十几年前，我也收到过"会唱歌"的生日卡，刚一翻开，就会唱起"Happy birthday to you"。其实这里面都装了纽扣电池，是很简单的技术附加物。人们不满足于只有平板的语言文字，于是后来又发展出"读图时代"。（顺便说一下，图画书、小人书也非常吸引人。我上小学的时候，老师严格规定不准看小人书。小人书容易让人沉迷其中，难以自拔，影响学习，而且看小人书的同学功课都比较差。）近几年来，美国又出现一种"能吃"的儿童文学书。书的最后两页会写"你愿意吃我吗，我很香啊，我很甜啊"等等这样的话。小孩子看到这里就把那一页撕下来，放到嘴里"嘎嘣""嘎嘣"咽下去了。再比如网络对文学的影响，这里不再细谈。

文字、语言、符号所承载的想象力和信息量是巨大的，"100个读者就有100个哈姆雷特"，100个读者也会有100个林黛玉。新版《红楼梦》费了老大的劲，反映却不很好。在我看来，真正喜爱文学的人没有一个会对影视作品满意。文学作品输送给你的那种丰富、深刻、耐咀嚼，那种回味和想象，是视听、多媒体、网络无法带给你的。在座的年轻朋友可能不知道，"四人帮"刚被打倒时，电视上正在播美国人拍的《安娜·卡列尼娜》。当时的苏联人对此很不满意，因为在他们心中，安娜·卡列尼娜是一个圣洁的、超凡脱俗的形象。美国人打死也出不来那个气质。教育学家、语言学家、心理学家、生理学家都有一个共识，即语言是思维最主要的依托与载体。没有发达的语言系统就没有发达的思维系统。

一个词儿，假如你都没有听说，不了解它的含义，那能生发出多少思想？因此，爱读书的人的智力程度、通过阅读所得到的启发和仅仅从视听对象——更不要说是从陷于感官刺激的视听对象——中所得到的精神启迪是完全不一样的。

我还要说，青春需要爱情，爱情需要文学。我常常在想，究竟是先有爱情，还是先有爱情文学？我很小的时候，就从书中读到了一些爱情。虽然不完全懂爱情是怎么回事，但却从中汲取到一种启发、呼唤和对爱情的美化。及至后来见到心仪的女孩子，立刻就和书里的故事联系起来。比如普希金的《冬天的夜晚》，虽然这首诗是写给他的奶妈，但对我来说起的却是爱情诗的作用。"同干一杯吧，我不幸的青春时代的好友"，我陶醉其中，心想这多像是在和自己的女朋友说话。"让我们用酒来浇愁。酒杯在哪儿，像这样，欢乐涌向心头。"我觉得这写得太好了。《红楼梦》也是青春小说，在那么肮脏的环境里，寄生的环境里，垂死的环境里，青春是唯一的健康与美好的元素，在死气沉沉与虚伪透顶的封建文化的毒害中，青春仍然有自己的生命力，青年人在一起仍然是那么快乐、美满。我常说《红楼梦》里有诗歌节，海棠开花是诗歌节，吃螃蟹是诗歌节。尤其写得最好的，是下着大雪，烤着鹿肉，吃着中国 BBQ 在那里搞诗歌竞赛。他们争抢着对答，常常是她这句还没有说完，他那句已经出来了。尤其是史湘云和薛宝琴这小姐俩在那儿抢的呀！我自命幼时能背唐诗三百首，十岁开始写旧诗，可是试了一下，却一句也接不上来。既有烤的鲜鹿肉，又有青年人集体创作的鲜活的诗，这真是青年联欢的诗歌节啊。

我看《红楼梦》还有一个稀奇古怪的体会，我觉得和贾宝玉最相像的一个人物是薛蟠。虽然薛蟠打死了人，但自古以来对这个人物的评价并不像贾蓉、贾珍、贾琏那么龌龊、下流。薛蟠和贾宝玉俩公子哥，脾气都很豪爽、任性，也都不故意害人。柳湘莲把薛蟠打了一顿，薛蟠却说你愿意和我玩就玩，不愿意和我玩你也不要打我。宝玉与薛蟠两人最主要的区别是贾宝玉有文学修养，他会作诗，他把对女孩子的感情都变成了诗。薛蟠的文学修养太差，他会什么呢，他会恶搞。中国的恶搞是从薛蟠开始的。比如薛蟠和贾宝玉、蒋玉菡、冯紫英等公子哥儿一起吃酒，席上行酒令。说到女儿愁，薛蟠蹦出一句"绣房撺出个大马猴"。当然后面还有更粗俗不雅的话，这里不再展开。不同的文学修养造就不同的人格、趣味和层次。当爱情没有了文学的美化和引导，爱情就会变得堕落，变得动物化、商业化。有点文学修养总会好得多，尤其在座的女生，如果你们的boyfriend连李白和《红楼梦》都没有看过，那你们一定要小心。因为他脑子里不是钱就是升官，要不然就是彻底的薛蟠那种。

再比如《阿Q正传》，在我看来，阿Q最痛苦的不是革命没有成功，假如阿Q革命成功了那也麻烦，最后他肯定会被双规，甚至被判刑、枪决。阿Q最痛苦的是爱情没有成功，因为吴妈对他来说是很合适的。他突然一天晚上给吴妈跪下了，说"我要和你困觉"。性骚扰！假如阿Q读过一点徐志摩的诗，他应该对吴妈说："我是天空里的一片云，偶尔投影在你的波心，你不必讶异，更无须欢喜，转瞬间消灭了踪影。你我相逢在黑夜的海上，你有你的，我有我的，方向；你记得也好，最好你忘掉，在这交会时互放的光亮。"吴妈的文学水准稍微差一点，但是她会唱流行歌曲，至少会唱《月亮代表我的心》。没准儿他们俩这事就成了。所以呢，文学可以改变命运，文学可以带来爱情，文学可以带来幸福。

爱情需要文学，青年呢？青年往往喜欢批判，青年很敏锐，敏锐得容易发火。发火、骂脏话、摔杯子、打人，这并不可取。假若阅读文学，哪怕文学作品中的情景与你的遭遇并不完全契合，你仍然可以吟诵"举世皆浊我独清，世人皆醉我独醒"来表达内心的苦闷和情感。青年人追求精神的胜利和提升，这恰恰也是文学的长处和特权。文学解决不了蜗居的问题，解决不了治病的钱，但文学至少给你一些美好的语言、深刻的语言、智慧的语言。叫作"君子相赠以言，小人相赠以财"。"假如生活欺骗了你"，其实生活欺骗你是一件很痛苦的事情，但是普希金却告诉你"不要悲伤，不要心急，在阴郁的日子需要镇静，相信吧，那愉快的日子即将来临"，你需要镇静，要坚信愉快的前景即将来临。青年人还有各种各样的梦和理想。青春梦应该也是中国梦的一部分。很多精神上的追求，实践难以企及，语言却可以抵达。美好的语言会提高人的精神层次，带来丰富的智慧和教训。应该说，一个钻研文学、喜欢文学、与文学为伴侣的人，他的精神质量和内心世界都会从文学中得到莫大的益处。再从技术和实际的层面来讲，喜欢文学的人，语言能力也比较强。假如你想申请一份补助，想向朋友写个借条，要向上级交一份检讨，更不要说给自己的异性朋友写一封信了，没有良好的语言能力，是不容易过关的。因此，不管你学的是什么专业，你都需要文学。

其次，我想说，文学需要青年。我们的文学有一种青年的精神——敏锐，理想，有所批判，有丰富的感情、激情或者叫多情，有对生活的热爱、珍惜，有好奇心，有艺术的感觉，有对生活细节的极大的兴趣。这些是青年的特点，也是文学的特点。所以文学中写到青年的时候，特别让人感动。十几岁的时候我读屠格涅夫的《初恋》，实际《初恋》这个故事在中国人看来有点别扭，因为初恋的对象是父亲的情人，这爷儿俩纠缠在一起似乎有点尴尬。但是小说结尾有一段话让我至今难忘。他说："青春，青春，你什么都是不在乎，连忧愁也给你安慰，连悲哀也给你帮助。"为什么一个人在年轻的时候连忧愁都给你安慰？因为忧愁是对心灵空白和感情空白的一种填补、一种充实。"少年不识愁滋味，爱上层楼。爱上层楼，为赋新词强说愁。"假如连愁都没有发过，那多么可怜。"闺中少妇不知愁，春日凝妆上翠楼。忽见陌头杨柳色，悔教夫婿觅封侯。"从不知道愁到知道愁，既多了一份生命体验，也多了一份成长。为什么连悲哀也会对你有帮助？对青年人来说，忧愁和悲哀也是精神的资源和财富。即便一事无成，至少还可以写诗。但假如连忧愁和悲哀都没有，恐怕连诗也写不成了。

在我的印象中，中国古典文学很少用"青春"这个词。为这事，我专门查了《辞源》。"青春"有两个讲解，一个是指春天。"白日放歌须纵酒，青春作伴好还乡"，杜甫很浪漫，也有点80后的意思。中国古典诗词更喜欢用"少年"。"恰同学少年，风华正茂，指点江山，激扬文字，粪土当年万户侯。""夫子红颜我少年，章台走马著金鞭。"这是李白回忆他比较牛的一段，受唐玄宗赏识时写下的诗。究竟是不是金鞭，让人有些怀疑，但表达一种美好的设想和想象，一种得意之情，则是文学的特长。古典文学里，我更喜欢的一个词是"华年"，"锦瑟无端五十弦，一弦一柱思华年"，哎呀，这词儿怎么出来的啊？"华年"！有一年和台湾地区的朋友在一起聊天，台湾的朋友很逗，在研究中国统一以后怎么办。他们建议国歌一定要采用中华人民共和国的国歌《义勇军进行曲》，因为台湾所谓的那个"国歌"太难听了，还建议大陆同意将梅花定为国花。然后他们提了一个意见，大陆可以在台湾推行简化汉字，但是"華"字一定不能简化。因为"華"是汉字中最美丽的一个字。这个字是真好看，怎么写都好看，就是笨人、傻人都写得好看。由于喜欢"华年"，我也很喜欢"年华"。一说到这两个字，真叫人又珍惜，又留恋。

哪怕你已经70岁、80岁，但每每沉浸在文学，每当提笔写作，依旧对这个世界有好奇、有感叹、有趣味、有思恋、有依依不舍。中国的文化相对提倡的是少年老成，老成持重，喜怒不形于色。林语堂在一篇文章里写道，中国文化是很敬老的文化，希望一个人成熟、稳重，不浮躁、不着急。我看《新闻联播》，常看到奥巴马从飞机上小跑着下舷梯，我想中国的领导人绝对不会这样。就拿今天我演讲来说，假如我小跑着上台，那也会影响我的公信力。梁启超很早就提倡"少年中国"，他认为中国不能老是那么老成持重，那么慢慢悠悠，那么"一慢二看三通过"。至少在文学中要蓬勃出一种青春的力量，要迸发出活力和生命力。即使青春逝去，年华游走，文学依然能唤醒你当年豪迈的志气。所以我说，文学需要青年。其实没有必要刻意地说这个作家是哪一代的，在我们心中，李白、杜甫从来都不是多么老的作家。文学能把世世代代人的心声连在一起，如果你是一个真正的艺术家，你就能永葆艺术的青春。文学描写死亡、年老，但写作者仍然有一颗青年的心。

我们还会在阅读中发现，文学对青春有多么钟爱。所以，青春的短促、青春的逝去、青春的怀恋，都是文学中最感人的元素之一。

再次，我想说，青年和文学这两个概念、这两个内容都不是无懈可击的，都是有要商量、要改善的空间的。青春非常美好，但即便是再美好的东西也要允许从不同角度、不同侧面来考虑。米兰·昆德拉曾在一篇文章中批评青春，他也是一爱抬杠的主儿。他认为青春很不好，很不可爱，因为青春容易片面，容易煽情，容易做出不理智的事情，常常做出错误的选择，青春太不成熟。昨天甫跃辉提到陀思妥耶夫斯基，让我想起了这样一个故事：法国一个话剧院曾经以重金邀请米兰·昆德拉改编《白痴》。当时米兰·昆德拉很需要钱，就答应下来。但读完《白痴》，他决定把钱退回去了。因为他认为《白痴》太激烈，太黑白分明，太躁，他认为假如陀思妥耶夫斯基掌握了权力，那他将会是法西斯主义者。这是米兰·昆德拉对青春的一种说法和见解。年轻人容易否定一切，容易动不动就和别人发生尖锐的矛盾和摩擦。曾经有位日本学者送给我他的书，书的封面写着"青春和终结"。青春有时候很夸张，文学有时候也很夸张，青春有时候很愤怒，文学也喜欢愤怒。愤怒出诗人，龙应台女士写《中国人，你为什么不生气》。我的体会是，中国人中爱生气的品种已经在几千年中被淘汰了。老成持重没有问题，但仅仅有一面会单一。美国的女作家赛珍珠，她从很小的时候就跟随传教士父亲来到中国，在镇江生活了很长一段时间。她的长篇小说《大地》获得了诺贝尔文学奖，此书主要写中国农民多么可爱、幸福，但共产党却在民众中挑拨离间，最后大地上一片混乱、血流成河。新中国的领导人看后非常愤怒，《人民日报》也曾对此进行猛烈的批判。据说尼克松访华的随行人员名单中本来有赛珍珠，但却被中方否定了。赛珍珠的晚年凄凉，没有多少人还在关注她。但她经常给美国政要写信，说中华民族是一个历史悠久的民族，经历了几千年的灾难和不幸，不仅没有灭亡，而且有了很大的发展，如果美国不和中国建立外交关系，那将是极大的错误。

文学有望梅止渴、画饼充饥的作用。文学是虚拟的，它的伟大也在虚拟。因为虚拟，文学更加自由，更加有表现力；因为虚拟，使得精神空间不断扩大再扩大，开阔再开阔，但是，毕竟它是虚拟的。我常常想起《三国演义》中诸葛亮挥泪斩马谡的故事。诸葛亮和马谡私交很好，马谡被斩之后诸葛亮很伤心。诸葛亮身边的将士走过来说，丞相不必伤心，马谡这是咎由自取。这时候诸葛亮却说他并不是为马谡忧伤，他想起了先帝在白帝城托孤的时候说过，马谡此人"言过其实，终无大用"。这出戏我看过不止一次，给我印象很深。而且我老听错，听成"年过七十，终无大用"，这跟我现在的情况一样。所以我们要警惕，不能就满足于我是青年、我是文学青年、我爱文学，而放松了对自己的要求。我们应该更理性、更明辨是非、更成熟。

我的文学人生

2013 年 4 月 15 日在香港举行的午宴沙龙上的演讲

　　"我的文学人生"这个题目，我最喜欢讲"文学与人生"，可我最讨厌讲自己。如果我有个帅样子，可能会乐意讲我的人生。尽管如此，还是得稍微讲讲"我的文学人生"。今年恰巧是我虚龄八十岁和写作六十周年纪念。1953 年，我开始动笔写《青春万岁》。今年，人民文学出版社准备出版我的文集，共四十五卷，一千七百万字。这并不是全集，不包括书信、日记和历次政治运动我写的大量检讨。四十五卷书约莫四十公斤重，出版社打算为这箱书安装轮子和拉杆。我最高兴的是已看到七十万字长篇小说《这边风景》的样书，这部小说取材自新疆生活，写于 1974 年至 1978 年，基于"文革"复杂的意识形态，一直没有出版。

这次出版，挺有意思。

　　总结八十年人生，我油然想起1991年在首都剧院看吉林话剧团演出《田野上》。这个话剧描述改革开放初期东北农村有三个长寿老人，一个记者前来访问长寿老人。老人表示他们长寿的诀窍是，按毛主席的指示，忙时吃干，闲时吃稀，不忙不闲时吃半干半稀。我查过毛主席语录，他还真说过这话，只差没说"不忙不闲时吃半干半稀"，可见文学可以幽默，可以伪造圣谕。"忙时吃干，闲时吃稀，不忙不闲时吃半干半稀"，这句话多么通俗生动，这恰好概括我的人生。不太走运时，喝稀维持生命，这样对身体也有好处。人类面对的问题，说多么复杂就有多么复杂，说多么简单也有多么简单。人类无非面对两个问题，第一，吃不饱的话，会引发暴动、抢劫等；第二，吃过多的话，就感到空虚，去吸毒或争权夺利。我还想起老舍话剧《茶馆》里的王掌柜说，年轻时牙好却没有花生米吃，年纪大了牙齿都掉了才有花生米。这就是人生的不满足，在盛年之时，空有满腔热情和征服欲，却要钱没钱，要房子没有房子，要媳妇没有媳妇，要地位没地位，等到一切都有了，却到了要准备后事的时候，而且确实没有牙齿了。所以我觉得王掌柜的话也是对人生很好的总结。

● 文学之有用和无用

　　文学——说没用还真没用，说有用也真有用。文学可以让你在有牙齿却没有花生米的时候虚幻地补充一点花生米，例如看看《花生米的滋味》一文，可以画饼充饥，带来快乐。到了没有牙的时候，可以透过文学回味有牙齿的滋味。文学的好处不止于此，文学还能改变命运、改变性格、改变形象、改变身份。《红楼梦》中的贾宝玉和薛蟠，其实他们的脾气和处境都很相像，都是公子哥儿，都挺直率，都爱美女。薛蟠并不搞阴谋诡计，只不过暴力倾向大一点，贾宝玉也不是没有暴力倾向，茗烟闹书房时贾宝玉也是大打出手。为什么贾宝玉给人的印象比薛蟠好得多？因为贾宝玉有文学修养，能写高雅的诗，而薛蟠行酒令时说什么："女儿悲，嫁了个男人是乌龟。女儿愁，绣房撺出个大马猴……"薛蟠恶搞，格调低。贾宝玉能诗，格调高，不管他有没有沾文学的光，不管薛蟠是不是吃了没有文学的亏，最吃没有文学亏的是阿Q。

专门写作的人很少，而且都没有大出息，真正有大出息的人不写作。扬州有一副名联"从来名士多耽酒，自古英雄不读书"。尽管这样，读书还是好，因为人是语言的动物，人的思维和表达离不开语言。

● 政治家需要文学语言

你的事业越大，成就越高，影响越大，你说的每句话就越重要。而有没有文学修养，所讲的话高下立见。比如毛泽东和苏联干，来一句"无可奈何花落去，似曾相识燕归来"，这一说，传递了宿命性、历史性。林彪跑了，问题更严重了，毛主席说："天要下雨，娘要嫁人，鸟要飞，随他去吧！"现在有电视剧起名《娘要嫁人》，这句话出自毛主席的文学语言。毛泽东更厉害的是借用杜牧诗句"折戟沉沙铁未销"说林彪的事，林彪的座机沉到温都尔汗沙漠上了。

1971或1972年，我在五七干校时读了美国汉学家费正清博士的《美国与中国》，这时候该书作为反面教材发给大家看。费正清认为中国科学不发达是因为逻辑不发达，像《大学》里说"古之欲明明德于天下者，先治其国；欲治其国者，先齐其家；欲齐其家者，先修其身；欲修其身者，先正其心；欲正其心者，先诚其意；欲诚其意者，先致其知；致知在格物，物格而后知至；知至而后意诚；意诚而后心正；心正而后身修；身修而后家齐；家齐而后国治；国治而后天下平"，这是不合逻辑的，是文学的说法。可费正清不该嘲笑中国没有逻辑，奥巴马二〇〇八年竞选总统时也是这样说的："One voice can change a room, and if it can change a room, it can change a city, and if it can change a city, it can change a state, and if it change a state, it can change a nation, and if it can change a nation, it can change the world. Let's go to change the world."

美国前国防部长拉姆斯菲尔德（Donald Rumsfeld）于二〇〇三年一个记者会上回答记者关于伊拉克是否拥有大规模杀伤性武器的问题时，用文学的语言巧妙回答："我们有时知道我们所知道的，我们有时也知道我们所不知道的，我们有时不知道我们所不知道的，就是不知道所不知道的。"（There are known knowns; there are things we know we know. We also know there are known unknowns; that is to say we know there are some things we do not know. But there are also unknown unknowns – the ones we don't know we don't know.）这种绕口令《道德经·七十一章》也有："知不知，上；不知知，病。夫唯病病，是以不病；圣人不病，以其病病，是以不病。"

● 屡败屡战和风趣幽默

文学对政治家和军事家都非常重要。曾国藩和太平军打仗时，拟写奏折时，本来写作"屡战屡败"，他底下一个幕僚说不能这么呈报，于是改成"臣屡败屡战"，于是朝廷嘉许，如果是"屡战屡败"，可能招致杀身之祸。我的文学人生还有一个课题——屡败屡胜，这我可不告诉你们，告诉你们的话就不必看我的书了。

还有一个是文学和人生的关系，使人们，尤其是男性变得有趣一些，不管有没有成就，男性一定要有点趣味，要不，谁跟他拍拖可就太吃亏了。和一个穷的男人可以拍拖，一个年纪比自己大很多的男人可以拍拖，但不负责任、无趣的男人则不必理他。喜欢文学的人，可以增加一点趣味。有一点趣味，可以取得女性的芳心。

陈芳 / 记录、整理

文学的挑战

2012 年 12 月 21 日在哈尔滨学院的演讲

　　大家好！非常高兴有机会到哈尔滨学院来跟各位能够有所交流。也非常惭愧，哈尔滨学院的师生、哈尔滨学院的领导对我给予鼓励，也有所希望，但是我毕竟已经年近 80，虽然说写的是《青春万岁》，但是青春哪能万岁啊，要是青春压根儿就是万岁的，那就不用写青春万岁了，所以我也感到非常惭愧。可是现在已经形成一个舆论，已经给我命名了，就跟刚才咱们书记说的，说我是一个乐观向上的人，所以我看着大家，乐观向上之心油然而生，我就尽量乐观向上地与大家一起讨论一些文学的问题。

　　文学的挑战呢，其实今天我讲的更多的是文学的被挑战，就是文学和生活之间它常常存在一个互相挑战的关系，当然我们都说文学是生活的源泉，这是绝对没有问题的，文学是生活的必要，或者说文学是我们生活的一面镜子，这些都是正确的。与此同时呢，文学与生活之间保持着一种张力，有一种相互挑战的关系。我今天要讲的是九个问题，分别是：后革命文学、改革开放全球化与中国文学、市场经济与文学追求、视听艺术与语言艺术、网络浏览与认真阅读、大众化与高端文化、传播与空心化、文化的核心与外围、对于文化文学艺术的坚守与追求。这样九个问题，内容比较多，另外由于我自己对于这些新的问题也还没有想透，也还没有能够和旁人取得稳固的共识，所以有些东西我只能提出一些问题来，跟大家讨论，我说的还是在思考过程中动态的一些想法，有时候问题提得很大，讲得不透就过去了，那就是如果能够引起大家的兴趣、引起大家的思考，也就是我所追求的。

● 第一，我想要谈的是后革命文学

这是我发明的一个词，别人很少用这个词。19世纪和20世纪的历史，人们看到一种有趣的现象，不论是在俄罗斯还是在中国，革命以前——前革命都有一个文学的高潮。它基本是一个批判现实主义的高潮，对社会有非常严厉的批判，它在客观上准备着和号召革命，但是在革命成功以后这个文学继续怎么走呢？也还缺少一个非常成熟的经验。以中国为例，不但有以鲁迅为代表的相当自觉的追求革命、号召革命、呼唤革命的作家，又还有些本人没有太紧密地参与革命，但是他的作品里边仍然有强烈的对社会的控诉。比如说老舍的《骆驼祥子》，比如说冰心的《英士去国》和《到青龙桥去》等等。在俄罗斯这种现象就更明显，列宁曾经高度评价托尔斯泰对俄罗斯现实的反映，人们认定在托尔斯泰的长篇小说《复活》当中，批判沙皇俄国的全部上层建筑，它的政权，它的司法机构，一直到东正教教会，等等，但是托尔斯泰并不是革命家！尤其令人叹息的是陀思妥耶夫斯基，他是羊痫风患者，他曾经被沙皇处过假绞刑，这样一个神经上受到强烈的刺激，甚至有某种精神病患者的特色的人，写下了令人惊心动魄的小说，比如《穷人》、比如《白痴》，陀思妥耶夫斯基的作品简单地总结就是怎么难受怎么写。这些作品在客观上准备了"十月革命"。以至于连契诃夫这样一个真情的、缓慢的、忧郁的短篇小说和戏剧家，他的最后一篇小说叫作《新娘》。描写一个新娘由于生活的空虚和自己的梦想在新婚前夜出走，参加革命去了。他的一个朋友告诉他，说俄国人是不会以这种方式来参加革命的，但是小说里新娘跟着去了。

而中国呢，代表这种文学对革命号召的是鲁迅，但是革命成功以后，这个文学的语境、文学所面临的任务有太大的变化，以至于出现了人为的延长革命激情的这样一种努力。因为政治在革命中表现了文学的理想、表现了文学批判的锋芒、表现了文学的悲情、表现了文学的那种锐利，那种振聋发聩的效果。可是早在延安时代已经出现了一个问题，毛主席也批判过这种认识，就是说还是杂文时代，还是鲁迅笔法。革命的一个特点就是充满激情，而且它有极高的和几乎无所不包的承诺，所以革命很厉害！

苏联当年呢，像我这种人受苏联的影响很深，苏联当年最喜欢用一个词叫"威严"，时代的威严如何，时代的命运，《真理报》一发表什么社论，说什么这是时代的威严性。威严是什么意思呢？就是它不管是从道德上，还是从政治上是不可以讨论的，是没商量的！所以大家都来推翻这个旧社会的时候，国家不幸诗家幸，那时候文学显出了自己的光芒。

巴金最喜欢引用的是高尔基的一个小说，说文学是什么呢？文学就像勇士丹柯，丹柯是什么勇士呢？他和他的人民在黑夜里的森林里迷了路，丹柯怎么办呢？没有光亮，丹柯就挖出了自己的心脏，高举着这个心脏，这个心脏是放光的，带领着大家走出了这个黑森林。这个很动人，但是革命以后这个环境不一样了，所以我们要积累一种好的文学经验，这种经验对全世界的文学来说都是非常有意义的一件事。

　　同时在中国就发生过一些令人惶惑不安的对文学的使命和处境的讨论，其中有一个是假设性的问题，但是说法很多，就是如果1949年以后，鲁迅还活着会是一个什么样的情况？前几年也争不出一个结论来，有一批上海的、高龄的、资深的文艺家，他们说1957年在上海讨论的时候，毛主席曾经说过，鲁迅如果活着的话，也有可能搁笔先不要写了，因为他的作品攻击性的很多，也有可能他住在监狱里继续写作。但是有人说这是不可能的，毛主席是没有这么说的，但是说的人也不是等闲之辈，也都是人五人六的，都是somebody，所以他一说还真把人镇住了。但是你这问题得不出结论来，不管毛主席说没说过，但是这个问题是存在的，否则毛主席不会说，不会批评还是鲁迅的笔法，还是杂文时代。

　　还有人提倡新杂文，新杂文也没有得到多少响应，还得到嘲笑。因为文学它要反映生活的张力，恰恰是鲁迅本人非常老到，其实年龄不大，他死的时候才五十多岁，但是他对中国的社会、对世界、对人情世故看得很清楚。他在讨论革命文学的讲演里曾经说过，革命文学最大的问题是革命并没有真正发生，大家对社会的要求立即变成了各种文学，真正革命起来的，没人顾得上文学。到时候该放枪的放枪，该放炮的放炮，那时候你送几篇小说去，哪顾得上看啊，是不是？鲁迅还说，革命的文学家不要以为革命胜利了，革命这方面就会给你送面包和黄油。这个很奇怪，他说的不是送煎饼，他说的是不要认为革命胜利了会给你面包黄油，没有那么好的事！鲁迅本人很谦虚，有时候我们形成了一种思维定式，我们认为文学的感人之处就在于坚贞、严肃、理想性很高，富有牺牲精神，有股不要命的劲儿！因此我们革命以后并不能形成很好的配合，比如说我们的国歌："我们万众一心，冒着敌人的炮火，前进！"充满着悲情，为什么你是冒着敌人的炮火呢？说明你的炮火不够猛，如果你的炮火够，我们万众一心，靠着自己的炮火杀敌，它是另一种情景，没有悲情。冒着敌人的炮火前进就是你没有炮火，你甚至要用身体，要用棍棒，要用红缨枪去和敌人战斗，这样很悲壮！

可是现在的很多事，你把它唱进歌，不好编词，它不浪漫！缺少诗意！我们不能说我们万众一心，冒着涨价的危险，调控房价！这唱着不是回事，所以我们要寻求新的张力，寻求新的诗意点，寻求新的浪漫。也需要寻求，不仅仅是寻求紧张，还要寻求和谐。我曾经说过世界上不但有雄辩的文学，也有亲和的文学，例如印度的泰戈尔，他的作品更多的是亲和，是对人生的肯定，是对少女、母亲、儿子、大地、树叶和小鸟的歌颂。

● 第二，我想谈一下改革开放全球化与中国文学

改革开放使我们和全世界的文学发生了越来越密切的关系，尤其是"文革"结束以后，从伤痕文学开始，当代的作家有大量的作品介绍到国外去，根据我掌握的数字，多于五四时代的作家，虽然五四时代有很多作家他们都在国外生活过，都有留学的经历，也都掌握一至多种外语，可是我们要碰到一个什么问题呢？现代这个世界占有主流地位和强势地位的是欧洲文明，是基督教文明，我们中国的文化，当然我们非常

地珍惜它，非常地爱它，但是它并不在世界上占有主流地位和强势。你开国际讨论会，如果你完全不能掌握英语或者法语的话，其实很狼狈！因为我有幸多次出国访问，我看到最难过的就是一举行酒会，一举行party，咱们中国的这些作家或者学者，完全不懂外语的学者就显得挺没意思的，你说你又不吃东西，吃东西也坐在那里嘴没事干，都站在那里一人端着一碗凉水，你跟别人聊不上，人家过来很主动跟你聊几句，聊得你挺紧张，第一你怕他说话你听不懂，另外怕人家提怪问题，对社会主义中国进行挑衅，你反对不合适，你接受也不合适，装听不懂也不合适。有时候他的酒会有一个相当高的规格，而且是欢迎中国的这几位学者，但是中国的这几位学者，正好这哥几个在那儿讨论政治局可能谁上可能谁下，讨论一些和世界文化绝对无关的问题，或者是谁评上什么职称，谁又没有评上，这是中国人关心的事情。

这些事情是一面，还有一面就是直接发生冲突，比如莫言获奖这是一件非常好的事，但是我们都知道其实在 2000 年高行健就获得了诺贝尔文学奖，这个高行健获奖引起了中方负面的反应。后来我们就找了一个很好的理由，就说高行健是入了法国国籍的，因此这是法国人获得的奖，但是如果说是法国人获得的奖，我们生什么气啊，是不是？后来大家都说是啊，他爱获什么奖获什么奖，他愿意奖给法国的一个白痴、奖励一个弱智、奖励一个疯子，那跟咱们有什么关系呢？所以这个还会产生一些摩擦，更多地说诺贝尔和平奖奖了两人，一个比一个让中国人伤心，我这就不说了，说我在这哪壶不开提哪壶的意思。

我们看到了一个什么情况呢？但是莫言获奖完全不一样，莫言获奖几方面都是能够接受的，但是解读不完全一样。中方的解读就说莫言是一个很优秀的作家，热爱祖国、热爱家乡、热爱人民，在他的作品里头反映了当代文学的活力，这是中方的解读。瑞典方面的解读跟中国不完全一样，我也就不多说了。但是虽然解读各不一样，它毕竟还是共同建立了这样一个基本上令人愉快的记录，就是中国的作家，而且是中国本土的作家，而且是一个无意离开中国，迁居移民海外的这样一个作家得了奖，这个逻辑很有意思啊！莫言刚一得奖就有记者问："你是不是准备移民国外？"莫言表示我不会移民，我的家乡在高密，而且我吃饭也只想吃中国饭。

所以我们要看到一种什么样的情况呢？就是我们自己所珍惜的又无限深情的中华传统文化，并非在世界上畅通无阻，有时候还会碰到以欧洲文明、基督教文明为基础的文化的摩擦或者冷落。还有一种情况是被冷落，诺贝尔文学奖就是这个，它奖得不顺心，有各种各样的说法，不光我们这边生气，而且台湾地区那边也有人生气，我知道的情况太多了！它干脆不奖你，你那种被冷落、被忽略的感觉一样很难受。所以这个变成我们对诺贝尔文学奖又爱又恨、又羡慕又嫉妒、又想得又怕上当，这样一种心理。

从 1840 年到今天，已经往二百年上走了，不能说百年，早不是一百年了，而是近二百年了，这个时间中国文化和所谓的世界文化之间的关系有一个最恶劣的模式，就是八国联军对义和团的心理，我们一受到洋人的欺负，受到洋人的冷落，受到洋人的数落，我们会产生一种反感。而有些欧美人都不是很有意识，就像我们中国人也不是有意识，我们中国人现在还有想用义和团的办法。义和团是出自我家乡那边的，河北省沧州，刚介绍我出生于北京，我是河北省沧州市南皮县人，我出生不久就回原籍了，那里是出义和团的地方。我们也不是主动想走义和团的道路。这个八国联军有一种什么样的心理呢？就是你中国是野人，他要用他的文明来改造中国人，就是以文化嘛！八国联军他就是要用他的文明来化掉你的文明，他有这个心理，这一类的故事也非常多。我们知道世界上的各个宗教是不一样的，各有自己的特点。基督教也有一些非常可爱的地方，一个是它提倡博爱，一个是它提倡宽恕，一个是它提倡忏悔，这三方面都有它可贵的地方，但是基督教有一个非常要命的地方就是它有一种传教士的热情，它认为不信基督教的人就好像失落了羊群的羔羊——迷途的羔羊，上帝就是牧羊人。《圣经》里面讲当牧羊人把一个迷途的羔羊找回来了以后，他比对待原来放牧的那一二百只羊还要欢喜，为什么呢？你是迷途的羔羊，我把你找回来了。就是我们中国提倡"己所不欲，勿施于人"，基督教提倡的"己所欲之，必施于人"！你不信主，不信基督，你就是迷途的羔羊，你的灵魂就充满了罪恶，只有我向你传教，才能够拯救你的灵魂。

义和团时期山西出现了一个很大的屠杀洋教士的事件，以致把这个洋教士的妻、女、儿子（儿童）杀害，他们都是英国的，所以英国那边就要求严惩中国暴徒。但是八国联军把西太后一直赶到很远的地方，然后清政府求和的时候，英国做了一个决定，说我们报复的办法是什么呢？我们最有效的报复方法不是去抓那些人、杀那些人，而是用清政府的赔款在太原办一所学校，这个学校全部用英语进行教育，全部用基督教的《圣经》来做最高的经典，我们把中国人培养成讲英语的基督教徒，这就是对中国最大的惩罚。这是事情的一面，我就不分析了，很有意思。

但它又有另一面，就是西洋的文化有先进性，有非常大的先进性。这种先进的文化打破了中国几千年文化的偏执和闭关自守的格局，是中国很好的进步。而中国文化呢，也证明自己有能力吸收和消化这些外来的文化。文学上也很明显，我们可以看看鲁迅、郁达夫这些人写的小说和原来的话本小说、章回体小说已经有很大的区别。但是我们还得看到它的另一面，就是人家的东西吸收过来以后就是你的，你还不要自卑，你想脱离自己的传统是不可能的，也是非常痛苦的一件事，你想拒绝外来的影响也是不可能的，你拒绝外来影响只能够使自己面临绝境，走入死胡同。

● 第三，我想谈一下市场经济的文学追求

尤其到了市场经济的时候，我们的文学原来缺少这一面，就是满足大家的消费需求，文学作品很好很伟大，但是文学作品不可能每一篇都那么伟大。其中有解闷性的、消遣性的、消磨时间性的，比如说飞机误点，这个时候太郑重的、太严肃的你就看不下去了，宁可看点八卦，尽管看的都是胡说八道的东西，可它不费劲！所以现在市场与传媒接触，对这个文学的消费，对于消费型文学作品的出现起了非常大的推动作用。

当然我们要看到我们的国家是一个有中国特色的社会主义国家，在中国，党和国家关心的一些事情：第一，党和国家对于文学、对于作家的劳动给予了相当的尊重，也提供了很多便利和服务；第二，党和国家不断对作家施加影响、发生影响，希望你尽量多写符合主旋律的作品；第三，党和国家对于文学作品里的那些有可能对国家的发展建设起负作用的东西也有个别的干预方法，加以遏制。这样就说到了我们文学生活中驱动和制动的重要的两个方面：一个是市场驱动、传媒造势；一个是党和国家的领导在起作用。

但是追求一个健康的文学格局与文学生活我觉得我们还要有一个力量，一个什么力量呢？就是真正的文学专家的这种具有公信力的评估。你作品卖得多、卖得少这个是无法用行政力量来干预的，干预的话起的作用也有限，少量的作品，行政力量干预也起作用，比如你出这本书，

哪个部门或者哪个领导觉得这本书很适合他们的口味，他就通知大家都买。比如说《革命烈士诗抄》出来以后，团中央和文化部发文推荐给全体团员看，这一下就起了很大的作用。但是这个不是常态，常态是看群众的需要。

我们研究了一下，改革开放以来，在我们对文艺、文学的提法上，我们强调一条就是满足人民的精神需要。这个话说得非常宽，因为满足人民的精神需要他不光是只有一种需要，他有很多需要，所以他保留了各式各样的作品出现的可能，他有足够的宽度。但是我们同时还有一个问题，就是究竟哪些作品是最好的作品？究竟哪些作品是有文化价值、艺术价值、历史意义的，经得住长期考验的作品？究竟哪些作品是能够代表我们这个时代的作品，它并不要求非常多。

讲到中国的文学我们会讲到诗经、楚辞、汉赋、唐诗、宋词、元曲、明清小说，这些东西并不是全体，全体你哪儿看得过来啊。但是它总要有最有代表性的、最高的、最有价值的东西，判断这个最高级的最有价值的东西，不是光看印的数量，光看卖的钱多，就能看得出来的。过去没有市场，哪儿有市场呢？李白写的诗，市场要吗？他一首能卖多少钱呢？曹雪芹的晚年"举家食粥酒常赊"，他每天都只能吃汤汤水水，他喝酒都要赊账。解放以后，印刷最多、发行最多的中国古典作品就是《红楼梦》，全国有几百个版本，现在还在不停地印、不停地出！加在一起我认为早就超过上亿册了。为这事我还委托新闻出版署的朋友帮我查找，他们说现在查不出来，但是他们掌握的已经超过了两三千万，实际上更多，因为有好多东西现在根本就查不出来。如果曹雪芹活到现在的话，他绝对是全国富豪中非常引人注目的一个。但是这个世间的事非常麻烦，如果曹雪芹很早就富了的话，这个《红楼梦》他就写不出来。是另外一种心情，没有这种悲凉的心情，没有那种空虚的心情，没有那种荒唐的心情，没有那种一把一把的辛酸泪。

所以这个能不能够寻找出、识别出当代的最佳作品，需要我们有一个非常高级的、非常专业的，而且具有十足公信力的评估力量，我们现在这种力量缺少。美国是一个非常市场化的国家，美国什么样的垃圾小说、垃圾电影、垃圾作品都有，不是没有。但是同时《纽约时报》的书评、剧评、影评都有很高的权威性。当然这种剧评是不是完全正确我不敢说，但是至少它有相当的权威性，可是我们这没有。我们这要否定一本书，你千万不要写文章说这本书坏，你要说这本书坏，这本书马上就开始畅销，因为读者怕把这本书没收了，这让人感到很奇怪，它形成不了一个真正的评估体系。

在形成不了评估体系的时候，党和国家的领导也不可能关心得非常具体，他们不可能针对每一本书和每一个作品，这种情况下，实际上市场在起决定性作用，点击率在决定一切，收益在决定一切。所以现在就形成一种情况，一种什么情况呢？就是到处都是文学的垃圾，即使有好的作品，真有好的作品，也就混同在垃圾里面，没有人做"沙里淘金"的功夫，没有人给你把好的作品指出来，指出来你也不信啊！所以现在中国有一种舆论说中国没有好的作品！我走到哪儿都碰到这样一些德高望重的学者和教授跟我说，现在中国没有好作品。我就问，我说您最近看到什么作品了，感到失望？一般的回答说：我已经好多年不看这些作品了，因为不看，所以没有好作品；因为没有好作品，所以不看！这是目前的舆论。

所以余华针对这种舆论，他就抗议这种舆论。有一次他在清华讲课，下面就有同学问，说当代文学怎么差怎么差，五四时期的作家怎么好怎么好，余华生气了，余华说五四时期的作家好，他就说了好几个名人，说他们写的散文，现在高中学生一般都能写得出来，你们再看看他们那个时候写的小说，你们再看看我的小说，我的小说比他们好多了！说我唯一的缺点就是还没有死，我死了之后你们就知道我有多伟大了！有市场和传媒而没有一个有威信的、有公信力的评估，这是中国目前文学面临的一个很大的问题。

● 第四，现在视听艺术已经挤压、冲击了语言艺术

在我年轻的时候，遇到周末最大的享受就是找一本很厚的长篇小说，在那儿慢慢地看。现在这样的人越来越少，现在还有一个统计，就是说整个中国人读书的数量在世界上是处在一个非常落后的地位，很多知识分子受过教育的一年读不了两三本新书。视听艺术、视听手段、音频和视频越来越先进，越来越发达，越来越便捷、方便。而视听艺术的好处是不需要经过太多的脑筋。比如说你读一首爱情诗，你读来读去你很难看懂，但是你得琢磨，因为爱情诗上边你什么也看不见！比如说《长恨歌》："芙蓉如面柳如眉，对此如何不泪垂。"这个字你得认清楚，你还得想、还得想象啊！视听不需要啊，视听的爱情故事一出来这边是一个美女啊，那边是一个靓仔啊，说来个老头哪儿行啊，是不是？然后这个追那个，那个追这个，这个唱歌这个微笑，这个含泪，这个手摸着他的手了，这个脖子搂过来了，然后脸贴上了，不费任何的劲儿啊。

我刚才讲了《红楼梦》在全国印上亿的册数，但是我敢打赌《红楼梦》印得再多，也没有《红楼梦》电视剧的观众多。好多人在这给你谈《三国演义》、谈《水浒传》啊，你一听你就知道他没有看书，他就是看了一个电视剧。很多人都谈论美国的《飘》，连江青都在那里跟着谈

《飘》，但是江青也没有读过《飘》，她就是看过美国电影。影视艺术可以很好地普及，容易接受，很多情况下连白痴都能接受。但是这里有一个问题，问题很多，我只讲一个问题，就是语言本身是一个思维的桥梁，是思维的一个手段。从心理学、语言学和教育学的一个角度我们知道一个人的语言的把握，信息掌握的程度越深，他的思维越有深刻性。所以有人说阅读文学作品是对灵魂的召唤，而视听艺术是对视觉的召唤，是对听觉的召唤，是对眼睛和耳朵的召唤。文学是对头脑和心灵的召唤，是对头脑和心灵的激发；视听是对眼球和耳膜的刺激。有的可能说得过了一点，就是说我听到的这么一种说法，就是说文学的东西是有灵魂的，而视听的东西常常只是潜伏在肉的层面，这是没有灵魂的。正是通过文学的阅读，人们对于爱的欺骗也好，对于悲欢离合也好，对于命运也好，对于生与死也好，他们能够进入一种更深的感受、感悟，能够有一种灵魂的探求和满足。

但是现在发展到什么程度了呢？1980年我第一次去访问美国，那个时候在《英语时文选读》上就看到这么一篇，讲美国人为了推销他的文学作品，把书设计成是会唱歌的。这个技术很简单，我现在已经有多次这样的经验了，我生日我收到别人的生日贺卡或者是新年春节的时候也收到别人的贺卡，你把这个贺卡一打开："当当当……嘀嘀嘀……当当嘀嘀当……"就那样唱着，那上面有一个小电池，你一拉它就通上电了，它就出现了这么一段声音。为了吸引儿童，你在这个书里面加上电池和录音。这个还不算完，后来我们在《参考消息》上又看到，说现在有了儿童文学作品，看完以后最后那三页是可以吃的。比如说这本书150页，到148页、149页、150页小孩看到这儿可以把书撕下来吃了！一吃第一张是橘子味的，第二张是巧克力味的，第三张蛋挞味的！作为推销的手段、科技的手段这无可厚非，但是它在降低我们阅读的品质，使我们是无脑，是压缩头脑，增加感官刺激。

我也没有什么能力改变视听艺术排挤语言艺术这个趋势，但是至少在大学里头，我们受的是高等教育，有充分说服力的就正是语言，它能够使你的头脑更加深刻、更加智慧、更加升华，能够使你的头脑和心灵得到一种提升。我希望我们大学的师生能够明白这一点，宣扬这一点，来维护语言的艺术。只要有语言存在，文学就不会消灭！因为现在有各种夸张的说法说文学会消灭，我说文学不会消灭，为什么呢？母亲还在给5岁的婴儿讲故事；为什么呢？少女还在记日记，而且不让别人看；为什么呢？小男孩还在给小女孩写信，而且要尽量写得漂亮；为什么呢？因为青年还有爱情，还有想念，还有离别。所以只要语言存在、爱心存在、感情存在，文学就不会消失！

● 第五，说说网络浏览与认真阅读

网络浏览使获得信息越来越便捷化和舒适化，你不用到处跑着去做调查，也不用噼里啪啦上梯子翻书、找词典、找字典，干了一夜然后才找了这么一条东西，只需在网上一敲，你什么都知道！便捷化和舒适化了，便捷化和舒适化的结果是信息海量化、平面化和表层化。越来越少的人能够专注地、认真地阅读一本或者多卷本的书。浏览和阅读这是两回事，浏览会使信息数量化，思维破碎化，知识碎片化。它没有想的时间，只有接受的时间，没有思虑的时间，没有矫正和辨别真伪的时间，没有连续性，没有专注性，没有衍生和深入性。所以，我不太知道原文用英语或者用拉丁语这个 information 到底怎么解释，但是 information 并不等于学问，information 并不等于理论，information 并不等于价值，information 并不等于思想，information 并不等于智慧，这是我目前所能判断的，你知道的事多有什么用呢？你知道的消息多有什么用呢？

所以我们进入了信息时代以后，这个西方国家也有人提起过，用我的语言来说，过分地便捷化、舒适化地获取信息的手段正在使人变得浅薄化与白痴化，将来它会培养出一大批人，这批人什么都知道，什么信息都有，莫知其真伪，莫知其深浅，没有任何的创见，实际是"人云亦云"，只有数量的超越，没有质量，也没有创意！

西方有些见解啊，我在 1982 年去美国的时候，看电视的那个控制板（遥控板）已经很普遍了，控制板（遥控板）我觉得太方便了，否则你坐在那儿跑到前面去，你把它对好了你再回来看，这个已经也许十秒钟八秒钟过去了。可是那个时候美国就有学者认为这个控制板（遥控板）会造成人在改变自己的注意对象上太方便了。我现在已经做到了这一点，我这么讲不代表我不接受这东西，这东西我接受得很多。年事日长了之后，吃过晚饭我没有太大的精神，我就在家里看电视，我的机顶盒加起来一共有一百五十套节目。看两下电影赶紧看网球，一看网球李娜输了，不行又改成看电视剧了，电视剧一看画蛇添足、节外生枝、前言不搭后语、狗屁不通，就又换个台看看歌舞，这个一晚上过去我根本不知道我在看什么。相反，最早还是在新疆工作的时候，我买了一个 14 英寸黑白电视机，还是在"文革"当中啊，《春苗》我就看了七遍，《决裂》看了八遍，《红雨》我看了六遍。那个时候就一套节目，这套节目还动不动就忽然没了，等了二十分钟才回来，然后"噔"打上两个字"故障"，我女儿那个时候还没有上小学呢，就认得"故障"两个字了。美国人还有更怪的，他说这个控制板（遥控板）的发明会使一代人丧失责任心，丧失目的性。就是我看电视我要看什么？我不知道，什么好我看什么，哪个好？哪个都不好！最后挑了一百个都不想看，因为都很不好！还有这样的观点，这样的人换工作也像换电视节目一样方便。换工作还好办，换对象也跟换电视频道一样，是不是？跟这个异性刚同居三天半，就好像这个节目打出来不爱看一样，算了再换另一个。教育学是最讲注意力的，它造成了注意力的丧失，目的性的丧失，连续性的丧失，刻苦追求的丧失。

这个说法虽然严重，我最近在《书屋》上也看到一篇文章，它讲了很多道理我是非常受启发的，你们可以看一看，里面还有很多数字，就是中国人只有浏览，没有阅读，而且是浏览手机，现在靠手机来浏览的世界之最是中国。他们说在国外地铁上你会看到外国人在那里看报，看报的人非常多，甚至还看见外国人拿着一个长篇小说在地铁上看。但如果是咱们的华人，亲爱的同胞们，每人都在拿着一个手机在那里看，绝对没有人拿着书在那里看。所以它提到一个欧洲的学者说："掌握就是被掌握，使用就是被使用。"你不是使用网络吗？你使用网络的结果是你被网络所使用、所掌握，因为你的整个头脑已经网络化了。什么都有，谁还去认真记忆？谁还去认真核对？谁还去认真思考？

● 第六，关于大众文化与高端文化

现在这些手段的发展有一个极大的好处就是文化民主、文学民主，现在文学是非常民主的，是不是？为什么你可以在网上写博客，你可以写微博，微博的点击率高的可以远远超过大作家啊！一个大作家有什么了不起？你写一百万字谁看啊？累死了，看着，看着，早就烦了。市场民主化，群众的参与这都是极大的好处。艺术也在民主化，是不是？比如像"江南style"，不需要你上舞蹈学校，你站着就可以征服全球啊！据说美国总统也跳"江南style"，到底怎么跳我不会，要不然我也学两下。比如说当年的我国的流行歌《东北人都是活雷锋》，我也挺喜欢听啊，我从网上不知听了多少次，"翠花，上酸菜"！这样一种情况下，把群众中的潜力都发挥出来了，这些都很好。上海卖菜的大姐用报菜价来唱《今夜无人入睡》，而且她的嗓子还挺好！英国的苏珊大妈也能唱好多歌，而且她老想得第一，最后得第二她不很满意。可是这又有一个很理论的问题，就是文化的代表人物，文化的高端成果是谁创造出来的？你从理论上说是人民创造出来的，当然！你哪儿都离不开人民啊！而且我们过去常常讲作家你吃的是人民的，你喝的是人民的，你穿的衣服也不是你自己造的！

但是文学的成果往往是由少数的高端的精英来代表的，比如说唐诗，全唐朝有多少首诗？可是我们谈唐诗的时候我们不可能绕开李白、杜甫、王维，当然还有什么晚唐的一些诗人。我们谈中国古典的、传统的小说成就里头，我们不可能绕开《红楼梦》《三国演义》《水浒传》《西游记》这四大奇书，我们谈中国的词的时候，我们不可能绕开苏东坡、辛弃疾……当然这个人民的东西，《诗经》说是人民的，但《诗经》这个人民他是经过责任编辑孔丘的劳动，才被后世所接受。所以谁对高端的文学作品有所追求、有所赏识，我们会不会在这种大众文化的潮流里产生"黄钟喑哑，瓦釜轰鸣"的这种局面？

● 第七，传播与空心化

有人说现在进入传媒时代，我越来越体会到传媒时代，传播手段跟过去是完全不能相比的。《红楼梦》那个时候是怎么传播的？手抄本！曹雪芹把它写出来了，给自个儿的朋友一看，朋友一看挺好，就抄一遍，那个又抄一遍。所以现在彼得堡啊，过去所谓叫列藏本，列宁格勒那个……它是俄罗斯科学院远东研究所彼得堡分所，还有那个手抄本。

可是现在的传播太容易了，一个什么消息，尤其是丑恶的消息、坏的消息，两三分钟已经遍及全国，已经遍及世界。在这种情况下的传播变成了价值，传播变成了标准，变成了判断成败的一个标准。只要能传播你就取得了胜利，传播代替了真相，传播代替了真理，传播代替了艺术，传播代替了意义。你比如说有一段消息，这段消息不完全符合事实，甚至于基本上不符合事实，但是在网上"唰"地一传，点击量二百万人次。然后又变成了手机段子，到处发，来回放，又增加了五百万人次，这来回一共是七百万人次。然后有一个人说这个写得不符合事实，你把他驳斥一下，大家的热劲已经过了，你点击率是两千五百万！哪个是真相呢？传播就是真相！大家都信的就是真相！人人在说的、耳熟能详的、家喻户晓的这都是真相！

学问也是一样，你会传播，到处都在传播，你就是有学问的人。就是用"点"来表示，你的学问是一万点，但是接受你的这个学问的传播是四百，你就是四百万点。另外一个人的学问只有一点，是你的一万分之一，但接受他的传播是两千万，那么他就是两千万点，而你是四百万点，他的价值比你高五倍。

所以这个传播时代，传播很好！给人民知情权啊，进入信息社会啊，这都很好！但是传播本身不能保持它的真实性，不能保证它的深刻性，不能保证它的精英性，传播上的成功不等于学问上的成功，不等于艺术上的成功，这样追求传播，他就出现了空心化的镜像。我说空心化是什么意思呢？现在我们有一些说法，比如说文化是符号，说你总要有中华的文化符号嘛。说一个熊猫就能叫中华文化了，出了一个太极拳就叫中华文化了，再出一个红烧肉……第二说了文化是一种品牌。这样有思想的文学作品越来越少，能够引导你深入思考的作品越来越少，艺术作品更少。很多电影都是空心化的，都是用符号代替文化的，文化不仅仅是符号，经得住检验的成果越来越少。我说句大胆的话，我现在最担忧的是连我们的春晚也在往空心化的方向上走：反正真漂亮，形式也非常好，各种新的艺术手段越来越多，技术越来越好，就是不知道它要给你说什么！这也是目前我们遇到的一个问题。

● 第八，我说一下文化的核心与外围

文化本身是什么？文化本身是人们的、人类的或者是地域的、民族的这样一个长期的，他的生存、他的生产、他的生活的经验与智慧的结晶，文化是一种品质，文化的意义在于它能够改善人的生活质量，提高人的生活质量。文学的核心是什么？文学的核心是语言，是用语言的手段来记录、提升、浓缩生活，来表现人的精神的能量和精神的美。但是这个社会围绕着文化和文学有一系列的工作，从国家来说它有文化政策，它有文化建设，它有文化投资，它有文化干预，它有文化的扶持。那么从社会集团来说它有文化的倡导，它有文化的奖项，它有文化的销路，它有文化的收益，它有文化产业、文化事业，有文化工作，有文化从业者，有文化活动，有文

化的高潮，有文化的时尚，有文化的趋向……这些东西都非常热闹。从个人来说有文化的选择，有文化的坚守、文化的原本，等等。

因此围绕文化的一系列的动作，它有时候让你看不到真正的文化。你比如说一个文化奖，它多大的动静，它比出一本书的动静大多少？但是我们究竟是因为看书才被文学所感动，还是因为看奖，才被文学所感动？那么我们追求的应该是看书被文学所感动。所以在这个文学的讨论上，有许许多多本末倒置的现象。我们还要看到文化，尤其是文学，它有变得很快的一面——从时尚、从销路上看。比如说三年前的一本畅销书，现在可能一个看的人都没有。但是我们很珍贵的是变得很慢的那一面，它是缓慢的，它不是急迫的。以中国大陆和台湾举一个例子，从这个意识形态、价值观念、社会体制、政治口号、政治运作的方式上，有极大的差异。但是你能说这两边不是一个中华文化吗？我们尤其是讲到古典文学的时候，我们的差别并不大，我们的语言和文字更不用说了，所以这个文化里面、文学里边又有些怎么也不改变的东西。如何让我们深到核心里边，能够从我们的文艺作品里边去接触到，能够去体会到人性、人心、人的精神的能量、精神的追求、精神的走向是比只讨论组织活动，只讨论那些浮在面上的东西要更重要得多！

● 第九，我想提一下对文化文学艺术的坚守与追求

前面我讲了许许多多的问题，这个不等于我对当前的文化、文学生活有任何的悲观，相反我认为我们在急剧的发展当中，我们在走向现代化和全面小康的这样一个过程当中发生的一些问题是正常的，是不可避

免的，而且这些问题不只是中国有，有一些西方的强国，他们同样遇到这样的问题，有的也并不比我们遇到的问题少，就是在人类的科学技术急剧发展，尤其是信息技术、材料技术、宇航技术急剧发展的同时，我们自己的精神生活应该是什么样的？这是全世界遇到的一个问题，不是说只有中国！恰恰是西方的这种现代性所带来的一些问题，这种全球化所带来的一些问题，值得我们关心，值得我们重视。

我现在能做到的就是对咱们这所目前办得很有活力的、朝气蓬勃的哈尔滨学院在座的师生发出点呼吁：我们是大学，我们是高等学校，我们是教授、讲师，我们是博士、硕士、学士，我们是莘莘学子，因此我们对文学的追求，我们对于艺术的追求不能停留在消费的层面上，不能停留在浏览的层面上，甚至也不能停留在获取信息的层面上，我们要有一种对人类精神生活，对我们民族的精神的素质，对我们自己的精神生活的关照，提高、提升我们的精神境界，坚守我们对思想、对文化、对语言、对文学、对艺术还要再高、还要再深的追求，这算是我的一点呼吁。

因为这些问题太大，我也讲得不清不楚，很对不起，耽误了大家的时间，谢谢！

关于文学

2012 年 12 月 15 日在中国海洋大学图书馆与顾彬对谈时的发言稿

● 一

我先回应一下，刚才顾彬教授讲得太好了，他的语速非常正常，非常好，而且德国人讲中文，北京有媒体认为他讲得太慢，我现在替他感到冤屈，他讲得至少不比总理慢，他是属于正常语速。他说的诺贝尔奖的问题，这东西不是特别好说，因为奖都是人评的，人是既有脱俗的一面，也有世俗的一面。文学往往会有一种浪漫，向往着一个超乎凡俗的境界。但是你评起奖来，有一些是很难说的。譬如说翻译起作用，当然起作用。如果一个很好的作品翻译得不好的话，得不上奖。我虽然没有翻译过得诺贝尔奖的作品，但是我在新疆的时候，我们本机关的维吾尔族人他们申请补助或者请事假，都要求我翻译。他们认为我翻译获准的可能性比较大。因为我到那儿的时候，我讲话的神态就和顾彬教授一样，非常绅士，非常温柔，提出自己的一些看法，丝毫没有让人听着反感的东西，可是这些因素你再怎么说，我觉得还是盖不过一个比较重要的因素，就是莫言先生他写的东西，确实有他的独到之处。至于说是不是完美无缺了，那就只有老天爷知道了。因为莎士比亚也不是完美无缺。托尔斯泰特别讨厌并贬低莎士比亚。

顾彬先生还批评说莫言写得太快，在大多数情况下，您的意见是对的，但是从文学史上，不按正规的方法写作的人有的是。譬如说陀思妥耶夫斯基，他都是和出版商定一个合同，拿了一大笔钱，拿了这个钱他就开始去赌轮盘赌，不到一个星期，他的钱就已经全部用完了，然后底下就开始借钱，到了合同快满的前三个月，他忽然想起来了，他已经答应要交一个一千页的小说。怎么办？他雇了一个速记员，然后这个陀思妥耶夫斯基就跟发了疯一样，感情激动，而且他有羊癫风，然后他开始讲他的故事，他在说话的时候，手是这样的（动作），没有一点绅士风度，完全就是抽风，然后一页一页地在那讲，速记员就在那里记，然后成了最好的小说。现在俄国人也承认陀思妥耶夫斯基是非常好的小说家，但是他就是用这种方式写作的。你想让他用那种改了再改，坐在那儿安安心心去写，那是根本不可能的。他是疯子，疯子当系主任是不可以的，写小说还行。谁如果有点神经质的话，干脆就去写小说。

然后我再说几句话，现在的文学，不光是中国的文学，全世界的文学都遭到前所未有的挑战：

第一，在一个世俗化、正常化、务实化的社会里，文学渐渐地靠边，它缺少那种大的变动、大的变革，譬如说革命和战争的年代，那种浪漫、那种神奇，不仅仅是中国。我们现在放眼整个世界，有的时候我们觉得中国缺少大作家，我觉得德国现在也缺少大作家。谁是现代的歌德？因为有些人爱提这些问题，谁是现代的鲁迅？那么请问德国，谁是现代的歌德？法国谁是现代的巴尔扎克或者雨果？英国谁是现代的莎士比亚或者是狄更斯？西班牙谁是现代的塞万提斯？它不一样，社会的情况已经不一样了，而且现在造成一个心理定式，就是当代没有好作家。有些很好的学者跟我说，现代没有好作家，我就很小心翼翼，非常小心地问他，您都看了哪些作品了，觉得他写得好不好？对方回答说我已经很久不看了，因为没有好作家，所以不看作品。由于不看作品，所以认定现在没有好作家。这是第一个挑战。

第二个挑战，现代的信息技术特别地发达，特别地方便，而视听技术，你只要有视觉、有听觉你就可以欣赏，可以不动多少脑筋。所以孟华教授说，视听技术有很多地方是肉的艺术，通过肉体，当然不是肌肉，通过身体你就可以接受了。但是阅读是什么呢？文学的阅读是头脑、是心灵、是思考。正是因为有了语言符号，人才有了思想，才有了比较高深的思想。所以现在浏览变成了一个器官的满足，现在有这种情况。这个话要说起来非常长，所以我只能简单地说。而视听艺术呢，已经很大程度上挤掉了阅读。在我的青年时代，如果赶上这一个礼拜天不开会，那真是幸福得不得了。这个幸福的时光怎么打发？看书。现在包括我自己，我每天吃完晚饭以后，看电视剧、看肥皂剧，看着肥皂剧一边看一边睡觉一边打呼噜，打完呼噜了抬头看看还能接上。然后一看演员，对不起，尤其是女演员，真好看，我挺爱看的，是这样的。这是第二个挑战。

第三个挑战就是网络的发达。网络的发达使人们慢慢地不用拿着书看了，在我参加 2012 年 6 月份在宁夏召开的书籍博览会的时候，有一个高端论坛。高端论坛上所有的这些书界的大亨都在预言，纸质的书将要渐渐地衰微和消亡，电子的书将会代替纸质的书，网上的阅读将会代替纸质的阅读。对此我个人感到非常悲哀。为什么呢？因为我觉得，书籍的阅读需要一定的条件，需要一种宁静，需要专注，需要思考，需要有想象力，而不仅仅是视觉的满足。所以我对网络的发展究竟是在造福人类、造福中国的同时，会不会给我们带来精神品位降低的灾难，深感忧虑。虽然我没有什么办法，但是我们毕竟是大学，我们要明白，阅读需要书，在书的面前需要专注，在书的阅读当中需要想象，需要沉醉，需要精神的高扬，这些东西是永远不能代替的。

再一个，和网络同时的最后一个问题，就是大众化。大众化好不好？当然好，共产党是最讲大众化、是最讲人海战术的。但是这里头有一个很大的悖论，就是文化是人民创造的。没有人民就没有文化，但是人民怎么创造的呢？是通过他的极少数的天才所创造的。尤其是文学，文学民歌当然很宝贵，《诗经》很宝贵，乐府很宝贵；民间文学、民间故事这也很宝贵，但是我们讲中国文学的时候，你能不想到屈原吗？没有屈原还有《楚辞》吗？你能不想到曹雪芹吗？没有曹雪芹的话，只有评书、民间的口头文学，尽管口头文学也很精彩很可爱，那能够有今天中国的文学吗？没有李白、杜甫，有可能吗？外国都一样，外国的事情也都一样。所以一个国家的文学水准恰恰是由极少数的人、极少数的精英、极少数的天才他们所代表的，不是靠举手所代表的。当然极少数人他们不应该忘记人民，他们应该经常向人民感恩戴德，这些我都没有意见，我也是在人民面前从来不敢翘尾巴的人。所以就这些东西，我觉得我们文学面临着非常大的逆境。那么在这种危机当中，有莫言得一个奖，我高兴还来不及，所以至于顾彬教授讲的其他的那些看法，我全部能接受。所以这也是说明网络要命，你要看网络，以为顾彬在那儿讲了一些很凶恶的一些意见，要把中国文学全部干掉的一些意见。但实际上，他讲得很绅士风度，很温柔，很中庸，温柔敦厚。

既符合中国士大夫的标准，也符合德国加"冯（von）"的高级人士的标准。我很感谢顾彬开头发的言。

● 二

　　刚才顾彬教授讲的一个我特别有兴趣的话题，就是说有时候短篇小说更富有诗意，诗情画意，这个确实是如此。比如说契诃夫他让你这么感动，就跟读一首诗一样，我有时候也有这个感觉。我看过英国的一个女作家，但是我记不起她的名字了，她写的一篇文章，她说文学的分类，短篇小说和中篇小说、长篇小说放在一块儿都算小说，这是不可以的。这是中文的问题，因为中文，我们最讲究纲和目的，我们认为世界上有小说，然后小说里有短的小说，有中等篇幅的小说。其实外国也很少说中篇小说，到现在我们用 novelette，这个也不是中篇的意思，说 novel 这个是可以的，这是长篇。这个英国作家她主张把短篇小说和诗放在一类，然后把长篇小说和戏剧放在一类。我想说的是有此一说，当然我们课堂上这样讲是不可能的，而且你看外语，德语的我不知道，外语里头并不那么强调都是小说。你要找一个小说的词是 fiction，但是 fiction 是虚构文学的意思，就是虚构而已。然后短篇小说 short story ，中篇小说没有这个词，novel 就是传奇，我们现在拿它用来做中篇小说的代言。novel 到了法语就是 nouvelle，德语是 roman，维吾尔语是 ھېكىايە，我想这是从俄语来的，也是讲 беллетристика，这个是另外一个词，所以都是个体，不把它都称为小说。但是长篇小说就不能够有诗意吗？我觉得不见得。譬如说我看《安娜·卡列尼娜》我就觉得非常有诗意，它的诗意甚至比《复活》还要高。所以雨果的很多作品里我觉得也有一种很强烈的诗意，所以这个可能不是绝对的。

还有一个问题，我刚才本来应该是站在那儿说的，我忘记了，但是和顾彬先生后来讲的这个也有关系，什么问题呢？现在中国最缺的是一种强有力的专家的评论。在我们的文学生活和文学事业里头，有三种力量起着巨大的作用。

第一个力量就是领导，我们中国这个领导也是包括对文化艺术、文化工作的领导，但是这个领导目前我们可以看得出来，那种使人困扰的具体的那种干预越来越少。除非你有特别的其他的目的，比如说你要通过你的作品来颠覆这个政权，如果你不做这个选择的话，你大部分情况下，你的写作仍然是完全由自己来做主，并没有什么人会感觉到领导还要管你写什么，要让你怎么写，这种事情几乎是不会发生的。但是领导反过来说，也当然还起一些作用，比如说评"五个一"工程奖，但是"五个一"工程奖里面的那些文学作品，对群众的影响也是有一定限度的。但是茅盾文学奖有相当的影响。咱们山东的张炜主席的《你在高原》，是 450 万字，长篇小说，原来卖起来非常吃力，得了茅盾文学奖以后，哗啦一下子就卖了两万套。那两万套，每一套是十卷，所以两万套等于二十万套，至少从收益上，我们可以估计到张炜的收益，当然我们不应该向他借钱，我们还要自己挣，靠自己的劳动。这是茅盾文学奖的影响。尽管这个也是有党的领导，有作协、有中宣部，有所领导的，也是群众相对所能接受的。

为什么茅盾文学奖就能够接受呢？我觉得很主要的原因，它有一批专家在那儿做评委。於可训老师也是参加过茅盾文学奖评奖的，严家炎老师是经常参加这些活动的。可是我们整个社会缺少这种非常权威的评估体系。

这个事情我们中国很难做到，中国的专家，真正的文学家，专家的公信力、权威、气概都显得比较差。有时候我看到我们的有些专家，来海大的还好，有时候我看到的专家，我首先联想到的就是我的学长孔乙己，我觉得当代孔乙己们来了。说话点头哈腰，见了谁也不敢得罪，在文学上这样的专家咱不说了。譬如说在国学上，说老子到底是在哪儿出生的，河南和安徽打架，其中任何一个地方都可以请专家来。专家有的是绝对不去，说那绝对不可能是老子出生的地方，或者不说老子，或者说别的一个"子"，N子，是N子出生的地方是根本不可能的。但是你就把专家全家请来，住在四星级宾馆，不需要五星级，他既不打网球也不需要游泳，然后来了以后，又吃海参，最后还给红包，这个专家感激涕零，认定了N子就是在这儿生的了。这种情况下，你专家有什么威信，你能干什么。领导的管是有限的，不可能什么都管，什么都管的结果肯定是有些东西他管不着的。那么实际听命于什么？听命于市场，听命于媒体，媒体和市场也完全是同盟的。媒体和市场一旦同盟以后，你就已经良莠不分了，叫作黄钟喑哑，瓦釜雷鸣，就会变成这样。

我觉得我们这个文学里头最需要的就是真正的一批专家能够起作用。而这批专家、大学会在这里起非常大的作用，因为大学毕竟有个好处，它划了一个校园在这儿上课，在这儿学习，在这儿你怎么得认真的，你光靠公关光靠背景你就能在大学里教下书来？是不是？背景再强、公关再好，学生不听你的课，你讲到半截，学生都走光了，这种事情我也都知道，这都是可能的。所以我希望我们的大学在真正的文学里起越来越好的作用。

顾彬教授对王安忆，还有对我，对两个姓王的是非常厚爱、非常垂青，我也感到很光荣，也很感激。但是咱们也说实话，我是很同意刘震云的话。刘震云好像没到咱们这儿来过，王安忆来过，2003年来的，刘震云他最精彩的是，他说莫言得了诺贝尔文学奖，好多记者追着让我谈感想，他说莫言得诺贝尔文学奖就好比我的哥哥新婚进了洞房了，我哥哥新婚进了洞房了问我有什么感觉。我哪有感觉呀？我没感觉。有感觉你们应该问我哥哥去。然后他说，莫言得奖很自然，一点也不新鲜，如果不是莫言得奖而是王安忆得奖，而是贾平凹得奖，而是余华得奖，而是阎连科得奖，他一口气说了十个人，他说中国像莫言一样写得好的，我们可以找到十个八个的，应该是没有什么问题的。因为"文无第一，武无第二"，文是很难比的，李白和杜甫到底谁写得好？唐宋八大家哪个应该得奖？如果我们奖一个人的话，是奖韩愈，那是按资格；奖柳宗元，那是按遭遇或者是什么的；是欧阳修还是谁，你说不清楚。

为什么我觉得，就是说中国的，我们谈论中国文学，我们也只能够谈论比较优秀的这十个八个人的作品，我们无法再照顾到，譬如说《上海宝贝》，《上海宝贝》能不能代表中国文学，虽然我对卫慧小姐也并无成见，也无任何的过节。我们就无法找别的东西来代替，你如果要找垃圾作品，垃圾作品太多了，有些作品就是垃圾。有些西方国家，我到英国的时候，因为我说中国的小说现在越来越多，谁也看不过来，那个时候大概是一天两本的样子，现在更多了，现在好几千。但是英国的朋友，他叫英中友好中心，实际上就叫 British Council, China Center of British Council。他告诉我，英国出的长篇小说，比你们这个还多，不只是两千种，但是那大部分书是属于色情读物。这些书你在外面买了，你在咖啡馆翻一翻、看一看，然后回家的时候，快到家门口的时候，那儿有一个垃圾箱，那垃圾箱就专门收这个，因为你要拿回去让你孩子看见你很丢脸。你堂堂一个教授、一个科长，最后拿到家里去了，你那个孙子一看，爷爷正在读这个。所以这种垃圾很多，有一些垃圾我们无法禁绝，有些消费性的、消遣性的、逗着玩的，甚至于是刺激感官的，满足肉欲需要的，这些东西都会有，但是我们无法用这些东西来衡量。

至于说那些个别的例子，太多了，更极端的例子还有，因为我在新疆待过，"文革"当中我是靠手抄本来看伊朗——就是波斯的 Omar Khayyam 的诗，他的诗在波斯没有人重视，因为他的职务是历官，是管每年编 calendar 的一个人。他的诗后来由两个英国人翻译，而且是兄弟，他有两个翻译本，那个英文翻译本还是葛浩文先生买了送给我的，Omar Khayyam 一下子在英语世界出名了。出名了以后伊朗也知道了，我们有这么好的诗人，所以他现在也变成了伊朗文化的一个代表。即使是这种极端的遭遇，我们仍然是说 Omar Khayyam 写得好，我们不可能说是由于那两个人翻译，那两个人翻译起的作用太大了。如果我是 Omar Khayyam，你对这两个人怎么评价，怎么往高里吹都没关系，但是如果我们主持一个文学奖呢，当然这个奖我们应该奖给 Omar Khayyam。翻译奖，没有翻译奖我们可以搞一个翻译奖。香港中文大学现在也还在做，每隔几年有一次征文，征文比赛有翻译奖，如果顾彬教授在主政咱们的德语系期间，组织一个翻译奖，我觉得也是一个好主意。

但是所有的这些，我们大学至少是一支力量，我们要捍卫文学，捍卫文学的高尚性、捍卫文学的权威性，不能让市场牵着鼻子走，也不能让网络牵着鼻子走，我们要尊重那些文学的最初的创意人和写作人。

● 三

我给你们说，顾彬年轻的时候特别好看，现在当然也非常好看，而且他的眼睛是蓝的，如果是我，我也要多问顾彬问题，这样我以咱们学校一个老人身份，在旁边安静地听着，享受人老以后会获得的一种幸福感。

前面我举例子的时候，我落了一个重要的例子，长篇小说写的和诗一样的是屠格涅夫，屠格涅夫几乎所有的长篇小说，尤其是《贵族之家》和《前夜》，你读它比读诗还过瘾，所以长篇小说是可以写得和诗一样的。

我说的是这个同学提的问题，我是说国家混乱，文学一下子变成了公众视野的核心，并不等于说这个时候有好的文学，或者国家不混乱了的时候就没有好的文学了，我没有这个含义。有时候文学的作用，它的品质是慢慢慢慢被人理解的。我们看到了很多困难的文学、神经病的文学、激动的文学、煽情的文学，带着血泪的文学，我们常常会被这些所感动。但是文学也不只是这一种，文学还有另外的。比如说泰戈尔，泰戈尔他更多的是写爱情、写少女、写母亲、写儿童，所以文学是各式各样的。

我是坚信，千万不要相信那些话，说文学快完蛋了，这是不可能的，只要人说话，文学就不会完蛋，很简单，哪个母亲自己的孩子临睡觉的时候不讲故事？你不给他讲故事他害怕、他难受。人欲睡没睡着的时候最难受，这时候旁边有母亲给他讲故事，多么温馨。我在新加坡讲这个例子的时候，新加坡的主持人在那里感慨，说我们新加坡的母亲听了王蒙先生的话以后，得感到多么难过，因为她们把带孩子睡觉的任务都交给菲律宾女佣了。但是即使是菲律宾女佣她也要给孩子讲故事。哪一个年轻人在看上自己的心目中的一个异性朋友的时候，不想写两三封比较好听的信，写得比较文雅的信，写得比较高尚的信，写得比较浪漫的信，没人想写极其枯燥乏味、错字连篇的、带着别字的、无理的、没有文明的、粗野的、带性骚扰性质的那种信。所以有情书就会有文学，有儿童故事就会有文学。哪个人不写日记？很多话你不敢说你还不敢在日记上写吗？所以语言的力量是视听艺术所不可比拟的，语言所构成的艺术恰恰是其他的艺术所无法做到的。所以诺贝尔奖有文学奖，而且它把文学奖排得地位非常高，这都是正面的东西。

实际上我对文学一点都不悲观，但是社会上会出现各种各样的舆论，也会造成各种各样的现象。我们作为大学来说，我相信文学在大学会保持自己的矜持，会保持自己的动人，会保持自己的骄傲。所以文学一定前途无量，因为有中国海洋大学，因为有中国海洋大学文学院和外语学院，因为有顾彬教授的加盟，而且还有王蒙也在这儿，仍然可以高高兴兴地和大家夸夸其谈。

从莫言获奖说起

2012 年 11 月 7 日在澳门大学的演讲

　　今天我这讲话，就算是与大家谈家常吧。最早透露出莫言可能在今年获得诺贝尔文学奖消息的是英国的一家博彩公司。他们认为今年最可能获得这个奖的一个是中国的作家莫言，一个是日本的作家村上春树。我当时就觉得不大可信，因为瑞典科学院，它是很骄傲的，怎么可能把自己的信息透露到一家博彩公司那里呢？第二，连澳门的博彩业都没有告诉我这个消息。所以我后来的一个感想就是澳门的博彩业要向英国的博彩业学习。到了当天的晚上，凤凰电视台临时给我打电话，说再有十分钟就要公布获奖人了，希望我接受采访。我说这是不可能的，我都不知道谁获奖呢，稀里糊涂我能够说什么呢？就是到那个时候我还是没想到会是莫言获奖。

其中有一个原因就是在此之前呢，大家都以为马悦然教授是诺奖举足轻重的专家。我知道马悦然教授，比如说对北岛先生非常支持的，他对高行健先生也是非常支持的，这个已经实现了。他对山西的李锐先生和曹乃谦先生有很高的评价，所以我就觉得他们的可能性会大一些。但莫言对我也不陌生，为什么呢？十一年前，在北京的一次聚会上，日本的诺贝尔文学奖得主大江健三郎先生，他特别热情地歌颂莫言。他就说莫言不是今年就是明年，要不就是后年一定会得奖。有此一说，就是比博彩公司更高明的一个文学家是大江健三郎。大江健三郎的可爱当然不仅仅在此，据我知道，就是在钓鱼岛的纠纷当中，日本的名人里头唯一一个坚决地认定钓鱼岛属于中国的是大江健三郎。他指出日本趁着甲午战争夺取的钓鱼岛。虽然我对大江健三郎的作品没有认真地读过，就冲这一条我也觉得他不但能够慧眼识莫言，而且能够慧眼识钓鱼岛。

现在我想说三方面的事，一个是关于文学、文学人、文学奖。这个文学是偏理想主义的，它相当浪漫，它可以虚构，可以夸张。很多文学家希望追求一种脱俗的生活。比如说最美好的爱情吧，可能正是存在在文学里面的，而且最好的爱情都是老单身汉来写的。因为当他有一个美好的妻子的时候，他没有时间去写爱情诗或小说。

而这个文学家、文学人、作者，向往着脱俗的文学，却同时都是世俗的人，他不可能完全脱俗。这是一个很大的悖论，就是你越是觉得文学高尚，你就越觉得世俗生活并不是那么美好。所以中国人自古就知道，说是"欢愉之辞难工，而穷苦之言易好"。在文学界对现实抱着批评的态度、批判的态度，同时很喜欢做梦的人特别多，所以张炜先生就干脆命名"文学就是一个民族的梦"，他说得当然也非常可爱。

那么另外还有些有志者，关于新文学又有实力，又有社会影响和地位的这样的人和团体，他们举办了文学奖，使寂寞的、坐冷板凳的文学偶然就很热闹这么一下。文学本来是寂寞的，曹雪芹写《红楼梦》的时候，他是"举家食粥酒常赊"，就是他喝酒没有现钱都是赊账的。经常喝粥，喝粥其实对我来说是最合适的，因为这也是帮助消化。这样的话一发奖呢，因为它有相当的地位，而且还有一笔很大的奖金，奖金的作用不仅仅在于货币的用途，而且本身它就扩大了影响。这个奖金数量越大，影响就越大。所以当前些年我在内地，很多群众问我茅盾文学奖为什么没有诺贝尔文学奖影响大，我说诺贝尔文学奖是一百万美元，那时候茅盾文学奖是四万元人民币。我相信我的话起了作用，现在茅盾文学奖已经变成二十万元人民币了，我们可以期待它很快也会变成一百万或者二百万元人民币。如果茅盾文学奖始终上不来，我建议澳门大学举办一个文学奖，奖金在三百五十万元人民币，而且吴志良先生（澳门基金会主席）一定会支持这样一个工作。

一个好的文学奖啊，它可以使得你名利双收，有时候这个奖比作家神气多了。一个作家在那儿写写写，写得手指上都磨了泡了，写得都得了忧郁症了，即使在这种情况下他还是很孤单的。莫言获奖以后他非常聪明，他说写作其实是弱者的事情，他说我从小第一个感觉就是饥饿，第二个感觉就是软弱，所以只有在写起来他忽然觉得自己很能干，力量也很强大，想写什么就写什么。莫言更聪明的是，当新闻记者想消遣他，问他："你获得了一百万美元你想干什么呢？"还有人暗示他：你是不是该捐赠给社会做一些慈善事业？他说："我在北京住的房子非常小，我想换一个大一点的房子，但是后来我又想啊，北京的房价比诺贝尔奖金的金额涨得快多了。现在是在五环以内呢是五万多块钱一平方米。这样的话，我加上装修啊，全部的钱买房子也只能买个 100 来平方米的房子，也大不到哪儿去。"所以莫言这位同志、这位朋友他太可爱了！他说完以后立刻把这个传媒的同情心吸引到他这边来了，他得了半天的奖才一百多平方米的房子。以至于那个陈光标先生声明要送给莫言一个三百五十平方米的房子，但是莫言没有说话，莫言的哥哥说了："俺们管家（他是姓管的）向来无功不受禄。"所以这个房子，这三百五十平方米他也不会住进去。

可是一个奖他显得特别厉害，以至于和奖有关系的人呢，变得很牛气，指点江山，激扬文字。所以我始终喜欢思考一个问题，我早在1993年就在台湾回答过有关问题（在台湾很多朋友也问我诺贝尔文学奖的事），我就说起码有四种得奖：第一种得奖就是你写得不是很理想，但是你得了奖，你沾了奖的光。一登龙门身价百倍，原来你的书二十年卖掉了一千册，一得这奖三天卖出了一百万册。这种事是有的，也是让人非常高兴，也是让作家做梦的事，我也梦见我得奖了，那是小时候的事，大了以后不做这梦了。这是一种情况。

还有一种情况呢，就是他是一个很了不起的作家，他始终没有得奖，那么这样的话受损失的是这个奖，而不是这个作家。托尔斯泰是1910年去世的，这个诺贝尔文学奖是1901年开始建立的，就是说有诺贝尔文学奖到托尔斯泰去世间距10年，如果他们要奖托尔斯泰，时间上应该是来得及的，托尔斯泰没有得到，我不认为谁会为托尔斯泰抱屈，或替托尔斯泰遗憾，如果说遗憾我们要为诺贝尔奖遗憾，所以这是第二种情况。还有第三种情况，就是说这个作家啊，他写得也很好，他又得了奖了，这二者"如鱼得水"，得奖的作家是"锦上添花"，发奖的是"咸与有荣"。所以这也是一件好事。还有一种情况，瑞典科学院很喜欢做，就是找一些暂时还没有被公众所承认的，具有潜在优势的这样的作家和作品给他发一个奖。给他发一个奖之后大家就问这是谁啊？最后说："哦，原来是他！"再一看，果然很好。这样的话这个奖的威信就更高，它等于文学界的一个伯乐。因为这样的事情也有，比如说加西亚·马尔克斯，这个诺贝尔文学奖使加西亚·马尔克斯声名大噪，而且他的影响非常大。就是莫言的作品里我们也很明显地感觉到加西亚·马尔克斯的影响。另外我就拿中国来说，从王安忆的小说《小鲍庄》，从韩少功的《马桥词典》里面，从贾平凹的某些作品里面，我们都可以看到加西亚·马尔克斯、拉丁美洲的魔幻现实主义的影响，这也是一件非常好的事。

虽然好，但是我喜欢说一句话，这句话我在台湾讲过，在香港也讲过，在内地讲得更多，就是"诺贝尔文学奖好，不如文学好"。这是内地的一个电视广告的语言，就是河南有一个品牌的冰箱叫"新飞"冰箱，它的广告词是什么呢？"新飞广告做得好，不如新飞冰箱好！"就是广告做得这样好，我的冰箱更好。所以我就说："各种文学大奖好，不如文学好！"但是很难做得到。为什么呢？这个文学奖你看得到，很热闹，很光荣，一下就身价十倍，身价百倍，身价千倍！

高行健先生说过，他说"奖金的作用并不是最大"，我们从经济上说，文学、文学奖都有世俗的一面，但是它对于作家来说最大的鼓励、最大的奖励是什么呢？一下子他的作品到处翻译、到处发行、到处畅销，那个数字我个人的估计那是我们很多人所想象不到的，所以这还是一个方面。

这个就很难办，第一它是一个非常大的奖励，非常正面的一个事情。第二呢，它又不是文学的标志，不是文学本身。文学崇高如云霞，文学人与文学奖可都是世俗的活人与他们的活动。奖是名利双收的事情。

比如我们谈中国，什么样是中国最好的文学？李白的诗、屈原的辞，楚辞、汉赋、唐诗、宋词、元曲、明清小说，哪一个得过什么大奖啊？曹雪芹得过大奖吗？李白得过大奖吗？李白得的奖就是皇帝给他一个牌子，说让他可以到各个酒家去喝酒，当然这个奖也是蛮风雅的，但是是真的是假的我们也不可考。所以你真正谈文学史，文学史还真的没有怎么记录过奖项，但是你要到各个国家去，各个社会去，奖都很重要！

诺贝尔文学奖最重要，影响最大，奖金最高。其他如法国的龚古尔奖，英国的布克奖，日本的芥川龙之介奖，美国的普利策奖也都有很大的意义，规格也非常高。但是规格再高它本身不是文学之花，不是艺术，不是诗本身，也不是文学奥林匹克，它是荣誉和金钱，是文学的大推广。很不幸，不管你的作品写得多么好，你仍然需要荣誉，仍然需要金钱，仍然需要社会各个方面承认，需要有力的推手，这是我要说的第一点。

第二点我想说一下政治和文学。这个诺贝尔文学奖呢，特别是像中国这样一个社会主义国家，对这个诺贝尔文学奖有各种各样的说法。

我们先从苏联说起，20世纪60年代的诺贝尔文学奖奖励给帕斯捷尔纳克，他的名作是《日瓦戈医生》，美国拍的这个电影，《日瓦戈医生》的主题曲非常动人。因为帕斯捷尔纳克得这个奖受到了极大的压力，被苏联作家协会开除，他也只能选择拒绝领这个奖。但是赫鲁晓夫先生在他晚年的回忆录写到，当时他处理这件事情完全是根据下面写的报告来的，他本人并没有读帕斯捷尔纳克的这部长篇小说，后来他读了，才觉得帕斯捷尔纳克写得非常好，他对自己的不当处理而感到愧疚。

再往后也很好玩，诺贝尔文学奖奖给了肖洛霍夫，肖洛霍夫的代表作《静静的顿河》，这四部到现在仍然是不朽的名著。苏联很高兴，因为他是苏共中央委员。他很会说话，他在苏联第二次作家代表大会上发言，他说："西方攻击苏联作家是按照党的指令来写作的，他们是胡说八道，我们是按照我们的心的指令来写作的，但是我们的心是向着苏联共产党的！"真会说啊！但是这说什么并不重要，对肖洛霍夫来说最重要的是他的作品。他的作品是十六岁开始写的，四部长篇小说《静静的顿河》写得不得了。而且他担任过苏共中央委员，他是赫鲁晓夫第一次访美代表团的一个成员，走到哪里赫鲁晓夫都说："这是我们苏联文化的代表！"是这样一个人，他也得诺贝尔文学奖。

然后再下边呢，还是在之前之后，这个我说不清了，又出来一个麻烦，又奖励了索尔仁尼琴，就是写劳改队、写西伯利亚的流放，苏联的反应就是你这儿奖励索尔仁尼琴，索尔仁尼琴正在国外访问，我这儿就宣布吊销索尔仁尼琴的护照，这样索尔仁尼琴就被流亡了。

然后跟中国呢，也有很不愉快的、歧义的记忆。所以呢，有过一种看法认为诺贝尔文学奖就是专门奖励社会主义国家的异议分子，意思它是不怀好意的，是敌视社会主义体制的，连西方国家都有这种说法，说他们的目的就是要奖给社会主义国家的叛徒的。但这个说法也不是特别全面，因为北欧，这是另一路。我到瑞典去过两次，挪威去过两次。北欧这一路，千万不要以为北欧是听美国的！我再举一个尖锐的例子，1986 年 1 月我在纽约参加第 48 届国际笔会。在这个会议上，开幕的时候，当时美国的国务卿是舒尔茨，舒尔茨这次做开幕演讲，这个时候美国所有的作家闹起来了。其中有一个我认识的俄罗斯裔的美国短篇小说作家叫格丽丝·佩里，她脱掉了自己的鞋子——高跟鞋——就在桌子上叭、叭、叭、叭……就在那儿敲。我只知道赫鲁晓夫先生曾经在联合国大会上脱掉鞋子敲桌子，我还没有见过，那次我是看到了美国的女作家用自己的高跟鞋敲桌子，这是一种很可爱的情形。什么原因？就是美国政府拒绝刚才提到的哥伦比亚诺贝尔文学奖得主加西亚·马尔克斯入境。就是那一次的会议入境还是此前的一次什么会议入境，我到现在没有查清楚，如果澳门大学哪个朋友能帮助我查那就更好。全体美国作家喊成一团，使舒尔茨（国务卿他也算高官了）的讲话根本无法进行下去。

更早的时候，1972 年诺奖奖给了德国的海因里希·伯尔。此后德国的驻华大使叫魏克德（Erwin Wickert），他请我还有冯牧先生，还有柯岩女士，还有白桦，我们几个人在那里吃饭。这个魏克德先生他就非常坦率地说，这个事曾让他们非常头疼，因为海因里希·伯尔除了骂德国政府和德国社会以外，不说别的。后来我有幸在伯尔去世以后在伯尔的别墅里生活了六个星期，他们给我讲了一个特别有趣的故事，说伯尔得了诺贝尔奖以后呢，当时德国的这个总理听说他得奖了，虽然不感兴趣，但也得去他家里表示祝贺，礼貌性地喝一杯咖啡。这个总理去的时候出现了一个问题，这个伯尔啊他的脾气很怪，他住在一个很小的村子，那个村落叫"朗根布鲁赫"。这个"朗根布鲁赫"挂了一个牌子，按照德国的习惯，它一个村子要写明所属，比如说它应该是德国，然后是什么什么州什么什么市，然后是什么什么村。但是伯尔说谁听他们管，给我写上"朗根布鲁赫自由邦"，这样村里的人——村干部一看说怎么办呢？总理来了一看这里写着"自由邦"这可怎么行。后来伯尔也挺通情达理，说咱们临时改一下，就把这个拿掉了，就换了一个牌子写上："什么市，什么什么地方……"然后总理就来了，来了就祝贺啊，喝咖啡啊，吃饼干啊，又握手啊什么的。科尔是政治家嘛，表示对文人的尊重。文人对于总理的驾到还是表示很欢迎，是不是真的欢迎？天知道。然后他就走了，所以这一点也很好。

瑞典科学院绝对不承认他和政府有任何的关系，瑞典科学院他奖西方作家的时候，还特别喜欢奖励"左翼"。他们的爱好是与一些政府叫叫板。咱们应该熟悉葡萄牙得奖的萨拉马戈，他是葡萄牙共产党人，他是巴勒斯坦解放组织前领导阿拉法特的密友。还有意大利的那个剧作家，大陆一开始把他翻译成拉弗，现在翻译成迪里奥·福什么的。他也是非常"左翼"的一个作家，他自己都不相信他得了奖。

反正是这样，从瑞典科学院来说，他坚持他的没有政治意图，但是他的评委有一定的政治倾向。而作家也是这样，从作家来说，包括肖洛霍夫在内，他也不承认他是受苏共的支配来写作，实际上任何一个作家都不是遵照上峰的指示来写作，但是也不可避免地在自己的作品中包含某些政治内容。就是作家也好，文学也好，你很难把政治的爱恨、政治的经验、政治的情感、政治的情绪从作品中淘洗干净、彻底清除，这是不可能的！因为他是生活啊！通常人的生活里有那么多的政治，你把政治全消灭了以后，他的记忆很大一部分都被消灭了，这可怎么办，他没辙！

但是呢，文学又有一个好处，它比较直观，它比较丰富，它比较复杂，它需要人性，它需要性情。他写的是生活的经验，又要有自己的想象，更要写自己内心的情感。那么内心的情感、想象、梦幻、经验是不会成为某种政治观点、政治见解的注脚，这是不可能的。它是毛茸茸的一片，它是原生态的一片，即使你在最最最政治的时代，那么一个男人和一个女人拥抱的时候，他感受到的是什么呢？他感受到的是温暖，他感受到的是一种吸引力，他感受的是爱，他感受到的哪怕是欲望，他不可能感受到的全是政治！说我这样亲一下是为了击倒、打倒帝国主义。我这边亲一下说不定能给台独分子摧毁性的打击，这是不可能的！文学就是这样的，文学具体、形象，它充满了情感。韩少功先生说过一个很有趣的话，他说我喜欢没事想事，想清楚了我就写论文，想不清楚我就写小说，写小说是想不清楚的事！

莫言先生也坚持这样，他说："我认为文艺作品比政治更大！"他说的更大的意思是涵盖的面更广，因为你可以写天时地利，可以写风花雪月，你可以写花鸟虫鱼，政治上不会天天研究这些。尤其你还可以写男男女女、少男少女、老男少女、老女少男……写很多很多的方面，这都是你别的领域上所得不到的。

类似的观点就是捷克的异议作家米兰·昆德拉，他说小说本身就是对专制政治的反抗，因为小说的解释是多义的，不是一个独断的、只能有一种解释。但是对于米兰·昆德拉的说法如果你要抬杠也可以抬杠，因为有些专制主义者他也写小说。北京就举行过萨达姆·侯赛因（就是被绞死的伊拉克前总统），他的小说集的中文版的出版发行仪式。而且伊拉克大使馆还给我发了邀请，但是我因为第二天一大早要飞往伦敦，所以我没有出席那个书的出版仪式。你们要寻找我的劣迹的话，我也没有这一条。但是他写小说，萨达姆·侯赛因写的小说还不错！我简单地说一个他写的小说，就是在伊拉克发生的一个政变，一个部落的酋长给政变成功的将领发贺电，但是那个地方发电报很难，他要骑着马或者坐着车出去走两天才有一个邮政局，又赶上了雨，所以他两天多才到了那个邮政局，然后他写好了贺电给那个将军，祝贺他的政变成功，开始了伊拉克新的一页。那个邮电局的业务员就说："先生，你疯了！这个政变已经失败了，国王已经把这个将军枪毙了，你给枪毙的人发贺电，你不想活了吗？"这个部落的酋长一听："嗯，是真的吗？"他拿来了报纸各种材料一看，果然政变已经失败了，发动政变的将军已经枪决，他说这个好办，立刻把贺电的词一改，给国王发一个贺电：在国王的英明领导下粉碎了无耻的政变。你说萨达姆·侯赛因这个小说写得也不算太坏。卡扎菲也写小说啊，我就不介绍了。所以米兰·昆德拉先生想用小说来反抗专制政治，这也是一厢情愿。

但是不管怎么样，我们对文学可以保留更宽泛的解释，对文学做那种狭隘的，全称肯定或者全称否定的解释那是有害的、愚蠢的、可悲的！我们中国人已经有这样的经验。

第三件事就是要说一下，莫言得奖是一件好事。莫言得奖，因为直到得奖以前都有很好的评论家、文学家、教授在那儿声言："十年之内，二十年之内中国的任何作家都不可能获诺贝尔文学奖，如果莫言得了奖，我从此戒饭！"不是戒烟、戒酒，是戒饭。撂过这种狠话！所以莫言得了这个诺贝尔文学奖以后，起码戒饭的先生他可以少说一点话，少说一些贬低当代文学作家的话。

当然有些人很注意提醒，说这个得奖啊就是奖莫言个人，和你中国没有关系，和中国的当代文学也没有关系，不是奖中国当代文学的。这个说法也是似是而非，因为任何一个作家，任何一个文学现象他和他的人文环境实际上是分不开的。当我们说到莫言的时候呢，我们就会想到中国还有一批年龄跟莫言也差得不是太多，写作也和莫言有相互影响的优秀的作家，比如说韩少功，比如说张炜，比如说王安忆，比如说张抗抗，比如说铁凝，比如说余华，比如说刘震云、迟子建、毕飞宇、阎连科，等等。文学，这毕竟是一个社会的现象，也是一个时代的现象。

在莫言得奖之后，有人问刘震云，刘震云也谈得非常好，他说："记者追着我问我的感想，莫言得了诺贝尔文学奖就好比我的哥哥新婚进了洞房，我的哥哥进了洞房问我的感觉？我有什么感觉呢？我也不知道我该怎么感觉！但是我要说莫言得诺贝尔文学奖是很应该的，类似莫言的至少我还可以说出十个来。"这也是一种说法，作家的说法都很好玩。

反过来说呢，对莫言得奖也有一种攻击的声音，就说我的好朋友德国的"顾大炮"叫顾彬，就说莫言的写作有什么缺点什么缺点，高行健的写作有什么缺点什么缺点。他说这些人的缺点只要一多说了，你们就会发现中国诺贝尔文学奖的获得者只不过都是穿着新衣的皇帝罢了！这个说法也听着过瘾，尤其是没有得奖的人，一想得奖的都是皇帝的新衣，马上让人扒下来了，我们虽然没有得奖，至少暂时没有人非要扒我们的衣裳，觉得很舒服。但是这个话呢，我要说，我告诉你，世界上一切的权威，一切的伟大，一切的幸运的名与利都可能有它破绽的一面，都有它弱的一面，都有一个即使不是皇帝的新衣，也还像是有一个皇帝的围脖、皇帝的领带或者皇帝的裤衩的这一面。如果你要这样扒的话，你慢慢扒吧，有你扒的！

岂止是莫言啊，从第二次世界大战以后，诺贝尔文学奖每年发一个奖，发到现在已经 67、68 个人了，说 68 个人，请咱们在座的学文学的人给我说出十个人来，你们谁能说出十个人来？有外国文学的专家在哪里？你说不上啊，我知道得还多，因为我参加了一些文化活动，譬如说我在伦敦见过尼日利亚的索因卡，索因卡是一个黑人作家，又年轻又可爱又帅——靓仔！但是我没有读过他的作品。埃及的作家纳吉布·马哈富兹，爱尔兰的作家希尼，美国的作家布罗茨基，他是波兰人。当然更不能不提的是我在意大利结识、后来她到北京我家来过的英国女作家朵丽丝·莱辛，一大堆人啊，在中国有多大的影响啊？所以说他们的这个……顾彬说莫言的作品活活烦死人，"烦死人"这个词其实俄罗斯的作家就这么说过，陀斯妥耶夫斯基最烦的两个人，一个是屠格涅夫，一个是别林斯基。托尔斯泰最烦的是莎士比亚，托尔斯泰认为莎士比亚是皇帝的新衣，如果扯下莎士比亚的新衣来，他也是一个光屁股的皇帝。所以作家之间说的这是一种感情用事之论！不用管他！

莫言写得非常好，好的特点一个是他特别善于写感觉。在 20 世纪 80 年代中期，我担任《人民文学》主编的时候，他在《人民文学》上发表过一篇中篇小说叫《爆炸》。这个《爆炸》我现在别的已经全忘了，我就记得写的是一个儿子，农村的一个儿子被他的老爸扇了一个耳光，他这一个耳光，他把他的感觉、听觉、嗅觉、触觉……他的各种印象写得那么淋漓尽致。1985 年我是 51 岁，我为什么说我的年岁大，恰恰是我读了这个作品以后，我跟很多编辑说："我只是在看完莫言的《爆炸》以后，我觉得我开始老了。"当时还没有预见到我都 78 岁了还有兴致到澳门大学来谈莫言，这个已经是很久远的事了。

第二，莫言的想象力很开放，当然他也受世界各国的影响，他受加西亚·马尔克斯的影响。那个《红高粱》一上来我爷爷、我奶奶，我奶奶是在高粱地里面野合而生出来他的父亲，这个他其实是受德国作家君特·格拉斯的《铁皮鼓》的影响，因为那个《铁皮鼓》一上来吸引人的就是德国一个矮个子的士兵，为了躲避追捕，躲到一个妇女的裙子里面。然后在裙子里面跟掩护他的这个女人发生了性关系，然后就产生了他的爸爸。这样写爸爸、爷爷，德国人肯定是第一个，但是莫言跟咱们抢到他爷爷、他爸爸上来说事了，就是他敢于突破中国人的观念。

然后莫言还有一个好处：他写作踏实，热情洋溢，像井喷一样。他说他四十多天就写一部小说。那个顾大炮就说："我们德国人写作一年最多不超过二百页，他四十天就写四百页，这样的作品能是好的吗？"我想他是真实的德国人啊，不是德国人哪有用单位时间来衡量作品的优劣啊，这完全是德国工程师的思想方法。莫言有这样的冲动，然后他一直在坚持写作，但是如果说莫言的写作有些地方写得粗糙，这绝对是真实的，说他有些作品有时候自我有重复，这也是真实的。说我们作为对诺贝尔文学奖获得者，我们对莫言有更高的期待，希望他能写出更加美好的作品，这也是可以理解的。

至于见仁见智，有的说我就是讨厌莫言的作品，这完全 OK 的事情嘛，你讨厌你不看就完了嘛！诺贝尔文学奖的奖金是从那个基金会给钱的，又不需要你纳税，这个你可以不去管它。但是他得奖毕竟是一件好事，对当代文学是件好事。我说过，我说中国作家有两项原罪：一个是没有得诺贝尔文学奖；一个是没有当代的鲁迅。没有一个自称我就是当今鲁迅的。鲁迅的问题我们今天就不谈了，诺贝尔文学奖至少现在可以说，我们很熟悉的"小哥们儿"莫言就得了。

有一种无聊的议论，就是认为莫言得奖不够格，原因是莫言没有认真地反体制，这不是要求作家又红又专了，是要求作家又白又专，不是红卫兵，是白卫兵，与红卫兵的思想方法差不多，太幼稚也太可叹了。

还有一个问题就是把北欧的这一个奖看得比天还高，然后把中国的文学看得比地沟油还臭，这个有点变态，有点下贱，这就太不实事求是了。中国的文学是世界文学的一个部分，它是无愧于我们的读者与我们的前辈的。

当然，文学再伟大，他是活人写的，活人是有缺点的，有急躁的时候，有不能脱俗的时候，有酒喝多了的时候，有肉吃得太多消化不良的时候，所以有缺点也不足为奇。

还有一个问题呢，现在由于多媒体的发展，由于视听文艺的发展，又由于网络的发展，所以国外就有一种怪异论说是文学即将消亡！小说即将消亡！说人们不用看小说，看小说干什么？看电视剧就行了嘛！听爱情歌曲就行了嘛！你在床上看见一个猛男和一个靓女在那儿抱过来抱过去，滚过来滚过去，这比你看一首爱情诗过瘾多了，是不是？但是毕竟文学有文学的魅力，文学有文学的含蓄性，如果都是大吵大闹，都是那种感官刺激的东西呢，说不定是文学艺术品质的降低，是人类精神品格的悲剧！所以在这一点上，我也感谢瑞典科学院他们坚持办这么一个奖，告诉我们书还是要读的，字还是要写的，文学还是要做的，文学系还是要设立的，驻校作家也不妨继续传下去！谢谢！

从中华诗词排行榜说起

2012 年 9 月 17 日在北京诗词协会的讲座

大家好！这诗词其实我讲不了，我也缺少这方面正规的训练，有好多东西我自己也弄不太明白。比如说我到现在也弄不明白这个入声字，因为北方的人没有这个入声，我基本上诗词的水平就是《唐诗三百首》跟那个《千家诗》的水准，而且都是上小学的时候背的："白日依山尽，黄河入海流""云淡风轻近午天"……都是上小学的时候背的，后来没办法，因为段天顺同志给我来提过。因为我们 1950 年的时候是新民主主义青年团北京市第三区筹备委员会，后来是工作委员会，后来是召开团代会之后才叫委员会，后来所谓中心区给划没了，变成东四区，后来东四区又和东三区合并才有东城区。现在东城区和崇文区合并，他是这样一个过程。这样，老段同志一定说要我说，我没辙，实在没有什么可说，我讲得有些不正规，所谓"山寨化、野路子"的说法，但是我给大家提供一个信息，谈谈个人感受。

中华书局去年出了两本书，这两本书挺绝，一本叫《唐诗排行榜》，一本叫《宋词排行榜》。这排行榜我们一听，非常反感，因为排行榜是什么？就是歌星出了流行歌曲、通俗歌曲根据它的发行量排行的，出书也有排行榜，而且排行榜上最高的不见得是最好的书，最好的歌，但是容易被接受这是真的。但是从某一个角度，这是跟外国学的，外国把它叫"接受美学"，就是一个艺术作品被接受的情况怎样。他们非常严格，用严格的数学统计学的方法，他们规定了若干指标：一个是古代的，一个是现代的。

古代是什么，一个是这首诗被若干选本选过来选过去的情况，你这个比如说 28 个选本上都有这首诗，另外一个人是在 27 个选本上有这首诗，那说明你比他少一分。但是这个一分到了这个总的数里头，他又有占它的百分比，不是说一分它只是一分，一分它有可能占的百分比高，也可能占的百分比低。第二个指标吧，他被别人引用的次数。第三个指标是这个诗人出专集的情况，专集里面你出现过多少次。这是古代的指标。

那么现代的指标呢？上大学的文学史的课本里，你这首诗被全文引用的次数，被提到的次数，被专家写论文的次数，被硕士生博士生写论文的次数，进入专集的次数，进入合集的次数，然后在网上粘贴的次数，被点击的次数……我已经说不太清楚了，我说的不见得很准确。那意思是它有一套很客观的完全是数学方法。这西方人喜欢这样，喜欢用那个数学的、统计学的、自然科学的方法来统计这个作品被接受的情况。不等于说这首诗最好，但是说明这首诗被接受得最广泛，所以从这里头我对它挺感兴趣的！

唐诗里头，比如说我不知道大家想到想不到，它说不管是古代的指标还是现代的指标，无可争议占第一名的，既不是李白的也不是杜甫的诗，是崔颢的《黄鹤楼》。然后第二名是《渭城曲》，就是阳关三叠。第三名是《凉州词》——"黄河远上白云间，一片孤城万仞山。羌笛何须怨杨柳，春风不度玉门关。"这个既在你的意料之外，又在你的情理之中，在意料之中。后来我就闭上眼睛想，如果我让我圈选，如果说我个人读唐诗我印象最深的，这个小时候跟现在也不一样！那么我有可能圈选的是李白的《将进酒》，就是"君不见黄河之水天上来"，因为它那样一种气势，那样一种豪情，那样一种精神状态、精神力量太感动了。当然，这里还有其他因素，李白的好诗名著太多，他的受重视的诗歌"票数"分散，而崔颢的十分集中。

可要是前五年，我也可能不圈这个《将进酒》，我有可能圈李商隐的《锦瑟》，因为我觉得它在描写这个内心生活，达到了一种极致。尤其是"沧海月明珠有泪，蓝田日暖玉生烟"。我觉得这种对人生对宇宙的感受，进入了一种极致状态，这种极致状态就是你没法再赶上！他的这个话，你永远感受不完，你永远解释不完，而怎么解释都有理。"沧海月明"有一种空间感，有一种寂寞，对人生本身的寂寞感。"珠有泪"它从很大的沧海和月亮上，看到了一个小的珍珠了，而且这个"珠"都流出了眼泪。"蓝田日暖玉生烟"，这"珠有泪"容易理解，这个它是珍珠嘛、老蚌嘛，也可能它原来是个液体，像泪珠一样，然后它变成珍珠了。可这个"玉生烟"写得太好了，你怎么解释都行，你说与本身折射光线，折射日光，它折射日光就好像有一层阴影，有一种光线给你的一种模糊感。外国人也非常崇拜他的这个"玉生烟"的说法，玉上自己就冒烟了，出现了这个。而且他怎么解释都行，钱钟书先生就喜欢解释，说他是讲诗意的，就是写出来的诗就像"沧海月明珠有泪，蓝田日暖玉生烟"一样，因为这首诗是排在李商隐（李义山）的诗集——《玉溪生集》的第一首。当然又有人说不是那么回事，因为这本诗集不是李商隐编的，是后人编的。我不细说这首诗了，我就是说要是我，就有别的想法。

同样李白的诗，我更小的时候喜欢的不是"黄河之水天上来"，而是"弃我去者，昨日之日不可留""抽刀断水水更流，举杯浇愁愁更愁"。因为他形容自己的心情，吐露、倾诉自己的心情，表达自己的感受，他怎么会琢磨出一个"抽刀断水水更流，举杯浇愁愁更愁"？而且这个非常通俗，这个太浅显了，是不是？深入浅出，描写人的感情非常深，无法释怀。"沧海月明珠有泪"是一个无法释然的惘然之举，"此情可待成追忆，只是当时已惘然"。这个也是一个永远无法释然的愁情，而且你可以设想他的目的，他这里的第一句话，他应该是"举杯浇愁愁更愁"在先，他要写的是"举杯浇愁愁更愁"，这常有的事，心情不太好喝杯小酒吧，喝完了心情更不好了，无法用酒来消愁。当然用酒来浇愁不是李白的发明，从曹孟德（曹操）那里已经有了，"何以解忧？唯有杜康"当然也有说"解"应该念"xiè"，"何以解（xiè）忧？唯有杜康"。害得现在河南和陕西两家都争这个"杜康"的商标。而全国唯一的工商管理总局同意这两家都叫"杜康"酒。但是李白他又想加一句话，他加的这句话比他的"举杯浇愁愁更愁"还精彩，很奇特。叫作什么——"抽刀断水水更流"。但是这是不可能的，因为没有人这么实验过，因为我拿着刀，我想把这水切断，这是不可能的，除非他有点病，这基本上该上安定医院（精神病院）。但是他说"抽刀断水水更流"，刀似乎是可以切断一切的东西，但是它切不断水，切着水好像是水越流越快，其实它不受你切不切的影响。"举杯浇愁愁更愁"，所以"举杯浇愁愁更愁"已经变成了俚语，变成了俗语——就是大家已经都知道的话，没有人不知道，是中国人都知道！这是李白厉害的地方。有时候一双句子，有时候是对偶，有时候不是对偶，是叠句，或者是一个，现在应该叫排比句——"抽刀断水水更流，举杯浇愁愁更愁"，这么两句。这两句李白的功底特别好。同样这两句话，你看得出来有一正一副。

但是写得特别好的，我也喜欢李商隐的"梦为远别啼难唤，书被催成墨未浓"。但是这两个里面它有一个轻重。"梦为远别啼难唤"这个更感动人，分量重；"书被催成墨未浓"这个用心极巧，在"梦为远别啼难唤"里面出来一个"书被催成墨未浓"，这个用得非常巧，但是它没有"梦为远别啼难唤"更容易被人认同，因为"书被催成墨未浓"没有那么悲凉。"梦为远别啼难唤"非常悲凉，梦见家乡也好，梦见亡友也好，已经跟他们生离死别，你即使哭出眼泪来，你也叫不应，所以它是"梦为远别啼难唤"。"书被催成墨未浓"，第一书被催成的机会远没有墨未浓多，催成就是赶着写信，另外一个你付出的代价是墨未浓，这个也不要紧，你又不是参加书画展，所以它有一轻一重。但是"抽刀断水水更流，举杯浇愁愁更愁"它没有这种轻重之感，你觉得抽刀断水也很悲凉，甚至还有几分悲壮，而举杯浇愁更是无法释然。

那么现在回过头来，被评为第一的是《黄鹤楼》。《黄鹤楼》其实也有这个特点，就是明白如画，不是特别拽，不是特别使劲，也不是咬牙切齿，也不是"吟安一个字，拈断数茎须"。因为中国人胡子本来就不够发达，哪有马克思那胡子，马克思才活64岁，可我们看马克思老得像我们爷爷似的。上来的四句，就跟那个说白话似的"昔人已乘黄鹤去，此地空余黄鹤楼"。而且那个"昔人已乘黄鹤去，此地空余黄鹤楼"已经把黄鹤楼写完了，所以号称，就是李白到了黄鹤楼都不敢写诗了，因为崔颢已经提了这诗了，他把黄鹤楼的这个诗意已经写尽了。可是没有比这两句话更普通的了，你光看这两句话，我小时候看，我觉得"昔人已乘黄鹤去，此地空余黄鹤楼"，没让我去看黄鹤楼，你让我去看我写诗头两句还是这个，是不是？因为黄鹤楼这时候没有鹤了，它有楼，它叫黄鹤楼。特别平顺、平实，容易接受。"黄鹤一去不复返，白云千载空悠悠"稍微有点沧桑感和历史感。"白云千载空悠悠"，这个乘黄鹤而去的故事已经有千百年，以千为量的这个记忆，这是中国！

中国的历史长，连唐朝的人都感觉到历史长，更甭说中华人民共和国的人了，唐朝人都感觉历史很长了。美国人很难开口，很难写出这种诗来，它千载，千载还没有美国，是不是？他很难有这种诗！这个有长历史的国家和没有长历史记忆的国家，他的心情完全不一样，所以才有"千载空悠悠"，这有点气势，有点力量，有一种沧桑感和历史感，有一种时间的感觉，面对恒久的时间，作为一个渺小的个体的生命，往往会有一种肃穆，乃至于虔诚！

但是《黄鹤楼》里最令人感动的是下面两句"晴川历历汉阳树，芳草萋萋鹦鹉洲"。尤其是"晴川历历汉阳树"这七个字对我来说我认为他永远催人泪下。为什么？晴川历历，在晴空之下，"川"指的是长江流域。长江流域的这些土地，锦绣的河山，锦绣的国土，清清楚楚、历历在目！《黄鹤楼》有一定的"制高效应"，他是从高处往下俯瞰。往下一看"晴川历历汉阳树"这七个字，表达了中华诗人对中华大地无限的眷恋、爱恋、感受，乃至于忧心忡忡！我们面临的是什么样的河山？是"晴川历历汉阳树"！不但有山还有树，还有植被；有山河，有晴空（那时候污染小），而且历历在目，这是非常有感情的话，这是真正的爱国主义的话，这是对祖国土地的一种难分难解的眷恋。

像我们这个年龄的人，都深受俄苏文学的影响。俄罗斯文学它有一个主题，就是他们对俄罗斯大地的忧愁、忧郁！忧郁的俄罗斯大地，它不光是文学，就连它的歌也是这样。很多歌曲，比如说在契诃夫的一个比较长的中篇《草原》里。比如在托尔斯泰、屠格涅夫他们俄罗斯人的生活，他们的土地、他们的田野、他们的居室的绘画当中，他们有一个很突出的这么一个主题，就是对俄罗斯大地的爱和忧郁。

"晴川历历汉阳树"，不管什么时候我读到这里，就这七个字，对我们长江流域的地貌、植被、景物的那种高度的概括。"晴川历历汉阳树"，你很难再超过它了！"芳草萋萋鹦鹉洲"这当然也写得非常好！"芳草萋萋"的"萋萋"里面还有一种纵深的感觉。

"日暮乡关何处是？烟波江上使人愁。"这古人的诗特别喜欢用这个"愁"字。这个"愁"和现在说忧愁不完全一样，"愁"是一种挂念，更宽泛的一种说法，什么叫"愁"？挂念！牵挂！爱！爱得不行了！我们小的时候，老段同志经常背诵"汴水流，泗水流，流到瓜洲古渡头，吴山点点愁"。这个"吴山点点愁"是什么意思？不是说具体是因为吴山的人温饱问题没有解决，或者是流行病，或者是闹地震的愁。点点愁太可爱了，让你愁得不行！太可爱了！他心疼！心疼到什么程度，就是抱着怕掉下来，含在嘴里怕化了，到这个程度了，祖国的河山美到这个程度了，所以点点愁！

"日暮乡关何处是？烟波江上使人愁。"看着祖国大地历历在目的山川，从个人来说，你寻找你自己的归宿，寻找自己的一个落脚点。越是美丽的河山，你就为自己未找到或者是尚未找到这样一个理想的立足点而感到某种挂牵。所以我觉得他这个从接受上说不是我喜欢的那些诗人，而恰恰是这一首诗。而且他的作品不算多，这崔颢还有哪些作品我也不清楚，但不是太多，但是人家这一首踔在那儿了，他棒，这有他的道理！

那么第二首《渭城曲》也好玩！这也是家喻户晓，对我来说这个"劝君更尽一杯酒，西出阳关无故人"，比那"晴川历历汉阳树"还更普及，好像没有人不知道一样，而且还有个歌。对了，我跟老段我们都是以前河北高中的同学，就是现在的地安门中学，他们那个时候教过吗？好像不是在那里学的，初中学的"劝君更尽一杯酒，西出阳关无故人"！而且这首诗还有意思，这首诗的平仄是不对的，你们研究研究，但是古语我又不会发音，古汉语应该怎么发音？找一个广东人来念一遍这个，反正不对！你们研究好了，它怎么就不对！"客舍青青柳色新"和"劝君更尽一杯酒"这两句是沾不上的！然后"西出阳关无故人"和"劝君更尽一杯酒"这两句沾上了，（老段：到三百首里面它就算一篇乐府曲了吧，不是绝句，它可能属于绝句的范围，反正它不太一样！）可是它至情，它非常淳朴，不夸张！李白的诗就显得夸张了，当然这个艺术的夸张不跟咱们做汇报的夸张一个形式。有人说了你检查身体的时候你不能写"白发三千丈"，写诗可以！"燕山雪花大如席"，你天气预报不能说雪花大如席，那一粒雪下下来把好多人都盖着了，这也不行！但是你不能不感动，王维这话说得很普通，那么淳朴——劝君更尽一杯酒，西出阳关无故人。

"劝君更尽一杯酒，西出阳关无故人。"这已经变成了中华民族的情感方式，我们重人情、重离别、重友情！我们把友情放在"五伦"之中，朋友也算"五伦"，不但有君臣，有父子，有夫妻，有兄弟，而且还有朋友！将友情视为人生伦理重要的一个方面，而且重离别。现在是这样，你现在出国跟洋人见面，他就给你送到办公室门口，他那个办公室门口就是最远处，很少有还出来送一程的。但是我们送得太多了，公费送行有时候送得太多了也不是很合理，但是送得太多就是一直送到他这个县界这儿！比如从A县到B县，那么走高速公路走到B县入口了他才回去！这重友情，重故人之情，这就是中国人！"故人"两字有时候非常感动人！这"故人"两字太感动人了！

看那个《范雎蔡泽列传》，范雎在魏国被害，害到什么程度？就是把他打得半死，扔到厕所里面去，让所有的人往他身上尿尿，这种从身体到精神的侮辱。但是后来他醒过来了，跑到了秦国，而且当了宰相。后来，原来迫害他的那个人当魏国的使节到秦国来求和。他知道那个人来了，于是范雎就把自己化装成一个非常穷的叫花子的模样，大冬天穿着件衣服冻得哆里哆嗦，去见这个使节。这个使节一看说："你这不是范雎吗？"他（范雎）说："是！"又说："故人别来无恙？"一个说故人，一个是别来无恙，这特别感动人！（使节）说："你现在混得怎么样？"他（范雎）回答说："我为人佣工。"就是我给人扛活儿。（使节）又说："你怎么这样，这大冬天的，你怎么穿这么少？""买不起衣裳！"这个魏国的人就把自己的一件绨袍（现在还有绨绸，不知道跟古代是不是完全一样，现在快过冬了，不知道你们各位有没有要买小棉袄，绝对有绨绸的。绨绸就是一面是亮的，一面是暗的。《赠绨绸》这是一出京戏，就是穿上小棉袄，这棉袄是绨绸的，里面有棉花，有丝绵，反正是取暖。）就送给他（范雎）了。然后，第二天他说他要见他们的这个丞相去了，这个范雎又来了，说："我现在正好有车，我为你赶马车！"就请了原来迫害他的这个对手，上到车上，他给他赶马车。一看丞相在赶马车，周围两边"交通管制"，全都往那边致敬的致敬，鞠躬的鞠躬，赶紧退后。这个魏国使节很奇怪，他说我是来求和的，怎么还对我这么大的敬意？他不知道是对马车夫的敬意！然后他进去以后，《史记》上写得很戏剧化，然后一见，敢情他就是丞相，他跪下来"只求速死"！说我罪该万死，我只求速死，你赶快把我宰了就完了。但是这范雎说："你昨天见了我，眷眷有故人意，还拿我当故人，老相识，而且你还送我一件棉袍，不杀你，滚回去！给我把魏齐（魏相国）的脑袋交上来！"

这个京戏演起来当然很棒，故人之情，连敌人都算故人。中国人很有意思，中国文化，中国感情！对手，咱们对手了几十年，从年轻咱们俩就斗，斗到最后——故人，这就是故人。所以毛主席说过一句话："我跟蒋介石'在天愿作比翼鸟，在地愿为连理枝'"，谁也离不开谁，你这互相不斗了就活得没有意思了！

而王维的这个诗里头，当然前面他写得也好，"渭城朝雨浥轻尘，客舍青青柳色新"，写这种春意萌动，但尤其是"劝君更尽一杯酒，西出阳关无故人"，因为到那儿你找老对手都找不到了，多闷得慌，是不是？

类似写故人的，在苏共二十大以后，苏联有一个非常短的小说，非常短的小说是什么？就是苏共二十大以后，把原来一些政治问题，被斯大林阶级斗争扩大化给轰到西伯利亚去劳改的那些人放回来了，有些知识分子，有些原来是党的干部。给他们落实政策（苏联叫不叫落实政策我不知道），给他住进一个公寓里，结果他住到这个公寓里一段时间，有一天他上电梯碰到一个人，他一看这个哥们儿是谁？是当年在西伯利亚对他进行管教的一个人，而且那个人的态度非常之不好，对他们非常苛刻！看见以后无限地感慨，那个人可能也认出来了，看他一眼，吓得直哆嗦。因为现在翻过身来了，这些人都回来了，要跟他算起账来，不得要他的命嘛！他写这么一个故事。然后有一天这个管教人员就过来敲那个被冤枉的囚犯的家门，敲敲敲……一开门："哟……你怎么来了？"他带着一瓶伏特加酒说："我跟你喝几杯酒，说几句话。"然后两人就坐在那个地方，把伏特加酒倒着就在那里喝，也不说话，就喝半天谁也不说话。然后这个管教人员就说："哎，当时我对不起你！"这句话没等他说出来，两人都哭上了。就这么一个很小的故事，所以这个故人之情有时候又很有意思。当然王维这首诗里面不包含这个，他这里头没有敌手的意思，他说的是普通的朋友。

我再说一下词里头排第一名的，我觉得大家能想得到，是苏轼的《念奴娇·赤壁怀古》，就是这个：

　　大江东去，浪淘尽，千古风流人物。故垒西边，人道是，三国周郎赤壁。乱石穿空，惊涛拍岸，卷起千堆雪。江山如画，一时多少豪杰。

　　遥想公瑾当年，小乔初嫁了，雄姿英发。羽扇纶巾，谈笑间，樯橹灰飞烟灭。故国神游，多情应笑我，早生华发。人生如梦，一樽还酹江月。

　　这首也特别有中国文化的特点，这个咏史！我们是一个非常有历史的国家，我们是一个非常有历史的民族。所以吟咏历史，这种"故国"！"故垒西边"也有一个"故"字，我们对"故"有一种感情，这个我喜欢说的它有一种纵深感。这个地方，放得还挺宽！我们看苏轼的这首词，里面没有现在最喜欢用的词，没有选边站队，他跟希拉里说的（一样）："在钓鱼岛问题上我们不准备选边。"他也没选边，没有说是同情诸葛亮，同情刘备，还是同情周瑜。"遥想公瑾当年"，他也很喜欢这个，但是他还没有选边，也没有加评论，他并没有一定要给一个主题思想。你看他咏史，但他并没有结论！看起来脱离人民是不行的，主观主义是不行的，主观主义一定要失败，他没有，他没说这个！我就是感怀，感怀什么？感怀"故垒西边"，又感怀"故国神游"！

　　唐诗我们谈了两首，宋词刚谈了一首，已经三个"故"了，王维一个"故人"，苏东坡一个"故垒"、一个"故国"。即使感怀这个，感慨什么？就是"多情应笑我，早生华发"。我太感动了，人间，历史太长了，说起这事，说起那事来，让你感动得没完，头发都白了。"多情应笑我"其实是笑我多情，我们家乡人常说，说这个人多情，爱感动！有个词叫作"听评书掉泪，替古人伤悲"，听评书他都能掉眼泪——多情！

　　第二首也有意思，第二首是所谓岳飞的《满江红》：

　　怒发冲冠，凭栏处、潇潇雨歇。抬望眼，仰天长啸，壮怀激烈。三十功名尘与土，八千里路云和月。莫等闲，白了少年头，空悲切。

靖康耻，犹未雪。臣子恨，何时灭？驾长车，踏破贺兰山缺！壮志饥餐胡虏肉，笑谈渴饮匈奴血。待从头，收拾旧山河，朝天阙！

问题是好多专家都认为这不是岳飞作的，是别人作的，是后人假托的。但是是后人假托的也不得了，不管怎么样，这首词容易被接受，因为他有一种豪情，有一种壮志！他有好多话，也应承了中华民族一种感慨的方式，一种慨叹的方式，一种生活的经验！

比如说"三十功名尘与土"，你办一件事已经办了三十年了，你是当兵也好，做官也好，经商也好，你从事一个事业已经三十年了，你得到的功名，你得到的地位，你得到的级别，也就是"尘与土"，不值一提！越老越不值一提！人很老了一想我当过这个、干过那个，什么？俱往矣，根本不值得一提，不屑一顾！和人真的性情、真的生活、真的志向、真的价值相比，不值得一顾。

"三十功名尘与土，八千里路云和月"，奔波劳碌，古人行路是很困难的事。中国人叹息的是人和人经常要客居他乡，要东跑西颠——"八千里路云和月"。在旧中国，一个比较进步的"昆仑影片公司"拍过一个电影，这个电影就叫《八千里路云和月》。它是写什么？是写"卢沟桥事变"以后，东北和华北的大量学生往内地跑，这个里面也暴露了、揭露了、批评了国民党政权的许多无能、腐败等等。一直到"怒发冲冠，凭栏处、潇潇雨歇"它都变成了我们的一种生活方式。"仰天长啸，壮怀激烈"后边的那个"待从头，收拾旧山河"，那就不用说了，尤其是在抗日战争中间。

从古至今，对于岳飞的，或者是所谓岳飞的《满江红》有这么高认同度，还说明了另一个问题：中华民族多灾多难，憋的气太大了，旧山河需要收拾的地方太多，老收拾不完！说明了中华民族的命运。从这里头我就回过头来说一句什么话？就是中华诗词对中国人来说太重要了，它就是中国人的灵魂，它就是中国心。什么叫中国心？这就叫中国心！它已经深入了我们的遗传基因，深入了我们的神经细胞。

1995 年 5 月，我在美国纽约的"华美协进社"，这还是胡适当年创办的一个组织，在那儿有一个讲演。讲演时有一个美国人就在问，他说他感觉中国人特别爱国，他说欧洲不像中国的国家观念这么强，他说今天是这个国家的，过几年他找另一个国家的对象结婚，又换成另一个国家的了，说起他原来的国家他骂半天，这样的人多得很！可是中国人不，中国人一提中国，特别爱自己的国家，什么原因？这么大的一个问题我也答不上来，我就半开玩笑地说，我知道第一中国人喜欢吃中国菜——中华料理，中国人有"中国腹（肚子）"！第二就是中国人喜欢唐诗宋词，他有"中国心"！又有"中国腹"，又有"中国心"，所以中国人的交往都是"心腹之交"，中国人都是国家的"心腹"，所以他爱国！后来我带有随机的这么一个说法，被上海复旦大学附中高中的入学考试所引用，每人根据这段话写一篇作文。后来把那作文选了还出了一本书，专门论述"中国腹"和"中国心"这个题目。

但是这跟排行榜有什么关系？排行榜上面有，但是它不靠前！我个人的一个感情经历，离现在四到五年了，我到开封去，开封那儿有一个"清明上河园"，咱们知道宋朝有这个《清明上河图》，后来就按这个《清明上河图》修了这么一个主题公园。然后这个"清明上河园"每天晚上都有这么一个演出，这个演出就叫《清明上河图》，是一个歌舞演出。宋朝的词最有名，这个演出里头，它的歌全部唱的是宋朝的词，都是宋词。开幕式的时候第一首词唱的是什么？是辛弃疾的《青玉案》，是哪一个？就是这个：

东风夜放花千树，更吹落，星如雨。宝马雕车香满路。凤箫声动，玉壶光转，一夜鱼龙舞。

蛾儿雪柳黄金缕，笑语盈盈暗香去。众里寻他千百度，蓦然回首，那人却在，灯火阑珊处。

因为王国维特别喜欢后半阕，王国维认为它代表了学人的一种内心体验，就是"众里寻他千百度，蓦然回首，那人却在，灯火阑珊处"。他说这是一种治学的体验！你研究研究，研究半天研究不着，突然一下子想通了，豁然贯通！就好像找这个人似的，找这个美女，找这个让你动情的人，找了半天找不到，一看就在这儿，敢情找了半天就在这儿！前半阕在歌舞当中，它表现出来了。因为这个开封在北方少数民族没有打过来以前，是全世界最繁荣的城市之一。连美国都有人论述，就说美国人在讨论纽约的时候，就提出来，就说纽约要吸取开封衰败的教训。说开封在当年是全世界的几大城市：一个是埃及的亚历山大，一个是开封，还有一个是哪儿？全世界三大城市之一，人口最多，商业最繁荣。

这个题目是《元夕》，我不知道具体的宋朝那个时候，咱们民族的节日是怎样的？元夕好像元日，应该是春节，但是它写这像灯节，像上元佳节。"东风夜放花千树"，河南也证明这个天气并没有全部变暖，河南那个时候，春节或者上元佳节的时候已经有春意了。东风一吹，不是花都开了，是灯都挂起来了，到处像花儿一样！光说它像花儿一样，辛弃疾本来是写阳刚诗的，但是在这里他也是无限的柔情！"更吹落，星如雨"，就是说地上的这些灯，你感觉到就像所有的星星都落下来了，已经不是天上的星星了，天上的星星被这个风都吹落了，像雨点一样落下来，到处都是自上而下的灯光。

我也觉得好笑，"宝马雕车香满路"，满街开的都是宝马车！早在宋朝这个辛弃疾已经预言了，中国开的到处都是宝马车！当然了，他说的是马车，我这是开玩笑，我这是起哄。"宝马雕车香满路"，香满路！节日活动，男女混杂！你看《史记》上讲，在集市上男女混杂，这是最高兴的事。说我喝酒，皇上赐我一杯酒，这一盅喝完我就醉了；要我跟我的哥们儿一块儿喝，可以喝一斗；要是在集市上，男女混杂在一块儿喝，我可以喝一石！那个时候也够开放的，他敢这么回答君王的提问，他也不怕说他作风不严肃，对自己不检点，说话不检点。他不怕，他敢表露性情！所以"宝马雕车香满路"，宝马车里坐的是女眷，而且中国那时候的香料也非常发达，跟现在巴黎差不多。宝马车，雕着花，这车都雕着各种花纹，宝马拉着车一过，你看不见人，可是一股子香味就过去了。

"凤箫声动，玉壶光转"，这些灯还有多媒体效应，不是光让你看亮的，它能转，走马灯什么的它能转，而且它有乐器在那里奏，所以你可以听到"凤箫"的声音——由于风力变化吹出来管乐器的声音。"玉壶光转"这个灯做出来像玉的一样，那种晶莹、那种透彻、那种透亮——玉壶光转。"一夜鱼龙舞"，狂欢一夜，完全是巴西狂欢节的意思，我们中国曾经有过这么繁荣的盛世！

他一唱这个，这个词一打出来。其实过去这个词我早就知道，而且《青玉案》我到现在就知道这一首词，别的我都没有看过。因为我刚才说过我的水平也很低，可这个确是让我听得热泪盈眶！就是我们中华民族曾经有过这样的盛世，有过这样美好的生活！当然你光说美好也不行，你还得防备，还得有国防不能让人杀过来，杀过来就完了，最后宋朝很可怜，皇上让人追得都没处躲，太可怜了！但这个（词）非常感动人！

我今年春节的时候还是新年的时候，在《政协报》上和《人民日报》上都写了这个事，写到《青玉案》，写到当时在河南开封听他们唱着这首词的情景。我说我非常感动，我说我感动到什么程度？我觉得中国诗词进入中国人的心太深了，我愿意世世代代做中国人！哪怕只有一个目的，什么目的？就是为了欣赏中国的诗词！你换成别的语言，他也有好的诗，但是他跟你的劲儿不一样，你欣赏不了！后来又一批老的知识分子看了我的话，他们还特别激动给报纸写信什么的，说你说的这个话让我们感动。我不为别的，我也不说中国吃的好，中国的生活怎么怎么好，我是中国人我才欣赏这个诗词。

这个时候我想起1980年我第一次去美国的时候，美国那时候的一些华人学者都是台湾地区背景的。他们就对我说现在在美国生活物质上没有什么问题，台湾的货也能买到，大陆的货也能买到，美国的超市现在东方的货比重越来越多，还专门有"东方商店""亚洲超市"，还有什么"韩国超市"，还有"中国超市"。"中国超市"后来就不用说了，炸油条也有，速冻饺子也有，只是有时候没有咱们这里做得好吃！这个雪里蕻也有，榨菜也有，至于茅台、二锅头，牛栏山二锅头都有……所以这个物质上没有什么问题。他说问题还是文化上，有时候中国人稍稍有寂寞感。他给我举的一个例子是另外一首诗，他说他有时候遇到我们现在这种天气（快到秋分了），忽然他看到杜甫的两句诗："露从今夜白，月是故乡明。"他说他突然非常感动，流泪不止。美国人就问他说你怎么了？他说这两句诗我太感动了！这个美国人的中文也非常好，也是汉学家，但是"露从今夜白，月是故乡明"他体会不出来！他就说"露从今夜白"，今夜指的是气压有变化？还是温度有了变化？还是湿度有了变化？还是风力风向的变化？为什么今天晚上看见露水特别白？露水能白吗？能白到什么程度？没有掺牛奶，又没有掺石灰，它怎么就那么白？"月是故乡明"，他说这倒很明显，你们故乡没有那么多的工厂，没有污染！你跟他说不到一块儿！可是中国人对"露从今夜白（bò），月是故乡明"会有很多感想。

说到这我就不具体说作品了，我说几个观点。第一个观点是中国诗词是中国文化的一棵大树，他是一个历史形成的过程，正像"故人""故国""故垒"，还有我最喜欢的苏东坡的两句词——"休对故人思故国，且将新火试新茶"。他说"故人""故国"，在某种意义上"古诗"是一个非常长的那么一个过程形成的一个这样文化的大树，所以你要作诗的话，你一定要和他匹配。如果你完全不熟悉中国的这个诗的话，你作出诗来你还不如写新诗。或者你写快板，写三句半都行！你千万别作诗，你作出来这个树叶安不到那个树上，你安了半天，费劲！所以刚才段天顺同志还在说，说有一次我来讲这个，我说的一句话，就是这个《唐诗三百首》，你要是背不下几十首来，你最好别写诗。这是第一个意思。

第二个意思就是你背得下来了，你也能写诗了，还有一个问题。你跟中华诗词大树特别贴切了，你写得跟唐朝人一样，你写得跟宋朝的人一样，你写得跟明朝人一样，甚至你写得和清朝人一样，你写不出你自己的特点来。

所以既能够跟中华文化"故国"的这棵"大树""古树"衔接、匹配，又能够有今天时代的特色，又能够有你个人的特色，这个太不容易了！这个就需要创造，需要真情实感，需要有灵魂深处的东西迸发出来，需要个性化！

比如像龚自珍的诗，龚自珍的诗在清朝的诗歌里面独树一帜，他用的很多词跟别人也不一样，他有的地方挺各色，但他有真情，他有棱角，他带着刺！就拿毛主席最喜欢引用的"我劝天公重抖擞"，他说老天爷抖擞一下，让老天爷来点精神！这不得了，这是向老天爷叫板！"我劝天公重抖擞，不拘一格降人才"，这个"人才战略"在龚自珍那个时候已经提出来了，这个不得了！你们看秋瑾的诗，那种豪情。作为具体的炼字炼句、修辞，秋瑾的诗不算最好的，但是她的那种情怀，那种精气神也不得了！钱钟书是另外一种人，他不像龚自珍和秋瑾那样带棱带角，寒光闪闪的那种英武之气、那种挑战的心情都没有！但是他有一种"读书深处意气平"，他有一种老成，有一种平和。比如说他在1957年反右高潮中写的诗：

弈棋转烛事多端，饮水差知等暖寒。

如膜妄心应褪净，夜来无梦过邯郸。

这个他也不得了，他唱一种冷调子。"弈棋转烛"好比两个人下棋，一会儿这个赢了，一会儿那个赢了，这个事还不少。就是世事一会儿你成了一会儿他败了，一会儿你兴了一会儿他灭了。咱们不用说得太具体，总而言之他感觉世间多事。"饮水差知等暖寒"，你真过去尝一尝，半斤八两也差不离。比如饮水冷暖自知，你得喝这水，只有你喝了，才知道它是凉的还是热的了，你真一喝，它凉热差不多！这是钱钟书的看法，对不对咱们不说，但是他表达在他的诗里面了。"如膜妄心"这是佛家的语言，一有妄心，那个妄心就像那个膜把你罩在里头了，看什么事情你老看不清楚，你老看不对，你不明白！要想你把这妄心，投机取巧之心，顺坡下驴之心，见风使舵之心，浑水摸鱼之心，企图侥幸之心……都应该去尽。他写这首诗的时候是坐火车过邯郸，咱们都讲"邯郸一梦"，他说"夜来无梦过邯郸"。就是"我"，本人过邯郸的时候不做梦，嘛梦没有！所以不一样！

尤其是到了聂绀弩的时候，聂绀弩的那些诗别人不敢写！而且从诗意上完全不一样，你找唐诗宋词，你找到龚自珍那儿你也找不出来！这种题材这种写法没有，但是他能安到中华诗词这棵树上！比如《血压三首》之二：

尔身虽在尔头亡，老作刑天梦一场。

哀莫大于心不死，名曾羞与鬼争光。

"哀莫大于心死"这是孔子的话，但是聂绀弩从他的心理上"哀莫大于心不死"。"我"心一直没死，老想报效祖国、报效社会主义，但是我太悲哀了，我越想报效，我犯的错误越多，挨的批就越重，所以他"哀莫大于心不死"！他说刑天梦又有什么好处，你身子虽然在，脑袋就让人摘下去了。"余生岂更毛锥误，世事难同血压商"。说"我"这不光看我写的文章出问题，我连血压都出了问题了，他还有一些老年的牢骚在里头！说写东西"我"耽误事，尽犯错误。但是血压我又怎么办？但是他写得更厉害，他更激愤的是下边两句。"哀莫大于心不死"让人一看一愣，要用北京话来说让人看得有点"肝儿颤"！

底下两句让你颤得更厉害一点，他说什么？挽雪峰，他是追悼冯雪峰的。"狂热浩歌中中寒，复于天上见深渊。"这两句是鲁迅的散文诗《野草》里面的，所以白话文和文言文是相通的，是能连在一块儿的。文和诗也是能相通的，他底下两句话太厉害了，"文章信口雌黄易，思想锥心坦白难"！那个年代，"文革"当中你写文章信口雌黄多了，信口雌黄本来这是一句话，但这个地方是文章信口，你只能这么说！文章信口然后你雌黄易，"思想锥心"可这个时候我的思想却扎着我的心。你想在"文革"当中有几个思想不锥心的？你雌黄可以，我思想锥心我坦白难，你整天让我坦白我敢坦白吗？坦白了要把我毙了这事！

这个聂绀弩出了几百首诗，在他最困难的境遇下并不是都这么刺激的，也有些表示他要好好劳动，好好改造的。包括劳动的快乐，自己劳动能力不行，要好好提高自己的劳动水平，他也有很多那样的诗。

他写到劳动"高低深浅两双手，香臭稠稀一把瓢"。因为那个时候他放羊大概是管饲养之类的，他岁数也不小了，这人劳动不是很行，我估计还不如我，我在麦场上扛过230斤的麻袋上跳板装车，115公斤我扛过！我背过150斤的花篓。这不多说了，现在也不给补工钱了。聂绀弩劳动不是特别行，但他也还说得很真切，"高低深浅两双手，香臭稠稀一把瓢"，这"香臭稠稀一把瓢"我开始以为他在掏粪！后来我看不是，不能用瓢掏粪，他大概是喂猪或者是喂羊或者是干什么！有时候饲料稠一点，有时候饲料稀一点。

"曾经沧海难为泪，便到长城岂是家"，他劳动的地方老改，一会儿都到了长城边上了，还没到家，还得往远处走！他的诗就是敢于把个性放进去，后来对这些老知识分子，胡乔木同志很关心，他看了聂绀弩的这些诗非常激动，他主动要求给聂绀弩写序。多少也有点保护一下聂绀弩的意思，怕别人回头说他情绪不好，这个话太刺激，影响不好，不让出！当时胡乔木还是政治局委员、书记处书记，分管意识形态。

　　这又是一个矛盾，就是你又要符合诗词的这一套程序，甚至是程式。中国诗词历史太长了，形成了自己的程式，既要程式化，更要个性化。诗词我们可以看到这样一种，一种就是它实在不像中华诗词，这个对不起，我也看不懂！这样你替他挺为难。第二种他实在是像中华诗词，但是你不知道是谁写的！谁都可以这么写！所以如果我们很喜欢中华诗词，这个中华诗词也表达了对我们中华传统的热爱的话，我也还希望我们拥有个性化。你不但要有这个词儿，要有这个说法，要符合它这个音韵的要求、虚实字的要求、对偶的要求，而且更要有诗意。

　　我也说一点不好听的，我们知道一下这个情况就得了，你可以完全不同意他这个观点。台湾地区有一个影响还特别大的旅美学者叫夏志清，这个夏志清有一个说法我们听了会非常不高兴，我听了也很不能接受！他说我们老说唐诗宋词怎么好，他说没有那么好！但是他提出了一个问题，他说唐诗宋词已经形成了一些类型，形成了一些套路，这个见解我们可以参考。他说比如说写诗，写什么？感遇、思乡、怀古、送别、悼亡……他说你看不管多少诗，就是那么一套！他这有些贬低中华诗词的观点可能我们都是不接受的。你们从我刚才讲的这里面也知道我绝不是贬低中华诗词的人，但是我们要从已有的套路中突破出来，我们要有今天一些新的内容，这个我觉得是有可能的。我们就从钱钟书——本来我还预备了一些别的，比如说老舍，解放后他也写过许多优秀的诗词——

我们就是从龚自珍，从陈寅恪，从王国维，从梁启超，我们从这些人中都可以得到启发！我相信我们中华诗词给了我们很多的寄托，给了我们很多的安慰，给了我们文化传统的这样一个文脉，薪尽火传，后继有人，同时我也期待着诗词发展个性化。

中国人过去有个词，这个词外国人就很难理解，叫作"诗胆"，就是你写诗有没有胆子。这个"诗胆"不是政治的含义，不是说让你在诗里面胡说八道，胡作非为，颠覆主流意识形态，绝不是这个意思。"诗胆"恰恰就是说从艺术上你能不能敢于突破。毛主席也有突破，毛主席的诗词也非常重要。比如说"齐声唤，前头捉了张辉瓒"这个不得了，这个跟口语一样，而且特别活跃，这是一幅画，又是一个戏剧的场面。"齐声唤"，唤这是叫你，后面听见了，前头捉了张辉瓒。这就像话本身："哎……前面抓……把他抓住了。"像美国抓住拉登以后，驻阿富汗的那个司令，如果美国人说话他是另一套——we got it！我们抓住了他，得到了他！这个时候，"前头捉了张辉瓒"就是那个兵we got it！就跟那个感觉是一样的！"不须放屁"有人说这写得好！这个到现在我暂时没有觉得有那么成功！

毛主席年轻的时候写《沁园春·长沙》："独立寒秋，湘江北去……"我觉得这个是非常完美的！他有一些短的也非常完美，但是并不那么得到重视，比如说《娄山关》，《娄山关》非常精粹：

马蹄声碎，喇叭声咽。

雄关漫道真如铁，而今迈步从头越。

从头越，苍山如海，残阳如血。

太精粹了！在毛主席诗词里我对这首词的评价非常高，这不得了，这可以进入中国的文学史！我们今天在这儿随便说说，有的非常好，但不如这个严密。比如"我失骄杨君失柳，杨柳轻飏直上重霄九"，这句非常好！但是底下那个"问讯吴刚何所有，吴刚捧出桂花酒"无论如何他的这个味的浓度不够！而他有个味"问讯……吴刚……何所……有，吴刚……捧出……桂花酒（哼唱）"，他给你个快板的味儿！所以《蝶恋花》虽然毛主席写得非常深情，但是从诗词艺术上他绝对赶不上《沁园春》，赶不上这个《娄山关》。

我也看到湖南有一个人评《沁园春·雪》，他说整个来说分量好！但是有一段就是："惜秦皇汉武，略输文采。唐宗宋祖，稍逊风骚。一代天骄，成吉思汗，只识弯弓射大雕。"他说写得也有遗憾！他说所有的这几句话都是一个意思，而且成吉思汗那个"汗"不能念"hàn"的，只能念"hán"。连着四个平声字，念起来非常难受！当然他可能不知道这个吉是入声字，但他有这样的观点。还有毛主席写得很好的，看着很短的十六字令，我觉得只有毛泽东有那样的心情。还有那个《昆仑》，那个也特别有毛泽东的个性！

所以从现代各式各样的人的诗词当中，我们也会得到非常大的鼓舞！我今天也不知道说什么好，老段在这儿我再推辞好像缺少"故人之情"！所以你们就看在我这故人之情的分儿上，东扯一句西扯一句，耽误大家时间，请原谅！谢谢！

老子的战略哲学

2012 年 6 月 15 日在 "2012 首届老子文化天津论坛开幕式
暨天津市周口商会成立典礼"上的演讲

有机会与河南的朋友、天津的朋友、天津的同行，以及来自其他一些地方对老庄、对先秦诸子有兴趣、有造诣的朋友交流，我的感觉是越来越惭愧和不安，因为我不是专门治中国哲学、中国思想史和老庄研究的，我的本业是写小说。天津周口商会请我来讲一讲，虽然河南我去过好多次，周口还没有去过，它离郑州估计最快也得一小时，那里的企业我也不熟，再看这次参会专家的论文汇编，我吓了一跳，他们的学问都那么大，我跑到那儿不是讨人嫌吗？但已经来了，不说点什么也对付不过去，昨天的宴请我也吃了，天下没有免费的晚餐，所以我就先谈一个问题。我们读一点《老子》的话，对我们有什么好处？《老子》能不能直接指导我们的管理呢？这也有可能！但我既没用它直接管理过，也没有用它间接管理过，所以不敢肯定它们之间有直接的联系。我打小就读《老子》，有一个感觉，就是读了《老子》好像变得聪明了一点，变得比别人深刻了一点，而且看事情看得要远了一点。

比如说下象棋，别人看三步、五步、十步，如果你要读《老子》，你能看到三十步、四十步、五十步。我原来的话不是这么说的，我在中华文明大讲堂上讲，我说别人下棋看两步、三步，你要看四步、五步，后来人家会下象棋的人给我打电话问我："王蒙，你下过象棋吗？"我说："我下过啊，我连我孙子都下不过。"他问我能看几步，我说我就看当前一步，我能吃车我就吃车，吃完车对方将死我，我根本不管。他说人家看十步都有的是，你才看三步五步，你读了那么多年《老子》才看三步五步，所以现在我改成三十步、五十步了，说看得远一点。

读《老子》，你心里比较踏实，因为老子一分析，好事也可能是坏事，坏事也可能是好事，好词也可能是坏词，比如说"知"和"智"这是一好词。在《道德经》里，"知"和"智"常常是作为贬义词来说的，它不赞成"知"和"智"。"愚"是一个坏词，但是《老子》常常把这个"愚"当成一个正面的词来讲。比如"上"和"下"，我们一般讲尊卑上下，上是好的，下是不好的，但老子就主张人要下，大国事小国要下，大国在下面，能够下，这是最好的。柔弱和刚强，一般情况下，我们认为刚强是好的，坚强是好的，但是《老子》又常常把柔弱说成是好的，把坚强说成是不好的。所以，它知道怎么让你比较踏实。学了《老子》以后，你有点打不倒的那个劲儿，别人说你怎么这么笨，是啊，我愚啊、不智，但大智若愚，说你智，却是大智不辩，总有打不倒的那个劲儿。学了《老子》，还有就是不那么浮躁，你不用什么事情都急急忙忙、急于求成、急于成就。"夫唯不争，故莫能与之争"，我怎么跟你争呢？我的方法就是不争，我以不争来和你争，然后你就没法跟我争了。我不争，你怎么和我争啊？你争钱，钱给你；你争名，名给你；你争利，利给你；你争地位，地位给你；你争地盘，地盘给你。当然，想争我老婆不行，你来争我老婆，我肯定不干，除了老婆，你争什么都可以给你，我能做到这一点。这样，他就拿你没辙了，你这是"柔弱胜坚强"。所以，我想《老子》对我们处理生活的事情也可能有直接的指导作用。因为我们现在面临的问题很多，公平、公正、正义，搞民主、体制改革，对企业来说是改善经营管理，我们面临的事情很多也很具体，可能读《老子》会得到一点启示。但是，它更多的应是一种精神营养和精神上的一种抗生素、维生素，使我们的精神更加强大、更加深邃。

如果一定要分几条说的话，我可以说这么几条。就是学习，或者阅读或者涉猎一下《老子》，能够有助于我们提升精神境界，开拓思路、胸怀。我们都知道人们会这么想，到了《老子》那儿你才知道，还有不这么想的，还有另外的一条路。它另辟蹊径，逆向思维，别有洞天，山重水复疑无路，柳暗花明又一村，它能够攀登智慧的高峰、能够深化自我的完善。学了《老子》以后，你会跟练了内功一样，你自己比较深邃，也比较完善，不那么急躁，也不会动不动就失望，就失去理智，它增强你抗击病变的能力，发展想象和创造的能力。到《老子》那儿你才知道，敢情这个约两千五百年前的中国人就有这些词、这种思路，他比猴都精得多。那时候，说不定欧洲有些国家的居民还在树上生活，他能分析到这些，想得这么好、这么妙。

"治大国如烹小鲜"，他怎么会这么想呢？你说治大国，如拼命，我能理解；治大国，如负山，如负重，我能理解；治大国，如临陷阱，我也能理解；说治大国，如角力，我也能理解；就是"治大国如烹小鲜"，你听了，你就愣在那儿了。"治大国如烹小鲜"，用天津话来说，是治大国如贴饽饽熬小鱼。它可以增加你的创造能力和想象能力，它还能培养你的一种风格与气度。

学了《老子》，好的里头能看出危险来，坏的里头能看出转机来，倒霉的时候能看出"塞翁失马，焉知非福"；得意的时候知道这事儿很危险，赶紧把这些让给别人，如各种荣誉、各种地位、各种称号，别再走向自己的反面。他是一种意志，一种品质，他比别人高一层、深一层，而且他能够纯化他自己的心灵和品质，享受一种思辨的快乐。

我读《老子》有两种快乐，一种快乐就是它实用，比如说我们为个人的一些得失而感到不愉快，读读《老子》"贵大患若身"，你就不能只考虑自己，"吾有大患，为吾有身，及吾无身，吾有何患"，这有很大的帮助。它也可能没有直接的帮助，你吃一点复合维生素、营养剂，你能马上说出有什么帮助吗？你不可能喝牛奶，身上就长牛肉；吃鸡蛋，身上就长鸡毛；但你吃了，你很舒服、消化得很好，这说明你消化它、吸收它，这本身是一种正常的生理反应。

我们看了老子的东西不完全理解，但总这么有意思，我不反对任何人从趣味出发来读《老子》、学《老子》，不要认为所有的学问都立马适用。数学开始时发展很快，主要是出于趣味性，到后来才发觉它有用。所以，我们要提倡，我们读老谈庄是一种精神享受，是一种思辨的快乐。我们够紧张的了，又要开会，又要经商，又要汇报总结，又要处理各种人际关系的复杂问题，这时候如果我们找出老子的一两句话来吟咏再三、意犹未尽，觉得其中滋味无穷，这就是快乐，这个快乐比仅仅消费性的快乐来得更快乐，它是一种更高级的快乐。所以，我们要享受《老子》，我们要享受智慧，我们要享受这种创造性的思想，我们要享受哲理。下面我就说说《老子》里面很多东西表达的是一种战略哲学。

战略哲学是什么意思呢？自古以来有很多很多的界定，完全用不着我来下定义。很多人说《老子》是一部兵书，它讲很多东西和兵法是相通的，但我个人不接受说《老子》是兵书，因为《老子》有更多的终极关怀，有更多综合的、整合的、根本的思考，对世界、对本体、对世界的起源和归宿、对过程、对规律、对名即概念等的思考，它不限于兵法，它可以用于兵法，也可以用于政治，它也可以用于人生，乃至于用于养生。在《老子》中讲养生，它说"摄"，是摄生，摄有保护、汲取、珍视几个方面的意思。所以我说它是战略哲学，最后归结为一种哲学的思辨，归结为哲学的命题。它不是跟人家打仗，你把它用在军事也可以，《老子》对军事不是没有兴趣，它有很多章节都和军事有关，它的很多命题是直接讲军事的，后面我还会讲到。但它更多的是哲学，它是一个涵盖面非常广的、对社会对人生尤其是对治国平天下、对治国理政的一些思考。我主要谈四点：一个是"无为而无不为"，一个是"知白守黑，知雄守雌，知荣守辱"，一个是"道法自然"，一个是"治大国如烹小鲜"。

"无为而无不为"，这是自古以来研究者或有志于、有兴趣读《老子》的人最喜欢讨论的一个问题。许多先贤，我相信他们讲得非常有道理。还有现代的许多同好，包括台湾地区和我有很多来往并赠我好多书的老学者陈鼓应先生，还有去年逝世的任继愈老师等，这些海峡两岸学者他们都强调"无为"的意思是不要刻意地为，并不是让你什么都不要干。还有的专家提出来说，"无为"就是不妄为。妄为就是胡作非为，想怎么干就怎么干，主观脱离了客观的实际。

我个人对"无为"有一个解释，无为起码是有所不为，而且还斗胆下了一个定义：什么叫好人，什么叫坏人；好人就是有所不为，即有些事他不能干，比如贪污不能干、造谣不能干、阿谀奉承不能干、昧着良心说假话不能干，很多东西不能干；坏人就是无所不为，只要对他个人有利、对他的目标有利，没有底线，没有道德的约束，没有文化的约束，没有良心的约束，想干什么就干什么，这就是无所不为。在香港有一次和金庸先生对话的时候，金庸先生提出说你这个定义还可以——好人有所不为，坏人无所不为。

可是，真的要认真对待"无为"这两个字的话，所有那些极其合乎逻辑的说法都令人感到不满足。无为就是有所不为，就说有所不为就好了，干吗说无为啊，明明他说的是无为，不是有所不为。第二，如果说无为是不妄为，就说不要妄为就行了，干吗把为都无了，直接说你无妄、不要妄想、不要妄言、不要妄行、不要妄为、不要妄举，这比说无说得更清楚。如果无为就是不要刻意而为的话，那你就不要刻意好了，你刻意干什么呢，你刻意为也不见得好，你刻意说也不见得好听。我不想刻意说，我现在怕那种朗诵式的发言，用好多词。有一年，连战先生第一次访问大陆，到西安一个小学去，那里的小学生出来欢迎他，他们用朗诵的口吻说"爷爷您回来了"；这个用意非常好，但台湾地区有些坏家伙就拿这个开心，把它变成手机的彩铃，阴阳怪气地说得挺吓人的，由于他们居心不良、有台独倾向，在此暂且不谈。但从我个人来说，我也怕那种很刻意的说法。我有一次被邀请参加小学的开学典礼，就是在我的母校，去年九月份我去参加开学典礼，那是我73年前即1940年上的那个母校，在开学典礼上小孩们发言也是那个味儿，朗诵到"各位领导"，刻意得不行。

但是，老子也不至于因此说无为。为什么他说的是无为呢？不要随意给老子思想贴标识，他说无为就是不要刻意而为，他说愚不是说要愚民而是让人民质朴，这都是一些好的专家、前辈看到老子说的话有漏洞了，就赶紧打补丁，但征求老子同意了吗？怎么喜欢往老子身上贴金呢？我对这些说法不是很满意，现在还在研究，我也没研究透，这里提出来跟我们河南的、天津的高人们和故乡在鹿邑的朋友们切磋。

第一个原因，我觉得老子是这么一个人，他充分认识到了"无"的重要性。到现在为止，我没有看见别人像老子那么重视"无"，他把对"无"的理解是作为一种终极的领悟、终极的知识，他首先从发生学上说"万物生于有，有生于无"，这个概括得太好了。世界这么复杂，岂止是万物，要把每一个具体名称都说出来的话十万、百万都不止，光昆虫有多少种，草有多少种，石头有多少种，矿物质有多少种，变化过以后又有多少种，遗迹有多少种，人制造的东西又有多少种，但这些东西都是"有"。"有"，就是西文所用的"存在"，"万物生于有"，如果什么东西都没有，你还说什么万物呢？万物又叫万有，旧中国很喜欢用"万有"这个词，商务印书馆出的书就叫万有文库。"有生于无"，但是所有的"有"原来都是"无"，如果原来就有，就不存在"有"这个概念；如果有"无"没"有"，也不存在"有"这个概念。若一个东西，原来有，一万年还有，一亿年还有，永恒地有，原来什么样现在还是什么样，那你还有什么，就没有"有"了？有"有"就必然有"无"。懂得寻找反义词，这是人的理性的非常伟大的一个光彩。如果有了，就会想没有了怎么办呢，那就是无。正像我们所看到的、我们所接触到的都是具体的，但是我们能理解抽象，抽象是看不见、摸不着的。今天参加天津这个盛会，请抽象先生给大家讲课，这不行。但是我们能理解抽象，因为我们看到那么多具体，我们看到的一切都是暂时、局部、有限的，但我们的智性、我们的语言法则告诉我们，有暂时就有永恒，有具象就有抽象，有局部就有全体，有有限就有无限。

所以有了"有"，我们就要考虑"无"的这个概念。这个概念太伟大了，老子那时还不可能懂得地球物理学，或者天体学，或者宇宙史、银河系、星云说，那些东西都没有，但他知道无，"有生于无"。有是哪儿来的，是从无来的。我们人也一样，我老王生于 1934 年 10 月 15 日，那 1934 年 10 月 14 日呢，还算有，因为我在我妈的肚子里，那要更早呢？要 1931 年呢？要 1921 年呢？要 1021 年呢？要纪元前呢？当然是无啊！怎么可能不是无呢？而这过了若干年之后，那肯定还是无，所以"有生于无"，有而且最后还会变成无。在这个意义上，无就是道，道本身就是无，而且无就是中国人的尤其是老子的概念神，就是上帝，就是中国人的上帝，因为上帝也是一个概念。请注意，上帝的儿子是耶稣，我们在基督教堂里面看见有耶稣像、有圣母像、有十二大弟子像，还有些圣人像。但是，没有上帝像，既没有他的照片，也没有他的油画和雕塑，他也是一个概念，一个无所不包、无所不有、无所不能的概念。

中国古书上讲，无非无，什么意思呢？无非无，就是讲从有变成无，从无变成有、有变成无，能变成有和曾经变成有的无不是没有，无非非无，这不用我多讲，这本身就是一个逻辑学的问题。无就是否定，否定是什么意思呢？否定就是把否定的那个否定。否定怎么否定否定呢？说什么都是无，那么无也是无，无有什么可无的，无有什么可绝对的？无也可以无的，无又无了不就成为有了吗？所以，老子从这最根本的观点上强调无的作用。

我很喜欢一句话，老子说"有之以为（其）利，无之以为（其）用"。你要有某些东西抓得着，现在叫抓手，领导干部和党内喜欢讲，抓工作得有个抓手，有才有抓手。"无之以为其用"，得留下空间，才能用。老子这个思路是够邪的。比如他说一间屋子，这屋子四面是墙，上面有屋顶，下面有地板（老子当时没有说地板），但是这个屋子要用的是它空的部分，不能盖成一个死膛的房间，死膛的房间不叫房间，还得钻孔，人还得往里钻才行。一个陶器、陶罐也是这样，陶器、陶罐不能是死膛的，得有盖，有放水的空间，这样才"有之以为其利"，才好利用它装进水，它这里头是空的，你才能倒进去水。他这个思想很了不起，就是什么东西都要有空间，有空间才能用。

有一年，全国政协成立五十周年，领导非要我在大会上发言，发言时我就讲政协在中国存在，就是因为中国有这种思想——"有之以为其利，无之以为其用"。政协有什么？有地位，有坚强的领导，有各界的代表人物、很多社会精英，有强大的影响，有舆论，有参政议政、民主监督（等）各个方面的职能。但是，它的另一面就是无，它没有行政权，没有立法权，恰恰是既有"有"又有"无"才形成了政协的特点。所以，老子创造了一种否定性的思维，就是你在想干什么的时候，你先想想别干什么。比如说你想功课学得好，你别从早到晚都钻在这个电脑游戏里头，别泡网吧，你也不要做很多耽误你宝贵光阴的事情；你想在工作上能有所成就，那你就别把你的心用在那些歪门邪道上。这个理论还挺新，因为西方的政治学喜欢讲这个，其中一派学说讲国家的主要任务不是让你去干什么，而你要明确不能干什么，这就是国家的主要任务。不准干什么呢？不准违法乱纪，不准杀人放火，不准扰乱公共秩序，不准造谣，要知道你不能干什么。所以在这种情况之下，为什么无为而无不为呢？无为是无不为的前提，你如果什么都为、无所不为了，谁还能去为真正的为呀，谁还能为得了啊？

所以到了庄子那儿，又有了发展，叫作"上无为而下有为"。庄子说的是大实话，什么叫"上无为而下有为"呢？就是官越大，越少说话，越少具体地做很多的事，如果你什么事都做了，下属不可能做什么事了，而且下属就老琢磨你想要干什么，他光琢磨你了，就没有人能干事。所以地位越高，权力越大，越要慎重地使用，不要轻易地露出自己的意图来，更多的事要让别人去做，让下面去做。老百姓当然不能无为，老百姓无为，谁种庄稼去啊？该种庄稼、该服徭役、该修水利、该做工、该售货，必须有为，账目也得清清楚楚，他们要无为而治那就麻烦了。

第二点，我要强调的是，老子说的这个无为而治，它有一定的针对性，有一定的语境。它的语境是什么？就是东周时期的春秋战国，中央权力系统衰微、失效，各个诸侯国秣马厉兵、胡思乱想、群雄并争、阴谋诡计、合纵连横、纵横捭阖、争权夺利、打打拉拉、民不聊生，这是当时的政治格局。还有一个是当时的知识分子、读书人、士（当时叫士），国家不幸读书人之幸，国家不幸学家幸，诸子百家到处兜售、促销，个个在那儿吹吹呼呼。所以老子、庄子有些话说得相当极端、相当刺激，没办法，说得不刺激的话没人听他们的，一般性的话根本没人听，必须一说让人一下子愣住了，怎么这么说话的，跟打雷似的，吓一跳。诸子百家处在这样一个氛围中，一方面是很活跃，百家争鸣，异军突起，个个都是如簧之舌，个个学问都深了去了，怎么说话的都有，怎么研究问题的都有。《史记》上面记载那时候，像苏秦、张仪、范蠡，走到哪里都是一样的，跟君王说话都先把君王吓蒙了再说，只有先忽悠得心跳、脉搏都产生了异常的时候君王才有可能听他的，要不君王怎么可能听他的呢？

在这种情况下，老子讲无为，他确实看到了那些妄为、妄言、妄议、妄论，看到那些根本实现不了的、只能折腾老百姓、让老百姓活不下去的主张、学说、政令、措施太多了，所以我感觉到老子讲无为带有一个挽狂澜于既倒的这样一种性质。那些君王和诸侯，还有到他们那儿去的重臣和候补重臣，只要认得几个字，凭着三寸不烂之舌博取功名，要争夺一杯羹，参与分割权力和财富，针对这种情况，老子企图挽狂澜于既倒。孔子也是这样，他希望在混乱的社会中能够整理出一个规范来，整理出一个合情合理的规范，如"君君臣臣父父子子"，朱熹把它概括为君要仁、臣要忠、父要慈、子要孝等等。但是老子在某种意义上更哲学化，他认为正是你们现在所想的那一切、所做的那一切、所争的那一切、所为的这一切，是人民痛苦的根源，是让百姓活不下去的原因，所以这是老子强调无为的一个原因，针对当时那种现实情况、那种混乱的情况、那种让老百姓活不下去的情况，而且无为主要是给那些治国理政的人提出来的，无为就是让他们别折腾了。他不是给老百姓提出来的，说农民要无为，该种的时候别种，该收的时候别收，该做饭的时候别做饭，他不会包含这种白痴的内容，他是给治国理政者、与那些权力沾边的人提出来的。

另外，从客观上讲，老子、整个老子的学说和庄子的学说，正如刚才有朋友在发言里讲到的，带有一种后现代文化批判主义的色彩。因为我们知道，现代性的发展、全球化的发展，一方面给世界带来了巨大的进展和利益，另外也带来了许多许多的问题，比如说众所周知的环境的恶化，比如说幸福感的脆弱。欧美人生产力发展得比过去不知道有多好，但是幸福感降低了。还有人说幸福感排到第一名或第二名的是不丹王国。不丹王国我去过，他们的人均收入大概是中国的二分之一或者三分之一，原来是印度的保护国，现在印度还管着它的外交，但它已基本独立。它的国王有四个皇后，而且四个皇后都是亲姐妹，都是从一家子娶过来的，关系比较和谐。这个不丹王国让我最感动的就是，到了这么和善的一个小国，真是小国寡民啦！鸡相闻，犬不相闻，因为那里的狗都不叫。为什么它那里的狗都不叫呢？因为它那里所有的狗都是公有制，没有个人养狗，狗在大街上到处都躺着，它的首都柏油马路上躺的都是狗。过一趟马路，我得踩好几个狗的尾巴，踩上它的尾巴，它唯一的反应就是"嗯"，就一声不吭了，意思是你踩着它了要抬脚、要挪脚。所以，中国许多负面的关于狗的谚语到不丹就根本用不上了。如狗改不了吃屎，人家根本不吃屎，谁见到狗都喂，哪有吃屎的呢！狗咬吕洞宾，不识好人心，别说你是吕洞宾，你哪怕是一个外人它也不咬你，它干吗咬你啊，警察才找你有事，狗可不管。痛打落水狗，那更不可能。

所以，文化搞得太复杂了，文化搞得太麻烦了，什么东西都深加工，吃的东西也是深加工。今天早上，我看见电视上报道某个奶粉含汞，现在正在召回，我已记不清了，前不久我还喝过这种奶粉，今天讲着讲着我有点胡言乱语，可能是喝不良奶粉造成的。就说这个文化会给人带来麻烦，人生活要简单一点、朴素一点。这可能跟我年岁大了有关系，我到处走，常常受到厚爱，受到招待。但今天早上，我在咱们天津宾馆吃早餐，专门点一个煎饼果子，觉得还是吃煎饼果子好，吃煎饼果子的营养已差不多了，它里面加鸡蛋，用郭德纲的话说，"我有了钱吃煎饼果子打三个鸡蛋"。你都打三个鸡蛋了，你还贪欲什么？

所以，老子这方面的思想，虽然不可能完全实现，但是，理论上有这么一个说法也好。我们知道中国不会停留在三个鸡蛋的水平，世界也不会停留在三个鸡蛋的水平，但不要太贪，不要没完没了地往前发展，适当地过一种简朴的、纯真的、现在叫低碳的生活，也就是节能、低碳的生活还是可以的。我看无为，是不是还有这个意思呢？

无为还有一个意思，就是要我们学会做减法、学会压缩，《老子》里面有些话是很深的。"为学日益，为道日损，损而又损，以至于无为。"学问在逐渐增加，因为它是知识，知识越积累越多，可道是最单纯的，是你的最根本的一个原则，是最普通、最单纯、最纯洁的，它最后到无为。所以，《老子》里面提出了许多概念，比如无欲，因为欲望带来许多的烦恼，这个用不着我多说，佛教里头讲得很多，欲望是深渊，无欲则刚。无咎，你没有什么过失，因为你自己并没有为你自己谋算，你自己并没有为你整天争取这个、争取那个、算这个谋那个，你无咎，你没有过失，一个人活在世界上能无咎太伟大了！无智，你也用不着动心眼儿。无身，前面说了，人之大患在吾有身，你用不着考虑自己。他还讲无矜、无败、无执，无执这是佛教的思想、破执，就是你不用执着于某个东西，你不要自己跟自己较劲，也不要和别人较劲。无失，你不会失去什么。无私，老子的话"夫唯无私故能成其私"，这话说得很直率、很直白，但是就看你是什么心眼。如果你是一个坏心眼的，你就会说"夫唯无私故能成其私"，说明老子是一个阴谋家，他不争夺他的私利，到时候他的私利该有的就自然都有了。其实很简单，你不争这个私利，你的品德比别人高尚，大家喜欢你、老百姓喜欢你、同事也喜欢你、下属也喜欢你，那你就更容易成功。这看你怎么看，如果你只看到成其私，你无私只是成其私的手段，表面上无私，整天在算计要如何对你有好处；如果你立足于无私，那么成其私就是自然而形成的一个副产品，你自己做事按自己的底线、原则，做完以后受到喝彩、鼓掌、提拔，得到效益，这是一个附带的产品，就看你自己怎么处理。

　　所以有人说，老子是阴谋家，你看"夫唯无私故能成其私"，他实际上是在成自己的私。大家都在抢房子，我不抢，最后房子归我了。这个就是看你怎么看。"夫唯不争，故莫能与之争"。这在前面我已说过了，很多事情我不争，那些鸡零狗碎的、斤斤计较的、眼皮底下的、鸡毛蒜皮的小利益，我跟他争个什么劲啊？我才看不上那些！这样，别人反倒不与你争了。他的这个思路，有他高明之处，具体该怎么掌握，我也说不出来。"夫唯不争，故莫能与之争"，你上超市买东西，你交他一百块钱，他按二十块钱给你算的，你能不争吗？能不提一提吗？如果这样你都不争，倒也没人跟你争了，有点傻。

　　所以，"夫唯不争，故莫能与之争"，他这个思路太高明了，这个思路有很大的稳定、构建一个坚强的心理素质的作用。你如果懂得"无为而无不为"，如果你懂得"夫唯不争，故莫能与之争"，那么这"无为"里面还有一个就是老子对治国理政者的理念。"太上，不知有之"，有的说是"不知有之"，有的是"下知有之"，有的版本是"知其不知"。

"太上"就是那个最高的权力系统，老百姓或者不知道，或者仅仅知道它存在就行了。"其次亲之誉之"，其次给你唱首赞歌，而且跟你很亲和，见面又拥抱、又流泪、又握手。这个先后顺序的安排，什么意思呢？作为执政者来说，不要求老百姓到处唱颂歌，颂歌唱多了起码有两方面的坏处，一个是你不了解真实情况，一个是期望值过高。1954 年，陈毅元帅就写诗说："颂歌盈耳神仙乐"，他已经看到了过分的歌功颂德不见得是好事。第三，"其次畏之"，我怕你，这个很实在。我感觉最符合这"畏之"的是交通警察，开车的人热爱交通警察，见了交通警察有点想热烈拥抱的也不多，除非两个人搞对象，但是你得怕他，你不怕他，他管不住你。权力是什么意思？就是你要不服从我的权力，我可以伤害你。第四，这个最坏的是"其次侮之"，侮辱他，有权的人侮辱没权的人，反过来没权的人他也会侮辱有权的人，他会想各种的招儿来骂你。

所以，这种无为更重要的是"功成事遂，百姓皆曰我自然"，一件事办好以后老百姓认识到、认为是自己干出来的。这个符合中共"七大"的时候刘少奇同志在延安讲共产党的群众路线，他讲什么是群众路线，就是一切依靠群众，一切为了群众，其中还有一条就是群众自己解放自己，就是让老百姓认识到这一切是自己的利益、按照自己的利益去做。所以，老子能够在这个"无"字上狠下功夫，他能够从否定的思维得出一些战略的思想，告诉你要少干点什么事、要精简点什么事、要为道日损，以至于无为。这有一定的道理，不是绝对的，该为还得为、该吃面还得吃面、该加班还得加班。

就我的本行来说，我是搞文学创作的，我在文学创作上常常有这种体会，在人生当中也常常发生这种事，即"有意种花花不活，无心插柳柳成荫"。"有意种花花不活"，就是你种花，也可能种子不好、土质不好，也可能你栽培技术不好，也可能你栽种后的管理不好、施肥不好、浇水不好、气候不好，或者你栽的花根本不可能在这儿生长。"无心插柳柳成荫"，就是当符合客观规律的时候，它自己就成荫了。我在我这一行看，有这种感觉，有时候那个花的力量和成果并不完全成正比。我个人听到有人讲那种苦学和苦写作的，听了我挺瘆得慌。比如说"吟安一个字，拈断数茎须"，我写一首诗，总共二十几个字，其中有一个字我老觉得不踏实，我要把它弄稳妥、修理好，修理好了就把几根胡子拈断了。现在我的作品已超过一千万字了，这么拈胡子，连汗毛都拈没了！人在写作的时候是有这种情形，似有神助，如果你的感情非常充沛，你的经验非常丰富，你的倾吐的愿望、描写的愿望、你的记忆非常清晰，你写起来就如有神助，写完了后自个儿看一遍说"哎呀谁写的啊，都写得这么精彩啊"，然后才说是自个儿写的。

所以，这个"无为而治"，从我的写作有时也能感觉其中的奥妙。当然，我们可以明确地说，老子另一方面讲得少了，他没有讲勤政，他没有讲励精图治，他没有讲精益求精，他没有讲细节决定成败，他没有讲不允许有任何的差失，他没有讲问责制、要奖惩分明，很多东西他都没有讲，这和诸子百家争得太厉害有关系。但老子讲了这么一面，它很有趣，而且看完了以后让你很松快、挺豁达，读《老子》读多了的人会变得豁达。

然后讲"知白守黑，知雄守雌，知荣守辱"，这个意思是什么呢？就是老子的辩证法，就是物极必反，逆向思维，逆向对策，低调做事。"知白守黑"是什么意思呢？就是什么时候都看得明明白白，心里都像明镜似的，但宁愿把自己看作是在一种蒙昧的状态，一种无知的状态。但对"知白守黑"要认真解释，你可以做几年的学问。这是黑格尔最欣赏老子的地方，他不懂中文而读德语翻译的《老子》，解释这一句说，把自己沉浸在无边的黑暗中，但两眼注视着光明，有点像中国现代派诗人顾城的诗——"黑夜给了我黑色的眼睛，我却用它寻找光明"。"知白守黑"有时常常让我联想起人不要事事太聪明，老子的思想跟孔子的思想并不是完全对立的，《论语》上讲得最精彩的话之一就是孔子说的"子曰：宁武子，邦有道则知，邦无道则愚，其知也可及，其愚不可及也"。宁武子这个人，他的邦国、他所在的地方有章法，干得挺好，他就聪明，他就能够献言献策，参与国家治理；如果这个地方乱了、出事了，出了一个糊涂人掌权，宁武子马上他就变傻了。他的聪明劲儿好学，可以及、赶得上、能学到，难学的是他的傻劲儿，他是真傻而不是假傻，他不上贼船，就像中国当时发生"文化大革命"，你别再往里头钻了、往里头挤了，这时候你往里头钻了、往里头挤了，吃不了兜着走，宁武子就能做到这一点，一乱他就傻了，这叫"知白守黑"。"知雄守雌"，我知道我怎么样英武、雄强，我知道怎么摆强势、显威风，我知道但不那么干，我保持低调、保持普通、保持一般。"知荣守辱"，我也知道怎么样出风头，但我宁愿忍辱负重，这个太不容易了，说得简单，谁能做得到啊，哪个不想风头大出、风头尽出？它叫你荣华富贵的事莫往前钻，宁愿在后面做普通人，能保持谦卑。这是最吸引人的，老子和孔子讲的许多东西是一致的。他有些比较厉害的话，他是对反动派痛斥的，他说："将欲歙之，必固张之；将欲弱之，必固强之；将欲亡（废）之，必固兴之；将欲夺之，必固与之；是谓微明。柔弱胜刚强，鱼不可脱于渊，国之利器不可以示人。"你想要把人关住，先给他打开；你想削弱他，让他先发展、强势起来；你要消灭他，先让他兴旺起来；你想要从他那里拿走什么东西，你先给他东西；这叫微明。有些事你得反着来才行，他这个说得挺绝，但也不是绝对的，有时候确实是这样。看到这一段，我就想到毛主席关于中国革命战争的战略问题，他就是讲这个后发制人，毛主席讲"敌进我退，敌驻我扰，敌疲我打，敌退我追"，你越是强盛的时候我越往后退。毛主席举一个例子，说林冲到了小旋风柴进那儿，他有个教师爷，要跟林冲比武，他一上来气势汹汹，一直进攻，林冲就往后退退退，退到最后实在忍无可忍，他越来越轻敌、越来越放肆，就抓住他的毛病一招制胜。就是说，老子认为，任何一种力量、一种势力、一个人，如果过于自信、过分强势，如果他咄咄逼人，他就肯定要犯错误、漏空子，到那时一出手他就完蛋。所以有些人说，老子的心最毒，老子这人太坏了，全是阴谋，你要光从那些话你断定不了，但我认为这些人说的是不对的，因为老子他反战，他那个《道德经》里有很多地方讲用兵的，不该用兵，用兵是丧事。

而且老子是从宇宙的本体、终极上来探讨问题。老子"将欲歙之，必固张之；将欲亡之，必固兴之"，这一套对阴谋家也可以用，或者把它作为一种手段也可以用。我小的时候听人说，有个著名的军阀就是用这个办法，他讨厌谁就先把谁派去当司务长，到账房管钱、管各种的物资，三年也不问，三年以后查账，一查出来就拉出去枪毙。这也算有此一说，当作演绎的故事，当作忽悠的事。

但是，老子看到了这一点。在各种斗争中，强变弱、弱变强的事非常多，比如说刘邦和项羽之争，项羽一直胜，刘邦一直败，但最后刘邦就一仗胜了，就把项羽灭了，项羽就是在不断胜的过程中实际上被不断地削弱。中国的革命战争也有这个特点，所以毛主席总结的时候说："捣乱失败再捣乱再失败直至灭亡，这就是反动派的逻辑；斗争失败再斗争再失败直至胜利，这就是人民的逻辑。反动派不会违背这个逻辑，人民也不会违背这个逻辑。""文化大革命"时期，红卫兵各派整天在斗争，我当时年龄刚过三十，见"斗争失败再斗争再失败"，就觉得窝囊，为什么呢？因为"捣乱失败再捣乱再失败直至灭亡"，怎么斗争也老失败啊？斗争失败再斗争再失败，最后我不也灭亡了，能胜吗？但最后胜了。

还有一点，从对偶上、骈体文上看不合适，你是捣乱失败再捣乱再失败直至灭亡，我是斗争胜利再斗争再胜利直至全胜利、大获全胜，这多带劲啊！我想给毛主席改这一句，我没改，没敢公开说。但你要看中国革命史，那你就知道，毛主席英明。比如大革命时期，力量弱，闹革命，失败了；把军阀推倒，来一个"四一二"政变，把共产党杀得到处血流成河，共产党都快灭了；苏区搞了十年，十年土地革命战争，苏区十年的结果是白区胜，苏区被毁灭百分之九十，也失败了；好多都失败了，但是它失败失败最终就胜利了，这就是老子说的"柔弱胜坚强"。

坚强本来是一个好话，我为坚强这两个字查《辞源》、查《辞海》、查这个《英汉词典》，有一个发现，《辞源》对古代坚强的含义列举了几个意思，它首先包括坚强，还有一个意思是固执，中国古代坚强里面有固执的意思，而且现代汉语里坚强绝对是好话，完全正面的，为什么呢？因为现代的阶级斗争、民族斗争，斗争中我们强调就是坚强，日本人打过来了，共产党员被反动派给抓到宪兵队里去了，你马上柔弱了不就当叛徒了嘛，所以这时候要的就是坚强，宁死不屈。《英汉词典》里的英文，它也包含着固执的意思，但是我们解放以后坚强只有正面的意思，实际上坚强既有正面的意思也包含某种负面的意思。老子还有一些比较绝门的说法，他说柔弱是生的象征、坚强是死的象征，拿一棵树枝来说，软的一握就弯了，这是生的象征；一掰"嘎吱"断了，这是死的象征。老子在这些地方从反面下功夫，另辟蹊径的，甚至于倒着来的思路，这思路当然也只能是参考。

他的第三个战略思想就是"道法自然"，很多人都讲到。道法自然的意思，用现代话来理解就是符合客观规律，这个"自然"不是现代讲的大自然，这个自然实际上是一个副词，自然而然、自己运动、自己变化、自行发展，就是避免过多的干预，避免做不符合客观规律的事情，避免做不符合老百姓愿望的事情。所以，老子有一种奇怪的思路，他不要整天提倡这个、赞美这个、表扬那个，他觉得你越赞美、表扬，它就事越多而适得其反。他的思路很怪，他说"天下皆知美之为美，斯恶矣；皆知善之为善，斯不善矣"，这连钱钟书老师都说老子这话有点无理。老子是什么意思呢？你知道什么是美了，你就知道丑了，有人美有人丑，你见着美的挺高兴，你见着丑的就挺恶心的，东北话叫"挺添堵"的。

但是，钱钟书老师说为什么这话有疑问呢？你长得实在太丑，并不是我们选美把你选出来的，而是你压根儿就丑，生出来就这样，我们能怎么办呢？你是一个丑八怪，并不是因为我们喜欢巩俐、章子怡、刘晓庆，我们只看电影而不负责选美，你长得实在太丑，可适当做点美容、其他什么的，但责任不能由美来负责，老子认为应由美来负责。什么意思呢？只要有人生的经验，"皆知美之为美，斯恶矣"这句话就很容易理解。第一，"皆知美之为美"打破了你生而平等的神话，平等指的是政治权利、公民权利、就业机会的平等，还有一些平等，但不是什么事都平等。你的模样比不上章子怡，怎么跟她平等啊？我的个儿比不上姚明，一块儿打篮球，我能跟姚明平等吗？做不到！所以"皆知美之为美"，首先你得知道两个人是不平等的。第二，互相争，如果你不服这口气，不服巩俐长得好，觉得自己就是比巩俐长得好看，要争。第三，要作伪，知道一种美好的东西以后，就假装自己是这种最美好东西的代表，这样的事情多得不得了。我们喜欢看《官场现形记》，它里面有一个故事，讲一个大官到基层、县级去视察，县里官员打听到这个大官最痛恨的就是穿名牌好衣服，他认定那是不廉洁、不朴素，他最喜欢的就是穿破衣服、带补丁的衣服，县里的官员吓坏了，他们身上穿的都是名牌好衣服，于是赶紧到旧货市场去买旧衣服，但清朝的官服不是随便什么地方都能买的，一下子旧货、越旧越破的衣服价钱变得很高。假设现在你这一身新的名牌衣服两千五百元，你买一身又旧又破的衣服却需要三万元，你爱要不要，也得买。这大官接见这县里所有的干部时，一看所有的领导不是补着大补丁的就是穿露肩膀的，要不就是黑得冒了烟的，打心里头觉得这是一模范县，可以奖励，出了这个笑话。

有一次，我说"皆知美之为美"，北京金融界的一个朋友说你不用讲了，他们最懂得什么叫"皆知美之为美"，有一样股票看起来前景好，大家都来买这股票，这股票马上造成泡沫，最后崩盘完事，这就叫"皆知美之为美，斯恶矣"。所以，老子反对定性，这种反对有道理，他认为不能做得太绝对，不要过分地把自己的意志强加给别人。他说："大道废，有仁义；智慧出，有大伪；六亲不和，有孝慈；国家昏乱，有忠臣。"他喜欢的是"不言之教"，说那么多干什么？你讲那么多，你越是反复强调越是靠不住，这样说有一定的道理，但不是绝对的。今天这个社会，我们需要的知识的层面、需要汲取的精神资源是多种多样的，一个老子再伟大也不够，一个孔子再伟大也不够，我们该知道什么还都得知道。

然后，我觉得老子的战略思想中一个很重要的观点就是"治大国如烹小鲜"。自古以来对此的解释，一个就是不要加工太过、不要折腾，河上公和韩非子解释得最具体。小鲜，就是小鱼，烹小鱼：第一，不用去肠。你现在买个一斤大的拿回家去，你把它肚子拉开，把里头的肠子取出来，肠子脏的、腥臭。小鲜很小，你就不用去肠、不用去鳞，不要来回地老翻转。第二，有很多人包括咱们的专家提出来"治大国如烹小鲜"就是要掌握火候。这话当然也对，你火太大了，三千摄氏度或八千摄氏度的火的温度，熬一个钟头，什么都找不着了，所以要注意火候。第三，我的理解是举重若轻，就是说把这个东西掌握好了，也不是什么了不起的事情。20世纪80年代，法国有个总统来中国访问，他说法国有六七千万人口，他管这六七千万人口都没有一天能睡好觉，一想到中国人十二亿、现在是十三亿，他都害怕、担心不知怎么管，这像"小鲜被烹"，给它在锅里小火一烧，你不知道啥时候"啪"一铲子下来一翻，粉身碎骨，这"水能载舟，亦能覆舟"，活活整死你。可是，老子给你玩一个"治大国如烹小鲜"，有一点气度、从容的意思。第四点，这不但极有想象力，而且极有审美的情趣。谁能想到"治大国如烹小鲜"？不是中国人，不是河南人，能想到这一步吗？没有开封、洛阳，没有中州人民是不可能的。我走过好多地方，都有人跟我说洛阳，到洛阳，我一边吃洛阳水席，喝了三十多碗汤，喝到都不能动了，一边有个洛阳人告诉我，说国民政府当时讨论定普通话、国语，就差一票输给北京了，要不然全国说的都是洛阳话。这"治大国如烹小鲜"，你就是当文学语言看，它美啊、它舒服啊、它滋润啊，能经常听到点美的、滋润的、舒服的话也不白活一辈子！我跟大家随便聊聊，这个有什么硬伤、有什么知识不够的地方，好在咱们真正的专家还多着，不是都像我这样的，咱们听专家的。谢谢大家！

读万卷书，行万里路

2012 年 5 月 22 日在安徽铜陵的演讲

大家好，非常高兴在 78 岁的高龄第一次来到咱们别具特色的铜陵，中国的古铜都，也是一个新兴的城市，一个非常美丽的城市。来以前咱们铜陵这边的领导组织这个活动的人给我出了些题目，其中有一个题目就是类似怎么样提高我们的文化修养、知识水平。

我就想起了咱们中国自古以来的一句话叫作"读万卷书，行万里路"，我觉得这个话说得很实在、很好。"读万卷书"自古以来就有各式各样的说法，"读书破万卷，下笔如有神"，我们说"书中自有黄金屋，书中自有颜如玉，书中自有千钟粟"，就是你好好读着书就什么东西都有了，有很多诠释，"头悬梁，锥刺股"，要多读书，要多知道一些东西。

也有很多我们佩服的人物，比如说像已故的钱钟书先生，他在上大学的时候，据说就指着图书馆最常借阅的书说这些书我全部都背下来了，而且一试果然不爽，有很多这样的故事。"行万里路"这个提法更有意思，你要多看看这个世面，这个"行万里路"的说法让我常常想到毛泽东主席说的一个话，知识分子"要经风雨，要见世面"。

这些说法我们今天来讨论一下，第一个问题就是关于"读万卷书"。"读万卷书"除了这些鼓励读书的话以外，我想先从反面说起。我们这个国家也好，尤其是我们国家由于一些对读书的告诫侧面或者反面的说法，说得最多的是庄子。庄子说书就好比是前人走过的脚印，这个脚印本身并不是鞋，你一看这个脚印比如说是草鞋的印，或者是毡靴子的印，或者是布鞋的印，但是它本身并不是鞋，那个鞋要比脚印生动得多，比如现在有意大利皮鞋，有俄罗斯皮靴，它不一样。鞋子又不等于脚，脚又不等于全身，他说看书就好比你到处看脚印。这是庄子在不同的地方讲的，我给他综合了一下。你走路的时候只需要一个放脚的地方就行，但是一条路要很宽你才能走，如果没有这条路而只是有每一只脚下脚的地方，就是跟脚印大小一样，这个路你是没有办法走的，事先给你排好了左脚踩在这儿，右脚踩在那儿，左脚再踩在这儿，这个你是没有办法走的。他讲得非常好，书是有局限的，他说的就是那一部分，那一部分看起来就够用了，脚步走的脚印有就行了，但是你不可能每一步都踩在那个脚印上，你踩在别的上面就掉大坑里面去了，他讲得很好玩。

庄子他还举一个例子，说齐桓公读书，下面有一个做车轮的师傅，一个木匠师傅叫阿扁，这个阿扁从他身边走过，你看古代齐国还挺民主、挺平等的，齐桓公就跟他打招呼，或者说"你好吧"，或者是"来了""吃了没有"的招呼语。然后这个师傅就问国君您干什么呢？齐桓公说我在读圣人的书，这个阿扁就说，什么圣人的书，在我看来不过是糟粕而已。

这个齐桓公就很生气,他说你一个做车轮的这么牛啊,你为什么说圣贤之书是糟粕?你说不清楚我今天对你不客气。阿扁师傅指着车轮就说,我这一辈子不会干别的,我就会做车轮,就做车轮这个小小的行业,用语言、用文字、用书都是不能传授的,你这个劲儿使大一点就苦了,苦了,这个车的四个轮子就不好好转;你劲儿使小了一点就甜了,甜了,就安装得不结实。

这里有一个很有趣的问题,他跟我们现在的口语正相反,我不知道咱们铜陵这儿的方言,可是我的家乡北京一直到山东把劳动的工作力气使大了就叫苦了,去得多了叫苦了,比如我买了一件衬衫,这个衬衫袖子太长,说需要剪一点才合适,一下子剪大了剪掉这么一大块说你剪苦了,苦了它就是小了,就是苦了安装不结实,甜现在就是没了,没有说做甜了,说去苦了,是反过来的。但是不管怎么样,阿扁师傅提出一个苦了和甜了的说法,他一个木匠说苦了和甜了,你给他讲多少遍没有用,你给他一本书更没有用,因为它是说不出来的,只有你自己试着手里悠着这个劲儿你才能够做好,手把手教,还得靠用心去领会,靠经验的积累你才能掌握,因为书本根本解决不了问题。连小小的一个木匠活儿你连书本都解决不了,何况治国平天下的大事?你看看书就会了?你会不了,这是庄子非常有名的话。

扬州现在组织一个在运河上面小小的旅游,做得非常好,去那里没有多长,来回转弯转一圈,到了一个亭子上,亭子上还下来让你参观,那个亭子上挂着一副对联,这个对联叫什么呢?"从来名士皆耽酒",从来这些有名的文人,耽就是沉醉于、投入于什么呢?投入于喝酒。下联是"自古英雄不读书",真正成大事的人都不读书,书读多了可以当教书先生,成不了大事。毛主席说过反对本本主义,我看过毛主席身边的一位医生兼护士写的回忆毛主席的文章,回忆毛主席跟他们聊天,问他们说"秀才造反，三年不成"，你们说为什么？这个孟大夫就说这我们哪儿懂啊，请主席给我们讲讲，这些人他有看法，他不能当着毛主席卖弄，得让毛主席说，你听听，你受毛主席的教育。毛主席说我告诉你们，第一这些秀才主要是说，说完就完了，各自回家了，没人真正地去干。第二呢这秀才谁也看不起谁，他不可能团结成一股力量，说叫我看秀才造反三年不成，三十年、三百年他也成不了，这是公开登在咱们报纸上的。

陶渊明的话是"好读书不求甚解"，大概看一看，明白个大致。陈云同志还特别强调，"不唯上，不唯书，只唯实"，就是你干什么事不能光听上面的，不能上面给什么指示你就干什么，因为你必须要结合你的实际，你也更不能查着你的书本。查着书本这个我也有经验。刚才咱们李部长也介绍了，说我从1982年至1992年这十年当过党的中央委员，那个时候我就听见这个讨论，讨论过后非常困惑，说根据马克思的说法雇用超过七个人就算剥削，至今我没查出来马克思是在哪儿说的，但是我相信这是真的，因为这个他不敢编。第二个这是非常困难的一件事，超过七个人算剥削，六个人不算剥削？如果六个人再加一个残疾人算六个半人就不算剥削，另外七个人和七个人也不一样啊，七个人里要是雇的都是身强力壮，最善于干活，一个顶俩、顶仨的，七个人干的活跟二十个人差不多，跟十几个人差不多。如果都是老弱病残呢？那你雇的人多，你是带有救济性质的，做的是社会慈善事业。

那么我说这些话是什么意思呢？就是读书有一个最大的问题，就是通过书本去发现生活，去解释生活，去推动生活，而不是就书论书。就书论书也是可以的，你可以说我看这个书没什么目的，我解解闷，我看金庸的书，这有什么问题呢？有一年我参加一个文学家和科学家、院士的对话，有几个院士也说我们很喜欢文学，我们也很喜欢读小说。会后我就一一地进行了拜访，我说张院士您说您常读小说，您读的是什么呀？

我拜访了四五个人，他们回答无一例外，全是一个人的小说——金庸。这说明金庸先生的书非常成功，但是这个书没有什么其他的目的，有什么其他的目的呢？读完金庸的书他要去练功吗？金庸本身是不会武功的，他是琢磨过来的，他本身自己讲过他从来不练任何武功，也不练太极拳，也不练少林，也不练长拳，更不练醉拳之类的，都没有，他不是成龙，成龙也没有写小说，也没有写书。所以你可以没有什么目的，但是即使没有什么目的，这书最打动人的地方恰恰是他对生活的发现。比如我看金庸的书，金庸的书里头有一些某一个门派制造个人迷信的场面，有人看了以后就会联想到某些实际生活中发生过的事情。他那本《笑傲江湖》，一上来写一个大侠，这个大侠那一天举行一个仪式叫金盆洗手，所谓金盆实际是铜盆，说不定是咱们铜陵出产的盆，有人弄一个很大的盆，温水倒在里面真是洗手，洗完手擦干净退出江湖，从此再不参加这些刀光剑影的事。但是没有等他退出来，你想退对方不想退，对方的刀光剑影、腾云驾雾、穿房越脊就自空而降，拿着刀就砍下来了。这让人非常感慨，世界上很多事情不是从你的主观愿望出发，就是有很多东西你只能用生活来解释，你不能用书来解释书。

老子一上来第二章就讲了"世人皆知美之为美，斯恶矣；皆知善之为善，斯不善矣"。就是如果大家都知道美丽、美好是美的，这个事就糟了，如果大家都知道什么是善，就是不善了。这个话很多人觉得不好懂，包括钱钟书先生在他的《谈艺录》里头有一段就说老子的这个话比较吃力，比较费劲，为什么说比较费劲呢？因为是老子说你既知美之为美这样也就等于知道了丑之为丑了，就把人分为了美和丑两类，所以这不是什么好的。所以钱先生就提出来美就是美，丑就是丑，有人长得美，有人长得丑，人家看到西施很喜悦，用现在的话说很养眼，很喜欢多看她几眼，你要是看到东施觉得挺恶心，不愿意多看，这是一个事实。钱先生这么分析也完全是正确的。但是老子的见解也是精彩的、独到的。

在读书上面我还想提几个建议，一个建议就是要培养自幼读书，这个问题怎么解决？我不知道怎么解决，但是我现在面临这样一个问题。比如说在我这种年纪，我是1934年出生，1940年开始读小学，我们这个年龄，从小课外读很多很多的书，到现在为止我许许多多的对于中国古典的、经典的都是我上小学的时候读过的。"身体发肤，受之父母，不敢损伤，孝之始也"，这也是小学三四年级的时候背过的，《唐诗三百首》也是小学三年级的时候背的。小时候读的书即使你没有完全理解，你脑子里面存着这些数据对你的好处无穷，这是我第一个建议。

第二个建议，可以给自个儿加压，读一点费劲的书，不完全懂你也读。第一次读你觉得你懂了20%、30%，但是有点意思，沾一点谱，你就再读，说不定第二次就能懂50%，而你有了这50%的基础你自己一边读一边分析一边思考，你基本上已经把这个书给拿下来了，这种读书的乐趣和完全是放松、解闷的读法，是完全不一样的。我是主张读书可以超前，可以加压，而且使读书真正变成一个学习，不是说读书的时候就完全放松，完全放松性的书也可以读的，也不可能不读，完全不读也不可能。我本人也是，我也读武侠小说，我上高小和初中的时候也很喜欢读福尔摩斯侦探，有福尔摩斯的故事我也都找着看，武侠小说读的当然就更多了。郑证因的技击小说，宫白羽的武侠小说，还珠楼主的神怪小说，也可以读，而且从那个里头也可以知道某些知识。

比如说我知道我年岁很大了，我也认真地读了而且很有兴趣地读了《达·芬奇密码》，电影我也看了，书我也读了，基督教的某些派别之争和基督教的宗教学理、神学理面临着很多的悖论，就是神和人的矛盾，也令人深思。

但是这些不是主要的，主要的还是要读一些你自己读起来感到困难的书，其中包括读外语书，我外文并不过关，但是有机会我也从来没有中断过我的外文阅读，正因为它不过关所以读了才有意思，连分析带猜居然把这个意思拿下来了、理解下来了多高兴啊，所以还要读外语书。我常常说凡是有条件学外语一定要学外语，因为外文第一是符号，是各式各样表义的符号；第二是生活，因为外文它表达的是一种生活方式、思维方式；第三是人，这种外文就是活人，人家都是活人说的话，所以你对人的认识，对生活的认识，对学理，对思想方法的认识随着读外文书都会有很多的不同。

那么更重要的是把读书和思考结合起来，古人已经开始讲了学而不思会怎么样，思而不学会怎么样，就是把学习积累知识和思考结合起来。这里我还想提一点我个人的看法，目前网络也比较发达，因此网络浏览是很有兴趣的一件事，不但是很有兴趣的一件事，也是一个很有用武之处的事。因为我们不是专门做学术工作的，专门做学术工作找一个材料必须得找到它最原始的依据才可以，可是我们不是专门的，我们有时候要查一个什么材料，查一个人物，查一本书，查一个事件，我们在网上一敲什么什么事件，"9·11"你一敲它都出来了，你用不着为查"9·11"专门去一趟美国，专门到纽约那儿去找各种正规的科室。但是，网络的浏览也造成了浅层次思维的一种习惯，浅尝辄止，信息量很大，但都是浅层次的，是人云亦云的，都是没有经过认真分析的。博客很多，微博很多，现在要求是一个微博是 146 个字还是 164 个字我闹不清楚，但是这个人的头脑呢？它不是说只有零零星星的，零星发射功能，人的头脑还有一个认真学习，认真研究，认真追究，穷根究底，反复地掂量，反复地推敲，自己给自己质疑，自我质疑，自我答疑的功能。如果我们只是陷入这种浅层次的浏览，我确实也很担忧，我也很忧愁。

解放以后当时比较年轻，后来也比较长寿，在北京大学教中文，当中国作协书记处书记很长时间的吴组缃先生，吴组缃先生本身也写小说，也做学问，也是北京大学教授。吴组缃讲过文化这个东西，文学这个东西，我们一般说注意的是质量，但是这个质量里面要有一定的数量的东西做支撑。

他举例子来说，四言诗也有很精彩的，四言诗也有非常精彩的，你四句四言诗也可以非常精彩。随便举一个例子都可以举得出来，"卿云烂兮，纠缦缦兮，日月光华，旦复旦兮"，这太好了。卿云烂兮，云彩在天上飘着那么灿烂，纠缦缦兮，就是说它的形状各式各样，日月光华，说的都是天上的，有太阳，有月亮，都是光华、光亮，一天一天地过。这16个字包含这么多的内容。但是如果你这一辈子只写过这16个字，你让人家承认你是一个诗人、是一个文学家比较难，稍微让人为难一点，你总要有一定的水平，要有一定的深度，要有一定的块头，不管怎么样你要有一定的块头。

所以如果满足于这种网上的浏览挺让人感觉到忧虑，这方面的忧虑西方人比我们研究得还深，我们因为这些东西包括电脑这些技术都是从西方先开始的，所以我们接受的时候是带着喜悦的心情，就是把全世界最先进的技术、手段都学习，都利用了，中国也不落后，中国网民世界第二，和中国高速公路一样世界第二，世界第一是美国，第二是中国。但是西方现在也有学者研究现代的技术手段它有没有什么负面的作用？有些研究他们的那种挑剔和苛刻的程度超过了中国人对西方世界的批判。

英国人还有分析这个的，说小孩看电视剧看多了会产生对人生的许多幻想，而这些幻想实际上都是做不到的，都是失败的，都是不可能的。他说，有各种问题在电视里面表现出来，有土匪，有贩毒的，有杀人犯，但是电视里面从来没有一个场面，什么场面呢？比如这个主人公跟他的女朋友约会了要在哪个咖啡馆见面，但是这个主人公他没有找到停车的地方，就为这个停车先耽误了二十几分钟，或者让女朋友拂袖而去，或者见女朋友解释不清楚。他说西方人里面最常常碰到的这种找不到停车的位置在电视里面很少有表现。

也有这种忧心，就是用网络浏览，就跟用控制板来回地变一样，用这个浏览，取代、破坏了人的专心、注意、思考、深入分析的各种渠道，都没有了。

我关于读书的最后一个建议就是要认真地读那些经典的著作。在时尚和经典之间我们首先要选择的是经典，是经得住时间考验的，经得住各科的学理和历史的实践所考验的这些书本。这是我要谈的第一个问题，就是"读万卷书"。

下面我要说一下"行万里路"。"行万里路"是个什么意思呢？就是扩充我们见闻的视野，扩充我们精神的空间，有些事我们精神的空间是非常狭窄的，因为你从小就是这么一种很简单的生活方式，你不知道世界上还有另外的生活方式，你不知道世界上还有另外的思维方式、表达方式，还可能有另外的选择。如果你知道了以后呢？你就会对这个社会，对这个世界，对很多事情的认识有所不同，对不对？

比如西方发达国家，那么西方发达国家到底是什么样的？实际上西方发达国家也是各不一样的，我因为赶上了改革开放的好时候了，受到国家、受到领导，也有受到各国朋友们的厚爱，所以我跑了许多国家，中华人民共和国国境之外的60多个国家和地区我都去过，我深深感觉有些东西你亲自一看你才知道这个世界比你想的要宽阔得多。

美国我去的次数最多，我去美国的时候，有一次吃饭碰到了北京的公派留学生，他是北京门头沟人。他就跟我说，他说你看我们这个大学所在的地方，这个地方最近的一个商店也得五公里以外，说这个地方还不如门头沟呢，我们跑这儿来学习干吗，我们在门头沟多好啊，多方便。可是美国恰恰是一些最好的大学都设立在这种地方。我们看好莱坞电影，你以为美国人都是特别色？都花得不得了？其实完全不是这样的，美国人那种相对保守的那个思想有的比中国人还厉害，他给自己孩子找一个大学就是要找一个周围没有商店、没有酒吧，当然更不会有什么三级片、不雅活动的这种地方，他给找的都是离得远远的，就是要让你们静心一直读书、上进。

我还在美国碰到咱们中国的代表团，说这美国人怎么回事？从我们来了以后天天带着我们下乡，你美国地方比较大，喜欢给别人看树林、红树林、枫树林、新英格兰地区的红叶、湖泊。明尼苏达州连车牌子上都写上具有三千个湖泊的州，相反地，他不会认为让你去看高楼大厦，高楼大厦全世界哪儿没有啊，最穷的地方也有啊，他不会的，它和欧洲许多地方就不一样。

这我自己也分析不清楚，但是我可以给大家提供这样一个信息，比如说我们讲文化是软实力，说文化是软实力这是美国人最早提出来的，美国人提的软实力是作为一个超级大国来讲它的国力，他说我们的国力有硬实力。硬实力指军事打击的力量，我有多少航空母舰，我有多少飞机，我有多少精确巡航的导弹，但是我们还有软实力。软实力里头他讲到了文化，软实力里头还讲了他有多少间谍。

日本人对软实力的说法也很有兴趣，我们中国现在也接受了这个说法，在我们党和中央的正式文件里头也讲文化作为一个软实力如何如何。但是欧洲人基本上不接受这个看法，欧洲人很少说文化是软实力，这个问题我只能让大家知道一下。荷兰也是资本主义，但是荷兰的资本主义还有北欧的资本主义和美国的或者法国的，或者德国的资本主义有许多完全不同的地方，所以这个世界你是很难用简单的概念来把它分析的。

1986 年、1987 年我在文化部工作的时候，我两次收到美国游客的来信。第一封信是建议说北京十三陵那个神道没有管理，现在是汽车就可以在神道里头开，这个是对十三陵，对陵墓，对死者和对整个神道的极大地不尊重，神道只能步行，神道怎么可以开着车在里面走呢？两边都是石头的，也有动物，也有人像，最后通向陵墓，类似的这么一个意见。后来我把这个意见转给了北京市，转给了陈希同，后来北京市接受了这个意见，你们现在上十三陵神道被管理起来了，不但管理起来了，你要想进神道里得花钱买票，他借机还增加了收入。因为它很庄严，根本不允许你在那里头开车，更不允许在那个石人、石马底下摆一个摊卖花生米、卖香烟或者卖易拉罐啤酒，那是根本不可能的，这是我接受的美国人的一封来信。

　　还有一封美国人的来信，他给我附一个什么呢？附一个在公园里头一男一女热情稍微过一点的相拥抱的场面，然后他还寄给我一本《圣经》，说是我们非常担心中国人在改革开放的过程中变得很不严肃，变得自由散漫，我希望你作为文化部长提倡他们多读《圣经》。像我刚才拍到的这个照片就很不雅，这在美国也是不雅的，不能在公共场合这么过分。所以这是很有意思的，这个世界不像我们想象的，世界有一些很有趣的事情，你不去你不知道。

　　我从来没有想过在三个不同的大洲、三个不同的国家、三种完全不同的文化有同一个故事。我说的三个地方是哪儿？第一是德国。德国有一个得诺贝尔文学奖的作家叫海因里希·伯尔，他在中国早就介绍过，他很有名，因为他写过一个不长的小说叫作《丧失了名誉的卡特琳娜·布鲁姆》。里头讽刺德国的传媒，"狗仔队"们追着一个女工转，女工名叫卡特琳娜·布鲁姆，她有一个情人，有一些政治上的对德国政府的反抗，被德国政府缉拿。结果一帮媒体的记者就围着卡特琳娜·布鲁姆这一个家庭女佣或者是保姆，或者是家政服务员，把这个人逼得最后开枪射杀了那个记者的故事。他还写过一个什么故事呢？海因里希·伯尔这个故事的题目都不像小说，叫《一个关于劳动生产率降低的故事》。劳动生产率是怎么降低的呢？写一个渔民正在捕鱼，那一天大量的鱼他捉得往上拉都拉不动了，快累死他了，就在他身旁不远的树底下有一个青年男子在那儿呼呼大睡。他就去叫他说，兄弟兄弟请过来。他说什么事？帮我打鱼，他说我凭什么要帮助你打鱼？给我打鱼我给你钱，我工资给得特别高。他说我要钱干什么呀？他说你要钱你才能过幸福的生活呀，你可以买好房子，可以出去旅游，你可以进好的餐馆，你可以过幸福的生活。那个青年人说我现在在树底下呼呼地睡大觉就是我的幸福生活，为什么我要放弃我这么现实、这么健康、这么美好的幸福生活，跟你受那个罪？

就是这么一个故事，这个故事本身无所谓，没什么，也用不着说多少好或者多少坏。问题是 1999 年我到印度访问的时候，印度人给我说我们印度有一个故事，说得跟前面这个版本完全一样，说因此在印度我们并不认为我们生活有多贫穷，我们也不认为我们有什么必要把 GDP、把人均收入赶到和发达国家一样，我们没有这个想法，我们跟他一样的，我们生活已经很幸福了，很不错了。所以相反的有一些人，这不是印度人说的，是我听说的，说香港有一些老板去印度转一圈之后摇头不止，用他们的话是感觉到绝望。当然他们的说法也不见得准确，因为印度班加罗尔那边的电子软件业非常发达，印度也有很多优点。

当年我也听李岚清同志多次讲过，他说一个印度，一个爱尔兰都是软件工业最好的，值得咱们中国人来借鉴、学习，其中一条就是要学习印度，要有更好的全民的这种英语的水平，这是当时李岚清同志多次讲过的，这是印度。

2003 年我到非洲喀麦隆，喀麦隆完全是黑人，他们讲的故事又跟这个完全一样。这三个故事放在一块儿呢，其实对人也有一种启发。就是我们不要认为全世界所有的民族，所有的文化都是在无限制地追求生产率提高的，还有另外的理论和说法。跟这些说法比较起来，中国的传统文化很容易和现代性接轨，为什么？因为中国的传统文化虽然也有保守的东西，有反科学的东西，这个我不说了，但是总体来说它是主张精进、主张进取的，它讲的是"天行健，君子以自强不息"，它讲的是"苟日新，又日新"，日日新。日日新，就是每天都要有进步。它讲的是"学如逆水行舟，不进则退"，它讲的是"吃得苦中苦，方为人上人"，它讲的是"天将降大任于斯人也，必先劳其筋骨，饿其体肤"，它讲的是你要吃苦，你要前进。这个它就比较不会完全和现代化、全球化、生产力急剧发展、科学技术急剧发展处在一个截然对立的地位。

说到喀麦隆，我还愿意举一个很特殊的例子，说明我们的眼界无限打开的可能。我在喀麦隆首都待了一天半以后，安排说是明天早晨您到一个什么地方，汽车走三个小时，那里头有当地的国王和他的大臣来接待你。我就有一点糊涂了，因为喀麦隆是一个共和国，原来是法国的殖民地，有一些法式的政体在那儿运作，总统也是选举出来的，也是有执政党和在野党，怎么会出来一个国王呢？出就出来吧，我就去了。第二天到了那儿，那个国王年岁也很大了，带着他的文武百官站成两行，文武百官几乎个个都是白胡子，有一条腿的，有半条腿的，有坐在那儿起不来的，有说不出话来的，反正都是相当艰难的一批文武百官，还有当地的乐器。当然我从个人的虚荣心上说我也很满足，我得到国王带的文武百官热烈欢迎，还是吹打的，出各种响声，很光荣。

举行完了欢迎仪式，让我参观一个他们国王的朝廷生活的展览，展览室大概有咱们礼堂的四分之一这么大，也不大，但是展览是有让我佩服的东西，就是他有一代国王，是前一代或者是前两代他的服装。上面介绍这个国王身高 2.22 米，可能就是比姚明还要高一点，服装一看绝对是很高的人，看完了以后最后他们给我提出来说本朝廷财政比较困难，像您这样的外宾看完了以后请留下点捐款，支持我朝的财政。

这是怎么回事呢？我们现在把它翻译成国王了，可能法语是国王，那我们的理解就跟那个部落一样。喀麦隆本身这个国家就不大，过去交通又不方便，这一块儿就是这个国王管，这个部落首领管，那个地方就是那儿管，后来要成立共和国了怎么办？这个王室就转为业余，你权力全部剥夺，一切归地方官管，他这里应该是要市长有市长，要县长有县长，要村长有村长。但是你这个国王的身份我不给你剥夺，你们有人承认你就继续当你的国王，没人承认你就算完蛋，你是自费经营。外交部说的话就是责任自负，费用自理，你照样当你的国王，你每天上朝也可以，接待外宾的时候文武百官要奏乐也可以，你自费经营怎么办？你就得伸手，该伸手的时候就伸手，今天这个人来给捐 200 美元，明天那个人来捐 10 美元，我也给他捐了几百美元、上千美元。也是很友好的，他让我看看实际上是过去的政体的遗迹，但是这个遗留我并不给你强力消灭，这个很好玩。

因为我们从中国的观点不可能理解这种文明，不要说中华民国或者是中华人民共和国了，我们旧的东西要把它彻底给铲平铲光了才行啊，过去的朝代也是这样啊。如果到了宋朝了你还有唐朝的官员、唐朝的礼仪，还有唐朝的继承人，唐朝的后裔那怎么可以呢？必须杀光。但是喀麦隆使我知道，我当然无意照搬，也不可能照搬，说中国喀麦隆照搬那是开玩笑，那根本不可能。但是我们至少知道世界上处理各种问题有各种方法，不是一种方法，不是两种方法，不是三种方法，也不是四种方法，还不知道有多少种方法，各地的情况都不一样，你想不到的他想得到照样可以办。

所以你见识多了，见闻多了，你的头脑就会比较灵活，就不会自己跟自己过不去，在那儿死较劲。香港"一国两制"也是这样，"一国两制"因为中国古书上有类似的，当然它不叫"一国两制"，中国古书上就管它叫"易帜而治"，"易帜"就是变化的意思，帜就是旗帜的帜，就是不打仗，我军队也不解除你的武装，我只要求你一条，你给我换旗，换成我那个旗就行了。"一国两制"我们当时看着很新的邓小平理论的一个组成部分、一个新的创造，但是它跟中国古书上的易帜是有关系的。

喀麦隆这个君主制的，地方君主的，地方部落的残余和它现在所谓的法式民主并存。他这个国王比文武百官年轻一点，他有另外的身份，他也上过大学，他也在法国留过学，他有另外的身份，什么身份我忘了。比如他是医生，他当完这个国王以后该给人看病就看病，该给处方就给处方，该动手术动手术，该出诊就出诊，该收钱就收钱。他没有身份活不了啊，光当国王光靠捐款，靠王蒙之流捐款早饿死了，他有另外一个身份并存，互不妨碍，我该什么角色就去做什么角色，这个社会，这个世界是太好玩了，世界真奇妙。

那一次喀麦隆去完了以后我们去突尼斯，阿拉伯国家和阿拉伯国家也太不一样了，它和中国当然也太不一样了，和西方那么多国家也非常不一样。比如说我去过阿尔及利亚，阿尔及利亚是一个伊斯兰革命的国家，是伊斯兰社会主义国家，到处非常干净，它的斗争也很尖锐，当年和法国争取独立的时候也是付出了鲜血的代价。突尼斯是一个相对和西方国家关系比较好的国家，它有大量的欧洲人在那儿旅游，突尼斯的作家协会主席招待我吃饭，一吃饭就跟我讲他是伊拉克的萨达姆·侯赛因加入阿拉伯复兴党的入党介绍人。他是突尼斯的作协主席，他说我年轻的时候搞政治，我现在不搞政治了，但是我是阿拉伯复兴党老党员，连萨达姆·侯赛因都是我介绍入党的。

因为那是 2003 年，美国已经开始对伊拉克动手了，他不停地向我煽动说美国打完了伊拉克下一个肯定是打北京、打中国，你们怎么不出来跟他干？那是没完没了地讲，你没完没了地讲也还可以，因为在阿拉伯国家吃饭是不可以喝酒的，不可以吸烟的，对我倒没什么关系，因为啤酒也没有，就是矿泉水。我坐在他的左边，我不知道他们是什么规矩，他坐在我的右边，他喝这个矿泉水习惯是什么呢？他拿起他的右手先喝一杯这个，然后他左手把我这杯矿泉水拿过去又喝一口，我一看他又喝一口就没法办，我就跟服务员说对不起你再给我一瓶，拿来了他立刻又拿起来喝一口。后来我实在没有办法我就跟他讲中国革命付出了巨大代价，取得了中华人民共和国政权以后，作为执政党我们主要任务要关心发展生产力，要发展先进的文化事业，要维护人民的利益。后来实在没的说了就跟他讲三个代表这个事。但是这个非常有意思，我觉得这个世界真的非常有意思，这个里头也使我产生了一个感想，什么感想呢？任何一个国家、一个民族、一个群体，台湾地区说一个族群，这个族群从前现代化，未现代化开始往现代化走过来，这个过程很曲折，而且很痛苦，它会丢掉很多自己原来的那些生活习惯，生活的东西。

西藏早在 20 世纪之初就有四个英国的留学生在拉萨修了一个小的发电站让人们发电，也是想把拉萨往现代化推，但是没等电发几天，不到一个星期就被愤怒的人民群众彻底给拆了，呼哧呼哧的又能打死人，又能一闪一亮的，这完全是魔鬼，只有魔鬼才干这种事呢，怎么能够用，怎么能够发电？现代化的努力被彻底毁灭了。

中国刚修起京汉路，北京到汉口的。火车一响周围的老百姓都气死了，怎么能忍受这种声音呢？所以后来就改由牛拉这个火车走，不准用这个蒸汽马达。而且这种事不仅仅发生在中国，英国也一样。英国的史蒂文森发明了火车以后，头几年也是受到了人民群众的坚决抵制，也是用牛、马拉着走，出怪声，咣当咣当响，他也是不接受的。有的在现代化的过程中，一个民族，一个族群它的生活方式受到破坏，它自己的文化自信受到影响，也是一个很痛苦的事，在中国的中原地区也是一样。

我们想一想鸦片战争以后，中国人就是汉族，中国最大的地区黄河长江流域为中国的未来有过什么样的争论、付出了什么样的代价？"文革"过了几年，根据毛主席的指示，全国光出《毛主席语录》《毛泽东选集》这不行啊，毛主席直接提出来他年轻的时候看像严复翻译的《天演论》，《天演论》是赫胥黎讲"物竞天择，适者生存"的。严复是最早的留英学生，而且把《天演论》翻译得非常漂亮，里面还有很多骈体文，古色古香，都写得特别好。但是这个严复晚年对中国的现代化没有任何的信心，他最后是靠吸食鸦片度日，因为他生活得非常痛苦，这是严复。

王国维呢？北伐革命快要成功了，王国维先跳到颐和园的昆明湖里去了，昆明湖其实挺浅，一米二、一米三的地方，他就淹死了，他躺在里头了。他并不是保皇党，他是接受了许多西方文化的，他是用叔本华的理论来解释《红楼梦》的，但是他也是说他看到了中国文化的变局，"义无再辱"，他觉得这个世界太厉害了，中国那套仁义道德、学而时习之不亦说乎要完，根本没有你的地位。对于一个知识分子来说，中国文化就是他的命，他无法眼看着中国文化在衰落，在灭亡，在挨骂，在被批评，在被唾弃和遗忘。包括小说写得也不错的张爱玲，张爱玲小说里面也写的中国文化面临着大的艰难。

我是觉得我们要是从这个角度上，一个前现代化的族群进入现代化所要受到的考验，受到的挑战和产生的曲折和痛苦，我们如果从这个角度上来解释，来理解我们的一些边疆地区，尤其是西藏和新疆所发生的一些事情，可能会增加我们讨论问题的角度。

有一次是在加拿大还是在澳大利亚我已经忘记了，他的外交部的人跟我一块儿吃饭，就说起西藏的事情，我就从这个角度讲一点，他觉得你要能这样讲我们觉得比较容易接受，就知道是怎么回事了。其实现在全世界的所谓恐怖主义的问题也有这个问题，如果美国把它单纯作为一个军事问题说明美国人的浅薄，有些事情必须出去以后你眼睛看一遍才能知道。

再比如君主立宪，君主制度。我们中国本来是一个长久的封建君主制的国家，但是我们中国人有两面，一面我们说保守、停滞，发展得很慢。另一方面中国人是非常容易接受新事物的，是追求时尚的。1982年我第一次访问墨西哥，在墨西哥和一个汉学家，她做的一个题目是研究中国妇女问题，她叫白佩兰。我就说中国是一个古老的国家，又是一个人口众多的大国，因此中国的改革会是一个很漫长的过程，是很缓慢的。白佩兰就说这没关系，她说我不同意你的观点，她说你的说法和李鸿章见伊藤博文的时候说的话是完全一样，你还停留在李鸿章见伊藤博文的时候的那个说法。安徽人比我熟悉李鸿章，我上次来合肥的时候还参观了李鸿章纪念馆，也提到他和伊藤博文的几次见面很令人感慨，甲午战争之前的一次见面和甲午战争以后的，李鸿章到东京去谈判跟伊藤博文打交道的情景。他就讲他认为中国人有另一面就是吸收什么新东西特别快，变化得特别快。

所以我们读万卷书，行万里路，才能使我们的头脑、思想、观念有与时俱进的变化。比如说我们整天讲解放思想，但是思想怎么个解放法？为什么不解放？其中有一个原因就是我们的知识不够，我们的见闻太狭窄，我们精神的空间不够。如果我们知道世界是多种多样的，我们知道世界不仅仅有黑和白两种颜色，还有许多的中间颜色，我们知道这个历史的前进也不都是用唯一的方式，有的是进两步，退三步，又进三步又退一步，有的是横着来回摆。我们会对很多事情的看法都不一样。

我再举一个小的例子，这都不是我的专业，只是我个人的一些感想。现在中国的民航闹事非常之多，达到了非常严重的程度。上海曾经发生过乘客一个是不下飞机，这在法国也发生过的，到了巴黎了乘客拒绝下飞机，因为你耽误的起飞时间太长，发生过这种事件。上海发生过乘客拦截飞机，甚至是走到飞机的跑道上示威的这种事情，发生了这个事情以后报纸上都登了，媒体上都登了，上海的回答是我们警力不够，这个在任何一个国家如果有人胆敢在飞机的跑道上来回走动，违规进入跑道的话完全可以立即逮捕，可以判刑，这是什么原因？就是因为在十几年前中国民航定了一个规矩，说是由于民航本身的原因造成误点的我们可以赔偿，到现在为止反正我去这六十多个国家，我经过的各种误点多了，误三天的也有，误两天的也有。误点最厉害的是美国，因为他们飞机太多了，他们飞机比咱们公共汽车还多，多少飞机在那儿排着队等着起飞啊。我有一次被耽误了两天，我是从纽约机场出发，经过第一站是底特律，第二站是旧金山，从旧金山应该转飞机去夏威夷，从一上来就误点，误点以后这个美国第一次见到，机场临时发一个票，说你可以在这里免费住，是一个假日酒店，假日酒店下面的门都坏了，钉着两块三合板，比"文革"当中咱们一个县招待所还差。进去以后我渴得不得了，我等了半天，就先投币，投了两块钱买一瓶可乐，我投两块钱可乐不出来，我又投两块钱这可乐还不出来，于是我就到他那个总服务台，他很客气，问我在哪儿投的币？我说在二楼，他说二楼那机器坏了你得上三楼，我说那我钱都投进去了，他说你投了多少钱？我说我投了两次四块，他说好，立马就给我四块，非常相信别人，这个给我很好的印象。中国搞了一个晚点补偿，反而搞乱了。搞得不好的话，没按时起飞是说不清楚的一个问题啊，跟天气有关系，跟航班有关系，跟掌控有关系，跟机械事故有关系。

　　我说"读万卷书，行万里路"，一方面可以思想解放，原来想不到的事情可以想到，一方面我们也懂得世界上的一些规则是不能违反的，是不能瞎解放的，我们会知道许多许多我们过去不知道的东西。我们今天有这么一个好的条件，经济在急剧地发展，社会的变化也非常快，这种变化有的时候快得你都不能想象，而且有一些东西是没有经过什么部署研究的就变化了。

今天很多都是咱们铜陵的干部，所以我多说一点，多说一些事情和我的体会也没有关系。当年邓丽君来大陆引起多少争论？引起多少麻烦？全是最高级的领导，因为《北京青年报》一个记者在那儿闹了说跟邓丽君通了电话，邓丽君要来大陆，中央几个领导都有批示，一个领导批示关于邓丽君来访的问题由文化部管理，其他任何人不要插手，另一个领导批邓丽君来访对我们没有好处，不能让她来，另外一个领导又批"我原来认为邓丽君来访对我们没有好处，最近我认为邓丽君来一次也可能有好处"。就是这样批的，我这儿都有名有姓的，这么多批示我怎么办？我敢执行谁的不执行谁的？当然怎么处理的我不说了，在我的自传里面都写过，我只是说明是去年还是前年纪念邓丽君，中央电视台音乐台赵忠祥在那儿主持纪念邓丽君的节目就主持了好几次了，一系列的节目。我们今天在座的人哪一位去世也不会那么纪念。它就变了，怎么变的？我也不知道怎么变的。

最近网上还炒一个事情，说1983年严打的时候还有照片，一个女性枪决了，流氓罪。原因就是她和十个异性发生过性关系，但是她留了遗书说我追求我的生活方式，你们喜欢不喜欢这是你们的事，但是我没有死罪，你们现在枪决我也没办法，但是我相信再过多少年你们会认识到不应该枪决我。所以这个事物是在不断地变化的，不断地发展的，在这种发展和变化之中我们只有通过读万卷书，行万里路，更通过我们深沉的思考和学习，精神空间才能得到扩大，我们的思想观念才能够跟着时代前进。从另一个方面来说也是很了不起的，我们赶上了一个迅猛的、发展的、前进的时代。

今天跟大家随便聊一聊，如果在座的朋友还有哪些疑问，或者哪些不同的意见，有什么批评欢迎提出来，我们可以有一些互动，谢谢大家。

提问：您好，您是我非常崇拜的文学大师，请问您对铜陵的整体印象是什么？

王蒙：铜陵第一个给我的感觉是一个工业的城市，但是它首先让我看到的还是一个风景城市，它的天井湖公园、铜塑像都非常可爱。另外城市建设方面，因为我去的地方都比较新，让人觉得它是一个很崭新的城市，而且我也听铜陵的一些领导各方面的介绍，我们这儿的人口并不是最多，但是人均的收入水准也还比较好，生活的质量也比较好，让人对铜陵产生美好的印象。大家还能有这么大的兴趣来发展我们的文化事业，包括和各地的一些作家进行见面和交流，这都是让人高兴的事情。

提问：非常感谢您的回答，我还有一个问题想请问您。您对我市建设精致大气之城有什么高见？谢谢。

王蒙：这个我有一点困难，我刚到这儿甭说高见，尚无低见，请原谅。

提问：王老师您好，我是来自铜陵市第一中学的学生，今年是纪念毛泽东同志《在延安文艺座谈会上的讲话》发表七十周年，他老人家指出文艺要为人民服务，文艺来源于生活，那么怎样能高于生活呢？谢谢。

王蒙：《在延安文艺座谈会上的讲话》可以说是非常鲜明的，奠定了中国共产党的文艺政策和革命对文艺的要求，它推动了中国文艺的革命化。那么，《在延安文艺座谈会上的讲话》里头讲的一些重要的观点、理念，除了您刚才提到的文艺来源于生活，文艺为人民服务，在延安提的还有为工农兵服务，也还有一些重要的说法，譬如说他认为讨论文艺问题应该从实际出发，而不是从定义出发，他提出来作家、艺术家要和新的时代、新的群众相结合。他提出来仅仅有上海亭子间的经验是不够的，还要了解新的东西。从延安的讲话到现在已经近七十年了，我们现在面临着中华人民共和国已经成立六十多年这样的一个情况，我们今天很多的文艺方针和政策的提法已经有了发展。

比如我们现在提的，包括十七届六中全会提的，强调的是把满足人民的精神文化需要视为我们的出发点和落脚点，我们现在提出来的是为最广大的人民群众服务，我们现在提出来的是为社会主义服务，还有很多其他新的提法。说明由毛主席所明确的，论述过的这种革命的文艺在长期执政的情况下，在建设中国特色社会主义国家的这样一个过程当中，它必然会有新的发展和获得新的成就。大概就是这么个情况。

提问：王蒙老师您好，我是来自铜陵学院的学生，我们大二的时候学习当代文学史，学习您的第一篇短篇小说是《组织部来了个年轻人》。我想请问您《组织部来了个年轻人》中主人公林震身上有没有您自己的影子？有没有您自己的亲身经历在里面？谢谢。

王蒙：那不是我的第一篇，我的第一篇是1954年的《小豆儿》，第二篇是1955年的《春节》，《组织部来了个年轻人》已经是1956年9月份发表的了。所有的小说都有我自己的影子，但是又都不是我的那样的自述。

第一，我没有那样拘谨，只能写自己亲身经历过的东西，也有这样的作家，很好的作家，但是他说只能写他亲身经历过的东西，我没有。我总是觉得不宜于写自己的事写得太实，写自己的事写太实我怎么觉得有点缺心眼呢？你写小说又不是写交代材料，也不是填写干部登记表，所以不可能完全是我自己的东西。另外一个小说的要求和现实生活里的东西中间是有一点参差的，不可能完全没有距离，是不是？那小说看着也很真实，非常好，但是你要完全用小说的语言来处理日常生活，会让别人觉得你有点问题。鲁迅举了一个例子我非常喜欢，他说比如一个演员，比如（演）张飞吧，他唱戏的时候是张飞，非常豪爽，非常鲁莽，非常火热、火爆。但是他唱完这戏要卸装，要洗脸，要脱掉行头，要换上日常的服装，他不能老是张飞，说他一进家门一拍桌子说拿长矛来，这个他家里人都不能接受。

所以文学从生活当中来不错，但是文学并不等同于生活，如果文学完全等同于生活就不需要文学了，陕西人的话就是"该得哈"，就是"解得下"，我们家乡叫"解得开"，"解"其实就是"解"，就写这个"解"字，你得解得开事。如果你要是拿一篇小说完全当真事来考虑，就是不但写的人缺心眼，评论的人包括当领导也都缺心眼，需要我们做进一步的增强智力的交流。

提问：王蒙先生您好，作为一名 80 后文学爱好者，我想问王蒙先生一个问题，您最喜欢哪一位 80 后、90 后的作家？您对 80 后、90 后作家的整体素质怎么评价？这就是我在网上看到您跟韩寒发生了一些论战，您怎么评价？谢谢。

王蒙：80 后的许多作家我都怀有好感，包括你提到的和没提到的一些。论战没有发生过，因为论战只能够是双方战，如果有一方想战的话那不叫论战，那叫单恋，所以没有和 80 后的作家发生过论战。但是我常常举一个例子，我说老舍先生有一句话能够解说许多问题，他说人的一生往往是有牙的时候没有花生米可吃，等到花生米很多了他牙也掉得差不多了，人生的一个悲哀吧。我觉得他说得很好。

我觉得用这个也可以来形容某些 80 后的作家，就是他们牙很好，但是花生米不足，还需要增加花生米的积累，否则的话你虽然有很好的牙口，但是没有足够的、可供咀嚼的、饱含着植物油、蛋白质和维生素的花生米。我相信老的和年轻的作家之间互相还是一个交流、学习、取长补短的关系。

提问： 王老师您好，我是二中高二的一名学生，我们在上语文课的时候，老是讲到李商隐的《锦瑟》，提到过您曾经对诗歌的顺序做过调整，我想问一下王老师您当初对诗歌顺序做出调整的初衷是什么？

王蒙： 什么调整？

提问： 就是诗歌的顺序做出调整，当时您为什么要这样做？我希望王老师能够给我们高中生在鉴赏诗歌意境方面提供一些建议，谢谢。

王蒙： 我其中一个很主要的目的就是探讨中国的文字，尤其诗里面的文字它的某种弹性，某种独立性。你比如说在《锦瑟》这首诗里面含有锦瑟这个词，有杜鹃，有蝴蝶，有沧海，有珠，有烟，有玉等等这么一些名词。这些名词本身成为诗的意象，这些意象其实像《锦瑟》这样的诗不是一个绝对的僵死的东西，而是带有活性的。锦瑟无端，你可以说是无端，因为无端是一个总体的抒情，可以说无端，此情无端。此情无端成追忆，只是当时已惘然。此情无端这个话也说得通的，当时无端这个话也是说得清楚的，惘然无端，无端的惘然，你为什么要惘然？你为什么感觉到迷惑？你为什么感到心情不安？为什么你感到不解？这是无端。

因为他的这种比较朦胧的、比较忧伤的情绪渗透到各个方面去，所以我就通过像做文字游戏一样，一会儿变成这样，一会儿变成那样，一会儿变成长短句，一会儿变成像套曲，一会儿变成散曲。把《锦瑟》激活，把我们对诗的理解激活，把我们对汉字的理解激活，把我们对诗的意象的理解激活，我想我做的是这么一件事情。

我不但这样做过，我在另外的文章里面还曾经把李商隐的几首诗——都是类似的这种无题诗——给它打乱，给它重新排列也是可以的。其实中国的文字它有这个活性，并不是只有我这样的人做过。我们知道很有名的散文，就是王羲之的《兰亭集序》，在浙江绍兴的兰亭文人的聚会然后写了一个序。但是清朝有人写过，《兰亭集序》几百个字吧，他把它完全按照另外的顺序写出来，清朝已经有人做过。至于中国的诗词的集句，从这里找一句，从那里找一句，找到不相干的东西把它放在一块儿，这都是中国自古都有的一种文趣吧，文人的一种乐趣。

曹禺改编巴金的《家》变成一个诗剧，一个话剧，这个话剧里面最坏的一个人叫冯乐山，冯乐山就是一个高度腐朽的封建老头子，那个时候五十六七岁就已经很老朽了。所以当时的作家曾经提出来人过四十就该枪毙，这是那个五四的时代，人过四十都是老朽，全毙了，但是他自己后来也过四十了，倒是也没自杀。

这个冯乐山就是强娶觉慧所相恋的他们家里面的一个丫头叫鸣凤，最后逼得鸣凤跳湖，就是这个人。但是冯乐山怎么个腐朽法呢？他家的客厅上放着一副对联，上联是"人之乐者山林也"，下联是"客亦知夫水月乎"。上联出自欧阳修的《醉翁亭记》，下联出自苏东坡的《前赤壁赋》。这两个放在一块儿以后可是非常工整，非常美的一个对联。但是曹禺当时写这个人的腐朽，这个人没有真正的学问，东抄一句西抄一句弄成了这个，但是我们现在客观地看冯乐山，如果他强娶鸣凤，这属于恶行，该怎么批斗还是应该枪毙另有说法。但是他挂的这个对联其实蛮好玩的，这是一种文字游戏，但是我对《锦瑟》有三个改编，后来宗璞，女作家，比我大十岁，宗璞女士是冯友兰的女儿，她看过之后又给改编了一个散曲。所以很好玩。其实是表达了我们对《锦瑟》的喜爱。

文学与时代精神
——毛泽东《在延安文艺座谈会上的讲话》及其历史作用

2012 年 5 月 17 日在解放军艺术学院的演讲（《文艺研究》2012 年第 6 期）

今天的演讲对我个人也是一个督促，因为能够纵向地以时间为依据回顾一下我们的文艺生活、文学生活、文学创造和文学运动。但是我由于对这些问题学习钻研得还不太够，我本人又是以写小说为主要行当，所以我的说法会有更多的个人色彩，就一些问题提出来跟大家商议，跟大家讨论，我非常希望能够得到你们的补充、修正、质疑或商榷。

我想首先简单回顾一下中国近现代以前中国的文艺生活和文学状况，因为重点不在这里，我只是说我的感觉、我的想法。

中国文学有一个悠久的传统，就是泛政治化、泛道德化、泛社会化，就是把文学，甚至也兼及其他的一些艺术，把它们当作一个社会现象来看待。曹丕就提出一个说法，叫"盖文章，经国之大业，不朽之盛事"，文艺必须有益于世道人心。过去讲戏曲，叫作"不关风化体，纵好也枉然"。就是说，如果你这个戏不能影响社会的风习，不能影响人们的道德风尚，不能影响精神教化，你这个戏就失败了。还有就是"文以载道"，"诗言志"的说法。"志"指你的精神追求，你的精神取向。写诗要反映民间疾苦，古代这样的诗人当然多得很。不仅有白居易，还有柳宗元，甚至再早一些的《诗经》里也有不少民间疾苦的反映。诗人注重的不仅是民间疾苦本身，而且通过写诗来表达自己"先天下之忧而忧，后天下之乐而乐"的情怀，表达对老百姓的关心。强调文艺作品是这种主体精神的表现，所以立志比较高，眼界比较高。古人把写文章视为人生的重要目标之一，所谓：立德立功立言。人活这一辈子最高是立德，就是能树立一种非常高尚的道德榜样；其次是立功；第三是立言。这些东西在中国文化里都被强调到很高的程度、很重的位置。

但是我们又必须看到另一面。毕竟，文艺的范围非常广，有高尚的东西，也有不太高尚的东西。文艺有一种杂多性，光说多样性不足以说明这种情况，它是杂多，这个"杂"没有贬义，黑格尔的命题：世界是杂多的统一。它是杂多的，又是统一的。所以说，中国文学既是道德、政治、社会，又是立志、立言。但是，文学艺术又在不断地给自己开"后门"。彼此相反的意见自古就有，比如说，认为文学是风花雪月，就是给自己开的一个"后门"，文艺也是风花雪月，写春风怎么样，秋风怎么样，夏风怎么样，然后是花，文艺能离开花吗？还有雪，比较喜欢描写雪、天气，尤其是，中国文学特别喜欢写月。写月亮的诗文比写太阳的要多得多，所以20世纪30年代，有一部分左翼青年作家，发表过"不写月亮"的宣言："我们发誓，从此在我们文学作品中没有月亮。"写风花雪月，是雕虫小技。治国平天下才是大事，出将入相才是大事，对敌战斗才是大事。写点风月文章，或写首诗，那属于雕虫小技、壮夫不为。直到现在，我们的文艺，一些写杂文或者写批评文章的，也有类似的说法，说文学基本上是女性的世界，有些年轻作家也喜欢这样讲。表面上看，似乎是自贬的这些词，其实它包含着另一方面的意思，就是给我开点"后门"，我写的这个东西，不可能跟皇帝的诏书一样，不可能跟治国纲领一样。当然，也有把文艺看得很严重的，比如说，文艺既不是风花雪月，也不是雕虫小技，而是诲淫诲盗！诲淫，是因为文艺这东西，可以接触到人性，尤其是男女之情，男女之间的关系，这不用我解释。诲盗是什么意思？因为文学中有一股子不平之气，你打开《水浒传》，用的是当时的民谣："赤日炎炎似火烧，野田禾稻半枯焦。农夫心内如汤煮，公子王孙把扇摇。"这是要煽动造反啊！还有："春种一粒粟，秋收万颗子。四海无闲田，农夫犹饿死。"这是唐朝人李绅写的诗，怨气也深了！所以说，文艺里头还包含了和我上述的第一点完全相反的内容，带有后门性，带有躲避性，甚至于带有反叛性。

"五四"以后的新文学运动有一个重要特点，就是左翼的文学思潮，在文学运动乃至于在话剧、电影和音乐活动中，逐渐占据优势，许多的作家、艺术家，他们选择了对旧中国的批判和否定。先说巴金，他开始不是共产主义者，他的第一篇小说是《灭亡》，第二篇小说是《新生》，写的是煤矿工人的痛苦生活，他写的革命带有某种空想性。虽然他写的革命与共产党的革命没有太多的共同之处，但是，在抗日战争、解放战争当中，读了巴金的书就上解放区的大有人在。再说老舍，他初期对共产主义思潮有些不接受，特别是部分作品显示着他的对马克思主义、对共产主义的保留色彩。老舍最有名的作品是《骆驼祥子》，你看了《骆驼祥子》就会得出一个结论：旧中国不革命就没有别的出路！不来一次天翻地覆的革命，这个社会就没有希望！再说冰心，冰心的父亲曾经是北洋水师及后来国民政府海军的高级军官。冰心的很多作品虽然赞美爱，但是她也有些作品写到社会黑暗的地方，对旧中国的批判同样激烈，比如她写的《去国》，写一个海归，当时的留学生，回来以后，在旧中国一点希望都没有，就又出去了。她还有一篇《到青龙桥去》，写军阀混战造成的人民苦难。

中国有一个不同于苏联的特点是，文学选择了革命，作家倾心于革命。这就出现了一个非常有趣的对比。俄国十月革命一发生，包括那些最同情革命的作家都吓坏了。几乎全部像点样的作家都跑了，高尔基也跑了。他是一个同情革命的作家，写过《母亲》，为这部小说，列宁和普列汉诺夫还发生了激烈的争论，列宁认为《母亲》是一本最合乎时宜的小说，而普列汉诺夫认为《母亲》在高尔基小说里不是最成功的。还有一个离开苏联的著名小说作家是阿·托尔斯泰，但是后来他又回来了，不但回来了，后来又最热情地歌颂斯大林，他有一部长篇小说被拍成电影，叫《彼得大帝》，暗喻今天的俄罗斯需要彼得大帝，能把国家振作起来，把俄罗斯变成一个强国。高尔基后来也回来了，他和列宁还有过一些争论，但是有些作家一辈子就选择了留居国外，像获得过诺贝尔文学奖的俄罗斯作家蒲宁，十月革命后跑到法国直至去世。中国就不一样了。1949 年 10 月以后，很多文艺家千辛万苦回北京，有从美国回来的，有从日本回来的，有从欧洲回来，有从香港回来的。舒乙说中国作家选择往解放后的北京走，还是跟着蒋介石政权往台湾走，大概的比例是，十分之九是选择留在新中国，十分之一跟着蒋介石走了，如去台湾的梁实秋，还有的去了香港，如写过《鬼恋》和《吉卜赛的诱惑》的作家徐讦。胡乔木当年有一个说法，他认为，中国的革命在文化上和思想上的准备比俄国的十月革命更成熟。这些说法是不是站得住脚，可以研究。

毛泽东在《新民主主义论》中指出，国民党对共产党实行两个围剿，一个是军事围剿，一个是文化围剿，他说军事围剿虽然导致我们丢掉了苏区的家，结果是，中国工农红军胜利地完成了长征，到陕西建立了以延安为中心的根据地。长征的成功，就意味着国民党军事围剿的失败。至于文化围剿，还没等围剿成，那些国民党御用的文化人物自己就已经四分五裂、土崩瓦解了。

现在我就要讲 1942 年在延安召开的文艺座谈会，中国的作家、艺术家，选择了对旧中国的批判，那是严厉的、充满激情的批判。他们选择了革命，或是同情革命，至少是不反对革命，但同时我们还要看到另一种选择，这也是一个双向选择，革命是怎么选择文艺的？革命反过来要选择文学，它也要选择作家。在当时的中国，既有很多左翼的革命作家，也有胡适那样接受美国自由主义的学者，既有沈从文那种歌颂中国传统乡土文化的作家，也有张爱玲那种沉浸在自己的圈子里，眼看着这个社会慢慢地烂掉而不动声色的作家。我们知道，中国革命的特点和俄国十月革命不一样，它是以乡村为出发点，走的是以"农村包围城市，武装夺取政权"的道路。斯大林评价过中国革命的优点和特点，他认为是武装的革命反对武装的反革命，中国革命是以农民为主体的革命，这是实际情况，解放军穿的就是工农的衣服，毛主席也是如此。中国共产党党员里面也是农民最多。斯大林对中国共产党一直抱着将信将疑的态度，他觉得不像共产党。在"二战"期间，美国的一个副国务卿跑到苏联向斯大林提出一个问题，你们对中国共产党人的看法如何？斯大林回答：苏共是黄油，中共是人造黄油。意思是，中国共产党不是正牌的。后来有人说，中国革命胜利以后，斯大林为此做了自我批评。

在 20 世纪 40 年代抗日战争的环境下，中国革命对文学提出了什么样的要求？它希望革命队伍中的作家，要真正投身于革命，决绝地投身于革命，毫不动摇，不怕牺牲，敢于斗争，既不要讲小资产阶级的温情，也不要讲旧中国社会那套仁义道德。革命要的是坚决遵守纪律，自觉地服从大局这样的文艺。相反，你小资兮兮，感情唧唧，牢骚满腹，动不动还要摆出一副独立思考的样子。怎么可能呢？你独立？我这还没独立呢，怎么行？

所以就出现了一些投奔革命的作家到了延安以后办壁报,壁报对解放区的各种冷言冷语,引起了延安解放区很多老干部、老部队领导的愤慨。所以要召开延安文艺座谈会,要明确革命对文学的要求,对文学的选择要讲出来。你很难再找到第二个像《在延安文艺座谈会上的讲话》那样的文件,讲得如此清晰,对实现文学的真正的革命化起到了巨大的影响作用。

那时候,常常把作家、艺术家看成小资产阶级,解放前后,就在1948年底或1949年初,解放区出版过一本小说,这本小说写得让人实在不敢恭维,叫《动荡的十年》,它写一个知识分子到解放区参了军,受到了各方面的教育,一开始是说风纪扣系不好,绑腿打得也不对,写的都是这些零零碎碎的事情,后来参加了土改,再后来参加了战斗,改造得还算是比较有成绩。恰在此时,他看上一位新来的女学生。这个女生是从国统区跑来参加革命的,她打扮得很漂亮而且喜欢唱一首歌。这首歌的歌词是:从前在我少年时,鬓发未白气力壮,朝思暮想去航海,越过重洋漂大海,南海风使我忧,波浪使我愁……当一听到这首歌,那位被教育改造、战争磨砺了十年的知识分子,马上全完。白改造了!他又回到十年前那种懒散的自由主义、小资产阶级情调去了。

中国革命所处的环境,就是严酷的武装斗争和大量的农民作为主体。知识分子有些东西肯定是不受欢迎的,是需要适应新的生活的,也是需要被改造的。有一部非常有名的话剧叫《霓虹灯下的哨兵》。我记得这个话剧里有一个姓林的小姐,也是一个小资产阶级,她对解放军的到来非常欢迎。她还邀请几位战士到她家去作客,那时她正在家里听舒曼的《梦幻曲》,有一个战士问道:你听的是什么?她用很嗲的声音说——《梦幻曲》。当时你就觉得这"梦幻曲"三个字所代表的那种可笑、那种幼稚、那种格格不入、那种距离革命十万八千里、那种毫无用处,让你听着感觉非常可笑。而《梦幻曲》它本身是不是这么可笑?那是另外一个问题。其实,《梦幻曲》原来不叫这个名字,它原名叫《童年》。1984年我带领中国一个电影代表团到苏联访问，那时候苏联还没有解体。我们去参加塔什干电影节，第二天一早要到苏联卫国战争时期牺牲的无名烈士墓献花圈，各国代表团都去了，当时的乌兹别克加盟共和国交响乐队和合唱团在那儿奏乐。他们演奏的就是舒曼的《童年》。苏联在这一方面，包括斯大林，思想都非常开放，苏军攻克柏林之后，斯大林在莫斯科举行盛大的交响音乐会庆祝胜利，最高统帅斯大林要求——演奏贝多芬第九交响曲。你战胜的是德国，贝多芬可是德国音乐家啊。斯大林不管这个，因为没有贝多芬第九交响曲，你就出不来那个气势！而这次在无名烈士墓前，乐队演奏的，同样是德国舒曼的《童年》。

中国有中国的国情，毛泽东《在延安文艺座谈会上的讲话》中，提出了一个非常重要的命题，就是文艺应该服从于革命，应该为无产阶级的政治服务。文艺应该成为团结人民，教育人民，打击敌人，消灭敌人的有力武器。他提出，我们讨论一切问题，不能从抽象的定义而只能从实际出发。现在的实际就是抗日，就是人民的抗日，这个时候，用不着争论文艺的定义，因为你争论定义，就跑到人性论去了。他提出，作家要和新的时代、新的群众相结合。毛主席很具体地提出一个问题，我们这里有很多作家是从上海亭子间来的，一个是上海亭子间，一个是解放区，你原来熟悉的那套东西在这里根本无用武之地，因此要和新的时代、新的群众结合。他提出，生活是文艺创造的唯一源泉，其他的都是流而不是源。毛主席还提出，要以无产阶级的面貌来改造世界，实际上涉及文艺工作者自我改造的问题。他认为，小资产阶级的知识分子灵魂里有很多不洁、肮脏的东西，而一个贫下中农虽然他脚上有牛屎，衣服上也可能有泥点子，但是人家的灵魂是干净的。他还提出文艺的政治标准与艺术标准。当然，对这些问题，人们会有不同的看法，但是，毛泽东所提出的这一系列问题和给出的一系列说法，在中国革命文艺运动当中确实充满了新意。

《在延安文艺座谈会上的讲话》发表之后，解放区掀起了秧歌运动，秧歌剧还有一批直接配合革命战争的作品。当时最有名的作品，都是讲封建地主阶级的罪恶，有三大歌剧《白毛女》《血泪仇》《赤叶河》。到解放战争，这些文艺作品的力量和作用就更大了。国民党士兵被俘了，国民党军队投诚或起义了，要接受共产党组织的集训，然后看三个歌剧。看完之后，底下哭声一片，这些国民党兵参军前大部分也都是贫下中农，集训完毕，他们立刻就成为了人民解放军的一员，第二天就上战场，就可以打敌人。《讲话》发表后，出现了一批直接服务于革命，直接动员人民进行革命，唤醒群众，从文艺的革命化到人民的革命化的文艺作品。这是第一个成就。第二个成就是，发掘出大量民间的文艺资源，刚才说了秧歌，秧歌剧，那都是来自于民间的，很多歌曲也是以民间的流传的艺术为底本创作出来的，如陕西的《十二把镰刀》，山西的《妇女自由歌》。郭兰英的歌吸收了晋剧的资源，确实都是实践《讲话》精神的结果。

东北解放区也有一大批。如带有东北风格的歌曲"猪啊羊啊送到哪里去，送给那亲人八路军"。所以说，《讲话》发表以来，第一个成就是实现了文艺的革命化并通过文艺革命化实现人民思想革命化；第二个成就是大量开掘民族民间的文艺资源；第三个成就是，我们的创作极大地鼓舞了民众的精神。有一个老歌唱家，一次聚会，喝了点儿酒，就拍着桌子说，中国革命是怎么胜利的？是我们给唱胜利的！你讲武器，解放军的武器哪比得上国民党的武器？国民党的弱点是——他没歌！这是文人的酒后之言，也许不足为据。1993年我被《联合报》邀请访问台湾。接待我的是《联合报》文艺副刊部的诗人痖弦。痖弦说：跟你讲是实话，我们在台湾最大的痛苦之一是没歌唱。他说他上中学的时候去春游，刚唱一个歌，别人说不能唱不能唱，因为是冼星海的歌。那就唱个和政治没关系的"门前一道清流"，这个也不能唱，因为是贺绿汀的歌，贺绿汀曾任上海音乐学院院长，也加入了共产党。这个不能唱那个也不能唱，想来想去竟然没有一个歌能唱！我国自古有一个成语，叫"四面楚歌"，战争是怎么失败的？四面楚歌——它预示了精神的溃败。

《讲话》发表以后，在文艺创作上也有了很大的发展。我主要提两个人，就是赵树理和孙犁。赵树理的《李家庄的变迁》和《小二黑结婚》，我看了以后非常感动。世界上还有这样写小说的作家！他用农民的语言、用文盲的语言，你一念完全和老百姓的话一样。另一个是孙犁，孙犁是非常坚守艺术标准的，他能把革命的内容和独特的文体相结合。当然，躬行毛主席《在延安文艺座谈会上的讲话》的，还不仅仅是这两位作家，还有很多人，比如陕西柳青写的《创业史》，他也是非常努力的。赵树理开创了所谓"山药蛋派"，而孙犁的"白洋淀派"，也有一批作家活跃其中。

但是，改革开放以来，对《讲话》也有提出修正和调整的一些地方。其中比较重大而且被党中央所确认的有两处。一个就是把当时为工农兵服务的提法扩展为为人民服务，把当时为政治服务的提法扩展为为社会主义服务。这个调整是必然的，但并不是原来说得不对，而是根据今天的形势提出的新的认识。也有提出商榷的。1982 年或者 1983 年，在全国召开的思想工作会议上（当时的总书记是胡耀邦），胡乔木做主旨报告。他提出，我们要坚持《讲话》的精神，但是有些具体提法可以讨论，例如把文艺作品按照政治标准与艺术标准划分是不是合适？毛主席提出，政治上反动的作品艺术性越强就越反动，这个说法是不是站得住？胡乔木的讲话收在《党的十一届三中全会以来重要文献汇编》中，由中央文献研究室正式出版。作为在历史上对文学的革命化提出了明确要求的《讲话》，的确发挥了重大作用。

可以说，《讲话》的发表，甚至直接影响了 1949 年之后的中国文艺生活的革命化建设。在中国共产党成为执政党以后，我们怎么样贯彻这个革命化呢？在这方面，可以说经过很多的探索，有成功的经验，也有失败的教训。拿文艺的问题来说，文艺战线上的反倾向斗争，反倾向，常常是在或"左"或"右"之间出现问题。我有一个解释，也许这和革命惯性有关，因为中国所进行的几十年的你死我活的革命和反革命的斗争，很难在革命成功之后就骤然停止下来。理论上讲，共产党已经掌握了权力，那是代表人民的政权，就应该走向以经济建设为中心了。但是革命形成的斗志昂扬、激情澎湃那股劲儿还一时停不下来。毛主席总结出的"阶级斗争，一抓就灵"，就是这种革命精神的体现。本来正想着打盹呢，一说要"斗争"，这盹立刻就打不成了。

改革开放以来，党明确地提出从以阶级斗争为纲到以经济建设为中心，从计划经济转为社会主义市场经济，这是政治路线的调整。与之相关的是，我们的文艺也面临着很多新的状况、新的问题，也出现了很多新的提法。过去的时代，对文艺的要求是团结人民、教育人民，打击敌人、消灭敌人。而现在提出文艺要满足人民的精神文化需要，这是我们文化工作的出发点和落脚点。当前的文艺发展就面临各种不同的说法，比如讲满足人们精神文化的需求，而精神文化的需求是有层次的，并不能一概而论。比如说，刺激也是一种需求，休息也是一种需求，逗乐也是一种需求，放松也是一种需求，消费也是一种需求，知识的需求也是一种需求，它们之间有着很大的不同。如何满足人们的需求，如何使我们的文艺在满足人们需求的同时，能够更好地起到提升精神、引导社会的作用，是今天我们的文艺面临的一个十分重要的问题。

我们现在面对的是文艺的泛漫化，而不是高端化、精英化。因为生活的节奏、生活的追求不一样了，文艺的手段也发生了很大的变化。特别是网络的出现和传媒的发达，对人们的生活有着太大的影响和改变。过去写一个小说、发表一个小说谈何容易，从1949年到1966年"文革"前的十七年，全国出版的长篇小说200多部，平均每一年出11种。现在呢，平均每年出版的纸质长篇小说1000种，网上发布的长篇小说有说2000多种，也有说3000多种。现在人人都可以写作并发表自己的作品，而且写出很深刻的语言。我认识一个香港作家，他也是城市大学中华文化研究所所长，他曾到北京来。一次走在街上，看到凤凰电视台关于亚洲小姐选美的广告，这个广告词是"美丽是一种责任"，他一看到，几乎晕倒。他觉得伟大的人太多，伟大的诗句也太多了——"美丽是一种责任"！他提到他的一个台湾朋友说：我决定放弃现代诗歌写作。因此我发现所有的商业广告都是现代诗体。我很佩服一个广告，并写过一篇文章，那是关于英国毛织品的广告，那情节很像一部小说："啪"——先是打出一个镜头来，写 1948 年，旧中国兵荒马乱，一个英国人上了轮船，临行前，他把一条英国的高级品牌的围巾扎在一个小女孩的脖子上。很快，又一个镜头，上面写着 1981 年，中国已经改革开放，那英国人已经很老了，白发苍苍，又一次来到中国。然后这边出来一个中国老太太，这俩人，相互根本认不得，但是这个老太太脖子上还围着那条英国的围巾。两个人见了面，都流下了泪。这应该算是一个小说题材。但它又是那件毛织品的广告。现在，很多来自微博上的各种警句，一下子会点击超过三百万，比你的书发行量大多了！但这是文化的高端精品吗？我现在常常感到糊涂，因为我的心目中，什么人是作家？李白是作家，屈原是作家，曹雪芹是作家，你一辈子写一百万条微博，又该怎么看呢？其实，能够代表人类智慧的高端精神产品毕竟还是太少了。苏联作家爱伦堡说，在文学上，"数量"的意义非常小，一个托尔斯泰，比一千个平庸的小说家还重要。如果了解一下革命前的文学和革命成功以后的文学（用"洋"说法就是"后革命文学"），我们会看到，不管是在俄罗斯还是在中国，革命前的文学客观上起到的是酝酿革命的作用。韩愈就说过："欢愉之词难工，而穷苦之言易好。"穷愁潦倒时作诗，容易写得好；而要表达欢愉，文章反倒难写好。

　　俄罗斯文学的高潮是在 19 世纪。从小说家来说，托尔斯泰、屠格涅夫、谢德林、契诃夫、果戈理、陀斯妥耶夫斯基，一直到 20 世纪的高尔基，从剧作家来说，奥斯特洛夫斯基，契诃夫本人也是剧作家，他们所达到的高度，是与这些作家对社会不公的呻吟和思考分不开的。"五四"时代的情况，我开始讲过，现在就不说了，单说"后革命时代"，你想要继续写这样的内容，当然可以。解放以后继续写旧中国社会的不公，写黄世仁对杨白劳的压迫，照样是可以的。抗日战争、解放战争，现在都可以写。但是你对新生活的反映呢？在这个后革命时代，你想创作出像革命前的文学那样有号召力、那样煽情点火的作品，不大容易。今天的文艺，需要一种新的创作，需要一种新的体会。我在三年前的一个场合中提到，世界上有雄辩的文学，也有亲和的文学。雄辩的文学就是它憋着和人斗争，滔滔不绝，义愤填膺，势如破竹。但是，也有像泰戈尔这样的，他给人更重要的印象不是雄辩而是亲和。

总而言之，中国这样一个长期的封建社会，在进入 19 世纪、20 世纪之后，面对西方列强，在大革命中经受洗礼，取得革命成功以后，又面对现代化和全球化的挑战，产生文化焦虑与文化尴尬，这是完全可以想象的。今天，我们面临着就是全面建设社会的这样一个任务。我们积累了丰富和深刻的经验。我们的文艺也面临着许多有待于研究解决的问题。这些问题一时解决不了也不要紧，关键在于你能拿出好的，能振聋发聩、感人至深的作品来。有一天，我在手机上看到有一个微博。上面说，凡是认为自己的环境不够好，所以没有写出伟大作品来的作家，就是把他送到瑞士，他还是写不出来。我赞同这样的话。今天如果说你在文艺创作上的成就还不理想，那既不能埋怨环境，也不能全怪领导，更不能责备理论家没给你提供现成的答案。全世界没有一个大作家、大艺术家、大画家、大作曲家是由于环境美好和一切问题都解决了，他才去进行创作并写出了让全人类感动的作品。恰恰相反，大艺术家往往是在人生的奋斗之中，在面临各种挑战之中，贡献出了代表人类精神高度的艺术精品。

传统文化中关于治国理政的八个说法

2012 年 3 月 30 日在总后政治部的演讲

谢谢大家！谢谢刘主任的鼓励。今天讲的题目就是我们中国的文化当中对于治国理政的一些比较重要的说法，我不是以书、以学者主张为纲来讲的，而是就在人民当中已经形成的有比较重要影响的我们的一些思路，结合我们的国情来谈谈。

第一个说法，我就谈这个"世界大同"的影响，这个对中国人来说非常重要，因为，不管是什么样的具体的政治的选择，中国人心目中有一个终极的政治社会理念，这个终极的政治社会理念就叫作世界大同。《礼记》上就讲到这个，这个还谱写了歌曲，就是专门有这么一个歌曲，"大道之行也，天下为公。选贤以能，讲信修睦。故人不独亲其亲，不独子其子。使老有所终，壮有所用，幼有所长，矜、寡、孤、独、废疾者，皆有所养。男有分，女有归。货恶其弃于地也，不必藏于己。力恶其不出于身也，不必为己。是故谋闭而不兴，盗窃乱贼而不作，故外户而不闭，是谓大同。"从这个对大同的理解，我们可以看出一些，我们现在不是整天讲价值观吗？我们整个的中华文化，有一个非常明确的价值观念，这个价值观念就是毛泽东主席喜欢说的一个词，叫一大二公。他认为"大道之行也"这个世界是什么样的呢，"人不独亲其亲"一个人不光是爱自己的双亲，"不独子其子"不光是爱自己的孩子，而是爱全世界的孩子，全天下的孩子。那时候没有现在的国家观念，那个时候的国家观念认为就是中国是一个大国，周围或者是海，或者是一些蛮夷之地、小番邦，我们是唯一的国家，所以把"中国"说成是"天下"，叫"天下为公"，而且是天下为"公"而不是为"私"。这样一个中国的观念，我始终觉得它和社会主义思潮在中国的胜利是有关系的，中国从这个世界大同的观念上，它很容易接受社会主义，"天下为公"这句话孙中山也非常喜欢用，孙中山到处题字"天下为公"，孙中山正是用"天下为公"这个口号来推翻清王朝，认为天下不应该是"私"的是"公"的，不能是一个朝代一个姓氏，比如说是爱新觉罗氏，你一个爱新觉罗就可以把这个天下都归你，所以说它是一个很锐利的思想武器。这第一，我们有这样一个喜欢"大"、喜欢"公"、喜欢贬低这个"私"的文化传统。

以我个人来说，刚才刘主任也提到，我在少年时代就接受社会主义、共产主义，与北京地下党建立联系是 1946 年，我 12 岁，为什么我喜欢接受社会主义、共产主义，除了国民党的腐败无能以外，一个重要的原因，就是我觉得只有社会主义、共产主义才能"老吾老以及人之老、幼吾幼以及人之幼"，就是你爱自己的老人，也就是"不独亲其亲"那个道理一样，你还应该考虑到所有的老人，你爱自己的孩子，你还要为所有的孩子负责。才容易接受社会主义和共产主义，它有一个很高级的思维，一个政治理念。

第二，它还反映了中华文化的一种概念崇拜，就是越大越好，要找到这个最根本的概念，中华文化也是寻这个概念之根，中国基本上就是这些读书人，这些有学问的人，所谓圣人；这些圣人基本上不是追求人格神，这些话我都不细说，但是中国追求概念神，就是要有一个终极概念，比如说"道"，老子说"道"，"道"是终极概念；到了孔子这儿，他也说，他说"道"是终极价值，"朝问道，夕死可矣"。就说这个道比生命还更高、还更重要，所以我们从这个大同的观念来说，有利于我们理解社会主义思潮在中国被接受，也有利于理解中国思路。寻找终极概念和大概念，是中国哲学的一大特色。而且世界大同这个观念甚至于超越了有些政治和意识形态的分歧，因为国民党他也讲"天下为公"。上次国台办的王毅同志非得让我去参加在桂林举行和台湾的一个文化论坛，我就讲，我说国民党的党歌他唱的是什么呢？就是"以建民国，以进大同"，民国是初级纲领，大同才是高级纲领。后来我的这段讲话在《新华文摘》上面也做了宣传，也就是说在中国的政治生活当中，"一大二公"是终极的信仰，以权谋私是被人所看不起的，我们自古就形成了这样一个思路。

第二个，我就想讲以德治国。就是中国人认为，这个统治的合法性，在于你是道德的代表，你是道德的高峰，中国的士人是这么说的，读书人孔子是这样说的，子曰："为政以德，譬如北辰，居其所，而众星共之。"北辰就是北极星。对于你的道德，由于你的道德的定位，由于你有一个好的道德的修养，因此你就有权力来治理这个国家，你就有统治的合法性。这个说法很有意思，它不是从法理上说，也不是用神话来说，它首先要求的就是，统治者要讲道德，为什么呢？这又是一个中国文化的独有的思路，道德这个东西不是我们人所创造的，道德是什么呢？道德是天和地所给我们的不可动摇的这样的一个价值，用现在老百姓小青年的话就是道德没商量，你这个不能商量，为什么？天就是有道德的，中国最早的目前能看见的文字的书，就是《周易》，《周易》提出来"天行健，君子以自强不息；地势坤，君子以厚德载物"。就是说，中国的思路要把世界要把天地道德化，用庄子的说法就是"天地有大美而不言"。它自己不吹，但是各种的优点都在它身上，天的特点是"行健，自强不息"；而地的特点是"厚德载物"。这样的一些观点对中国人的影响非常深，就拿自强不息这个观点来说吧，就容易使中国的、中华的文化和这个现代性接轨，因为我们是讲自强不息的，和一些消极的文化不一样。我给大家举一个例子，因为从来还没有碰到过这样的事情，就是有一个故事，我在三个不同的洲，不同的大洲、不同的国家，听到了完全同一个版本的故事。我最早看到这个故事是德国的诺贝尔文学奖得主海因里希·伯尔写的。他写过一个题目就不像小说，跟论文一样，但那是一篇小说，叫《一个关于劳动生产率低下的故事》，故事很简单，一个渔人在抓鱼，那天的鱼特别地多，简直把他累得干不完活儿，完成不了任务，旁边有一个很壮的小伙子在河边的柳树底下睡觉，睡得正香。他就把这孩子叫醒，说小伙子小伙子，醒过来醒过来，给我帮忙。小伙子说我给你帮什么忙啊！你帮着我抓鱼，你帮着我一天忙，一个小时按这个几十马克计算，完了以后你可以挣上钱。那个小伙子问我挣钱干什么啊？说你挣了钱，钱多了你可以到处旅游，过幸福的生活。小伙子说这么好的天，柳树底下靠着河边睡觉，这就是我的幸福，为什么我要劳动完了挣完钱才可以享受幸福，我现在就很幸福嘛！拒绝给他劳动。这是海因里希·伯尔写的一个故事。后来1999年我去印度，结果印度人到处跟我讲这个故事，说我们印度很多人有点懒，为什么呢？说我们有这么一个故事，一模一样，和德国人讲的这个故事一模一样，就是印度也有这样一个故事。然后2002年我去喀麦隆，非洲的一个国家，我到喀麦隆也听到这个故事，完全一样，觉得非常怪。关于印度，咱们私下说，有一些香港的老板到印度考察了以后，回来就说，他们感到绝望。但是这些话都是片面的，因为印度软件工业发展得非常好，起码它有这一方面。

所以中国的文化里有这一部分，天行健，自强不息，还提出来"苟日新，又日新，日日新"，就是每天你都应该有创新，每天你都要看到世界的新意，你要看到学问的新意，你要看到技术的新意，中国有这种很积极的一面。

现在回过头来说，我们用一种道德化的眼光来形容天地，然后天地又变成了我们推行道德的一个依据，孔子如此，庄子也如此。这个以德治国，从历史上看，也受到很多批评。老子批评，他说失道而厚德，你没有了大道你不能按照客观规律自然而然正确地发展，整天进行德的教育。法家也批评孔子对道德的提倡，认为仁义道德实际上解决不了问题的。毛主席最烦这个什么仁政啊、什么把德放在治国的主导位置啊，毛主席他也有许多对这个东西的批评。毛主席最喜欢讲这句话，就是中国所有的帝王，都骂秦始皇，但是所有的帝王用的都是秦始皇的方法，而不是用仁义道德的方法来治国。秦始皇的方法是什么？就是以权力为中心，就是我要治国理政，我就必须巩固我的权力。当然，毛主席还有名言："革命不是请客吃饭，不是做文章，不是绘画绣花，不能那样雅致，那样从容不迫，文质彬彬，那样温良恭俭让。"

五四时期，对这个儒家有猛烈的攻击和批判，而且国共两党都是这样，国民党那边吴稚晖提出来把线装书扔到茅厕里去，胡适提出要打倒孔家店，左翼的大知识分子鲁迅提出来不要读中国书，这是事物的一面。但是我们还要看到另一面，另一面是什么呢？就是中国的帝王他是怎么样治国的，这个问题我今天没法在这仔细谈，但是中国的老百姓他希望掌握权力的人是有道德的人，中国老百姓的这样一个希望非常强烈，而且事出有因，当然我希望掌握权力的人，你懂得清廉、公道、清明、为人民服务，无私，至少你把你的私压到最低限度。所以你完全忽视这个以德治国那是不行的，你在中国而又忽视以德治国，你就违背了老百姓的愿望，你使老百姓失望，使老百姓反感。外国不见得，意大利刚下台的那个总理贝卢斯科尼，他说的很多话在中国人看来都是流氓的语言，别人批评他招妓、招童妓，他敢于在一个很正式的场合说像我这样的人又帅、又有钱、地位又高，女人都排着队啊，是不是？女人排着队等着我啊，那么怎么办？是不是？法国参加竞选总统的极右翼政党女政治家勒庞，她的父亲老勒庞竞选时曾跑到学校里头去讲话，那个吓死人啊："我上台以后所有的学校都免费发放避孕套，你们现在还可以用手嘛，自己可以自己搞自己。"这是竞选总统的讲话呀！俄国的那个日里诺夫斯基，也是那个民主派，他说我上台以后，伏特加酒免费赠送不要钱，喝伏特加不要钱，这些东西中国人就非常难理解，你想竞选总统你怎么这副痞子腔调啊？外国真有。从这里头我们可以看得出来，以德治国你做得到也好，做不太到位也好，它本身起着一种对执政者的文化监督与道德监督的作用。如果你掌握着行政的权力，你掌握统治的权力，你又有许多缺德失德的行为，你就会被老百姓所否定。江泽民同志主持工作期间，在2001年1月10日全国宣传部长会议上讲话，他提出来以德治国，把依法治国和以德治国结合起来。那一年，有一些中央的文件上，或中央两会，或者是人代会和政协会也都提到过以德治国，后来又渐渐地不怎么提了。但是去年秋天，中央关于文化建设的六中全会上又提出来了一个以德治国的问题，说明这个以德治国的思想我们不能丢，以德治国思想尤其是对这个掌握或者是履行这个国家管理、治理、治国理政的权力的人，是不能忘记的，这样的一个很重要的要求。

这个以德治国里面，有一个事情我要特别提一下，就是中国为什么那么喜欢讲这个以德治国？西方的政治理论，请注意啊，我说的是政治理论，不是说实践，政治理论和实践中间都有一点落差，不可能你说的和做的都完全一样，这是不可能的。西方的政治理论的一个核心，就是要多元制衡，它的一个基本观点，它有点像人，性恶论，人是自私的，人是有许多弱点的，因此，就是互相让你咬着我，我咬着你，这样的话，通过不同的观点互相咬住了，才能够互相制约，它就制衡，通过制约而取得一种平衡。当然，里面还有很多黑幕，里面还有金钱的作用，这些多元制衡都体现不出来。刚刚我说它是理论，理论讲的是多元制衡，可是中国的政治，中国几千年，我们经常说是五千年来，五千年的文明，我们没有多元制衡的传统，这里我们不做价值判断，我们没有实行过多元制衡，我们实行的是什么呢？我们实行的是叫作"劳心者治人，劳力者治于人"，就是很大一批有文化有智慧的人来想着怎么样把这个国家治理好，把这个朝廷的事办好。那么中国有没有这个制衡的问题呢？中国照样也有制衡的问题，中国的制衡往往表现在时间的纵轴上。西方所设想的是在空间上，是共时的，这个期间有极左派，但极左派虽然谈得很极端，有非道德派，像贝卢斯科尼那样，像勒庞那样，像日里诺夫斯基那样。但是呢，另外还有别的派，还有左派，还有右派，还有极右派，还有保守派，这些东西卡住你，你这个政治极端不到哪里去。当然，这也只是理论，在这个西方的政治上出现各种怪事啊，尤其是第三帝国希特勒的兴起，说明西方的政治上它也有许多的弊病，这个我们不去谈它。那么中国从古代来说，这个政治上的平衡表现在什么呢？最普通的表现就是，老百姓也普遍认知的，"三十年河东，三十年河西"，这就叫在时间纵轴上实现的平衡。很简单，赵氏孤儿，赵氏孤儿原来是赵盾的儿子，赵盾也并不是一个省油的灯，赵盾在晋国参加宫廷斗争，不是有一故事"赵盾弑其君"，他是把原来的君给废了，他另立君主，所以说他不是一个省油的灯。但时间长了，他慢慢衰落，被屠岸贾掌了权，屠岸贾设计害了赵盾，几乎把赵家全部灭光，剩下一个小孩，费了好大的劲儿，这是赵氏孤儿的故事。赵氏孤儿的故事在欧洲都非常有名。

这种"三十年河东，三十年河西"的一个历史的变化，和中庸之道在中国很有关系。因为这种"三十年河东，三十年河西"，要求一个人做到不能当风派，叫不为己甚，就是做什么事你悠着点，你不要刮大风，不要做得太过分，为什么呢？你做得太过分了，将来情况发生变化，你就成了不齿于人类的狗屎堆，要适可而止。我是介绍中华的文化，当然适可而止。这个吧，一味什么都适可而止也没劲，那咱们另说，这都是另外的问题。我不对这个做正确错误的判断，介绍中国人的这个思路要适可而止，所以中庸是什么意思呢？要我用今天的语言解释中庸，什么叫中庸？中庸就是上海合作组织提出的三个反对。反对极端主义，反对恐怖主义，反对分裂主义，这就叫中庸。而且苏格拉底、柏拉图都讲过类似的对中庸的提倡，就是有一些事情，你就要在这个中点上，你要善于把握平衡，你本身不要太极端，权力越大的人你本身越不要太极端。这个林语堂早就说过，他说中国的文化是一种比较老成的文化，中国人喜欢的是做事稳重，把握分寸，而不喜欢那种很毛糙的、过激的东西。我们还有一些说法叫"十年树木，百年树人"。这话一开始我不太懂啊，百年树人，培养一个人要一百年，培养完这个人早死了。你从六岁开始培养他，要培养完一百年，你得等到一百零六岁，你怎么可能这么培养呢？在延安时期毛泽东主席曾经对丁玲说看一个人要几十年，我也不明白。为什么要看那么长时间，因为中国的政治是"三十年河东，三十年河西"。这三十年他表现得很好啊，第三十一年他表现得怎么样？你不知道啊。到第三十一年情况一变化，他先把你卖了。这样的事多得很。"文革"当中有多少这样的事啊，吃谁的饭砸谁的锅，先把自己的领导卖出去。所以你要看一个人最起码得看三十二年，前三十年就这种情况，然后变化那两年再看看，还稳得住，这个人可靠得住，所以它又养成了中国中庸之道的这样一种提倡和喜爱。当然也有反面骂这个中庸之道的，因为中庸之道这个东西被老百姓掌握以后，会有所变化，老百姓那什么叫中庸呢？不阴不阳，不男不女，不拥护不反对，不承担任何责任，耍滑头，不负责任，也有这一面。这个以德治国还有一面，因为德是带有主观感受性的东西，德不好制定要领，部队什么东西都讲要领，它不好制定条例、要领这些东西，带有很大的主观感受性。

所以我们中国做事就从古代来说吧，最注意的是让人家感受好，而不是注意这个事情本身的是非曲直，就是你什么样的人最吃得开，你做事的结果大家感受都不错，你这个领导得的票就多，反映就好。所以我就非常感慨，感慨《红楼梦》里面的一个例子，王夫人的玫瑰露，一种饮料，浓缩饮料，被彩云偷了，因为彩云跟贾环好，但是彩云不承认，非说不是自己偷的，而是玉钏，金钏不是让王夫人一个嘴巴给扇得跳井死了吗？说成是金钏妹妹玉钏偷的。平儿明明知道这是彩云偷的，但是平儿不愿意揭露，为什么不愿意揭露呢？投鼠忌器！她说要一揭露，偷给谁呢，是贾环让她偷的，赵姨娘让她偷的，当时，王熙凤生病，家里头是三驾马车执政，李纨、贾探春、薛宝钗三人联合代理王熙凤，探春是赵姨娘的亲生女儿，是贾环的亲姐姐，所以说一揭露贾环，就会影响到探春。所以平儿就采取了一个办法，让贾宝玉顶缸。她开会把彩云等都找来，跟大家说，玫瑰露谁偷的我已经知道了，但她是我们的一个好姐妹，另外揭露她吧，投鼠忌器，我怕影响到咱们这儿一个有头有脸的重要人物，那么现在，贾宝玉咱们这位爷，他好说话，他表示他承担责任，是他偷的，于是今天我们做出结论，贾宝玉偷的！从此谁要再说别的话我跟你们翻脸。然后这个时候彩云她就很感动，站起来说，姐姐说实话，我太对不起姐妹们了，是我偷的，现在要杀要剐，你们把我送到王夫人那儿去！平儿就说，想不到你这样"侠肝义胆"，但是，我刚才已经宣布结论了，贾宝玉偷的，谁要是再多说话别怪我不客气！这个事办完以后，没有人不说平儿好的，平儿太棒了，看着我都佩服，平儿这人怎么这么好，她要是在哪儿工作，她那单位能不和谐吗？林彪都说平儿好，平儿是林彪最佩服的人物之一。德国人听完这个故事能憋死，到底谁偷的？怎么成贾宝玉偷的了？他的思路跟咱不一样。所以中国讲关系学，这你没法办，这已经是一代一代接下来的这么个思路。但是我们知道人家这个情况，所以我们在弘扬继承中华传统文化的同时，还要看到我们缺少的东西，我们缺少科学精神，缺少实事求是的精神，缺少实证主义，我们有时候太注重主观感受了也不行。

第三个说法和第四个说法我想放在一块儿讲，因为时间的关系，第三个说法就是"水能载舟，亦能覆舟"。第四个说法物极必反、盛极必衰和否极泰来、多难兴邦。

中国这么长时间的历史，这个历史经过了多次朝代的更迭，权力的更迭。而且每一次权力的更迭都是尸横遍野、血流成河，都是通过农民起义、暴力革命来实现的。所以中国人深知道民心的厉害，对于一个政权来说没有比民心更重要的，民心比喻成老百姓就像水，水能够承载、承担这个船，这个船就是统治集团、权力集团、权力核心，权力核心你被水所承载，老百姓给你交税赋，给你出劳力，给你服兵役。水能覆舟，一旦你丧失民心，老百姓能把你给翻过去。这话很厉害，说明中国人自古以来不是不注意亲民的。以百姓之心为心，就是你那些治国平天下的人五人六，你本身不要有你自己的太多的固定见解，你就要看老百姓要求什么拥护什么。但是"水能载舟，亦能覆舟"这个话本身有点宿命论和不确定性，就是你老是摸不着这个"水能载舟，亦能覆舟"的规律，所以中国古代人老是说气数已尽。

你可以看到这种情况，你气数正好的时候，这个皇帝也干了一些糊涂事，但是老百姓照样拥护；而到了气数已尽的时候，皇上其实很辛苦，硬是不行。最明显的就是崇祯，崇祯他不是一个荒淫无道的皇帝，他不是夏桀，他不是商纣，他也不是一个懦弱无能的皇帝，他本身是一个励精图治的，辛苦到极点，而且事必躬亲，谁都不相信的一个皇帝，但是他那时候明朝气数已尽了。载舟和覆舟有一种滞后性，你比如说一个新兴的政权，为人民做了许多好事，所以在老百姓当中非常受拥护，但是它又做了一件不正确的事，伤害群众利益的事情，但是跟那个给老百姓做的大的好事相比，你这点错误还是小的，所以老百姓总体来说仍然有对你的一种拥戴，有一种不但载舟，而且载舟中还其乐无穷，拥护你这个政权，然后一代一代一代下来了，到了明朝朱由检崇祯的这一代，你这各处欠的账已经太多了。压榨弱势群体，几代人的账，到了崇祯这儿怎么还也还不清，所谓载舟覆舟有一个滞后的，它并不是当场做对了，当场就收效了，当场做错了，当场就被历史所惩罚。

那么第四条物极必反，盛极必衰。物极必反其中有一个原因，治国理政所犯的错误往往不是在它衰的时候，不是在它危的时候，而是在它盛的时候，盛的时候牛啊，盛的时候它会非常自信，盛的时候它会非常主观，谁的意见也听不进去，盛的时候会麻痹大意，盛的时候会腐败腐烂，越是盛，越有这种危险，它就变成了一个中国人认为是宿命的东西，盛极必衰，兴久必亡。

自古是盛极必衰，兴久必亡，荣辱周而复始。你现在的荣华富贵，正孕育着你今后走背运、倒霉。我们还可以从大自然中找个例子，月盈则亏，水满则溢。这个月亮太圆了肯定就开始亏了，水满则溢。1999年，当时美国驻华大使，叫尚慕杰，尚慕杰在担任驻华大使期间，安排了江泽民主席对美国的访问。尚慕杰任期满了要走，他要求见江主席，江主席就跟他见了。江主席就跟他讲了段盛极必衰，兴久必亡，水满则溢，月盈则亏。他说现在美国非常强大，在全世界美国是没有对手的，但按照我们中国文化的看法，美国的这种处境是非常危险的，我们希望你把我的话转达给布什总统。后来尚慕杰回去了，不久后就发生了"9·11"事件。所以我老认为这个是江泽民主席根据中华文化对"9·11"事件的一次预警。当然，江泽民同志不可能知道具体的拉登有什么计划，但是美国它不可能接受，因为它没有这种文化。所以我们要未雨绸缪，用现在的话说就是要有忧患意识。胡乔木说忧患意识是西方现代主义哲学，是海德格尔这些人提出来的，我说不一定，我认为忧患意识就是范仲淹提出来的，先天下之忧而忧，后天下之乐而乐。乔木很谦虚，他说，这么解释还行，没有再对我教训两句。现在忧患意识已经进入党中央的正式文件。所以中国人讲的这个"水能载舟，亦能覆舟"，物极必反，盛极必衰，这一套是非常重要的。

第五个说法就是无为而治。无为而治是老子说的一个相当极端的话，匪夷所思，从纯学理的观点上它很抽象，它比孔子的那一套还高明，那么我们怎么认识这个问题呢？我们要知道老子这个问题产生的背景。当时的背景就是天下大乱，中国分裂成了各个诸侯国，燕、韩、赵、魏、秦还有很多小国等，这些诸侯国家都励精图治，都变法图强，都等着迅速地要统一天下。这是一方面；另一方面，当时的这些士人，这些读书人，这些劳心的人，天下并没有固定统一的主流的这么一个思想，所以个个就像卖狗皮膏药一样人人在那兜售。当时有诸子百家，诸子百家人人都在说自己的最好，在这种情况之下，把老百姓折腾得是上天无路，入地无门，想活活不好，求死死不了，所以老子就针对这样一种现象，争权夺利，各自兜售的这种情况，他提出来无为而治。你一天一个主意，你一天一个说法，你一天一项政策，你一天变一个花样，把老百姓折腾得没法再活了，用鲁迅的说法就是想做个奴隶也不可得了，老子提出来无为而治，他是有这样一个针对性。所以他提出来说，治国理政的最佳状态就是"太上，下知有之"，也有的版本叫"不知有之"，太上，最高理想，就是老百姓对这个统治者知道你有，但是跟我关系也不大，这个太阳该出来也出来了，月亮该下去也下去了，我渴了我要挖井，我饿了所以我要种粮食，我跟你没什么关系，老子说这是老百姓生活最舒服的状态。其次，誉之，就是老百姓唱颂歌，颂歌太多未必是好事，颂歌听着舒服啊，神仙也喜欢听颂歌啊。所以老子也认为大家都来歌颂，期待值过高最容易反目成仇，所以他认为是第二等。再其次，惧之，就是他怕你这个政府，怕你这个权力。你一点不怕不可能，很简单，司机对交通警察他能不怕吗？你不可能颂之誉之，你爱那交通警察那也不可能，除非那交通警察是女的，那也是另外一种情况了；第三等是惧之，为什么惧？因为他有这个权力。第四种是最坏的情况是辱之，侮辱。老子他没有仔细解释，怎么样侮辱，简单地说就是互相侮辱，有权力的人你不尊重老百姓，老百姓就不尊重你，见你面还惧之。老子很实在，他分析得非常实在，他认为最好的情况是你干你的我干我的。他说的这个在今天现代社会是不能照搬的，他讲的有他的一些说法一些想法。无为而治，对于今天来说最重要的就是不折腾，你少折腾老百姓，你自己该研究什么事，你研究，研究好了你再干。所以老子又说"无为而无不为"，就是你的一些过分的、折腾人的事少干点，那你应该干的那些事你才能干得好。你整天费心思管那些你不该管的事，红歌本来也很好，你唱红歌抓起来没完，完全变成国家行为党的行为，也会变成扰民。就"无为而治"的这种思想，庄子说得更透，他说"上无为而下有为"，就是官越大你越要无为，下有为，官小的你可不敢无为，你无为不要你了，早就不录用你了，该扛麻袋，该修桥，该铺路，该收钱的收钱，该退钱的退钱。上无为而下有为，我们还可以理解成和我们今天的一些思想一致的地方，就是刘少奇早就提出来的：相信群众能够自己解放自己，不要包办代替，不要事必躬亲，不要事无巨细。

这里有一个很先进的观点，上无为而下有为，目前西方也在讲，这个权力除了横向的分权外，还讲纵向上的分权。比如说，你文化部管唱歌跳舞管图书馆，但是你不管交通管理，那个是公安部门管的，这是横向分权，还有纵向分权就是该你科长管的事你处长不要多管这些，该处长管的事，你局长不要多管这些，完全做到这一点不容易，非常难。但是力争做到这一点就可能，我在文化部的时候，我也收到过中央这个领导批下来给哪一个演员解决房子问题，那我怎么办，没有一处房子是由我分配的。我只能请房产管理处来管，我不能管。他这个上无为而下有为有点意思，但实践上并不多，中国学者真正的专家提出来的说中国既能做到以德治国，又能做到无为而治的，整个中国的历史上只有西汉的汉文帝和汉景帝，因为他们实行的是与民休养生息的政策，就是对外也比较平稳，他们对外尽量避免事端，对内尽量减少老百姓的负担，所以从儒学这个以德治国的观点上，他们觉得文景之治还算基本上做到了，从道家的无为而治的观点，它也基本上做到了。

第六个说法和这个第七个说法联合一块儿说，就是将欲取之，必先予之，将欲废之，必先兴之。知白守黑，知雄守雌，知荣守辱，低调治国。五、六、七、八大部分都是道家的思想，它有值得参考的东西。我说过，道家的思想不能当饭吃，你真按道家思想非丢掉这个权力丢掉国家不可；但是可以当茶喝，可以当王老吉凉茶喝，就是它让你脑子不发昏，这个我们可以略加参考。这和我前面说的物极必反也有关系，既然物极必反，那就是这样，你要想拿到什么东西，你先得给出去什么东西。其实这种话我们看《毛泽东选集》，毛主席有一篇叫作《关心群众生活，注意工作方法》，毛主席就提出来你要用 90% 的力量给老百姓东西，然后用 10% 的力量向老百姓要东西。你不能先跟老百姓要东西，那成国民党的兵了，你成土匪了。先为老百姓谋福利，打土豪，分田地，是谋福利，推广良种，也是谋福利，扫盲、治传染病、治地方病，这也是谋福利。所以老子他就是看到了这一点，当然，历史上也有对老子的批评，认为老子的这一套"将欲取之，必先予之，将欲废之，必先兴之"也有点意思。中国的政治有一个说法，就是叫作引诱敌手犯错误，中国军事也有这个说法，孙子也有这个引诱敌手犯错误。其实外国也不是没有，就前些时候，恰恰就是在重庆看电视，讲阿拉曼战役，在埃及由蒙哥马利和隆美尔指挥的一场战争，这个蒙哥马利完全引诱他犯错误，他一开始力量用得不是很足，他取胜了但是他并不去追，就是让隆美尔麻痹，使这个隆美尔认为蒙哥马利这实力不够，不敢打，他这死守还行。结果，隆美尔他在鼻炎的病症下，回国治病去了，利用这个时候蒙哥马利发动了一场大的战役，给这个德国法西斯在北非的军队予以惨重的打击。他也是引诱他犯错误，他找一些舞台搞布景的人弄很多假的，把这个重炮也化装成大车，把大车化装成帐篷，很多很多东西，引诱敌人犯错误。

据说，冯玉祥将军要是恨谁就派他当司务长，三年内不检查他的工作，三年以后开始查账，找出一个毛病来枪毙。所以有人说，老子这个最毒，太毒了，这些都是害人的招儿。但是我并不这么看，我老举这样一个例子，鲁迅也用这个，但是出处是俄罗斯的克雷洛夫，鹰可以和鸡飞得一样低，但是鸡不可以和鹰飞得一样高。老子他是从大道，从整个治国平天下，从宇宙的根本道理这个意义上来理解，你把这个变成阴谋，他也有点阴谋，也可以当阴谋使，问题就是你对谁使，对敌人你当然要讲谋略，"知白守黑"这些又是非常有名的话，老子提出来"知其雄，守其雌，为天下谿"。知其雄就是我知道怎么样我才能最牛，但是我宁愿保持低调，保持谦虚、慎重、小心翼翼，"知其荣，守其辱，为天下谷"。我知道我怎么样才能有荣耀，才能立功，我知道我怎么样才能够荣华富贵，但是我宁愿处在一个比较谦卑的地位，我能做到忍辱负重，我能做到但问耕耘，不问收获。"知其白，守其黑，为天下式"。就是天下什么事情我都看得跟明镜一样，我都很清楚，但是你不要走在哪儿都表示你什么都清楚，你宁可认为自己尚不清醒，你先听听别人有没有比你更明白的，想得更好的，这是比较带有中国文化特点的一个人。

当然它和现在情况有很大的不一样，现在随着现代化的进展，我们也有另一方面的提倡，其实中国历史上也有另一方面，就是毛遂自荐，说你有棱角，你有尖锐，你放在一个麻袋里它也能扎出来，有这个毛遂自荐的说法，也有自己充分燃烧的这个说法，也有要发挥充分余热的这么一个说法。但是老子提供了另一种思路，就是低调做人，低调行政，低调治国。为什么治国也要低调呢？很简单，你调子太高了，老百姓会将你的军。我很早就发现过这个，1987年我还在文化部上班呢，带一个官方的团去泰国，泰国的很多人就告诉我，说泰国的官员贪污非常严重，所有的人都搞走私，可是老百姓也就算了，为什么算了呢？说老百姓的观点是，做大官嘛，没这点钱谁做大官啊，我没当上，我要当上我也这么干。这当然是不好的，这是错误的，我绝不是说这个好，但是这个给我一个启发，就是你调子越高，老百姓越要将你的军。你调子高了以后，人家都按这个调子办去了，你调子太高了以后，老百姓又发现你做的一些事又有一些不太妥当，往往会被夸大，被夸大十倍、百倍、千倍，都是有可能。知白守黑里面还有许多许多的观点，比如说它和邓小平提出来的这个韬光养晦就有很大的关系，就是你不要太张扬，绝不当头，它和毛主席说的"谦虚使人进步，骄傲使人落后"是一致的，毛主席提出来的"卑贱者最聪明，高贵者最愚蠢"，也有值得我们深思的地方。为什么高贵者最愚蠢，因为高贵者包袱太重，把自己看得太高，把自己看得太贵，不敢实事求是，一个普通老百姓却能够把一件事情看得很清楚。

第八个观点就是"治大国如烹小鲜"，这话非常美，而且这个思路非常奇特，这个很多地方都被引用了，这是中国最受欢迎的一句话。美国的里根是1980年当选，1981年上台的，他在总统就职演说当中，引用了"治大国如烹小鲜"。我们国家有些领导人，比如说温家宝总理也引用过"治大国如烹小鲜"这句话，他说治大国就像烹小鱼一样，他的意思还是不折腾。韩非子本身是法家，但是他作为老子的学生，他解释："故以理观之，事大众而数摇之，则少成功；藏大器而数徙之，则多败伤；烹小鲜而数挠之，则贼其泽；治大国而数变法，则民苦之。是以有道之君贵静，不重变法。故曰：治大国者若烹小鲜。"这个韩非子解释，他说你是管大事的公共管理者，你搞公共管理，你不能够让老百姓不安，首先就是要保境安民，你的老百姓要安定，不能让他们始终处于一种兴奋的状态，你有重要的财产，你不能来回地运，来回地运你就会伤害它。烹小鲜数挠之，你熬着小鱼，你在里头不断翻个儿，它变成一锅烂粥烂汤了。这个后来河上公还有解释，小鲜就是小鱼，就是你熬小鱼不去肠，因为肠子太小，不用去鳞，"不敢挠，恐其糜也"，糜也就是烂了，给它煮烂了。其实要是这么说的话呢，我觉得河上公注得还不全，因为他光说了炊事这方面，还没有考虑另外方面的，一个是火不能太大，也不能太小，火太小这水熬三个小时没开，再看那鱼已经没了化了，也不行，火太大了当然不行，所以还有水的问题、火的问题。但是对我个人来说更重要的，我最喜欢的是他的这种精神状态，这个老子讲的不是烹调，不是讲的伙食，老子他不是管后勤的，老子他想的是治国理政，是天下有道，治国之大道，因此"治大国如烹小鲜"，既有谦虚、慎重、小心翼翼、不折腾、不闹腾、不出幺蛾子、举重若轻、心态平和、不骄不躁，尤其不可歇斯底里。主政的人当领导的人不能动不动就激怒，不能动不动就歇斯底里，而保持着一种平常心——出点乱子这是正常的，该怎么处理怎么处理；有点成绩那是当然的，你一点成绩没有你白吃饭的呀，这都是很正常的。所以他这个"治大国如烹小鲜"，这是一句很美的话，我们不但可以研究他的道理，而且可以用一种审美的心态。

其实中国这个讲政治的说法还多了，远远不止这八方面，还有许多的说法，比如说善有善报，恶有恶报，这也是一种说法，多行不义必自毙，这是毛主席爱引用的，这也是一种说法，自取灭亡，这也是一种说法。我们刚才说了气数已尽，或者是气数正好，或者是命不该绝，这些说法在中国来说，都不是无源之水、无根之木，它跟中国这样一个大国，这样一个这么多朝代的更迭，这么复杂的政治斗争是有关系的，和中国的我们的这种思维模式也是有关系的，和中国的历史沿革也是有关系的，我们今天来看来谈，就是从当中来弘扬、来寻找一些精神的资本，不可以照搬。我们今天不管是谈中国的古代文化也好，还是谈外国的先进科学技术也好，都是为了我们中国的今天服务，都不能离开邓小平同志所讲的面向世界，面向未来，面向现代化，我前面讲的这些意思，决不包含，我们今天还要使用中国几千年以来的这些古老的方法来治国理政，而只是谈谈，扩大一下我们的视野，仅仅参考而已，我就讲到这儿，谢谢大家！

全球化视野中的中华文化

2011 年 10 月 28 日在天津市政协的演讲

● 一、关于全球化

（一）全球化，是一个大趋势，不可阻挡。全球化促进了生产力的
发展，也为中国的现代化提供了机遇。全球化是 20 世纪的词汇。其实，
早在 19 世纪就已经开始了运用。何以见得？在马克思的《共产党宣言》
中有这方面的描述："资本主义促成生产力的解放，经济、政治、文化
突破国界，传播到全球，变成世界性的；民族的文学变成世界的文学。"
这里，文学是否当文学讲？我有点糊涂了。因为，在欧洲几个主要国家
的语言里，从字面上说，文学是与文字有关的学问。文字、文学在英

语里是 letter，literature，俄语是 литература，法语是 lettre，littérature，德语是 Literatur。这里的"文学"其实是指出版物、文字、文件、文献等。列宁说的"党的组织与党的文学"并不是党要有自己的文学，而是指党要有自己的出版物。我国早期翻译成"党的文学"是错译。20世纪80年代初期，胡乔木同志就曾提出过这个问题。1984年，中、苏两国关系刚刚有所好转，我到苏联访问，苏联社会科学院的中国研究所所长索罗金和老朋友托洛普采夫接待我的时候，我提出过这个问题。他们说，苏联在这个问题上也有分歧，在政策吃紧时，就解释为"党的文学"；在政策宽松时，就解释为"党的出版物"。结果我什么也没学到。

许多人抗议全球化。但是，这个大趋势阻挡不住。我国改革开放30年来的发展得益于全球化。在诸如技术、外贸、外资引进等方面有很大发展。邓小平同志一再说，要抓住机遇。为什么呢？主要有两条，一是现在是和平环境，没有世界大战，一打仗就什么都顾不上了，胜了再说，一败全完；二是全球化在发展，方兴未艾。

（二）全球化也引起文化冲突。全球化的结果，生产发展快了，可是对弱势文化有很大挑战，造成很大压力。对民族语言也有很大压力。英语处于绝对强势，使用英语方兴未艾。你生气不行，着急也不行。我国也有人反对使用英语，抑制过英语，有过若干规定。比如商品要有中文商标和中文说明书，否则不准你卖，反对滥用英语。现在全国各省级电视台还有滥用英语的现象。但是，中国的语言文字与众不同。中文属汉藏语系，欧洲文字属印欧语系。世界三大语系（印欧语系、汉藏语系和阿尔泰语系），阿尔泰语系里有日语、韩语，还有中国新疆的维吾尔语、哈萨克语，以及芬兰语、匈牙利语等等，都有后缀，附加成分特别多。语言给许多地方带来麻烦。比如，印度的语言就特别多。地区与地区之间因为用哪种语言作为官方语言，曾经爆发过战争。一位印度朋友告诉我，印度长期是英国的殖民地，使用英语对印度来说是耻辱。但是，英语使印度各民族能够交流。讲印地语，从新德里到孟买，就不行。诺贝尔文学奖获得者泰戈尔是孟加拉人，他用孟加拉语写作。印度还有许多地方讲乌尔都语，与巴基斯坦相同。

（三）全球化引起认同危机。什么意思呢？一个民族、一个国家，找不到北了！我到底是谁？新加坡、韩国，都有这样的问题。新加坡大部分是华人，还有马来人、泰米尔人，使用四种语言。规定英语是官方语言，中文，也就是汉语、泰米尔语、马来语都算通用语言，都承认。但是，长期用英语的结果是，当年李光耀执政时期，关闭了最后一个华语大学，许多华人知识分子至今提起此事还涕泪交流。他们怕的是共产主义，怕咱们这个意识形态。中国太强大。新加坡政府现在又怕西方的影响。说你是华人，可现在新加坡的青年人华语越来越差。说你是英国人，也不能到英国去认祖归宗，把莎士比亚算成新加坡人也很困难。有这个勇气的是韩国人，我真佩服，说孔子是韩国人，还宣称李白也是韩国人，原因是李白姓李。那李先念也变成韩国人了！

（四）全球化的结果，使强势文化、强势国家、强势科技，越来越占据主导地位；使那些弱势的东西不知不觉就会无疾而终了。你找不到自己了！在中国，这个问题也不是绝对没有可能发生。所以，党的十七届六中全会提到文化安全问题。在文化上保不住自己，保不住你这个民族，就会被同化。不过，在中国这种可能性几乎为零。同化中国人太难了！同化中国人没那么方便，不那么容易。尤其是天津人，谁也同化不了！

所以，全球化招致第三世界发展中国家的反对。它们认为全球化扩展了西方发达国家的霸权。全球化就得按西方的规则办。游戏规则都是它们定的。你加入WTO，加入其他标准化机构，它就从你这儿起另定规则。

不仅政治，还有技术，很不方便。觉得自己的尊严、性格没有了。西方人很喜欢讲究性格。中国特色的社会主义（Socialism with Chinese characteristics），这里的 characteristics 就是特色，就是性格。

　　西方也有人很强烈地反对全球化。道理很简单，他们认为全球化剥夺了他们的工作机会。美国人认为，中国人剥夺了他们的工作机会，失业的人多得不得了。澳大利亚也有这个问题：一件产品，拿到中国来做，成本只有那里的四分之一或五分之一。大批澳大利亚人就失业了。因此，反对的声浪，忧虑和抵制的声浪，反对全球化的声浪很高。卡扎菲也是个作家，他写过一篇名为《城市》的文章，像是小说，其实是散文。他把城里人称为一群蛆。他认为城市只生产懒汉，只生产没有任何意义的东西。城市里的人假装很忙，整天开着车从这边到那边。最可笑的是二十几个人在一个空场里抢一个球。这有点像我们中国的军阀韩复榘，他就有过类似的笑话。看到学生们在踢球，就指示副官，这么多人抢一个球多不好看，给他们每人发一个球！当然，山东人说，韩复榘没那么傻。

　　总之，存在着前现代和后现代的矛盾。还有宗教问题，仇视异教。1986 年，我去西藏，听说很早以前那里就有人去西方留学，引进过发电厂，结果引起一些人的仇视。电把黑夜变成白天，这是魔鬼的东西，想干吗啊！于是，一夜间把发电厂全砸烂了。晚清，修京汉铁路时也引起恐慌。火车"噢"的一声叫，声音多怪，牛不这样叫，老虎不这样叫，狼也不这样叫。咣当、咣当，叫人怎么活啊！后来让火车走，不用火车头，用几十头牛来拉，这个能接受。而且不仅中国如此，当年史蒂文森在英国刚发明火车，周围的农民也抗议啊！认为魔鬼时代开始了！要我们的命啊！还能活吗？还能睡觉吗？还能娶媳妇吗？听这声音，猪还能长肉吗？还能上膘吗？英国也发生过，修好的铁路，蒸汽机车不让用，用马来拉。现在伊斯兰世界的塔利班、伊朗的宗教领袖，可以看得出来他们对现代化的仇视。不是对现代化本身的仇视，而是对西方发达国家的那种高高在上，那种救世主的姿态，那种用自己的好恶强加于人的做法，十分反感。比较起来，我们中国还好，中国文化有保守的一面，还有特别时尚、特别趋时、特别开放、特别求新的一面。因此，生现代化气的人和事例不多，至少与卡扎菲对城市的评价有区别。当然也不是没有，1958 年我到北京农村体验生活，农民对城市的认识是，那里只出大粪。当时他们没受卡扎菲影响吧？他们出于朴素的认识，还能鉴别出东城的大粪比西城的贵。东城人吃得好，粪就臭，越臭越有劲儿！这都是我接受的再教育。

● 二、中华传统文化的历史命运

　　中国的传统文化遭受过巨大挫折。中国与欧洲各国不一样，本身是自给自足的大国。历史上，除去受过北方游牧民族的骚扰，基本上没有什么竞争对手。前不久参加一个讨论会，研究海洋问题。提到过郑和下西洋，他干什么去了？在当时郑和的思想里，南洋的几个小岛，生产、生活都很落后，跟我们中国不在一个数量级，形不成挑战，不存在竞争关系。东方、北方也不过是几个小番邦。我们则是最发达最文明的天朝的代表人物。因此，下西洋像是天朝抚慰小邦之举。我们带的绸缎、瓷器，你们见过吗？茶叶，你们喝过吗？我们的各色人等，你们见过吗？我们的谈吐，能写对联、写诗，你们哪儿见过？所以有炫耀"天威"的意思。1840 年之后，中国知道世界上在海外还有很强的国家，知道我们不经一打。这个打击太大了。辛亥革命之后王国维跳进昆明湖，在颐和园自杀了。

他是为了以身殉清朝吗？他是为了以身殉宣统吗？都不是。实际上是因为他最珍惜的中华文化面临灭亡的危机。面对西方强力的科技，我们中国人引以为骄傲的奇技，例如筷子夹苍蝇、金钟罩、铁布衫，刀砍脖子不断之类练出来的功夫，比不上西方的奇技淫巧，坚船利炮，钢铁火炮。所以，"五四"运动狂飙突进，痛心疾首，有些意见尖锐到极点。胡适提出打倒孔家店；鲁迅主张青年人少读或不读中文书；钱玄同甚至主张废除中文，相当于让中国农民见面不许说"你吃了吗？"改成"Hi！"他还提出"人过四十，一律枪毙"，因为人过四十岁就保守了。照这样，我都该毙两回了。"五四"时期的这些观点虽然很激烈、很偏执，但是没有"五四"运动，就没有马克思主义在中国的传播，就没有经过曲曲折折道路的新中国，就没有今天的现代化，就没有今天的扬眉吐气，更谈不到弘扬中华文化。所以，改革是硬道理。如果还是八国联军，还是小德张，还是甲午海战的惨败、日本的占领，一切都谈不上。因此，我们要怀念和感恩"五四"运动先驱者，他们毕竟代表了先进文化的发展方向，不可以否定"五四"运动。

● 三、中华文化的自省与新生

中华文化是大难不死的文化。1840年的鸦片战争，既反映了中华民族的危机，也显示了中华民族的生命力，灭不了！历史值得重温。外国一些有识之士，也对中华文化有正面的看法。我知道的至少有两个人：英国的撒切尔夫人，美国的前国家安全顾问、民主党的布热津斯基。他们都认为，社会主义阵营都在搞改革。但是，苏联、东欧可能失败，因为他们的计划经济与改革互不相容。而中国的改革可能成功，因为中国有独特的文化。其实，撒切尔夫人哪知道中华文化？也没吃过天津的耳朵眼炸糕和煎饼果子！但是，他们有这个看法。事实证明他们的判断是正确的。

中华文化有抗逆性，能在极端逆境中保存自己，不轻易低头。你看亚洲一些国家，比如菲律宾就不行。西班牙人统治，就改成胡里奥之类的名字；被美国托管，又改说英语。菲律宾人当然也反抗过，那里有一个广场是纪念一位诗人的。他写过一首诗："我的鲜血会化成解放的阳光。"与我们中国的文天祥一样。中国不接受西方统治和奴化，反而还能汲取西方有益的东西。现实证明，中国人有应变能力，能与时俱进。

东方文化也有其消极的一面。举一个例子：我曾经在德国，在印度，在中非的喀麦隆三个国家，听到过同一个故事。德国的故事是获得过诺贝尔文学奖的海因里希·伯尔写的一篇小说，题目就叫《一个关于降低劳动生产率的故事》：一位渔夫在捕鱼，网里鱼很多，捞不上来，累得要死。他招呼一位正在树下呼呼睡大觉的青年人来帮忙。青年人问："捞鱼干什么？"渔夫说："可以换成钱。有了钱可以去旅游，周游世界，享受幸福。"青年人说："我现在在树下休息睡觉就是最幸福的。我要钱干什么？为什么要去周游世界？"说好听的，是知足常乐，不愿意发展，累出病来，不如不发展；说难听的，是不求上进。

我去过不丹，这是印度的保护国。不丹与我国没有外交关系，只和印度等四个国家有外交关系。不丹国很小，那里的国王叫旺楚克，他有四个王后，据说是四姐妹。据说，那里人们的幸福指数最高。现在西方也有不少人质疑现代化和一味的物质追求。有人想回归自然，带上帐篷住到湖边，回来时咬得浑身疙瘩。中国人的观念怎么样呢？中国古代的《易经》中讲："天行健，君子以自强不息。"庄子讲"与时俱化"。"与时俱进"是明朝人提出来的。《尚书》讲："苟日新,又日新,日日新。"每天要有新的进展。太阳每日都是新的。中国很容易接受自强不息,勤劳也能接受。最反对懒惰,懒人在中国最抬不起头。中国接受慢的是有序的竞争。中国自古以来不讲究竞争,也没人敢和它竞争。当然还有实证主义呀,科学主义呀,接受起来也慢。

● 四、中华传统文化的特色

中华传统文化的特色,有各种说法,如说那是一种"食文化",讲究咀嚼、消化。而美国人就不讲究咀嚼,讲究"拥抱文化"。因此说,美国文化是"性文化",中华文化是"食文化"。中华文化按地区分,有黄河文化、楚文化;也可以按流派分,诸子百家、儒家文化、阴阳五行的文化。往细致说,越说越多。我也没那么多学问,不可能什么都知道。

中华传统文化的三个特点:

1. 儒家文化与"泛道德论"(简称泛善论)。认为"天下唯有德者居之"。有两件事,外国人不认为是道德问题。但是,在中国一定认为是道德问题。哪两件事?一件事是"治国平天下"。搞政治,是对道德人格的考验。第二件事是婚姻。认为婚姻的巩固取决于道德。爱情不爱情不重要,夫妻之间你有恩,她有爱,是感恩和报恩的关系。你对配偶不懂得感恩或报恩,就是无德的流氓、坏蛋!这些就不说了。在政治上很早就有这样的观点:天下唯有德者居之。统治的合法性就在这里。权力的合法性不在于投票。中国古代哪有投票之说啊!最主要的是实行有道德的政治、爱民的政治、亲民的政治。"大学之道,在明明德,在亲民,在止于至善。"谁有道德,谁就有统治天下的资格。道德哪里来的?其根据在于天。"天人合一,君权神授。"天和地是道德的榜样。"天行健,君子以自强不息;地势坤,君子以厚德载物。"你既能自强不息,又能厚德载物;能发明创造,勤劳勇敢前进,又能承担重载。你不掌权谁掌权呢?这个"泛道德论",有理想主义的东西。历代统治者、君主皇帝并不围绕道德行事,实际上是以权力为核心的。所以庄子提出:"诸侯之门而仁义存焉?"权在你手,坏事也能说成好事,好事更是好事。他的眼很"毒",很早就看出封建道德是靠不住的。"五四"运动以来,很多人也在批评这个"泛道德论"。鲁迅曾经说过:"翻开古书,字里行间都是'吃人'二字。"民间有一句更狠的话:"满嘴仁义道德,一肚子男盗女娼。"鲁迅有一部名为《肥皂》的小说,写几个标榜孔孟之道的儒生在街上看见一个孝女在乞讨,回到家这几个老流氓还在议论她的长相如何。毛主席也嘲笑过"泛道德论"。他说,所有的儒家学者,讲"道德"的人,都骂秦始皇。其实,所有中国帝王都在学秦始皇,围着权力转。权力的运作,用"泛道德论"也是不切合实际的。搞评法批儒,儒家围着道德转,法家围着权力转。有道德的、文明的掌权人,仍然是中国人的世代梦想。皇帝是否接受?不知道,至少中国百姓接受这个。中国人希望掌权人应该是道德样板。不仅管理人民,还能感化人民,教化人民。以德治国的理想,客观上形成对权力运作的文化监督、道德监督、礼义监督。 我顺便说一下,中国自古讲"礼义之邦"。"礼"就是秩序,"义"就是道理。有些人糊涂,说成"礼仪之邦"。"仪"是形式、程序。好像中国是繁文缛节之邦,这是错误的。

也有人说,中国是集权文化。其实,文化比制度和权力运作不知要宽泛多少。语言是文化,民俗是文化,与集权不集权一点关系没有。你能说春节吃饺子是集权，南方人吃年糕不是集权？这跟那个没关系。中国缺少权力制衡观念，缺少依法治国观念。这是落后的一面。但是，你也不能认为中国只有一个君权天授。"君要臣死，臣不得不死；父要子亡，子不得不亡。"中国还有另外一个传统，就是"冒死直谏"。臣可以给皇帝提意见。因为"道"和"德"比"权"重。你的权力运作太离谱了，就会变成无道昏君。毛主席说过："马克思主义的道理千条万绪，归根结底就是一句话：'造反有理。'"这个"造反有理"在中国早就有，在马克思主义传播到中国之前就有。陈胜、吴广早就说过："王侯将相宁有种乎？"意思是说，帝王谁不能当？非得他当？必有遗传基因才能当？看到秦始皇出巡的场面，刘邦说："大丈夫当如是。"项羽说："彼可取而代之。"为什么说"水能载舟，亦能覆舟"，就是这个道理。如果一个权力运作强人，一个权力运作中心，违背人民的仁义道德观念，最后就很难收场。如果只是以德治国，不知依法治国，民主法治，就是拒绝现代化。而将历史文化传统一律斥为虚伪，视为无物，全是假的，这就是自绝于人民。因为人民要求掌权者讲道德。讲道德的潜台词是相信"性善论"。孔孟老庄都认为人的本性是纯洁的、善良的，要给予尊重，不要搞乱。这与基督教文明有很大差别。基督教主张"原罪"说。人类从夏娃在伊甸园受了蛇的诱惑偷吃苹果起就有罪了。20世纪90年代，中国出版了一本书，名为《总统是靠不住的》。美国人设计了许多政治制度，因为他不认为哪个个人是好的。人都有嫉妒心、骄傲心，有私欲性、贪婪性。因此，其核心理念是需要几股力量互相制约、互相监督、互相平衡。这样不至于出大乱子。丘吉尔说过："我到处鼓吹民主，不要以为我相信民主。民主糟透了！但是没有民主更糟！"这是他的观点。美国人说，什么是选总统？就是从两个坏人中选一个不太坏的。不是说总统都是坏蛋，只是说看看谁的毛病更大。"两害相权取其轻"。理想的人是不存在的，哪个人都不是圣人。不设总统行不行？不行！没有总统更坏！

中国没有制衡的传统。在中国很难设想有这样的制衡，认为有制衡会陷入分裂。如果说有，中国的平衡表现在时间的纵轴上。简单说，就是"三十年河东，三十年河西"。"赵氏孤儿"讲的就是通过托孤以图东山再起的故事。赵盾当年也很横。屠岸贾把他搞掉了，真要命啊！后来赵氏卷土重来，又把屠岸贾杀了。因此，中国的头号政治原则就是"中庸之道"。不为己甚。你在"河东"，也不能"过"。否则，一旦在"河西"，会灭你九族。所以，凡事要"悠着点"，不要得志便猖狂，要给人留条后路。

中国人喜欢的性格带有老年人的特点，喜欢老成持重。你看奥巴马下飞机噔噔噔走得很快，上讲台一溜小跑。这在中国是不可能的。在中国，官越大，走得越慢。中国的政治领导人起码要经过 30 年成长，30 年的历练河东河西，都要考验一下。

中国老百姓讲究"泛关系论"，讲人缘。《红楼梦》中的平儿，有人称她是人臣典范。林彪就说过要学平儿。《红楼梦》中有这样一个故事：王夫人房中的玫瑰露丢了，让平儿破案。平儿明知道是丫鬟彩云偷的，但她不说破，而是把丫鬟们集合起来，说："我知道这事儿是谁干的，但如今宝二爷把这事承担了，你们落忍吗？希望这人自己坦白，我就不再追究。"于是彩云大为感动，主动自首说："玫瑰露是我偷给贾环少爷的，你们把我送交王夫人，要打要罚要杀任凭处置。"平儿则称赞彩云是侠肝义胆。这种做法，德国人绝对不会认可。明明偷了东西，怎么变成侠肝义胆了呢？真伪善恶是一定要分清的。所以，中国的法制难以完善。满清曾经颁发上谕，明令掌管海关的英国人赫德不准录用中国人在海关任职。我们有一个广告："今年春节不收礼，收礼只收脑白金。"德国人打死也不会理解：到底是能不能收礼呢？

"泛道德论"似乎很可爱，凡事做得恰到好处，讲义气，顾面子。但是，缺点是腐败难于杜绝。台湾地区也有此类问题。

2. 泛哲学论。认为世界上有一种学问智慧，一通百通，一顺百顺，故可简称为"泛通论"或"泛道论"。所谓"朝闻道，夕死可矣"。大概念管着中概念，中概念管着小概念。基督教的上帝，伊斯兰教的真主，都没有具体的偶像。中国人则推崇"道"。讲究"不为良相，即为良医"，都是出于济世救民。凡事先务虚，后务实。从认识论的高度吞吐宇宙、高屋建瓴，势如破竹。奥巴马竞选时也用过这样的逻辑，他是从一个家讲到一个州，再到一个国家乃至世界，近于忽悠。毛主席也总是说主要矛盾解决了，次要矛盾就迎刃而解了。而我从来也没遇见过这样的好事。

3. 泛变易论。讲相反相成的辩证观念，讲调整变化。泛相对论，泛易论。这里的"易"是指变易。讲究聪明善变、多变、戏路子广，柔弱胜刚强。江泽民同志曾经正告美国人，"月盈则亏，水满则溢"。意思是你们太强势了，总有一天要吃亏。此话讲过一年之后，美国就发生了"9·11"事件。

美国有一位女作家叫赛珍珠，写过小说《大地》，获得了诺贝尔文学奖。她就指出，中国历史太久，历尽劫难，能活到现在的，都是最优品种，不可与之为敌。

中华文化有保守的一面，也有合理有益的一面。对这一部分，应该继承、推进、发展。

关于建设文化大国的一些初步想法：

1. 文化是我们的长项、我们的形象，我们的存在与主体性的依据与我们对人类的贡献，是维护我们的主权、特色、安全与稳定的软实力。是实现祖国的完全统一的极富感召力的旗帜。强调文化有助于打消邻国与本地区或有的对于中国迅猛发展的疑虑。

2. 语言文字是文化的基础，目前全民的语言文字程度值得忧虑。如将不胫而走说成不翼而飞，你家父，雄关漫道。对联的失范：天津港对朝天门。繁体化后更加混乱：飞龙毂，中文係，礼仪之邦。

3. 一切有价值的文化都是民族的，也同时是世界的、人类的。马克思、爱因斯坦、帕瓦罗蒂属于各自的地域与民族，也属于人类包括中国。民族的，才是世界的，这是一个重要的命题，同时，世界的，即普世的，才更应该与可能成为民族文化的组成部分，与民族传统相结合，成为民族文化新的发展与活力的重要因子。发展了民族文化，也对人类做出了贡献。中华文化需要继承也需要发展更新，我们的文化体系是开放的也是传统的，是民族的也是世界的。只有参与世界，与世界一起前进，才能保证我们文化的活力，使我们的文化生机勃勃，不是变成博物馆的展品，而是仍然活跃于世界五分之一人口的中国，并对人类文化做出影响和贡献。

现在有一种零和模式会影响我们的文化战略：如学英语与提高母语素质问题。不能将外语视为对母语汉语的干扰，我们中国人有足够的智慧与舌头的灵活性，既学好母语，也要掌握一两门外语，以辜鸿铭、林语堂、陈寅恪、钱钟书、季羡林为榜样。也不能为了弘扬中国的文化就贬低外国的东西。前面引用的毛泽东的话也说明引进外来文化与弘扬传统文化并非相悖。

4. 中华文化的资源包括我们的历史继承，也包括对于世界先进文化的一切借鉴，更来源于当今改革开放、走向全面小康创造历史的波澜壮阔的实践。马克思主义是必须也已经中国化或正在中国化了的。电影、话剧、芭蕾舞、交响乐也是可以在一定程度上中国化的。同样的曲目，中国人有自己的理解与情感表达方式。作为一个大的文化传统与文化复兴，中华文化是中国的也是人类的瑰宝。

5. 珍视文化的历史与历史的文化。小心翼翼地对待一切文化现象、文化存在与文化遗产。例如，戏曲中的男演女、女演男，就不要随意否定。还有些原来含有大量糟粕迷信的文化模式，如送子娘娘、瘟神等，可以做到解毒与提纯，在否定与批判的同时，仍要作为遗迹保护，作为文化的代价与弯路乃至其丰富多彩性的证明。如民间祭祀、圆梦与风水。有一些迷信活动是落后的，但是活动中的歌舞、音乐、仪式与文字仍然有艺术性与遗产性。有一类文化是指导性的、规范性的，如世界观、价值观、荣辱观等，还有一类只须承认它的存在，扩充视野，增加人文兴趣与知识见闻，见证历史，从中探求人类生活与文化的发展轨迹与规律，如文物、如民俗。搞民俗博物馆的目的并非为了不变化旧的民俗。

再如方言。必须坚持已有的成绩与简化汉字、推广普通话的方针。同时，保护方言的文化特色，学习繁体字与文言文。许多文艺形式离不开方言，如一些地方戏曲与曲艺。

6. 我们的目标是源远流长、基础深厚而又朝气蓬勃、与时俱进的文化继承、弘扬、引进与创新的结合，是文化的民族性、传统性、开放性、创造性的结合，是科学精神、时代精神与民族精神的结合，是汲取历史营养与世界先进文化成果的结合。一切有利于中华民族的振兴与发达的精神资源，我们都乐于开掘受用，一切有利于中华文化振兴的创举，我们都勇于学习实践，这样，我们的中华文化将立于不败之地。

7. 文化建设的关键在于教育。文化是教育的内容，教育是文化的保证。

8. 希望全国政协更加重视对于文化事业、文化战略、文化思想的关注与研讨，增加在文化课题上的参政议政（参文议文）、政治协商与民主监督。

文化是一个内容宽泛，众说纷纭的话题，同时由于它的意识形态属性，又是一个重要的与敏感的话题，以上所述，浅薄、不当与谬误之处，一定是有的，尚希多加批评指正。

● 现场互动问答

问：中华文化应该如何应对全球化？

答：中国人讲究"难得糊涂"。外国人用"太中国了"形容复杂的事物。全球化不意味着完全同一。对弱势文化更应该保护。文化不要搞得很纯粹。"杂交"更好，决不可单一化，应该多元化、丰富多彩。

外国人认为中国人可以把什么都搅到一块儿。中国饭就是各种材料放在一起炒一大锅。

关于文化安全，不能变成对社会稳定有威胁。

我们在党的报告中早就提出，主流文化要有凝聚力、吸引力、说服力。到底怎么样才能增强"三力"，我还没有看到多少本身具有凝聚力、吸引力、说服力的东西，可以说今后这方面还任重而道远。

问：有人说您讲了中西文化的差异，能不能讲一讲中西文化的共同点？

答：这个共同点有很多很多。比如说已被中国人真心实意接受的观点：和平。我们承认和平的价值，不认为战争是好的。还有友谊、平等、种族平等、人权、生活质量、民主、自由、法制、进步，包括民生等等，有许许多多共同的追求。不过表现的方式不完全一样。我看庄子讲伯乐的故事，特别像"阿凡达"。庄子还讲：山林与，皋壤与，使我欣欣然而乐与……这个人怎么这么快乐，快乐着快乐着，怎么又悲伤起来？他快乐的时候，你想挡住不可能，他悲伤起来，你挡也挡不住。这特别像丹麦的一首民歌（有人说是芬兰民歌）：在森林和原野是多么逍遥、多么快乐；快乐着快乐着，你怎么又苦恼起来？不远了，不远了，幸福的日子快要来到了！比较文学喜欢研究这个。认为许多脍炙人口的作品背后有一些共同的模式。模式可以有几千几万，但都可以归结为一些共同的模式。1979年《光明日报》刊登了一篇文章，这是比较重要的一篇作品；西柏林有一篇名为《地平线》的作品，表现的完全是西方文化寻找陌生、怪异的东西。总之，共同的东西多了。我跟洋人打交道越多，越觉得他们跟我们共同的东西很多。比如互相尊重、互惠互利、适可而止、尊重独立性。这些都是人类的共性。地球具有同一性。宇航员从太空带来的东西，地球上都有，说明宇宙也是同一的。

问： 老子和庄子的观点有很大差异。怎么理解？

答： 老子当年更多关心的是政治，是世道人心。面对社会动乱和诸侯们不停地"折腾"，老子不断向君主、圣贤们进言。其潜台词是："天下被折腾得不像样子，还是无为吧！示弱吧！不要再争了。"而庄子更具文学特色，富于想象，其潜台词是："少搭理那些事，救不了天下，就先救自己吧！留条命再说。"当然庄子对政治也有许多精到、老到的看法。

在第二届"科学·人文·未来"论坛
闭幕式上的发言

2011 年 10 月 23 日在中国海洋大学做发言

刚才所有的发言者都向各个方向鞠一个大躬，我没有鞠，在人文方面是一个缺陷，因为我考虑到科学，我有脑动脉供血不足的病症，希望王琦教授有时间给我一点指导，有旋转性的晕眩，这里人文要求与科学法则有一些冲突。违背了科学法则，万一我鞠完了以后，在地上躺一会儿，那就只好用行为艺术做咱们论坛的总结了，也有点对不起大家。

这就说明人文是离不开科学的，刚才听赵长天先生讲赫德为义和团辩护的故事，我眼泪都快出来了，我知道有这么一个英国人，我真的是非常激动，外国人里面爱中国人的不多。但是从中国人来说，如果我们的爱国、反帝，血性还停留在反科学、不科学、愚昧无知的义和团水准，我们的国家也早就该开除球籍了。开除球籍这个话可不是我说的，这是伟大的爱国者毛泽东主席说的。

第一，参加这次论坛，我个人非常满意，非常受教育，我觉得我得到了一次海洋意识的启蒙。虽然我往海大已经跑了快十年了，但是我对海洋的了解还是不及格的，这次相对来说时间比较充裕，好好地听了几个发言，也看了一些材料。我们这一次的论坛和第一次论坛不一样的是，明确了以"关注海洋，面向世界"作为我们论坛的主题，我很喜欢这个主题，但我也有一个担心，不是担心海洋方面的科学家，我是担心我的同行，对这个主题没有多少话好讲。因为海洋确实不是我们的长项。

比较一下，大自然的构成，我们写得最多的是月亮，所以文学又叫"风花雪月"，关于月亮的名著太多了。正像赫德从我们视野中消失一样，20世纪30年代，在上海的左翼文学运动中，也曾经有一个小小的事件，就是一些左翼文学青年，发起了不写月亮的宣言，认为中国人写月亮写得太多了，对我们没有任何好处，没有任何作用，也不关心人们的疾苦。所以他们就发起了不写月亮的运动，呼吁从此我们的小说、诗歌、散文中不再有月亮。

我们写山也比较多，"会当凌绝顶，一览众山小""只在此山中，云深不知处""山中方七日，人间已千年"。山水画经常被作为国画，海非常美，但是画起来很难。我们喜欢山，喜欢江河。包括庄子，说一个大葫芦，葫芦这么大没有用？庄子说有用，你可以乘着它游江湖——他没有说海。孔子说"仁者乐山，智者乐水"。这里面的"水"也是指江湖，如果说孔子当年有一句话"勇者乐海"或者说"壮士乐海"，我们的民族精神也许是另一种选择。

但有时候我翻阅很多古书，谈海比较多的还是庄子。庄子在《秋水》一章当中就写河，有人说写的就是黄河，也有可能。河流入了北海，可能当时中国海的名称还没有确立，没有东海、黄海、渤海、南海的说法，他说河流入了北海，就感觉到"望洋兴叹"，再就是觉得自己原来的自高自大是"贻笑大方"，这些成语都是从他那儿发明的。这里面对海有些是哲学和准数学的思考，主要说什么呢？一个是说海神教育河神"观之大海乃知尔丑"，看了大海之后才知道你的局促。"天下之水莫大于海"，所有的河都流入大海里面，"海纳百川"也是我们学校的校训。"春秋不变，水旱不知"，海不怕春夏秋冬，也不怕洪涝。对海的定义是"量无穷，时无止，分无常，终始无故"，这里面开始有一个无穷大的概念，时间是永恒的，对"分无常"有不同的解释，也可以用《三国演义》里面开始提出的"合久必分，分久必合"的理念来了解。有一种无穷的思考、无限的思考，这是人类智力的奇葩。接近零的思考就是无限的不可分割的思考。海的开始是没有什么道理可讲的，你不知道它是怎么开始的，也不知道它是怎么结尾的。当时能有这样的理解就不错了。

中国古代文化对海的说法，也有很正面的说法，像刚才说庄子把海和无穷联系起来，用一种微积分的观念来理解。所以庄子的气度与常人不太一样。"海上生明月，天涯共此时"，这个诗句特别感动，居然有人把"海上生明月"的"生"写成"升起来的明月"，这样的人该打。"海内存知己，天涯若比邻"，海域才是我们的世界，这就是我们所说的天下，在鸦片战争以前没有想过世界上还有比我们更强有力的或者说文化更发达的国家。海外是靠不住的，"海客谈瀛洲"是虚无缥缈的。

我个人在20世纪80年代有小说《海的梦》，巴金有一部小说《海底梦》其实也是《海的梦》，巴金已经开始对海有很多正面的歌颂，描写海上的日出，曾经被选到许多中小学的课本里。

我参加完了这两天的活动以后，海对我来说不仅仅是一个梦，不仅仅是渺茫的、令人感到茫然的一个东西，而是一个非常清晰的现实，非常可爱的东西。跟这个相比较，国外写海的人太多了。《鲁宾逊漂流记》，这里面不但有海的波浪，也有冒险的精神，也有奋斗的精神。如果讲到奋斗的精神，当然海明威的《老人与海》，它的中心就是宣扬美国精神，人生来不是为了被打败。美国写海的小说，更引人入胜，像《海狼》《白鲸》。法国的科幻小说家写了《海底两万里》等等，与这些东西比较起来，中国以海为对象的写作就太少了，说中国有《山海经》，那有点神怪。有《镜花缘》，也没有很多描写海的情境，而是讲一些海外奇景，比如有君子国、女儿国。

所以我曾经有一个恐惧，怎么样去找一些写海写得多的作家？所以我头一个就想到了海军，这次海军本来还有一个作家要来参加会议，后来因为别的事情没能来，本来还邀请了张承志，因为他也是海军。我担心这方面谈不好，但是结果比我想的好得多。我们从科学家的一些发言中，得到了一些对海洋知识的启蒙，得到了海洋ABC的知识，受到了教育，实在是大大出乎意料。我想这和中国目前的发展阶段，我们处在一个相对高速的阶段，是一个国力日益增强的阶段，是有关系的。回想一下，如果我们在"文革"的局面下，如果中国的悲剧就是长期沉溺于窝里斗的局面，斗也不是在海上斗，是关起门来斗，可能大家就没有那么大的兴趣。我们表达了对海洋的热情，表达了我们都在认识这个海洋，也表达了越来越宽阔的心胸。

海是冒险，海是挑战，作为文学创作来讲，当然可以用最美好的语言来讲这个海，讲海启发出来的人们的感情。但同样，如果说海给我们带来什么样的危险，也并非故作惊人之论，海本身不会讲仁义道德，海本身也无法掺和国家的、社会的、阶级的、民族之间的斗争。所以一方面也许我们会痛心中国久远的历史缺乏对海的了解和开拓，也许我们会从中国的文化里看到另一面，就是说我们不是无条件地提倡竞争，提倡优胜劣汰，提倡适者生存，我们总是希望能够管制这些，压缩一下人的精神。所以没有特别的开疆扩土、海上殖民，没有这个。

比如说郑和下西洋，既不是为了贸易，也不是为了自己的名利，更多的是一个展示航海，而不是奋斗开拓。现在我们有了海洋意识了，既有包容的意识，所谓海纳百川、有容乃大，我们也有开拓的意识甚至也有冒险的意识。但是又是在当代这样一个社会，这样一个所谓全球化的时代，在迎接挑战、应对挑战，强化自己的同时，又要有一种和平和共赢的精神。海洋意识的觉醒，是整个中华民族在急剧发展过程中的精神前景。

也许我们的会议本身，参加的人不是特别多，但听得、互动得都非常好。也许我们赶上了这样一个伟大的时机，它是我们民族精神崛起的一个表现、一个象征。这个让人一想起来，不管是文学家、艺术家还是科学家、院士，都有一种激情满怀的感觉。

另外我再谈一下对论坛的感受，首先要说明，这个论坛的创立完全是管华诗院士一个人提出来的，他提出来了而且提了不止一次。第一，我响应了。第二，我当时抱着试试看的心情。因为这个事情谈何容易，我对科学家的了解有限，不敢妄加评论。我只能说，并不是所有的科学家都是秦伯益，不是所有的科学家都有那么好的风度和出口成章的敏捷，对不起，我说话如果有冒犯请原谅。第一次论坛的时候，很多科学家说"我们也很喜欢文学，我们常看小说"，会后我个别做了访谈，所有的科学家告诉我他们常看的小说就是"金庸"。当然金庸也是很好的小说家，他个人也是我的朋友。武侠小说，金庸写到了极致，50 至 100 年内写武侠小说的话很难超过金庸。但是文学不止有金庸，我也希望科学家们稍微翻阅一下例如张炜的小说、舒婷的诗，或者是毕淑敏的小说。当然，我实际的潜台词是"您也看看我的小说"。

作家要到论坛上发起言来，你可不知道他要说什么，跟着感觉走，天马行空，信口开河。我一想，"信口开河"这个成语真是非常美，一张口一条河就出来了，哗啦哗啦地流，一个大学里面没有几位信口开河的教授，那将会变得多么寂寞。

吴德星教授、管华诗院士都特别强调科学与人文的结合，甚至说要有人文的引领。但是我感觉到中国的人文太缺少科学了，科学技术是双刃剑，人文的激情也是双刃剑，甚至是双刃导弹，人的激情到时候不讲理性、不讲科学的，"啪"一句话就出来了，一句话像泰山一样，像匕首一样，一句话可以直捣人的死穴。这些反思我今天都没法谈，所以中国缺少一种非常固定的、非常强大的、统一的宗教信仰。宗教信仰是很伟大的，但是宗教信仰会引来宗教冲突、宗教战争，现在世界上很多乱局，里面也有宗教冲突的背景，比如基督教和伊斯兰教的关系。有时候我们并不缺乏激情，尤其是改革开放以前，我们讲过多少充满人文激情的话，有一句话，我现在听起来依然很激动，我又激动又痛苦，什么话呢？就是在"文化大革命"当中最常讲的一句话："西方资产阶级做出来的，难道东方的无产阶级就做不出来吗？"这个话说得真"好"，真没用，完全是毫无用处的废话。因为老百姓的生活质量、科学技术的发展、国民的收入、国防力量的强大，与你给他的地理位置，属于哪个洲，或者说阶级属性的关系是有限的。当然，在进行政治教育上有一些作用，但是相当有限。事实证明，离开了科学发展观，你的人文激情也可能走到死胡同，你也可能自己欺骗自己，也可能会掩盖一些重要的应该面对的历史和现实。

所以，我个人特别希望写作的同行——充满激情的同行——能够多听听这些科学家的讲课，多听听这些科学家的启蒙。这样一种作家、画家、评论家和科学家，而且是不同领域的科学家，医学的、生物学的、海洋学的，不同的专家，能跟大家讨论在一起，而且讨论得很有兴趣，这真是一件了不起的事，这是一件非常富有创意的事儿。不知道管华诗院士是不是申请登记吉尼斯世界纪录，我们查一下看别的地方搞过没有。事实证明，我们是能够谈到一起的，有共同的关注，都是非常强烈的爱国者，同时我们的眼光也看到了全人类，看到了全球化。

第二次论坛比起第一次论坛来说，人稍微少了一点，但是也有它的好处，相对来说能够把话谈完。第一次论坛忙于掌握时间，我到现在还记得，文圣常院士讲达尔文，他刚讲了一段前言，会议主持人给他提出"时间已经到了"，他只好退下去了。我到现在还感到对不起文院士，我愿意借第二次论坛的机会向文院士问好、祝福，向他表示歉意。现在看来，讲的人不需要很多，但是听的人很多。当我得知要在体育馆里举行这个论坛的时候，我很害怕，体育馆那是周杰伦开演唱会的地方，学术探讨能上体育馆，这也是我们中国海洋大学对我国学术事业和体育馆建设事业的贡献。一超过一千人，立马让我想起一幅名画《列宁在斯莫尔尼宫》，列宁对着工人说："是时候了，无产阶级，你们该出去了。"

我也临时改编一下，"是时候了，关注海洋、关注未来"，使我们中国成为一个海洋强国，同时我们本着和平、共赢的原则，如管院士所说，使我们的海洋成为一个和平的、文明的海洋。

我通过这个会议也更加了解了中国海洋大学，因为我年事已高，身体日差，听力视力严重下降，我在前年、去年已经给于志刚书记写信请辞。我说："算了，我该收摊了。"但是这次的论坛给我一个鼓舞，希望咱们的论坛还有机会再办下去，我希望我正式离开中国海洋大学放在第三次"科学·人文·未来"论坛之后，如果上苍允许的话。

谢谢大家。

录音整理 / 冯文波

漫话小说

2011 年 9 月 21 日在鲁迅文学院给公安班作家和新疆少数民族文学翻译家班学员的讲课稿

大家好，我本来应该分不同的班来讲的，但是不是由于我多么繁忙，就是自己年岁大了，年龄不饶人啊，我现在没精神了，我觉得咱们聊聊天得了，在这儿见见面、聊聊天。我没有讲话的稿，也没有提纲，我现在身上连一片纸都没有，这像变魔术的，不像讲话的。咱们说说话，聊聊天，谈谈小说。

中国最早有小说这个词是在《庄子》上，庄子说："饰小说以干县（同悬）令。"就是想用小说去讨论，去介入大道理。县令就是高高在上的那些大的题目，那些大的命题，那些大的题材、大的主题。"其近道也难矣哉"，那意思是小小不言的这些小说、这些段子，它办不了大事。这是多多少少有点对小说轻视的一种说法。庄子那个时候对小说的解释是什么？就是街谈巷议，就是在大街上一见面，最近有什么事，张家长，李家短。我在巴彦岱劳动的时候，我们队里头一个能人，回族的，他叫穆萨子，他最喜欢的就是给女社员讲他年轻的时候怎么样拿坎土曼砍死了一条毒蛇。他一边讲，那些女社员就在旁边说："炮。"你放炮呢，你在那儿放大炮呢，胡吹呢。这个是小说的起源，按庄子的说法。

小说是"引车卖浆"之流的事，这强调了小说的世俗性，"引车"是拉车，不是当向导。"卖浆"也不是卖豆浆，那时候有没有豆浆我不知道，是卖水，"浆"又叫水。说明那个时候城市里，这个都和城市有关系，城市里头很多人家里都是没有自来水的。我小的时候在北京还过过送水的日子，大部分是山东人，用一个木车，车里头全都是水，旁边有两个木桶，车上拿一个塞子把这个洞塞住了。然后到你这儿来，一挑水，按现在的币制也就合两毛钱的样子。家家都有缸，说我要两挑水，然后他就把塞子一拔，那水就流出来，快满了他就堵上了。这是卖浆者，引车是拉车的人。就是城市里头的这些地位比较低的体力劳动的人，他们一块儿聊的一些大天儿，一些张家长李家短，稀奇古怪的事。哪家的男人和另一家的女人相好了，哪一家的孩子脑袋上长出三只角来，真的假的都有，这个东西叫小说。

后来小说的范围就慢慢地扩大，不但有街谈巷议，又加了很重要的一条，叫稗官野史，稗是一个"禾"字旁，一个卑贱的卑字，稗就是稗子。我们种麦子，种谷子，种稻子，还有稗子，稗官就是这个官太小了，小到什么程度呢？估计是副股长以下的官，大官不敢乱说，官越大嘴越严。小官就传出各种事来，甚至于对历史小官里头另外有一个版本，它和正式的历史上讲的那些事不一样，是野史。野史是什么？因为中国自古掌权的人很注意写历史、修历史，通过历史表达自己的爱憎，表达自己的价值观念。什么样的人是忠臣,什么样的人是奸臣,他就是教育后代,你们要是给国王当差,要做忠臣,不要做奸臣,你们要做奸臣的话没有好下场,被五马分尸,夷其九族。所以他很重视,有官家修的历史。

野史就是官家不承认的一些故事,就出来了稗官,小官们叽叽咕咕说的一些野史,是小道消息。这个野史是有的,我在新疆劳动的时候,我在伊犁,在伊宁县红旗公社,我就发现我们的各族同胞都有自己的野史。有一个安徽的汉族同胞就跟我说,怎么现在批判刘少奇,不是毛泽东说过吗,三天不学习,赶不上一个刘少奇,这很怪,这个版本我再也没有听到过,你上中央党史办、中央文献办,都不可能找到。而且这个话不是毛泽东的话,毛泽东的话根本不是这种口气,也不可能这么说,这是安徽这儿传出来的野史。还有更恐怖的野史,我就不能说是谁说的了。跟我说,周恩来去世的时候,说:"你知道吗?周恩来总理病重了以后,江青如何如何地报了仇。"我说:"这个可能性非常小,我是不相信。"明确说,现在我也不相信,江青这人不可爱,但这都是农民编出来的,农民也有野史。

再有就是大量的民间故事,我相信小说在开始的时候是以故事的形态出现的,在民间故事里头我最受感动的是汉族里边大家都知道的一个故事,就是大灰狼,狼外婆,就是一只狼在外婆不在家的时候,假装是外婆,进了他们的家,要伤害他们家的三姊妹。最后三个姊妹怎么团结起来,怎么合作,怎么和家里面的其他小动物团结起来,把这个狼外婆给干掉了。维吾尔族的民间故事有类似的故事,不完全一样,说明咱们最早的民间文学萌芽里头已经有公安意识,防止狼外婆侵入,要有自我保护意识,要保护自己的孩子,尤其是要提防狼来干坏事。

再有一个我最感动的就是阿拉伯的一个小说,应该说这是他们小说的最早起源之一,就是《一千零一夜》,《一千零一夜》是什么故事呢?这个首领叫哈里发，哈里发就类似于这儿的一个酋长。他由于妻子对他不忠，他痛恨妇女，所以他就决定每天娶一个媳妇，然后第二天早上把她杀掉，这是非常残酷的一个故事。我顺便跟大家开一个玩笑，高占祥同志，我们大伙一块儿在文化部工作过，高占祥最精彩的故事之一，他原来是人民印刷厂的印刷工人。他说过，解放以后第一部法律是《婚姻法》，《婚姻法》的第一条是中华人民共和国实行一夫一妻制。当然，那儿一通过，当时中国的 1949 年，法制委员会的主任是陈绍禹，就是王明。所以这是很好玩的事情，历史是很有意思的。然后人民印刷厂一印一下子十万份印出来了，印出来一看都不能用，为什么不能用呢？它印出来的是"中华人民共和国实行一天一妻制"。这个哈里发一天一妻，一天一妻，第二天早晨杀掉。已经没有别的女孩能够供他屠杀了，然后这个时候宰相的女儿叫谢赫拉扎达，这个谢赫拉萨达，说："我去。"去的时候带着她的妹妹，说第二天早晨你就要杀我了，我这妹妹愿意陪着我。哈里发说："可以。"她妹妹去了以后，她妹妹就说："姐姐，姐姐，给我讲个故事吧。"于是谢赫拉萨达就讲了故事，这个故事讲到天快亮了，她说："我不讲了，因为该杀我了。"可是那个哈里发在旁边听这故事听得特别棒，特别好，说这个底下怎么办，底下不讲了，你要杀我了我还给你讲故事干吗。哈里发说："今天不杀，今天晚上你接着给我讲。"又讲到高潮了，天又快亮了，不讲了。讲了多少呢？讲了一千零一夜，把他感化过来了。这个哈里发说："原来人间有这么多的故事，有这么多可爱的事，有这么多引人入胜的事情，原来这个女子可以给你讲这么多这么多动人的故事，怎么能杀了她呢，是我自己错了。"改了，他改过了。这个让人非常感动。

就是说故事是什么呢？故事是对生命的拯救，故事是对残暴的感化，故事给了你生的力量和生的理由，你有生的理由，你有生的力量。这个本身是一切故事中最好的故事。

再一个来源就是中国的文人笔记，笔记小说。一点事他把它记下来，非常之短。比如说写两个文人，其中一个是王徽之，下大雪以后，去看另一个文人朋友，挺远，路很远。大雪之后他骑着马还是坐着车，用现在的话一两个小时才到了朋友那儿，一看天快黑了，他就没去叫他那个朋友的门，没有"咚咚咚"，"我来看你来了"，因为那个时候也没有电话，也没有E-mail，不可能事先约好。他没有，他说："我乘兴而来，兴尽而返。"说我来的时候我有一股子兴致，非常高兴，雪后不怕路远，坐着车就来了。现在既然我已经来过了，我一路上也非常高兴，现在有点累了。回家，不用找他去了，他就没找。

这些都是笔记小说，非常短，这是什么，我说这是微博，晋朝的微博，是不是？这不就是微博吗？比短信还短。文人喜欢在笔记上记一点，很潇洒、很飘逸，或者很幽默、很有趣，这样的事就变成了后来的微型小说，变成了今天的微博。

到了宋朝最流行的最多的是什么呢？那就是出现了一个职业，这个职业叫说话人，按现在来说很容易解释，就是评书演员。评书演员他讲的那时候不叫评书，那时候我不太明白为什么它不叫书，它叫话，叫评话。现在南方有一个地方叫评话，扬州，扬州评话，扬州评话光一个武松可以讲上千个小时。光一个武松一百多万字，就讲武松的故事，按《水浒传》的故事，但是比《水浒传》说得细腻、生动、活泼。

包括《三言二拍》上的那些故事，什么《金玉奴棒打薄情郎》，这都是说话人他们讲的。这也成为文学的一个来源。当然民间故事，民间传说的各种故事非常多，以新疆为例，《阿凡提的故事》。《阿凡提的故事》现在在全世界都受到欢迎，在内地，我们新疆人管它叫口里，在口里也非常受欢迎，阿凡提，其实阿凡提并不是姓名，阿凡提是先生的意思，带着几分尊敬的说法。《阿凡提的故事》，他很幽默，他也很无奈，有的时候他有点抗议，有的时候他什么都没有，但是就是让你哭笑不得的这样一批故事。

这是中国的说法，就是管它叫小说。英语里头很奇怪，英语里头对小说丝毫没有小的意思，它和大小毫不相干，它完全没有小的意思。短篇小说叫什么呢？它叫 story，short story，短篇小说。story 就是一个事件，报新闻的时候也经常说，报着报着新闻，然后说 "now the story"，这个事情是这样的，它叫 story，这个故事是这样的，其实这个地方不能用故事讲。比如说拉登被打死了，然后他说 "now the story"，现在我给你讲一下这过程，美国派了什么特遣部队，他讲一下这个，这叫 story。长篇小说它叫 novel。还有一个词 novellet，我们现在把它用来翻译"中篇小说"，其实它的原意是指一些戏剧性的浪漫故事。但是总体的小说的名字叫 fiction，fiction 是什么意思？就是虚构的，虚构的作品，不一定是实录，不一定是实打实的，而是允许虚构的。我们这里就看出中国和英语文化之间的有些差别，我们是从大小，它的意义、它的地位、它的影响上来看。英美是从它是否实录这点上来看，关注点并不一样。

我知道的维吾尔语里头讲的小说那些都是外来词，有的是拉丁文，拉丁文通过斯拉夫语，很多是通过俄语然后传入了维吾尔语。但是维吾尔语里边那个传说、神话，那些也是外来语吗？也是外来语是吧，它有些是外来语。维吾尔族人中的传说是很发达的。

中国还有一个观点，在汉族的文化里边还有一个观点，什么观点呢？古时候把诗和文章、散文、论文看得很高，一个诗高，诗是表达一个人的胸怀、一个人的志向。很多皇帝都作诗的，诗很重要，表达一个人的精神境界，所以把诗看得高。再一个就是文章，"盖文章，经国之大业，不朽之盛事"，把文章看得很高。可是把小说、把词、把戏曲看得低，这是老百姓的玩意儿。小说是引车卖浆，街谈巷议，稗官野史，说书人的评话，这些东西都是不登大雅之堂的。戏曲也不行，戏曲里头那都是在舞台上演，伺候这些达官贵人一笑的，给大家解闷的，那个也不行。词也不行，词就是歌词，有点像现在的流行歌词。流行歌词怎么能够上得去呢？上不去，他不重视这个小说。

有一年还发生过这么一个小小的插曲，就是在1981年、1982年的时候，那时候咱们中国作家协会有一位很优秀的评论家，他也主持过鲁迅文学院的工作，就是唐因先生，他姓唐，因果的因。他就提出来，提出来说中国的小说创作写得太无聊了，写得太没有意思了，没有大的题目，说现在写来写去，小男小女，小猫小狗，小悲小喜，小亲小仇，反正就是全都写的小事，鸡毛蒜皮的一些事情。我个人对他这个说法不太赞成，我就说，我说唐先生，还有一个小您没说！还有什么小？小说！是不是？我建议把小说一律改成大说，你要求大家非得写大题材，咱们小说不要叫小说，写大说好了。

上海有一个非常优秀的女作家，在20世纪60年代的时候她特别走红，茹志鹃，你们知道这人吗？王安忆女士的母亲，叫茹志鹃。茹志鹃为什么1958年、1959年特别走红呢？因为1957年一场政治运动把很多青年作家都给封锁了，都冻结了，她侥幸没有出什么事，所以她那时候写得非常优秀，但是也不断有评论家说她太热衷于写家务事、儿女情。后来茹志鹃不服这口气，所以在20世纪80年代，她专门写了两个中篇小说，一个叫《家务事》，一个叫《儿女情》。这个说明什么呢？说明小说它有一种世俗性，它和普通人的生活是非常接近的，和老百姓的生活，和老百姓的经验是非常接近的。茹志鹃就写了《家务事》《儿女情》。

当时还有一种批评，说你写来写去写的都是杯水风波，杯水风波是什么意思呢？你写来写去，你看不到这个世界，你看不到群众，你看不到960万平方公里，你看不到，你看到的风波是什么呢？不是海里的风波，也不是长江里头的风波，也不是叶尔羌河的风波，你看到的就是这一杯水里头的这点风波。后来写小说的人对这一类的说法往往是不太赞成的，所以铁凝专门写过一篇小说，这个小说就叫《杯水风波》，她就写在火车上为喝一杯水而发生的一个小小的故事。

但是我说的有些东西是旧中国，封建的中国，随着新文化的到来，大家对小说实际是越来越重视，看法已经有了很大的不同，有了很大的区别。比如梁启超就鼓吹小说，他提倡新小说，梁启超是一个改革家，他希望人们在小说里头寄托自己对政治、社会、经济、文化、风俗习惯的这种改革的愿望。梁启超就说："欲新政治，必新小说。"你想使这个国家的政治发生一个新的跃进，新的进展，你必须首先要有新的小说，小说可以画出你的蓝图来，什么样的理想的政治，什么样的理想的国家，什么样的理想的政府，什么样的理想的社会结构。"欲新道德，必新小说"；"欲新宗教，必新小说"；"欲新风俗，必新小说"；"欲新学艺，必新小说"。他表达了一种什么呢？就是通过小说来引领社会文化发展的这样一种愿望，一种幻想，你说他是幻想也行。他非常重视，他已经把小说看得很重，而且把小说和我们在中国创造新的历史的这样一个使命连接在一起了。

然后是鲁迅，鲁迅的故事大家都知道，教科书里都讲到，说鲁迅本来到日本是去学医的，学习医学。但是他有一次看日本的一个新闻片，就是在日俄战争当中，在沙皇时期曾经在东北，在我国的旅顺地区，旅顺军港为核心，发生了一次大的战争，俄罗斯派了军舰来，和日本的海军。本来这个战争之前旅顺是由俄军防守的，但是在这次战争当中俄国的军队遭到了惨败，败在了日本人手里。所以鲁迅在日本留学的时候就看了有关的新闻纪录片。其中的一个新闻纪录片恰恰是什么呢？是日本人抓住了两个俄国的间谍，这个间谍是什么人呢？是中国人，是华人。因为俄国人在那儿也没那么多，也可能他和中国人的关系比较好，也可能他使了钱，这都很简单，用了钱，也可能强迫，不管什么原因，中国人替他做事。当然也可能是被日本人诬陷，这都有可能。然后就把这两个中国人绑在那个杆子上，就把中国人的脑袋割下来了，砍了，而这两个中国人一脸麻木不仁的样子，他也不辩驳，他也不抗议，他也不说明，没话可说，完全莫名其妙，不知道怎么回事。

鲁迅看了以后非常难过，觉得一个人在精神上处在一个麻木不仁的状态，这种情况下即使他没有病，即使身体很好，你给他检查身体，血压也很好，心脏也很好，心肝脾胃肾都很好，四肢、前列腺，哪儿都挺好，可是他糊里糊涂，完全连一个国家的意识也没有，连一个维权的意识也没有，连一句明明白白的话都说不出来。鲁迅非常难过，所以他要改做文学，用鲁迅的话，我怎样做起小说来，我怎样写这个小说，我的目的就是为了在精神上能够给中国人一个治疗。这就把文学的地位，把小说的地位大大地提高了。

鲁迅写的小说里头多次牵扯到这个主题，就是精神上的麻木不仁，一个人在精神上该哭的时候不会哭，该笑的时候不会笑，该兴奋的时候不兴奋，该跺脚的时候不跺脚。这是鲁迅看得很深刻的地方。俄国的短篇小说和戏剧大师是契诃夫，契诃夫本身就写过一篇小说，叫作《罪犯》，审问他并判以重刑的时候他是完全麻木。这种罪犯现在中国仍然有，今天仍然有。新疆的情况我不了解，十几年以前河北省就审过这样的罪犯。什么样的罪犯呢？就是他是一个农民，他到铁路上去拔这个道钉，用一个工具，用一个起子，用一个钳子，用一个杠杆把这个道钉拔出来，然后他卖废铁，他卖铁。当然，内地还有过什么情况呢？把电话线，电话线比那个电线还要普遍，把电话线拉下来卖铜丝。

所以现在中国很多地方电话线下边都有说明，说——本线内无金属，没有铜，也没有铝，它是用的光纤的或者是塑料的什么东西，反正不是金属，你卖不成钱的，你就是把这一个省的线全都给拆了，你也卖不了二百块钱。这个契诃夫写过俄国人，俄国的农民，然后官员审判这个俄国农民："是不是你拔了道钉了？"农民说："是，老爷。""你为什么要拔道钉？""没有钱，老爷。""你拔了道钉你会造成火车的事故，你知道不知道？""不知道，老爷。""你这个罪非常重。""是，老爷。""像你这样的罪应该判处死刑，下星期三以前就要处决。""是，老爷。"除了"是，老爷""不知道，老爷"以外一句话都没有。然后这个契诃夫什么话都没说，非常短的这么一个小说。这里边反映出了小说家的一种敏感，一种对社会的诉求、对社会的呼吁，就是我们不能够再这样下去，我们的老百姓不能老是这样一个素质。

随着五四新文化运动，对中国有很大刺激的是 19 世纪的现实主义小说，在中国过去不知道，中国过去哪儿知道。当然，我们也有我们自己的非常优秀的，比如说长篇小说《红楼梦》，《红楼梦》重要到什么程度呢？毛泽东主席在他的名著《论十大关系》当中，他有这么一段，就是说我们中国应该对世界有更大的贡献，我们无非是人口多一点，历史长一点，地方也大一点。另外，我们还有半部《红楼梦》。也就是说毛主席认为中国的特点，中国的立国的特点有四点，第一地大，第二人多，第三历史长，第四有《红楼梦》。《红楼梦》的重要性可想而知。比较有意思的，毛主席的原文是"我们还有半部《红楼梦》"，因为《红楼梦》没写完。后来毛主席身边的工作人员，有关办公厅的领导或者是谁我就不知道了，觉得说半部《红楼梦》不太好听，这么伟大的作品只有半部，给改成"一部《红楼梦》"，其实好的作品不用多，没写完都没关系，有半部就够用，说半部《红楼梦》就成为我们中国的立国之作，反映了中国的社会、中国的历史、中国的文学。

但是在五四以后，大量的，尤其是俄国的现实主义作品，托尔斯泰、陀斯妥耶夫斯基，刚才讲到契诃夫，法国的大家巴尔扎克等人在中国大行其道。另一些人如雨果。虽然从学派上，从艺术流派上人们不说他是现实主义者，而把他说成是浪漫主义者，但是他的影响、他的内容跟现实主义也是相通的。当然法国还有更多的，莫泊桑、梅里美，英国的狄更斯，西班牙的塞万提斯，一大批作品。中国人知道了德国的歌德，而且使我们的文学观念都发生了很多的变化。以俄国为例，俄国的这些大作家，在他们的作品里头表达了他们对俄罗斯人民的这种，你说它是民粹主义也可以，这种民粹主义的感情，表达了他们对俄罗斯既充满了一种对民族的爱，也有许许多多的抱怨、叹息、痛苦。这些人对中国的小说创作一下子可以说是起了一个很大的刺激作用。

中国的小说除了《红楼梦》以外，其他的小说大致上都是以故事的完整、情节的完整，而且以一种比较古典的态度，就是在小说里头把人物一分为二，忠臣、奸臣，好友和卖友求荣的坏人，坚贞的女子和水性杨花的女人等等，它都是这样二元对立的模式，然后总体来说就是好人受了很多委屈，受了很多痛苦，但是最后好人有好报。坏人有很多的恶行，做了很多伤天害理的事情，但是他有恶报，有坏报，好人有好报，恶人有恶报。这是中国小说的古典主义模式。

五四以后中国接触到这样一些现实主义的文学作品，中国人可以说受到很大的触动，就是这种对生活的忠实，这种对人民的情感，和对社会的批判。当然这些作家他们的风格是各不一样的，我也在这儿可以随便谈一点我的感想。托尔斯泰最大的特点就是真正做到了栩栩如生，非常之生动。他写一次酒会，谁穿什么衣服，谁坐什么地方，见了别人他怎么说话，他法语怎么说话，俄语怎么说话，见到男人他说什么话，见到女人他说什么话，他听到了一句不太爱听的话他脸上有什么表情，这一切都生动到让你如临其境，你觉得他写活了。这种活性在中国的文学作品里头《红楼梦》可以做得到，写得非常细致，非常活，非常生动。

巴尔扎克更像一个拿着解剖刀来解剖社会，解剖人，解剖男人，解剖女人，解剖富人，也解剖穷人，解剖恶棍，也解剖这些善良而无用的人，他几乎像一个外科医生。巴尔扎克也很注意外表的真实，他的许多作品都是时间、地点、季节、房屋、街道，他都写得给你一种确定的感觉。但是整体还给你一个解剖图的感觉，你感觉他不仅仅是用肉眼在观察，而且他在用 X 光，也许是 B 超，也许是 CT 扫描，他用这个东西来往里头剖析人性，来剖析人的各种特点。

陀斯妥耶夫斯基和雨果写得都非常强烈，你看他们的作品有一种让你发疯的感觉，那些作品不能读下去，读下去以后你要发狂。陀斯妥耶夫斯基本身就有神经毛病，他是羊痫风、癫痫症，他是很严重的患者。而且他曾经被沙皇陪绑处死，给四个人判处绞刑，把他也带去判处绞刑，那前三个一个一个都上了绞刑架，脖子这儿一拉，腿这么抖两下，两分钟以后这个人就死了，三分钟以后就死了。然后到了陀斯妥耶夫斯基，这个时候宣布沙皇恩准特赦，把你小子放了，以后回去老实点，他这个神经刺激太大了。陀斯妥耶夫斯基还喜欢赌钱，他最喜欢轮盘赌，他的才华非常高，他和出版商订合同，订完合同他拿一大笔钱走，当天晚上就到了赌场，用不了两三个星期钱就赌完了，然后底下再借，然后快到交稿日期了，他如果不交这稿他要进监狱，这等于是一个商业的诈骗案。这个时候他雇一个人，雇一个速记员，他在房间里头就抓着自己的头发来回走，一边走一边说，说的都是那些人生最痛苦、令人发疯的事，那个速记员就记。后来那速记员嫁给他了，这倒不错。所以陀斯妥耶夫斯基的小说有一个特点，他的小说不分段，他可以连着七页到十页不分段，因为分不开。这不分段太吃亏了，尤其是计算版税，计算稿费的时候。过去按字数计算，那空格都是算数的，所以你们注意一下，台湾和香港的作家他是恨不得每三个字一段，每一个字一段。"好"，然后一个句号，一段，"是吗"，又一个问号，又一段。陀斯妥耶夫斯基他顾不上这个，他在一种激情当中，而且他的特点是你怎么难受我怎么写，你看着怎么难受我怎么写，是这样的。他反对暴力革命，高尔基很讨厌陀斯妥耶夫斯基，高尔基说过，如果狼能写作，就是像陀斯妥耶夫斯基那样写作。可惜那样的狼也难找，能找着那么一个狼来也了不得了。苏联解体以后第一次就在当年的高尔基大街，现在不叫高尔基大街了，叫什么大街，叫彼得大街还是叫什么。在这个大街上立起了陀斯妥耶夫斯基的一个坐像，在莫斯科。我看以后非常感动，陀斯妥耶夫斯基这个作家的命运……

雨果也是这样，雨果写得太强烈了，那个对比，那种人生的急剧转变突然就是一个"好好好"，好着好着一下子全完，就跟发生大地震一样，这样就说在小说当中不但有趣味，不但有故事，而且充满激情，充满悲情，有一种悲哀，有一种愤怒，有一种不平，有不平之气。这样的一些作品，它的作者本身，像刚才我说的陀斯妥耶夫斯基是非常反对暴力革命的，但是他的作品在客观上起着一个促进革命的作用。陀斯妥耶夫斯基的一个著名作品叫《被侮辱与被损害的》，它的翻译者是中国作协任职时间最长的党组书记之一，就是邵荃麟，《被侮辱与被损害的》，"被侮辱与被损害的"这个词本身就起了一种激励人民起来反抗帝国主义、封建主义、官僚资本主义统治者的作用。

各式各样的小说有的非常好玩，非常令人产生兴趣，有一些小说它的题目、它的作者的名字我完全忘记了，也可能它的作者并不是最最有名的小说家，但是它仍然给你留下一个特别深的印象。我看过一个埃及人的小说，叫《外科医生比赛》，开世界外科学会，介绍当年外科手术的最高成果。然后有一位在全世界著名的外科大夫上来了，"今天我给大家介绍的是我今年三月份给一个病人割扁桃腺的经验"，下边就笑成一团，因为割扁桃腺是最简单的事情，下面笑成一团，说割扁桃腺怎么变成了高精尖的技术了，有什么可介绍的。等大家笑完了以后，他回答说："因为根据我们埃及的规定，人是不许开口的，所以我的手术刀不能从他的嘴里边割那个扁桃腺，他不能张开嘴让我把手术刀伸进去，我的手术刀是从他的肛门里边伸进去割掉的扁桃腺。"这个太讽刺了，怎么讽刺成这个样子。

土耳其共产党的一个人描写土耳其，说一个失业工人和老婆吵了架，对人生已经丧失了一切希望，准备自杀。他买了一把枪，结果对自己胸部连放三枪都打不出枪弹来，不起火，因为枪是山寨版，假冒伪劣制品。然后他吃药，吃了很多安眠药，躺在床上，头脑特别地清醒，原来头疼不疼了，也不行。然后他把煤气打开了，把这个瓦斯打开了，打开以后房间里空气立马就好了，因为他窗户都不敢开，窗户开了以后来很多虫子、蚊子、苍蝇，可是打开这个了。然后他上吊，脖子一勒那个绳子就断了，因为土耳其买不到一股合格的绳子。最后他说，看来真主的意思不让我死，算了吧，一不想死了，他饿了，饿了他就出去找个小饭馆吃点东西。吃完了以后肚子疼，立马就昏倒在那里了。等他再醒过来，他是在医院的抢救室里头，医生问他："你为什么要自杀？"他说："我没有自杀，我是自杀五次失败以后，不想死了才到小饭馆里吃饭。"那个医生问："你不是土耳其当地的居民吗？你在土耳其没有户口吗？你不知道到小饭馆吃饭都是自杀的人才去吃的？"这个并不能说是最精彩最伟大的小说，但是它是给你留下深刻印象的小说，几十年过去了，我是 20 世纪 60 年代看的，离现在已经五十年了，已经半个世纪过去了，我都能够记住。

我还喜欢一个现当代的作家，他死在 1982 年，美国的一个短篇小说家，他叫约翰·奇弗，约翰·奇弗的特点就是他的整个作品，你看着就像唱一首歌一样，他的主题是要靠你去分析的，不是一下子就明明白白地摆在那里的，但是他对生活有一种特殊的感受。英国有一个作家，他讲得很好玩，因为在英语里头我刚才讲到了，长篇小说、中篇小说、短篇小说不是一个词，英国的这个女作家说什么呢？她说长篇小说和短篇小说是两个不同的体裁，长篇小说算小说，短篇小说应该算诗，当然这是一种说法，这都不是绝对的，没有任何人可以做一个结论。就是说短篇小说有你更多的自我的感受，有时候我自己就在那儿瞎想。我们常常讲，文学是人的精神食粮，这个精神食粮里头的诗歌有一个特别高的地位。诗歌并不直接反映生活，一般情况下是把生活经过很多的提炼、酝酿、酿造以后，诗歌就好比是酒，你从酒里边不一定非得直接看出来是玉米做的还是洋芋做的，土豆做的，是豆类做的还是南瓜做的，还是高粱做的，这个没有关系。诗歌好比是酒，长篇小说好比是席，吃席，满汉全席，里边阴阳五行、男女老少、风雷日月、祸福通塞、高低贵贱都装得下，它是用生活本身的样式来反映生活。我这也只是随便一说，是靠不住的。戏剧像是吃火锅，它把生活的这些佐料，这些调料都放在那个火锅里头，而且加温，这个火锅就好比是舞台。散文、杂文好比吃茶点，好的短篇小说就好像是一杯好的茶或者好的咖啡，它并不要求你写得很完全。

我现在说一点跟咱们这两个班有关系的事，我们公安部门有许多写作的材料，目前在世界上来说，相当火的一个就是推理小说，一个就是所谓犯罪的文学，犯罪心理的文学。推理小说可以当作一个通俗的文学作品写，因为推理小说里头有许多悬念，有许多吸引人的东西。但是好的推理小说又不仅仅限于这个悬念。比如说有的我并没有看过作品，我只是看过那个作品改编的电影。像日本的《砂器》和《人证》，都和日本社会的这种竞争，作为上层社会和底层社会之间的隔膜，还有日本战败以后国家和老百姓生活的窘境，那种困难、那种屈辱有关，你想《人证》里头就是这样。所以他的这个作品，他的推理小说可以获得很大的成功，它不仅仅是销路的成功、市场上的成功，推理小说也可以写得很有内容，很有风味，而且很有那个社会的特点。

还有一个，现在欧美也都很流行，就是写这个犯罪者，有一次我们中国作协和挪威驻华大使馆联合举办的中挪作家对谈，就在北京。挪威有一个女作家，她当过司法部长，当了三个多月就让政敌给折腾下来了，欧洲人和咱们这儿是不一样的。她丝毫不避讳，就是说我回去以后，我得想办法把我那个政敌再折腾下去，我还得当这个司法部长。如果是中国人，绝对没有人这样说话。同时她可能对各种司法的案件有兴趣，她成了当地犯罪文学的一个很重要的代表人物。她会写到诈骗，这个日本也很多，目前日中文化交流协会有一个积极分子叫黑井千次，他也写过很多，诈骗、谋杀、家庭暴力等等各种犯罪的人，他说你们中国怎么没有犯罪文学，这太不可思议了。当时咱们作家出版社的一个副社长还是副总编辑，就是蒋翠林同志，蒋翠林说我们这儿不是没有，我们这儿不叫犯罪文学，我们叫法制文学。因为我们这儿要叫犯罪文学怕读者误会了，以为是教给大家怎么去犯罪，我们是教给大家怎么样维护法制，就是不要犯罪。后来大家笑了半天，有时候文化不一样，看的角度不一样。

实际上法制文学是非常好的题材，我曾经试着写过一部长篇小说，而且我有个别的章节已经在杂志上刊登过，写新疆的，就是《这边风景》。我里边就是想从一个粮食的盗窃案写起。所以我期待着我们和公安工作、和政法工作、和司法工作有密切的关联，了解这方面情况的人能在这方面有新的创作。这是一个很大的悲哀，这也是一个很大的问题，就是社会在经济上发展的这种情况之下，在社会活动的空间、精神的空间和行动的空间越来越扩展的情况之下，在人们的自由度越来越扩展的情况之下，犯罪现象不是减少了，而是增加了，人的各种欲望被挑动起来了。还有各式各样的用非正当的道路来取得财产，取得财富，甚至于取得地位，这样的一些不良事情的诱惑。实际现在这也是老百姓最关心的话题之一，各种各样的犯罪，有的时候你简直是闹不清楚是怎么回事。

我给大家介绍一点这个情况，另外我对咱们新疆也留下了非常深的印象，新疆的文学在我的心目当中还是把诗歌放在第一位的，新疆的许多少数民族是诗歌的民族，而且是非常讲究辞令的民族。他们告诉我，他们说这个《可兰经》很多地方实际是韵文，实际是用诗的形式表达的，而且是特别讲究词句，讲究语言运用的。

我和铁依甫江去鄯善，铁依甫江在那儿劳动过，我们就到了他劳动过的一个农民的家里边，那个农民的家里边，那个农民妇女就做了许多许多吃的。那个太可怕了，因为早晨三点半了，她又开始切肉，我已经完全精力达不到了。除了吃肉喝酒以外，当地的农民一个一个地来朗诵诗，朗诵铁依甫江的诗，也朗诵别人的诗，这个场面我是非常感动的。临走的时候那个农民还给了铁依甫江好几棵大白菜，所以我一直拿铁依甫江开玩笑，你是人民的诗人，人民的诗人当然要吃人民的白菜了，人民的诗人不吃人民的白菜，那白菜给谁吃去。

新疆也有很好的小说家，从我个人来说，祖农卡迪尔，这个人我到现在想不起来我见过没见过他，后来见过。因为我到新疆的时候，祖农卡迪尔由于一些政治方面的麻烦，给他弄到阿克苏什么地方去劳动。但是祖农卡迪尔的小说有一种老式的维吾尔农村、维吾尔人的味道。再一个我熟悉的，我刚才见到那个朋友我非常高兴，柯尤慕·图尔迪，柯尤慕·图尔迪原来是《新疆日报》的，他长期在《新疆日报》工作。还有伊犁的那个小说家叫什么，祖尔东·萨比尔，1965年我到伊犁去的时候我把家接到了伊犁，我推着一个小拉车往伊犁二中拉行李。西大桥那儿有一个上坡路，我推不上去了，过来一个维吾尔族的老师帮着我往上推，谁呢？就是祖尔东·萨比尔，很好玩，这个际会到处都有。后来我还推荐过一个担任过新疆的作协主席，他叫买买提明·乌守尔，买买提明·乌守尔有个关于胡子的故事——《胡子的风波》，后来《小说选刊》还选了这个。他写得非常含蓄，有些东西你需要写得含蓄一点，你不要把什么话都说完，这样的话你就可以留下一个读者解读的兴趣、读者解读的可能性。

这个世界非常好玩，谈起小说来，很多人看过米兰·昆德拉的《不能承受的生命之轻》，米兰·昆德拉说什么呢？他说小说本身就是一种对于独断论的抗议，因为小说的特点是有它存在的多种解释的可能。我读过高晓声的一篇小说，高晓声的这篇小说远远不如他的什么《李顺大造屋》，什么《陈奂生上城》写得有名气，但是我印象就是忘不了。他写一个年轻人一解放参加土改，他就去了，去了以后当地有一个恶霸地主，当时已经内定，第二天进行土改批斗，批斗完以后要把这个恶霸地主拉出去就地枪决。这些都已经安排好了，这个恶霸地主的罪行累累，民愤甚大，上级也都已经批准了。但是忽然发现他们缺少一根绳子，就是要把这个恶霸地主最后宣布人民政府判处他死刑的时候要把他捆起来，需要一根绳子捆起来，虽然这个恶霸地主是不可能逃走的，但是就是做个样子，做个姿态，需要这么一根绳子，但是没有这根绳子。（后来）发现年轻干部捆行李有一根绳子，就跟他说把你这根绳子借给我们用一下，实际上就是做一个样子，到那儿执行死刑处决的时候把这根绳子我们就解下来，也不会把绳子弄脏、溅上血，不会的，对你这根绳子的主人来说就是任何损失都不会有的。这个年轻干部就起了一个很尖锐的思想斗争，就是这根绳子给他不给他，这根绳子给他做这么一个用途，他觉着有点别扭，说他同情这个恶霸地主也谈不到，他本身也不是地主出身，跟这个恶霸地主也不认识。当时的土地改革的这些事情他也都知道，他也不是不明白，自己应该站稳立场，应该跟受苦受难的贫下中农站在一起，他都很清楚。而且他也完全相信，这根绳子就是做个样子，恶霸地主已经斗得瘫痪在那儿了，他也不可能跑，也不可能打人，什么危险都没有。但是他就是不愿意借这根绳子，想来想去他又不能不借，不借是什么意思呢？！他就把这根绳子交给了土改工作队的有关工作人员。第二天等着一开会一干什么，人家根本就把这根绳子忘了，没有人用这根绳子，那个地主已经斗得垮分分的，已经瘫在那儿，已经跟一摊狗屎一样了，也根本不用，也没有人去捆他，也不需要捆他。最后那绳子根本就没人用，就搁在那个土改队一个副队长的宿舍里，在床头上就那么一放就完了。回去的时候他看到自己那根绳子在那儿，他就把它拿上。高晓声最后说了这么一句话，说从此这个年轻人觉得自己成长了。什么意思，我到现在也不明白，但是它给我们留下了非常深的印象。让你慢慢地去琢磨，它究竟有什么含义，没什么含义？有这样一个很小的心理波动，这个波动是解释不清楚的，也不代表政治立场的问题，也不代表价值观念的问题，但是有这么一点波动，他就把它写出来了。

我们读者期待着好的小说，一篇好的小说使你不但了解了这个世界、这个生活，而且让你品味到了这个世界的百味人生，人生不是只有一种味道，让你体会到了百味人生。有些人我们没有见过，没有机会跟他有很多的接触，但是你看了他的小说以后，你会一下子觉得和他靠拢，和他接近。我有一批写新疆伊犁的小说，其实早就在北京民族出版社出版过维文本。台湾地区有一个"立法委员"是伊犁人，叫阿卜拉·提曼，提曼在二十几岁、三十岁到南京去开会，开完会就稀里糊涂让人架着架到台湾去了，然后他在台湾娶了一个河南人做妻子。然后他有好几个女儿，他没有儿子，他所有的女儿都是用天上的东西做她们的名字，如永乐多斯——星、阔亚西——太阳等。因为他几十年不可能到大陆来，他大女儿在马来西亚，把维吾尔文的我写伊犁的小说给他看，他说他每天晚上看，每天一边看他一边哭。我第一次去台湾是 1993 年，他一定要请我吃饭，我们两个人喝了两瓶白葡萄酒，没有喝那个金门特窖，那个金门特窖要喝下去就喝趴下了。他喝得激动到什么程度？他说："我算什么维吾尔族？老婆不会说一句维吾尔族话，我大女儿不会说一句维吾尔族话，我二女儿不会说一句维吾尔族话，我三女儿不会说一句维吾尔族话。"他太激动了，他说："你才算维吾尔族人呢，我早不是了。"所以小说可以成为一个桥梁，可以让你不但体会到生活的内容，而且体会到生活的滋味。

从我个人来说，我毕竟年岁大了，我现在已经满 77 周岁了，所以我期待着咱们的学员里边创作出、翻译出更多更好的小说作品。非常对不起，我也没有仔细地准备，咱们就作为一个闲聊吧，感谢你们很专心地听讲，欢迎你们提出疑问和不同的意见，谢谢大家。

主持人： 好的，非常感谢王蒙老师的精彩讲座，现在我们大家可以有一些非常珍贵的机会来向王蒙老师提问。

学员 1： 王老您好，我是新疆日报社编辑部的翻译，据我所知，利比亚的卡扎菲，他也写小说，他的小说是反对城市化，反对工业化，回归大自然，你对这个问题怎么看？

王蒙： 刚才我说到了米兰·昆德拉认为小说能够反对独裁，秘鲁的诺贝尔奖的得主略萨，他也有类似的观点，但是恰恰一个卡扎菲，一个萨达姆·侯赛因，他们都会写小说，谁写得好呢？还是侯赛因写得好，毕竟像小说家。侯赛因写过一个什么小说呢？就是原来伊拉克是国王制，一个军官发动政变，推翻了国王，有一个部落首领听了以后就要给这个军官拍电报祝贺，但是由于邮局离他们那儿很远，好几公里以外才有一个邮局，而且赶上下雨，他两天才到了邮局，然后他把这个电报稿一交，那个邮局的人员大吃一惊，说你怎么敢这样来拍电报。说是他这个政变已经失败，这个军官已经被国王下令枪决了，已经处决了。这个部落首领一听："真的吗？"真的！给他找来报纸一看处决了，他马上把电报一改，改成给国王热烈祝贺他平叛成功。这个写得还真像一篇小说，他写这个小说实际上就是在论证什么呢？西方的文艺评论家认为，就是在伊拉克这种地方就得使他的这套办法，没有他的办法谁也管不住伊拉克，伊拉克人在政治上是根本靠不住的。

在《北京文学》的《中篇小说月报》上我看了卡扎菲写的《城市》，他说城市人是一群蛆，城市如何之坏，剥夺着农民。回归农业、回归自然这一点上是很多作家的主张。但是他作为一个政治的领袖，如果他是一个纯作家，作为一个纯作家，你讲讲，还是到农村好，还是到海洋上好，城市是在破坏人们的幸福，那么类似的观点多了。美国写那个《瓦尔登湖》的梭罗，从头到尾一本书都是这个观点。就是我们中国现代的一些作家，得茅盾文学奖的一些作家，很多他们的作品也是这个观点，就是我们要守护我们的土地，我们的土地越来越少了，我们的城市越来越多了，这是没有问题的。但是他是作为一个政治家，而且他是一个独裁者，等于他对现代化、对全球化、对工业化、对信息化都采取截然反对的态度，他要捍卫永远不现代化的那个现实。如果是一个诗人这么样做是可以谅解的，如果是一个政治家这样说和这样做就是一个彻底的反动，它和历史的潮流整个是背道而驰的。

可悲就可悲在什么地方呢？就是有一些独裁者他本身又有相当高的文学热情。我了解得当然不深，但是我在一些文章里看到过，意大利的墨索里尼是一个很好的文学家，他也写诗，也会写文章。但是他就用自己怪诞的思想，这种怪诞的思想如果放在艺术里说不定还是有价值的，他用他那个怪诞的思想去治国、去处理国际问题，一塌糊涂。这是一个很好的问题，我刚才本来要讲，忘记了。

学员 2: 王蒙老师你好，我是来自大连市公安局的作者，不敢称作家。我们前几天上了刘庆邦老师的短篇小说课，他给我们做了非常好的一个讲座，对刘庆邦的小说我个人认为还是传统的经典的那种小说类型。我也给刘庆邦老师提了这个问题，就是说传统的经典的小说已经被他写到这种极致了，对于我们现在的作家来讲，对年轻的作者来讲就是一个挑战，我们很难达到那个程度了。王蒙老师，您是中国意识流小说的大师级人物，应该说意识流小说是一个现代派的东西，你对这个问题是怎么考虑的？为什么偏偏在这么多的现代派里选择了意识流小说的创作，作为中国文学的一个短篇小说或者中国小说创作的一个前进的方向，您是怎么考虑的？张爱玲说过一句话，说看了大陆作家的作品，好像我们没有传统，也没有过小说，您对这个问题怎么看？就是我认为中国的小说好像很难从我们的传统里学到点什么，似乎所有的东西都来自于国外，尤其是在当代，是这样的吗？谢谢老师。

王蒙: 我想是这样子，我写的小说，我一直主张一个人可以多有几套笔墨，一个人不应该重复别人的写作，也不应该重复自己的写作。还有，我一直非常喜欢一个说法，就是通过我们的文学创作、阅读和讨论，来开阔我们的精神空间，有些东西你表面上看好像互相的距离非常远，实际上它是有很多互相靠拢的地方。钱钟书有一句话，原文我背不下来了，他的意思就是说不管是南边还是北边，是东边是西边，其实许多治学的思路——他不是讲文学创作——他讲治学的思路是互相可以相通的，是可以参考的。我从来没有自己作茧自缚，画地为牢，说我光写意识流小说，一个意识流是不够用的，小说创作上可以有许许多多，可以是幽默的，可以是超短的，可以是微博式的，也可以是巨大的，也可以是沉重的，也可以是潇洒的，也可以是亲切的。我刚才讲到，我说 19 世纪、20 世纪出了许多悲情万种的小说，现在这种小说也并不见得就是最好的小说。相反，有一些地方人们要求一种更成熟的对社会、对人生的看法，既不是简单的煽情，也不是简单的接受。

至于说关于中国的传统，我觉得这个我们从全面的情况来看，我没有那么悲观。因为我们从全面看，现在还是非常重视在自己的作品里体现传统文化的，有意识地体现这种传统文化的作家也还是不少的。比如说贾平凹，比如说陕西的一大批作家，他们还是很有那种——现在一个词就是很"接地气"的。而且有些东西现在非常难讲，比如说鲁迅的短篇小说的形式受西洋文学的很多影响，但是他的语言，他对人物的概括，你就可以看出来他有很深的中国经典著作的底子，而且自己本人也写过《中国小说史略》这些东西。所以我觉得我们这些东西还都需要从长计议，有些表面上看着很生疏的东西其实我们的文化传统中也是具有的。

学员 3：王老师，你好，我是来自四川的学员，我想听一下世界文学的最高奖诺贝尔文学奖，那个应该是世界作家的岸，但是到目前为止，我们中国作家还没有获诺贝尔奖的，有的说是排斥性的问题，有的说是翻译的问题，有的说是中国作家本身就没有获诺贝尔奖的血脉。听到这些，想听听王老师你对诺贝尔奖的看法，还有中国作家与诺贝尔奖的缘分这方面的看法，谢谢。

王蒙：我简单说一下，如果你读过我的书的话，我写到过许许多多有关的情况，诺贝尔文学奖是一个目前为止在全世界最有影响的文学奖，因为它搞的历史也比较久，金额也比较高，是 1000 万瑞典克朗的样子。他们比较喜欢奖励西方世界的一些左翼人物，就是批判资本主义的人，或者是奖励西方世界的一些非常不受欢迎的作家。左翼的人物我举例，比如说德国的海因里希·伯尔，海因里希·伯尔把德国骂得痛快淋漓，德国政府拿他都是毫无办法的。以至于在他得诺贝尔文学奖的时候，《法兰克福日报》说他不是作为文学家，而是作为道德家得的奖。它还奖励过葡萄牙共产党的党员作家萨拉马戈，萨拉马戈是阿拉法特的好友，他是同情巴基斯坦人民斗争的，是反美的。它奖励过哥伦比亚在中国影响很大的加西亚·马尔克斯，1986年2月在美国开第48届世界笔会，美国政府不准加西亚·马尔克斯入境，因为他反美的调子特别高，他是卡斯特罗的密友。但是另一方面，对社会主义国家，除肖洛霍夫外，它基本上是奖励它的不同政见者的，并不是没奖励中国作家，它大张旗鼓地奖励中国作家高行健，是中国不承认他是中国作家。所以这个问题，政治上是专门挑选这样一种游戏的方式，这样的游戏方式中国是不承认的。

我们这里是发过正式的文件的，提出诺贝尔文学奖和诺贝尔和平奖乃是对中国进行和平演变的一种什么什么东西。所以这里就变成了一种非常复杂的矛盾，这个矛盾你们从我的看法知道……我今天这个话只能说到这儿，我不能再多说了，是有这个看法的。这里头懂中文的只有一个人，就是马悦然，他是终身制的院士……所以在这种情况下对诺贝尔文学奖我们能够抱一个客观的淡定的态度，第一，我们不必认为它奖励谁谁就是反中反华反共的人，就是我们的阶级敌人。第二，我们也不必认为它奖了谁谁就是好得不得了，这个不见得。诺贝尔文学奖每年奖一个，不用多说，近三十年奖了三十个了，我们在座的人哪个能说出其中的五个以上的人？我的印象这么多也就是一个海明威对中国的影响大，加西亚·马尔克斯对中国的影响大。左翼的奖过意大利的达里奥·福，那也是一个非常左的作家。不受欢迎的蔫蔫的是那个法国的西蒙，1986年奖励的。因为他用很怪的文体写，基本上就没有人看，他奖了以后大家忽然发现有这么一个作家。

所以被奖的作家当然很幸运，他是声名大噪，奖金很高，比奖金更高的是他的作品一下子就不得了。比如高行健的一本小说《我给爷爷买鱼竿》，在台湾印出来了，是马森，我的高中同学帮着他在台湾出版的，出版了以后几年过去了，只卖了几十本。但是他一得了奖，一下子几十万册到处抢，就是这样，意义非常大。

但是同样也还有一大批没有得诺贝尔文学奖的人，像刚才我提到的那些人都没得，都不是得诺贝尔文学奖的。另外他还奖励过法西斯分子，挪威，诺贝尔文学奖不敢奖给易卜生，Ibsen，这是鲁迅最喜欢的剧作家，他奖励的是不像易卜生那么尖锐地批判挪威社会的另外一个人（比昂松）。他还奖励过一个崇拜希特勒的人，那个人后来很惭愧了，很羞愧，也被审查、被拘留过，最后也给放了，他自个儿躲在一个山里的石头屋子里，老其终生，也很可怜。

所以诺贝尔文学奖的问题，我们既无须乎敌视诺贝尔文学奖，也无须乎羡慕得不得了。如果说羡慕的话，我只能说那是一种幸运就是了，那么它已经奖励的里头特别优秀的作家我相信是有的，很可爱的作家就更多了。比如说日本的大江健三郎，这个人非常可爱，这人真是可爱极了。但是对他的作品我又不敢说我多么感动。我们用一种实事求是的平常心来看这个，我觉得我们一定也就不会把心思放在这上面。

中国很多人有的整天盼着得，得了当然很好，谁说不好了？还有一个，中国应该把自己的文学奖办得更好，这个比说什么都更好。

主持人：非常感谢王蒙老师，好，最后一个问题，把话筒给一下。

学员 4：我想问一下，最近新疆少数民族文学翻译开始发现一个良好的发展势头，特别是少数民族里的文学作品，长篇小说、短篇小说，小说作品翻译量逐步增加，不知王老师读过这些翻译作品没有，这是一个。第二个，对我们这次来参加翻译研讨班的这些同学、学员有什么样的期待，我们特别希望听一下，谢谢。

王蒙：新疆的文学翻译真是一个非常有趣味的，也是一个非常光荣的任务。我在新疆期间，和好多这方面的朋友也有来往，像翻译周总理的诗的时候，我都参加过他们的研讨，克里木·霍加和郝关中，和好多人参加过研讨。我们在"文化大革命"当中也常常为某些翻译得不恰当的而顿足，因为不敢随便变，但是一看就是错的翻译。

所以我也非常关心这些事，我说什么，任何一个字它都有一百种翻译方法，至少有二十种翻译方法，但是你要挑选一个最好的方法，这个方法既符合汉语的特色，又符合维吾尔语的特色，能够让维吾尔的读者读到这个以后觉得这个维吾尔语很地道，很有滋味，很有趣，很会说话。维吾尔族是一个讲究辞令的民族。我在新疆的时候，因为那时候是"文革"当中，那个农民的老人，农民的妇女跟我说，说现在的人们怎么这么会说话，说怎么这么会说话，说把地上的树木全部变成笔，把蓝天和大地变成纸，把海水和江水变成墨也写不尽毛主席的恩情，说他怎么能想出这词来呢？新疆人是最会说话的人之一。得机会请新疆的朋友，当然了，还要适当地配上一点酒，然后大家聊起来，你听那种漂亮的话、讽刺的话、挖苦的话、逗笑的话多了。所以我们要翻译出活性来，翻译出维吾尔语言的灵魂来，同时你又要忠于它那个原来的语言——汉语也好，英语也好。而且我还主张咱们在这儿做翻译工作的人不要仅仅满足于维吾尔语和汉语，这个语言，人是累不死的，你好好学吧，谁也不会累死。你要学英语，要学俄语，要学法语，要学突厥语，要学波斯语，要学阿拉伯语，来提高自己、丰富自己，我们的翻译要让它真正成为艺术的精品，这是我的愿望。

当前文化生活的繁荣与歧义

2011 年 5 月 11 日在宁波大学的演讲

大家好！今天有机会再来到非常美丽和富庶的宁波市，来到这个非常重要的宁波大学，和大家有所交流，这是一个很快乐的事。今天要跟大家讨论的题目是，文化生活的繁荣与歧义。我说一下，我说话的特点就是不按稿讲，我追求说话的即时感、即兴感，谈心的感觉。如果按稿讲，我就不如写书去了，然后发给大家，又或者，现在可以发 CD、VCD，什么都可以。难得有一个机会和各位促膝谈心。

● 当前文化生活的繁荣现象

　　繁荣，我想这个好说。可以说，在我一生的经验里面，从来没有一个时期像现在，有这么大量的，可供选择的文化服务、文化产品、文化手段，有这么大量的文化生活的参与者。我们国家是很重文的一个国家。从古代开始就一直这样，可是在 1949 年至 1966 年，"文革"开始前的 17 年，我们中华人民共和国一共出版过 200 种长篇小说，平均每年 11.7 种，我没有仔细算清楚，或者 11.8 种书，不到 12 种。到 12 种的话，就不是 200 种，而是 204 种了。现在呢，我们每年出版的新的长篇小说是 800 到 1000 种，在网络上发表的长篇小说可能也是这个数量，甚至还不止。我敢打赌，在座的各位，没有一个人能清楚地告诉我，2010 年全国到底出现了多少种新的长篇小说，其他的就更不要说。电视，从没有到有，有的地方只有一个频道，到现在安上机顶盒有一百多个频道；尤其是网络的发展，使大家有了更多途径去获取文化信息，甚至参与到里面。这些都不需要我说。如果说我们的文化事业空前繁荣，这并没有任何的水分。但是呢，与此同时，又有许许多多对当年的文化生活、文艺作品的批评和不满意。多了是多了，多了不见得是好了，这就奇怪了。比如说，我刚才说一年才出几十本的时代，那些小说都很有名。我们回忆一下 1949 年到 1966 年出版的长篇小说，有所谓"三红两创"，《红日》《红岩》《红旗谱》，两创是《创业史》《李闯王》，就是《李自成》，还有其他什么《青春之歌》《林海雪原》《铁道游击队》等等，你可以举出许多许多的作品，被大家所知道。现在，出了一本书，大家都不知道，因为那个时候少啊，出一本书，印 50 万册，这已经是少的，动不动就上百万册。现在出一本书，3 万册，还算好的，有的只有 2000 册。每年，我们国家出的书有 30 万种，新的书目 20 万种左右，重印的 10 万种左右，其中这些书里面，根据新闻出版总署的说法，从印出来到最后，没有卖出去一本，彻底没有人买的，每年约占百分之十。电视也一样，我记得非常清楚，在全市只有一个电视频道的情况下，我都看过什么电视，我太清楚了。那时候我在乌鲁木齐，新疆刚有电视台，在村里头看过电影《春苗》七遍，看过《红雨》六遍，《决裂》也是八遍。我都非常清楚。那个时候，每个电视的广播员，我都能叫得上名字来。现在，一晚上拿出个控制板，换过来换过去，结果一个晚上临睡前根本就想不起自己看过什么电视，这种事情也非常多。文化项目多，可选择性强，未必绝对是好事。大量的、网络的阅读养成的，当然有好的一面，这个就不用说了，它非常好，否则我们的好多务工人员哪有那么多机会获取那么多信息，发出自己的声音，因为他们属于沉默的大多数，但是现在有了。不好的方面，它形成了类似遥控器的习惯，就是浏览，很少能静下心来慢慢读书和思考了。本来我们经历的生活是瞬息万变的，缺少稳定性，发展得太快了。再加上网络所造成的阅读和思考的习惯，它会带来一些什么样的问题。东西一多，一普遍了，我们怎么样去考虑我们这个精神产品，我们这些文化形成的积累的水准？我们到了书店，一看展览的几万种十几万种书，而在这几万种十几万种书中，我可以很肯定地说，大多数是不怎么高雅的，是面向市场，是缺少足够高端的文化含量的，我们就会得出一个印象，现在的书量很大，但水平很低。

　　但你也可以有另外一个思考方法，一个时期的水平只能由这个时期最高的东西来代表。我们谈唐诗，认为唐朝是一个诗歌非常发达的时代。我们肯定会首先考虑到李白杜甫，肯定会考虑到王维李商隐，当然还有其他许多人。而我们不可能把唐朝下九流三等以下的诗放进去。如果你把唐朝所有人的诗都放进去，对唐朝的诗你的印象就会改变了。所以，就碰到一个问题，究竟我们现在的文化事业是很好还是很差？《中流》杂志曾经发表过非常激烈的言论，说现在的文艺不但是1949年以来最差的，也不如国民政府控制的旧社会，不但不如国民政府控制的旧社会，也比不上敌伪时期——有些非常极端的否定。这些争论又争论在什么地方？我给大家做一个大概的介绍，也是浏览性质的。

● 文化生活究竟是市场驱动、利益驱动，还是艺术驱动、理念驱动？

第一，我们的文化生活究竟是市场驱动、利益驱动还是艺术驱动、理念驱动？我们现在衡量我们的文化生活是根据市场需求，根据数量的多少。比如电影要看票房，是不是叫座，又比如电视剧，要看收视率，出书要考虑发行量，网络上的作品要考虑点击率。可是，这些东西和文化价值、历史价值、精神价值又不是完全一样，这个非常不好办。我们不能排除市场对文化的促进。为什么有些行业发展得非常快，而且待遇很高，歌星影星，某些绘画，市场起的是好的作用。但是市场的东西，你又不能说是万能的，比如说，有些东西很有价值，但市场上并不看好，这个在历史上也是有证明的。一开始的时候，很多人说看不懂，后来才渐渐地取得相当价值。很多法国大画家，在他们活着的时候都非常艰苦。像荷兰凡·高，生前生活艰苦，后来他的价值才表现出来。而在我们国家，很多艺术家是且战且退，最后他不可能挡住，也不需要挡住市场对艺术的驱动。我们找一些老的材料，早在1983年《北京晚报》11月3日第一版上方，以显著地位刊登：中国戏剧家协会座谈：不演坏戏，不把戏剧艺术商品化。一直到1990年，文化部党员登记时，还对文化产品是不是商品问题进行了激烈争执。因为有人写文章谈过文化产品也是商品，结果受到了批评。1980年4月23日，来自十三个省区与部队的 131 名歌手发出倡议书，提出不健康的流行歌曲正在传播，我们要积极行动起来，用革命的、前进的、健康的歌曲淘汰靡靡之音，让社会主义的歌声响彻大地，踏着威武雄壮的步伐昂首阔步前进。我举一个例子，比如说邓丽君，20 世纪 70 年代末，"四人帮"倒台后，我不知道是从谁开始，一下子就进入了大陆。我最早听到邓丽君的歌是通过那种老式的收音机，像砖头一样大小，然后用盒带，哑哑地响一会儿，才出现邓丽君。那时候是批评邓丽君的，不但批评邓丽君，还批评李谷一。可这些东西，现在早已不是一个问题。前不久，中央电视台，它的音乐频道，由赵忠祥同志主持，播放纪念邓丽君的一系列节目。1983 年上海《解放日报》与《支部生活》等单位举办庆祝五一演出。这里面既有流行歌曲，也有所谓的主流的传统的诗歌朗诵。结果遇到流行歌曲大受欢迎，遇到正面的朗诵与群众歌曲被嘘，其中有著名的演员祝希娟，她被轰下台，都哭了，说从来没有受过这样的侮辱。美术上这样的事情也很多，1989 年的人体绘画和所谓的另一次现代艺术展，都引起过很激烈的争论。

● 如何看待大众文化、时尚文化、民间文化与精英文化、经典文化、主流文化？

第二个问题，我们来讨论所谓的大众文化、时尚文化、民间文化与精英文化、经典文化、主流文化，我们到底怎么看，应该有个怎么样的说法，还是说不需要任何说法才是最好的说法，我也糊涂。原来邓丽君的歌是不合法的，现在邓丽君的歌非常合法，而且还很受欢迎。这也没有什么说法，后来我一想，没有说法也行，何必什么事都要有个说法呢，是不是？你渴了需要喝水，还需要说法吗？好像也没有人提出过这样的疑问。现在的文化有这么多类，还比较奇怪。实际上呢，如果要讲市场经济，要讲利益驱动，那美国比你中国市场化多了，美国出书，美国书商对这个书行业利润的追求是非常大的。美国、英国的那个恐怖小说，美国出的科幻小说，美国出的大片，不管是《泰坦尼克》，还是《阿凡达》，英国出的那个《哈利·波特》，那个利润是相当大。但是，他们在出这些东西的时候，里面有他们认为他们那些个比较高端的东西，并不特别追求销量。而中国，许多作家常常感觉自己被冷落、被边缘化，所以，他经常要提出一些很悲壮的口号。曾经在 20 世纪 90 年代初期，提出要在中国开展抵抗文学，提出要守护大地，要守护家园，但你不知道中国发生了什么事，抵抗要在被侵略的时候，否则你怎么能叫抵抗文学呢？我们回忆一下，这几十年来，在文艺上各种各样的批评、不满，或者是困惑，非常之多。1987 年第一次中国艺术节，开幕式上，有通俗唱法的《十送红军》，结果主席台上有位老同志，也是一位不乏名气的老同志提出抗议，他就喊了一声："怎么能这么唱呢？"现在这种喊也没有了，因为大家渐渐明白了，怎么唱，也管不了那么多了。就说，在不知不觉中，我们的很多观念都发生了变化，但同时我们也产生了一丝困惑，感到了一丝欠缺，在发生变化的过程中，我们需要对我们的精神价值命个名，需要定个义。如果你不定义，就不知道是怎么回事，反正不行的东西最后也行，行的东西不行了，就是不能很好地判断这个东西。还有这样一个说法，我觉得也值得我们思考。以美国为例，在美国的文化、娱乐里面有许多毫无价值的东西，美国有些宾馆里有这个电视台，那里面有很多不值得看的电影。但同时，美国确实有些大片，在商业上很成功的大片，它里面仍然包含了一些有价值的，对那样的精神的追求，比如《泰坦尼克》，不能说它没有价值，里面有爱情，有那个很平民的意识。我看《泰坦尼克》，最感动的是，那个船已经遇了险，船上的乐队，所有的人都在奏乐，庄严地送船沉没，送所有乘客赴死，所有人都穿上最好的服装，打上领结。每个人都很自觉，没有做动员，但是至少我是乐队，我要表现船的尊严，要表现人的尊严，要表现我们是世界上第一流的乐队，即使船上的水已经漫上来了，都淹到脖子了，我该奏什么乐还接着奏。《阿凡达》里就不要说了。而在我们中国的大片呢，有些就变成了很空心的东西，因为它没有精神的内涵，什么《三枪拍案惊奇》《大笑江湖》，文学里面也有什么《上海宝贝》，后面还有什么《北京宝贝》《西安宝贝》，还好，我还没有看到过《宁波宝贝》。

● 如何看待文化生活中的急功近利？

第三个问题，我们谈一下，就是现在有些急功近利的对文化的一些说法，非常流行，它已经压倒了人们对文化应有的理解和尊重。现在对于文化的有些说法，它都是功利的、浅薄的、泡沫化的，比如说第一个说法，文化符号，说文化就是几个符号，而且这个东西搞得很热烈，有些城市的领导或者传媒在选我们这个地方文化符号是什么，对不起，宁波的情况我不知道，若有雷同，纯属巧合，宁波的符号是什么，应该是包玉刚？应该是臭冬瓜？还是应该是宁波大学？它变成一个符号，放上这几个符号，就算是文化，这太廉价了！我在网上也看到，在一些书上也看到了，比如说，2008 年的奥运会开幕式，搞这个千军万马的秀啊，这个展览，这个展示，其中有一个敲陶罐子的活动，很有气势，敲那个叫缶还是什么的，因为那是一个人造的文化，中国早已经没有敲那个陶罐子的乐器了。有些是假的文化符号，而有些真的文化符号早就没有了，我们现在就在造假。一种就是资源，说资源是什么呢，一种旅游资源、一种推销资源，这个全世界都有。1996年第三次去德国，我去了一个原东德所属的魏玛，歌德曾长久在那里居住过。我们到一个餐馆，上面写着，这是歌德曾经常常来吃饭的地方。到了以后，服务生向我们推荐一种鱼，说歌德当年最爱吃的鱼，我说我在中午刚吃过鱼不想吃，他说那你就吃这个鹿肉吧，鹿肉也是歌德很喜欢吃的。因为它有这个资源。但这种资源在中国就变得很可笑。大家都在争夺这个资源。一个文化名人，原先的行政区划跟现在不一样，那时候的地名也跟现在不一样。各个地方早就开始争了，有些地方争得很厉害，有些地方能共存还不错。比如曹操的诗"何以解忧，唯有杜康"，这个杜康酒，河南也出了，因为东汉首都是在河南洛阳，那么西汉的首都是在西安，所以西安也有杜康酒。这个还好说。其他的，对于文化名人，这个说他出生在我这个县，那个说出生在他的县，他们原来可能就是一个县，一个省，以至于有的地方领导说，我们现在发展旅游，就是"先造谣，后造庙"，我们先声明这个名人是我们这儿的。这个就非常好笑。李白这个出生地就非常好笑，说李白出生在四川，还请来邓小平同志题"李白故里"，但是湖北坚持李白出生在湖北，而且为了证明出生在湖北，他们还搞了一个国际统一战线。因为郭沫若曾考证说李白出生在贝加尔湖附近的碎叶城，好像现在是吉尔吉斯斯坦的一个地方。结果，湖北的那个县就请了吉尔吉斯斯坦的专家来举行纪念李白的活动。于是，这个时候韩国的朋友也插上一腿，说李白是韩国人。我觉得非常可爱，觉得韩国人多么重视中国文化。还有说孔子是韩国人的。所以说，它就把文化资源化。说文化是品牌、是名片，还有文化产品是卖点的说法，等于说文化是幌子。当然有一个口号那就更久，1980年，我在文化部的时候就经常看到这个口号，我是感到非常困惑，不能说不对，就是"文化搭台，经济唱戏"。所有的文化活动起推动经济的作用。比如说我的家乡在河北沧州，沧州那边有一个县叫吴桥，吴桥的杂技全国有名，吴桥人喜欢练气功，喜欢功夫。通过吴桥的杂技就可以招揽很多游客，乃至很多商人，这个就能推动经济，很不错。山东的潍坊，打这个风筝牌，潍坊有国际风筝节，这个也有好处，越搞越大。像这些个资源说、符号说、名片说、搭台说，它都有一定的道理，但都回避了文化核心本质。文化应该是什么，文化应该是人的一种精神能力，是一种精神财富的积累。文化的首要属性是文化存在改善了人类的生活质量，使人类的生活更加丰富多彩，使人类生活更富有凝聚力，使人类过越来越好的生活。如果你离开了文化的这一本质，你谈资源也好，谈符号也好，谈名片也好，谈卖点也好，你是把它当商品来看待的。它可以是商品，但又绝对不仅仅是商品。现在我们面对的一个问题呢，人人都在谈文化，但我们回避了、忽视了文化的精神性。还有各种泛漫的文化说法，什么茶文化、酒文化、牙文化、巫祝文化、民俗文化、节庆文化、婚丧嫁娶文化——反正没有一个东西不是文化。这也对，但这也是落入了具体的文化样式，而找不着文化的核心，找不着文化的灵魂。这个呢，造成相当大的问题。一方面我们的文化设备、文化硬件、文化种类在不断发展，但另一方面呢，我们多多少少感觉到我们精神上的困惑、精神上的空虚、精神上的无奈，就是你并不能用一种很好的、很有价值的、很有精神的说法来解释、来衡量你所面临的这些变化。还有些也是非常重要的提法，比如说软实力，软实力很好啊，我们要发展软实力，连我们的党中央文件中也说要发展软实力。软实力中我们需要产业、市场、精品，仍需要另一面提法的补充与平衡：需要经典、高端、深刻性、文化内涵、思想性、时代精神与历史价值、历史地位。

● 能代表我们今天的文化成果的是什么？

这样的话，我们就面对一个很大的困惑，究竟能代表我们今天文化成果的是什么？毫无疑问我们生活在一个非常伟大的时代，中国是一个13亿人口的大国，从贫穷落后，甚至封闭，通过改革开放三十年，有的说是崛起，但我们国内一般不说崛起，就说是发展，外国人喜欢说崛起，raise，是提高。在这种情况下，我们究竟靠什么代表我们的精神面貌、精神高度、精神成果？有些人有些着急。据说啊，有些还是做文艺工作的领导人，就议论说，当年有楚辞、汉赋、唐诗、宋词、元曲、明清小说，中国每个时期都有代表那个时期的文化成果，那今天的代表是什么？有一位同志开玩笑说，今天最有代表性的恐怕就是手机短信和电视小品了。我一点儿也不反对电视小品。其实我对赵本山的评价很高，赵本山有些对社会讽刺的作品，他的那个《卖拐》啊，具有相当大的讽刺性。我看赵本山的《卖拐》的时候，里头就有一句潜台词：你们笑什么，你们笑你们自己。不要以为只有范伟演的那个角色才有受骗傻气的一面，你们都有傻气的一面。手机有些段子，写得真是让你忍俊不禁。但我们不能仅仅有这些啊，我们几千年的国家，我们有那么长的历史，我们有过先秦诸子，我们有过屈原、司马迁、李白、杜甫，有过曹雪芹。这样一个国家，我们今天确实还缺少应有的能够成为我们民族的骄傲的东西。但是我又不主张过分地攻击和贬低我们今天的文化事业。有一种说法，我在其他学校里头，有过这样的提问，说五四时期的那些作家都是忧国忧民的，他们的作品里面关怀的是祖国和人民的命运，而现在，从作家的作品中看不到这样一种关怀，是不是说现在的作家堕落了？这个问题不是一句话就能说清楚的，但我还是说一下。当一个国家面临土崩瓦解，风雨飘摇的时候，作家忽然变成了社会的中心。就像毛主席说鲁迅，说鲁迅是最勇敢、最坚决的人，他不但是一篇文章、小说、散文诗的写作者，而且还成为我们精神的导师。巴金也很喜欢做一个比喻，一群人夜晚在森林里迷了路，面临生命危险，一个人就把自己的心挖出来，变成了火炬，带领着大家走出了森林。这当然是非常令人肃然起敬的比喻。但是我们也要考虑到另一面，我们现在的社会和当时的社会很不一样，我们现在有大量的文化生活，我们现在提的口号是满足人民群众的需要。人民群众有发展的需要、教育的需要，还有其他很多需要，如消费需要。而且现在很多消费品是以精神消费来被群众所购买、所使用的，这是一个事实。我们的人民，尽管有困惑、有牢骚、有批评，但是我们从全国来说，并不是处于一个无限悲情的状态，我们不是这样一个状态。如果说一个文化人，他把自己定位为我就是你们的精神领袖，我就是你们的精神导师，我就是那个把自己的心挖出来当火炬的人，这种定位在今天未必能够取得社会和大众的认同。

● 我们缺少革命后文化的成果和经验

我再说一个比较大的话题，我们历史上有许许多多革命前的文化成果和经验，但是我们缺少的是革命后的这种文化成果和经验。但一个社会在大的变革当中的时候，会有很多精彩的文艺作品。比如南非的纳丁·戈迪默，她非常有名气，她反对种族歧视，她坐过白人的监狱，我第一次见到她还是1986年，那个时候我在纽约出席一个国际笔会，我有幸聆听了纳丁·戈迪默的演讲，她的讲演非常有自信，高屋建瓴，每一句话就像散文诗一样，你抄下来，不但没有错误的字句，也没有错误的标点符号。可后来呢，南非的白人种族政权被推翻了，曼德拉担任正在消除种族主义的南非领袖。

南非现在也是金砖五国之一。但是在三年以前呢，纳丁·戈迪默被抢匪进入她的家，抢走了她所有东西，而且抢匪让她把手指上的戒指拿下来，她拒绝拿下戒指，就被抢匪打伤了。她面临新的情况的时候，她的声音就不如她在反种族歧视过程中的那么高亢、那么嘹亮。这里面有些非常复杂的问题，需要我们来积累，积累新的经验。我顺便说一下，5月7日，大家都在纪念泰戈尔的诞辰，我觉得泰戈尔非常难得，我曾经讲过，世界上有悲情的和雄辩的文学，鲁迅是这样，甚至连雨果也这样。但是世界上毕竟还有温暖的、亲和的文学，泰戈尔就是这样的。

● 当前文化环境下，我们真正缺少的是什么？

第六个问题，我们讨论一下，就是我们今天缺少的是什么？我们现代人有更多的选择，你打开电视机，有10套、50套，甚至200多套节目供你挑选；你到书店里去，十万种、几十万种书摆在那儿供你挑选；你打开你的电脑，上到网络上，有无数的信息等着你选择。但是这种情况之下，我们有没有相对比较权威的评估呢？我们有没有一个这样强有力的评估体系或评估系统呢？我刚才讲到了，在美国，如果你找穷极无聊的作品，多了，但是呢，美国仍然有它自己的权威。比如说《纽约时报》，它的剧评、影评都非常厉害。1982年，我曾经在康涅狄格州访问过亚瑟·米勒，他写过非常著名的《推销员之死》。当时别人告诉我，他有个新戏要上演，然后我就向亚瑟·米勒祝贺。但是他忧心忡忡地对我说，到现在为止，这个《纽约时报》剧评还没有表态，我担心我的戏上演很可能达不到预期。后来果然是这样，据说，还被认为是一个不成功的作品。堂堂的亚瑟·米勒，他写过很多戏，他得过普利策奖，他和玛丽莲·梦露结过婚，你看，我说了半天《推销员之死》你们没有反应，一说玛丽莲·梦露你们都知道了，这也是玛丽莲·梦露的软实力，比《推销员之死》的软实力强多了。他在乎——非常在乎权威评论的反应。美国有普利策奖，这个奖曾经由美国总统颁发。日本也是一个非常讲市场的国家，但是日本有芥川龙之介奖，大江健三郎在获得了诺贝尔文学奖之后，日本要给他补一个芥川龙之介奖，但大江健很牛，拒绝接受，说我得这个奖跟你没有任何关系。在日本，大江健三郎被认为是左翼作家，他得奖的同时就有人在他家门口贴上两字：国贼。法国有龚古尔文学奖。他们就是有一种"既和市场保持相当远的距离，但又不敌视这个市场"的评估体系，或者是奖项。我们现在的困难在哪儿呢？我们不能简单地说我们现在没有好作品，有好作品也发现不了，我可以不客气地说：那么多作品，你怎么看啊？累死你！谁知道哪个好哪个不好。有很多好作品被发现也是需要一个过程的，很多作家死了之后他的作品价值才被人所真正了解。昨天，我跟咱们党委宣传部长王老师聊天，他跟我讲，有一个人研究文学作品只研究前三十年的作品，因为一个作品不经过三十年是看不出它的好坏的。一时被捧得很高，一时销量很大，三十年后，早就被人所淘汰了的东西不是好作品。这话说得非常好，我非常赞成，但是我后来又一想，这东西操作起来也非常困难。我们只研究三十年前，而不研究现在的，很困难。我们要加长印书的期限，所有的书都在三十年后再发表。如果你短命呢，那就是当前的所有是空白，一切都要等三十年后再说。这也是一个问题。我们现在没有人做沙里淘金的工作，甚至也没有人做这个检查我们"精神产品里面的三聚氰胺"的工作。有些报纸对我进行了采访，我也说了，俗并不可怕，可怕的是只剩下俗。微博也很可爱，如果说一个国家的书没有了，只剩下微博了，以后我们上课也改成了微博体，每节课15秒钟，这是不可思议的，没法想象的。所以，如何在当前这个我称之为文化泛漫、文化大量、广大公众参与的环境中，仍然有这种沙里淘金的工作，仍然有这种权威的机构对它进行评估，对它进行选择，同样也能够对那些假冒伪劣的精神产品汰劣择优，我们现在碰到非常复杂的状况，而且一时半会儿解决不了这个问题。

● 关于传统文化与五四运动

我再谈一个很有意思的话题，就是传统文化与五四运动。目前，很热，因为中国很多事都是"三十年河东，三十年河西"。有很长时间，我们对老祖宗的东西有很多批评。比如说五四时期，我们要打倒孔家店啊，鲁迅给青年的建议是基本不读中文书，钱玄同提得更加尖锐：废除中文。不但废除中文，他还提过"人过四十，一律枪毙"，这些说法都很激烈。近年来，大家都对《三字经》《弟子规》啊很有兴趣，对于这个问题，现在也缺少一个深入思考和讨论。我的看法呢，不应该把五四新文化运动和今天我们弘扬发展传统文化对立起来，恰恰是五四运动挽救了传统文化。今年是孙中山领导的辛亥革命一百周年。孙中山先生说，当时中国的情况是"人为刀俎，我为鱼肉"。就是说，当时中国就像放在菜板上的几条鱼或者一块肉一样，任由西方侵略者用刀枪宰割。如果我们处在一个任人宰割的情况下，我们谈什么弘扬传统文化，这不是闹笑话吗？你已经是丧权辱国，国已不国了，用毛泽东的话来说，就是中国都快被开除球籍了，球是指地球，那么中国文化最多就是放在博物馆里让人欣赏。人家说，哎哟，中国男人还梳长辫子，女人还裹小脚，中国人还抽鸦片。所以，我们今天能客观地、比较好地、比较理直气壮地来发扬我们的传统文化，我们要感谢五四新文化运动给我们的理念带来新生。现在有一种说法，认为中国的传统本来就是好的，后来又搞革命，又搞五四啊，把传统都弄丢了，这是极其糊涂的说法。仅仅靠传统文化，中国早就混不下去了。很简单，你看看《金瓶梅》、你看看《红楼梦》、你看看《儒林外史》，你看看《水浒传》都行，那里面全中国有几个人能真正做到孝悌忠信礼义廉耻，《红楼梦》里头除了贾政一个人以外的男男女女，有没有一个人按照孔孟之道来做事？他为什么不做？为什么孔孟之道管不了荣国府，管不了西门庆和潘金莲？所以，我觉得，我们今天要弘扬传统文化，绝不是要复古，回到明朝，回到清朝。回到明朝，回到清朝就坏了。我们还是要按照邓小平同志所提出的：面向世界、面向未来、面向现代化。

我今天就文化生活上的一些问题跟大家做个交流，因为这些问题都不是一言能尽的，说得都不太清晰，同时我也非常乐于和大家互动。

● 互动环节

学生 A: 王老师，您好，我是文学院 2010 级的研究生，您今天的讲座给了我很大启发，由您讲的当今的文化现象我想到了 20 世纪 80 年代文学，您作为一个过来人，或者说参与者，现在的文学史把 20 世纪 80 年代文学划分为"伤痕文学""寻根文学""先锋文学"等，现在有一些评论家，比如陈光伟教授就提出，要重新评价 20 世纪 80 年代文学，所以，我想请教一下，您作为一个过来人怎么看待这种现象？

王蒙: 这个，20 世纪 80 年代，我觉得它最大的特点就是"文革"

的结束和改革开放的开始，在这样一个清算"文革"，清算极左，迎接新思想，迎接改革的过程中，文学也表现出了相当的高姿态，但是不等于说80年代文学的水平比现在好。我要说，那个时候的作品我们仍然可以看出某种趋同的现象，因为它实际上有一种自觉或者不自觉地跟着社会变化走的东西，而缺少一种真正的独特的文学匠心，这是我大概的看法。至于说重新评价呢，我个人听到这类话语比较多，什么重写文学史，其实任何一个文学史都是在一个不断书写的过程之中，我不认为这个会成为一个大的思潮，作为一个学者，有他自己的一些见解自然有些必要，他可以把自己新的见解表达出来。

学生B：王蒙老师，您好，非常感谢您今天来为我们做演讲，我想问三个问题。前两个是关于王朔的，我们都知道您和王朔私交不错，前一段时间有个电影叫《非诚勿扰》是王朔编的，您觉得王朔电影编得怎么样呢？第二个问题是作家毕飞宇曾说，王朔这个人不信崇高，您觉得王朔是个怎么样的人呢？第三个问题是，我之前在您的其他讲座中看到您说您有两大人生法宝，一个是整合，一个是超越，您能具体地谈一谈吗，对我们有什么启发？谢谢老师。

王蒙：王朔我已经很久没有见过他了，他的电影呢，过去他写过不少电影，也改编过不少电影，包括那些没有公演的电影，比如他在《收获》上发过一篇中篇小说《我是你爸爸》，写得也蛮搞笑的，改编成电影后叫《爸爸》，后来没有得到公演的机会。他另外有个电影影响比较大，好像在台湾地区还得过奖，叫《阳光灿烂的日子》，其实好像没有影响特别大的电影。第二个问题，王朔这个人怎么样，我今天在这儿就不做鉴定了吧，他应该还属于一个正常的人吧。他有他的优点，有他的缺点，但是他有一个不一样，他是一个个体户，一切都要靠他自己，他要挣钱，他要吃饭，他在意他在写作上带来的收益，在这点上，我还是比较同情他的，因为没人给他发钱啊。他最早是不是还当过兵啊什么的，从我们社会的观点来说，他就是没有职业，有一次我还问他呢，你有没有类似医疗之类的保险啊，他说："没有，甚至有一次我还无耻地拿着别人的医疗卡去抓点药吃一下。"他还说过这个话。第三个是说什么来着？我现在这个记性，说三个我能记起两个还不错了，她问的是什么来着？哦，是整合和超越。整合和超越，我就简单把意思说说好了，第一呢，我们中国面临的情况非常复杂，因此对一件事情的见解也是各种各样的，但是，这里面有些见解属于瞎子摸象型的，我认为世界上最好的寓言就是瞎子摸象。摸到腿了就说象是一个柱子，摸到耳朵说象是一把蒲扇，摸到尾巴了就说象像一把拂尘，摸到鼻子就说象是一条绳子。有时候我们进行的很多你死我活的争论就是瞎子摸象，如果你把象鼻子、象耳朵、象腿、象肚子、象尾巴都结合到一块儿，你就不会为这些问题而苦恼。至于超越，每个人需要超越的东西多了，比如说个人的得失你要超越，所以，如果你能够做到整合和超越，也许你的胸怀，起码自我感觉会好一点。

学生 C：王老师，您好，首先非常感谢您能从百忙之中来宁大为我们做一场非常精彩的讲座，那我的问题是这样子的：前段时间，我看了您的许多作品，在您的作品中，当主人公踏上工作岗位，面对现实，就会从原先充满志向变得毫无斗志，甚至随波逐流，有些官僚主义的事情就会出现，比如说《组织部来了个年轻人》里面的刘世吾。那么，现在很多作家，也面临这样一个现状，就是说，他们特别希望自己能够以作家这样一个身份创造出更多包含真善美的作品，一些纯文学的作品。但是很多大众读者并不接受，所以导致了他们受到了冷落。可能有些作品单单放到市场上去也许会得不到好评，也许把他改编成一个影视作品放到屏幕上，就有可能被更多人所熟知，面对这样的情况，您是怎么看待的呢？谢谢。

王蒙：我觉得这是一个非常正常的现象，所有作家一般都会认为自己是最好的，但是在读者当中，未必认为你是最好的，还有一个，真正是最大的，未必是一下就能辨认出来的。我曾经到爱尔兰的首都都柏林参观詹姆斯·乔伊斯的纪念馆。里面有个文化衫，是詹姆斯·乔伊斯的语录，他有个什么话呢？说我对待世界，我有三个办法，一个办法是沉默，第二个办法是自我放逐，第三个办法是适当地耍点小花招。这也说明詹姆·乔伊斯当时写作的环境以及他和读者的互相认同上是远远不能够让人满意的。但是呢，现在这个爱尔兰搞得很热烈，爱尔兰有个尤利西斯节，是个读书节。我有一次被邀请去参加尤利西斯节，我就说，你们这个让我想起了中国的端午节。中国端午节是为纪念屈原，那个跳江自杀的爱国诗人，然后后人就纪念他。而你们这个呢，当年对尤利西斯发表了一通谩骂，你们现在就开始纪念他，而且通过纪念他发展了一些旅游节目。作为写作人来说，我倒觉得，你是不是可以死后少纪念一点，活着的时候不被逼着跳河，能不能不被谩骂？我说我看到詹姆斯·乔伊斯的那三句话，我还以为是中国作家呢，詹姆斯好像读过老庄的书，"知者不言，言者不知"，你说是不是？所以，自己好的作品不被理解那根本不是问题，只要不被饿死，不被枪决，该写什么的还就去写什么。

学生D：王蒙老师您好，我来自商学院，非常荣幸有这次机会，也非常感谢您能来给我们做讲座。我想提一个简单的但比较实际的问题，就是在当前这样一个文化大环境下，您觉得大学生应该读些什么书好？

王蒙：刚才咱们学校的那个电视节目记者也采访过我了，我就说了三句话，一个就是要阅读经典，那些个经过时间考验、时间沉淀而积累下来的书。我今天一上来就讲，如果仅仅有网上短期的浏览是不够的——尽管我自己也很喜欢上网——还要阅读经典。第二个，我们要学会收集、珍惜、使用工具书。不管你是学什么的，家里的词典越多越好，《辞源》《辞海》等等，越多越好。第三，我希望我们的同学从小就培养出读外文书的习惯，读另一种文字的习惯，这不仅仅是扩大我们的胸怀，我们知道这个世界上对任何一个物品，对一件事情，都可以有不同的声音，不同说法，不同理解，另外，很具体的，我也说不上来了。

主持人：好，刚才王蒙老师给我们做了一个非常精彩的、漫谈式的报告，我们感觉到，王蒙老师是上一个时代的人，也是这个时代的人，还是下一个时代的人，一句话，他是与时俱进、牵手传统与现代的人。他今天讲的是当代的文化问题，表达的却是立足于时代，又跨越时代的思想，尤其是他对多元文化的包容，对主流文化和经典的忠诚，对文化应有的惊人的执着和追求，会给我们留下深刻的影响和诸多的思考，为此，让我们用热烈的掌声感谢王蒙老师。按照我们讲座的惯例，要给王蒙老师送一份礼物，礼物是一句话：您的演讲如同古越青瓷，值得永远珍藏！

传统文化中的几个问题

2011 年 4 月 7 日在故宫博物院的演讲

大家好！今天借这个机会和大家做一些交流，其实与故宫的领导及专家、工作人员相比，我对中国的历史、中国传统文化了解是很不系统的，有些地方也是很皮毛的。但是既然来到这里，我觉得还是不要谈怎么写小说吧，就谈谈我对传统文化的认识和理解。

传统文化面太大，有各种各样概括的方法，我读过的书里概括了各种各样的方法：有突出讲儒学和孔学的，有从黄河文化、楚文化角度来讲的，还有人特别喜欢多讲阴阳五行。因为阴阳五行在中国确实有特色，也很有趣。中医要讲阴阳五行，练武功要讲阴阳五行，做史论、做正论也要讲阴阳五行。

我今天抽出三个问题。这三个问题与以欧洲为中心的西洋文化对比起来，比较不同，比较不一样，而且对我们又有很深远的影响。事先声明：我不认为这三点就是中国文化的特点。还有人认为：中国的吃文化才是中国文化的特点，中国的文化是食文化，说什么都和吃分不开；欧洲人是性文化，一谈到当代中国的发展，就说要热烈拥抱这样一个机会，一分析到欧洲与中国的合作，就说又找到一个新的舞伴。对这种说法，我不去判断，我只是就中国传统文化做一个漫谈的、类似聊天的讲演。

● 第一个问题，中国的泛道德论

泛道德论就是重视道德，认为道德是根本，尤其是把政治道德化，把做人道德化，把学问道德化。这确实是中国文化的一个特点。中国自古以来有很多的这种说法，一个重要的说法就是"天下唯有德者居之"，把道德说成是政治权力合法性、合理性的依据，这个文化特点一直延续下来。多年前的中央宣传工作会议提出：我们要依法治国、以德治国；当时政协的一些文件上也都提依法治国、以德治国。这两个是平行的、并行的。后来不怎么特别提了，但确实是这么提过的。一直到了20世纪末，在中国共产党中央领导里头仍然有以德治国的提法。这个非常有意思，那为什么道德能够作为合法性的依据呢？

第一，它使权力富有一个教化的义务。就是说你的权力中心——过去旧中国当然是皇帝，皇帝他有责任自己率先垂范，同时要实行教化，使老百姓春风化雨，都能养成很好的道德，使他们的行为都有一个标准、一个规矩。

第二，道德性和天意结合起来。这个道德的典范是什么呢？是天和地。所以，你这个掌握权柄的人要有很高的道德修养，符合天意即天授君权，你才成为真正的天子。很有意思！中国古代绝对没有类似现代的民主思想，也没有一个对权力进行制衡的意识，更没有合理地、秩序地对权力进行更迭的思想，都没有。但是它又不是无条件地统治，不是的，是有条件的。什么条件呢？就是你要有道德，你得符合道德，你得符合天道。这里面隐藏着一种什么观念呢？这就是：如果你是无道昏君，你就必然灭亡。所以，一方面我们可以看到中国古代文化不讲求民主，君叫臣死臣不敢不死，父要子亡子不敢不亡。这是绝对的，是霸道的。与此同时，要求君要符合道德标准，如果你不符合道德标准你就会完蛋。当然那时并没有像毛主席解释的马克思主义，能够把马克思主义原理归结到一句话——造反有理。但是，类似的思想古代也有，比如认为老百姓是水，"水能载舟，亦能覆舟"。这句话挺深刻的，是双向思维：第一层思维是臣子必须忠于君王，老百姓必须听从朝廷；第二层思维是如果君王失去了道德，"得道多助，失道寡助"，就要覆亡。中国自古以来有无数这样的故事，几百年就有大的朝代变更。正是在这样一种混乱和变更中，儒家的孔子提出一个合情合理的道德规范，使父子、夫妻、君臣之间能够有一个规矩和约束。

　　我想讲一个讨论很热烈、也是很敏感的问题，什么问题呢？是旧中国的权力核心受监督还是不受监督的问题。从政治体制上看，中国对制衡权力核心的想象力非常有限。但是，中国提出了以德治国，孔子甚至提出了礼治，实际上是对个人行为举止、思维言语都做出了规范，要求人们按照规范来做。但是，这种以德治国是常常做不到的，你无法设想每一个掌握权柄的人都是道德的模范，都是十足的道德家。人都会有作为人类难以避免的某些缺点：可能好大喜功，可能贪恋权力，可能贪婪物欲，可能嫉贤妒能，这都有可能。

这就形成一个矛盾，什么矛盾？儒家以德治国想法很美好，但都实现不了。翻开历史，很难看到历朝历代皇帝都是道德模范，相反看到的却是腥风血雨，是权力斗争，是"朝为座上客，夕为阶下囚"。但另一方面，这种道德规范本身又是对权力的文化监督，是对权力的一种"礼义"监督。说到"礼义"一词，我多说几句。现在有人写成"礼仪之邦"，实际上"礼仪"的"仪"应该是"正义"的"义"，就是说是"礼义之邦"。"礼"字的后面是附带着深刻的内容的。这个"义"是指义理，就是原则、道理、规矩，要求君王在他的行为、他的爱憎、他的举止方面符合一定的规范。中国有谏官，谏官一般是不要命的，所谓"文死谏"，所以才有海瑞，海瑞是抬着棺材去提意见的。另一个是史官，史官厉害，春秋笔法。掌权者犯了什么错误办了什么冤案，都给记录下来。

当然，对这种泛道德论也有许多批评。从古代时就受到法家、道家的批评，认为多余，把本来很正常很自然的父慈子孝——父母喜爱子女，子女也很依恋很顺从父母变成说教，反倒有些作秀，比如二十四孝里的"卧冰求鲤"之类的，都是无法实现的，听着让人很难受。到了戊戌改良主义思潮和五四新文化的时候，更有对儒家的猛烈批评，与谭嗣同同时代的改良人士，严厉批评中国名教杀人。

我再提一下，泛道德论里面用泛道德的观点来观察大自然，最有名也对中国非常有影响的话是，"天行健，君子以自强不息；地势坤，君子以厚德载物"。到如今清华大学的校训仍然是："自强不息，厚德载物。"老子说过，"天地不仁，以万物为刍狗；圣人不仁，以百姓为刍狗"就是说天地是不讲道德的、不讲感情的，你该活着的时候就活着、你该死的时候就死去。这是对天地的一种道德化的评论。再比如，老子说"上善若水"，庄子说"天地有大美而不言，四时有明法而不议，万物有成理而不说"，都是这个意思。老子讲："天之道，其犹张弓欤？高者抑之，下者举之；有余者损之，不足者补之。天之道，损有余而补不足；人之道则不然，损不足以奉有余。孰能有余以奉天下？唯有道者。"就是说，天道好像拉弓射箭，高的地方往下放一点，低的地方往上举一点；哪点劲儿使得过大了，就放松一点，劲儿小的地方就补充一点，要平均，要很合适；太有余了，财富权力太多了，就要压制一点来帮助弱势群体。他说人之道则相反，是"损不足以奉有余"，就是你越弱势越吃亏，压榨剥削弱势群体身上的油水去喂肥强势群体。过去北京有句俗话：越穷越吃亏，越冷越撒尿，越尿越挨剋。自古以来农民起义的口号叫什么？替天行道！老子说的这些是替弱势群体说话，很尖锐的，简直像社会革命党人的语言，像准共产党人的语言。

顺便说一下，中国文化传统很多东西都是双向的。一方面讲忠义，忠得没法再忠，肝脑涂地，不足为报；另一方面又讲如果你是无道昏君，你就要灭亡。所以，《三国演义》里面讲劝降将领归降于己时，就会说"良禽择木而栖，贤臣择主而事"，告诉人们可以选择你的主子，就像鸟儿可以选择树木一样。这棵树很脏很乱很不像样子，可以不在这个树上，另挑一棵好树。

这种泛道德论还建在一个行善的基础上。我们有一个非常美好的幻想、非常美好的理念，什么呢？就是挖掘出每一个人身上天然的本性。老庄都是这样主张的，他们认为人的本性很好，是很正常和很合理的。饿了就吃，渴了就去掘井或者到河边打水，该干活时就干活。让孟子一分析，就解释成了"恻隐之心人皆有之，羞恶之心人皆有之，恭敬之心人皆有之，是非之心人皆有之"。所以，他提倡德治，提倡礼治，让人回归到最美好最正常的状态。这种状态下，人和人之间的关系是好的，是互相照顾的，是互相礼貌的，不会发生那些坏的事情。老子走得最远，认为最好的道德就是和婴儿一样，和刚出生一样，和襁褓中一样。这与西方的原罪观念完全不一样。在西方道德观念中，亚当、夏娃是受到蛇的诱惑吃了智慧果的，这样的罪恶才产生了人类，所以人类也是罪恶的。反映到政治层面就会假设人类不会自觉，会很自私、会做坏事、会对他人有不利的动机。20世纪90年代，国内出版过一本书，专门讲美国的政治体制，书名叫《总统是靠不住的》，披露出许多制度都是为了防止总统个人弱点、缺点或人格缺陷而引发社会问题的。所以西方的文化与咱们的传统文化，有很大的差别。

以德治国，"天下唯有德者居之"，那么，"德"最突出的是什么呢？我个人体会最深的就是"中庸之道"。"中庸之道"是这个样子的：中庸并不是中间，"中"的意思是中了靶心十环，"庸"是正常的恰到好处的。为什么"中庸之道"在中国会这么重要？因为中国的政治缺少多元制衡的观念。西方政治的核心观念是把各种权力平衡起来，使任何一种权力能做一些事情，但又不能放开手撒开手干。所以，多元制衡是西方政治的核心观念，而在中国历史上的封建王朝时期，我觉得"中庸之道"是政治的核心观念。中国不是多元制衡的国家，它的平衡不是几种体制、几种力量、几个系统掐到那儿，卡到那儿。它不是。它是什么呢？我觉得，中国历史的权力平衡主要表现在时间的纵轴上，就是俗语说的："三十年河东，三十年河西。"比如赵氏孤儿，一开始赵氏也干那些很不讲道理的事情，也是很弄权很霸道的。但是，他们家族逐渐被权臣屠岸贾追杀，到最后只剩下一个刚刚出生的小孩。待这个孩子再长大，原来的晋景公死掉了，又换了新的主子，新的主子又要解决景公原来留下的那些不公平不公正的事情，就再杀屠岸贾他们。所以，在中国"三十年河东，三十年河西"这种现象，实际上等于在时间的纵轴上，在历史上找平衡。权力在你的手里，如果你对各种事情的看法又非常极端、非常偏激，那怎么得了？那你会留下多少问题？我们这一代人就亲眼看到：比如说"文化大革命""四人帮"就是把这些事做得太过了，可不是报应就在眼前？！

尽管从训诂的角度，中庸并不代表中间路线的意思。但是中庸实际上仍然有一个既不要太左也不要太右、什么事都要留有余地，这样一个含义。而这种思想即使在古希腊的哲学家里面，苏格拉底和柏拉图主张过，他们也赞美选择中点，认为一个线段中点是最美的。其实比中庸之道讲得更美好的、更高深的、也更有趣的，是庄子说的道枢。你这个人什么是最有利的情况？就是你待在圆心，枢纽就是指的圆心。圆心就好理解了，现代的国际政治中有所谓等距离外交，你成了道枢，你成了圆心，都是等距离。我也不紧往你西边靠，也不紧往你东边靠，我也不紧往美国靠，我也不紧往反美的国家靠。但是中庸之道被中国民间大量接受以后，就像孔子其他思想一样，因为它有时候解决不了问题：只顾中庸，你怎么办呢？所以有时候中庸之道，尤其在新中国有很长一段时期是被痛斥的，是被指责的。中庸之道被指责是不阴不阳、不男不女、不前不后、无是无非、糊里糊涂、装傻充愣，实际上又是阴险狡猾、不动声色、不留把柄。所以"大跃进"时候各地就批评，尤其是北京市委的理论杂志《前线》大批乡愿。乡愿就是指没有是非观念不维护正义的、不铲除邪恶的、没有立场的、没有棱角的，或者是糊涂虫，或者是狐狸精。中国这一套事实证明特别顽强，而且在老百姓中很深刻，如果想随便把中国这一套完全否定掉，你否定不掉，中国老百姓还是讲究这些。说这个人太不厚道，说这个人太过分了，说你这个人应该适可而止，你应该见好就收。老百姓接受这种观点，而不接受搞极端。所以，对传统文化的东西我们还要尊重民间当中这种深厚的影响，而且这些传统的东西呢，既不能照搬，又有一定可贵的东西。

我还要讲一下泛道德论在中国要注意伦理，就是人际关系。特别注意人和人之间的关系，父亲对儿子，父应该慈，子应该孝；君对民，君应该是明，应该是明君，不是昏君。你说中国不太讲民主，但是对昏君的批判也是很厉害的。君应该明，臣应该忠，朋友之间应该是义，有些道德的故事也非常动人。注重人际关系的结果就是把情义两个字看得很重。这些年我也有些机会参与两岸交流的一些活动，我去台湾三次了，开始了解到台湾有一部分老百姓。他们最得意的就是台湾人最讲情义、最讲人情。但是情义，每个人理解深浅都是不一的。有时候就变成情面，所以中国是最注重情面的国家。我们的民族、我们的老百姓特别注重情面，谁把情面处理得好谁就是好人。

最近，我在山东教育台讲《红楼梦》的时候，我也讲过里面有一段故事很有意思。王夫人的玫瑰露被彩云偷了一瓶，这一瓶是因为彩云跟贾环（赵姨娘的儿子、贾宝玉的弟弟）关系挺好的。她偷去以后反咬玉钏，因为金钏玉钏原来伺候王夫人，后来王夫人一个嘴巴打得金钏跳了井，就只剩下一个玉钏伺候王夫人，是王夫人身边的丫鬟。平儿负责处理这件事情，平儿就说这个事我很清楚，谁拿的怎么回事全都判断出来了。但是这个事情投鼠忌器，赵姨娘还有一个女儿，贾环的姐姐是探春。探春这个人，有头有脸，很有身份，也很有头脑，而且由于王熙凤生病正由她来主事，还拉上了李纨和薛宝钗组成三套马车来执政，管理荣国府。因此这个事不能把彩云挑出来，挑出来就扯到贾环和赵姨娘身上，扯到贾环和赵姨娘身上就会伤害到探春。于是贾宝玉说这个事我顶，就说我拿了就完了。平儿说好。平儿把玉钏也把彩云这些人都找来，找来就说，这儿丢了一瓶玫瑰露浓缩饮料（那时候已经有浓缩冷饮了），是我一个好姐妹拿的。窝主很平常很一般（窝主指的是赵姨娘和贾环），窝主的面子我不看，但是这里面牵扯到一个有头有脸的人物、一个重要人物、一个 VIP，这个 VIP 我不能随便点名，不能伤害他。因此我在这里宣布：

贾宝玉已经把这个应承下来了，这个是他偷的，他没有告诉他妈就喝了。彩云一听脸红了，很激动，知道平儿已经了如指掌，已经知道是自己偷了玫瑰露，于是就说姐姐不要冤枉别人，说实话是我拿的，我现在就去自首，要杀要剐要打要罚一切听主子的。全场的人都很感动，认为彩云是侠肝义胆。平儿也很激动，今天想不到彩云妹妹有这样的侠肝义胆，自己出来勇于承担责任，好，这个事我说了，是宝玉偷的，就是宝玉偷的，不许再提这个事，任何人再提这个事，别怪我对他不客气。这个事就过去了。自古以来，第一称颂平儿，第二称颂彩云。平儿处理问题一碗水端平，天衣无缝，投鼠忌器，该抹过去的抹过去，该隐瞒的就隐瞒，本来是小事不是大事，没丢了什么重要的东西，这是好人，又厚道、又聪明、又智慧、又灵活。

这要是西方人看这段，死活看不明白。西方人脑筋很死，打酱油的钱绝对不能买醋，他要说到底是谁偷的？不是彩云偷的吗？明明不是贾宝玉偷的非说贾宝玉偷的，这不是制造冤案吗？明明是彩云偷的你不说是彩云偷的，你是掩护偷窃吗？哪怕你偷窃得好，我们先说清楚是谁偷的？所以外国人考汉语，有一年考汉语出了一个题，张三和李四正在说话，这时候王五进来了，张三说：哎呀，说曹操曹操就到，然后是选择题四个：第一是张三到了，第二是李四到了，第三是王五到了，第四是曹操到了。最后外国人99%选择曹操到了。他们认为，你说曹操到了就是曹操到了。当然，另一方面中国的情面不利于法治，而且造成了腐败，互相打掩护：这是好人。这当然是好人，你见人就咬还行呀？是不是？

秦香莲戏里面，本来包公一看这个事越闹越大了，皇后也来了，他已经毫无办法了。戏词里面，包公就跟秦香莲说：给你一点钱回去过日子吧，要求处理陈世美现在很难做到。这时候秦香莲说了一句话：都说包大人明镜高悬，想不到也还是官官相护。一说官官相护，这包公这包黑子的劲儿就上来了，非杀了陈世美不可。可是这件事要是平儿来处理，不见得这样做，所以包公很少，全中国就一个包公，要不然贪官早就杀光了。其实杀不光的！旧中国更不要说了，在官场上混，官官相护固然不好，可你官官相斗，官官相咬，官官厮杀，你能在官场上混得下去吗？中国人这一套思想方式，对道德的理解，对人际关系的理解，我们回顾一下就知道是怎么回事了。

但也正是因为这样，我们不能停留在继承孔夫子这样的水平上。现在我们还是按孔子的办，是办不成的。你只能吸收它作为一种资源，你需要有现代的观念，你需要有法制的观念，你需要有实证的观念，要注重事实，要有是非的观念，不能大事化小，小事化无。

● 第二个问题，中国的泛哲学论

在中国最重要的学问还是哲学，它把许多问题都哲学化，我是觉得这个和汉字有关系。汉字是全世界很少有的一种字，它是一种综合的信息。有人说汉字是象形文字，这完全不对，完全对汉字无知。汉字是六书，象形只是六书的一种，因为它还有形声，既表形，也表声，还有指事、会意、转注、假借。我不讲这些了，六书的各种说法很多，说法也不完全一样。

汉字是综合的一种信息，而且汉字特别注意各种事物之间的关系。尽量把关系弄明白、弄清楚。比如说牛，一个牛字，一个是以牛为实体的分清小牛、老牛、耕牛、公牛、母牛、奶牛、水牛、牦牛这一些都叫作牛。可是别的语言里未必这样，它注意是具体，你看不出来，水牛是buffalo，母牛是cow，公牛是Bull，中间没有联系，也没有关系。中文就特别清晰，都是牛。还有吹牛，吹牛是从吹牛皮上来说的，也有关系。另外从牛出来的牛奶、牛皮、牛毛、牛肝、牛肺、牛蹄、牛筋，一直到借用的"钻牛角尖"等的说法，含义非常清楚，词义也非常清晰。

我知道刚才郑院长鼓励我。我很喜欢学习各种语言，但是我知道的也有限。牛奶是 milk，牛油是 butter，你光看，看不出关系来。但是中国里面的关系看得特别清晰。还有同样的关系哪个在前，哪个在后，也特别清晰，我们吃的伊拉克蜜枣叫作椰枣，因为树特别像椰子，而结出的果特别像枣，样子也像枣，吃着也是甜的。当时就有语言学家建议枣叫作椰枣，树叫作枣椰。牛奶是从母牛身上挤出来的奶，能挤牛奶的牛是奶牛，它也非常清晰。这一点台湾地区的说法有它的一定道理，他说熊猫应该叫猫熊，熊猫是非常像熊的一只大猫。猫熊是什么意思？台湾说它是非常像猫的大熊，有一点道理。而且我们的很多文字本身，它就代表了一种自大而小、自高而低这样一个分析的过程。牛是比较根本的东西，奶也是很根本的东西，除了牛奶还有羊奶，还有狗奶。萨其马是咱们的点心，"萨其马"蒙古语是狗奶的意思。有了奶还可以往下，酸牛奶、加糖牛奶，或者不加糖的牛奶，或者咖啡牛奶，注意关系的因果了，使我们很容易实现万物之间的关系，万物的整合，是不是？！中国自古以来注意万物之间的关系，注意万物之间的共同性。

这两点，中国学术思想很多见地，春秋战国时东周时，已经形成基本的格局。此后几千年基本格局也有各种各样的变化，但是没有特别巨大的颠覆，没有！而那时候的混乱、争夺、多变，已经培养起中国人追求一个大的概念，追求一个无所不包的概念，追求一个至高无上的概念；用至高无上终极性的概念追求，取代了对于终极人格的追求。什么叫人神？我们想象世界有一个主宰，这个主宰是有意志的，是有好恶的，是有道德感和正义感的，它是有权力、有能力的，所以它能保佑你也能惩罚你。比如说，我们到基督教的教堂里面到处都看见，一个是有耶稣的像，一个是有圣母马利亚的像，当然也有些宗教画里面可以看到耶稣的父亲，但那是名义上的父亲，耶稣跟他父亲没有血缘关系，基督教是这样讲的。因此耶稣和圣母是人而具有神性。但是基督教对于耶稣又有一个解释，说耶稣的父亲是上帝，神爱世人，将他的儿子赐给他们，这都是《圣经》上的话，他的儿子是谁？就是耶稣，这个神这个上帝，本身他还有儿子，至高无上的神具有人的特点，你说你怎么办？这个说不清楚！现在神学院还讨论这些问题，但他们说不清楚。如果有儿子他有没有孙子？就产生了各种问题。有一年的电影《达·芬奇密码》，《达·芬奇密码》扯出一个问题来，就是耶稣是结过婚还是没有结过婚？《达·芬奇密码》有一个教派认为耶稣结过婚，耶稣的妻子叫作抹大拉，不是阿富汗的坎大哈，也不是中国《夜行记》里面的马大哈，是抹大拉。抹大拉留下来一个流派，当然为这个事，罗马教廷很不高兴，罗马教廷还发表一个声明：千万别信《达·芬奇密码》。但实际上观众也不看这个，看这个跟进教堂是两回事。在捷克，作家米兰·昆德拉提出一个问题，耶稣要不要上厕所？这个问题在欧洲争执上百年。我说这些话，丝毫没有对宗教不敬的意思，我只是客观引用米兰·昆德拉的话，就是说耶稣他进不进洗手间？就这一个问题难住了很多基督教的神学家。当你创造一个和人相同的神的时候，你会碰到一系列的问题，这些问题让虔诚的信徒们感到非常尴尬。那么中国人比较聪明，也许太聪明了，所以早在孔子时期老庄时期，儒家也讲道家也讲，讲什么呢？就是六合之外从而不论，六合就是三维空间上下前后左右，或者上下东西南北。我们讨论的是三维空间，是内在事情，我们无法讨论三维空间以外的事情，把这个问题搁置了。但是，你能说中国人没有宗教情怀吗？你能说中国人没有终极关怀吗？

我读过神学院的讲义，一上来给神学下一个定义。神学就是对人生的终极眷顾，终极关怀翻译成眷顾更雅一点。就是你已经超出你的经验或者你的知识所能达到的东西，比如世界从哪儿来的，世界到什么地方去？生命是从哪儿来的，生命到哪儿去？你从科学解释永远是某一点解释不了，你能解释二十万年前，三十万年前解释不了，你能解释到三千万年前，但是三千零一万年以前你又解释不了。可是不等于中国人没有这样终极的关怀，尤其是对中国的士人，读过书的人。老百姓是多神教的，信灶王爷的，信妈祖的，信花娘娘的，信什么的都有，信玉皇大帝，玉皇大帝完全是按照封建王朝想象的。但是，在老子那里，他就把道说成了世界的本原，世界的本体，既是本原也是本体，世界的规律。既是世界的存在，万物生于有，有生于无。那么把万物有无都综合起来就是道。这样的话，道在中国士人当中起到概念上帝的作用。因为上帝不见得都有形状，上帝不见得都有人格或者类人格，他没有。这一点上我倒是很佩服伊斯兰教，伊斯兰教是否定一切偶像，因为我在新疆待的时间长，新疆很多（民族）都是（信仰）伊斯兰教的。一个小孩就告诉你说，真主不是在天上，真主是在我们每个人心里。真主不在天上也不在地下，也不在云彩上也不在山上。真主实际上是一个概念，不是一个具体的存在，真主是不能具体化的。所以清真寺里头没有任何具象的东西，清真寺图案特别发达，因为图案不反映什么具象。所以他用一个高端概念来代替人格神。

还有汉字特别整齐，它还引导了中国用推导来代替论证。就是一点一点地，叫势如破竹。当年毛主席、周总理最喜欢讲两句话叫：高屋建瓴、势如破竹，唰一下下去了，唰一下又上去了。美国一位很权威的汉学家叫费正清，哈佛大学亚洲和太平洋中心就叫费正清研究中心。费正清就讲中国一个大问题是逻辑不发达。类似意见我听杨振宁博士也讲过，他说中国自古缺少一个严密的逻辑。但是中国有自己独特推导，从小数推导到大数，从大数唰又下来，高屋建瓴、势如破竹，有这么一套思维方法。我当时看了以后一下子就明白了，我说上纲上线批评是哪儿来的？你反对一个积极分子就是反对党员，反对党员就是反对支部，反对支部就是反对党委，反对党委就是反对市委，反对市委你就是反对中央，反对中央你就是反对毛主席，就是这样势如破竹。到后来我也明白了，势如破竹不光中国有，奥巴马竞选的时候他有一套竞选词，那竞选词也是势如破竹。他说：你的声音就可以改变一个家庭的取向，改变一个家庭就可以改变一个城市，如果你改变了一个城市，你就可以改变一个州，如果你改变了一个州，你可以改变一个国家，如果你改变一个国家你就可以改变这个世界，来吧，你的讲话可以改变世界。所以我就说：真到忽悠的时候了！因为它不是一个严格的学术。

推导还有煽情。中国很有意思，中国论述很多时候最后变成一个感情的问题。"文革"的时候，我经常听到特别煽情的一个口号："难道西方资产阶级做出来的东西，我们东方无产阶级就做不出来吗？"讲得真好，可是不解决问题，是不是？那时候我们那么穷困，人均收入上不去，GDP上不去，你光发狠，你哭，或者你叫，都不行的。所以我们有时候有这些方面的问题。所以就整合思想，使什么东西都变成哲学，这是全世界都没有的，"不为良相，便为良医"，你做不了好的宰相，就做一个好的医务工作者。为什么呢？宰相是救人的，医生也是救人的，所以有志于当宰相的人就一定能当一个好医生。这话让洋人听了更糊涂了，宰相是政治家，你在英国得上伊顿公学，你在美国至少应该学法律，当总统最多的人是学法律的。你要当良医那还了得！医生是最累的，学的知识最多，四年出来有的都不算毕业，六年七年的，协和医学院七年毕业出来以后当然算是硕士，所以"不为良相，便为良医"这种说法，外国人很难理解。

我们常常把文学政治化，有时候我们又把政治文学化。比如说我们讨论文化问题首先讨论它的倾向，讨论它的方向，又很像在讨论政治问题，但是我们讨论政治问题，我们的政策是什么？"百花齐放，百家争鸣"。这个洋人也很难理解，因为这是修辞非常美的，一百只鸟在那儿叫。所以我们这样的整合能力，高度概括的能力是无与伦比的，但有时候也是不完全精确的。最明显是中医，中医的好处是从整体上考虑问题。现在看看，各个电视台尤其是北京台，中央台也有不少，还有各省的一些台讲养生太多了，而讲养生都是中医。西医讲养生就索然乏味，中医讲哲学、讲天人合一，每个经络每个器官，在哪儿起主导作用，春分的时候应该吃什么，冬至的时候应该吃什么，立春的时候应该吃什么。什么虚、实、寒、暑、湿、燥，还有许许多多都像讲哲学，讲得非常有趣，都神了。但是它又不像西医什么东西都要实证，得先在白鼠身上做试验，拿多少病人做试验，拿多少小孩做试验，拿多少亚洲人做试验，拿多少欧洲人做试验，西医全是这样。但是中医是哲学。中国人兵法实际上（也是）哲学。毛主席当年是非常提倡大家学哲学的。毛主席亲自批示了打乒乓球的徐寅生讲乒乓球哲学，徐寅生后来很快做了司长、做了国家体委的副主任。他懂哲学，打乒乓球靠哲学。你治病要靠哲学，你打仗要靠哲学。我们的思路是很有意思的。

● 第三个大问题，我讲一个泛相对论

就是中国人最讲究相反相成、物极必反、随机应变，所以我勉强起个名字便于大家好记。刚才我讲了一个泛道德论，讲了一个泛哲学论，我还要讲一个泛相对论。

中国人在东周的时候已经痛感到世界无常、格局随时的变换，是非没有一定规律。所以这样长期的战乱、纷争、瞬息万变的格局培养了中国人聪明、善变、戏路子广的特点。话虽然不太郑重，但是中国人能适应，能办得成。我有时候都深深地体会到，在中国严查谁谁有什么海外关系的时候，几乎人人都变成贫下中农。等到可以出国留学的时候，我不能说人人，起码城市里面一批有某种身份的人就是人人都有海外关系。需要讲学历的时候，又有一大批人拿出了证据，证明自己是在工人补习学校，这个是大学的，那个是专科的，那个是干什么的。他为了生存为了适应社会不断的变化，变得很快。像孔老夫子最讲仁义道德，也讲了许多准许你变的道理。宁武子，卫国的一个官员，《论语·公冶长第五》说："宁武子邦有道则知，邦无道则愚。其知可及也，其愚不可及也。"是说宁武子当国家很讲道义、很有条理、很有秩序、很有是非的时候，他很聪明。国家一乱，宁武子两眼一发直，就傻了，一问三不知。他的聪明劲儿别人要学还可以达到，还可以够得上。难学的是他的傻劲儿，邦无道他就傻呵呵，他真犯傻。所以"文革"中骂孔子，扣帽子说他认为劳动人民愚不可及。纯粹是胡说八道！人家那里愚不可及是个好话，愚不可及就是说他傻起来你学不像，你达不到他的境界。我最怕走到哪儿，人家都说王蒙这个人真聪明。我是深深想该傻的时候傻着点。

再比如，中国的一个说法叫内圣外王，这个也了不得。内圣外王是什么意思？《庄子·天下》："是故内圣外王之道，暗而不明，郁而不发，天下之人，各为其所欲焉，以自为方。"就是我内心里和圣人一样，充满了圣人的仁义道德，这种道德的情怀，这种文化的情怀；我的内心里根本不在乎世俗成败得失，我要的是对得起自己的良心，我要的是为天下苍生谋福。但是我对外，处理外面的事情我是王者，我知道怎么维护、运用我自己的权力，我知道怎样去惩戒敌人。

还有庄子的时候已经有类似的说法，就是以出世之心行入世之事，出世之心是什么意思呢？我随时准备着离开世俗这些竞争，随时准备回归山林，回归大泽湖泊，回归到大自然里面去。北京单弦牌子曲有一个叫作《风雨归舟》，一上来就说卸职入深山，抚琴饮酒，享受清闲。当然，抚琴饮酒得有一定物质条件。有了这样一个心情，我再来入世，再来当公务员，乃至于担任大大小小的一个官员，做对社会有利的事。这也是外国方面很少有的说法。

中国有些说法更是神，说"小隐隐于野，中隐隐于市，大隐隐于朝"。我回到遥远的农村，在山林之中过着完全是农村的养养鸡养养牛的生活，这叫小隐，这是层次比较低的，比较简单、比较容易的一种隐居。中隐就是我住在大城市里面，但是我跟谁都不来往，我无声无息，我绝对低调。用庄子的话，我形如槁木，心如死灰，那我何必去山林呢？我就住在公寓楼里，有 80 平方米的房子就够了。大隐隐于朝，更大的隐士呢，我虽然做着大官，管着大事，中国话叫医心如水，我的心就像水一样平静，见了什么好事我不伸手，遇到比较不正常的情况我不害人，我随时准备离开这个岗位。虽然这些说法不见得都能做到，有很多变成了空话，有些甚至于变成了作秀的话。但是这样的思路是全世界少有的，小隐隐于野，中隐隐于市，大隐隐于朝。有时候也不成功，金克木教授是北京大学的学者，实际上他的学问也是可以和季羡林、钱钟书比肩的，学问也很大，他讲过对旧中国的理解，说得非常深。我现在未必有能力再解释它。他说旧中国的特点官场无政治，文场无文学，情场无爱情，市场无自由竞争。市场无自由竞争好理解一点。文场无文学好理解，中国叫文场不叫文学。文场整天出来的是什么事了？张公子风流潇洒和哪个妓女拍拖很热乎，或者李公子从哪儿又得到一批古玩，花很少的钱把这个得到了。进入文场，鲁迅早就说过，有了敲门砖进入文场以后你根本不关心文学了。他说的官场无政治我觉得说得也非常深刻。因为旧中国的这些官员什么都讨论就是不讨论政治，政治是不能讨论的，政治怎么能讨论呢？让你干什么就干什么！别的都可以讨论，新来的上司喜欢鼻烟壶，我就送鼻烟壶。又来一个上司，最恨的是鼻烟壶，那就千万别送鼻烟壶，给他送香烟。之后又来一个上司，又不抽烟，又不喝酒，那就送矿泉水了。除了政治，什么都可以讨论。金克木这位老先生也有绝的，这几句话也不是他发明的，但是出处在什么地方？我也不知道。

《红楼梦》是写没落贵族的这么一本书，而且写的那些人里面并没有一个正经的读书人，除了贾政以外，那里面的男人没有一个是按孔圣人或者孟圣人的教导来做的，没有一个。但是《红楼梦》里面也反复讲一个道理，甚至通过性感美人秦可卿之口讲一个什么道理呢？就是盛极必衰，水满则溢，月盈则亏，登高必跌。她就认为事物是宿命的，到了什么地方，发展到一定程度就会走向自己的反面。我们还有很多的信念、很多的说法，比如说"置之死地而后生"，比如说"多难兴邦"。给外国人很难讲的一个故事是《卧薪尝胆》，不要说欧洲人、美国人，就连日本人也与我讨论过，说中国人怎么会有越王勾践这种人呢？他可以去尝吴王夫差的大便？日本人是死活也不能想象的。日本人遇到这个情况会认为他应该死，失败到这个程度，丢了江山，丢了国家，变成了奴隶！日本人为什么喜欢樱花？樱花是开的时候"唰"地全开了，谢的时候"哗啦"就没了。日本俳句就这样歌颂的，说樱花代表日本民族，该开就开，该谢就谢。我是几次去日本，都没有赶上樱花盛开，但是赶上樱花花谢。花谢的时候日本人是真动情！在树底下一边唱一边哭。

早在春秋战国的时候已经有这样的故事，一个人要尽量压低自己的形象，尽量表示自己的愚蠢无大志。秦国统一六国的时候，最后派王翦去打仗，几十万军队都给了王翦。王翦就没完没了地跟秦王说，我回来以后要在某个地方置业，所以要盖房子地得够，房子得够，还要给我侍女，给我美女。底下人说你现在担负这么重大的任务，你干吗整天说这个。他说我不整天说这个就没命了。秦王是最不放心别人的，他现在几十万军队都在我手里，我每天要告诉他，现在打完仗回去以后房子要大，平方米数要够，房子质量要好，装修得要好，吃好的还要找美女。说明我没有别的想法，我自己是极庸俗的人，境界极低的一个人，这样我才能保护我的命，也才能完成我的历史任务。像这种事，外国人是死活想不到的。你想，春秋战国的时候外国人还站在树上呢，中国人呢？中国人比猴都精。在我们中国会出现一些稀奇古怪的事、一些稀奇古怪的现象。

我就很喜欢一个例子，只要一讲就非常看不起，就觉得太恶心了，这个人太不成样子了，像癞皮狗一样无法接受，但是我就觉得很绝。

清朝的时候有一个不战、不和、不守、不死、不降、不走的六不人物。咸丰七年，英法联军抵达广州，发出最后通牒，限 48 小时广东地方官员出城。有一个将官叫叶名琛，毫无反应，既不抵抗，也不议和，更不逃跑。他为什么不抵抗呢？他知道打不过。联军占领广州后，叶名琛在副都统衙内被擒获，劫往英国军舰无畏号。叶名琛声言欲面见英国国王，理论战争的不合理性，且自备了粮食。偶然有人上前脱帽致意，他也欠身脱帽还礼，后来被英国人送到加尔各答，囚禁在威廉炮台。他自己给自己题字：海上苏武，次年绝食而死。这个人没有投降，但让人觉得毫无希望。

我为什么讲到这儿呢？因为传统文化是我们一个非常伟大的资源，我们从里面可以学习到很多的智慧，增加很多的知识，但是仅有传统文化是不够的，传统文化需要面向世界，面向未来，面向现代化，传统文化需要五四新运动文化的洗礼。现在有一种看法就是：一讲传统文化这么好那么好，大家都按《三字经》办多好，大家都按《弟子规》办多好，都是你们闹革命闹的，都是你们五四闹新文化闹的，把中国这么多美好的文化都丢了，弄得世风日下人心不古。这种看法是完全错的，只有五四新文化运动，只有中国人民的革命运动，才挽救了传统文化，使传统文化不至于灭亡。

如果我们今天还处在八国联军侵华的时候，甲午战争日本侵华的时候，处在英法联军入侵的时候，处在抗日战争大部分国土沦陷的时候，我们还能继承什么传统文化，还能弘扬什么传统文化？所以，我们回顾传统文化的时候，要看到它的特色，要认同我们的传统，要继承弘扬这种传统，同时对这种传统要有所转化，要把它推向现代化，要把它推向世界，要把它推向未来。我们不是为传统而传统，而是为今天而传统，为现代化的中国特色社会主义而传统。

政治情怀与传统文化

2011 年 1 月 18 日在第九届海峡两岸关系研讨会上的讲话

今年四月，我在台北参加文学讨论会，有机会听到了马英九先生与刘兆玄会长的讲话，他们对于台湾的文化发展有很好的期许，这是令人高兴的。今天，刘先生、兆玄兄又提出了要在中华文化的建设、发展与交流上发挥尖兵的作用、催化剂的作用，这太棒了！多么好啊！我好像看到了两岸携起手来、共同传承与发展弘扬中华传统文化的前景，这太令人欣慰了。

我们的古代文化传统中，对于政治体制、权力制衡、法制系统的想象力实在有限，同时，我们的圣贤君相，很喜欢讲政治的理想、道德、人格、风尚与文明。这些我愿意称之为是一种政治情怀，更准确地说，是一种政治、社会生活中的精英（君相圣贤……）文化情怀。

个中原因在于中华文化的泛道德论传统。我们的先人认为，掌权者的道德修养，是统治合法性的基础。我们坚信：天下唯有德者居之。把政治生活道德化，可能无助于法治操作的完备，偏于理想主义。不论是老庄韩非，还是近现代的革命者都抨击儒家的理想脱离实际，最严厉的批评叫作"满口仁义道德，满肚子男盗女娼"，按鲁迅的说法则是史书里字里行间都有"吃人"的字样。

但正因为儒家的理想难以百分之百地兑现，有道德的政治，乃成为一个永远的理想、一个约束、一个监督，我还要说，这是一个压力。我们常常议论封建集权缺少监督机制，但我们的泛道德论在不能完全实现的同时，又起着一种文化监督、礼义监督的作用，这也是事实。我们的封建社会对于君权缺少体制上的制衡，但是我们唯有德之人居之的命题，反过来说就是承认无道昏君的败亡是必然的规律。我们有"文死谏"的气节，有对于帝王之道的讲究与挑剔，有宁死不屈的"春秋笔"。我们强调"水能载舟，亦能覆舟"，"覆舟"也是合乎大道的。中国的权力，必须接受道德监督、文化监督。中国的掌权者必须符合一定的德与礼，即道德原则与风度举止的标准。

对于泛道德主义可以做许多反省与批评，但同时它在中国民间根深蒂固，你不可能对它一笔抹杀。泛道德论富有正义感、凝聚力与煽情性，现在还有一种通俗性。人们看人看事，先要辨忠奸、义利、清浊、正邪，人们首先要讲仁义、情义，一直普泛化为讲情面，而相对忽视了事实的核查与举证。对此，我们既要正视与充分理解尊重，又要在现代化的过程中有所提升匡正。

文化与情怀，是一个比社会制度与意识形态更宽泛的范畴。海峡两岸，这方面有许多共同的经验与困扰。

中华民族的政治理想集中表现在《礼记·礼运·大同篇》中："大道之行也，天下为公。选贤与能，讲信修睦。故人不独亲其亲，不独子其子，使老有所终，壮有所用，幼有所长，矜、寡、孤、独、废疾者，皆有所养，男有分，女有归。货恶其弃于地也，不必藏于己；力恶其不出于身也，不必为己。是故谋闭而不兴，盗窃乱贼而不作，故外户而不闭。是谓大同。"这是一个带有高峰性、终极性的政治理想，至少对于我个人，它充溢着原始的"天真社会主义"的美好与伟大色彩。它鼓励着一种政治上的使命感与献身精神，它提出了难以企及的标杆，它推动了 20 世纪中国大陆接受社会主义，叫作"赤化"。我个人就是在"老吾老以及人之老，幼吾幼以及人之幼"的情怀下，早在少年时期，选择了社会主义与共产主义的。

受到两岸人民共同尊敬与爱戴的孙中山先生的理念，突出地表现在他的对于"天下为公"的言传倡导与身体力行之中。我在国府统治下上中学时已经背诵下来的中国国民党党歌中也强调："以建民国，以进大同。"可以说，建民国是第一步目标，进大同，是终极目标。同样，中国共产党强调的是公有、公心、大公无私，废除私有制——也是大同。这说明，大同大同，是国共两党与中华民族的共同理想。

孙中山先生的另一提法，至今深深地激励着中国共产党与大陆的人民，胡耀邦同志尤其喜欢讲这一点，那就是"振兴中华"。我相信中山先生的在天之灵，会为"振兴中华"至今是中国十三亿人民的口号与正在实现的现实而感到欣慰。

怎么样才能振兴中华，改变中华民族的"人为刀俎，我为鱼肉"的悲惨境遇呢？只有像邓小平同志那样坚持实事求是的思想路线，压缩意识形态的抽象争论，"不进行姓社姓资的抽象争论""白猫黑猫，抓住老鼠就是好猫"，把发展当成硬道理，中华民族才有希望。

早在九十年前，胡适博士曾经提出了"多谈些问题，少谈些主义"

的命题，他说早啦！那时，内忧外患，中华民族处于风雨飘摇与激烈动荡之中，那时是不可能实现他的理想的。他的提法受到了激进的知识分子的猛烈抵制。近百年过去了，两极对立的世界与中华格局已经不再，中国大陆正在坚决地走向务实、开放、包容、进步。胡适博士的在天之灵，也应该有所欣慰了吧。

中华民族的古圣先贤与明君贤相都强调有志于修齐治平的人的道德境界与人格成色，强调政治精英的自律即自我道德监督。国共两党虽然有过极其严重的政治斗争乃至军事斗争，但双方的文化大背景却相当靠拢，故而在政治人格与精英文化情怀的追求上，时有相通处。

蒋中正先生喜欢讲"庄敬自强，处变不惊"（语出《礼记》）。毛主席喜欢讲"自力更生，艰苦奋斗"。不难看到二者的相近。毛泽东的强调艰苦奋斗，还包含着创业维艰，"生于忧患，死于安乐""先天下之忧而忧，后天下之乐而乐"的忧患意识，与孟子所强调的："故天将降大任于斯人也，必先苦其心志，劳其筋骨，饿其体肤，空乏其身，行拂乱其所为，所以动心忍性，曾益其所不能。人恒过，然后能改；困于心，衡于虑，而后作；征于色，发于声，而后喻。入则无法家拂士，出则无敌国外患者，国恒亡。然后知生于忧患，而死于安乐也。"思想非常一致。江泽民同志也是十分强调忧患意识与与时俱进的。同样，中国国民党的党歌中高唱"夙夜匪懈，主义是从"与"矢勤矢勇，心信必忠"。这里边都体现着"天行健，君子以自强不息"的精神。这就与某些东方哲学消极退让的价值取向不同。我们的"自强不息"与"苟日新、又日新、日日新"的精神，比较易于与全球化、现代化的世界形势对接，而不会与日新月异、突飞猛进的世界格格不入。

在德国诺贝尔文学奖得主海因里希·伯尔的作品中，在印度、在喀麦隆，我都听到过完全同样的渔夫辛劳而一位懒汉睡大觉的故事。懒汉认为，通过劳动获取幸福的生活是没有意义的，偷懒才是幸福的根源。三个大洲的三个国家的故事如出一辙，少有其例。但这样的故事在中国没有市场。我们讲的是"业精于勤荒于嬉"。我们讲的是"书山有路勤为径，学海无涯苦作舟"。我们讲的是"吃得苦中苦，方为人上人"。我们的民间也是最看不起懒汉的。

马英九先生喜欢引用的《论语》中关于"哀矜勿喜"的说法、《中庸》中关于"戒慎恐惧"的说法，与毛泽东喜欢讲的"谦虚谨慎、戒骄戒躁""谦虚使人进步，骄傲使人落后"是相通的。这是我们中华传统文化的精华。这些说法与古代的关于"温温恭人，如集于木"的诗句也是相连接着的。《诗经·小宛》："温温恭人，如集于木。惴惴小心，如临于谷。战战兢兢，如履薄冰。"这是何等好啊。

一大批大陆学者，强调周恩来的风格与人格特色正是"戒慎恐惧"，周先生在《怎样做一个好的领导者》一文中强调，要"戒慎恐惧地工作"。周先生最喜欢讲的话是"不可掉以轻心"，是"人民（群众）利益无小事"。胡锦涛同志喜欢讲的也是"人民（群众）利益无小事"。马先生的谦谦君子与文质彬彬、爱惜羽毛的形象给大陆人民正在留下深刻的印象。而周恩来的温文尔雅、缜密周到、艰苦卓绝、鞠躬尽瘁的一生也已经彪炳史册。

以文会友，我相信在台湾与大陆都是"三人行，必有我师""十室之内，必有忠信"。同时，我也觉得出某些野蛮的胡说八道的可怜与可笑。我们中华文化是讲究饮水思源，"问渠哪得清如许，为有源头活水来"的。而一些不学无术的人搞的"去中国化"，就是饮水塞源，饮水断源，那其实是去文化化，去常识化，去理性化。正如连战先生讲的，那是正在进行的台湾版"文化革命"。

老子讲"豫兮如冬涉川，犹兮若畏四邻"，这其实也是戒慎恐惧的意思。如《诗经》上的"温温恭人，如集于木"的说法，这样的诗十分可爱而且美丽。一群鸟儿停息在一根树枝或一株大树上，我们应该互相照顾，互相礼让，互相做好的伙伴。现在是一大批中华的生灵集于海峡两岸，同时，数十亿不同肤色、信仰与发展程度的生灵集中在我们的小小的蓝色行星之上。怎么办呢？是"时日曷丧，吾与汝偕亡"（语出《尚书》，说明我们的传统中也有极端暴力与自毁的程序驱动，我们的漫长的历史中确实埋伏了太多的不义、压迫、仇恨与乖戾，对于我们的文化传统中的某些破坏性因素，这同样需要我们的反思），还是"温温恭人"好呢？当然是后者。我有时反思，例如，项羽攻占了秦都，然后放火烧毁阿房宫。这太极端、太情绪化了，这等于是先占领后轰炸啊，这是匪夷所思的自毁程序启动了啊。有一次在纽约谈起这个话题，我说到此事，哥伦比亚大学的唐德刚兄比我学问大，他说，古罗马帝国也发生过先占领后焚烧破坏的事，令我震惊。

所以，在传统文化的讨论上，我赞成我的小学同学、美国印地安那威斯康星大学林毓生教授的见解，中国的文化传统需要一种创造性的转化。我认为，正是狂飙突进的"五四"运动，创造了这种转化的契机，挽救了中华文化，如果没有"五四"与此后的巨大变革，如果我们还处在八国联军或者甲午海战的状况下，如果我们处在如孙中山先生所言的亡国灭种的危亡中，还谈得到什么弘扬传统？

所以，我们弘扬传统文化，却绝对不可以因此而否定五四开始的新文化运动。

我在汶川大地震后一年，去到了一片废墟的北川市，专家说，那是数万年地壳运动的盲目的力量蓄积与冲突的结果。我脱下帽子站在那里，深感我们这一辈人有责任，化解、调节、疏导中华民族内外的各种冲突纠纷争拗，不要蓄积非理性的、不计后果的破坏性能量，不要把大陆、台湾与美丽的海峡，变成不可控的核反应堆，不要给子孙后代留下毁灭性政治、军事、社会地震的种子。

人间有很多歧义与不平，怎么办呢？不能因此大家都变成人体炸弹。我们还是要"温温恭人，如集于木"。这是中华文化贡献给深受恐怖、极端、分裂势力与各种恶性竞争所困扰的 21 世纪的地球村的最好忠告和礼物。

漫谈智慧的五个层次

2010 年 4 月 23 日在中科院图书馆的演讲

谢谢大家，谢谢许平书记的介绍，我不太敢到科学院的图书馆来讲，这个题目在其他地方讲过，叫"智慧的五个层次"，后来我说这不行啊，科学院的人都挺科学的，五个层次，他们一衡量就是四个半了，或者说互相之间有重复的地方，赶紧撤兵，改成"漫谈智慧"，漫谈就是随便说了。

我解释一下漫谈，"漫"字也有各种不同的解释，现在的语文水平已经越来越低了，能够正确解释"漫"字的人已经不多了。漫可以是漫无边际的意思，还可以是否定的意思，是 don't 的意思。我在一篇小说里面写到"你且漫唱，我且漫舞"，但是编辑非得改成是"你慢慢唱，我慢慢舞"，你慢慢唱我慢慢跳舞，我给改回来三点水的漫，他还非得改成慢慢唱，不接受漫唱。那里的"漫"是随意的意思。再比如说一个大笑话，有一个电视剧《雄关漫道》是来源于毛泽东的词，"雄关漫道真如铁，而今迈步从头越"。解释成很险要雄伟的关口，"漫道"就是漫长的道路，然而这是错误的。"雄关漫道真如铁"是不要说雄关像铁一样不好过，我是可以从头越过的。但是已经经过宣传部门批准了，而且送到有关的领导部门题字了，因为这是写长征的。恰恰我在其他的地方写了"雄关漫道"这个话是不通的，结果这个作者就找出更高一层的领导，领导给出的指示："要么跟王蒙老师沟通一下？"您说汉字、汉语、语法啊，靠公关的方法，能有意义吗？咱们也不用沟通了，文章我也写过了，我也发表过了，不能改就不能改，我也管不了。否则说通过沟通怎么解决呢，给我送两包茶叶，弄点腊肉，然后就"雄关漫道"了？所以说"漫"字，我今天来一个漫谈智慧，随便谈谈智慧。

第一个层次就是博闻强记，知识丰富。

这样的人非常多，非常有名，尤其是在语言方面。比如从近处说，季羡林、钱钟书、辜鸿铭。钱钟书年轻的时候，上大学的时候已经能做到指着图书馆的书架子说这个架子上的书我都看过了，而且知道哪几句话在哪一页上。我听着稍稍有一点夸张，但是也是可能的，一沾文学难免有夸张的，反正几乎是全都能背下来。辜鸿铭更不用说了，欧洲所有的语言他都会，所以在北大的时候，别人介绍跟胡适认识，他问胡适教什么的，说教欧洲哲学史，辜鸿铭用拉丁语跟胡适交流，胡适说不会拉丁语，辜鸿铭说不会拉丁语敢教欧洲哲学史？还有一个笑话，辜鸿铭在伦敦地铁看《泰晤士报》，他是倒着看的。有两个年轻人开玩笑，辜鸿铭忠于清室的，一直留着辫子，旁边的人说这个猪尾巴不认字就不认字吧，买报干什么，花好几个便士，买了报还倒着看。辜鸿铭用很标准的牛津英语跟他讲：英语的文字太简单了，正着看是对我们智力的侮辱，我就反着一眼一看就 20 行，看你们整天闹腾什么事。

语言能不能学那么多？为什么很多人认为自己的记性不好？可能人和人的记忆力不完全一样，但是我觉得很多人对自己的记忆力，对自己的能量估计低了，实际上很多人使用自己的记忆力，很可能一生连十分之一、二十分之一、五十分之一都没有用到。就像一个电脑一样，硬盘和内存本来是很大的，但是也只用了一点点的，这是完全可能的。我自己有这样几个体会，第一，一切的记忆都是活的，记忆的本质是人对生活信号的一种输入，人最大的缺点是什么？最大的误区是什么呢？就是把符号的记忆当成记忆的主体，而实际上是对生活的记忆。什么叫符号的记忆呢？比如说我们读外文，microphone，麦克风，这都是符号，但是麦克风就是这个东西，这个东西是活的，有无线的，有有线的，有话筒和音箱，这是活的东西。我们说 computer，或者是电子计算机、计算器，这也是符号对符号，但是真正的电脑是一个活的东西，有形象，开机或者关机的时候，或者运作的时候有声音，是多媒体的，是一个活的东西。我很遗憾这一辈子有许多语言没有学好，但是我都是在生活当中学的。我在新疆 16 年，外国人经常问我新疆 16 年里干什么了，我说我是维吾尔语的博士后，我三年预科，五年本科，两年硕士，两年博士，三年博士后。因为新疆维吾尔语学起来很有味道，属于阿尔泰语系，突厥语族，属于黏着语，语法的成分是靠在词尾加附加成分，汉藏语系是靠加词根，我吃过了，我要吃了。阿尔泰语系是黏着语，最多的时候一个动词可以加八到九个附加成分，有主动态、被动态。维吾尔语里面有小舌音，这对以后学法语和德语非常有好处。法国人或者德国人都发小舌音，到了西班牙和俄罗斯要发卷舌音，我的舌头就不行，发不好卷舌音，但是他们告诉我说列宁也一直发不好卷舌音，所以说没有比学语言更有趣的事情了。再举个例子，什么叫活的记忆？学外语困难之一就是怎么辨别菜单，因为那上面的东西太稀奇古怪了。我吃过天使的头发，其实就是龙须面。什么叫螃蟹，有一次去吃阿拉斯加王蟹，那个太大了，我吃一半剩一半，当一切的语言都变成了活的东西的时候，就好记了，怎么不好记了？

因为今天是读书日，我要说一下，读书最大的快乐在什么地方，就是通过读书来发现生活。通过读书来发现爱情。一本书都没有读过的人知道什么是爱情吗？没有读过《诗经》，没有读过普希金，没有读过雪莱，知道什么叫爱情吗？顶多就是最原始的反应！可是读过诗书这些东西，你对爱情的理解立刻变得高雅了、丰富了，变得美丽了。说是开玩笑，但是我心里也很难过，我读《阿Q正传》最痛苦的不是阿Q被枪毙，而是他向吴妈求爱失败了，我看（他们）很合适的，但是阿Q不读书，有一天看到吴妈他突然跪下，说我要跟你困觉，这样变成了对吴妈的性骚扰。如果他读过书呢，应该背诵徐志摩的一首诗。

所以说读书最大的快乐是发现了生活，改善了生活，因此，这些东西都是可以记得住的，怎么能记不住呢？比如记一个新的人，需要特别地记，记一个你喜欢的孩子不需要特别地记。比如你的妻子为你生了一个儿子或者是女儿，你会担心忘记他是什么样子吗？说要注意右眼比左眼稍微大一点，头发不是最深的黑，而是褐黑色，说眉毛特别浓不要忘记，没有一个人这样记，就是把一切生活化、多媒体化以后就是享受，记忆就是生活化。还有要对什么都有兴趣，这个世界提供给你的就是这样几十年，再没有兴趣，你多亏得慌！科学是让人有兴趣的，月亮是让人有兴趣的，桌椅板凳是让人有兴趣的，人民币是让人有兴趣的，美元也是让人有兴趣的，有多大的兴趣就有多强的记忆，有兴趣的东西不用费劲就会记住的，你是绝对会记住的。

人的一生，求知可以说是生活的核心，学习和读书是无条件的，是不需要任何条件的。我今年已经快到76岁了，我有各种各样曲折坎坷起伏的经历，有些时候我失去了写作的可能、工作的可能，但是我并没有失去学习的可能，没有失去读书的可能，大多数情况下就是偷着读也要读书。"文革"当中是最没有书读的，但是我读到了当地的维吾尔人的手抄本，他们抄的是波斯诗人，郭沫若翻译过叫《鲁拜集》，是莪默·伽亚谟（乌玛尔·哈雅姆）的，有点像咱们的七言四行诗，而且我背下来了，把手抄的诗都背了下来，鼓励一个人求知，鼓励一个人读诗，是什么内容呢？说："我们是世界的希望和果实，我们是智慧眼睛的黑眸子，假如把世界看成一个指环，无疑，我们就是镶在指环上的那块宝石！"这个诗人够牛的。我抄的已经不是波斯文了，是乌孜别克文，乌孜别克语和维吾尔语有点像天津话和北京话。你们会听着很奇怪，里面除了小舌音还有不发声的送气音。我甚至认为人处在逆境的时候是老天爷创造的一个给他安心学习的条件，"文革"当中连手抄本也找不着了怎么办？有了阅读的习惯，我有一次非常感动的是看一个美国电影《Rain Man》（《雨人》），是得了奥斯卡奖的，这个人不睡觉，背电话簿，已经从A背到G了，如果再给一天的时间，可以背到X。你们看了以后会觉得非常荒谬，我看了以后感觉非常亲切，因为我体会过这种滋味。当实在没有书可看的时候，有一个电话簿拿来也会认真地看半天，看到还有这么多的单位，有上山下乡办公室，还有毛纺厂，毛纺厂还有毛纺分厂。所以说阅读对自己信息的满足感是任何人无法剥夺和摧毁的。强记的本领，博闻，也是一种生活的态度，是一种情操，我总结为广泛的兴趣与对生活的热爱，对知识专一的钻研。把自己的心放在知识上，就跟信一种宗教一样，对知识本身有一种强烈的期待，而且能够把这些知识和生活联系起来，所以你的记忆是鲜活的，是多媒体式的，这个意义上来说，记忆不是一种技巧，当然有各种小的技巧，那些小的技巧有用，但是用处有限。比如说有一些人记英语把最靠近的中文词联系起来，我认为可以，但是用处有限，更重要的是对生活的把握和眷恋。

第二部分我想说一下还要有触类旁通、举一反三、融会贯通的本领。尤其是自然科学和人文科学、古代和现代、中国和外国，尤其是东方和西方、书本理论和实践现实之间能不能融会贯通？中国人很讲究一个"通"字，庄子特别讲"通"。我们知道老庄都是讲"道"，"道"可以说是世界的本原也是归宿。孔子也讲"道"，是把"道"作为最高的价值，一种绝对价值。老庄是把"道"作为一种绝对理性，和黑格尔接近的认识。庄子讲怎么叫学好了道，就是打通了，把各种科学知识都打通了。先说自然科学和人文科学，文和理。有一次我在青岛中国海洋大学举行的科学院院士和一批作家的对话，一个"科学·人文·未来"论坛，欧阳自远等大科学家都去了，军事医学科学院的前院长秦伯益将军，是研究毒品和病毒的，有很多人去了。我们的院士闲谈起来，说我们很喜欢读小说，我做了一个调查，100% 都是读金庸，科学家都喜欢读金庸这也很好，金庸让你思想活跃，让你能够得到一种趣味，使自己的头脑能够得到解放。相反地，一个缺少自由想象的民族不会有太大的出息。

1971 年我在新疆上"五七"干校，有一个大批判的读本，咱们年龄大点的可能知道有一个童话叫《拔萝卜》，兔子种了一个大萝卜太大了拔不上来，于是一大家子人才把这个萝卜拔出来，目的是提倡集体主义，人多力量大才能把萝卜拔出来。发给我们的材料里面就有批判《拔萝卜》的，说萝卜明明是贫下中农种的，非得说是兔子种的，这不是睁眼说瞎话嘛！如果一个历史悠久的国家到了兔子拔萝卜的事都要批判，这还有什么希望呢？除了金庸和《拔萝卜》还可以有更深的体会，我听许书记说杨振宁教授也来这里讲过课，他把用英语写的散文、小文章，由现在的夫人翁帆女士翻译成中文，他折出两页给我看，说一生最大的遗憾是没有能够充分地表现出这个自然科学的美，说尤其是新的发现、新的方程式，那些式子只要一列起来就令人醉倒、令人崇拜；他说往往看到这些物理学的发现的时候，有一种对大自然，对世界的一种欣赏和陶醉、一种信仰、一种崇拜。而这种崇拜是在他的领域中他没有表现出来的，他还引用了两首英语诗，一首是布雷克的诗：To see a world in a grain of sand, And a heaven in a wild flower, hold infinity in the palm of your hand, and eternity in an hour.（在一粒沙子里看到一个世界，在一朵花里面看到天堂，用你的手就可以抓到无限，同时在一个小时里可以体会永恒。）这可以说是科学家的一种非常文学、非常艺术对人生的体会。这很有名，有一个文言文的翻译，我刚才说的是即兴的，文言文的翻译我背不下来。还有一首更让我激动：Nature and Nature's laws lay hid in night. God said: "Let Newton be!" and all was light. 自然和自然的规律就隐藏在黑夜里，上帝说："让牛顿去吧！"把一切都点亮。这太棒了，是带有一种终极关怀，带有神学的味道，但是歌颂的是科学，歌颂的是牛顿，牛顿还有物理学的成就，尽管已经不断往前发展，但是牛顿是里程碑，是没有人能够否定的。这些都非常让你赞美和赞叹。

有的时候我碰到这种问题我弄不清，我愿意跟在座的朋友们一块儿探讨这个问题，不同的学科和不同的领域，可以互相发现，互相触动。我们知道交响乐，近十几年来，在西方世界特别受欢迎，有一点异军突起是马勒，他是德国的作曲家，20年以前我不知道马勒，我知道贝多芬，知道舒伯特，知道巴赫，知道舒曼，但是不知道马勒，是近20年我才知道马勒的。我曾经和中央乐团的首席指挥李德伦，现在已经去世了，是老解放区的音乐家，后来到柴可夫斯基学院学习，他本身的成就是很好的，他曾经跟我讲过马勒的谱子特别好看，可以当绘画来欣赏。说有两个人的谱子非常好看，一个是马勒，一个是苏联的肖斯塔科维奇。谱子不是绘画艺术，只是听觉符号，告诉你是什么样的和声，什么样的节奏，有的标上乐器。这是一个值得探讨的问题，我认为这主要的原因是由于世界的统一性。我们说"世界是统一的"是什么意思？就是这个世界尽管可以无限地延伸下去，但是延伸下去的世界仍然是这个世界，仍然是这一个世界。

唯物论者讲这个，做了宇宙的航行到了外层空间，甚至到了月球上，或者从火星上取下什么材料，但是那些物质和地球上的物质基本上是一样的，那儿有什么元素这里也有，我不知道我这个话说得对不对，说到我外行的事情上去了。也许咱们研究空间的人会有别的看法，就是说世界是统一的，都是由这些物质构成的。用中国比较简单的说法都是金木水火土，用印度的说法都是地水火风，从宗教的角度讲都是上帝管的，老庄的观点都是大道统一起来的。人对它的把握、感受、表述各有各的角度，人可以各有各的角度，但是这个对象，这个世界是统一的。所以我说我们讲的，最近给我自己的几部书写的序言说，我们讲的是同一束玫瑰，画画的人拿去画出来是花；如果是抽象派甚至画出一个怪东西，你不知道他画出的是什么；情人拿去是情人节的礼物；植物学家拿去这是他需要做什么观测和检验的一个科学对象；炊事料理的专家拿去是食品的材料，至少用玫瑰香精、玫瑰酱，可以做很多好吃的东西；药学家拿去可以做药；但是，这是同一束玫瑰。所以文理之间是可以相通的，中西之间也是可以相通的，我讲不出很多道理来，但是我可以随便地给大家举一点例子，比如老子是很微妙的，而且中国的汉字，尤其是古汉语喜欢搞一个绕口令式的风格。就是讲知和不知的道理，包括孔子的话："知之为知之，不知为不知，是知也。"这是很有趣的一句话。据说咱们的一位领导访问越南的时候参观文庙，就是孔子庙，听见越南人讲孔子这句名言。江主席大为兴奋，他表示要用一晚上学会越南语，这个话很好玩，但是他没有学会，后来学会了一个越南语词"感谢"，就是中文的"感恩"。

伊拉克战争的第一年底，由世界记者俱乐部评的一个文理不通奖，给了美国当时的国防部长拉姆斯菲尔德，他的话翻译过来非常有意思。我用文言文翻译过来就是："吾知之，知有所知，吾知者吾知，知有所不知，即谓，吾知吾，有未知者，并有不知所不知者，某物吾未知者，吾未知也。"当时发动战争没有找到大规模杀伤性武器，就要把这样一个窘态，我在其他的场合也讲过，语言在政治上有解困的功能，只要把这个嘴一吧嗒，可以把一个很困难的问题变成认识论的问题，本来不是说有没有武器，而是战争是否师出有名。奥巴马说打伊拉克是错误的，打阿富汗是可以的，因为阿富汗有基地组织，本·拉登对美国发动了"9·11"事件。本来是讲师出有名的问题，但是拉姆斯菲尔德弄成了有的时候不知我不知，有的时候虽不知，以为我有知，最后还仍然是不知。

中国有一些事很奇怪的，刚才说"五七"干校批判《拔萝卜》，在那里我看了很多反面教材，文学里面我读到的有钦吉斯·艾特玛托夫写的文章，还有一些都翻译成中文，都认为是反动的书。最反动的是给我们看费正清的作品，他是美国最第一流的汉学家，费正清写的《美国与中国》。1980年12月我到哈佛演讲，我到费正清家里坐坐，我说读过你写的《美国与中国》，我怎么解释他也不明白，这么大的汉学家，怎么也无法理解中国当时是什么意思，把他的书翻译成中文，给"五七"干校的人看，提高他们的防御能力。他有几个观点非常有趣，一是说国民党一定失败，他喜欢国民党，但是说国民党一定失败，说国民党控制不了中国，说国民党控制几个大城市，离城几里地就不归他管了；说中国有那么早的文明，但是没有很好的科学发展，原因是中国不讲逻辑，说中国人的逻辑是一种很特殊的大逻辑。什么叫大逻辑？就是"古之欲明明德于天下者，先治其国；欲治其国者，先齐其家；欲齐其家者，先修其身；欲修其身者，先正其心；欲正其心者，先诚其意；欲诚其意者，先致其知。致知在格物。物格而后知至，知至而后意诚。意诚而后心正，心正而后身修。身修而后家齐。家齐而后国治。国治而后天下平"。一个人只要做到脑子里面没有乱七八糟的思想，人很正，全世界什么问题都没有了，说这是不合乎逻辑的，光一个人好了，能把天下都和谐起来，这里的平是和平，不是他把天下都灭了的意思。

我无论如何没有想到这是奥巴马总统竞选词，跟广告一样到处登。他说：One voice can change a room, and if it can change a room, it can change a city, and if it can change a city, it can change a state, and if it change a state, it can change a nation, and if it can change a nation, it can change the world. Let's go to change the world. 一个声音可以改变一个家，或者你的房子，既然能够改变一个房间就可以改变一个城市，既然能够改变一个城市就能改变一个州，既然能够改变一个州，就可以改变一个民族、一个国家。既然能够改变一个国家、一个民族，也就能够改变世界。就是说一个人的声音可以改变整个世界。这完全是和修齐治平的逻辑是一样的。

中外的对比特别好玩，我最近喜欢看《庄子》，我写的第二本书叫作《庄子的快活》，可能七、八月可以见到。我了解一下看过《阿凡达》的请举手。看的有不少，看来很成功。但是《庄子·外篇》有一章叫《马蹄》，讲的故事跟阿凡达一样，说原来大家都是野生的，那个时候人一招手可以把一个猴叫过来，拉着手就去玩了。说鸟也很好办，就可以到鸟巢里去玩，就差说一句来一个大鸟就骑上玩去了，说有很多的野马，高兴的时候就叫两声，不高兴的时候尥蹶子，遇到水草就吃，遇到风雪就躲躲，过着幸福的生活。为什么后来马遇到了灾难，就是来了伯乐，伯乐来了以后把马分成三六九等，烫印，钉掌，肚子上勒一个肚带，所有的马折腾之后十有八九都死了。庄子把伯乐说成跟《阿凡达》里那样的开发公司，采矿的那批人一样，制造了痛苦，《阿凡达》是现代的，《马蹄》那一章，是东方的古典。庄子还有一段，说是在荒野上，你是在森林里，你的生活是多么自由，多么快乐，但是快乐还没有过完，不知道为什么忧从中来，突然就忧伤起来，忧伤起来已经毫无办法，不知道什么时候才能把忧伤度过去。这一段描写特别像丹麦的一支民歌《在森林和原野上》："在森林和原野是多么逍遥，亲爱的少女呀，你在想什么……"这首歌在网上可以搜索得到，但是很奇怪这个歌是用广东话唱的，我一直查不出原文。

说在"森林和原野上是多么地逍遥，少女你为什么苦恼和忧伤"，最后说"不远了，幸福的日子就要到来了"，整个的节奏和《庄子》里讲的故事一模一样。是在森林还是原野上，"欣欣然而乐与！乐未毕也，哀又继之。哀乐之来，吾不能御，其去弗能止"。这个歌和革命很有关系，为什么呢？就是有两句话，"不远了不远了，幸福的日子就要来到了"。就这几句话被革命者所理解了，不远了，不远了，反正不是现在，现在是痛苦的日子，混账的日子，是坏人、恶人当道的日子。怎么快来了呢？就是解放战争快胜利了。解放前很多所谓左翼的学生、进步的学生。这个歌的情调在《庄子》里就有，而且翻译的词，"在森林和原野"，森林就是山林，原野就是皋壤，说是多么逍遥，"逍遥"这个词本来就是庄子的词。所以说中西之间的各种联系是通的。

我不多举例了，苏曼殊后来出家了，是一个阔人出身，中国近现代也有这样的人，李叔同也是原来帅得不得了，多才多艺，后来当了和尚。李叔同是留日的，日语非常好。苏曼殊研究英文里面和中文里面发音接近的，已经研究出来好几千条，这是非常有趣的，"爸爸""妈妈"这样的词就不用说了，我们有一个朋友也喜欢研究这个，居然考证出来英语最接近的是山东话，因为I就是俺，就是我，我寻思就是I think。世界有很多印象派的语言学家，找二十个讲英语的最聪明的初中学生，十个男生和女生在这里，这些人从来不知道中文、西班牙文和日文，做一个试验，现在讲四个词，四个词有一个当食物讲，就念了四个词。第一个是食物，第二个是电脑，第三个是森林，第四个是一个什么词，让学生们选择，结果大部分的选择是正确的。有此一说，仅供参考，我反正也不怎么懂科学，就是敢在这儿忽悠，就是说语言有一定相通的道理。

古今中外，理论和现实，很多东西就理论研究理论永远研究不清楚，就现实来研究立马就清楚了。我非常感慨，老子的《道德经》第二段就讲"世人皆知美之为美，斯恶矣"，就是说都知道什么是美就糟糕了，钱钟书先生说老子的此话有点拎不清。我要说的是，老子这句话，当过三年科长就知道了。比如有两个科员，通知他们三个人选一个美人，然后给10000块钱奖金，这三个人还能团得好吗，科长的工资才3500块钱，加上其他的灰色收入到不了5000块钱，他想要这10000块钱的奖金，干脆就把自己评成美人得了，那两个科员就骂死他了，奖金归你美人还归你。支持A科员B科员又不干了，有可能还有不适宜的关系出来。有一次我和金融界的人聊起来，他们说他们最清楚什么是"皆知美之为美，斯恶矣"，大家都知道哪支股票好，一周之内上涨了30倍，结果套走了大量的金钱。然后就骗了很多人，这也叫"皆知美之为美，斯恶矣"。要找这样的例子还有很多，《官场现形记》里面有一个例子，一个大官去视察，这个大官有一个特点就是提倡清廉，最喜欢下属穿旧衣服，如果视察的时候看到下属穿很新的名牌，回去马上就撤了，认为是他们用了民脂民膏。这个县城里面都知道大官喜欢旧衣服，就都去买旧衣服，做一身新衣服1000块钱，买一身旧衣服2.8万。尽管这是非常怪诞的例子，只有有实际经验的人才能懂得其中的道理。类似的例子非常多，就不多举例了。

第三，说的是一种总体把握，多谋善断的一种决策能力。我们有这样的一些人，说知识也不算非常丰富，但是有一种从大局掌握全局的能力，有一种很简单的判断能力。什么事对我这个公司，或对我这个部门的事业是有利的，有这个判断的能力。这样的例子，我曾经在部队里面，碰到一些参谋人员，他们有的跟我讲很多军事上的知识，我就说你这个知识真丰富，他又说了，我们参谋人员就是提供各种信息，但是我们往往没有决策的能力和勇气，或者是这种责任。美国有一种说法非常奇怪，当判断你的身体是好是坏的时候也是这样，问你每天睡觉是否睡够6小时占6分，每天吃饭是否不超过4500卡路里，要求这些数字加一块儿来判断身体是好是坏。但是中国人的思路不是这样的，中国人的思路不需要一点一点的计算，是从整体的把握，整体看看气色，听听说话的声音就可以判断你的身体好不好。这就是说决策的时候要善于做整体性的判断。我年纪也不小了，应该说和我原先相比，对自己现在的身体情况就算满意了。但是男生岁数大一点，有的时候经常觉得最显得自己老了就是去洗手间勤了。但是自古以来有这样的故事，《史记》描写过，赵王请廉颇，廉颇和蔺相如的故事大家都知道，战争开始了，别人向赵王推荐，请廉颇出来，他身体很好还可以打仗。赵王就到廉颇家里，廉颇的精神头很足，说我没有问题，虽然50多了一顿饭可以吃3斤肉，可以拉800石的硬弓，说派我去就好了。回去以后赵王说不能派他，别人问他为什么不能派他去，赵王说我在他那儿坐了个把小时，他去洗手间三次。中国人的这个思路很好玩，有一个总体的印象，也很唯物，也很科学，而且在司马迁的时候就写了，"遗矢三次"。毛泽东的诗，"千村薜荔人遗矢"就是从这来的。这就是一种掌握全局，敢于负责，敢于承担的能力。我说男性第一要承担，第二要幽默。如果承担得非常苦也没有意思了，如果没有这两条就不够格做一个男人。要具有能够做到化繁为简的能力，做了很多的事最后到了我这里很简单，有一种责任、勇气和驾驭的能力，一种综合判断能力。

化繁为简可以讲几个例子，毛泽东会见青年代表，说你们讲讲什么叫政治，什么叫经济，什么叫军事。他周围的年轻人很聪明，说这我怎么讲得了，请主席给我们多加教导。毛主席说政治很简单，就是团结的人越来越多，跟你作对的人越来越少，这就是政治。什么叫经济，就是老百姓生活得越来越好，你自己也生活得越来越好。什么叫军事，更简单，就是打得赢就打，打不赢就走。毛泽东有这种化繁为简的能力。我有的时候也想学着化繁为简，咱们当笑话来说，人类面对的问题如此之复杂，其实是两大问题，一类是饿出来的问题，一类是撑出来的问题。饿出来的问题就需要革命，就需要造反，甚至于要发生颠覆性事件，这都是饥饿，衰弱，被压迫，被奴役，我称之为饿出来的。撑出来的问题要霸权，要吸毒，要堕落，要破坏环境，这都是撑出来的。

第四个层次是多向思维和重组的智慧。我们大家都认识的东西，可以把这个命题，颠来倒去地折腾一下，会发现很多新的东西。"文革"当中最喜欢背的毛泽东语录是"捣乱，失败，再捣乱，再失败，直至灭亡——这就是帝国主义和世界上一切反动派对待人民事业的逻辑，他们决不会违背这个逻辑的……斗争，失败，再斗争，再失败，再斗争，直至胜利——这就是人民的逻辑，他们也是决不会违背这个逻辑的"。我读来读去，总感觉别扭，因为不对称，中国人讲骈体文，或者是对对联，比如反动派那边是"捣乱，失败，再捣乱，再失败"，人民这边就是"斗争，胜利，再斗争，再胜利"，不能两边都是失败，两边都是失败对不上了。我们贴一个春联都要对得上，"忠厚传家久，诗书济世长""又是一年芳草绿，依然十里杏花红"。如果又是一年芳草绿，依然十里芳草红，这难受死了，所以觉得斗争失败再斗争再失败，多亏得慌，我总想改了，斗争胜利再斗争直至彻底胜利，这就是人民的逻辑，这样改多棒。但是大家想想这不是一个理论问题，这是一个实际的问题，看一下中国的革命史哪是斗争胜利再斗争再胜利，整天失败，戊戌变法失败，辛亥革命失败，大革命失败，土地革命更失败。中共正经的党史上都说，经过土地革命十年苏区损失了90%，白区损失了100%，但是最后胜利了。历史上这样的事多了，不仅是中国，历史上都是这样的，楚汉之争，项羽和刘邦之争，"二次世界大战"也是一样的，希特勒最初没有失败过的，战无不胜，攻无不克，闪电战，打捷克，打波兰都不费劲，跟奥地利合并的时候，奥地利人当时热泪盈眶地欢呼，我现在去维也纳还有人告诉我，就在这个地方希特勒开的大会，奥地利人当时是什么样的情况。但最后，是他失败了。楚汉交兵也是这样，刘邦失败再失败，最后胜利了。

周谷城副委员长还讲过这个故事，他是毛泽东的老师，毛泽东有两位比较年轻的老师，跟他年龄差不多，一个是周谷城，一个是语言学家黎锦熙，推行ㄅㄆㄇㄈ注音符号的人。毛主席说"失败是成功之母"，我们的革命经历了多少失败，后来成功了。周谷城说"成功也是失败之母"，说成功了容易骄傲，成功了容易腐化，成功了容易暴露自身的问题，周谷城讲到这儿忽然后悔了，说主席正处在快乐、兴奋、自我陶醉的时候，自己说一句"成功是失败之母"，这不是恶心毛主席嘛。他赶紧补充说成功会引起这些问题，当然主席例外。但是，毛主席后来想了一下，把桌子一拍，说你讲得好，说得对。我们看失败是成功之母，我们还可以联想到成功是失败之母。我们还可以联想到失败是失败之母，一败涂地，我们还可以联想到成功是成功之母，乘胜前进，还可以联想到你成你的功，我失我的败，我们都考试，我考了 40 分，你考了 100 分，我们各考各的，没有关系。就是一个成功，一个失败，可以分析出许许多多不同的原因、不同的状况。类似的还有很多的判断，你们只要敢去分析，有的就站得住，有的就站不住。比如说马克思主义和中国革命实践相结合，使中国革命的面貌焕然一新。大家都知道这个话，但是你们想想马克思主义和中国的实际相结合是不是也使马克思主义的面貌为之一新？现在马克思活着对中国的情况也得学习，上一年党校也不见得学得来。思想不要搞单行线，有的时候是多向的，有多种多样的思想，老庄就特别喜欢逆着走，你越说好，我会说准好吗？不一定好。

第五，想象力与创造力。人们普遍认为中国人的智力是不错的，智商是很高的。我遇到一个日本人，是战后遗孤，在中国上的小学和大学，后来回到日本工作，对中国特别友好。我问他中国人的头脑比日本人笨不笨，他说绝对不笨，他说中国人整个来说智商比日本人高，我说你觉得中国有的时候有一些问题在什么地方，他说关键是日本人比中国人认真，这可能有点关系，供我们参考。日本人号称是很民主的，但是上级给下级分配什么任务的时候，接受任务的人两手扶着膝盖，两只眼死瞪着你，他们做什么事都认真，中国人太聪明了，做什么事都不认真，孔子早就分析了，执行你父亲的遗训是"三年不改父之道"，孔子那个时候的记录是能认真三年，现在我估计能认真三个月就不错了。还有一个原因，和我们长期以来不提倡一个人有自己的个性，有自己的独创性的思想、创造性和个性是分不开的，因为你有很特殊的和别人想法不一样的地方才能有创造，而且创造性提倡一个人敢于怀疑，就是说我们现在大家都认识到的东西不见得是最正确的，是敢于怀疑。如果不允许怀疑、不允许有个性哪来的创造性？不敢提出与众不同的意见，有的时候我们大家公认的事情其实并不对。

我们读书的时候能做到"尽信书不如无书"，我们是阅读日，我们是读书月，我们是阅读的社会，但是阅读的时候要敢于对阅读本身有所超越，有所挑战。庄子有一段话说得非常好，他说读古书好比看古人的脚印，但是光看脚印还是不够的，要想想古人穿的是什么靴什么鞋，是草鞋的印还是皮鞋的印，我在新疆的时候知道一种皮窝子，光知道靴鞋还是不够的，还要知道古人长着什么样的脚，光知道长着什么样的脚还是不够的，因为脚上面还有腿、上身、脑袋、五官和灵魂。所以我们只有把读书和现实和社会结合起来才有创造性，我今天先暂时说到这儿，欢迎大家批评指正。

提问：《中国阅读》蓝皮书上说我们现在阅读的量越来越小，越来越功利，我们的读书节，400 多个城市都搞了，形式更大，内容更小，今天是世界读书日，您觉得中国有一个读书日想法怎样，有人说这是孔子的生日，我认为不太好，我提个日子，10 月 31 日怎么样，因为那天是我的生日。

王蒙：关于中国设不设读书日我没有什么看法，关键是阅读也会有一个过程，因为我们现在有市场，市场起了很大的作用，使阅读更大众化了，大众化的同时有一个不好的词，就是消费化，很多人阅读是为了消费，不是真正地培养自己，不愿意阅读自己感到困难的，只愿意阅读浅层次的带来快感的、娱乐的东西。但是群众有权利，农民工也好，吃低保的人也好，仍然有权利分享我们的文化果实。这个情况会有相当一段时间，我认为起码还有十年，您说的阅读表面的活动越来越多，但是层次并不高，这也是要在过程之中发展。我们可以做很多工作，图书馆做了很多工作，每个人也可以做很多的工作，有这样一个向上发展的过程。至于您的生日能不能改成阅读日我没有把握，但是我祝您生日、生日之前和之后快乐。

提问：非常感谢您精彩的演讲，受益匪浅，我是清华大学的学生，平时的生活和工作中，每天在做题、读报告、做实验，有的时候读您的书感觉非常有收获，有很多的体会，有的时候我感觉离人文的东西，或者是文学的东西特别遥远，有的时候有畏惧的感觉。我的问题是采取什么样的方式和办法，能够获得多元化的智慧，能够将多元的学科结合起来。最后有一个请求，您能否在百忙之中来清华做一场讲座，使更多的学生体会到您的智慧和生命的哲思。

王蒙：人文的关系和每个人的关系很近，比如人际关系，比如家庭，比如社会，比如自己的心情，这里面充满了人文的关切。要是有兴趣举个例子，您这个年龄是否有情人，是否已婚，跟情人的关系首先是人文的关系，不是一个数学的，或者是自然科学的关系，人文的东西是我们每天离不开的，也用不着特地看非常深的书，有的时候人文的东西，这个话今天的日子说有点不合时宜，书看得太多了反倒不懂人文的东西，总之，是希望我们正常地关心人文的修养和知识。

提问：感谢王老师给我们做的精彩演讲，我是来自中华茶叶联谊会的，主要是在全球范围内做中华茶叶的推广。我看到您的书提到聪明和智慧的比较，提到聪明是学出来的，智慧是悟出来的，想向您请教聪明和智慧在生活当中扮演怎样的角色，您怎么看待这个问题？

王蒙：平常的时候说这个人很聪明，善于做对自己有利的事，或者某一项技巧学得特别快，这都可以说是聪明。比如在银行工作点票子又快又准，这也叫聪明。我们培养的劳动模范张秉贵在百货大楼手一抓是几两就是几两。智慧可以稍微概括，根本一点，很难说抓糖抓得快这个人有智慧，甚至于智慧在有些事情上显得不聪明，这是完全可能的，因为关心的是大事。包括一些小故事，牛顿煮鸡蛋把自己的怀表扔在里面了，说牛顿养了两只猫，一只大猫，一只小猫，就在门上挖了两个洞，别人问他为什么挖两个洞，他说大猫从小洞爬不出去，但是他忘了小猫可以爬大洞。是否他真的忘记了小猫可以爬大洞？这是不是牛顿的幽默？多挖两个洞有利于空气的更新？这是我的心得。但是有，这就是确实的，有一些有大智慧的人，在一些小事上犯糊涂，看过一个故事像是真的，说爱因斯坦吃饭之后要回家，叫了一个出租车，司机问他怎么走，爱因斯坦知道住哪儿但是不会说，就打电话给爱因斯坦的秘书，结果爱因斯坦的秘书说爱因斯坦的家不能随便告诉别人。有的人说这个秘书连服务对象的声音都听不出来应该解雇，我听着也有道理，但是是真故事还是假故事我也不知道了。

提问：首先感谢一下您让我们听了一场非常精彩的讲座，您提到记忆是对生活的把握和眷恋，用了眷恋这个非常优美的词，记忆又分为令人心情愉悦的良性记忆和悲伤的记忆，我们回忆的时候感觉悲伤的记忆多一些，我们如何把握这两者之间的关系？以及对记忆如何锻炼。

王蒙：这不是非常绝对的，有一些悲伤和痛苦的记忆，不愉快的记忆，如果已经超越了这个东西，想起来以后甚至能够不是特别坏的心情。很小的时候读高尔基的《童年》，写到外祖父怎么坏，怎么欺负工人，把一个工人压迫得吐血，压死了，继父怎么打母亲，他说了一段话，我常常想这些东西应不应该写，但是我们毕竟已经跨过了这个东西，已经超越了这个东西。而我的话说的是幽默感即智力的优越感。我还说过泪尽则喜，就是各种坏事都经过了，世界上的坏事并不多，很多坏事都可以经过。张承志的小说里面有一个说法，只有最彻底的悲观主义者才有权利乐观，作家说话都爱酸一点，有的时候费点劲儿。但是我理解他的话，什么叫彻底的悲观主义者？就是对一切不抱幻想，因为不抱幻想，没有不切实际的幻想，所以看到一切的可取之处，当我看到了一切，包括一切人、一切朋友，我对自己的父母，也不抱幻想，不认为我的幻想能够帮助我解决一切的困难，正因为这样的话，我的父母给我做过一点一滴我有感恩的心情，我的朋友对我做过一点一滴的事情我有感恩的心情，我的科长帮过我一次忙我永远感谢。所以可以变成一个乐观主义者，我认为这些说法都很有意思。

提问：您回忆原来人生经历的时候认为最有意义的是什么，最遗憾的一件事，以及未来最想做的一件事是什么？

王蒙：是这样的，我一辈子遗憾的事多了，比如说我现在个子还不到 1.7 米，但是我的父亲是 1.8 米，我的弟弟是 1.82 米，我的姐姐跟我一样高，半开玩笑地说，我前天刚从台湾回来，我总说国民党的统治使我发育身体的时候营养不够，否则我起码 1.75 米，显得也神气一点。我很喜欢学外语，但是我的英语并不过关，但是我也敢说，你们查 2008 年12 月 26 日的 CCTV9，上面还有我和主持人的全部即兴的英语对话，但是我应该学得更好，这都是我遗憾的。我最想做的事，我本来想 70 岁就搁下笔了，但是觉得暂时还可以拿起笔来。有一次一家电视台一个年轻人问我，现在有没有感觉到自己年老体衰，记忆力衰退，文思枯竭？我开始想说没有，这个牛不敢吹，人老了就是老了，别说是年老体衰，就是离开世界也是可能的，所以我说明年我会有这样的感觉，现在是 2010 年，可能是 2011 年，所以也别想这个事，该什么时候完蛋就什么时候完蛋。现在说不短命了，有一次和女儿聊天，有一个领导在人民大会堂讲话，大家发现中午他穿的西装，打着一个领带，领带上有喝汤的时候溅的一串汤滴，虽然他讲得很好，但是看到了汤滴就减弱了他的威慑力。我回去以后跟女儿说，只要不夭折，我也会有这一天的。我女儿跟我说，你想夭折啊，来不及了！现在连夭折都来不及了，就是稍微推迟一点喝汤掉滴的情况。为什么我没有穿西装，就是怕大家看到酸辣汤都掉在领带上了。

提问：我是中科院国家科学馆的学生，在您的一生当中读过哪些对您影响比较大的书，能否给在座的人推荐几本好书？

王蒙：文学里面我喜欢唐诗，喜欢李白也喜欢李商隐，另外也喜欢宋代的苏东坡，他们对我的影响非常大。《红楼梦》对我的影响也很大，还有很多外国的就不一一举例了。别人问我最喜欢的一本书的时候我回答起来非常困难，他问一本书我起码回答十本，一辈子就喜欢一本书是否太少了点。只有妻子原装就一个人，绝对没有第二个。而书是二房三房四五房也不嫌多的，包括维吾尔语的、英语的我都读，我喜欢的书非常多。

老庄的治国理政思想

2010 年 3 月 27 日在中央机关读书讲坛上的演讲

　　谢谢大家，感谢中央国家机关工委和新闻出版总署给我一个机会，和大家交流有关老子和庄子的"治国理政思想"这样一个话题。在正式讲之前，我先简单地说明一下。

　　西洋的思潮从某种意义上说带有一种性恶论的因素，它认为人是有原罪的，人是有私心的，是有竞争之心的，是好斗的，而且人的利益是会有冲突的。所以在政治上的一个基本命题叫作"多元制衡"，就是认为人会犯很多错误，但是让人们互相牵制，按照一定的法律、条文、规则、制度，维持一个谁也不能为所欲为的程度。当然，做到没做到是另外的问题。国内出过一本书，是两位在美国的中国人写的，介绍美国的政治制度和政治思想，这本书就叫《总统是靠不住的》，就是你要想办法限制总统，既然总统是靠不住的，那副总统更靠不住了，什么总理、部长都是靠不住的，这是西方的一个基本的思想。

我们中国基本上是性善论，在中国起作用最大的还是以德治国，天下唯有德之人居之。这样给封建君王、给封建掌权者的执政以合法性。而且这个德的标准是天，我像天一样有德，所以我是天子，我是奉天承运，我在这儿治国，治国平天下。中国强调的是这个。中国的封建社会没有"多元制衡"观念，中国强调的是一元，普天之下，莫非王土，它的资源和权力是高度集中的。但是中国有一个理念的制衡，就是"德"。你虽然是皇帝，但你要有德，如果皇帝失德，就会非常危险，有可能被扣上无道昏君的帽子。要是你被扣上无道昏君的帽子，你就会被颠覆，会有人造反。所以说"水能载舟，亦能覆舟"。

中国的平衡不是靠制衡，而是靠一种德行的自我掌控和约束。另外，靠"三十年河东，三十年河西"的纵向平衡，就是在时间的纵轴上实现平衡。这都是一些非常大的问题，我今天不可能讲清楚，我自己还没有完全学习清楚，仅仅提一下而已。你搞过分了，没人平衡你，什么时候平衡你，等你死了以后再平衡，你用的宠臣全杀头，你害的忠臣全部从监狱里放出来，官复原职。中国的平衡是一个纵轴上的平衡。在中国这种情况下，对于知识分子，对于读书人，一个是中庸之道，一个是儒道互补，有其积极意义。当然中国的读书人和现代意义上的洋人喜欢说的知识分子不是一个含义，这是另外一个复杂的问题，我也不多涉及。

儒是什么意思？儒承认人和人之间是不平等的，社会必须有秩序，有主从上下之分，有君臣父子夫妻之分。但是要给这个不平等、这个主从的关系树立一个合情合理的规范，不能胡来。父慈子孝，这个父要是太不慈了，太霸道了，儿子要真急了也就不认他了。如果是明君臣就忠，如果是暴君臣也就忠不了。儒家努力树立的是这样一个规范。

老子庄子不是以德来治国，是以"道"。"道"是什么意思呢？就是自然而然地治国，以人的天性来治国。所以老子庄子这些人就嘲笑儒学，认为儒学啰里啰唆、劳而无功，认为儒学不自然、伪饰。老子说"六亲不和有孝慈"，本来家里父母、子女、兄弟姐妹的关系很好，哪里用讲孝慈？不用讲。六亲不和才有孝慈。国家非常混乱的时候才考虑谁忠谁不忠。这是老子庄子他们对儒学的批评。

老子庄子还举了一些很可笑的例子。他们说儒学宣扬的那一套是螳臂当车。春秋战国时期，中央政权是东周政府，但周天子已经丧失了控制能力，真正掌权的各诸侯国君主着急的是夺权称霸，发展自己，吞并别的诸侯国。真正的诸侯，真正的掌权者对儒学的态度也就是马马虎虎的。那个时候孔子远远没有后世的地位，孔子是经常被称为丧家之犬的。这是他自己说的，"惶惶如丧家之犬"，这不是骂人的话。当时的情况是信仰墨子的人多，信仰法家的人多，真正信仰孔子的并不多。但是孔子的这套理念后来的人们越来越认为它好，为什么好呢？ 第一，对于读书人来说，儒家治国平天下是有理念的，不是光为了乌纱帽，这个理念就是仁德。第二，对于掌权者来说，孔子的这一套有助于社会实现秩序、和谐、平衡，而且不会失控。使人从心里面就明白君有君的道理、臣有臣的道理、爹有爹的道理、儿有儿的道理、夫有夫的道理、妻有妻的道理，上下尊卑都有一定的道理。所以后来儒家思想就越来越成为主流了。

庄子就嘲笑儒家说，你跑到那些君王面前，你给他宣传以德治国、以礼治国、以乐治国，君王正急着夺权呢，宣传这些这是螳臂当车。你用知识分子、读书人的那点儿礼义廉耻、仁义道德的说教，想说服有权威的人，不等于用螳螂的胳膊挡大马车吗？庄子又笑儒家这一套是敲着鼓追逃跑的人。这些人受不了你这些高调，整天讲仁义道德，整天训练他，整天说这样不对，那样不对，所以就把人吓跑了，跑了以后孔子和他的门徒还要追人家，敲着鼓追，越敲鼓人家跑得越快。

老庄怪、另类。但这种另类有两个作用：

首先是启发的作用。让你知道世界上的事儿还有这么想的，还有这么做的，不无道理，哪怕是片面的理。

其次有补充的作用。整天学孔子，文质彬彬，谦恭有礼，忠贞不贰，杀身成仁，舍生取义。这种样子有时候太累，碰到挫折的时候——君主不让你尽忠，把你废为庶人，这时候老庄的思想能起到补充的作用。

上面是我讲的一点前言。

下面我主要是从几个问题上谈谈老庄他们在治国理政方面的一些思想。

第一个思想我称之为"无主题治国"，"无为"的"无主题治国"。老子庄子他们都主张"清静无为"。他这个"无为"我先要说明白，主要是针对诸侯、君王、大臣，还有士人讲的，不是说让老百姓无为。老百姓该种地的种地，该做生意的做生意，该盖房子的盖房子，他很赞成。他说的"无为"不是说什么都别干，主要是说掌权的人不要先给自己立一个主题。庄子的意思是"不要刻意为之"。什么是"刻意"呢？我想来想去最适合解释的词就是"处心积虑"。就是办什么事儿都应该走着瞧，别处心积虑。事情还没办呢，就一定要如何如何，事先都规定好了，这就是主观主义。这种情况之下就会和老百姓发生矛盾。所以为政不要先确定主题。

我的本业是写小说的。我们写小说的人过去喜欢说一个词叫"主题先行"，这个"主题先行"是"文革"期间于会泳他们提出来的，创作文学作品先得有主题，后来大家又嘲笑"主题先行"。还有一个词叫"直奔主题"，写文章一开始就冲着主题去了，不会是什么好文章。老子的说法是什么呢？叫作"圣人无常心，以百姓之心为心"。常心就是不变的，永恒不变的，圣人没有永恒不变的看法，一切跟着老百姓走。他又说："天之道，其犹张弓欤？高者抑之，下者举之；有余者损之，不足者补之。天之道，损有余而补不足；人之道则不然，损不足以奉有余。"他说无论办什么事儿都要符合天道，天道就跟拉弓一样。他说拉弓就是这样，高的地方要往下压一压，低的地方往上举一举，劲使得不匀的地方你调整一下，这就是天道。他这个意思也是不要刻意为之。

　　老子还有一些说法，他说执政的人头脑不要太复杂，老百姓住在那儿别给他捣乱，别逗他玩儿，"无厌使食，无厌其生"，别找他的麻烦。这个"厌"在古文里就是现在"讨厌"的意思，也可以当施加压力的"压"讲。

　　"无厌其生"，打鱼的你让他打鱼，卖唱的你得让他卖唱，做豆腐的你让他做豆腐，你别捣乱，用咱们现在的语言来说就是"别折腾"。我们不希望老百姓折腾，老百姓能把政府折腾得心慌意乱；政府也别折腾老百姓，人家该干什么就让人家干什么。"夫唯不厌，是以不厌"，就是掌权的人不给老百姓添乱，不扰民，所以老百姓也就不会给你添乱。这种思想也是老子的乌托邦。他认为最好的领导，最好的权力运作是根本就不运作，用不着运用权力，该干吗干吗，这是一种乌托邦思想。但不是无政府主义的乌托邦，而是无运作的乌托邦。但是他讲的这个道理又有点儿道理。"圣人无常心，以百姓之心为心。""无狎其所居，无厌其所生。夫唯不厌，是以不厌。"这些话很有道理，您别以为这些话很虚、不联系实际，它联系实际。

　　比如今天掌权的一个人，或者说一个在国家公务方面占有一定位置的人，他也仍然面临一个问题：很容易以创造政绩作为刻意追求的目标。很简单，既然接受了这个任务，就必须得有政绩。没有政绩，怎么接受考核，怎么提拔，还升得上去吗？怎么防止对立面的批评、攻击？所以一定要有政绩。那么，你究竟是把政绩放在前面还是把人民的利益放在前面？要把"民心"放在前面，这就是老子所说的"圣人无常心，以百姓之心为心"的含义。

庄子喜欢举一个例子，庄子说，你用儒家的那一套，就是我前面所说的刻意地治理天下，他说是"欺德也"，你侵犯了大道的功能。他说治国的人不需要涉海凿河，那儿本来是大海，你跳到海底下再凿一条运河，这么做有什么意义呢？他喜欢举一些极端的例子——庄子是文学家，文学家都喜欢夸张，不夸张就不生动，尤其是在春秋战国的时候百家争鸣，不夸张的话谁注意他呀？庄子还说"鸟高飞以避矰弋之害"，鸟都知道高飞躲避短箭。"鼷鼠深穴乎神丘之下以避熏凿之患"，老鼠要想安全就要往深处躲。庄子的意思是老百姓什么事儿能干，什么事儿不能干，自己知道，老百姓都很聪明。不能偷东西，不能杀人，百姓知道这些事不能干。该干的事、不该干的事，有利的事、有害的事，老百姓都很清楚，你儒家就不要再啰唆了，你不要对老百姓耳提面命，一天训八回谁受得了？这是庄子打的一个比方。

历史上的亡国之君有一类是彻底昏聩的，但是不是像历史上记载的昏聩得那么彻底，我还有疑问。因为历史是胜利者的历史，大部分亡国之君都只挨骂，说他好话的人非常少。为什么我说这个话呢？庄子最明显，他无数次地提出来，他说汤尧夏桀，各有各的思路，各有各的是非，他们在历史上只不过是一瞬间，究竟谁是谁非，说不清楚。我小时候学历史，书上就说，一个夏桀、一个商纣、一个妹喜、一个妲己，都坏得不得了。鲁迅就曾经怀疑过，夏桀商纣都是被女人给害了，女人能管多少事儿？这是另外的问题。

但是还有一种亡国之君，他们是非常辛苦的，是非常勤政的，是事必躬亲的，是极其有为的，比如崇祯皇帝朱由检，他辛苦得不得了，而且他不许外戚参与政事。他又多疑，不放心，他对谁都不放心。这样的勤政皇帝由于刻意有为最后也造成了自己的失败。这样的例子也多得很。

我再补充一句，老子和庄子所提倡的"无为而治""无主题而治"，多少有一点"小政府大社会"思想的萌芽。就是政府做的事儿有限，你尽量让老百姓按照他自己的天性，按照他自己的利益追求做事，略加引导即可。他的说法就算是乌托邦也罢，也能给我们作为参考。

"无为"的思想除了"无主题治国"以外，还有一个想法也挺好。《庄子》里讲得比较清楚，就是"上无为，下有为"。"上必无为而用天下，下必有为而天下用，此不易之道也。"意思就是说你的权力越大，你的地位越高，你的官越大，你少说话，少做事，少折腾，你让底下干。这种情况下，"无为而用天下"，就是你没有说很多话，你也没有下多少命令，但是天下都听你的。那么"下"呢？"有为而天下用"。下边的，对不起了，到了部以下了，司局以下了，老老实实给我干活去。你从早到晚该加班加点就加班加点，你为我所用就是为天下所用，为国家所用。

老庄那个时期的书写得比较简单，那时候是刻在竹子上的，如果那个时候有网络的话，《老子》起码要有八百万字，《庄子》有四千万字。所以老子的很多话只是点到为止。那么今天我们讲他的话，也不是说让大家简单照搬。是希望引发大家去琢磨其中的智慧。所谓"上无为而下有为"，你们琢磨琢磨，它是一个非常精明的说法。

从"上无为下有为"这个话里我还想到西方管理上的一个观念，就是纵向分权。就是说权不但有横向的分，即不同的部门、不同的地区分别由相应的部门、单位负责，这是横向的分权。还有纵向的分权，简单地说部长有部长的权，局长有局长的权，处长有处长的权，别互相掺和。我在文化部也体会到，上下级是各有分工的。比如分房子的时候，我也接到过别人批的条子，但我都一律转给有关的司局，我没有批过任何一个人的住房。如果我要管分房子的话，我就别管文化事业了。所以这有一个纵向分权的思想。

"无为"里面还有一层意思。庄子说："闻在宥天下，不闻治天下也。在之也者，恐天下之淫其性也；宥之也者，恐天下之迁其德也。天下不淫其性，不迁其德，有治天下者哉？"什么意思呢？这又和现代的法治思想有关，当然这是西方的观念。我们不能照搬，但是我们可以参考，我们可以把它当一个学术问题来讨论。国家法律的主要作用在于防止你干坏事，而不是带着你、组织你干好事，因为这个好事每个人的要求不同。庄子的话恰恰是这个意思。为什么掌权者必须保持这个权力的存在。为的是"恐天下之淫其性也""恐天下之迁其德也"。"淫其性"是什么意思？就是失控。"迁其德"是什么意思呢？就是德行的偏差。就是说我必须有这个权力，我必须保持我这个权力的存在，而不能让社会失控，让社会道德混乱。在古代中国有这种思想观念也挺有意思的。

还有一种观点很有意思。老子很早就提出来了，说"天下皆知美之为美，斯恶矣；皆知善之为善，斯不善矣"。都知道美反倒糟了，都知道善反倒不善了。为什么会这样？你从理论上怎么想也想不清楚。有一次我和金融界的朋友谈这个话题，金融界的朋友说这话太棒了，因为他有这个经验，如果谁都知道哪个股票最好，都去买那个股票，一下子这个股票上涨 30 倍。股价上涨 30 倍，你还买，买完了以后泡沫破灭，最后把你套牢。他说搞股票千万不要"皆知美之为美"，都往一个地方凑会害了自己。

第二方面，老子和庄子还主张权力的运作要和老百姓保持一点距离。老子提出一个很有趣的思想，首先是"太上，知其有之"。"太上"就是最佳，是说最佳的状况是老百姓知道有这么一个国君，也有朝廷，这就够了。谁是国王，跟我没关系。谁也不妨碍谁的事儿，老子认为这是最好的状态。其次，"亲之誉之"。最值得人掂量的就是这四个字。"亲之誉之"怎么会成了二等？老百姓一见着你说你真英明，你是我们永远的榜样，我们一见你就热泪盈眶，这不是很好吗？"亲之誉之"的结果就建立了一种高调的权力运作关系。你不但是一个有效率的权力，而且是精神的导师，是德行的代表。这种高调的运作有极大的动员力，但也容易引起过高的期望值。过高的期望值就会引起失望。儒学是很好的学问，现在读《论语》会发现孔夫子真是一个非常通情达理之人。为什么儒学到后来，尤其到了五四时期被人家骂成那个样子呢？就是因为他说得太好了，但做不到。

所以说，权力和百姓的关系"知其有之"就行了，当然，也有的版本是"不知有之"，干脆不知道权力系统的存在，各有各该干的事，不要弄得太漂亮，不要"亲之誉之"。"亲之誉之"后面是"其次畏之"，是说要让人怕这个权力。老子他也很实在，一点儿不畏是不行的。你说开汽车的人有几个热爱交通警察的，但是他得"畏之"。这种"知其有之"的说法，使我想到了近现代的一个观念，"虚君共和"。现在世界上有相当数量的国家元首是虚的，没有实权的，但是它又是不可更迭的，不可改变的。比如说英国女王、日本天皇、荷兰女王，还有瑞典丹麦也都是君主立宪制的王国。1987 年我去泰国进行访问，和泰国的教育部长聊天，他说："我们泰国的制度有一个好处就是谁也别争第一把手，第一把手是国王，你乱不起来，最后是国王说了算，平常什么也不管，他只管人道主义事业。"当然泰国也有泰国的问题，现在我们也看到了，但这是另外的问题。这是君主制国家的情况。

非君主制国家也有这种思路。比如说德国总理是默克尔，它的总统是谁你们说得清楚吗？反正我不知道是谁。以色列也是这样一种情况。所以它也是一种虚君共和、虚位共和，也是在权力使用上的一种平衡方法。这些方法我们显然不能照搬，但是我们应该知道世界上对治国理政，对权力运作，对权力的转移交接有各种各样的思路。我们多知道点儿没害处。

第三方面，老子和庄子他们都主张低调治国，当然这是我概括出来的。老子有一句有名的话，说"知其雄，守其雌"。就是我知道该怎么样才能牛，但是"守其雌"，我表现出来的不是一个牛气冲天的形象，而是普普通通的，是温柔、低调、和善、平和的形象。"为天下谿（溪）"，就好像地下流的小溪一样，不是洪水滔滔，不是泰山巍峨，也不是青松入云，只是一条小溪流。

"知其白，守其黑，为天下式"，成为一句名言，它也曾打动了黑格尔。"知其白，守其黑"就是什么事儿我都很明白，但是我千万不要摆出一副我什么都明白的样子。这是在招人讨厌呢。而是应该把自己摆在一个难得糊涂的位置，把自己摆在一个韬光养晦的位置，但同时我要尽量地知道世界上的各种说法。

当然这个"知其白，守其黑"，老子解释得不详细，后来有人就说这里有阴谋的味道，说老子是阴谋家，朱熹就说过"老子之心最毒"。我个人并不认为是这样，我认为用鲁迅最爱引用的俄国作家克雷洛夫的一句话，可以帮助我们理解："鹰可以和鸡飞得一样低，但是鸡不能像鹰飞得一样高。"老子本意是考虑世界的本原，他考虑万物运作的规律，他考虑天下的大事，他要考虑怎么样结束老百姓的灾难。所以他主张的治国应该把自己放在一个下位。老子说："上善若水，水善利万物而不争，处众人之所恶，故几于道矣。"他认为这是水的本性。水不争，碰到拦的地方它就拐弯，碰到低的地方就流，所以李零教授关于老子的一本书就叫作《人往低处走》。我们常说"人往高处走，水往低处流"。老子说先往低处走，更提倡谦让，提倡节俭，甚至提倡后退。所以他以水做例子。作为文学的一个理念来说，"上善若水"这四个字非常好，非常美。谁不喜欢水啊？生命离不开水的，水确实是居善地、亲善缘，都是跟善在一起的。

老子讲"大国者下流""大者宜为下"。就是权力越大，地位越高，越应该把自己放在下边，不要高高在上，不要盛气凌人，不要以大压小。这种非常东方式的观念是有它的参考价值的。这里面有一些精兵简政的味道，就是能不能把复杂的事情简单化，这是一个功夫。求学即是这个道理，一方面要复杂化，要扩充知识，另一方面在充实的过程中又要概括、提炼，要把它简单化。为政也是一样，复杂化是一个本事，简单化更是一个本事。所以老子希望治国理政做得越简单越好，当然这里有很多乌托邦的成分。老子还有很多类似的说法，比如"其在民上也，以言下之"，想统治老百姓，必须先向老百姓学习。"在民前也，以身后之"，想领导老百姓做一件什么事，应该先跟上老百姓，看看老百姓现在关心什么。

老子还有一个说法，说"我有三宝，一曰慈，二曰俭，三曰不敢为天下先"。这话我们今天听着是不能接受的，尤其是"不敢为天下先"，因为我们现在提倡的是要"敢为天下先"。但是老子这个说法有他的道理，我们也姑且作为一个参考。

"一曰慈"，就是说要保持善意，尤其是要对老百姓保持善意，体恤民情，体恤民艰。"二曰俭"，俭的意思不是指现在理解的物质方面的节约，而是说要给自己留下选择和行动的空间，不要把什么招都用上。按老子的想法，招多，可以留着，别一下子全都用出来。就是要"蓄"，老子还说过"蓄其德"，就是说要积蓄你的德行，要积蓄你的智慧。"不敢为天下先"，是老子针对当时的情况有感而发的。当时因为各个诸侯国都在那儿闹腾，个个都想吞掉别的国家。而且诸子百家各有各的一套，各种思想都有。老子认为折腾不好，所以说"不敢为天下先"。用现代语言来说，就是当政者不要太超前，脱离了百姓。

"不敢为天下先"，是老子对于各侯国君王与大臣的警告，他希望统治者不要老出幺蛾子，让老百姓丈二和尚摸不着头脑。

最后我再讲一下老子"治大国如烹小鲜"的思想。"治大国如烹小鲜，以道莅天下，其鬼不神。"这是老子《道德经》当中最神奇、最美丽、最充满魅力的一句话。"小鲜"就是小鱼。老子认为治大国就跟熬小鱼一样。其实不光老子有这个说法，法家的韩非子把这个道理用到权力斗争上，也说："烹小鲜而数挠之，则贼其泽；治大国而数变法，则民苦之。是以有道之君贵静，不重变法。故曰：治大国者若烹小鲜。"挠是什么？就是别老抓挠小鱼，小鱼本来用水一煮已经烂了，你再一抓它就变成烂泥了。

后来隐士河上公解释这句话说："烹小鲜不去肠，不去鳞，不敢挠，恐其糜也。"河上公说"治国烦则下乱"，就是你治国治得非常烦琐就会引起混乱，所以不要烦琐，不要折腾。他的解释非常权威，但是这件事情你解释得太清楚了煞风景。"治大国如烹小鲜"，这句话多漂亮啊，你懂不懂都没关系，用北京的话形容就是"它帅啊"。大国你怎么治？跟熬小鱼差不多，但我不告诉你我怎么熬法。让人感觉到举重若轻，举止有定，胸有成竹，自有把握，不急不躁，不温不火。可是像河上公的解释呢，"不去肠，不去鳞，不敢挠"，太具体了，变成大众的烹调手册了。

中国的很多古书，解释得太细致、太多就会煞风景，本来模模糊糊的美得不得了。我跟大家说说这一辈子读书方面最痛苦的事之一。我从小最喜欢白居易的一首词："花非花，雾非雾。夜半来，天明去。来如春梦几多时？去似朝云无觅处。"这首词太棒了，黄自先生还给它配了一首曲子。可是有一年，大概在十五年以前，我在《新民晚报》

上看到一篇文章说这是个诗谜，作者说我们家的保姆特别聪明，当她看到"花非花，雾非雾"这首词之后，立即说这是一个谜语。谜底就是冬天玻璃上的霜花。她把白居易这首词解释成一个谜语，而且给了科学的、靠得住的解释。看完以后我几乎寻了短见。这么伟大的一首词被咱们一位天才的保姆给解释成了谜语了！我今天也是在这儿给大家谈谈对老子庄子思想的一些理解，我希望不给大家一个聪明的保姆的那种印象。谢谢大家。

话题与歧义

2009 年 9 月 27 日在北京大学的演讲

　　大家好！今天讲的题目是"话题与歧义"。我主要是谈一些热点，人们喜欢议论的一些事，从专业的角度来看也比较有趣，是被人们所关心的一些话题，另外我尽量做到，我在这儿说一些我原来没有得到机会写文章的一些东西，因此都是一些不成熟的话，我已经做好了准备，在这儿讲完了以后也许会引起一些批评，有很大的歧义，我只是希望网络报道的时候不要太夸张，不要把意思往相反处报道。

● 关于五四与传统文化

第一个问题，谈一下五四新文学运动和传统文化。五四不多说了，因为北京大学是五四的发源地，我现在谈这个问题是什么原因，就是五四时期对传统文化进行了很猛烈的批评，这种批评是很刺激的，可是现在我们国家又确实面临着一个挖掘传统文化，弘扬传统文化的热度，我想真是此一时也彼一时也，"三十年河东，三十年河西"。当然五四到现在不止三十年了，快九十年了，是更多的年头了。

我想这里头有很多的原因，首先是历史的一种选择，在五四时期中国正在迎接一场风暴，迎接一场大的变动，而中国的传统文化比较简单，它的特质在于维护社会的相对稳定乃至于和谐，而不是在推动社会大的变革。所以对于五四时期的那些呼唤暴风、呼唤改革、呼唤革命、呼唤翻天覆地的仁人志士来说，中国的传统文化是一个惰性的因素，甚至于是反对的因素，所以不管国民党还是共产党，不管是胡适还是鲁迅、陈独秀，也不管是吴稚晖还是李大钊，他们都对传统文化进行了猛烈地批判，而且在当时令国人大大地感到悲痛的是从传统文化上找不到通向现代化，通向富国强兵、发展科学技术的契机。如果说现在认识到了那时候的一些言论比较激烈，态度也比较情绪化，那么恰恰是因为现在经过五四的洗礼，我们已经吸收了，已经接受了大量的诸如民主、科学、社会进步、社会主义、马克思主义的内容，还有包括一个有争议的词"五四价值"等等，是在你接受了许许多多东西以后，你回过头来再看传统文化，觉得传统文化有着许多有价值的东西，有很多美好的东西。尤其是当我们国家面临着不是一个风暴接着一个风暴、一个颠覆接着一个颠覆、一场大的斗争接着一场大的斗争，而是更倾向于在一种相对稳定的情况下进行渐进式的改革和发展生产、发展文化的这样一个时候，人们突然发现，原来传统文化有很多好的东西，有些东西合情合理，有利于给社会各个方面一个规范。

所以，我非常不能赞成一种看法，就是把弘扬传统文化和继承五四的精神对立起来，甚至一讲传统文化就得骂一顿五四，或者一讲五四就一定不能够讲传统文化，我觉得那样就错了。文化的问题很多时候它不是一个零和的模式，不是说吸收这个文化了就不能吸收那个文化。

前不久我参加过一个讨论中国民族的节庆或者节日活动的研讨会，我就不接受那种说法，说我们为什么现在要讲中国民族的节庆，因为现在西方的节庆已经侵入到我们这儿来了，又是情人节，又是圣诞节，不一定要把这两种节日对立起来。你如果说情人节、圣诞节是舶来品的话，那五一也是舶来品，三八也是舶来品，六一也是舶来品。

● 关于国学热

在这种情况之下又出了一个新的名词，这个新的名词更敏感一些，就是国学热。国学热媒体起的作用特别大，它的出现也符合了社会上上下下许多方面人们的心愿，就是被我们搁下得太久了的东西，比如四书五经、孔孟之道、老庄之道一直到《易经》。现在到新华书店一看，什么风水，这个风水连韩国都要申请作为非物质文化遗产，这就更加紧张，我们得赶紧弄这个风水，不弄风水的话就变成韩国的了。当然你搁了一段以后，你忽然又拿出来，觉得孔子说得多好啊，是不是？"学而时习之，不亦说乎？有朋自远方来，不亦乐乎"……"和而不同"……越说越好，说得很好听，很美好，国学热就出来了，一直发展到什么份儿上了？今年9月，暑期开学的时候，有好多小学都穿上古代服装以念《三字经》来参加开学典礼，新华社发了有紫阳小学，还有南京的夫子庙小学，紫阳小学的穿衣接近清朝，夫子庙小学我没弄清楚，还有成都有的小学，因为成都很热，9月1日开学，非常热，有的小学在大太阳底下学生们都穿上古代服装，热得一身汗，好多家长都心疼得不得了，我有一点糊涂，中国出什么事儿了？大清复辟了？

对不起，《三字经》我也发表一个看法，《三字经》的好处是很好普及，很容易记忆，容易背诵，有些话语也都挺好，"教不严，师之惰"……有些说法挺好，但是《三字经》对于今天走向社会主义现代化的国家来说，它的内容相当单一、片面，就是它把孩子训练成老老实实、规规矩矩，什么都合理，什么都听话，训练成这样一个孩子。

《三字经》里面不讲身体健康，不讲精神活泼，不讲儿童天然的一个游玩的权利，它不讲发挥你的想象，你的个性，它不讲创造性，它很少有积极的，就是让你的精神得到解放，智力得到解放，活力得到解放的东西，而相反都规范起来。规范当然好，我们学校也是有规范的，任何一个单位都是有规范的，但是只有这些东西是不够的。我一想起我们的小学生穿着清朝的服装在那大太阳底下晒着，在那儿念《三字经》，咱们的五四就这么白搞了吗？至于吗？

关于国学，《辞源》上只解释是国家办的学，这是古代的解释。《辞海》上有两个解释，一个是国家办的学，一个是中国固有的文化。"中国固有的文化"这个说法跟这个"国学"能不能完全站得住？我也有怀疑。就现在一般讲国学都讲先秦诸子的，研究《红楼梦》的人没有人说他是国学家，研究明清小说的有没有我不知道，研究唐诗的人都没有人说他是国学家，研究李白、杜甫的都没有人说他是国学家，冯至先生是研究杜甫的，是写《杜甫传》的，从来没有人当他是国学家，当然年纪大了他就是国学家了，我也快成国学家了，因为我还讲老子。固有文化这种说法我也不太喜欢，什么叫固有文化？文化能固有吗？文化都是在不断地接触、开创、交流、碰撞、消化、融汇之中得到的。琵琶不是我们固有的，黄瓜不是我们固有的，所以黄瓜叫胡瓜，南瓜是不是我不知道，对，不是，洋白菜肯定不是我们固有的，要不怎么叫洋白菜？番茄肯定也不是固有的，因为带番字，土豆在新疆都叫洋芋，肯定也不是固有的，白薯是菲律宾来的，这个固有以哪一年算起？黄帝元年？还是炎帝元年？和那个时候没有关系，哪个都不是固有的，没有办法，许多科学体系更不是固有的。所以对这个定义我也不大喜欢，我个人不大愿意用这个定义。

但是很多大学有国学院，这个我没意见，我赞成，大学里面的事好办，为什么？大学里面学院多得很，北大有多少个学院，有二十多个吗？三十多个学院有一个国学院，有国学院的同时还有文学院，还有法学院，还有其他的，可是如果让社会上，把这个国学变成一个最重大的口号，我就有一点搞不清楚了，我不敢说不对，我也没有这个胆，但是我搞不清楚了。

和这有关的，现在和五四联系起来的，很多问题都出来了，一个是白话文和文言文，争议越来越多，这本来是很有道理的，五四时期是不是对文言文批评得太过了？我想这个检讨可能是有道理的，有人就给我讲，他说白话文不仅仅是一个工具的问题，而且它有不同的思路、不同的审美意向，比如说你把老书全部翻译成白话文，包括《论语》和《孟子》都翻译成白话文，基本上翻译出来以后，很多内容都没有了。我想这些都说得是对的。但是反过来说白话文是从洋文那儿制造出来的，我讲，这在二十年前《文艺报》上就曾经有朋友这样写，说我们民族文化什么都没有了，我们把我们自己的语言文字丢掉了，五四以后，是根据英语创造的白话文，这就跟活在梦里一样了。白话文首先是我们嘴上说的文，就是我们的口语，这个口语的存在是我们固有的，从来没有消失过的，即使是在几百年几千年以前，人们见面说话首先不可能全部都是纯的文言，里面夹杂一些半文的话肯定也有，但是不可能纯文言。用嘴说的话就是白话，书面语才可能是文言。

● 关于文白之争与繁简之争

前不久我又听到一种，也是让我大惑不解的说法，说白话文有两种，一种是老的白话文，原来在中国生长的，源远流长的白话文，说五四以后的作家只有三个人会老白话文，一个是鲁迅，一个是周作人，一个是张爱玲，其他的人都是受英文影响而写自己的白话文，这纯粹是梦话。说中国原来有白话文，难道这是一个新的发现吗？几大才子的书基本上都是白话文，《镜花缘》是白话文，《镜花缘》里面夹杂一些半文言，很好的，最好的白话文小说尤其是北京话小说是《儿女英雄传》，虽然它的思想水准相当陈旧，相当老气，但是它说的话都很通顺口语化，《儒林外史》《三言二拍》也是白话文，过去很多话本，解放以后也还出版过。解放以后江苏省有一个扬州评话的专家叫王少堂，他讲武松，这个武松，我看过他的半部《武松》，这是四十五万字，全部都是以口语白话记录下来的，把武松讲得活灵活现，非常详细、周密，加了很多的创造，这都是白话文。那么老舍的白话文更不用说，鲁迅的白话文里面文言文成分比较多，很多是把文言文用在白话文里面，据说他的文句中还颇受日语影响，可以说如今有些朋友对于这个白话文的说法也制造了一些稀奇古怪的噱头。

还有海外闹得非常厉害，说中国的白话文不好，因为受了"毛文体"的影响。"毛文体"？开玩笑啊，谁受了毛文体的影响？在座的，你们哪位写的文章像毛泽东，你们举个手，我把我今天的讲演费全部乘5送给你，如果你的文章确实写得像毛泽东，请举手！开玩笑啊，学毛泽东写文章，你没地位，没名气，没有那个自信，没有那个居高临下、所向披靡，是不是？打遍天下无敌手，尖锐，还带几分孙悟空齐天大圣的劲儿。至于说在政治运动的时代，有些比如说写文章讲道理不够，这里头是不是也受某个领导人文风的影响，这是另外一个讨论。然后这个越演越烈，一直发展到简体字，连台湾地区的都跟着闹，批评简体字。简体字始作俑者是国民政府，并不是共产党开始搞的简体字，现在传出去说简体字是共产党根据苏联专家的意思搞的，我都不知道这样的无稽之谈是从哪儿来的，我们的简体字包括用拼音文字的时候，很大的一条，我们拒绝苏联专家的建议，没有采用斯拉夫字母作汉语拼音符号，而是用的罗马字母。1922年，钱玄同提出了笔画方案。在1932年，我负二岁的时候，出版了国语筹备委员会编订的《国音常用字汇》，收入不少简体字。所以简体字对我们来讲是有很大好处的。我上小学的时候有一个同学，他有三个兄弟，有两个是孪生，有一个跟他们差一岁半，一个叫聶邦鼎，一个叫聶邦基，一个叫聶邦礎，这个音也很铿锵有力，这三个孩子学写字的时候，整天地哭，因为他的姓很复杂，那时候得连着写三个耳，复杂，简化以后底下变成两个"又"了，所以有很大的好处。而且简体字和繁体字根本不需要对立起来，我相信北大学文科的人都懂繁体字。在座的人里面，你们不认识繁体字的请举手，没有一个举手，因为它不存在这样的问题。

　　然后旧诗新诗，喜欢写这些诗的都很可爱，都很好，尤其像钱钟书的诗、徐志摩的诗、艾青的诗、舒婷的诗、聂绀弩的诗，都写得非常好，现在让我有时候略感担忧的就是我们把这种文体上的一些区别，把这个题材上甚至于风格上的不一样把它对立化，变成互不相容的东西，我觉得这些东西都应该相通，也许这个时候我们想一下，尽管它有各种针对性，在《共产党宣言》里面已经提出来，"民族的片面性和局限性日益成为不可能，于是由许多种民族的和地方的文学形成了一种世界的文学"。也许我们还可以提一下，就是邓小平给景山学校题的词，他提出了"面向世界，面向未来，面向现代化"的这样一个主张，我们弘扬传统文化，我们钻研"国学"都是好的，但是我们的目的是面向世界，面向未来，面向现代化，我们的目的是建设中国特色社会主义，我们的目的是现代化，不是古代化，不是回到明清，更不是回到先秦。

● 关于文学与革命

然后我谈一个很大的问题，文学和革命的关系。革命前的文学和革命后的文学关系，或者叫前革命的文学和后革命的文学关系。世界历史上我们发现一点，就是有些地方在革命以前或者革命的初期，它会有一个文学的高潮。譬如俄罗斯，俄罗斯所出现的文学的灿烂，到现在是没有先例的，普希金、托尔斯泰、契诃夫、果戈里……太多太多了，我是讲不全的。有时候我产生一个非常荒唐的想法，我说俄罗斯的经济发展常常走弯路，非常不顺利，中国的农村包产到户立刻粮食问题就解决了，效果是立竿见影的，但是俄罗斯把集体一解散，粮食生产还下去了，有时候都无法想象是怎么回事，其中的原因之一是不是他们国家文学太发达了？一个国家文学要太发达了，还有人好好种粮食吗？还有人好好地弄酱油弄醋做电池做手电做衣服吗？文学太好了，太吸引人了，喝一点儿伏特加，朗诵一首俄文诗，再唱个俄罗斯民歌，游览在俄罗斯的大地上，多幸福啊！如果这个时候还去计算什么经济效益，多么煞风景。

当然这也只能算是笑谈。

中国的现代文学，五四以后到 1949 年，也是非常活跃的，郁达夫、巴金一直到胡适、梁实秋，这也非常多，不多说，非常活跃。有时候文学的高潮是和社会的际遇，和历史风暴的前兆联系在一起的，这是一个事实，当然我们不见得都从政治或者革命历史的角度来说，中国人也早就发现了，"欢愉之辞难工，而穷苦之言易好"。我们很多中文系的人都非常重视中国的古典文学，越古我们就越敬仰，高山仰止。但是夏志清讲过一个理论，这是他的原话，说你们老觉得中国的古典文学了不起，因为你们外文不好，如果你要是外文好的话，你看一看英法的那个古代文学，比你中国的古典文学要丰厚得多，就拿最辉煌的唐诗来说，它的题材就用了那么几种，思乡、送别、悼亡等等，相反中国是五四以后现代文学一下子热闹起来了，各式各样，什么都有。后来夏志清的话我见人就问，见北大的我问，别的学校我也问，香港我问、澳门我问，到现在为止还没有一个人跟我说，他赞成夏志清的话，所以夏志清的话是"光杆司令"，就他一个人这么说，但是他毕竟是夏志清。

● 后革命的文学还需要走出一条大路

扯了半天，我是什么意思？就是后革命的文学，当这个社会已经经过了、付出了巨大的代价，付出了鲜血与生命的代价，终于达到了革命的人民夺取政权这样的一个目标，宣称人民已经把命运掌握到自己的手里了。这时候对文学怎么走？这个文学怎么办？却没有特别好的答案。

比如说苏联有法捷耶夫等等占主流的作家，还有肖洛霍夫，他获得了诺贝尔文学奖。苏联领导人第一次访问美国，他的代表团成员里面就包括肖洛霍夫，而且走到哪儿都是这种口气："这是我们苏维埃的伟大作家肖洛霍夫。"在苏联第二次代表大会上，肖洛霍夫发言，他说西方世界攻击我们苏联的作家是按照党的命令来写作的，这是胡说八道，我们是按照自己的良心来写作的，但是我们的良心属于苏联共产党。我一听这觉悟真高，真会说，真招人疼。但是有的时候人们也会发出批评、责备，就是认为苏维埃时期的状况还赶不上沙皇尼古拉二世那个时期，这个问题也麻烦。苏维埃如果不是最好的文学环境的话，那么现在苏联解体已经过去了将近20年，解体了是不是又该出来托尔斯泰，托尔斯泰二号，也没见，更没戏了。这种问题中国也有，尤其是到现在，我们发展社会主义市场经济的今天，要全面小康，所以我有一天讲话，人家给我递条子，问得我直翻眼，他问我："王蒙先生，您认为文学还能够存活多久？什么时候将要灭亡？"夸大其词的一些说法，这些比较多。

革命前的那个时候文学发达，而且有孤注一掷的勇气，拼了，为了正义，这是最后的斗争，团结起来到明天。但是在革命以后，会是怎么样？怎么发展？咱们中国还有一些说法，我完全没有资格，没有能力对之做出特别明晰的判断，比如前五六年就曾经有人回忆，说是在20世纪50年代，就是1957年的时候，有人问毛主席，说如果鲁迅活着，现在会是什么情况？毛主席回答说，也可能他在监狱里吧，也可能他不再写作了吧。当然也有很多鲁迅研究所的所谓鲁学的专家，对这种说法深恶痛绝，认为这种说法是完全不负责任，也是不符合事实，这说明在这中间也还需要积累更多的经验。我在两年多以前曾经提出一个议题，就是雄辩的文学与亲和的文学，我们的文学不可能仅仅是雄辩，也不可能时时都找一个对立面来进行辩论，有些时候需要更好地表现人性。

● 关于市场经济和文学

第三个话题谈谈市场经济和文学，市场经济和文学这是两回事。我记得当年有记者采访一位老作家，说市场经济的发展对于文学创作有什么影响？他的回答是我对市场经济的发展无动于衷。你写你的东西，他对市场经济的发展完全无动于衷，我没有做到，但是我也并不是因为市场经济来决定我写作或者不写作，对市场经济当然有动于衷，它影响我的衣食住行、生活需要、子女教育、父母赡养以及消费的水平，从这些方面来考虑，但是它和文学是两码事。我们这里一直也有很强烈的反映，就是认为市场经济毁掉了文学，认为市场经济摧毁了文学。有一个非常可爱的老作家，老的革命作家，我不打算提他的名字，我最近听说，这位大师已经去世，他说过去我们是冒着敌人的炮火前进，我们现在要冒着敌人的钞票前进。这我也不明白，因为过去我举的例子，就是说在革命成功了以后，有一些历史事物那种浪漫性就降低了。比如说冒着敌人的炮火前进，唱起来非常悲壮，但是我提改革你就不能唱，冒着赔钱的危险改革，冒着闹事的危险下岗，这些都不能唱。可是我没想到，我所敬爱的一位老作家提出了，说冒着敌人的钞票前进。敌人的钞票来了，你收回来交给革命不就完了嘛！那钞票能把人打死吗？砸在脑袋上一摞，五十万元捆成一包，从四层楼上往下照人脑袋上砸，那还是有一定的威胁，如果砸昏了以后，一看旁边有五十万元，也许脸上会显出苦笑兼甜笑。这个我不太明白。

有一个地方举行诗歌节，有一个诗人就讲，《红旗》都倒了，诗还有什么用？某杂志曾经说过，现在文学状况比历史上的任何时期都坏，比沦陷区坏，比白区坏，其中重要的原因之一就是现在据说是为了迎合市场，有了什么下半身写作或者其他一些涉嫌不雅的写作的内容出现，我们和从前所处的情况完全不一样。"文化大革命"前，1949年到1966年是十七年，这十七年一共出了两百本长篇小说，平均一年能出十一二本，现在每年出版的长篇小说七百至一千种，没有一个人说得清楚这一年都出了一些什么长篇小说，哪怕他的专业比如说在北大当代文学研究中心长篇小说科，好像没有这么一个科，他也说不清楚，好像就是有了更多选择的可能，可以满足更多的个性化需要，这是一个好处；还有一个好处，就是它把有些因为有歧义而不能顺利出版的也都出版了，一个东西，一百个人，九十九个人否定，一个人肯定他也出版了。但是坏处也有，好的作品也淹没在上千种低级的新书里面。我现在上西单图书大厦，有的时候我看到那些书以后，我就叹息，再不要写书了，到处都是书啊，你想到的他也出，你想不到的他也出，现在没有必要再出书了。

现在新中国都成立60年了，有些人回忆起来就觉得，从1959年到1966年，尤其是1959年到1962年、1963年，因为后来越来越紧了，那个期间的长篇小说最成功。举个例子，《保卫延安》，1959年，"三红两创"，人民文学出版社还出过《青春之歌》《林海雪原》，20世纪60年代还有《野火春风斗古城》《铁道游击队》《苦菜花》等等，有一批现在的人们都还记得，或者有很深刻的印象。但是你要是拿两本书，一本比如说是2008年出版的，还有一本是1968年出版的，1968年就不要说了，1962年出版的，你要放在一块儿看看，你不能说现在的书越写越差。反正在不同的文学环境下面，在一种不同的文学生态下面，在一种不同的社会环境和历史时期下面，人们阅读文学作品的心态有非常大的不同。

我还有一个说法，就是一个社会的文学事业，高潮化是所期望的，但是高潮化是未必能够持久的，许许多多的高潮都要向正常移动和过渡。老子早说过，飓风刮一早上就不刮了，太阳一出来就不刮了，当然这是老子说的，可能没有赶上那个大风口，大的雨也不过下一天，八个小时、十个小时、十二个小时就差不多了，即使再下，也要停一会儿。所以我们面对的是逐渐走向正常的这样一个社会和文学生活，现在我们谈不到什么特别激烈的文学运动或者那种文学高潮或者文学口号，写出什么什么来，谈不到这种口号。但是我们更多的是处在一个相对正常的阅读环境，那是不是现在的文学就没有好作品了？我不这样看，我觉得还需要时间的淘洗，目前就说什么作品就是好，什么作品就是不好，什么作品是不如什么时代好，都为时过早了。

● 关于诺贝尔文学奖

大家还有一个很关心的问题，其实这个问题的水准很低，但是许多人关心它，所以我愿意在这儿谈一谈，就是关于诺贝尔文学奖和中国文学。诺贝尔文学奖是到目前为止世界上最有影响的一个文学大奖，它叫大奖起码它的奖金数量大，它是1000万瑞典克朗，中国最高的奖项是茅盾文学奖，四五万人民币（现在奖金数额已经大有增加），这是第一。第二，它是由瑞典科学院的十八位院士组成的诺贝尔文学奖评奖委员会，他们都是终身制，死一个补一个，这里头只有一个人能懂中文，就是马悦然教授。诺贝尔文学奖特别喜欢标榜自己的特立独行,在一些社会主义国家他们比较喜欢给具有或者是色彩上沾一点不同政见的人发奖,在西方国家它相当喜欢给左翼的文学家发奖。比如20世纪70年代末期80年代早期,他们发过海因里希·伯尔,他当时把西德批得一塌糊涂,西德政府拿他没有办法,西德的驻华大使曾经跟我说,给伯尔发奖,这真的使我们头疼。当时法兰克福一个著名的文艺评论家,他说伯尔的德语相当差,他是以道德家的身份得奖的,因为谴责资本主义自由竞争下面的许多不公正的现象而获奖的,有过这种说法。它还曾经给葡萄牙共产党人萨拉马戈发过奖,给加西亚·马尔克斯发过奖,在中国,好多人都可以看出加西亚·马尔克斯把不发展的或者发展中国家的某些迷信、所谓落后的东西审美化,变成文学的契机,变成文学的才能。另外一位偏西方的秘鲁的作家也是诺贝尔文学奖的得主略萨,他的政治意识还特别强,写过很多政治论文,还竞选过总统,当然未能选上,他曾经痛骂加西亚·马尔克斯是卡斯特罗的太监。还有意大利的剧作家达里奥·福,那也是令人大吃一惊的。至于社会主义国家他们奖励一些流亡的作家,那多了,太多了,我这儿就不一一介绍了。

但是我可以告诉大家一点我亲历的事情,1995年在纽约,在华美协进社,胡适当年创立的,为美国主流社会了解中国文化搞的一个机构。我在那儿讲话,讲完话了以后,美国一个笔会的女秘书,在中国肯定叫她秘书长,她很强悍,这位女士就来问我,说今年北岛将要获得诺贝尔文学奖,你知道吗?我说我不知道,我说据我所知,诺贝尔文学奖是封闭的,是不提前公布的。她说她知道,我当然很佩服,是不是?这是"大牛皮"秘书长啊!你知道啊,好好好!她说你什么态度?我说我祝贺啊,我说谁得了诺贝尔文学奖,我都祝贺,我说要你得了我也祝贺。她说中国作家什么态度?我说有人会高兴,有人会不高兴,她一听两眼发光,赶紧说为什么有些人高兴，有些人不高兴？我说你连这都不知道啊，所有的作家都觉得自己是天下第一，哪有老子天下第二的作家，老子天下第二就不干了。她说中国政府什么态度？我说现在这个说得早了点儿，我说现在我不当部长了，代表不了中国政府。这也是一个事实。我有一种印象，这位女士拿着中国政府当公牛，拿诺贝尔文学奖当红布，想这么甩一下，那么甩一下，等着缺心眼的人往上冲。

1992 年，我接到瑞典科学院院士马悦然教授的邀请信，说希望你推荐五个中国作家做诺贝尔文学奖的候选人，其中完全可以包括你自己，这份材料不得少于 15 页，中国人讲字数，外国人讲页数，我就不懂，这个字号怎么算，是用 1 号字？后来我就写了，请外文专家黄友义先生给我翻译，而且我告诉你们，我这里面推荐的有韩少功、张炜、铁凝、王安忆，还有一个人我还没写，我可能想写我自己，反正也没成没关系，如果顺利的话，我不会不写我自己。但是完了以后，因为我担任过职务，第一步要征求我驻瑞典机构的意见，当时驻瑞典的机构就说，马悦然约你，不好，他对中国的态度不好，你王蒙的身份不应该来，不可以来。第一步就挡住了，我不能去，文化部还特意又写了一封信，说由于王蒙有很丰富的经验，可以应对不同的情况，我们建议这次还是让他去一下，跟瑞典科学院建立联系，但是我们驻瑞典机构仍然说不不不，还是不。瑞典方面着急啊，就改由北欧航空（SAS）公司的总裁来邀请我。可是咱们这个驻瑞典的机构一看就看出来了，那航空公司的总裁邀请你干什么？你又不买飞机。其实当时给我一种感觉，火眼金睛！孙悟空三打白骨精的这种感觉，不行，还是不能来。瑞典方面也使劲，瑞典一个女副首相兼外交部长来中国，见到中国跟她同级别的官员、领导人，她跟这位领导就说，说我们瑞典方面已经做好了准备，欢迎王蒙先生访问瑞典。我们的领导人回去就问，说她说这个干吗？了解了情况后，这位领导说那就派王蒙去吧，领导人发了话，说去吧。时间已经很紧了，于是有关部门就通知文化部，王蒙可以去了。但是文化部下属的外联局火了，也不是说领导发了话可以去才可以去，我们一直说可以去，你这不让去，现在我们这都忙起来了，我们不去了，不办了，这我也不知道，总而言之就没去成。斯德哥尔摩大学中文系主任罗多弼（Torbjorn Loden）跑到中国来问我什么时候去？我说手续没办好，我也不能说别的，我说有可能去不成。他回去就告诉马悦然，说看来王蒙对访问瑞典没有兴趣。马悦然也是性情中人，也是学中文学得太透了，受中国人情绪化的影响，被中国和平演变了。于是他立刻发表一个声明，他说王蒙已经表示对瑞典科学院没有兴趣，也不准备和瑞典科学院进行交流，因此今后我们只好放弃跟中国大陆的文学联系。这是哪儿跟哪儿啊，他把我想得也太高了。总而言之，所以说你们看着很伟大的事情，你要知道内情以后，阴差阳错，也不要以为那么伟大。结果马悦然轻率的做法引起了瑞典驻华大使馆的不满，他们的文化专员在香港发表了一个声明，说关于邀请王蒙先生访问瑞典科学院的情况你不完全了解，与王蒙先生个人完全无关，马悦然的说法是不公正的、不真实的。

现在马悦然又到中国来了，有一段时间都不许马悦然入境，都上了黑名单的，别人催着我问什么时候得诺贝尔文学奖？没法说这个事儿，怎么说？没处可说，得了就得了，不得就不得，得奖当然很好，1000 万瑞典克朗，存在中国银行，对国家也有贡献啊，但也没啥了不起。得不了就得不了，算了，那也没办法。但是反过来说，诺贝尔文学奖并不是国际奥林匹克，没有竞技技巧。比如我们知道的挪威，这是当年的事，挪威跟瑞典是一个国家的时候，挪威最有名的戏剧家易卜生，在最后的关头诺贝尔文学奖决定不给他，而给他的一个竞争对手叫比昂松，但是比昂松没有什么人记住他，而易卜生非常有人气。

如果我们列举得奖的人，可以列举出很出色的作家来，近半个世纪来有海明威、加西亚·马尔克斯，但是我们列举那些没有获得诺贝尔文学奖的也有一大批出色的作家，比如说俄罗斯的那批作家等等。有人老在那儿分析诺贝尔文学奖，而且在那儿分析说为什么中国作家不得奖，说什么因为中国作家胆小，因为中国作家没有成为烈士，还有人分析中国作家自杀的太少，外国作家自杀的数量很大，我不知道是由于吃得太多，还是由于低血糖造成的这些说法。简单来说，对诺贝尔文学奖我们既不必把它看得那么渴望，也不必把它视为对立面，以公牛的姿态向它冲去，也不必这样。现在马悦然已经多次表示过，他最喜欢的是两位山西作家，一位是李锐，一位是曹乃谦。有一年在重庆书市，马悦然给曹乃谦站台，而且说他随时可以得到诺贝尔文学奖。所以有马悦然这样的一个许诺，有些热衷于诺贝尔文学奖的人，也可以得到一些安慰，有些虽然对诺贝尔文学奖不无兴趣，但是一看马悦然也没提名，也就死了这条心，踏踏实实该干什么干什么，用不着再折腾这事儿了。

● 中国作家的两项原罪

我开玩笑啊，我说中国作家有两项原罪，第一项没有得到诺贝尔文学奖，第二就是没有当今的鲁迅。因为有人就说鲁迅多么伟大，多么伟大，说中国人的骄傲在于有一个鲁迅，中国人的悲哀在于只有一个鲁迅。这个作为造句来说是有一定说服力和煽动力的句子，但是这个句子不通，因为所有的作家都只有一个，没有克隆和复制。中国只有一个鲁迅，中国也只有一个李白，中国也只有一个杜甫，中国也只有一个曹雪芹，只有一部《红楼梦》，而且只有八十回再加后续四十回，哪个作家都是只有一个，怎么能来俩，照抄也不好看啊。再想，英国只有一个莎士比亚，英国有俩莎士比亚？法国只有一个雨果，只有一个巴尔扎克。鲁迅有鲁迅的年代，鲁迅是作为一个精神的领袖，作为一个社会的良心，作为时代的一个代言人，作为一个青年的导师出现的，原因就是那个时候这个社会已经没有权威，没有精神上的权威，它跟现在的情况也不一样了，很难设想我们现在的老百姓和青年学生，或者在座的中文系的学生，你们以嗷嗷待哺的心情等待着一位救星的到来，等待着一位精神导师的到来，说高举你们的火炬跟着我走吧，有人跟你走吗？所以不同社会发展阶段，不同的社会状况下，人们对文学的期待也是不一样的。

我们中国有一个传统，就是把很多东西尤其是把文学道德化，有些人对于文学的期待实际上是在期待着一个圣人，咱们现在还没有这样一个圣人，瞅活着的作家，谁的模样也不像圣人，也不像鲁迅，没有那么悲情，没有那么严肃，没有那么大的承担，但是说这话的人忘记了不同的时期，就在文学史上能够起到鲁迅这样的精神领袖的作用的作家也微乎其微，李白喜欢月，喜欢喝酒，杜甫好一点，叫诗圣，还有好多的也在那儿叹息，曹雪芹更不是，他丝毫没有，在他的作品里面并没有"为天地立心，为生民立命"这样的一种高姿态，外国的作家也是这样。

● 关于鲁迅和张爱玲

我再讲一个话题，其实是讲我的困惑。在大家怀念鲁迅、谈鲁迅、思念鲁迅、阅读鲁迅的同时，不断的重复当然也会让人感到厌烦，与此同时也增加了对张爱玲的热度，张爱玲的写作有一种生动感。她对颜色的描绘很好，对有些人情世故的描写，特别是对于女性心理的描写十分不错，但是怎么会？有那么好吗？我实在是不懂，我也不知道，我希望待会儿有人能够对我进行一点儿教育，我已经下过多少次决心了，我既没有教条主义，也没有政审的意思，我也没在专门部门工作过，说是由于政治上对张爱玲不感兴趣，就说她写得不好。我找了她的书，我还上国家图书馆借了她的书，但是没有几篇我是认真地读得下来的，因为我需要更多的艺术的想象，我需要更深的对历史，包括对人生的思索。张爱玲说："要是没有发生过的事，我还是写不了的，我只能写发生过的事。"这个话对于一个作家来说是不是天真了一点？再说得尖锐一点，是不是低能了一点？现在张爱玲已经快成了中国现代文学的代表了，我觉得有点悲哀，如果选择同时代女性作家的作品，我更愿意看丁玲的《莎菲女士的日记》。我觉得也很有意思，曾经有一段时间我们谈现当代文学，那个时候唯周扬马首是瞻，周扬怎么说的看讲义，但是现在至少有一半是唯夏志清马首是瞻，其实我们还是可以有自己不同的认识。

我在这儿讲了半天，介绍了一些情况，谈了许多自己的困惑，也是白白耽误了大家的时间，非常对不起！

● 现场提问

网络作家：您刚才提到人们对文学有道德上的期待，但是对网络作者来说，几乎没有受到来自这一方面的影响，对此您怎么看？

王蒙：我个人从理论上对网络文学完全是支持的，我也做过极少量的浏览，包括有些人的很尖锐的博客我也都读过，里面的某些见解还是好的，是可取的，例如安徽的一个网络写手叫尔林兔，她写有关《红楼梦》的书，她寄给我她的书，我还给她写过评论和序。还有一些书，我读着也很有兴趣，比如《明朝那些事儿》，但是更多的情况我还不知道。我还参与过一些网络的评奖，或者发奖什么的，所以从总的态度我是支持的，我也是喜欢的，但是太具体的我也说不出来。我不觉得写了以后你是先在网络上发，还是在出版社出书有特别大的矛盾，连写新诗、旧诗我也不觉得有多么大的矛盾，我觉得就是根据自己的题材自己作品的情况先上网也行先出书也行，愿意用文言文写的我也不反对，你愿意用英文写，我更不反对，因为我一直就是老想学好英文，老学不好，你要用英文写，那我看着更羡慕，你好好用英文写。

SO大展学生评委：我看到PPT以后，看到王蒙先生第一部作品是十九岁写出来的，按照这样来算的话是青春文学，青春文学每代都有，可能在我们这一代成了一个事，我想听听王蒙先生的意见。

王蒙：我觉得跟媒体的炒作也有关，年轻人低龄写作，现在不是十九岁的问题，现在好像还有，最低龄的六岁也出诗集了，当然这比较少，特例，但是我不赞成不同年龄的人在那儿互相嘲笑，互相攻击。青年人肯定有青年人的锐气、体力，老年人有老年人的优势，我特别喜欢老舍《茶馆》里面的一句台词，年轻的时候有牙没花生仁，老了以后有花生仁没牙。这个牙你怎么解释都行，80后浑身都长着牙，想咬一口就能咬一口，而且能咬得起来，但是花生仁少了一点，就是读过的书、走过的路、吃过的盐、经历的挫折少一些。老年人是花生仁越来越多了，但牙已经不行了，锐气没了，硬东西也不敢嚼了。尤其是作家，你要是写好了，你总是会写好的，用不着贬低别人，如果写得差劲的话，就算全国的作家被你骂死，你还是写得比较差劲，如果写得特别好的话，别人更好，大家一块儿好，咱们变成黄金时代，黄金集团，一个实力集团，更是梦寐以求的事，所以不要造成一个气氛，按年龄分。我是"30后"，离"80后"差五十年，但是我在没有得到召唤前，没有完全痴呆以前，我这不是，我也写，该说笑我也说笑……

在徐州和当地作家的谈话

2008 年 11 月 25 日在徐州的演讲

　　我知道徐州是一个很大的城市，一个很重要的城市，也是一个很美丽的城市。徐州市更重视文学事业的发展，徐州的几家报纸，如《徐州日报》《彭城晚报》《都市晨报》，都辟出版面，发表文学作品，《都市晨报》连续七年搞"晨报文学奖"，非常不容易。徐州市有很多热爱文学、追求文学的人，笔耕不辍的作家，令人感到很欣慰。

　　怎样走上文学道路，情况很不一样。有的追求新的生活，在某种意义上想摆脱那种压力、烦恼，就诉诸文学这种样式。旧俄罗斯不少作家都是这种情况。契诃夫的戏剧就充满这种精神，高尔基的文学道路也是如此。高尔基什么都干过，他要改变生活环境。也有另外一种，由于留恋，或者回忆旧的生活，过去的人和事，看到生活转眼不再，流逝过去了，就找一种样式替代，对记忆挽留，文学正好胜任。如海明威，就这样走上文学（道路）。杭州的李杭育也是。回忆，对过去生活方式的留恋，每个人都不一样。今天和大家见面，表示对各位勤奋写作的敬意，也表示对徐州《都市晨报》的敬意。下边和大家谈三个方面的意见。

一、提倡多读经典，给自己定一个高的标准。写作的目的不仅仅在于发表，而是真正有精神的追求，对精神生活的向往，对经典写作的渴望，在自己的笔下写出一点对得起自己的难得的价值体验。现在能阅读的东西太多，我丝毫不反对大量阅读，也不反对读各色各样的东西，但我们毕竟有一个主心骨，即人的灵魂得到升华和安慰的东西，和流行的东西可以不一样。既然热爱文学，就要追求更高境界，追求屈原、李白、曹雪芹，追求巴尔扎克、雨果等经典大家。

二、一般地说，徐州作家都有自己的工作，处在现实生活中，既接触历史，又服务现实，生活是丰富的。但是，有时候越是在实际工作中，越是需要想象。文学不是纪实，在某种意义上是想象的，小说是看谁写得比生活更精彩。强调细节的真实，但有时细节的表面的真实不一定就好。美国作家杜鲁门·卡波特，描写一个凄凉的女孩子，每天卖梦，本身就不真实。有一个细节，他说小女孩走路的声音像吃完冰激凌后小茶勺碰杯子的声音。我试了多次，可怎么都不像女孩走路的声音。显然不真实。但至今我觉得那细节很好，很真实地表现了那个女孩的精神。那个细节是一种想象。苏联时期的肖霍洛夫，《静静的顿河》里，主人公格里高利已是说不清他的身份了，当过白军，当过红军，很复杂。有个细节，当他的情人阿克西妮娅死在他的怀里，他抬头看见太阳是黑色的。太阳怎么可能是黑色的呢？但有一种真实在里边。只有经验，只有观察，不敢想象，不敢超出，是不行的，出不了作品。

三、关系到一个词，"陌生化"，文学对于生活的陌生化。你写的即使是最熟悉的，也要用陌生的语言表达出来，用陌生的情节、陌生的细节表现出来。陌生化是全面的，你的语言、你的情节、你的细节，都要与众不同，要有独特性、创造性，要陌生化。

小说的可能性

2007 年 9 月 24 日在鲁迅文学院的演讲

大家好！我确实是抱着一个交流的态度，因为咱们这一期的学员都是搞创作的。一说到搞创作，我还忍不住哭笑不得，我不说名字了，因为有一位评论家特别痛心疾首于我说搞创作，他认为创作是非常神圣的，应该说我是从事文学创造的或者我是献身于文学的。说王蒙这种人是什么人呢？他是搞创作的。哎哟，好像搞破鞋一样的，搞关系、搞投机倒把。也不知道为什么他怕这个"搞"字，可能离香港近了，香港人就怕这个"搞"。解放区什么都爱搞，搞好关系、搞好团结，什么都喜欢搞，大家都搞创作，所以我们一起搞一搞。我呢，不管怎么说，不管别人对我说些什么好听的话，实际上我已经 73 岁了，我的结构、我的语言、我的经验、我的知识里头都有许多是属于过去式，不像各位正是时候。所以我一边说的时候就特别希望各位你们听着、你们琢磨、你们跟我抬杠，说"他现在说这个太无聊，现在早就不这么提了"。咱们最后能够留上一点时间，听听大家对我的纠正、批评、质疑和补充，这是我最大的愿望，这不是假的是真的。

我讲的题目是小说的可能性。十几年前我在这儿讲小说的可能性，要查记录能查到，但是我这次讲的跟以前完全不一样，因为每一次同一题目底下都有所不同，可以互相参考。

第一点，我想说一下可能性是文学的一个关键词。在其他的事业上来说，可能性往往只是可行性，往往只是事业的开端。比如说一个计划、一个方案、一种政策的制订等等，它们谈的只是开端，甚至有些技术、艺术、艺术品类可能性也不等于完成。比如说我作曲，曲作得再好只是一种可能性，最后完成要靠乐队演奏出来。如果一首歌的话，是要靠歌唱家、歌手、歌星把它唱出来得到群众的好评或者感动了人等等。

但是文学不同，文学基本上追求的就是可能性，我们写的东西如果是现实的，有充分的事实根据的，那我们就是对再现这种现实的可能性的一种探索。因为即使同样是一个事实，任何一种事实都有一千种说法或者更多。如果说这里头还加了你的许多想象，那更是一种可能性的探索。

小说又是文学样式当中以最接近人生的那种形式出现的。诗歌是文学里的一朵奇葩，是一朵好花，但是诗歌和人生本身的样式有比较明显的区别，它是浓缩了的，它更感情化、更抽象。戏剧呢，它也没有小说那么人生化。因为戏剧的一场演出，有很多的特殊要求与安排，比如怎么抓住人等，这些我都不解释，我相信你们比我还明白，而小说是最接近的，所以小说就是对于人生可能性的一种追求、一种探索、一种实验。

原因之一就是我们人生的现实性所受到的限制太大了。我说受到的限制不是指社会的限制，不仅是指社会的限制，社会也是有限制的，还有时间、空间、生命、健康、个体、经验等等的局限，所以正因为这样一种限制，人们就追求可能，你把这种可能写得淋漓尽致，那就是很好的小说。这是我说的第一个意思，就是可能性是个关键词。

第二个意思，我就是从小说观念看小说的可能性。这点很有趣，中外对于小说的侧重和理解是不一样的。你要查《辞源》，中国最早出现"小说"（这个词）是在《庄子》上的。《庄子》上面说："饰小说以干县令，其于大达亦远矣。"我们现在念的就是"悬令"，"以干县令，其近道也，难以哉。""县"就是古人的"悬"字，我们现在写"县"，实际上是"悬"，现在简写了。"悬"是什么意思呢，就是高雅的、高尚的、抽象的、概括的意思，高悬着的。令，意思就是主旨、意义、原则、道德，所以"饰小说，以干县令"，就是说用这些小言小语想在这里头来表现、来干预这种高高在上的道理，难矣哉——也很难。

简单地说，中国最早提出"小说"这个词是为了和诗文相对应，是为了和宏文要旨相对应。小说是什么呢？街谈巷议，稗官野史。野史是什么？就是口头传说，加了歪曲的小道消息、手机段子，都上不了大雅之堂的东西，管这个东西叫小说。中国古代认为诗文是雅文学，词曲就差一点，小说就更差。因为词曲在文字上还有些很雅的要求，小说最早都是口头上的类似小道消息最多到手机段子这个程度。这种东西不是什么太正经、太大道的消息。

从中国人对小说的理解上我们可以看到小说的一个特点，就是以小见大，相对来说比较通俗，群众喜闻乐见。这个外国人呢，说外国我也闹不清，虽然你看了《大英百科全书》，全世界第一部长篇小说是日本人的，那个日本人叫什么呢？我吃镇静剂吃得忘了。（观众：《源氏物语》。）《源氏物语》啊，大概是这个，那是全世界第一部长篇小说，但是我就英语这个词上来说，因为首先英语不像汉语，我们从汉语的构词上就知道长篇小说、中篇小说、短篇小说、微型小说、小小说，反正都是小说，然后按篇幅上一点点缩小或者一点点扩大。英语不是，他更注意它们的区别而不注意它们都是小说。这个长篇，就是 novel，短篇 short story，中篇我们现在一般用 novelette，可是 novelette 据英语专家说并不是中篇的意思，而是传奇的意思，但是篇幅和我们说的中篇往往差不太多，我们就借用这个词，并不注意这个区别。

那么英语里头有没有能够把小说的特点概括起来的词呢？也有，就是 fiction，原意是谎话，说这是假话。如果在一个很正式的场合你在叙述一件事情，然后我说"This is fiction"，那我的意思就是你说的全是假的，是编造出来的。但是同时它又指小说，也就是说外国人他注意的不是大小的对应，而是虚构与写实的对应，就是小说是可以虚构的。小说的特点、小说的特长恰恰在于它的虚构，这是外国人的一个小说观念。

那么从这个中国人的小说观念，它就演绎出了一个可能性，就是以小见大的可能性，选择题材的可能性，确立小说的主旨的可能性。而每一种可能性又能分裂出互相矛盾着的无数可能性来。以小见大是一种可能性，以大见大呢？如果抬杠，文学谁要是有抬杠的这种雅兴的话，文学就是最容易抬杠的一个话题，甭管那个人多么口若悬河，他说什么你就反对什么，你绝对能找到词语，各位放心，只要谈文学你抬杠你绝对比较安全，你绝对能够找到你想说的话。

以小见大这是很多作品的特点，但是要以大见大啊，是不是？写一场战争、写一段历史，所谓史诗式的作品。《战争与和平》就是写拿破仑和库图佐夫之间的战争。所以曾经有一段，20 世纪 80 年代，我在回忆录里面写的是，咱们作协当时有几位领导特别是《文艺报》的领导曾经就批评说，现在小说的特点是什么呢？就是专写小事、专写小男小女、小猫小狗、小情小爱、小天小地，反正说了一大堆小，说作家都不关心祖国的命运、人类的前途、社会主义的未来、共产主义的理想，而都在那儿写小了。我当时就不服，我说："你要批评这几个'小'还不够。"他说："怎么不够？"我说："你得批判小说，一定要把小说，以后咱们更名为大说，叫成大说五篇，然后接着史诗几篇。"何者为大？何者为小？有无数的纷争在里头。要从外国人尤其是英语当中对小说的理解来说，又更形成了在小说的可能性上面一个大的悖论，就是真实性和虚构性。因为我们都很珍视小说的真实性，看到某一地方上写的和我们的经验相契合，我们会感到非常愉快、非常亲切，说这简直就跟写我一样。说他写恋爱的心情特别真实，特别令人激动，特别感动人，这都是因为它真实。但是小说又是讲虚构的，这个真实和虚构光这一个问题就够你做一辈子的文章。今天强调真实性，过两天强调本质的真实，然后再强调历史的真实，然后再强调无边的真实，然后再强调肮脏的真实。

我看过一些作品我认为里面就充满了肮脏的真实，还有一个我老是不明白，我们有时候看完一篇作品批评它，说这写得太不真实、太虚假了，虚假得令人作呕，虚假得令人恶心，可是我们看神话和童话反倒没有这种感觉。没有任何人说看完《西游记》说这太虚假了，说一个石头里面怎么可能蹦出猴来呢？没有人计较这个。也有较这一类劲的，就是非常伟大的、可敬的胡适之先生，因为他给高阳写信，说这《红楼梦》写得不好，贾宝玉生下来嘴里含着玉怎么可能？这个较劲法使我……对不起，因为现在胡适也不是随便能够批评的，现在胡适的实际威力、行市牛得厉害啊！可是他关于贾宝玉含玉而生是不真实的观点完全是妇产科大夫的观点，妇产医院也找不着这个记录。就是那些最明显的虚构的东西能够和读者达成默契，不被认为是不真实的。而读者最不能接受的是，假装是描写的当代的现实生活，假装描写的就是你身边的事情，但是它不合乎情理，它过度地夸张或者它过于遮掩等等会造成这种不真实。

至于虚构的可能性呢？无边无际，你说怎么样虚构能够成为一篇好的小说呢，谁能回答得上来呢？有时候虚构的可能性让你感觉它用到了极致。比如说人家又反映了，我一举例就觉得太老，但是很对不起我也没有办法，我举不出新的例子来。比如果戈里写的《鼻子》里面，他写一个人的鼻子跑了，穿上一个几等文官的服装就变成了某一级的干部，而且架子还挺大，到处威风凛凛。我看着觉得非常过瘾，它为什么是一个鼻子跑出来了呢？为什么不是脚指头跑了？为什么不是性器官跑了呢？这个我弄不清楚，这就是虚构。

这种虚构的可能性是双重的，第一种表现了作者在创造这种作品的时候他创造这部作品的可能性，这是第一层；更深的一层它表现了他所书写的这些对象，很多时候是他的同时代的或者过往的人他们虚构的可能性。这后一种虚构的可能性就表现为拉美的魔幻现实主义，我们看了《百年孤独》，会知道在拉美当地的老百姓就是最能虚构的，他们幻想着人与世界、人与人、生与死、动物与动物、植物与植物或者动植物、矿物、静物与人之间的各种稀奇古怪的关系，从中得到无限的创造的灵感。

真相、真实里头，能不能说真实也有一个双重性？一个什么双重性呢？一个是客观的真实，一个是主观的真实。客观的真实就是说你描写的，你写什么像什么，你合乎情理，合乎生活的逻辑，合乎当时、当地或者某种职业的特点，一直到遣词造句、对话都栩栩如生，这个许多小说是做得到的。但是还有一种主观的真实，就是说你的事情虽然是不可能的，但是你充满了真情，你确实是为了表达你的某种感情、某种感慨，为了表达你的爱憎而编出来的，这样的话虽然在客观上是不可能的，但是读者不怀疑你的真诚性，读者就能接受。我有时候就用这个方法来说服我自己。为什么童话人们并不认为它不真实，而某某某的小说人们就认为它不真实，我觉得原因就在这儿。

比如《海的女儿》，美人鱼不一定是客观的真实，上丹麦也不行，上北欧也不行，中国更不行了，上哪儿找一条美人鱼？若真能找到美人鱼，咱们小伙子早就找到了。但是在《海的女儿》中，安徒生的童话里，寄托了安徒生那么多的真情，对于善、对于牺牲、对于爱、对于献身、对于灵魂，你看了以后会感动得流下泪来，你怎么会觉得它不真实呢？就是说这种主观的真实，它的真诚、它的真情感动了你。而最怕的是内容或者是为追求时尚，或者是为迎合潮流，或者是为什么其他个人的非文学的动机写一些客观上也不真实、主观上也不真实的东西，就是你自己也不信的东西。这是我说的第二点，就是从小说的观念上探讨它的可能性。

第三点，我想说从小说的功能上来探讨它的可能性。我们姑且就按最老、最古老的，因为没关系，我们不是讲这个问题本身，用最古老的、最一般的、最没有新意的说法，我们谈到文学的功能，尤其是小说的功能的时候，我们会提出来三者。是它的认识功能、它的教育功能和它的审美功能。

我们先从认识的功能说起。那么一部小说、一篇小说能提供多少可以认识的知识、对象、材料或者学问呢？这里有各种各样的说法。比如恩格斯说巴尔扎克的小说的经济学知识超过了当时的全部的经济学著作；比如列宁说托尔斯泰的小说是俄国革命的一面镜子，俄国的社会、俄国的革命你通过托尔斯泰的小说就掌握了；比如毛泽东说《红楼梦》是封建社会的百科全书，他还说，不要以为中国有什么了不起，中国无非就是历史长一点，人口多一点，还有半部《红楼梦》，这是他的原文，后来发表的时候（这是在《论十大关系》里头说的，这不是我瞎编的），把原来说的半部《红楼梦》给改成了一部《红楼梦》，当然是经过了老人家同意的，觉得说半部会不会显得寒碜一点，其实这一点都不寒碜，半部《红楼梦》就能代表中国文学，代表中国的文化，那更了不起。但是一部《红楼梦》就说明已经承认了高鹗的续作，这是另外的问题，我不在这儿多说了。

对小说的这种认识作用，我认为虽然都是革命导师，然而是不无夸张的表述。是由于这些作品写得太好了，使革命导师服了，具体结论未必是经得住精确推敲的，我就不信恩格斯那个时期所有经济学的著作还不如一个巴尔扎克，这不可能，人家就是干经济学的，问题是经济学著作不好看，巴尔扎克的小说好看。他看得太好了，简直不知道怎么夸好了，革命导师也是人，看得好了我就觉得有你这一部书我就什么都不看了。

我还有些古老的例子，从前苏联有一部小说，叫《我们的夏天》，它里头主要写的是鸟。后来这部小说发表以后得没得奖？得也是得一个三等奖、四等奖之类的，不是什么特别重要的奖。但是它有一个意外的收获，作者被苏联科学院生物研究所推举为通讯院士，就是认为他对鸟的生活的理解已经超过了某些科学家。

有些描写行业生活的小说也极有吸引力，比如说文物鉴定，比如说侦破案件、刑事侦查、刑事侦缉，你如果有这方面知识的话，它可以成为小说的一个极好的资源。那个电视剧《暗算》原来也是一部小说，叫什么来着？作者在成都吧。叫麦家，对！由于他某一个特殊行业方面的，而且他确实有这方面知识的积累，使他的作品增添了不知多少的魅力，但这个魅力不完全是行业知识，确实在麦家的作品当中，尽管拍成电视剧要加很多通俗的、悬念的镜头，他里头也有一种人文的叹息，对人的命运，对某一种工作的命运的叹息、嗟叹在里边。他的知识非常丰富，这也是事实。有一些学者，他们研究小说，从小说里面研究出各种具体的知识。比如说地震，中国哪年发生过地震，他没有找到地震的资料，但是从民间故事里找到了；比如说日食、月食，民俗更不用说了，婚丧嫁娶的制度、方法都是从小说里头找到的。当时的生活方式、生产方式这方面来说，《红楼梦》的作者确实是有意地来炫耀他作为一个富家子弟这种封建贵族的生活的方方面面。光一个窗纱他写多少次、讲多少？一件衣服他得写半天，吃东西他要写半天，医药他要写半天，怎么号脉，药方都给写着。这药方不知道，咱们按这个抓药吃两次试试感觉如何，没有人做过。但是他里面对烹调——茄子的做法说得非常具体。据说有很多人不止一次照那个方法做过，但是并不成功。因为小说毕竟是小说，按那个方式做起来太复杂了，先用四只鸡炖茄子，炖完以后再用菠萝跟蘑菇炖茄子，反正最后那茄子老天爷都不知道是什么玩意儿了，物质都起了化学变化了，等吃的时候估计跟豆瓣酱也差不多了。但是作者太喜欢炫耀他的这些知识了。所以《红楼梦》有一个很大矛盾，一方面说色即是空，空即是色，但是一写起那些怎么吃喝，怎么喝酒、怎么喝茶用的餐具、用的筷子、用的碗、用的酒杯，玩的酒令、穿的服装、吃的什么莲叶羹、喝的什么汤、吃的什么小点心，脑袋上戴的什么样的帽子，然后怎么看病，看病的时候怎么摆谱，让你觉得这个作者是无限光彩、无限炫耀。

经验是可以令人炫耀的，尤其一边炫耀一边否定它，这样写小说最容易获得成功。一方面把它炫耀得让读者觉得晕，一方面你又冷冷地说这一切一文不值，这一切全是泡影，这一切都是假的，这一切是毒药，我恨死它们了，所以写小说一定要做到自相矛盾。

当然我们也会看到一些不成功的例子，就是在认知方面过分地膨胀，而且绝非他的特长。在一个作品里头忽然大谈文物，忽然大谈文化，忽然大谈克隆科技、纳米科技、最新的科技看得让人烦，这种事情也有。

第二个可能性就是教育，从它的教育功能上，这事就更麻烦。这里边又牵扯出一个问题，就是小说，我们平常所说的小学老师教的主题思想到底是怎么回事？你说小说是没有思想的吗？这显然不对，因为你可以举出一系列的例子来，那都是有思想的？《三国演义》也有思想啊——分久必合，合久必分，提倡忠义，反对倒戈将军。所以吕布虽然是武艺超群、相貌一流，最后还是不得好死，因为他老是变，靠不住。他写诸葛亮、写关公这个有他的道德观念。《水浒传》就比较复杂一点，它歌颂这些造反的土匪，算不算农民起义这里面也有争论，因为有人做了考证，说里面没有几个农民，大部分都不是农民。

鲁迅的当然更明显了。他说拯救我们的民族，要鞭挞我们国民身上的毛病，要疗救国民的灵魂。可是我们也看到另一面就是有一些它的主题比较含蓄、比较隐讳的作品非常耐人咀嚼，给人一个让你久久不能忘怀的感觉。

我有些东西写得很明确，但是我也有一批写得不明确的作品，我觉得我的那些不明确的作品比那些明确的作品还可以看。我已经记不清了，因为我写得多了到时我就忘了。比如说写的《室内乐三章》，这都是具体写物质的，写的是夫妻俩已经结婚很多年了，好像是快到银婚了吧，忽然间想起一件事来。就是说好像我写的这个小说的题目叫《彩霞》或者《云霞》，就是因为他们结婚的时候人家送了一个线毯，因为毛毯买不起，就是棉质品的一个毯子，这个毯子是灰色的，边上有红道，说这个毯子哪儿去了。夫妻俩就研究，经过几十年的动荡找不着这个毯子了。然后有一天晚上忽然有一个灵感说这个毯子在什么地方，而且越找不到就越可爱，就像彩霞一样美丽。然后根据灵感他就找着这个毯子了，发现这个毯子已经腐烂了，已经快化为齑粉了，这是现实的小说。

还有一个小说是写诗人，就是《枕头》，这是我的实际经验，有真实的经验。我从小就睡的荞麦皮枕头，在座的习惯睡荞麦皮枕头的朋友请举手。（观众举手。）已经不是太多了，我们已经是属于古老文化传统、农业文化传统了。那么现在请告诉我目前最时尚的枕头材料是什么呀？（观众：茶叶枕头，就是茶叶做的枕头。）茶叶做的枕头这太新了，我有一个这样的枕头，是我金婚的时候人家送给我的，还不是普洱茶是龙井。一般的那种比较软的他们说鸭绒枕头，不能睡鸭绒枕头，我觉得鸭绒枕头太热了，耳朵烧得慌，那是什么枕头咱不管它了。现在就是比较软的那种枕头最多，另外就是刚才说的茶叶枕头，还有怪枕——蚕屎，农村里面喜欢用蚕屎，认为那是有凉性，蚕屎可以减低中风的可能性吧。

　　我就写这个主人公用荞麦皮枕头时间太长了，比较肮脏、比较腐朽，最后就被孩子们给扔掉了。他到处找荞麦皮枕头，最后找到荞麦皮枕头了。一睡使他回到了童年，回到了过往，回到了乡村，回到了大地，回到了守护的自然，于是他就写了很多诗，而且最后还有很多诗界的朋友说他写得不错要帮他出版，临到出版的时候他把诗给烧了，是这么一个故事。

　　你说我一定有什么意义吗？说怀念农业文明？复古？批判现代人？这都是非常时尚潮流的一些观点，响应法兰克福学派、马尔库赛、福柯，天知道，我真没有，我也没看写的那些书。就是人生当中确实有许许多多的东西你一时半会儿还得不出一个结论来，还得不出一个教育别人的信条来，但是它确实包含了能成为一篇小说的条件——它有情节、有趣味、有故事、有人物、有背景。

　　还有一种小说，就是它的教育意义、它的主题思想不止一条，几乎怎么解释都解释得通，最明显的就是《红楼梦》。毛主席是政治家、是革命家，所以毛主席一上来先声夺人，说《红楼梦》是描写阶级斗争的，《红楼梦》一上来就是有多少条人命，说明地主阶级的血债累累，当然这里头死人多了。说《红楼梦》是贾、王、史、薛四大家族的兴衰史，当时共产党批判国民党的时候，四大家族是蒋、宋、孔、陈，《红楼梦》里有一个四大家族，这是一种解释。这种解释如果曹雪芹有知肯定会吓一跳，再往下发展曹雪芹就得入党了。

有的就是从女权主义的角度说《红楼梦》是替女人说话的书，多了，怎么解释都行，现在你越解释越多，越解释越离奇，批判封建、反封建的、追求个性解放的、表现资本主义萌芽的、反清复明的、刺杀雍正皇帝的、清朝内部宫廷斗争的、研究宇宙史的。说《红楼梦》是研究宇宙史的好像是广西的一个人提出来的，就是讲宇宙的发生、演变和毁灭。是讲色空，是宣扬出世、宣扬超脱，所谓一僧一道，色即是空，空即是色，是封建社会必然灭亡的预言和挽歌，是怀才不遇的自觉自叹，是贾宝玉的忏悔录等等。

所以我们可以想一想，就从它的教育功能、主题思想得有多少种可能。有的特别明确的教育性的小说，其实都是很好的作家了，李準的《不能走那条路》，它的教育意义非常明确，就是不能走那条路，不能单干一定要走合作化的路，不能走那条路他已经告诉你了。刘心武的那篇小说也告诉你，《我爱每一片绿叶》就是小说的题目，《醒来吧！弟弟》都非常明确，也很好，但是也有许许多多不同的情况，许许多多选择的可能。

至于审美的可能那就更多了。我们可以在小说里面看到无数的审美价值，先从最简单、最低俗的说起，就是趣味。就是小说里头有一种趣味，怎么办呢，没有趣味的小说能叫小说吗？它有一种阅读的趣味，所谓赏心悦目，所谓把玩。连邓小平同志都讲过"我有时候也看看小说，我要换换精神啊！"他讲得好——换精神，它能够换精神。还有的就是完全和这种趣味故意对着干的作品，要颠覆阅读，就是我的作品写出来以后我要想办法让你读不下去，这种气魄，这种杠头劲儿真棒，所谓颠覆阅读，老子作品不许看！这在某种意义上也是一种手段，因为大家都趣味了，人人趣味，这回出来一个特别枯燥、一脑门官司的、十天笑一次的这样的人最有趣。大家都趣味。每个人长得都跟姜昆差不多，讲话跟侯宝林差不多，一讲典故变成了郭德纲了，这时候正好出来一位死死板板。所以文学中所有的命题都有反题存在，有趣味反趣味，有情节反情节，有戏剧化我就反戏剧化，有故事我反故事，有主线我就反主线，我让你找不着我到底写的是什么，我让你纳闷，有修辞我反修辞。有的作家以词汇多而著称，比如巴尔扎克，人家分析了他有几十万或者多少的词汇，有的作家以词汇少著称，比如海明威，说海明威的词汇最少，中国作家没有统计过，但是外国作家就说海明威的词汇最少，经常用的就是那么一两万个词，都是最普通的词，这个作家的伟大在于他用最普通的词汇、最普通的字表达别人没有写过的那种感觉。

你看多了故事性强的作品就希望看一篇摸不着头脑、看了以后犯傻的作品。你过于高雅了也烦人，里面的这些人都非常高雅，男女只相爱连眼神都没有，手绝对不碰对方的手，更不用说脚了。那么这种情况之下，有时候甚至于他在作品里头还要放一些比较俗的东西，要弄一些不登大雅之堂的东西，所谓狗肉包子上不了台面的东西。这里面探寻的可能性也可以说是没有尽头的，这是我讲的第三点，就是从小说的功能看它的可能性。

第四点我想从小说的元素看它的可能性。有的我就一笔带过了，我指的就是小说里面的人物、小说的环境、小说的情节、小说的结构等等，这些东西我们也看到古往今来的小说真是浩如烟海，似乎是各种可能性都用尽了，实际上还远远没有用尽。比如说为了刻画一个人物的性格而把这个人物写得非常极端，古往今来这样的小说太多了。英雄们可以盘肠大战，可以不吃不喝，钢筋铁骨、性情急躁时可以抡起两把大斧砍瓜切菜，见一个杀一个，见一个砍一个，血流成河、尸横遍野、头颅满地滚。写赖皮吧，比如写到像阿Q那种程度，写原来旧俄时期的多余人如奥勃洛摩夫，这是冈察洛夫所著的《奥勃洛摩夫》，先写上几十页主人公早晨醒来之后是不是该起来，要不要起来，还是再过个20分钟再起，这一写写了几十页他还躺在床上没动呢！情节进展也太慢了，等到他再起来见到一个姑娘再跟她拥抱再上床，要看十年以后才发展到那个情节，要按他的节奏的话。

这个对人物的个性钻研得太厉害了，那么又有所谓现代或者后现代的关于人物已经消失的这种理论、这种说法，所谓在一个平面上的说法，所谓不同的人物、不同的性格实际上都在一个平面上。那么结构，这个结构的可能性更是人们非常感兴趣的事情，比较古典的小说往往就是所谓有开头、有结尾，而且结尾要扣上开头这是最好的。有许许多多的小说而且是好小说都是主人公历尽一切的艰难最后得到了美满的结果，中国的古代小说除了《红楼梦》《金瓶梅》有这么几部以外，其他都是主人公历尽艰难最后有一个温馨、美满的下场。狄更斯的全部长篇也都是这样，这不只是中国人这样写，大团圆的结局大家都需要。但是现在越弄越乱了，现在是一条线的、两条线的、多条线的，然后不同视角的，这个在中国早就有人这样写，在外国就更早。或者来回反复地写，30年前和30年后、把现在和未来都来回地写，然后让你自个儿到阅读完了以后在脑子里面再去排列，或者是告诉你结果不告诉你过程，让你推测那个过程，还有告诉你几个过程的，有人认为是这样，有人认为是那样，这也是一种趣味，也是一种智力的操练，也是一种对人世无常、对人世的可能性、人情的无穷无尽的感慨。

环境，环境又是非常具体、非常明确的，你看巴尔扎克小说往往都是"1784年几月几日、在巴黎什么什么街什么地方"这么明确地把时间和地点告诉你。也有就是你最后看完了不知道整个故事是发生在乌有之乡、莫须有之地、古往今来的某时某刻。情节和故事我讲了，有注意情节有不要情节的。情节和故事，这是我也想和大家探讨的一个问题，这是第四点。

第五点，我想从小说的取材方面来看小说的可能性。拿中国来说，最早的小说主要有两个来源，一个是历史故事，而且往往是先取材于口头的传说。所以中国所谓的演义体小说特别多，我们现在最有名的当然是《三国演义》，实际上类似的演义太多了，首先是《两汉演义》，就是楚汉相争的故事，然后比如《说岳》，就是《说岳全传》，这里头都有许多小说的因子在里面，它不是正史，但这些东西深入人心，它造成了你的思维定式，以至于你不愿意接受正史。比如说我早就看过一些文章说《三国演义》和正史都是不一致的，比如"诸葛亮气死周瑜"，没有这么回事，而且周瑜的年龄比诸葛亮还大，按历史上的考证周瑜是大哥，诸葛亮是兄弟。可能我们不但接受了小说，而且还接受了京剧，我们看到的周瑜是小生，说话半男不女，阴阳嗓子，戴着顶花翎，两个犄角，而诸葛亮是老谋深算、老奸巨猾，玩弄周瑜于股掌之上。

我看到这些材料以后我觉得特别扫兴，因为我原来看《三国演义》也看得津津有味，听京剧也听得津津有味，最后一考证说没那么回事，觉得特别没劲。我觉得连春秋战国尤其是到了《史记》史书里面都有小说的因素，它太完整、太夸张。像《春秋战国》里头故事是真感人，太感人了就显得不真实，因为我们都知道，真实是杂糅的一种东西，比如好的、坏的、平庸的、有道理的、没有道理的、碰巧的、一脑门子撞上的，事后也不知道怎么回事，这样的事情太多，可是到了《春秋战国》以后都那么鲜明——董狐的"春秋笔"，"赵盾弑其君"写入历史，说这么写不行，把脑袋杀了，然后大儿子给拦回来了又写上"赵盾弑其君"，"啪"又一刀，又一个脑袋下来了，然后二儿子过来了还是写上"赵盾弑其君"仨脑袋就这样掉了。这个是非常感人的，有一出戏叫《春秋笔》，但是这个过程能这么戏剧化吗？

说师旷为了制音乐，用锥子把眼睛扎瞎了，这样好集中力量搞音乐，这个也是感人至深，我觉得这也像小说，说不定他是白内障的可能性更大。为什么现代的小说浪漫主义、英雄主义的色彩淡了？现在的人太精了。《史记》里面写"张良学艺"，黄石公说，"早上会吧"，第二天张良去了，黄石公说："回去，这么晚才来！"于是他早早地去了，还是人家老师先到，又把他轰走了；第三天他根本就不敢睡觉，一宿就在那儿站着，站了一会儿老师来了："嗯，这像个学习的样子，跟我来吧！"这都太小说化了，比小说还小说，还有"鸿门宴"。

中国古代文、史、小说是不大分家的，我总觉得史有小说的因素，也有各种加以渲染的可能。还有一种是取材于民间文学的，就是口头传说和民间故事，比如《唐宋传奇》很多东西都这样。我们今天的小说有大量是取材于个人的经历，有一位老作家跟我说过，说他写的一切都是他自己的经历。他说："我没有经历过的事情我写不了，我写得也不放心。虽然我里面用的假名字或者什么。"个人的经历显然是每一个人写作的极其宝贵的资源，但是也确实有人专写自己没经历过的东西。苏童的一大批作品，尤其是他写《妻妾成群》的时候他连媳妇都没娶呢！现在当然老婆孩子都有了。一般地说我们提倡应该有更多的生活经验这绝对是对的，深入生活，深入人民群众的火热的斗争当然都是对的，但是取材于自己的幻想、取材于自己的虚构这样的故事确实也有，我们不能不承认。

最后，我再说一下就是从风格上看小说的可能性。风格如人，有多少个人就有多少种风格，但是同样的风格，我们也可以从一些比较简单的方面来把握，风格不简单，但是你要谈一个问题就必须把它简单化，这是为谈话而做出的牺牲。我们说风格可以从这个角度来看，就是强调主观与强调客观的不同。有的风格更强调的是客观，那个作者基本上是隐藏的，但是他在那儿刻画世态人情，刻画音容笑貌，刻画荣辱浮沉。

比如说王安忆的作品就很难找出王安忆来，但是铁凝的作品就会常常感觉到作品里头有一个铁凝。我说有一个铁凝不是说哪一个人物就是铁凝，不见得，但是你就觉得铁凝活在她的作品里头。

强调客观的作品有这种精雕细刻的可能性，有那种非常准确描绘的可能性。当年我们都是受苏联文学、俄罗斯文学的影响，我记得有一个电影曾经在20世纪50年代风靡一时，叫作《托尔斯泰的手稿》，它就是举一个例子说《复活》里头，托尔斯泰怎么描写聂赫留朵夫公爵看到当时已经更名为玛斯洛娃的原来叫喀秋莎，就是她沦落以后而且已经被诬告，她很像《窦娥冤》和《苏三起解》的那种被诬告的情景，原来一个很纯洁的少女被生活所逼迫，走上了、陷入了沦落的境地，然后又被诬蔑为杀了人。那个玛斯洛娃，她的形象托尔斯泰几易其稿，每易一次稿就由苏联的画家画一幅肖像，按照这个稿子是这个像，按照那个稿子是那个像，有点像咱们警察根据当事人的叙述画的肖像，七易八易其稿，这是一种精雕细琢的要求。那么也有的不强调精雕细刻，更多是强调主观，表达主观的一种激情，说你好就尽量往好里说，说你坏就尽量往坏里说。

比如说雨果，在雨果的《悲惨世界》里头，本来是一个小小的犯人，其实也就是盗窃罪，就是那个冉阿让，他受了神父的感动，就像受了天使的感动一样，他在一个晚上完全换成了另外一个人，他变成了一个圣徒，变成了耶稣的使者，然后通过他的善良、高尚的心来反衬这个社会的罪恶和可悲，非常强烈！这是强烈的情绪里面的表现。

然后发展到在小说里头可以有大量的旁白，就是作者你只要是急了就跳出来，在小说里头干脆就是他自己在说话，该骂的骂、该夸的夸、该哭的哭、该叫的叫、该闹的闹，在小说里淋漓尽致地发挥出来。然后再发展到在小说里头发议论，托尔斯泰是注重精雕细刻的，但是《战争与和平》到快结束的时候干脆变成论文了，《复活》快结束的时候干脆变成了《圣经》的学习心得了，变成《圣经》的学习笔记，一边读《圣经》一边在那儿忏悔，一边在那儿回想人生、社会的种种问题，变成一个心得。

我们知道昆德拉的作品，我刚从捷克回来不久。昆德拉在中国的影响也非常大，我现在问一下咱们在座的朋友里头有没读过昆德拉的作品的，有没有？（观众举手。）全读过。有人说昆德拉的作品最善于取巧，"取巧"这个话带有贬义，我现在想找一个中性的词，就把"取"去掉，就是说昆德拉的作品很巧，巧在哪儿呢？在于夹叙夹议，第一他的那些情节和议论，只要有议论就有情节，只要有情节就有议论；第二他很巧就是他一会儿能这么说，一会儿又那么说；一会儿议论这一面，一会儿议论那一面；一会儿讽刺东欧政权，一会儿又讽刺所谓民主的派别和西方的一些异议分子，他什么都讽刺，什么都嘲笑，然后这么说一下，再那么说一下，堪称摇曳多姿，看完了又是一头雾水，但这也许就是他的魅力所在。捷克有几个作家对我说昆德拉在捷克的影响没有在中国大，我也不明白是不是真的，也许捷克同行是冤家吧，与其歌颂同行，不如歌颂自己，中国的碍不着，昆德拉跟咱们也联系不上，他现在又在巴黎，现在改为用法语写作了。

这种主观色彩的特别夸张的极致的表现，甚至有把小说和抒情散文干脆混起来，有时候你是忍不住呀。你在写小说当中你有那么多话想说、要倾吐，忍不住一吐为快。但是我个人感觉有时候少吐一点更好，我虽然这么说，但是我并没有做到，因为我写着写着就有一吐为快的感觉，这是从客观与主观上。

第二是从高雅和从俗上。我说的是从俗，因为光说通俗有点和高雅对立起来，从俗有可能所谓的大雅而若俗。大雅若俗是什么意思呢？就是当你的胸怀、你的精神资源、你的学识经验、你对文学、对小说创造的掌握程度已经有了十足信心的时候，你根本不需要在你的作品当中做一个悲天悯人的、高高在上的、俯瞰众生的那样一种姿态。所以我们就可能看出这个作品里头有大量的、生僻的，生僻的有可能是非常好的作品，当然到现在也有争论，说詹姆斯·乔伊斯的《尤利西斯》到底是一部什么作品，现在名声是越来越大、越来越高，可是《尤利西斯》作品发表的时候，被骂得一塌糊涂，说它伤风败俗这儿那儿的。

20世纪80年代到90年代初期吧，中国一下子出了两个版本的《尤利西斯》，而且两个加在一块儿总共发行量有三五十万，比咱们每个人的小说发行的都要多吧？但是我非常怀疑有几个人认真读完了，现在请在座的朋友，你们从第一个字到最后一个字读过《尤利西斯》的朋友请举手，一个没有。读过《追忆似水年华》的请举手（观众举手），全读完了的请举手，一个没有。我跟你们一样，《尤利西斯》我压根儿没读完，但是我有这本书。《追忆似水年华》我一看真好，再看下去七大本，确实把我给吓住了，我想我都70多岁的人了，我受这个罪干吗呀。

契诃夫的有些作品写得非常精致，屠格涅夫的长篇写得非常精致，梅里美的作品写得非常精致。美国的约翰·契弗很多作品都写得非常精致。精致就是最好的风格吗？也有的恰恰不是以精致而是以粗糙、以混沌成就了他的风格，我说的就是陀思妥耶夫斯基。陀思妥耶夫斯基爱赌……

苏联时期因为高尔基批判过陀思妥耶夫斯基，所以那个时候对陀思妥耶夫斯基是贬低的，但也不尽然，我们看过的电影什么《白夜》《白痴》都是苏联时期的，但好像是斯大林以后演出的。直到苏联瓦解以后，莫斯科出现了第一座陀思妥耶夫斯基的雕像，我从那儿过的时候看到那个雕像几乎流下了眼泪。有两个作家的雕像让我最感动。一个是形势变化后出现的第一座陀思妥耶夫斯基的雕像，一个是在都柏林的王尔德公园的王尔德雕像。王尔德因为同性恋问题被判处了五年，还是三年徒刑，被判徒刑以后就到法国去了，到了法国以后郁郁而终。但是当时王尔德是全英国最酷最帅的男人，他不但是文学大师，而且他留什么头发人家就留什么头发，他穿什么衣服人家就穿什么衣服，而且你现在看到他的雕像就会迷上他，你看他那个雕像充满着天才、智慧、风流，你不服不行，我说远了。这种风格不同我们还可以举很多，就是风格上是没有定论的。你要真是陀思妥耶夫斯基，你怎么写都行、怎么写都对，可是话又说回来，咱们常常有一个悲剧，他自己写不好可是他又觉得他是陀思妥耶夫斯基，他谁的话都不听，编辑的话也不听，这种悲剧在艺术上是永远无法解决的。

我讲小说的可能性，我心中的一个意思就是希望我们的小说的写作、出版和阅读有利于扩充我们的精神空间，我们的精神空间不要自己给自己限制住了，环境的限制是一种，自己的自迷自恋、自己的少见多怪、自己的抱残守缺都会限制住我们自己。

小说的可能性实际上它就包含了人生的可能性，包含了精神世界的可能性，包含了精神现象的可能性。在这个意义上说小说永远是实验性的，我不赞成分成实验小说和非实验小说，创造就是一种实验，任何一篇新的小说不但对于文学带有某种哪怕是最微小的挑战意味，对于个人也有一种挑战意味，就是看我能不能用这么一种方法、用这么一个题材、用这样一种风格贡献给读者一篇新的作品。我相信在座的都是我的同行，你们不管是学识、精力还是内分泌都比我旺盛得多，相信你们在文学上都会有辉煌的前途。

谈忧乐

2007 年 6 月 27 日在岳阳楼的演讲

● **为什么会出现传统文化热?**

今天我们能够在这儿举行这样一个讲座,让我谈一点对中华文化当中忧患意识的理解,我想先从中华文化开始说起。

为什么现在对于中华文化的强调比任何时候可以说都更突出更显亮,这里有这么几个原因。

一个是对于文化经验主义的一种反思,因为历史的发展总是曲折的,它不可能是完全按照一条直线发展,在这个 150 年以前,鸦片战争以后,我们国家越来越多地反思自己文化上出了哪些问题,出现比较激烈的否定中国传统文化的这么一种想法，这种想法在一开始时有它的道理，因为我们要救亡图存，你要反思自己文化上的一些弱点，就是说，我们的科学技术不如人家，我们有很多封建的迷信的陋习，等等。这些是合理的，但是它不停地发展下去，它会走到一个极端的程度，就是发展到像"文化大革命"那样，把自己的文化彻底地否定掉，人们越来越认为应该对这种激进主义进行反思。

第二点，我想，我们对中华文化的兴趣越来越大，还是对于全球化趋势的一种回应，因为我们现在生活在一个经济上急剧全球化的时代，我们只有坚持自己的文化传统，保留自己的文化性格，才能够获得我们的立足之地，才能使我们的民族保持自己的特色，也才能为人类做出自己的贡献。

第三，由于我们的执政党中国共产党，现在非常重视对于精神资源的开创，我们需要从各方面扩大、扩展、深化、发展我们的精神资源，在中华的传统文化方面，许多东西是可以作为我们精神资源的一部分的。

● 中国传统政治文化特色与知识分子使命有什么关系？

第二个问题，我想讲一下传统政治文化特色和古代对于知识分子，或者我们可以叫作士人，对于士人使命的理解。中国的政治文明有一个很大的特点，这个特点，也有些研究者对它进行批评，现在我们先不来说它是好的，或者说它是有缺陷的，但至少我们要承认一点，这个特点，我们经常强调是政治道德化。我们是用道德这样一个观念来衡量、来要求政治，这是所谓以德治国，所以中国的读书人，中国的士人就把这个修身放在首位。把自己的道德修养能够做得好就可以进一步齐家治国平天下。所谓修齐治平，就是说你一个执政者，一个个人，你想对国家对社会有所贡献，你首先要做到的是修身，首先要做到的是从自己的道德和文化修养来努力，对自己有这么一个严格的要求。直到今天我们提出社会主义的荣辱观，也可以说是继承了这么一个重要道德标准的传统。我们国家对于这种道德化的要求很突出的一点表现就是追求和谐和中庸。在春秋战国时期，中国古代儒家的经典已经提出了"和"的问题，"和"是社会政治的理念，也是哲学的和审美的范畴，"和"是哲学和审美的一种境界。《国语》中有八十九处提到"和"字。惠和、慈和、协和辑睦。声和而有七律，和五味。《礼记》中有八十处提到"和"字。讲乐者天地之和也。《礼记》还提出了政和、和气、和天地、和四时的概念。《礼记》并提出致中和。"和"是社会理想，也是一种我说的王道理想，也就是以德治国的理想。有中和的追求就有中庸的追求，孔子说"君子中庸，小人反中庸，君子之中庸也，君子而时中；小人之中庸也，小人而无忌惮也"，这是什么意思，就是说君子是讲中庸的，不讲极端的，不要搞极端，要准确。"发而皆中节，谓之和"，就是做什么事情都要准确，都要恰到好处，但是孔子同时也说："中庸其至矣乎！民鲜能久矣！"就是这个老百姓能做到中庸已经很鲜有了，就是很少有人能做到中庸已经很久了，这就是忧患的根源。中国重视政治道德，以德治国是一种非常理想的状况，非常理想的做法，是非常高尚的一种政治理想。实际上我们知道治国当中除了道德在起作用以外，还有许许多多的东西在里面，还有阶级压迫，也还有这个甚于行政的权力，权力的后边甚至还有实力等等。但是我们所强调的，我们所理想的，我们从孔夫子那里开始所追求的，是一个人靠自己的修身、靠自己的修养、靠自己示范天下的作用而能得到万民的拥护。能够为人民办好事，这是一个非常理想的事情，是一个很难做到的事情，也是一个常常带来忧患的事情，就是让你感觉到我们在这方面还要做许多的努力才能真正做到以德治国，需要做很多的努力才能真正做到靠修身养性能够齐家治国平天下。这些政治理想和道德就注定了知识分子和中国的读书人必定会有一种忧患意识。

● 中国传统文化中的人生哲学强调的是"乐"还是"忧"？

其实从中国整个文化来说，它强调的是乐，它在开始并不是强调的忧而是乐。我们可以称中国的哲学是一种乐生的哲学，是一种进取和乐生的哲学，自强不息，永远是进取，它提倡进取，进取者应该是快乐的。这一开头就是"学而时习之，不亦说乎"，说（yuè）也是乐（lè），就是喜悦，就是"学而时习之"是很快乐的，"有朋自远方来，不亦乐乎"，这又是乐的，是享乐的，人生是多么快乐的，"学而时习之"就是你不断地学习，不断地提高自己，这是一个很大的喜。有朋友，你交很多的好朋友。朋友从远方到你这儿来，你感到很快乐的。"人不知而不愠，不亦君子乎"，就是不要生气，别人不知道的事情做错了，你也不要生气，都是强调快乐的。孔子说"仁者乐山，智者乐水"，这个乐，既可念"lè"，也可念"yuè"，音乐，也可念"yào"。孔子讲乐的地方很多，他说"益者三乐，损者三乐"，对于有益的有三种快乐，对于有损的也有三种快乐。

到了孟子那里，也同样讲乐，但孟子开始把乐的观念和天下的观念，和众人的观念结合起来了，而不仅仅是个人的一种精神境界，这个孟子，别人问他："独乐乐，与人乐乐？"自己一个人乐，还是和别人一块儿乐更乐，孟子回答"不若与人"，不如和大家一块儿乐，和大家一块儿快乐最好，就是孟子把乐和人众、和天下联系起来了。

我们可以看得出来，中国的人生哲学强调的是"乐"，强调的是君子胸怀宽大，经常保持一种快乐，强调的是君子和山水之间有一种相通的关系，仁爱的人他的道德像山一样稳定，智慧的人他的智慧像水一样灵活，都是从这方面强调的。包括孔子说他自己"发愤忘食，乐以忘忧，不知老之将至"，就是自己每天都还能做到"发愤忘食"，他决心做许多的事情，把这个吃饭都忘了；"乐以忘忧"，因为有这么多事情让他快乐，他都不记得忧愁了，他不知"老之将至"，他不知道老已经到了，现在啊，我也挺喜欢这几句话的，有时候我就改一个字就行，因为我现在也还能做到"发愤忘食，乐以忘忧，不知老之已至"，不是"将至"，是已至。

● 中国传统的政治道德强调的是"忧"还是"乐"？

这种忧患意识，一方面是由于真正达到治国平天下是非常困难的，危机会随时出现的，我们这个国家可以说一直是稳定、发展，动荡、战乱，改朝换代然后又是新的发展、新的动荡、新的战乱、新的改朝换代，这几千年来我们国家经历了非常艰难的历程。《易经》提出"安而不忘危，存而不忘亡，治而不忘乱，是以天下可保也"，就是在你平安的时候不忘记危险，在你存在的时候不要忘记灭亡，在你各方面都很有秩序很规范的时候不要忘记混乱，这个是非常深刻的道理。孔子又说"君子有终身之忧，无一朝之患也"，他这个提法也很深刻，终身之忧，忧是终身，到死为止，每天你都要思考，要担心一些问题，都要考虑一些事情往坏发展的可能，都要有面对不良事件、不良情况甚至是某些危险的准备，如果有这种终身之忧，你就不会有一朝之患，你平常都好，日子都过得很好，行政也做得很好，公益也做得很好，就不会说是突然会出事，传染病来了，自然灾害来了，一个社会的动乱发生了，甚至于是其他一些想不到的事情会突然发生，不论发生什么，你都"忧"在前面，有了准备。终身之忧，就是一辈子都不放松这根弦，随时有忧患意识，你才不至于发生一朝之患，就是说你终身要思考谋划，做好坏的准备，才能够没有灾难。这样的道理在我们中国文化里是讲得非常多的，即使是一些不在位置上的，不是官员，不是大臣，不是君王，不参与朝廷的决策和运作，这些人也有这种忧国、忧民的传统。从孔子、屈原一直到鲁迅到孙中山到毛泽东，都有这样的一种忧国忧民的传统，这是一种忧患，政治的理想不容易实现，不容易变成现实，这是忧患。你身不在庙堂，不在朝廷，但是你关心众生，这也是一种忧患，那么还有一种忧患，在中国的文化里头从古代就提出来的，就是对个人命运的忧患，这个也是孟子最早提出来的，孟子最有名的话，毛泽东主席也最喜欢的一段话："舜发于畎亩之中，傅说举于版筑之中，胶鬲举于鱼盐之中，管夷吾举于士，孙叔敖举于海，百里奚举于市。故天将降大任于斯人也，必先苦其心志，劳其筋骨，饿其体肤，空乏其身，行拂乱其所为，所以动心忍性，曾益其所不能也。"从个人的命运上来说，这种忧患意识也是必不可少的，谁也不要想着自己能够直线前进，光滑前进。我们的人生哲学是强调乐的，但是我们的政治责任感、我们的政治道德是强调忧的，这是后世对中国传统文化的一个很大的发展。

● 中国传统文化的忧乐观为什么以"忧"为核心？

如果说你的乐是有感染力的，那么你的忧的感染力是超过乐的，忧使一个人变得伟大崇高。

前边我已经讲了，正是因为我们对政治，对国家的一种期待，所以我们的忧患是非常多的，因为有许许多多的东西是达不到这种理想的，而为一些不理想的东西而忧，是一个人的责任感和使命感的表现，甚至也是一个人思想深度的表现。我曾经看到有一些媒体在讨论一个问题，我觉得也很有意思，他说有的人善于把苦日子当好日子过，就是说你不怕贫贱，不怕贫穷，自己有一种高尚的胸怀，这很好；他说有些人善于把好日子当苦日子过，这话我开始觉得挺不好听，你过着好日子为什么要当苦日子过，但他有一种解释，他说有许多人，由于他的理想主义，他总是在好日子里边找到了许多问题，他为这些问题很忧愁，为解决这些问题而费心。

前几年演过一个小剧场的话剧，叫《切·格瓦拉》，格瓦拉我们知道他是古巴的一个革命家，古巴革命成功胜利之后，他不在古巴做领导，不在古巴做官，而是到其他的拉美国家发动革命，整天都是在这种风餐露宿、游击战争中，最后牺牲在这种革命斗争中，他的魅力就是在于能够把好日子当苦日子过。今天我们不是谈拉美的政治形势，只是谈的一个人的一种精神状态，所以他有深刻性，有他的吸引力，有他的魅力。罗曼·罗兰讲："我们赞美幸福，也赞美痛苦，痛苦能够使一个人变得深刻而且高尚。"他讲要赞美痛苦，人是应该懂得痛苦的，应该能够忍受痛苦的，也是能消化痛苦的，能够体验痛苦的。俄罗斯的一个很痛苦的作家，就是奥斯特洛夫斯基，他有一句名言，他说："我一辈子，我感到悲哀的是，我自己是不是配得上承受那些痛苦。"就是说我承受了那么多的痛苦，我深刻吗？我智慧吗？我伟大吗？我高尚吗？他说一个人总是要考虑这个问题，这个说得远一点，这是从世界上来说，所谓焦虑，所谓痛苦，所谓承担，对于一个男子汉，对于一个公民，不分男女，有一定承担的能力，这里边我们中国的文化里头，实际上也是向这个方向发展。到了范仲淹那里把这个"先天下之忧而忧，后天下之乐而乐"提出来了。

范仲淹讲了忧也讲了乐，但他的核心是讲忧，而不是乐，他为什么会以忧为核心？我谈一谈个人的心得。他反映了道德的抗逆性，因为所谓的道德它往往是在考验当中的，在挑战当中，在逆境当中，才能得到彰显，如果你没有接受任何的考验，你没有碰到过任何的混乱，你没有碰到过任何的冤案，谁知道你是有道德的人？中国的老百姓都喜欢说这样一句话，"家贫显孝子，国乱出忠臣"，这是说道德的一个特点是它的抗逆性。诸葛亮讲"鞠躬尽瘁，死而后已"，也是讲这种道德的坚持性，这当然也是一种忧患。加上中国历代的封建统治的不稳定性，使得"先天下之忧而忧"确实是非常地忧，确实是不忧还真不行，不忧的话就会更忧，不忧的话就更糟糕，这对于我们今天来说仍然有很大的教育。在这个范仲淹的《岳阳楼记》里边，这个忧实际上是一个核心，当然在传统的文化当中，这个忧有很多不足之处，如果我们只考虑道德，而不去考虑研究制度、法律、法制这些显然是一个不足，你如果没有制度上的保证，没有法制的保证，仅仅靠道德，这个恐怕还要忧，恐怕还要忧下去，要一直忧下去，那个就是保障。再有，我们在强调道德的同时，对于道德和人性，对于人的基本要求，所应该有的这种关心、这种满足应该有一种平衡的认识，否则我们讲许许多多的道德，而没有讲人的需要，没有关心人的合理愿望的满足，也会使道德变得空泛。可以说我们怀着非常怀念、非常向往的心情来回忆，来重温范仲淹所代表的这种中国知识分子的忧乐观，这种以天下为己任的情怀。

● 我的忧乐是什么？

当然我最忧患的时候不是现在，是在过去的一些政治运动当中，那时候看到国家的秩序越来越混乱，工人不做工，学生不读书，作家不写文章，这个国家会怎么办？这当然是忧患的。

一个人的命运有时候和国家的整体命运是不能切割开来的，尤其是在中国目前这种情况下，从我个人来说，我个人的遭遇、个人的经历当中特别快乐和特别不快乐的时候，都和国家走在一条什么样的路上有关系，所以对个人的担忧完全脱离开对社会对国家的情况的判断和了解，他的担忧是没有什么意义的。如果更准确地说，我觉得在我身上，表达出来用"忧患"两个字来形容这种关切、关联这种相通的感觉，不管我处在什么情况下，包括最艰难的时候。我对我们国家的关切是始终如一的，我和我们的国运相通的感觉也是始终如一的。我希望，从中国建立以后很美好的开始，就像我在《青春万岁》中写到过的，这种开始的美好能够继续下去的，这种关切是从来没有中断过的。我和我脚下的土地，和身边的老百姓，忧乐同心的感觉，也是从来没有改变过的。但是用"忧患"这个词对我来说太重了，因为毕竟我碰到较大挫折时年纪还轻，有许多事我也不懂也并不能理解，为一些小小成绩感到非常高兴，也会为一些挫折感到沉重。

简单来说，所有的个体生命，它都有一个死亡、一个终结的时候，人生是充满了忧患的。《岳阳楼记》中范仲淹所讲的忧患，实际上讲的更多的是一种责任，是一种关怀，也是一种思考和一种谋划。范仲淹所讲的忧患意识，还是积极的，和行动有关的、行动性的忧患意识，还不止一般情绪上的悲伤啊、忧愁啊，如果讲忧愁的话，中国何人不讲忧愁？这"忧患"两个字的意义是不一样的，具体到内容，具体到每一个人、每一本书、每一个句子，都有不同的意义。我们今天可以有所分辨，有所选择。